KB142285

그리스인 조르바

그리스인 조르바

니코스 카잔차키스 지음 | 베스트트랜스 옮김

더클래식

| 차례 |

1

조르바를 처음 만난 건 피레에프스라는 항구 도시였다. 날이 밝기 직전이었는데 밖에는 비가 내렸고 나는 항구에서 크레타섬으로 가는 배를 기다리고 있는 중이었다. 유리문을 닫았는데도 북아프리카에서 불어오는 시로코 바람이 파도의 하얀 포말을 카페 안으로 몰아왔다. 카페 안은 발효한 샐비어 술과 사람 냄새로 가득 차 있었다. 유리창은 추운 날씨 때문에 사람들이 내뿜는 숨에 뽀얗게 김이 서렸다. 밤을 그곳에서 보낸 뱃사람 5~6명이 갈색 양가죽 지퍼 재킷 차림으로 앉아 커피나 샐비어 술을 마시며 부옇게 밝아 오는 창 너머 바다를 바라보았다. 거친 물결에 놀란 물고기들이 아예 바다 깊숙이 들어가 수면이 잠잠해지길 기다릴 때였다. 어부들은 폭풍이 잠잠해져 물고기들이 미끼를 쫓아 수면으로 올라올 때를 기다리며 카페에서 북적댔다. 서대기, 놀래기, 홍어가 밤의 여행에서 돌아올 시각을 기다리는 것이다. 날이 점점 밝아 왔다.

건장한 덩치에 옷 곳곳에 진흙이 튄 늙수그레한 부두 노동자 하나가 모자도 없이 맨발로 유리문을 밀며 들어섰다.

"여, 코스탄디! 요즘 재미가 어때?"

하늘색 외투 차림의 늙은 뱃사람 하나가 소리쳤다.

"그래, 어떨 것 같은가? 아침 인사는 술집에서 하고 저녁 인사는 하숙집에서 하지! 사는 게 이 모양이라네. 일거리가 있어야 말이지."

코스탄디라고 불린 사내가 침을 뱉으며 말을 받았다. 몇 사람은 웃고 몇 사람은 고개를 가로저으며 불경스러운 소리를 했다.

"산다는 건 감옥살이야."

"암, 그것도 종신형이지. 빌어먹을."

카라괴즈* 극장에서 개똥철학을 주워들은 듯한 텁석부리가 말했다. 창백하고 푸르스름한 빛 한 줄기가 카페의 지저분한 창문을 거쳐 손이며 콧잔등, 이마를 비추고 내친김에 카운터 위 술병을 휘감았다. 밤새 술을 파느라 잠을 설친 주인이 빛을 보고 손을 뻗어 전등 스위치를 꺼 버렸다.

잠시 가게 안이 조용해졌다. 사람들은 일제히 희끄무레하게 밝아 오는 창밖의 하늘을 바라보았다. 파도 소리가 카페 안으로 들어와 물담배 빠는 소리와 한데 어울렸다.

늙은 뱃사람이 한숨을 쉬었다.

"레모니 선장 어떻게 된 거 아닐까? 아이고 하느님, 그 사람을 좀 도와주십시오."

그는 이렇게 말하고는 바다를 보며 호통을 쳤다.

"남의 집구석 말아먹는 너, 바다에 하느님의 저주가 있을지어다!"

말이 끝나자 그는 자신의 잿빛 수염을 깨물었다.

나는 구석 자리에 앉아 있다가 한기가 느껴져 두 번째로 샐비어 술

---

* '검은 눈'이라는 의미로 아라비아, 터키, 시리아, 북아프리카 카페에서 하는 그림자 인형극이다.

을 시켰다. 자고 싶기도 하고 이른 새벽이라 피곤하기도 하고 적막하기도 했다. 나는 희뿌연 창문 너머로 뱃고동과 짐수레꾼, 뱃사람들의 고함 소리로 조금씩 깨어나는 항구를 바라보았다. 바라보는 내내, 바다와 대기와 내 여행 계획으로 짜인 보이지 않는 그물이 내 가슴을 압박하는 것처럼 느껴졌다.

나는 줄곧 큰 배의 검은 뱃머리를 바라보고 있었다. 선체는 여전히 어둠에 잠겨 있었고 비는 멎을 생각을 하지 않았다. 하늘에서 진창 위로 내리꽂히는 빗줄기가 보였다.

나는 검은 배와 그림자, 비와 함께 내 슬픔의 실체를 보았다. 습기로 가득 찬 공기 위에서 비와 우울증이 사랑하는 친구의 모습으로 변했다. 작년이었나? 전생이었나? 어제 일인가? 바로 이 항구에서 그에게 작별 인사를 한 게. 나는 그날 아침의 빗줄기와 쌀쌀함, 새벽의 어스름을 떠올렸다. 그때도 역시 내 마음은 무거웠다.

사랑하는 친구에게서 조금씩 멀어진다는 건 얼마나 쓰라린 일인지! 깨끗이 헤어지고 나서 아픈 가슴을 달래는 것이 훨씬 나았을 것을……. 고독이야말로 인간의 본모습이니까. 그러나 비 오던 새벽에 나는 친구를 떠나지 못했다(나중에야 그 이유를 알았지만 이미 때가 늦은 것을 어쩌랴). 나는 친구와 함께 배에 올라 그의 선실에 흩어진 옷 가방 사이에 앉았다. 그가 다른 일에 주의를 기울이는 동안 꽤 오랫동안 그를 바라보았다. 마치 그의 모습을 하나하나(푸르스름하고 맑은 눈빛, 앳된 둥근 얼굴, 이지적이면서 오만한 표정 그리고 무엇보다도 손가락이 가늘고 길었던 귀족적인 그의 손)모두 기억해 두려는 사람처럼.

친구는 자신을 바라보는 내 시선을 알아챘다. 그는 자기 감정을 숨길 때 늘 그렇듯 나를 조롱하려 했다. 그는 이별의 슬픔을 감추려고 차갑게 웃으며 내게 물었다.

"얼마나……."

"무슨 뜻이야, 얼마나라니?"

"머리에 잉크를 뒤집어쓰고 종이를 씹으면서 얼마나 더 있겠다는 거야? 왜 나와 함께 가지 않는 거지? 저 멀리 카프카스에 위험에 처한 수천만 동포가 있잖나? 함께 가서 구해 주자……."

그러다가 자신의 계획이 한심하게 느껴졌는지 웃으면서 덧붙였다.

"구해 주지 말아야 할지도 모르지. 하지만 자네는 이렇게 말하곤 했잖아. '자신을 구하는 길은 남을 구하려고 애쓰는 것이다' 하고 말이야. 그럼 구해야지. 자네는 설교만 하고 말 테야? 왜 나랑 같이 가지 않지?"

나는 대답하지 않고 저 동방의 신성한 땅, 모든 신의 아버지 프로메테우스가 바위 감옥에 갇혀 울부짖던 땅을 생각했다. 우리 그리스 동포들이 바로 그 바위 감옥에 갇힌 채 울부짖고 있었다. 또 한 번 맞은 그리스인들의 재난이었고, 동포들은 하늘에 도움을 청하고 있는 셈이었다. 그리고 나는 아무 말 없이 듣고만 있었다. 고통은 꿈이고 인생은 재미있는 연극이라서 촌놈이나 바보만이 무대로 뛰어올라 연기에 가담한다는 듯이.

친구는 대답을 기다리다 말고 일어섰다. 배가 세 번째 고동을 울렸다. 그가 내게 손을 내밀며 장난스럽게 말했다.

"오르브아(안녕), 책벌레!"

그의 목소리가 가늘게 떨렸다. 그는 자기감정을 다스리지 못하는 것을 창피하게 생각했다. 눈물, 말, 예의 없는 몸짓, 흔한 우정의 표현들은 남자가 할 짓이 아니라고 여겼다. 서로를 좋아했던 우리지만 다정한 말을 나눈 적은 없었다. 우리는 짐승들처럼 서로를 할퀴었다. 친구는 이지적이고 냉소적인 문명인이었고 나는 야만인이었다. 그는 자기를 억제하며 미소를 지었다. 나는 어울리지 않는 수다와 억지스런 웃음을 지었다.

나도 내 감정을 거친 말로 감추려고 했으나 창피했다. 아니, 정확하게 말하자면 내 감정을 산뜻하게 감추지 못했을 뿐이다. 나는 그의 손을 붙잡고 놓지 않으려 했다. 그는 뜻밖에도 놀란 얼굴로 나를 보았다.

"섭섭해?"

그가 웃으려고 애쓰면서 물었다.

"응."

나는 조용히 대답했다.

"왜? 조금 전에 우리 무슨 말 했지? 몇 년 전에 우리 이 문제에 답을 찾지 않았어? 자네가 좋아하는 그 일본 놈들이 뭐라 했더라? 후도신(부동심)! 아타락시아(냉정), 위엄 있는 침착, 얼굴은 웃지만 움직임 없는 가면, 가면 뒤 실체……. 그런 게 우리의 관심이었잖아."

"그래."

나는 길게 말하면서 나와 타협하는 짓은 하지 않으려 했다. 내 목소리를 조절할 자신이 없었다.

종이 울리며 선실에 있던 방문객들을 몰아내었다. 조용히 비가 내리고 있었다. 슬픈 이별의 인사, 약속, 긴 입맞춤, 다급한 당부의 말들이 여기저기서 쏟아졌다. 어머니는 자식에게, 아내는 남편에게, 친구는 친구에게 달려갔다. 영원히 떠나는 것처럼 느껴졌다. 그 작은 이별들이 다른 이별, 영원한 이별을 떠올리게 만드는 것 같았다. 그때 종소리가 젖은 공기를 가르며 죽은 사람을 애도하며 치는 종처럼 이물에서 고물로 울려 퍼져 나는 몸서리쳤다.

"무슨 불길한 예감이라도 든 거야?"

친구가 허리를 굽혀 나지막하게 물었다.

"응."

"자네는 그런 터무니없는 걸 믿는 거야?"

"아니."

나는 분명하게 말했다.

"그런데 왜 그러나?"
'그런데' 같은 건 없었다. 나는 그런 걸 안 믿었다. 그런데도 두려웠다.
친구는 왼손으로 내 무릎을 살짝 쳤다. 단념하려고 할 때마다 나오는 버릇이었다. 내가 결정을 독촉할 때 내 독촉이 마음에 들지 않으면 귀를 막고 거절했지만 결국 수락할 경우엔 '좋아, 자네가 시키는 대로 할게. 우정을 봐서'라고 말하는 것처럼 내 무릎을 살짝 치고는 했다.
그는 두세 번 눈을 깜빡거리다 다시 나를 뚫어져라 바라보았는데, 내 불안을 이해하는 것처럼 보였다. 우리가 흔히 쓰던 무기인 폭소와 미소, 혹은 농담을 사용하는 걸 망설이는 나를 이해하는 것 같았다.
"좋아. 손이나 좀 줘 봐. 우리 둘 중 하나가 죽을 고비라도 만난다면……."
친구는 창피한 듯 말을 멈추었다. 그토록 오래 형이상학적 비약을 농담처럼 여기고 채식주의자, 심령주의자, 신지학자, 엑토플라즘을 한데 묶어 도매금으로 넘기던 우리였는데.
"좋다니?"
내가 그의 말꼬리를 잡았다.
"심각하게 생각할 것은 아니고…… 장난 같은 거야…… 자네나 내가 죽음의 위기를 맞으면 상대에게 생각을 집중시키는 거지. 그렇게 해서 어디에 있든 서로에게 그 위험을 알리자는 …… 뭐, 그런 거지. 좋겠지?"
그는 웃으려 했지만 입술이 얼어붙은 듯 움직이지 않았다.
"좋아."
내가 대답했다.
"너무 걱정하지 말게. 텔레파시 같은 건 눈곱만큼도 믿어 본 적 없으니까."

친구는 감정을 너무 드러냈다 싶었는지 서둘러 덧붙였다.

"응, 걱정하지 않을게. 그런 게 있으면 있는 거고, 없으면 없는 거니까."

"좋아. 있으면 있는 거고 없으면 없는 거지 뭐. 이제 됐지?"

"됐어."

이것이 우리가 나눈 마지막 대화였다. 우리는 묵묵히 손을 잡았다가 손가락이 뜨겁게 만나자마자 손을 풀었다. 나는 뒤돌아보지 않고 쫓기듯 바삐 걸었다. 마지막으로 한 번만 더 그를 보고 싶었지만 꾹 참았다. '뒤돌아보지 마. 앞으로만 가는 거다.' 이렇게 나를 타일렀다.

인간의 영혼은 육체라는 진흙 속에 갇혀 있기에 무디고 둔한 것이다. 영혼의 지각 능력이란 조잡하고 불확실하기 때문에 그 어떤 것도 분명하고 확실하게 내다볼 수 없다. 미래를 미리 볼 수 있다면 우리 이별은 얼마나 다를 수 있었을까.

주위가 밝아지고 있었다. 두 아침이 한데 뒤섞여 사랑하는 친구의 모습을 훨씬 더 선명하게 떠올릴 수 있었다. 하지만 항구에 내리는 비와 축축한 공기 속에서는 친구 얼굴이 전보다 더 쓸쓸하고 굳어 보였다. 카페 문이 열리면서 수염을 늘어뜨리고 다리를 떡 벌리고 선 건장한 뱃사람이 파도 소리와 함께 나타났다. 여기저기서 반기는 소리가 튀어나왔다.

"어서 오십시오, 레모니 선장님!"

나는 구석 자리로 돌아가 다시 생각 속으로 빠지려고 했지만 이미 내 친구의 얼굴은 빗속으로 사라져 버렸다.

밖은 점점 환해졌다. 무뚝뚝하고 근엄한 표정을 한 레모니 선장은 호박 묵주를 꺼내 알을 세어 가며 기도를 드렸다. 나는 그쪽을 보지도 듣지도 않으려고 애쓰면서 사라져 가는 친구의 모습을 조금이라도 떠올리려고 했다. 그 친구가 나를 책벌레라고 불렀을 때 불쑥 치밀던 분노의 그 순간으로 다시 돌아갈 수 있다면! 나는 그 순간 내가 살아온 인생이 그 한마디 말로 집약된 것에 몹시 화를 내지 않았던가? 인생을 그토록 사랑하던 내가 어찌하여 책 나부랭이와 잉크로 더럽혀진 종이에 그렇게 오랫동안 처박혀 있었단 말인가!

그 이별의 날에 나를 들여다볼 기회를 친구가 준 셈이었다. 속이 시원했다. 병명을 알았으니 정복할 수 있을 것이다. 애매한 것도, 비물질적인 대상도 아니고 이름과 형태를 알았으니 싸움이 훨씬 쉬워진 셈이었다. 그의 표정이 내 안에 조용한 혁명을 일으켰다. 나는 내 원고 나부랭이를 내팽개치고 행동하는 삶으로 뛰어들 이유를 찾았다. 나는 이 새로운 인생에 책 부스러기 따위는 끼워 넣고 싶지 않았다.

한 달 전쯤에 내가 바라던 기회가 찾아왔다. 나는 리비아에 면한 크레타 해안에 폐광이 된 갈탄 광산 한 자리를 빌려 둔 게 있었는데 책벌레들과는 거리가 먼 노동자, 농부 같은 단순한 사람들과 새 생활을 하기로 마음먹었다.

나는 그 여행이 신비로운 의미가 있는 것처럼 들뜬 마음으로 떠날 준비를 했다. 내 삶의 방식을 바꾸려고 결심하고 스스로에게 다짐했다. 이제껏 너는 그림자만 보고 만족했지? 자, 이제는 본질 앞으로 다가가 보자.

마침내 나는 준비를 끝냈다. 떠나기 전날까지도 원고 나부랭이를 뒤적이던 내 눈에 미완성 원고가 들어왔다. 그 원고를 읽으면서 망설였다. 2년간 내 안 깊은 곳에서는 하나의 욕망, 한 알의 씨앗이 꿈틀거렸다. 나는 나를 파먹으며 익어 가는 그 씨앗을 내 장기처럼 여겼다. 씨앗은 자라며 움직이기 시작하더니 밖으로 나오려고 발길질을 시작했다. 나는 그것을 파괴할 용기가 없었다. 정신적인 낙태는 이미 시기를 놓친 것이었다.

원고 뭉치를 들고 망설이다가 문득 허공에서 내 친구의 웃음소리를 느꼈다. 냉소와 사랑이 동시에 느껴지는 그 웃음. 가져갈 거야. 가져가고말고. 그러니까 웃을 필요는 없다고! 급소를 맞은 것처럼 화들짝 놀라 나는 아기를 감싸듯 조심스럽게 포장하여 다른 짐 속에 그 원고를 넣었다.

그윽하면서도 무뚝뚝한 레모니 선장의 목소리가 나에게까지 들려왔다. 나는 귀를 기울였다. 그는 폭풍이 몰아칠 때 카이크*의 마스트로 기어올라 돛을 핥았다는 바다 요정 이야기를 하고 있었다.

"부드럽지만 찰거머리 같지. 바다 요정 말이오. 수가 많으면 두 손에 불이라도 붙은 것처럼 얼얼해지지. 어둠 속에서 수염을 쓰다듬었는데 내 수염이 마치 악마 수염이나 된 것처럼 번쩍거리더구먼. 바닷물이 내 배를 덮치고 석탄을 흠뻑 적셨어. 화물은 물에 잠기고 말았지. 배가 기울어지는데 그 순간 하느님이 손을 쓰셔서 벼락을 보내 주셨다오. 해치가 부서져 나가면서 바닷물이 석탄을 전부 쓸고 갔지. 배가 가벼워지면서 제자리를 잡았고 우리는 살아났소. 이런 일은 다시는 없을 거야!"

나는 주머니에서 내 여행의 동반자인 단테 문고판을 꺼내 들었다. 파이프에 불을 붙이고 벽에 기대어 편하게 앉았다. 어느 부분을 읽을지 한순간 망설였다. 〈지옥편〉의 불타오르는 암흑을 읽어? 〈연옥편〉의 정화하는 불길을 읽을까? 아니면 인간의 희망이 최고의 감정 기준이 되는 대목? 나는 마지막을 골랐다. 아침 일찍 고르는 단테의 시구가 하루 종일 그 운율을 선물해줄 거라는 생각에 문고판 단테를 손에 들고 자유를 만끽했다.

이 강렬한 시편으로 고개를 숙이고 하루 종일 외울 시행을 결정하

* 지중해의 작은 범선이다.

려 했지만 문득 누군가 방해를 하는 느낌이 들어 고개를 들었다. 두 개의 눈동자가 내 정수리를 뚫고 들어오는 것 같았다. 급히 뒤를 돌아 유리문 쪽을 바라보았다. 내 머릿속에는 '내 친구를 다시 만난다'는 허황한 희망이 불길처럼 솟아올랐다. 나는 기적을 받아들일 준비가 되었건만 기적은 없었다. 키가 크고 몸이 호리호리한 60대 노인이 코를 유리창에 대고 나를 찌를 듯한 시선으로 보고 있었다. 그는 납작해진 보따리 하나를 겨드랑이에 끼고 있었다. 냉소적이면서도 불길처럼 섬뜩한 그의 시선은 내게 강렬한 인상을 주었다. 어쨌든 내게는 그리 보였다.

그는 내가 자신이 찾던 사람인지 아닌지 가늠해 보는 것 같았다. 시선이 마주치자 그는 힘 있게 문을 열고 아주 빠른 걸음으로 탁자 사이를 지나 내 앞에 우뚝 섰다.

"여행하시오?"

그가 물었다. 나는 고개를 끄덕여 주었다.

"어디로요? 하느님의 섭리만 믿고 가는 길이오?"

"크레타로 갑니다. 왜 그러십니까?"

"날 데려가시겠소?"

나는 그를 주의 깊게 뜯어보았다. 그는 움푹 들어간 뺨과 강인한 턱, 튀어나온 광대뼈, 회색 곱슬머리에 밝고 날카로운 눈동자를 가졌다.

"왜요? 함께 뭘 할 수 있는데요?"

"왜! 왜!"

그가 어깨를 으쓱해 보이고는 못마땅하다는 듯 소리쳤다. 그러고는 이렇게 덧붙였다.

"'왜'가 없으면 아무 짓도 못하시오? 가령, 하고 싶어서 한다면 안 된답니까? 자, 날 데려가시오. 요리사라고나 할까요. 당신이 들어 보지도 못하고 생각해 보지도 못한 수프를 만들 줄 아오."

나는 웃음을 터뜨렸다. 협박하는 듯한 태도와 격렬한 말투가 일단 마음에 들었다. 수프 이야기도 마음에 들었다. 멀고 쓸쓸한 해안으로 헌털뱅이 같은 친구를 데려가는 것도 나쁘지 않겠다고 생각했다. 수프를 얻어먹고 이야기만 듣는다고 해도……. 그는 세상을 많이 돌아다닌 뱃사람, 신드바드 같은 인물인 것 같았다. 마음에 들었다.

"무슨 생각을 하는 거요?"

그가 큰 머리통을 내저으며 다정하게 물었다.

"당신도 저울을 가지고 다니는 게요? 매사를 정밀하게 달아 보는 버릇 말이오. 자, 젊은 양반, 결정해 버리시오. 눈 딱 감고 해 버리는 거요."

키 큰 영감이 앞에 버티고 서 있으니 올려다보며 말하기가 힘들었다. 나는 단테를 덮었다.

"앉으세요. 샐비어 술 한잔하실래요?"

"샐비어?"

그가 가소롭다는 듯 콧방귀를 뀌고는 소리를 질렀다.

"이봐! 웨이터, 여기 럼주 한 잔!"

그는 술을 조금씩 홀짝거렸다. 입안에 굴리며 오래 맛을 보다가 천천히 삼켜 속을 데우는 것이었다. '육감주의자로군. 마치 감식가 같아' 하는 생각이 들었다.

"무슨 일을 하시나요?"

내가 물었다.

"닥치는 대로 합니다. 발로도 하고 손으로도 하고 머리로도 하고……. 하지만 해 본 일만 해서야 어디 성이 차겠소."

"마지막으로 하신 일은요?"

"광산에서 일했다오. 이래 봬도 괜찮은 광부요. 금속도 어느 정도 알지요. 광맥을 찾고 갱도를 짜는 것도 조금 할 줄 안다오. 갱 속으로 내려가도 겁은 안 냅니다. 일도 참 잘했지요. 전에 십장을 하기도 했는데 불만이라곤 없었다오. 그런데 악마가 끼어들었어요. 지난 토요일 밤에 공연히 한번 그래 보고 싶은 마음에 시찰 나온 우두머리를 잡아 팼다오."

"그래도 뭔가 이유가 있었겠지요? 그 사람이 영감님께 무슨 잘못을 했다든가."

"나한테 말이오? 전혀…… 방금 말한 것처럼 전혀 없어요. 그날 처음 만났는걸요. 그 불쌍한 친구는 나한테 담배까지 권했단 말이오."

"그래서요?"

"그러고 보니 당신은 거기 앉아 묻기만 하네그려. 지랄병이 도졌다니까 그러네. 젊은 양반, 물레방앗간 집 마누라 이야기 아시지요? 물레방앗간 집 마누라 궁둥이를 보고 철자법을 배우겠다는 생각은 당신도 안 하잖소? 물레방앗간 집 마누라 궁둥이, 인간의 이성이란 게 그런 거지 뭐."

인간의 이성에 관한 정의라면 꽤 읽은 편이었지만 그 헌털뱅이 영감의 정의 같은 건 처음 들어 보았다. 놀라웠다. 그 정의가 마음에 들었다. 나는 새로 사귄 길동무를 흥미롭게 바라보았다. 그의 얼굴은 주름투성이에 벌레 먹은 나무처럼 풍상에 찌들어 있었다. 몇 년이 지난 뒤 파나이트 이스트라티*의 얼굴에서도 똑같이 닳고 찌든 나무의 인상을 받았다.

"그 보따리 속엔 뭐가 들었나요? 음식? 옷? 아니면 연장?"

길동무는 어깨를 으쓱거리며 웃음을 터뜨렸다.

"당신 참 눈치가 빠르군. 미안하오만……."

그가 대답했다. 그러고는 길고 거친 손가락으로 보따리를 찔러 보이며 덧붙였다.

---

* 결핵에 시달리던 루마니아의 작가로 프랑스어로 글을 썼다. 그의 출세작은《튀링거가》〈아드리안 조그라피의 생애 — 신념 없는 남자〉1편이다.

"아니오. 이건 산투르*라오."

"산투르? 산투르를 연주하십니까?"

"먹고살기 힘들 때는 산투르를 연주하며 여인숙을 돌아다니기도 하지요. 마케도니아에서 전해지는 늙은 산적의 옛 노래도 부른답니다. 그러고는 모자를 벗어 들고, 바로 이 베레모 말이외다, 한 바퀴 돌면 돈으로 가득 찬다오."

"이름을 여쭤 봐도 될까요?"

"알렉시스 조르바. 키가 크고 마른 데다 머리가 핫케이크처럼 생겼다고 '빵집의 삽'이라고 부르는 친구들도 있다오. 볶은 호박씨를 팔고 다녔을 때는 '파사 템포'라고 불리기도 했죠. 또 '흰곰팡이'라는 별명도 있었는데, 그렇게 부르는 놈들은 내가 가는 곳마다 사기를 치기 때문이라고 합디다만, 개나 물어 가라지. 그 외에도 별명은 많소만 그건 다음으로 미루기로 합시다."

"어떻게 해서 산투르를 연주하게 되었습니까?"

"스무 살 때였지. 올림포스 산기슭에 있는 우리 마을의 축제에서 처음 산투르 소리를 들었다오. 숨이 멎을 것 같았지. 사흘 동안 밥도 못 먹을 정도였소. 아버지가 '어디 아파서 그러느냐?'고 묻습디다. 아버지 영혼이 평안하시기를……. '산투르를 배우고 싶어요.' '창피하지도 않으냐? 네가 집시냐? 악사가 되겠다는 말이냐?' '저는 산투르를 배우고 싶습니다.' 결혼하려고 따로 모아 둔 돈이 조금 있었어요. 그건 어린아이 같은 생각이었지만 그 당시엔 아직 어설프고 피만 뜨거웠죠. 결혼을 하고 싶다니, 멍청이 같은! 아무튼 있는 걸 몽땅 털고 몇 푼을 더 보태서 산투르를 하나 샀어요. 지금 당신이 보고 있는 게 바로 그놈입니다. 나는 산투르를 들고 살로니카로 달아나 터키인 레트셉 에펜디를

---

* 현악기이다. 작은 망치나 플렉트럼을 이용해 연주하는 침발롬이나 덜시머의 일종이다.

찾아갔어요. 그는 아무에게나 산투르를 가르쳐 주었습니다. 나는 일단 그의 발 앞에 엎드렸답니다. '꼬마 이교도, 뭘 원하나?' '산투르를 배우고 싶습니다.' '그래? 그런데 왜 발 앞에 엎드리는 게냐?' '수업료를 낼 돈이 없습니다.' '산투르에 미친 게로구먼.' '네.' '그럼 여기 있어도 좋다. 수업료를 안 받을 테니.' 나는 그곳에 머물면서 일 년을 배웠어요. 신이 그 영감의 무덤에 축복을 내려 주시기를! 지금쯤 아마 죽었을 겁니다. 하느님이 개도 천당에 들어오게 허락하신다면 레트셉 에펜디에게도 천당 문을 활짝 열어 주셔야 할 겁니다. 산투르를 연주하게 될 줄 알면서부터 나는 전혀 딴사람이 되었어요. 기분이 안 좋거나 돈이 한 푼도 없을 때에는 산투르를 켭니다. 그러면 기운이 생기지요. 내가 산투르를 켤 때 당신이 말을 거는 건 상관없습니다만 나는 들리지 않아요. 들린다 해도 대답은 못해요. 말을 듣거나 대답을 하려고 해도 안 되는 거요."

"그건 왜요?"

"그걸 모른단 말이오? 그게 바로 정열이라는 거요."

문이 열렸다. 바닷소리가 카페 안으로 다시 쏟아져 들어왔다. 손발이 얼고 있었다. 나는 외투로 몸을 감싸고 구석으로 깊이 몸을 웅크렸다. 그 순간의 행복을 음미했다.

'어디로 간담? 여기선 그럭저럭 지내긴 좋은데. 이 행복이 오래 계속되면 좋으련만.'

이렇게 생각하며 앞에 선 사나이를 자세히 뜯어보았다. 그는 깊은 느낌을 주는 작고 둥근 검은 눈동자와 핏발이 선 눈으로 나를 뚫어져라 보고 있었다. 그 눈은 내 피부를 뚫고 속까지 훑어보는 듯했다.

"그래서요? 얘기를 계속해 보세요."

내가 말했다.

"그만합시다. 담배나 한 대 주시려오?"

조르바는 앙상한 어깨를 들었다 내려놓으며 말했다. 내가 담배 한 대를 그에게 주자 그는 호주머니에서 부싯돌을 꺼내 불을 붙였다. 그러고는 흡족한 듯 눈을 감았다.

"결혼은 하셨습니까?"

"나는 뭐 남자도 아니란 말이오?"

그는 화를 내며 말했다.

"내가 남자로도 안 보이오? 눈이 멀었지. 나보다 먼저 살았던 사람들처럼 나도 시궁창에 대가리를 박았던 겁니다. 결혼했지요. 줄곧 내리막길을 걸었습죠. 가장이 되고 집을 짓고 말썽꾸러기 아이들을 낳고. 하지만 산투르가 있다는 데 감사했지."

"산투르 덕분에 근심 걱정을 잊으셨던 거로군요?"

"이보시오. 댁은 연주할 수 있는 악기도 없어 보이는데 대체 무슨 소릴 하는 거요? 집구석에 들어가면 온통 근심거리요. 마누라도 자식도. 뭘 먹지? 뭘 입어야 하나? 앞으론 어떻게 될까? 제기랄. 그래서는 산투르를 켤 수가 없소. 악기를 연주하기 위해선 환경이 좋아야 한다오. 마음이 깨끗해야 산투르를 켜지. 마누라가 한 마디로 족할 걸 열 마디로 잔소리를 늘어놓는데 어떻게 산투르를 켠단 말이오? 자식들이 배고프다고 빽빽대는데 악기를 켤 수나 있겠소? 산투르를 켜려면 온갖 정성을 거기에만 쏟아야 하는 거요. 아시겠소?"

나는 이제야 알았다. 조르바는 내가 오랫동안 찾아다녔지만 만나지 못했던 바로 그 사람이었다. 펄떡펄떡 뛰는 심장과 푸짐한 말을 쏟아내는 커다란 입과 위대한 야성의 정신을 가진 사람. 모태인 대지에서 아직 탯줄이 채 떨어지지 않은 사나이였다.

언어, 예술, 사랑, 순수, 정열의 의미가 막노동꾼의 입에서 나온 가장 단순한 언어로 내게 전달되었다. 나는 그의 손을 쳐다보았다. 곡괭이를 쥘 수도 있고 산투르를 다룰 수도 있는 손은 굳은살이 박여 터지고 일그러진 데다 힘줄이 솟아나 있었다. 그는 마치 여자 옷이라도 벗기는 것처럼 다정하고 조심스럽게 보따리를 끌러 세월이 묻어 있는 산투르를 꺼냈다. 산투르에는 여러 개의 줄이 달렸는데 줄 끝에는 놋쇠, 상아, 붉은 비단으로 된 술 장식이 매달려 있었다. 그는 큰 손으로 마치 여자를 애무하듯 조심스럽고 정열적으로 쓰다듬고는 줄을 골랐다. 그러다가 큼직한 손으로 사랑하는 여자가 감기라도 걸릴세라 옷을 입히듯 산투르를 다시 보자기로 쌌다.

"이게 내 산투르요."

보따리를 조심스럽게 의자 위에 놓으며 그가 말했다.

뱃사람들은 술잔을 부딪치며 신나게 웃음을 터뜨리고 있었다. 늙은 뱃사람이 레모니 선장의 등을 다정하게 두드렸다.

"선장, 겁 좀 먹었겠군. 성 니콜라우스 성전에 촛불을 켜겠다고 약속했겠지?"

선장은 그의 숱 많은 눈썹을 일그러뜨렸다.

"천만에! 내 맹세코 말하지만, 죽음을 부르는 대천사가 나타났을 때는 성모 마리아님이나 성 니콜라우스는 생각도 못했네. 그저 살라미스 쪽을 바라보며 마누라를 생각했지. '아이고, 카테리나! 지금 이 순간 당신과 침대 속에 함께 있다면 얼마나 좋을까!'"

뱃사람들이 왁자하게 웃음을 터뜨렸고 레모니 선장도 덩달아 웃어 댔다.

"사내란 참 어쩔 수 없는 동물이야."

그가 키득거렸다.

"아니, 천사장이 머리 위에 칼을 들고 서 있는데 한다는 생각이 고작 그거야? 다른 것도 아니고 거기 생각이라니! 늙은 색골은 악마가 물어 가야 해!"

그가 손뼉을 쳤다.

"모두에게 한 잔씩 돌려!"

조르바는 그 큰 귀를 세우고 열심히 이야기를 듣다가 뱃사람들을 둘러보고 나에게 물었다.

"거기라니? 저 친구들 지금 무슨 소리를 하는 거요?"

그러더니 갑자기 이해했다는 듯 술잔을 쳐들고는 소리쳤다.

"그러면 그렇지! 브라보! 젊은 친구! 저 뱃놈들은 뭘 안단 말이야. 밤낮으로 죽을 고비를 넘겨서 그럴 거요."

그가 허공을 향해 큰 주먹을 휘둘렀다.

"마누라 '거기'야 뱃놈들 사정이고, 우리는 우리 일을 의논합시다. 여기 있을 거요, 아니면 나랑 함께 갈 거요? 어서 결정을 내려요."

나는 조르바의 품 안으로 뛰어들고 싶은 걸 간신히 참았다.

"조르바, 우리 이야기는 끝났어요. 나와 함께 갑시다. 크레타섬에 갈탄 광산 하나가 있어요. 당신은 인부들을 감독하면 됩니다. 저녁이면 다리를 뻗고 앉아 먹고 마십시다. 내겐 아내도 아이들도 강아지도 없어요. 그때 당신은 산투르를 켜도 좋고요."

"그럴 기분이 생긴다면! 아시겠소? 마음 내키면 말이오. 일은 당신이 바라는 대로 하지요. 거기서는 당신이 내 주인이니 말이오. 하지만 산투르 말인데, 그건 좀 다른 문제요. 산투르는 짐승이오. 짐승에게는 자유가 있어야 하지요. 제임베키코,* 하시피코,** 펜토잘리***도 출 수 있죠. 그렇지만 처음부터 분명히 말해 두겠소. 마음이 내켜야 하오. 이 점은 확실하게 해 둡시다. 만일 당신이 나한테 연주를 강요하면 그땐 끝장이오. 결국 당신은 내가 인간이라는 걸 인정해야 한다 이 말이오."

"인간이라니? 그게 무슨 뜻입니까?"

---

* 소아시아 해안 지방에 있는 제임벡족의 춤이다.

** 백정들의 춤이다.

*** 크레타 전사의 춤이다.

"자유라는 거요."

나는 럼주 한 잔을 더 시켰다.

"두 잔 가져와!"

조르바가 외쳤다.

"당신도 한 잔을 들어야 건배를 할 게 아니겠소. 샐비어 술과 럼주는 어울리지 않거든. 당신도 럼주를 마셔야 우리 계약이 효력을 갖는 거요."

우리는 잔을 부딪쳤다. 날은 이미 훤하게 밝았다. 배는 고동을 울리고 내 짐을 실은 거룻배 사공이 손짓했다.

"신의 가호가 있기를! 자, 갑시다."

내가 일어서며 소리쳤다.

"신뿐만 아니라 악마도!"

조르바가 태연하게 덧붙였다. 그는 몸을 굽혀 산투르를 옆구리에 끼고 문을 열고 앞서 걸었다.

2

바다, 따사로운 가을빛, 빛에 씻긴 섬. 불멸의 나신(裸身) 그리스 위에 투명한 베일을 두른 듯 보드랍게 내리는 비. 죽기 전에 에게해를 여행할 행운을 누리는 사람은 얼마나 복이 많은 사람인가.

여자, 과일, 생각들……. 이 세상에 기쁨은 많다. 그렇지만 따뜻한 가을 날씨에 바다를 헤쳐 나가면서 주위의 작은 섬들의 이름을 중얼거리는 것은 인간의 마음을 낙원으로 이끌 수 있는 가장 알맞은 기쁨이 아닐까. 그곳처럼 고요한 마음으로 현실에서 꿈으로 쉽사리 옮겨 갈 수 있는 곳은 없다. 꿈과 현실의 경계가 모호해지고 낡은 배의 돛대에서 가지가 자라나고 열매가 맺힌다. 그것은 마치 그리스에서는 필요가 기적을 낳는 것과 같다.

한낮이 가까워지면서 비가 그쳤다. 구름을 헤치고 나온 해는 갓 씻은 듯 싱싱하고 따뜻하고 상냥하기까지 했다. 햇빛은 사랑하는 바다와 물결을 어루만지는 듯했다. 나는 뱃머리에 서서 눈앞에 펼쳐진 기적에 실컷 취했다.

배 위에는 그리스인들이 가득했다. 교활한 악마의 탐욕스러운 눈과 장사치가 파는 싸구려 물건 같은 머리를 한 채로 밀고 당기며 싸우고 있었다. 마치 조율이 안 된 피아노나 극성스럽게 바가지를 긁어 대는 여자 같았다. 문득, 배를 집어 들어 배를 더럽히는 인간, 쥐, 벌레 같은 산 것들이 몽땅 떠내려가도록 바닷물에 담가 흔들어 씻은 다음 텅 빈 배를 다시 띄워 놓고 싶어졌다.

그러나 이따금 연민에 사로잡히기도 했다. 그것은 형이상학적 삼단논법의 결론처럼 냉철한 붓다의 연민이다. 단순히 사람만이 아니라 싸우고 울고 소리치고 희망하면서 세상만사가 허무한 것을 모르는 모든 생명에 대한 연민이다. 그리스인들에 대한 연민이고, 갈탄 광산에 대한 연민이며, 붓다에 관한 나의 미완성 원고와 갑자기 맑은 공기를 휘젓고 더럽힐 빛과 그늘로 빚어진 온갖 허무한 것에 대한 연민이었다.

나는 찡그리고 주름진 조르바의 얼굴을 보았다. 그는 뱃머리에 감아 놓은 밧줄 위에 앉아 있었다. 그는 레몬 향기를 맡으며 큰 귀를 세워 어떤 손님들이 왕을 두고 싸우는 소리와, 베니젤로스*를 놓고 떠들썩한 어떤 패거리의 소리도 들었다. 그는 침을 뱉으며 고개를 저었다.

"개코같은 소리! 저놈들은 창피한 것도 몰라!"

그가 경멸하듯 중얼거렸다.

"개코같은 소리라니? 조르바, 무슨 뜻이에요?"

"무슨 뜻이긴. 임금, 민주주의, 국민투표, 대의원 어쩌고저쩌고 해 봐야 모두 그게 그 소리지!"

조르바는 세상과 거리를 두고 있어 눈앞에 어떤 일이 일어나도 시대에 뒤떨어진 엉터리 수작들로밖에 보지 않았다. 그는 전신 기술, 증

---

* 그리스의 정치가로 그리스 독립운동에 가담했으며 그리스 총리를 지냈다.

기선, 엔진, 도덕이니 종교니 하는 것들을 모두 녹슨 고물 총으로 여겼다. 그의 정신이 세상을 훨씬 앞서 나가고 있었기 때문이었다.

해안선이 들쭉날쭉해지고 마스트 위의 밧줄이 삐걱거리자 배에 타고 있는 여자들의 얼굴은 레몬보다 더 샛노래졌다. 그들은 이미 화장, 보디스,* 머리핀, 빗 같은 무기를 버린 지 오래였다. 입술은 새파래지고 손톱은 퍼렇게 멍들었다. 늙은 수다쟁이들이 빌려서 치장했던 리본, 가짜 눈썹, 얼굴에 붙인 점, 브래지어 같은 장신구들은 이미 흩어지고 늘어졌다. 먹은 것을 게워 내는 모습을 보니 혐오스럽지만 한편으론 측은하게 느껴졌다.

조르바도 얼굴이 노래졌다. 빛나던 눈빛도 흐리멍덩해지다가 저녁이 되어서야 눈빛이 다시 돌아왔다. 그는 배를 따라오며 물 위로 떠오른 돌고래 두 마리를 가리켰다.

"돌고래다!"

그가 기쁜 듯 소리쳤다.

나는 그제야 그의 왼손 집게손가락이 거의 반쯤 잘려 나간 걸 알았다. 기분이 이상했다.

"손가락은 어떻게 된 거예요, 조르바?"

"아무것도 아니오."

그는 내가 돌고래를 보고도 아무런 감흥도 없는 게 못마땅한 모양이었다.

"기계를 만지다가 잘렸어요?"

"당신이 뭘 안다고 기계 어쩌고 하는 거요? 내 스스로 자른 거요."

"당신 손으로? 왜요?"

"이해 못할 거요, 보스."

---

* 코르셋 위에 입는 여성 의복이다.

그가 어깨를 들었다 놓으며 말했다.

"안 해 본 짓이 없다고 하지 않았소? 한때는 도자기도 구웠지. 그 짓에 미쳤었소. 흙덩이로 만들고 싶은 건 뭐든 만든다는 게 어떤 건지 아시겠소? 프르르! 돌림판을 돌리면 진흙 덩어리가 동그랗게 되면서 마치 당신의 말을 알아듣는 것 같지요. '항아리를 만들어야지, 접시를 만들어야 해. 아니 램프를 만들까, 뭐든 만들어야지.' 사람이라는 건 이런 게 아니겠소? 자유 말이오."

그는 바다도 잊고 레몬을 씹는 것도 잊었다. 눈빛이 다시 빛났다.

"그래서요? 당신 손가락은요?"

"아, 그게 돌림판을 돌리는데 자꾸 거치적거리더란 말이오. 이게 끼어들어 내가 만들려던 걸 망쳐 놓더란 말이지요. 그래서 어느 날 손도끼를 들고 그만……."

"아프지 않았어요?"

"무슨 말이 그렇소? 내가 목석인 줄 아시오? 나도 사람이오. 물론 아팠지요. 하지만 이게 자꾸 거치적거리니 자를 수밖에요."

해가 지면서 바다도 잔잔해졌다. 구름이 흩어지고 초저녁 별이 빛나기 시작했다. 나는 바다를 보고 또 하늘을 보면서 그 질문을 한 것을 후회했다. 얼마나 그 일을 사랑했으면…… 도끼로 손가락을 잘라내고, 그 고통을 느끼면서도 사랑하는 일 ……. 하지만 나는 내 감정을 숨겼다.

"조르바, 그건 좀 심하군요."

나는 웃으며 말했다.

"그 얘기를 들으니 어떤 금욕주의자 이야기가 생각나는군요. 여자를 본 후 욕정의 갈등을 견디기 어려워지자 이 양반이 도끼를 들어……."

"그걸 왜 자른답니까?"

조르바는 다음에 나올 말을 짐작하고 가로챘다.

"지옥에나 떨어질 멍청이지. 그것 참 순진하고도 바보 같은 친구로군. 그건 장애물이 아니에요!"

"장애물이 될 수도 있지요."

"뭘 하는 데 말이오?"

"하늘나라로 들어가는 데 말입니다."

조르바는 한심하다는 듯 나를 보았다.

"이 답답한 양반 같으니라고. 그게 바로 천국으로 들어가는 열쇠란 말이오."

조르바는 고개를 들어 내 머릿속에서 내세의 삶이나 천국, 여자, 성직자 따위의 생각이 복잡하게 오가는 걸 들여다보려는 듯 나를 뚫어져라 쳐다보았다. 하지만 내 마음속을 별로 헤아리진 못한 것 같았다. 그는 커다란 머리를 흔들었다.

"불구자는 천당에 못 가요."

그는 이렇게 말한 뒤 입을 다물었다.

나는 선실로 내려가 책을 잡았다. 붓다 생각이 머리를 떠나지 않았다. 나는 몇 년 동안 내 마음에 평화와 안식을 가져다준《붓다와 목자의 대화》를 읽었다.

목자: 제 식사는 준비되었습니다. 암양의 젖도 짜 두었고 집의 대문은 잠겼으며 난롯불은 타고 있습니다. 하늘이시여, 마음대로 비를 내려 보내소서.

붓다: 저는 더 이상 음식이나 젖이 필요치 않습니다. 바람이 제 처소이며, 불 또한 꺼졌습니다. 그러니 하늘이여, 비를 내려도 좋습니다.

목자: 제게는 황소가 있고 암소도 있습니다. 아버지에게 물려받은 목장도, 내 암소를 모두 거느릴 황소도 있습니다. 그러

니 하늘이여, 비를 내려 보내소서.

붓다: 제게는 황소도, 암소도, 목장도 없습니다. 아무것도 가진 게 없고 두려운 것도 없습니다. 그러니 하늘이여, 비를 내려도 좋습니다.

목자: 제게는 말을 잘 듣고 성실한 양치기 여자가 있습니다. 몇 년 전에 제 아내가 되었습니다. 아내와 밤을 지낼 때면 저는 행복합니다. 그러니 하늘이여, 비를 내려 보내소서.

붓다: 제게는 자유롭고 착한 영혼이 있습니다. 오래전부터 이 영혼을 길들여 왔고 저와 함께 놀도록 가르쳤습니다. 그러니 하늘이여, 마음대로 비를 내려도 좋습니다.

잠들 때까지 두 목소리가 내 귓가를 울려 댔다. 바람이 다시 일어나고 파도는 선체를 때리며 부서졌다. 나는 꿈인지 생시인지 분간할 수 없이 연기처럼 떠다녔다. 폭풍이 일면서 목장이며 암소, 수소가 모두 물속으로 사라졌다. 바람이 지붕을 날리고 불을 꺼뜨렸으며 여자는 소리를 지르다가 진흙 속에 빠져 죽었고 목자는 울부짖었다. 나는 그 소리를 들을 수 없었지만 바다 깊숙이 가라앉은 물고기처럼 점점 잠으로 빠져들어 갔다.

동이 틀 무렵 일어났는데 배 오른편으로 콧대 높은 섬이 버티고 선 게 보였다. 분홍빛 산봉우리가 가을 햇빛 아래 얇게 퍼진 안개 속에서 미소 지었다.

조르바는 갈색 담요로 몸을 감싼 채 크레타섬을 뚫어져라 바라보았다. 그는 재빨리 산에서 평야로, 다시 해안으로 시선을 옮기며 전부터 잘 알고 있던 곳을 다시 만나 기쁘다는 듯 샅샅이 살펴보았다.

"조르바, 크레타에 처음 오는 게 아니군요? 오랜 친구라도 만난 것처럼 보시네요."

나는 그의 어깨를 툭 치며 말을 걸었다. 조르바는 귀찮은 듯 하품을 했다. 별로 이야기를 나눌 마음이 없어 보였다. 나는 웃었다.

"이야기가 하고 싶지 않은 모양이군요."

"꼭 그렇지만은 않아요, 젊은 보스. 힘이 들어서 그래요."

"힘이 들다니요?"

그는 다시 해안선을 바라보며 대답을 미뤘다. 갑판 위에서 잔 탓에 회색 곱슬머리는 이슬로 반짝였다. 떠오르는 햇빛이 그의 볼, 턱과 목에 깊이 팬 주름을 비췄다.

이윽고 입술을 뗐지만 염소 입처럼 두껍고 아래로 처진 모양이 되었다.

"아침에는 입을 여는 게 힘들어요. 정말 힘들어요. 미안합니다, 젊은 보스."

그는 다시 입을 다물고 작고 둥근 눈을 크레타섬에 못 박았다.

아침 식사 시간을 알리는 종이 울렸다. 푸르뎅뎅하고 노란 얼굴들이 선실에서 몰려나왔다. 여자들이 말았던 머리를 지저분하게 늘어뜨리고 비틀거리며 식탁 사이로 지나가자, 게워 낸 오물과 향수 냄새가 났다. 겁에 질린 눈은 흐릿하고 멍청해 보였다.

내 앞에 앉은 조르바는 코를 벌름거리며 동양인 미식가처럼 커피 향을 맡았다. 그는 빵에 버터와 꿀을 발라 먹었다. 점점 얼굴이 살아났고, 입술 선도 시간이 지나면서 부드러워졌다. 눈도 반짝거리기 시작했다. 나는 천천히 잠을 쫓고 깨어나는 그를 지켜보았다.

그는 담배에 불을 붙여 맛있게 한 모금 빤 뒤 콧수염이 무성한 콧구멍으로 파란 연기를 내뿜었다. 그리고 동양인들이 흔히 하듯 오른쪽 다리를 접어 엉덩이를 받치고 편안하게 앉았다. 이제 말할 수 있게 된 모양이었다.

"크레타가 처음이냐고 물으셨던가요?"

그가 말문을 열었다. 그는 반쯤 눈을 감고 선창을 통해 우리 뒤로 사라지고 있는 이다 산을 바라보았다.

"맞아요. 처음 오는 게 아니에요. 1896년에 나는 벌써 다 큰 놈이었어요. 수염과 머리털은 그때 이미 까마귀 같았고 이도 서른두 개 모두 멀쩡했지요. 술에 취하면 오르되브르부터 접시까지 모조리 먹어 치웠어요. 정말이지 세상을 있는 대로 즐겼습니다. 그런데 악마가 훼방을 놓기 시작하더군요. 크레타섬에 혁명의 바람이 불어닥친 거예요. 그때 나는 행상을 하고 있었어요. 마케도니아에서 이 마을 저 마을로 돌아다니며 잡화를 팔았는데 돈 대신 치즈, 양모, 토끼, 옥수수 같은 걸 받았지요. 다 팔고 나면 곱이 남는 장사였어요. 마을엔 언제나 어둑해진 다음에 들어갔답니다. 어디서 자야 할지는 물론 알고 있었지요. 마음 착한 과부가 없는 마을은 없는 법이거든요. 하느님, 과부를 축복해 주시기를! 나는 과부에게 실 뭉치 한 개 아니면 빗이나 검은 스카프를 —물론 상중이니 검은색이지요—한 장 주고 같이 잤어요. 돈이 들 리가 없지요.

보스, 정말 돈이 안 들었어요. 덤으로 재미까지 누리고, 참 신났죠! 하지만 아까 말한 것처럼 악마가 난장판을 만들었어요. 크레타가 전쟁터가 됐지 뭡니까. 나는 이렇게 소리치고 싶었습니다. '크레타의 운명 같은 건 쥐나 물어 가라지. 빌어먹을 크레타가 왜 우릴 평화롭게 놔두질 않는 거야!' 나는 솜과 빗을 팽개치고 총을 들고 크레타 독립군에 가담했지요."

조르바는 또 조용해졌다. 우리가 탄 배는 모래사장이 있는 만을 끼고 돌았다. 파도는 부드럽게 밀려가 물거품을 해안에 남겼다. 구름이 물러간 후 햇볕이 쏟아지고 있어서 크레타섬의 거친 윤곽이 뚜렷해졌다. 조르바는 고개를 돌려 나를 놀리듯 바라보았다.

"보스, 내가 무슨 얘기를 할 것 같소? 터키 놈들의 목을 얼마나 쳐 냈는지, 그들의 귀를 수프 속에 얼마나 절였는지—이건 크레타 풍습이오만—이런 얘기를 할 것 같소? 천만에. 그런 얘기는 하고 싶지 않소. 무슨 지랄을 한 건지. 오늘 같은 날 약간 제정신이 들었을 때 내 자신에게 물어봤다오. 도대체 무슨 지랄이 도져 우리에게 나쁜 짓을 하지도 않은 놈들을 덮치고 물어뜯고 코를 베어 내고 귀를 찢고 창자를 도려냈을까! 그러면서도 전능하신 하느님의 가호를 빌었으니 말이외다. 하느님이 우리를 도와 그들의 코와 귀를 도려내고 사람을 작살내 주기를 바란다는 뜻일까요?

그땐 내가 혈기왕성할 때였지요. '왜' 같은 걸 생각해 볼 여유가 없었거든요. 사물을 제대로 보고 생각하려면 나이를 먹어야 해요. 이도 좀 빠지고. 이가 하나도 없는 늙은이라면 '얘들아, 물면 안 돼. 못 쓴단다' 하고 소리치기 쉽지요. 하지만 이 서른두 개가 멀쩡하다면……. 젊을 때는 사람이라고 볼 수 없어요. 사람을 잡아먹는 야수 같지요."

그는 고개를 흔들었다.

"젊은것들은 양도 먹고 돼지도 먹고 닭도 먹지요. 하지만 사람을 처먹지 않으면 양이 안 차는 모양입니다."

그는 커피 잔에다 담배를 비벼 끄며 한마디 더 보탰다.

"속이 차질 않아요. 안 차고말고. 그런데 자칭 현자라는 늙은 올빼미들은 뭐라 말합니까?"

대답을 기다리지도 않고 다시 말을 이었다.

"뭐라고 할 수 있을까요? 보스는 굶주리거나 사람을 죽여 본 적도 없고, 물건을 훔쳐 보거나 간음해 보지도 않았습니다. 그런 사람이 어떻게 세상 돌아가는 걸 안다는 말이오? 당신 머리는 순진하고 살갗은 햇빛 구경도 안 해 봤어요."

그는 조롱하듯 말했다. 나는 섬세한 손과 창백한 얼굴, 진흙과 피 속에 굴러 보지 못한 내 인생이 부끄러웠다.

"좋아요."

조르바는 스펀지로 닦아 내듯 식탁 위를 두꺼운 손으로 쓸어 냈다.

"좋아요! 보스는 수백 권의 책을 읽었을 테니 하나 물어봅시다. 아마 해답을 알고 있을 거요."

"말해 봐요, 조르바. 뭘 묻고 싶은 겁니까?"

"보스, 그곳에서 기적이 일어나고 있었어요. 참 웃기는 기적 말입니다. 우리는 독립군이 되어 사기 치고, 훔치고, 죽이는 짓들을 했는데, 그 때문에 게오르기오스 왕자가 크레타로 왔답니다. 그리고 자유가 찾아왔어요!"

그는 놀랍다는 듯 휘둥그레진 눈으로 나를 보았다.

"신기하지 않습니까? 굉장히 신비로운 일이란 말입니다. 만약 우리가 이 세상에서 자유를 원한다면 살인을 저지르고 사기를 쳐야 한다는 얘기 아니겠어요? 정말이지 내가 죽이고 사기 친 이야기를 다 한다면 머리끝이 쭈뼛거릴 겁니다. 그런데 그렇게 형편없이 굴었는데도 자유가 오다니! 하느님이 벼락을 내리는 대신에 자유를 주시다니! 나는 이해가 안 됩니다."

그는 도움을 바라듯 나를 보았다. 그 문제로 꽤 오랫동안 고민했고 의미를 몰라 괴로워했다는 것을 알 수 있었다.

"보스는 이해할 수 있어요?"

그가 괴롭다는 듯 물었다. 이해하다니, 내가 뭘 이해했다고 말할 것인가? 무슨 이야기를 해 줘야 한단 말인가. 우리가 하느님이라고 부르는 건 존재하지 않는다고. 우리가 살인자라고 부르는 것이나 나쁜 짓이라고 부르는 것이 모두 세계의 자유를 위한 투쟁에는 필요한 것이라고 해야 할까? 나는 좀 더 단순한 답을 찾으려고 애썼다.

"풀이 어떻게 돋아나고 똥과 진흙 속에서 어떻게 꽃으로 자라나지요? 조르바, 자신한테 비료와 진흙은 사람이고 꽃은 자유라고 말해 보는 게 어때요?"

"그러면 씨앗은요? 풀이 돋아나려면 씨앗이 있어야 할 게 아닙니까? 우리 안에 그런 씨앗을 집어넣은 건 누구란 말이오? 왜 이 씨앗은 친절하고 정직한 곳에서는 꽃을 피우지 못하는 겁니까? 왜 피와 더러운 것이 비료가 되어야만 하느냐는 말입니다."

조르바는 주먹으로 식탁을 치며 말했다.

"모르겠소."

나는 고개를 저었다.

"누가 알까요?"

"없을 거요."

"그렇다면, 당신은 당신의 그 배와 기계, 넥타이를 가지고 날더러 어쩌란 말이오?"

조르바는 주위에 거친 시선을 던지며 절망적인 목소리로 부르짖었다.

뱃멀미를 하던 승객 두어 명이 커피를 마시며 정신을 차리다가 싸움이 벌어진 줄 알고 귀를 기울였다.

그런 행동이 싫었는지 조르바는 목소리를 낮추었다.

"화제를 바꿉시다. 그 생각만 하면 닥치는 대로 의자건 램프건 내 골통이건 벽에 던져 깨 버리고 싶어진다니까. 하지만 그래 봐야 무슨 소용이겠소. 물건값을 물어 줘야 하고 의사에게 가서 머리에 붕대나 감을 뿐이지. 하느님이 살아 있다면 글쎄, 우리는 더 망한 거요. 이 양반은 하늘 위에서 날 내려다보고 배를 잡고 웃을 테니까."

그는 마치 귀찮게 구는 파리를 쫓듯 손을 내저었다.

"어쨌든 내가 하려던 말은 이거요. 온갖 깃발을 단 왕의 배가 들어와 한참 포격한 뒤에 게오르기오스 왕자가 크레타의 땅을 밟았다 이겁니다. 사람들이 자유를 찾았다고 미쳐서 날뛰는 꼴을 본 적이 있습니까?

없어요? 보스, 그럼 당신은 눈 뜬 장님으로 살다 죽을 팔자구먼요. 내가 천년을 산다 해도, 내 몸이 썩어 한 줌 재로 남는다고 해도 난 그날 본 걸 절대 못 잊을 겁니다. 우리가 취향에 따라 하늘나라 낙원을 고를 수 있다면—낙원이라면 마땅히 그래야 하겠지만—하느님께 말할 거요. '하느님, 내 낙원은 도금양*과 깃발이 나부끼는 크레타섬으로 해 주시고, 게오르기오스 왕자가 크레타에 발을 들여놓는 순간이 영원히 계속되게 하소서.' 전 그것뿐입니다."

조르바는 또다시 조용해졌다. 그는 턱수염을 잡은 뒤 찬물을 벌컥벌컥 들이부었다.

"조르바, 크레타에서 도대체 무슨 일이 있었습니까? 이야기를 좀 해 봐요."

"그 긴 이야기를 꼭 해야 합니까?"

조르바는 퉁명스럽게 말했다.

"봐요, 내가 툭 까놓고 말하지요. 이 세상은 하나의 수수께끼인 데다 인간이란 야만스러운 짐승에 지나지 않는단 말입니다. 잔혹한 야수면서 신이기도 하지요. 나와 함께 마케도니아에서 온 놈 가운데 불한당 같은 반역자, 요르가란 놈이 있었어요. 진짜 악랄한 놈인데, 그놈이 글쎄 울더란 말입니다. '왜 우는 거냐 요르가, 이 개놈아.' 말은 그렇게 했지만 내 눈에서도 눈물이 흐르고 있었습죠. '늙은 돼지 새끼 같은 놈이 뭐 하러 울어?' 그랬더니 그는 두 팔로 내 목을 끌어안고 어린애처럼 엉엉 울더란 말입니다. 그러고는 그 잡놈이 자기 지갑을 꺼내 터키 놈들에게서 뺏은 금화를 몽땅 쏟아 내서 한 줌씩 공중에 뿌렸어요. 보스, 아시겠어요? 그런 게 자유라는 겁니다."

나는 맑은 바닷바람을 쐬려고 갑판으로 올라갔다.

---

* 사랑을 상징하는 흰 꽃이다.

'아시겠어요? 그런 게 자유라는 겁니다.' 나는 생각에 잠겼다. 금화를 약탈하는 데 골몰하다가 갑자기 그 정열을 애써 모은 금화를 공중에 던지는 데 쓰다니…….

보다 고상한 정열에 휩쓸리는 것. 그것 역시 또 다른 노예 상태는 아닐까? 사상이나 민족이나 하느님을 위해 희생하는 것은? 우리가 따르는 것이 고상할수록 묶이는 노예의 사슬이 길다는 뜻은 아닐까? 그리고 우리는 좀 더 넓은 경기장에서 재미를 보다가 그 사슬을 벗어나지 못한 채 죽는 건 아닐까? 그럼 그게 우리가 말하는 자유?

어둑해질 무렵 우리는 모래 깔린 해안에 내렸다. 말끔한 흰 모래와 아직도 꽃이 피어 있는 협죽도며 무화과와 캐럽 나무가 보였고, 저 멀리 오른쪽에는 나무 한 그루 없는 낮은 언덕이 마치 한 여인이 쉬고 있는 듯한 모습을 하고 있었다. 여인의 턱 밑에는 목선을 따라 갈탄 광산의 거무스름한 광맥이 뻗어 있었다.

가을바람이 불자 찢어진 구름이 천천히 지나며 땅 위에 그림자를 부드럽게 드리웠다. 또 다른 구름 떼가 하늘 저쪽에서 일어나 태양이 구름 뒤로 숨었다 나오기를 반복했고 그때마다 땅의 표정도 산 사람처럼 밝아졌다 어두워지곤 했다.

나는 한동안 모래 위에 서 있었다. 내 앞에는 성스러운 적막이 사막처럼 매혹적이면서 죽음을 간직한 채 펼쳐져 있었다. 붓다의 노래가 내가 선 대지에서 솟아나 내면 깊숙이 들어왔다. '언제쯤이면 홀로, 친구도 없이, 기쁨이나 슬픔도 없이 세상만사가 꿈이라는 성스러운 확신으로 고요 속에서 쉴 수 있을까? 언제쯤이면 욕망 없이 만족한 채 산속에 묻힐 수 있을까? 언제쯤이면 내 몸은 단지 병이고 죄악이고 늙음과 죽음이라는 확신을 갖고 행복하게 숲으로 들어갈 수 있을까? 언제? 아아, 언제쯤이면?'

산투르를 옆구리에 낀 채 아직 불안한 발걸음으로 조르바가 내 곁으로 다가왔다.

"갈탄 광산은 저쪽이에요."

나는 내 마음을 숨기려고 이렇게 말하며 여인의 얼굴 같은 언덕을 가리켰다. 조르바는 쳐다보려고도 하지 않고 얼굴을 찌푸렸다.

"나중에 봅시다, 보스. 지금은 그럴 때가 아니에요. 이놈의 땅덩어리가 설 때까지 기다립시다. 악마가 뒤흔드는 것처럼 땅바닥이 울렁거리잖아요. 아직 갑판에 서 있는 것 같구먼그래. 자, 마을로 들어가 봅시다."

말을 마치고 그는 발걸음을 옮겼다. 아랍인처럼 가무잡잡한 꼬마 둘이 맨발로 달려와 보따리를 받았다. 덩치가 큰 세관원이 검문소 안에서 물담배를 빨고 있다가 파란 눈으로 힐긋 우리를 쳐다보더니 가방을 훑어보았다. 일어서려는 듯 의자를 삐걱거렸지만 일어서는 게 쉽지 않아 보였다. 그는 천천히 물담배 통을 집으며 졸린 듯 한마디 했다.

"잘 오셨소."

꼬마들 중 하나가 내게 다가와 올리브처럼 까만 눈으로 윙크를 하고 말을 걸었다.

"저 사람은 크레타 사람이 아니래요. 아주 게으르거든요."

"크레타 사람도 게으르잖니?"

"하긴 그래요. 네, 크레타 사람도 게을러요."

어린 크레타인이 대답했다.

"하지만 방식이 조금 달라요."

"마을은 여기서 멀어?"

"총 쏘면 맞을 만한 거리예요. 보세요. 저 골짜기에 있는 밭 너머예요. 좋은 마을이랍니다. 모든 게 충분하죠. 캐럽 나무, 콩밭, 곡물, 기름, 포도주. 그리고 저기 모래밭에서는 크레타섬에서 가장 먼저 수확하는 오이, 토마토, 가지, 수박이 나지요. 아프리카에서 불어오는 바람이 그것들을 키운대요. 밤에 과수원에 있으면 열매들이 크는 소리가 들린다니까요."

조르바는 앞장서서 걷고 있었다. 아직도 어지러운지 머리를 가누는 게 힘겨워 보였다. 그가 침을 탁 뱉었다.

"힘내요, 조르바! 다 왔어요. 이젠 두려워할 게 없다니까요."

우리는 빠르게 걸었다. 모래와 조개껍데기가 섞인 흙길에는 위성류, 야생 무화과, 갈대 뿌리, 현삼이 길바닥으로 뻗어 나와 있었다. 후텁지근한 날씨에 구름이 아래로 처지면서 바람이 잦아들기 시작했다.

나이를 먹어 속이 텅 빈 무화과나무 옆을 지날 때 꼬마 중 하나가 걸음을 멈추고 턱으로 나무를 가리키며 말했다.

"우리 젊은 아가씨의 무화과나무예요."

나는 크레타 땅에는 돌멩이 하나, 나무 한 그루에도 비극의 역사가 있는 것 같아 놀랐다.

"우리 젊은 아가씨? 왜 그런 이름이 붙은 건데?"

"우리 할머니 때 이야기래요. 어떤 지주의 딸이 목동하고 눈이 맞았대요. 하지만 아가씨 아버지가 그런 걸 허락할 리가 없죠. 젊은 아가씨는 울며불며 사정했다지만 끝내 안 들어준 모양이에요. 어느 날 밤 두 사람이 사라졌대요. 나이 많은 노인만 빼고 온 마을 사람들이 찾아다녔지만 일주일이 지나도 못 찾았대요. 그런데 어느 날부턴가 마을에서 이상한 냄새가 나기 시작해서 그 냄새를 따라갔더니 두 사람이 꼭 부둥켜안고 이 나무 아래서 썩고 있었대요. 냄새로 찾은 거예요."

꼬마가 큰 소리로 웃음을 터뜨렸다. 그러자 마을에서 개가 짖기 시작했고, 여자들의 말소리와 닭 우는 소리가 들려왔다. 라키 술*을 달일 때 나는 포도 향기도 바람에 실려 왔다.

---

* 터키 지방의 발효 술이다.

"다 왔어요."

두 소년이 소리를 지르면서 달려갔다.

모래 언덕을 돌아가자 마을이 나타났다. 마을은 계곡을 기어오르는 것 같은 모습이었다. 회반죽을 바른 비슷한 모양의 집들이 다닥다닥 붙어 있었는데, 마을의 열린 창들은 검은 헝겊 조각 같았고 마을은 바위틈에 끼어 있는 허연 해골처럼 보였다.

나는 조르바에게 다가가 당부했다.

"조르바, 이제 마을로 들어가니 행동을 조심합시다. 마을 사람들이 우릴 깔보지 못하도록 해야 해요. 아주 거창한 사업가 행세를 하잔 말이에요. 나는 관리인이고 당신은 감독입니다. 크레타 사람들은 그리 호락호락하지 않거든요. 보는 순간 이상한 점이 있다 싶으면 단번에 별명을 붙여요. 한 번 붙으면 벗어날 길이 없어요. 국 냄비를 꼬리에 달고 다니는 강아지 꼴이 된단 말입니다."

조르바는 수염을 한 주먹 움켜쥐고 생각을 하는가 싶더니 말했다.

"보스, 과부만 있다면 걱정할 건 없어요. 만약 없다면……."

마을을 들어서는 그 순간 누더기를 걸친 여자 거지가 손을 내밀며 다가왔다. 까맣고 더러웠으며 심지어 수염까지 거뭇거뭇 난 여자였다.

"형제, 형제는 영혼이 있소?"

여자가 조르바에게 다정하게 말을 걸었다.

"있지."

그가 엄숙하게 대답했다.

"그럼 5드라크마*만 줘!"

조르바가 주머니에서 가죽 지갑을 꺼냈다.

"여기 5드라크마!"

---

* 그리스의 화폐 단위로, 2002년에 유로로 바뀌었다.

그때까지 시무룩하던 얼굴에 웃음이 번졌다.

"보스, 여기 동네는 물건값이 싼 모양이오. 영혼값이 겨우 5드라크마라니!"

그가 뒤를 돌아보며 한마디 더 했다.

마을 개들이 달려오고 여자들은 우리를 좀 더 잘 보기 위해 테라스에서 몸을 내밀었다. 아이들은 소리를 지르며 우리를 따라왔는데, 강아지 같은 소리를 내는 녀석도 있고 자동차 경적 소리를 내기도 했다. 우리를 앞서가며 놀란 듯 눈을 부릅뜨는 녀석들도 있었다.

우리는 마을 광장 비슷한 곳에 도착했다. 광장 가운데에는 큰 미루나무 두 그루가 서 있었고 조잡하게 깎은 나무토막들이 미루나무를 빙 두르고 있었다. 광장 건너편에는 엄청나게 큰 간판에 낡은 글씨로 '카페 겸 정육점, 실비집'이라고 쓰인 카페가 있었다.

"왜 웃어요?"

조르바가 물었다.

그러나 대답할 틈이 없었다. 카페 겸 정육점 문이 열리면서 빨간 허리띠와 청색 바지 차림의 거인 5~6명이 튀어나오며 소리쳤다.

"친구들, 잘 오셨소. 들어와서 라키 술이나 한잔 드시겠소? 통에서 방금 따른 거라 아직도 따끈따끈하다오."

조르바가 혀를 찼다.

"보스, 어떻게 할까요? 한잔할까요?"

그가 돌아보며 윙크했다.

우리는 라키 술을 한 잔씩 마시며 속을 덥혔다. 카페 겸 정육점 주인 영감은 활발하고 건장한 데다 곱게 늙었다. 그가 우리에게 의자를 내주었다. 나는 묵을 만한 곳이 있느냐고 물었다.

"오르탕스 부인 댁으로 가 보시오."

누군가 소리쳤다.

"여기 프랑스 여자가 있습니까?"
내가 놀라서 물었다.
"어디서 왔는지는 알 수 없지요. 안 돌아다닌 데가 없을걸요? 돌아다니다 여기 눌러앉아 여인숙을 차렸어요."
"사탕도 팔아요!"
어린아이 하나가 소리를 질렀다.
"그 여자는 바르고 찍고 칠하고 아무튼 요란해요."
또 다른 아이가 말했다.
"목에는 리본을 매고요……. 앵무새도 한 마리 있어요."
"과부? 그 여자 과부입니까?"
조르바가 물었다.
"이보시오. 이 수염이 몇 개나 되는지 셀 수 있소? 몇 개요? 그 여자가 몇 놈의 과부였는지 알게 뭐요? 알아들었소?"
카페 주인이 자신의 짙은 수염을 비틀며 말했다.
"암요. 당신도 그 여자 덕분에 홀아비가 되었구려?"
조르바가 입술을 핥으며 물었다.
"예끼, 이 사람아! 자네나 조심하게!"
노인이 소리를 지르는 바람에 모두 웃음을 터뜨렸다.
우리는 술을 한 잔씩 더 마셨다. 카페 주인이 보리빵과 염소젖으로 만든 치즈, 배를 담은 쟁반을 들고 왔다.
"이 사람들 자꾸 들썩거리게 하지 말아요. 오늘 밤 여기서 묵을 거야. 여인숙에 가는 건 꿈도 못 꾸게 해야 해!"
"콘도마놀리오! 내가 이 사람들을 받을 걸세. 나는 어린애도 없지. 우리 집은 크고 방도 많아."
노인이 말했다.
"미안해요, 아나그노스티 아저씨. 내가 먼저 말했어요."

카페 주인이 노인의 귀에 대고 소리쳤다.

"자네는 한 분만 데리고 가게. 한 분은 내가 모시지. 늙은 친구를……."

"누가 늙었단 말이오?"

조르바가 발끈하며 물었다.

"우린 함께 있을 겁니다."

나는 이렇게 말하며 조르바에게 신호를 보냈다.

"우리는 함께 있어야 하니까, 오르탕스 부인의 여인숙으로 가겠어요."

"어서 오세요. 잘 오셨습니다."

빛바랜 황갈색 머리에 키가 작고 몸집이 통통한 여자가 미루나무 밑을 안짱걸음으로 나왔다. 턱에는 털이 돋아난 점이 있었고 목에는 짙은 붉은색 리본을 둘러 감았는데 쭈글쭈글한 뺨에는 자줏빛 분 자국이 두드러졌다. 머리털 한 줌이 이마에서 찰랑거렸는데 그 모습이 마치 〈새끼 독수리〉에 나이를 먹은 뒤에 출연했던 연극배우 사라 베르나르 같았다.

"오르탕스 부인, 뵙게 되어 영광입니다."

갑자기 기분이 좋아진 나는 여자의 손에 키스까지 해 버렸다.

인생이 별안간 동화나 《템페스트》 서막 같아졌다. 상상 속에서 우리는 조난을 당해 온몸이 물에 흠뻑 젖은 채 이제 막 섬에 상륙한 셈이었다. 우리는 해안 탐사를 마치고 그 지역 주민들과 인사를 나눈 뒤 이 섬의 여왕처럼 보이는 오르탕스 부인을 만난 것이다. 오르탕스는 금발의 해마가 바닷물에 밀려 반쯤 썩은 모습으로 해변 모래톱에 걸린 모양새였지만 내게는 마치 여왕같이 보였다. 그녀의 등 뒤로는 반인반수 캘리밴처럼 지저분하고 털이 북슬북슬한 얼굴들이 있었다. 그들은 익살스러운 표정을 지으면서 여왕에 대한 자랑과 경멸을 차례로 드러냈다.

신분을 숨기고 있는 왕자인 조르바도 옛 전우인 것처럼 그녀를 바라보았다. 먼바다로 나가 풍파를 다 겪은 프리깃함*은 해치가 부서졌으며 마스트는 부러지고 돛은 찢긴 채로, 갈라진 틈새를 때우듯 얼굴의 깊어진 주름을 분과 크림으로 메우고 이 해변에서 모습을 감추고 기다리고 있었던 것이다. 정말 그 여자는 만신창이의 선장 조르바를 기다리고 있었다. 나는 이 두 배우가 마침내 크레타의 무대에서 만난 것이 기뻤다.

"오르탕스 부인, 침대는 두 개 주십시오. 빈대는 사양합니다."

나는 러브신 연기에 뛰어난 늙은 전문가에게 허리를 굽히며 말했다.

"빈대는 없어요, 없고말고요!"

그녀는 도발적인 시선으로 나를 보았다.

"없을 거예요!"

캘리밴이 조소가 담긴 말투로 소리쳤다.

"없어요. 없다니까요!"

오르탕스 부인은 통통한 발로 발을 구르며 소리쳤다. 여자는 짙은 하늘색 스타킹을 신고 실크 리본을 단 궁정 구두를 신고 있었다.

"이 집은 안 되겠어. 프리마돈나!"

캘리밴이 또 한 번 소리쳤다. 그렇지만 오르탕스 부인은 이미 앞장서서 우리에게 길을 내주었다. 분과 싸구려 비누 냄새가 났다.

조르바는 탐욕스러운 눈길로 뒷모습을 감상하며 뒤따랐다.

"보스, 저것 좀 봐요. 저 잡것이 궁둥이 흔드는 것 좀 보라지. 삐뚤빼뚤! 꽁지에 기름이 잔뜩 오른 암양 같구먼요."

---

* 구축함보다 크고 순양함보다는 작은 군함이다.

큰 빗방울이 두세 방울 떨어지더니 하늘이 온통 구름으로 덮였다. 산 뒤로 푸르스름한 번개가 내리쳤다. 하얀 양가죽 케이프를 둘러쓴 소녀들이 풀을 뜯던 염소와 양들을 서둘러 몰아오고 있었다. 부인네들은 부엌 앞에 쪼그리고 앉아 저녁을 지을 불씨를 다독였다.

조르바는 실룩거리는 오르탕스 부인의 엉덩이에서 한시도 눈을 떼지 못하고 수염만 쥐어뜯었다.

"허 참! 산다는 게 지옥이지! 저 화냥년이 끝내 사람을 꼬이려고 하는구먼요!"

3

오르탕스 부인의 여인숙은 서로 붙어 있는 몇 채의 목욕탕을 개조한 것이었다. 첫 번째 건물은 사탕, 담배, 땅콩, 램프, 심지, 잡화, 양초, 안식향 따위를 팔았고 거기에 붙어 있는 네 채의 건물은 합숙소 같은 느낌이 났다. 마당 뒤로 부엌, 세탁장, 닭장, 토끼장이 있었다. 주위를 빙 둘러선, 깔끔하게 정리된 모래밭에는 대나무와 배나무가 자라고 있었다. 어디에나 바다와 오줌똥 냄새가 뒤범벅이었다. 그러다가 이따금 오르탕스 부인이 나타나면 누군가 미장원 쓰레기통을 뒤집어 놓은 것처럼 냄새가 달라졌다.

침대가 준비되자마자 우리는 거기로 들어가서 이튿날 아침까지 한 번도 깨지 않고 잤다. 꿈을 꾼 기억은 없지만 바다에 뛰어들어 씻고 나온 것처럼 상쾌한 기분으로 일어났다.

인근 마을에서 오는 일꾼들은 월요일에나 올 테니 일요일인 오늘은 내 운명이 실어다 놓은 해변을 한 바퀴 둘러보기로 했다. 동이 트기도 전이었다. 정원들을 지나 바닷가를 끼고 돌아 물과 땅과 공기를 만나고 야생 식물을 만지다 보니 손바닥에서 소금 냄새와 샐비어, 박하 향기가 났다.

언덕에 올라 주위를 둘러보니 화강암과 석회암이 어우러진 풍경이 눈에 들어왔다. 짙은 캐럽 나무, 은빛 올리브 나무, 무화과와 포도 넝쿨이 눈에 들어왔고 어두운 계곡 안에서는 오렌지 나무숲, 레몬 나무와 모과나무가 보였다. 해변 가까이에 채소밭도 보였다. 바다가 펼쳐진 남쪽에는 아프리카에서 달려온 것 같은 파도가 크레타섬을 물어뜯으려고 으르렁거렸다. 가까운 모래섬들은 아침 햇살에 장밋빛으로 빛났다.

크레타의 시골 풍경은 생각을 다듬은 구성, 군더더기 수식어가 없는 은근한 문장, 최대한 절제하여 표현한, 잘 쓴 산문 같은 느낌이 들었다. 경박한 것도, 인위적인 구석도 없다. 표현해야 할 것은 위엄 있게, 엄격한 행간에서는 기대하지 않았던 감성과 애정이 풍겨 나왔다. 공기 중에 레몬 나무와 오렌지 나무가 흘리는 향기가 진동했고 넓은 바다는 끝없는 시구가 흘러넘쳤다.

"크레타……."

나는 나직이 불러보았다.

"크레타……."

심장이 두근거리기 시작했다.

언덕을 내려와 물가로 갔다. 눈처럼 하얀 숄을 두른 채 노란 장화를 신고 스커트는 걷어 올린 한 떼의 처녀들이 다가왔다. 푸른 바다와 대비되어 하얗게 빛나는 수녀원으로 미사를 드리러 가는 처녀들이었다.

나는 걸음을 멈췄다. 그들은 낯선 남자를 보고 경계심에 표정이 굳었고 웃음소리도 멎었다. 머리끝에서 발끝까지 방어 자세가 되어 손가락으로 팽팽하게 단추를 잠근 블라우스를 꼭 쥐었는데 공포가 그들의 핏속에 끓어오르는 것 같았다. 수세기 동안 아프리카 쪽을 마주 본 크레타 해안에 가끔 해적선이 나타나 양을 잡아가고 아녀자들을 겁탈하곤 했다. 해적들은 몸에 차고 있던 붉은 벨트로 전리품을 묶어 배 밑바닥에 쓸어 넣은 뒤 알제리, 알렉산드리아, 베이루트에 팔아 치우곤 했다. 그 해변에 물이 빠진 적이 없으니 수세기 동안 크레타 여인들의 곡소리도 끊일 날이 없었을 것이다. 나는 겁에 질린 소녀들이 밀집대형을 이루듯 걸어오는 모습을 보았다. 소녀들의 그런 반응은 본능적인 것으로 까닭 없이 되풀이하는 거였다.

처녀들이 내 앞을 지날 때 나는 조용히 옆으로 비켜서며 웃어 주었다. 그러자 그들은 그들이 느꼈던 공포가 수백 년 전에 사라졌고 지금은 안전한 시대에 산다는 걸 깨달은 듯한 표정으로 밀집대형을 풀고 맑은 목소리로 인사를 하고 지나갔다. 때맞춰 수녀원의 종소리가 울려 주위는 즐거운 소리로 가득 찼다.

맑은 하늘로 해가 솟아올랐다. 나는 암초 사이의 갈매기처럼 바위틈에 앉아 오래도록 바다를 바라보았다. 내 몸은 기운이 넘치고 마음먹은 대로 움직여 주었다. 마음은 파도를 따라가다가 어느새 파도 한 자락이 되어 바다의 리듬 속으로 잠겼다.

내 마음이 천천히 부풀었다. 희미하지만 호소하는 듯한 소리가 내부에서 새어 나왔다. 누가 나를 부르고 있는지 안다. 혼자 있으면서 무서운 예감과 공포를 이기지 못할 때면 어김없이 그가 소리를 지른다. 그 무서운 소리를 듣지 않기 위해 나는 서둘러 여행 동무인 단테를 꺼냈다. 책장을 넘겨 가며 여기저기서 한 행씩 골라 읽다가 때로는 3행 연구를 읽기도 하고 한 편을 아예 다 외우기도 했다. 불타고 있는 구절에서는 저주받은 자들이 소리 지르며 일어나기도 하고, 상처 입은 영혼들은 암벽을 타고 오르다 길을 잃기도 했다. 축복받은 영혼들은 녹색 벌판을 반짝이는 반딧불처럼 움직였다. 나는 이 무서운 운명의 집을 가장 높은 곳부터 가장 낮은 곳까지 헤매 다녔다. 천당과 연옥을 내 집처럼 드나들었다. 시를 읽다가 나는 괴로워했고 가끔은 감동을 받아 행복을 맛보기도 했다.

단테를 덮어 버리고 바다를 보았다. 갈매기 한 마리가 파도에 몸을 맡기고 출렁이며 몸을 내맡기는 데서 오는 즐거움을 만끽하고 있었다. 햇볕에 그을린 젊은이는 맨발로 물가에 나와 사랑의 노래를 불렀다. 수평아리처럼 쉰 목소리가 나는 것을 보니 부르는 노래의 아픔을 아는 모양이었다.

수백 년이 흐르는 동안 단테의 시들은 시인의 조국에서 애송되었다. 사랑의 노래가 젊은 남녀에게 사랑을 준비하도록 만드는 것과 같이 뜨거운 피렌체 사람인 단테의 시들은 이탈리아 젊은이들에게 자유의 날을 준비하게 만들었다. 대를 이어 사람들은 시인의 정신과 이야기를 나누고 마침내 그들의 노예 생활을 자유로 바꾸는 것이었다.

등 뒤에서 웃음소리가 들려 단테 생각에서 벗어나고 말았다. 뒤돌아보니 웃음을 짓느라 일그러진 조르바의 얼굴이 보였다.

"보스, 참 잘하는 짓이구려. 몇 시간이나 찾아다녔답니다. 이런 데 계실 줄 누가 알았겠어요."

대꾸가 없자 그가 말을 이었다.

"한낮이 다 됐어요. 닭을 삶고 있는데 이러다 다 바스러지겠어요. 아시겠습니까?"

"알아요. 하지만 별로 배가 고프지 않아요."

"배가 안 고프시다? 하지만 아침부터 아무것도 안 먹었잖아요. 육체에도 영혼이 있답니다. 몸을 가엾게 여기세요. 뭘 먹이셔야지요. 먹이지 않으면 언젠가는 길바닥에 영혼을 팽개치고 말 거라고요."

조르바는 자기 허벅지를 철썩 때리며 소리쳤다.

나는 그 당시 육신의 쾌락을 경멸하고 있었다. 부끄러운 짓을 저지르는 것처럼, 먹어도 몰래 숨어서 먹기를 원했다. 하지만 조르바가 더 이상 물고 늘어지는 건 원치 않았다.

"좋아요. 갑시다."

우리는 마을 쪽으로 걸었다. 바위 사이에서 보낸 시간이 마치 연인과 지낸 달콤한 한때처럼 순식간에 사라져 버리고 말았다.

"갈탄 생각을 하셨소?"

조르바가 머뭇거리며 물었다.

"그것 말고 뭘 생각하겠습니까?"

내가 웃으며 말했다.

"내일 일이 시작되니 계산을 좀 해 둘 필요가 있지요."

"그래, 계산을 해 보니 어떻습디까?"

근심스러운 얼굴로 조르바가 물었다.

"석 달 후부터는 하루에 10톤씩은 캐야 비용을 메울 수 있을 것 같더군요."

조르바는 근심스러운 얼굴로 나를 보더니 얼마 후에 입을 열었다.

"젠장, 뭣하러 바닷가까지 와서 그런 계산을 하는 겁니까? 보스, 이렇게 물어봐서 미안합니다. 하지만 나는 이해가 안 가요. 계산 같은 걸 하려면 땅속 구멍에라도 들어가고 싶은 심정이 되거든요. 만약 내가 바다를 보거나 나무를 보거나 여자를 본다면, 비록 늙은 여자라도 마찬가지인데, 아무튼 빌어먹을, 그때까지 하던 계산이며 숫자들이 몽땅 불사른 듯 날아가지 않으면 이상한 겁니다. 날개가 달린 것처럼 달아나고 나는 또 죽어라 뒤쫓아 가야 하지요."

"조르바, 그건 당신 잘못이에요. 정신을 집중하지 않으니 매사가 그런 식이 되는 겁니다."

나는 그를 놀렸다.

"보스 말씀이 옳을지도 모르지요. 모든 건 생각하기에 달려 있으니 말이오. 하지만 현명한 솔로몬 대왕도 어쩌지 못한 경우가 있습지요. 어디 봅시다. 어느 날 내가 조그만 마을로 갔을 때의 일이에요. 아흔이 넘은 것 같은 할아버지 한 분이 바쁘게 아몬드 나무를 심고 있더구먼요. 그래서 내가 '할아버지, 아몬드 나무를 심고 계시네요?' 하고 물었지요. 그랬더니 '오냐, 나는 죽지 않을 것 같은 기분이거든' 하더군요. 그래서 내가 이렇게 대답했어요. '저는 제가 언제 죽을지 모른다는 생각을 하며 살아요.' 자, 누구 얘기가 맞다고 생각하십니까, 보스?"

그는 의기양양한 표정으로 나를 바라보았다.

"어때요, 이 말에는 꼼짝 못하겠지요?"

나는 대답하지 않았다. 똑같이 험하고 가파른 두 갈래 갈림길이 같은 봉우리에 닿을 수도 있었다. 죽음이 존재하지 않는다는 듯 사는 거나, 매 순간 죽음을 의식하며 사는 건 어쩌면 같은 일인지도 모른다고 생각해 왔지만 조르바가 물었을 때는 대답하지 못했다.

"자, 내 말에 반박하지 못한다고 해도 상심하지 마세요. 우리 딴 얘기를 합시다. 지금 나는 닭고기와 계피 뿌린 필래프* 생각밖에 없어요. 내 머릿속에서 김이 무럭무럭 난다 이 말입니다. 배를 채우고 그다음에 생각해 봅시다. 모든 건 때가 있는 법 아니오? 지금 우리 앞에 필래프가 있으니 필래프만 생각하고 내일 우리 앞에 갈탄 광산이 있을 때 갈탄을 생각하면 되지요. 어정쩡하다가는 아무것도 못해요."

마을에 들어서니 여인네들이 문 앞에 앉아 이러쿵저러쿵 떠들어 대고 있었고 지팡이에 기대선 노인들은 아무 말도 하지 않았다. 석류가 주렁주렁 열린 나무 아래에는 몸집이 작고 주름투성이인 노파가 손자의 이를 잡고 있었다.

카페 앞에는 심각한 표정의 매부리코 영감이 서 있었다. 위엄 있는

---

* 쌀, 고기, 향료를 넣고 볶은 음식이다.

풍채였는데 우리에게 갈탄 광산을 전세 준 마을 장로 마브란도니였다. 그는 전날 밤 오르탕스 부인의 여인숙으로 우리를 데리러 왔다.

“마을에 사람이 없는 것도 아닌데 오르탕스 부인의 여인숙에 묵으시다니, 부끄럽습니다.”

그는 근엄했고 마을 지도자답게 조심스레 말을 골라 했지만 우리는 거절했다. 속은 좀 상한 듯 보였으나 끝까지 고집하지는 않았다.

“나는 할 만큼 했소. 두 분이 알아서 하시오.”

조금 후에 그는 우리에게 치즈 두 덩어리, 석류 한 바구니, 건포도와 무화과 한 단지, 라키 술 한 항아리를 보내 주었다. 심부름꾼이 말을 전했다.

“마브란도니 어른이 보내셨습니다. 대단한 건 아니지만 정성으로 받아 달라 하셨습니다.”

다시 그를 만난 우리는 진심으로 감사를 표했다.

“재미 많이 보십시오.”

그는 이렇게 말하며 가슴에 손을 얹고는 입을 다물어 버렸다.

“말수가 적은 사람이로군요. 숙맥인가?”

조르바가 중얼거렸다.

“자존심이 강한 사람 같아요. 마음에 드는군요.”

내가 대꾸했다.

우리는 여인숙에 도착했다. 조르바의 코는 벌름벌름 신이 났다. 오르탕스 부인은 문간에서 우리를 보자마자 소리를 지르며 부엌으로 뛰어 들어갔다.

조르바는 식탁을 뜰로 들고 나와 잎이 다 떨어진 포도나무 아래 놓았다. 빵을 두껍게 썰고 포도주를 가져오다 상을 보고는 장난꾸러기 같은 표정으로 나를 바라보며 식탁을 가리켰다. 그는 세 사람이 먹을 상을 차려 놓았다.

"무슨 뜻인지 아시겠지요, 보스?"

"알고말고요. 주책바가지 영감."

"스튜는 늙은 닭으로 끓여야 가장 맛있는 법이지요. 보스도 한 수 배우시오."

조르바는 입술을 핥으며 입맛을 다셨다. 그는 손가락에 불이라도 붙은 듯 민첩하게 움직였고 눈은 반짝거렸다. 흘러간 사랑 노래를 흥얼거리기도 했다.

"보스, 이게 인생을 사는 맛 아닙니까? 맛있게 먹다 보면 늙은 암탉이 꼬리를 치겠지요? 나는 금세 죽을 사람처럼 이런 짓을 하는 겁니다. 그래야 힘이 솟지요. 늙은 암탉을 먹기 전에는 절대 안 죽을 거요."

"식탁이나 차려요!"

오르탕스 부인이 명령했다.

부인은 냄비를 들어 우리 앞에 놓다가 입을 다물지 못했다. 접시가 세 개인 것을 본 것이다. 기쁨에 홍당무가 된 여자는 조르바를 바라보며 재빨리 조그만 눈을 깜빡거렸다.

"알아차린 모양이군요."

조르바가 속삭이더니 아주 공손한 태도로 부인을 돌아보며 말했다.

"아름다운 바다 요정이시여, 우리는 난파당해 당신의 영토까지 들어왔습니다. 세이렌이여, 함께 식사를 할 수 있는 영광을 베풀어 주소서!"

늙은 카바레 가수는 팔을 활짝 벌렸다가 우리 모두를 다 끌어안을 것처럼 다시 감싸 안았다. 우아하게 몸을 흔들고 조르바를 건드렸다가 나를 스치고는 자기 방으로 뛰어 들어갔다.

잠시 후 부인은 제일 좋은 옷으로 갈아입고 나타났다. 닳아 해어진 노란 수술로 장식한 벨벳 드레스는 낡았지만 여전히 빛났다. 보디스는 활짝 벌어진 대로 두고 그 위에 비록 조화지만 활짝 핀 장미 한 송이를 꽂았다. 들고 나온 앵무새 새장은 포도 넝쿨에다 걸어 두었다.

우리는 그녀를 사이에 두고 조르바는 오른쪽, 나는 왼쪽에 앉았다. 세 사람은 모두 황홀한 기분에 빠졌다. 꽤 오랫동안 한마디도 건네지 않았다. 영혼을 짊어지고 다니는 육체라는 짐승에게 실컷 먹이고 포도주로 목도 축여 주었다. 음식은 곧 피가 되고 세상은 더 아름다워 보였다. 우리 옆에 앉은 여인은 점점 더 젊어져 얼굴의 주름살도 사라졌다. 매달린 새장 속에서 초록빛 재킷에 노란 조끼를 입은 앵무새가 고개를 숙이고 우리를 내려다보았다. 앵무새는 마술에 걸린 외로운 사내 같기도 했고 초록과 노란색 드레스를 입은 늙은 카바레 가수의 영혼처럼 보이기도 했다. 우리 머리 위 포도 넝쿨에는 시커먼 포도가 주렁주렁 매달려 있었다.

조르바의 눈은 빙글빙글 돌고 마치 온 세상을 안고 싶다는 듯 팔을 벌렸다.

"보스, 어떻게 된 겁니까? 눈깔만 한 잔으로 포도주를 마셨는데 세상이 돌아 버렸어요. 보스, 인생은 요상한 거군요. 우리 머리 위에 달려 있는 게 포도입니까? 아니면 천사들입니까? 모르겠네요. 아니면, 이것들은 아무것도 아닌가요? 닭도 아니고 세이렌도 아니고, 크레타도 없는 건가요? 보스, 말해 봐요. 내가 여기서 돌아 버리지 않게 말입니다."

조르바는 놀란 듯 소리쳤다. 그는 조금씩 살아나기 시작했다. 닭을 다 뜯어 먹고 나더니 오르탕스 부인을 게걸스러운 눈으로 바라보았다. 그의 시선은 그녀를 핥듯이 위에서 아래로 훑어 내렸다. 그러다 더듬이가 달린 것 같은 눈이 부인의 불룩한 가슴 속으로 미끄러져 들어갔다. 우리 숙녀의 작은 눈도 반짝이기 시작했다. 그녀도 포도주를 좋아해서 연이어 몇 잔을 마신 뒤였다. 술 속에 있던 장난꾸러기 마귀가 그녀를 젊은 시절로 되돌려 놓았다. 옛날처럼 다정하고 유쾌한 여자가 되었다. 그녀는 일어나서 자신이 야만인이라고 부르는 마을 사람들이 보지 못하도록 바깥문을 잠갔다. 그리고 담배에 불을 붙여 물고 프랑스식으로 휘어진 자신의 작은 들창코로 연기를 내뿜었다.

그럴 때면 여자는 모든 문을 활짝 여는 법이다. 경계는 풀어지고 친절한 한마디 말은 사랑만큼이나 강한 효력을 발휘한다. 나는 파이프에 불을 붙이고 그 친절한 말을 던졌다.

"오르탕스 부인, 부인을 보니 사라 베르나르가 생각나는군요. 한창 시절의 베르나르 말입니다. 이렇게 황량한 곳에서 아름답고 친절한 분을 만나게 될 줄은 몰랐습니다. 어떤 셰익스피어가 당신을 이런 야만인들 속으로 보낸 겁니까?"

"셰익스피어? 어떤 셰익스피어가 그랬느냐고요?"

그녀는 작은 눈을 크게 뜨며 물었고 곧 지난날 거쳐 온 극장으로 날아갔다. 눈 깜빡할 사이에 파리에서 베이루트, 아나톨리아의 해안을 누비며 카페 콩세르, 카바레, 술집을 차례로 떠올렸다. 갑자기 기억이 떠오른 모양이었다. 샹들리에가 화려하고 플러시 천을 댄 의자에 앉은 사람들, 등을 판 야회복 차림의 귀부인들과 향기로운 꽃다발이 넘쳐 나던 알렉산드리아의 대형 극장. 별안간 커튼이 오르면서 나타난 무섭게 생긴 흑인…….

"어떤 셰익스피어냐고 물었죠? 셰익스피어를 '오셀로'라고도 부르나요?"

기억을 떠올린 그녀가 물었다.

"마찬가지예요. 백합 같은 부인이여! 어떤 셰익스피어가 부인을 이 돌 틈에 내버린 겁니까?"

여자는 주위를 둘러보았다. 문은 닫혀 있고 앵무새는 잠이 들었고 토끼는 교미 중이라 뜰에는 우리뿐이었다. 감동한 여자는 우리 앞에 다시 가슴을 열었다. 향수와 노랗게 변한 연애편지, 낡은 옷이 가득 찬 장롱을 여는 것처럼.

그녀는 단어를 자르고 음절을 아무렇게나 섞은 제멋대로의 그리스어로 말했다. 하지만 우리는 그 말을 완벽하리만큼 이해했다. 가끔씩 웃음을 참기 어려웠고, 또 많이 마신 뒤라 가끔씩은 웃다가 눈물을 흘리기도 했다.

"저……."

늙은 세이렌이 우리에게 한 말을 대충 옮기면 이렇다.

"두 분 앞에 앉은 이 사람은 절대 술집 가수가 아니랍니다. 그렇고말고. 나는 유명한 예술가였어요. 진짜 레이스가 달린 비단 속옷도 입어 본 사람이랍니다. 그런데 사랑이……."

땅이 꺼지도록 한숨을 쉬던 그녀는 조르바가 붙여 준 담배를 한 모금 빨고 다시 말을 이었다.

"저는 해군 제독을 사랑했답니다. 크레타에 다시 혁명이 일어나고 열강들의 함대가 수다항에 정박하고 있을 때였어요. 며칠 뒤 나도 거기에다 닻을 내렸지요. 기가 막힌 장관이었어요! 네 나라의 제독을 두 분이 봤어야 했는데……. 영국, 프랑스, 이탈리아, 러시아 제독들을……. 모두 금술을 두른 검정 에나멜 구두에 깃털이 달린 모자를 쓰고 있었죠. 수탉 같았어요. 75킬로그램에서 90킬로그램은 나가 보였으니 수탉치고는 너무 컸죠. 그 수염은 또 어떻고! 곱슬곱슬하고 매끄럽고 까맣고 금발에 빨간 수염에 냄새는 또 얼마나 좋았다고요. 모두 쓰는 향수들이 달라서 나는 어둠 속에서도 누군지 알아맞힐 수 있었어요. 영국 제독은 오드콜로뉴 냄새, 프랑스 제독은 바이올렛, 러시아 제독은 사향, 이탈리아 제독은 파출리* 냄새가 났었죠. 세상에 그렇게 멋진 수염이 또 있을까요? 정말 멋졌어요.

몇 번 우리는 기함에 모여 혁명을 이야기했어요. 제독들의 제복에

---

* 인도산 꿀풀과의 식물로 만든 향료다.

는 주름 하나 없었고 내 실크 슈미즈도 빳빳했답니다. 그들이 거기다가 샴페인을 부었거든요. 여름이었지요. 아주 진지한 토론이었답니다. 나는 제독들의 수염에 매달려 불쌍한 크레타 사람들에게 폭격하지 말라고 졸랐어요. 우리는 쌍안경으로 카네아 근처 바위틈에서 움직이는 크레타 사람들을 봤어요. 파란 바지에 노란 구두를 신은 개미처럼 아주 작게 보였지요. 마구 소리를 지르고 있었는데 깃털도 있었어요."

안마당을 둘러싼 대나무 숲에서 인기척이 느껴졌다. 늙은 여장부가 놀라 이야기를 멈췄다. 대나무 잎 사이로 장난꾸러기들의 눈동자가 반짝였다. 마을 꼬마 녀석들이 우리가 잔치를 벌이는 것을 알고 몰래 훔쳐보고 있었던 것이다.

카바레 가수는 일어서려 했지만 너무 먹고 마신 탓에 일어설 수 없었다. 그녀가 땀을 흘리며 자리에 주저앉자 조르바는 돌을 집어 들었다. 아이들은 소리를 지르며 달아났다.

"계속해요. 아름다운 아가씨, 계속 얘기해 봐요. 나의 보배!"

조르바가 의자를 그녀에게 바짝 붙이며 떠들었다.

"그래서 나는 이탈리아 제독에게 말했어요. 그와 특히 친했거든요. 수염을 잡고 말했지요. '나의 카나바로—이름이 카나바로였어요—제발, 카나바로, 쾅쾅은 안 돼요. 이제 그만해요.' 당신들 앞에 있는 이 여자가 크레타를 몇 번이나 구한 줄 모를 거예요. 장전이 된 대포를 볼 때마다 제독의 수염에 매달려 몇 번이나 쾅쾅을 못하게 했는지 모를 거예요. 근데 내가 그 대가로 받은 게 뭐예요! 대체 뭘 받았나 봐요!"

오르탕스 부인은 고마움을 모르는 남자들에게 분개했다. 그녀는 부드럽고 주름진 주먹으로 탁자를 내리쳤다. 조르바가 익숙한 솜씨로 그녀의 벌린 무릎을 꼭 잡고 감동한 듯 소리쳤다.

"오, 나의 부불리나,* 제발 쾅쾅은 그만해요."

"이 손 치워요! 내가 누군지 알기나 해요?"

우리의 귀부인은 만족스럽게 웃으며 조르바에게 음탕한 시선을 던졌다.

"하늘에는 하느님이 계시지요. 나의 부불리나, 우리가 여기 있지 않소. 흥분하지 말아요. 그렇게 의기소침할 일이 아니래도요. 겁내지 말아요."

늙은 호색가의 말에 늙은 사이렌은 하늘을 올려다보았다. 그녀의 눈에 새장에서 잠든 초록색 앵무새가 보였다.

"오, 우리 카나바로, 귀여운 카나바로!"

그녀는 사랑이 듬뿍 담긴 목소리로 새를 불렀다. 주인의 목소리를 들은 앵무새가 눈을 번쩍 뜨고 횃대에 올라 물에 빠져 금방 숨이 넘어갈 것처럼 울어 댔다.

"카나바로, 카나바로!"

"현재가 중요한 거 아니겠소?"

조르바는 이렇게 외치며 다시 한번 그녀의 무릎에 손을 댔다. 늙은 카바레 가수는 의자에서 몸을 뒤틀면서 다시 입을 열었다.

"나도 용감히 싸웠답니다. 가슴과 가슴을 맞대고 말이지요 ……. 그런데 불행한 날이 닥쳐왔어요. 크레타가 자유를 찾으니 함대에 떠나라는 명령이 내려졌거든요. '그럼 나는 어떻게 해요?' 나는 제독 4명의 수염에 매달려 물었어요. '나를 어디에 두고 떠날 건가요? 귀부인 생활이랑 샴페인, 닭구이에 입맛이 길들여졌어요. 졸병들 경례를 받는 것도 익숙해졌다고요. 그런데 졸지에 서방 넷을 잃고 과부가 되다니! 각하, 제독님들 나는 어떻게 되는 거죠?' 그 사람들은 그냥 웃기만 했어요. 사내들이 다 그렇지 뭐. 이 사람들은 영국 파운드, 이탈리아 파운드, 프랑스 나폴레옹 화폐, 러시아 루블을 잔뜩 집어 줬어요. 나는 내

* 그리스 독립 전쟁의 여걸로 카나리아, 미아올리스 같은 바다에서 싸웠다.

스타킹, 브래지어, 구두에 잔뜩 넣었지요. 이별하기 전날 밤에 얼마나 울었던지 제독들이 안타까워했죠. 목욕통에 샴페인을 찰찰 넘치도록 붓고 나를 거기에 넣었답니다. 그러고는 나를 위로한답시고 그 샴페인을 퍼마시더군요. 술에 취하자 제독들은 불을 껐지요. 아침에 일어나 보니 내 몸에서 바이올렛, 오드콜로뉴, 사향, 파촐리 이렇게 네 가지 향수 냄새가 골고루 나더군요. 영국, 프랑스, 러시아, 이탈리아 네 강대국을 나는 이 무릎 위에다 올려놓고 이렇게 이렇게 데리고 논 거지요…….”

오르탕스 부인은 통통한 작은 팔을 뻗어 어린아이를 달래듯 무릎을 위아래로 흔들었다.

“이렇게 이렇게 달래 줬다는 얘기예요. 날이 밝자 함포를 쏘더군요. 맹세컨대 나에게 경의를 표하려고 축포를 쏘았던 거예요. 그러고는 마침내 12명의 선원들이 나를 보트에 태우고 해변에 내려 줬답니다.”

작은 손수건을 꺼낸 그녀는 슬픔을 가누지 못하고 흐느껴 울었다.

“오, 부불리나, 눈을 감아요. 내 보물, 내가 바로 카나바로라오. 눈을 감아요…….”

조르바는 아주 행복한 듯 소리쳤다.

“손 치워요.”

우리 귀부인은 울다가 웃었다.

“당신 꼴을 좀 봐요! 황금빛 견장이랑 세모난 모자, 향수 뿌린 수염은 어디 있는 거예요? 그래요, 그건 옛일이지요.”

오르탕스 부인은 조르바의 손을 꼭 쥐고 다시 훌쩍였다.

한결 시원해졌다. 우리는 한동안 아무 말 없이 앉아만 있었다. 대나무발 멀리 바다가 한숨을 쉬었다. 마침내 바다가 잔잔해지고 평화를 찾았다. 까마귀 두 마리가 우리 머리 위로 지나가는데 날개에서 비단 찢는 듯한 소리가 들렸다. 마치 여가수의 비단 슈미즈를 찢는 듯했다.

저녁노을이 지자 마당에 황금 먼지를 뿌린 것 같았다. 오르탕스 부인의 예쁜 입술에도 불이 붙어 옆에 앉은 사람의 가슴에 불을 붙이려는 것처럼 보였다. 황금빛 노을이 반쯤 드러낸 젖가슴과 나이 들어 살이 쪄 벌어진 무릎과 목덜미의 잔주름, 닳은 궁정 구두를 물들였다.

우리 늙은 세이렌은 몸을 떨었다. 술과 눈물로 얼룩진 눈을 반쯤 감은 채 처음에는 나를 보고 그다음에는 젖가슴에 넋이 나가 입을 반쯤 벌린 조르바를 쳐다보았다. 우리 둘 중 카나바로가 누구인지 알아내려는 것처럼 보였다.

"오, 부불리나!"

조르바가 제 무릎으로 오르탕스 부인의 무릎을 누르며 정열적으로 부르짖었다.

"걱정 말아요. 하느님도 없고 악마도 없어요. 당신의 작은 머리를 들고 두 손으로 턱을 괴고……. 자, 우릴 위해 노래를 불러 줘요. 죽음 따위는 개나 물어 가라그래!"

조르바는 안달이 나 있었다. 왼손으로 수염을 꼬고 오른손으로는 술과 추억에 취한 여가수를 더듬었다. 말도 더듬었고 눈은 풀려 있었다. 그의 앞에는 쪼글쪼글하게 늙고 천박한 화장을 한 여자가 아니라 그가 입버릇처럼 이야기하는 '암컷'이 있었다. 인격을 가진 개인으로의 여자는 사라지고 젊든 늙든, 아름답든 못생겼든, 용모는 그의 눈에 보이지 않았다. 생긴 것은 장식에 불과하다고 생각했고 모든 여자의 뒷면에는 신성하고 신비스러운 아프로디테의 얼굴이 나타나는 것이었다.

조르바가 보고 말하고 갖고 싶어 하는 건 바로 그 얼굴이었다. 오르탕스 부인은 덧없는 순간의 투명한 가면에 지나지 않았고 조르바는 이 가면을 찢고 영원한 그 입술에 키스하고 싶었다.

"나의 보물! 눈처럼 흰 목을 들어요."

그가 헐떡이며 애원했다.

"하얀 목을 들고 노래를 불러 줘요."

늙은 여가수는 빨래를 하느라 터 버린 그 투박한 손으로 턱을 괴고 눈을 게슴츠레하게 떴다. 몇 마디 큰 소리를 질러 보더니 이윽고 늘 불러 오던 노래를 부르고 또 부르며 반쯤 감은 눈으로 조르바를 음탕하게 바라보았다. 이미 조르바를 카나바로로 점찍었던 것이다.

흐르는 세월 속에서
당신을 만나서……

조르바가 벌떡 일어나더니 산투르를 가져와 터키인처럼 앉아 악기를 풀어 무릎 위에 올려놓고 큰 손으로 치기 시작했다.

"아아, 부불리나, 칼을 가져와서 내 목을 끊어 주오!"

그의 굵은 목소리가 울려 퍼졌다. 어두워지고 하늘에 별이 보였다. 감미로운 산투르 소리가 높아지며 조르바의 욕망에 불을 지폈고 닭고기와 밥, 아몬드와 포도주를 잔뜩 먹고 마신 오르탕스 부인은 조르바의 어깨에 무거운 몸을 의지한 채 한숨을 쉬었다. 여자는 조르바의 깡마른 옆구리에 자기 몸을 부드럽게 비비며 하품을 했다가 한숨을 쉬기를 반복했다.

"보스, 이 여자가 생각이 있나 봐요. 제발 우리 둘만 있게 해 줘요."

조르바는 내게 신호를 보내더니 목소리를 낮추었다.

4

새벽에 잠을 깼다가 맞은편 침대에 앉아 있는 조르바를 보았다. 담배를 피우며 생각에 잠겨 있었는데 작고 둥근 눈은 이제 막 밝아 오는 희뿌연, 부채꼴 모양의 창에 못 박혀 있었다. 부석부석한 눈과 유달리 길고 까칠한 목은 먹이를 노리는 새처럼 쑥 빠져나와 있었다.

전날 밤, 나는 세이렌과 조르바를 두고 일찍 나왔다.

"난 가요, 즐겁게 지내세요. 조르바, 행운을 빌어요."

"보스, 안녕히 주무세요. 우린 일이 아직 좀 남았어요. 보스, 푹 주무세요."

조르바와 세이렌은 그들의 작은 일들을 처리한 게 분명했다. 잠결에 나는 뭐라고 소곤거리는 콧소리와 요동치는 소리를 들은 것 같았지만 곧바로 잠에 곯아떨어졌다. 자정이 지난 후에야 조르바는 맨발로 들어와 나를 깨우지 않으려고 조용히 자기 침대에 누웠던 모양이었다.

그는 아직 잠이 덜 깬 게 분명했다. 흐릿한 눈으로 먼 곳을 보며 조용히, 애무하듯 짙고 느린 흐름 속에 생각을 던져둔 모양이었다. 대지,

물, 생각 그리고 사람이 천천히 먼바다를 향해 흘러가고 조르바 역시 그 흐름에 저항하지 않고 함께 떠내려가고 있었다.

마을이 깨어나기 시작했다. 닭과 돼지, 나귀, 사람들의 말소리가 온통 뒤섞여서 들려왔다. 나는 침대에서 뛰어 일어나며 '조르바, 일어나요. 오늘은 할 일이 있잖아요!'라고 외치고 싶었다. 하지만 나 또한 장밋빛으로 물드는 아침의 조용한 행복감에 저항하기 어려웠다. 그런 순간이 오면 모든 것이 새벽처럼 산뜻해 보이는 것이다. 대지는 보드랍고 구름은 바람을 따라 모양을 바꾸었다.

나도 조르바처럼 담배를 피우고 싶어서 팔을 뻗어 파이프를 꺼냈다. 나는 감상에 젖은 눈으로 파이프를 바라봤다. 'MADE IN ENGLAND'인 큼직하고 귀한 그 파이프는 눈빛이 푸르고 손가락이 가늘었던 친구가 내게 선물한 것이었다. 몇 년 전 해외에 있을 때였는데 졸업을 하고 그리스로 떠나기 전날 밤이었다.

"담배를 피우지 말게. 불을 붙여 반쯤 피우고 나머지는 버리게 되잖나. 불과 1분이면 자네 사랑이 끝나 버리는 거야. 창피하지. 파이프로 피우는 게 좋을 거야. 충실한 아내 같거든. 집에 가면 거기서 조용히 자네를 기다리는 거야. 거기 불을 붙이고 피어오르는 연기를 볼 때면 내 생각이 나겠지?"

그가 말했다.

한낮이었고 친구가 가장 좋아하던 그림인 렘브란트의 〈전사〉를 보고 베를린 박물관을 나오는 길이었다. 청동 투구 차림에 움푹 들어간 뺨, 강한 의지를 드러낸 슬픈 그 그림을 마지막으로 보았다.

"내가 평생에 사나이다운 행동을 하게 된다면 그건 저 그림 덕분일 걸세."

그가 그림 속 전사의 표정을 노려보며 말했다.

우리는 미술관 안뜰 기둥에 기대서 있었다. 우리 앞에는 당당하게 야생말을 타고 있는 발가벗은 아마존 청동상이 있었다. 회색 할미새 한 마리가 아마존 허리 위에 앉더니 우리를 향해 꼬리를 치며 놀란 듯이 지저귀다가 날아갔다.

"새소리 들었나? 우리에게 뭐라 하는 것 같지 않아?"

내가 부르르 떨며 말했다.

"새잖아. 노래하게 놔두게. 새니까 지껄이게 두는 거야."

친구는 유명한 노래 한 구절을 인용했다.

날이 새는 이 순간에 이 크레타 해안에서 그런 기억이 가사와 함께 떠올라 내 마음을 아프게 하다니. 나는 천천히 파이프에 담배를 다져 넣고 불을 붙였다. 세상 모든 일에는 숨은 뜻이 있기 마련이었다. 사람, 동물, 나무, 별은 모두가 상형문자이며, 그 상형문자를 해독하고 그 의미를 상상하려는 사람은 고독하다. 보는 것만으로는 의미를 알기 어렵다. 그저 사람이며 나무며 별들이라고 생각한다. 나중에 그 뜻을 이해하게 되었을 때는 이미 늦은 법이다.

청동 투구를 쓴 전사, 기둥에 기대선 친구, 할미새와 그 노래, 우울한 노랫말……. 그 모든 것에 의미가 있을 텐데 과연 뭘까?

내 눈은 얼룩진 햇살 속에서 말렸다가 풀어지곤 하는 담배 연기를 좇아갔다. 마음도 어느덧 연기와 함께 돌다가 천천히 푸른 꽃다발 속으로 사라졌다. 꽤 오랫동안 생각에 잠겼던 나는 논리에 의존하지 않고도 세계의 기원이며 생성과 사멸을 확연하게 설명할 수 있을 것 같았다. 다시 한번 붓다의 세계로 뛰어든 것 같았지만 이번에는 어리석은 말도 오만한 광대의 속임수도 없었다. 연기는 붓다가 가르치는 진리이고, 사라지는 연기는 푸른 열반의 정토를 찾아가는 생명을 그리는 것이리라…….

나는 가볍게 한숨을 쉬었다. 마치 그 한숨이 나를 현실로 데리고 온 것 같았다. 주위를 둘러보니 초라한 오두막과 벽에 걸린 거울에 되쏘인 아침 햇살, 나를 등진 채 앉아 담배를 피우는 조르바가 눈에 들어왔다.

오르탕스 부인의 희비극이 다시 떠올랐다. 케케묵은 바이올렛 향기, 오드콜로뉴, 사향, 파출리, 앵무새. 인간이 환생한 듯한 앵무새는 새장의 횃대에 올라 옛 애인의 이름을 불렀지. 그리고 함대에서 유일하게 살아남아 옛날 있었던 해전 이야기를 들려주는 낡은 마호네선…….*

조르바는 내 한숨 소리를 듣고는 고개를 갸웃하더니 나를 돌아보았다.

"보스, 우리 그러지 말 걸 그랬어요. 너무 고약했어요. 당신도 웃고 나도 웃었지요. 그 여자가 우리를 보았습니다. 당신이 방을 나간 것만 해도 그래요. 그 여자가 백 살쯤 먹은 매춘분가요? 친절한 말 한마디 없이 그냥 나가 버리시다니요. 부끄러운 줄 아십시오. 보스, 그건 예의가 아니지요. 이런 말씀 드리는 건 미안하지만 그건 남자가 할 짓이 아닙니다. 그 여자도 어쨌든 여자잖아요. 연약하고 삐치기도 잘하는 물건이란 말입니다. 내가 남아서 위로했으니 망정이지."

"그게 무슨 소리예요? 조르바, 당신은 정말로 여자란 그걸 빼놓으면 마음속에 아무것도 없다고 하는 건가요?"

"그럼요, 보스. 그들은 마음속에 다른 건 없어요. 내 말 좀 들어 봐요……. 나는 안 겪어 본 일이 없소이다. 별별 것을 다 보았지요. 내 경험에 따르면 여자는 그것 말고는 아무것도 보질 못해요. 여자란 연약하고 토라지기도 잘하는 동물입지요. 만약 누가, 사랑한다, 갖고 싶다고 말해주지 않으면 여자는 울음을 터뜨릴 겁니다. 여자는 어쩌면 당신을 전혀 원하지 않을 수도 있어요. 당신을 역겨워할 수도 있고, 싫어할지도 몰라요. 하지만 그런 건 문제가 안 됩니다. 여자를 보는 모든 남

---

* 여기서는 돛이 달린 연안 항해선을 가리킨다. 아랍어 'Ma'on'에서 나온 말로, 이 이름은 짐배에도 사용되고 예전에는 노예선에도 사용했다.

자는 그녀를 갖고 싶다고 해야 합니다. 불쌍하게도 여자란 그런 걸 바라거든요. 그러니까 남자라면 여자에게 그런 말로 기쁘게 해 줘야 하는 겁니다.

내게는 할머니가 한 분 계셨는데, 아마 그때 여든 살은 족히 넘었을 겁니다. 할머니 인생도 파란만장하지만 뭐 그걸 얘기하자는 건 아니고……. 할머니 연세가 여든 살쯤 됐고 우리 집 맞은편에 꽃처럼 싱싱한 계집아이가 하나 살았어요. 이름이, 그렇지. 크리스탈로였어요. 토요일 저녁이 되면 마을 젊은것들이 모여 술을 마시곤 했는데 괜히 펄쩍펄쩍 뛰곤 했지요. 우리는 모두 귀 뒤에 향기로운 바질 가지를 꽂고는, 사촌 하나가 기타를 들고 나서면 세레나데를 부르곤 했답니다. 미칠 듯한 사랑! 기막힌 정열! 우리 모두가 크리스탈로에게 미쳐 있어서 그녀에게 몰려가 한 사람을 고르라고 졸랐어요.

보스, 이 말을 믿을 수 있어요? 여자들에겐 낫지 않는 상처가 하나 있답니다. 다른 상처는 모두 나아도 그놈만은—책에서 읽어 본 적 없어요?—절대 안 낫습지요. 여자가 여든 살이라도 그 상처는 벌어져 있기 마련이죠.

그래서 토요일마다 이 할머니가 침대를 창가에 끌어다 놓고는 조그만 거울을 꺼내 얼마 남지 않은 머리를 빗어 올리고 조심스레 가르마를 타는 겁니다. 그러고는 누가 볼까 조심스럽게 주위를 둘러봐요. 누가 가까이 오기라도 하면 침대에 누워 입안에 버터를 녹이는 듯한 표정으로 잠자는 척하는 거예요. 그런다고 잠이 오겠어요? 할머니는 세레나데를 기다리는 겁니다. 여든 살에! 보스, 여자가 수수께끼라는 걸 이제 아시겠죠? 여자가 얼마나 알다가도 모를 동물인데요! 젠장, 울고 싶어지는구먼. 하지만 그때는 천둥벌거숭이마냥 놀던 때라 이해를 못하고 그저 웃기만 했어요. 하루는 할머니에게 야단을 맞았어요. 계집애 엉덩이만 쫓아다닌다고 나무라는 겁니다. 그놈의 잔소리를 듣다못해 까놓고 말해 버렸어요. '할머니는 왜 토요일마다 호두나무 잎사귀를 입술에 칠해? 왜 가르마를 타는 거야? 우리가 할머니께 와서 세레나데를 불렀으면 좋겠지? 하지만 우리가 쫓아다니는 건 크리스탈로야, 할머니는 냄새나는 산송장이라고!'

보스, 못 믿을 겁니다. 나는 그날 처음으로 여자라는 게 어떤 건지 뼈저리게 알았습니다. 할머니 눈에서 눈물이 뚝뚝 떨어집디다. 강아지처럼 잔뜩 웅크리고 턱도 덜덜 떨더군요. '그래요, 우리가 따라다니는 건 크리스탈로라고요, 크리스탈로!' 나는 할머니가 똑똑히 들을 수 있도록 귓가에다 소리쳤지요. 젊은것들은 참 잔인한 동물이에요. 사람도 아니에요. 뭘 몰라요. 할머니는 바짝 마른 팔을 들어 하늘을 가리키고 뭐라고 했는 줄 아세요? '내 심장 밑바닥에서부터 너를 저주한다!' 그다음 날부터 할머니는 기력이 쇠해졌어요. 두 달 뒤에는 더 이상 못 살 것 같았죠. 숨이 넘어갈 무렵 나를 붙잡으려 하더니 '나를 죽인 건 너야, 알렉시스! 저주를 받아라. 내가 받은 고통을 다 물려받기를 바란다!' 이러더군요."

조르바는 미소를 지었다.

"할머니의 저주가 들어맞은 거지요. 내 나이 예순다섯이오. 하지만 백 살을 산다 해도 그 저주에서 벗어나진 못할 겁니다. 백 살이 된다 해도 뒷주머니에 거울을 넣고 다닐 테고 암컷의 꽁무니를 쫓아다닐 거요."

그는 또 한 번 웃으며 담배꽁초를 부채꼴 모양의 창밖으로 던지고 팔을 쭉 뻗었다.

"내겐 많은 결점이 있소만, 이놈이 날 죽일 거요."

조르바는 침대에서 뛰어 일어났다.

"자, 이젠 그만하고 오늘 일을 합시다."

그는 순식간에 옷을 주워 입고 밖으로 나갔다.

고개를 숙인 채 조르바가 한 말을 생각하고 있을 때 문득 눈에 파묻힌 머나먼 도시가 생각났다. 그때 그 도시에서 나는 로댕의 작품 전시회를 보고 있었는데 커다란 청동의 손 앞에서 걸음을 멈추었다. 〈하느님의 손〉이라는 작품으로 반쯤 벌린 손바닥 안에는 서로 껴안은 채 몸부림을 치는 것처럼 보이는 남녀가 들어 있었다.

한 여자가 다가와 내 옆에 섰다. 보는 이의 마음을 뒤흔드는 이 작품에 감동한 것 같았다. 날씬하고 차림새가 단정했으며 숱이 많은 머리카락과 견고한 턱, 가냘픈 입술을 하고 있어 정열적이지만 단호한 성격으로 보였다. 평소에는 여자에게 먼저 말을 걸지 않지만 무엇 때문인지 내가 먼저 말을 걸었다.

"무슨 생각을 하십니까?"

"도망가고 싶군요."

여자는 언짢은 듯 중얼거렸다.

"가 봐야 어디로 가겠습니까? 가 봐야 하느님의 손바닥 안인데……. 구원은 없을 겁니다. 기분이 나쁘십니까?"

"아니에요. 사랑은 세상에서 가장 값진 기쁨일지도 모르는데 저 작품을 보고 있자니 도망쳐 버리고 싶어지네요."

"자유를 택하겠단 말씀이시군요."

"네."

"하지만 우리가 저 청동 손 안에 갇혀 있을 때만 자유로워진다면 어떨까요? '하느님'이라는 낱말 속에는 사람들이 생각하는 의미의 자유가 없을까요?"

"무슨 말인지 모르겠네요."

여자는 그 말을 끝으로 지나갔다. 그 뒤로 다시 그녀를 생각해 본 적이 없었지만 내 가슴속 깊은 곳에 남았던 모양이다. 내 속 깊숙한 곳에서 솟아나듯 떠올라 이 황량한 해변가에 다시 나타난 것이다.

맞다. 내 행동이 부끄러웠다. 조르바의 말이 옳다. 청동 손은 멋진 구실이었고 만나는 데 성공했다. 다정한 말이 오가고 우린 하느님의 손안에서 아무런 방해 없이 끌어안을 수도 있었을 것이다. 그러나 나는 갑자기 이야기를 비약시켰고 여자는 놀라서 달아난 것이다.

오르탕스 부인의 안마당에서 늙은 수탉이 울었다. 햇살이 조그만 창으로 들어왔다. 나는 얼른 침대에서 뛰어내렸다.

일꾼들이 곡괭이, 지레, 괭이를 들고 모여들었고 조르바가 그들에게 작업 지시를 내리는 소리가 들렸다. 그는 어느 틈에 일터로 뛰어들었다. 사람을 부릴 줄 아는 사람은 책임감도 있다는 것을 느꼈다.

나는 부채꼴 모양의 창으로 머리를 내밀어 깡마르고 어깨가 좁고 풍상에 찌든 30명 남짓한 인부들 틈에 광대처럼 우뚝 선 조르바를 보았다. 그는 위엄 있게 팔을 휘저으며 간단명료하게 지시를 내렸다. 그가 투덜대던 젊은 친구의 뒷덜미를 잡았다.

"할 말 있나? 할 말 있으면 크게 말해! 웅얼거리는 건 딱 질색이야. 일을 하려거든 일할 기분이 들어야 해. 아니면 술집으로 돌아가 버려!"

조르바가 버럭 소리를 질렀다.

그때 오르탕스 부인이 잔뜩 부은 얼굴과 부스스한 머리에 화장도 하지 않고 지저분한 가운에 낡은 슬리퍼를 질질 끌고 나타났다. 부인은 당나귀 울음소리 비슷한, 늙은 가수가 할 것 같은 기침을 했다. 기침을 멈춘 부인이 자랑스럽게 조르바를 보았다. 눈에 물기가 어렸다. 기침을 또 해도 조르바가 돌아보지 않자 엉덩이를 실룩거리며 그의 곁을 지나쳤다. 넓은 소매가 스칠 지경이었지만 조르바는 돌아보지 않았다. 그는 인부에게서 보리빵 한 덩어리와 올리브 한 줌을 받아들었다.

"자, 하느님의 이름으로 성호를 긋자!"

그러고는 인부들을 데리고 산으로 향했다.

탄광 이야기는 하지 않겠다. 하려면 인내심이 필요한데 내게는 인내심이 없다. 우리는 대나무와 고리버들, 드럼통으로 바닷가에 오두막을 하나 지었다. 조르바는 새벽에 일어나 인부들보다 먼저 탄광으로 올라가 갱도를 팠다. 한번 파던 갱도를 포기하고 다른 곳에서 갈탄 광맥을 발견하면 신이 나서 춤을 췄다. 그러다 며칠 후 광맥을 놓치면 갱도 바닥에 누워 하늘에다 엿을 먹이는 시늉을 했다.

그는 일에 집중했다. 나와 상의도 하지 않았는데 첫날 모든 결정과 책임이 그의 손으로 넘어가 버린 것이다. 그가 결정을 내리고 집행하면 나는 인부들에게 임금만 지불하면 되었다. 나에게는 너무 다행스러운 일이었다. 나는 그와 앞으로 보낼 시간들이 내 인생에서 가장 행복한 시간이 될 것이라는 것을 예감했다. 이리저리 따져 봐도 나는 헐값으로 행복을 산 기분이었다.

크레타섬에서 꽤 큰 마을에 사셨던 내 외조부는 매일 저녁 등불을 들고 다니면서 갓 도착한 나그네가 없는지 찾아보는 게 버릇이었다. 혹 있으면 데려와 맛있는 음식과 술을 대접한 뒤 안락의자에 앉아 길쭉한 터키식 파이프에 불을 붙이고 손님에게 명령을 내리는 것이었다. 환대에 대한 보답을 할 시간이었다.

"말해 보시오!"

"뭘 말입니까, 무스토요르기 영감?"

"뭘 하는 사람이고, 이름이 뭐고, 어디서 왔고, 또 자네가 본 도시와 마을이 어떤지, 모두. 그렇지, 아주 깡그리 얘기해 달란 말일세. 자, 해 보게."

일이 이쯤 되면 나그네는 있는 얘기 없는 얘기를 늘어놓기 마련이었고 우리 외조부는 안락의자에 편히 앉아 파이프를 문 채 귀를 기울이며 그를 따라 먼 여행을 나서곤 했다. 만약 나그네가 마음에 들 때면 이렇게 얘기하곤 했다.

"자네, 내일도 우리 집에서 묵어야 해. 가지 말라고. 자넨 할 이야기가 더 있잖은가."

할아버지는 마을을 떠나신 적이 없었다. 칸디아나 카네아에도 못 가 보셨다.

"왜 내가 그 먼 곳을 가야 하나? 이곳을 지나는 칸디아나 카네아 사람들이 있으니 칸디아와 카네아가 내게 오는 셈이잖아. 뭣하러 거기까지 간단 말이야?"

이렇게 말씀하시곤 했다.

크레타 해안에서 나는 외조부의 습관을 따라하고 있는 셈이었다. 나도 등불을 들고 나갔다가 나그네를 하나 발견한 것이다. 떠나지 못하게 붙들 참이다. 저녁 한 끼 대접하는 것보다야 훨씬 돈이 들었지만 이 나그네는 그럴 가치가 있다. 밤마다 나는 일을 마치고 돌아오는 그를 기다려 앉히고 저녁을 먹는다. 그가 저녁값을 치를 때가 되면 나는 소리친다.

"얘기해 줘요."

나는 파이프 담배를 피우며 듣는다. 내 나그네는 구석구석 가 보지 않은 곳이 없고 모르는 것도 없다. 나는 언제나 싫증 내지 않고 들었다.

"얘기를 해 줘요. 조르바, 얘기해 줘요."

그가 이야기를 할 때면 마케도니아 전체, 산과 숲, 냇물, 코미타지 게릴라, 부지런한 여자들과 건장한 남자들이 우리 앞에 가득 나타나곤 했다. 21개의 수도원이 있는 아토스산이 나타나는가 하면 아토스산의 무기 창고며 엉덩이가 펑퍼짐한 게으름뱅이들도 등장한다. 조르바는 수도사 이야기를 마치곤 고개를 흔들며 웃음을 터뜨리곤 했다.

"보스, 하느님이 노새 뒷발과 수도사 물건으로부터 보스를 구해 주시기를!"

매일 밤 조르바는 그리스, 불가리아, 콘스탄티노플 구석까지 나를 데려갔고 나는 눈을 감은 채 그것들을 보았다. 그는 늘 놀라움으로 반짝이는 조그만 실눈으로 난장판이 된 발칸 반도 구석구석을 돌아다니며 모든 걸 보고 온 사람이었다. 우리가 흔히 받아들이는 모든 것이 조르바 앞에서는 엄청난 수수께끼가 된다. 지나가는 여자를 봐도 그는 말을 멈추고 큰일이라도 난 듯 이야기한다.

"저 신비스러운 정체는 뭘까요? 여자란 무엇인가요? 왜 이렇게 궁금하게 만드는 걸까요? 말해 봐요. 나는 저 여자란 것의 정체를 묻고 있는 거요."

그는 묻고 또 물었다.

남자나 꽃이 핀 나무, 냉수 한 컵을 보면서도 똑같이 놀라워했고 물었다. 모든 사물을 매일 처음 보는 듯 대했다.

전날 우리가 오두막 앞에 앉아 포도주 한 잔을 들이켰을 때 그가 놀란 듯이 나를 돌아보았다.

"보스, 이 빨간 물은 대체 뭐랍니까? 말해 봐요. 늙은 가지에 새싹이 나오면 처음엔 아무것도 없다가 열매가 달리면 또 쓰기만 할 뿐이죠. 그러나 시간이 지나 태양에 열매가 익으면 마침내 꿀처럼 달콤한 것이 됩니다. 이게 포도라는 거예요. 이 포도를 짓이겨서 우리가 술고래 성 요한의 날*에 열어 보면 그게 술이 되어 있잖아요. 이건 기적이에요! 빨간 물을 마시면, 간덩이가 주체할 수 없을 만큼 커지고, 하느님께 시비를 걸 게 되잖아요. 보스, 어째서 이런 일이 일어나는 겁니까?"

나는 대답하지 않았다. 조르바가 하는 말을 들으면서, 세상이 다시 처음 그대로의 활기를 찾는 것 같았다. 물, 여자, 별, 빵이 원시의 신비로운 모습으로 돌아가고 태초의 회오리바람이 주위를 맴돌았다.

이 때문에 나는 매일 밤 자갈밭에 누워 조르바를 기다렸다. 지구의 내장 속에서 불쑥 튀어나와 나른한 몸으로 걸어오는 그를 발견하곤

---

* 8월 15일에 열리는 클리도나스 축제로, 핼러윈에 버금가는 축제이다.

했다. 그가 고개를 세우거나 떨어뜨리는 것, 팔을 움직이는 모습 등으로 그날 일의 성과를 알아낼 수 있었다.

처음엔 나도 그와 함께 가서 인부들을 감독했다. 다른 방식으로 인생을 살아 보려고 노력했고 몸을 움직이는 일을 사랑하고 내가 감독해야 하는 사람들을 사랑하고 이해하려 애썼다. 책이 아닌 살아 있는 인간들로부터 기쁨을 얻기를 바랐다. 내게는 감상적인 계획이 있었는데 갈탄 광산이 성공하게 되면, 모든 것을 나눠 갖고 형제처럼 같은 옷을 입고 같은 음식을 먹는 공동체 사회를 만드는 것이었다. 마음속에서 하나의 새로운 종교 집단, 새로운 생활 방식을 꿈꾸고 있었다.

그렇지만 나는 조르바에게 이런 얘기를 해야 하는지 결정하지 못했다. 그는 내가 인부들 사이를 돌아다니며 간섭하고 물어보고 편들어 주는 일에 짜증을 냈다.

"그냥 밖에 나가서 산책이나 하는 게 어때요? 보스, 태양! 바다! 아시겠죠?"

조르바는 입술을 비죽 내민 채 이야기했다. 처음엔 나도 자리를 뜨기 싫었다. 몇 살인지, 벌어먹여야 할 식구가 있는지, 부양할 친척이나 시집보낼 누이는 있는지, 아픈 데는 없는지, 걱정거리는 있는지 따위를 캐묻곤 했다.

"보스, 인부들 신상을 자꾸 물어보고 다니지 마세요. 잘해 주면 발목 잡히기 십상이에요. 보스가 그렇게 다독거리는 게 인부들이나 일에도 방해가 된다고요. 모두가 핑계를 만들어 주는 일이에요. 그렇게 되면, 젠장, 인부들은 일을 제멋대로 하다가 결국 망쳐 버린답니다. 인부들을 보살펴 주는 일은 하느님이 하고 계신다오. 보스가 세게 나와야 인부들도 보스를 존경하고 일도 잘해요. 보스가 물렁하면? 인부들은 일을 몽땅 보스에게 미뤄 두고 나 몰라라 한단 말입니다. 아시겠어요?"

조르바는 이렇게 화를 내곤 했다.

어느 날 일을 마치고 들어오면서 곡괭이를 오두막에 집어 던진 조르바가 엄청 화를 냈다.

"이봐요, 보스. 제발 좀 그만해요. 내가 아무리 애를 쓰면 뭐합니까? 당신이 몽땅 무너뜨리고 마는데. 오늘 인부들에게 한 그 얘긴 뭐요? 사회주의? 개코같은 소리! 당신이 신부요, 자본가요? 결정을 내려요."

하지만 어떻게 결단을 내린단 말인가. 나는 이 둘을 모두 합치는 희망, 양극이 화합하는 길을 찾아 지상의 생활과 하늘의 왕국을 동시에 얻는 꿈을 꾸고 있었다. 이런 생각은 아주 오래전 소년 시절부터 가꾸어 온 것이었다. 학교에 다닐 무렵 나는 가까운 친구들과 우애조합*이라는 비밀 단체를 만든 적이 있었다. 우리는 침실 문을 걸어 잠근 후 목숨을 걸고 불의와 싸우겠다는 맹세를 했다. 가슴에 손을 얹고 선서를 했을 때 눈물까지 흘렸다.

유치한 꿈이라니! 그러나 그런 이상을 비웃는 자들에게 저주 있으라. 우애조합 회원들이 나중에 돌팔이 의사, 삼류 변호사, 저질 식료품업자, 표리부동한 정치가, 남의 글이나 베끼는 언론인이 되는 걸 보며 가슴이 찢어지는 것 같았다. 이 세상이라는 게 난잡하고 시시한 굿판 같다. 소중한 씨앗이 싹을 틔우지 못하거나, 자라다 말거나, 쐐기풀 때문에 시들시들해지는 것과 같다. 나는 어떻지? 아직 논리에 짓눌리지 않았다. 돈키호테처럼 여행을 떠날 준비가 되어 있는 기분이다. 하느님 만세!

일요일이 되면 우리는 결혼할 젊은이들처럼 열심히 몸단장을 했다. 면도하고 깨끗한 옷으로 갈아입고 오후 늦게 오르탕스 부인을 만나러 갔다. 일요일마다 부인은 우리를 위해 닭을 잡았다. 우리는 다 함께 앉아 먹고 마셨다. 조르바의 긴 팔은 친절한 이 부인의 젖가슴을 제 것처

---

* 1821년 그리스 혁명을 준비한 '우애조합(Friendly Society)'에서 이름을 따왔다.

럼 주물럭거렸다. 밤이 되면 우리는 해변 오두막으로 돌아왔다. 인생이란 오르탕스 부인처럼 단순하고 살아 볼 가치가 있으며 늘 똑같지만 느긋하고 너그러운 것이었다.

일요일에 진탕 먹고 돌아오는 길에 나는 조르바에게 내 계획을 털어놓기로 했다. 그는 놀란 것처럼 보였지만 참을성 있게 이야기를 들었다. 그러다가 가끔 머리를 내젓기도 했다.

술이 확 깬 모양이었다. 이야기를 끝내자 그는 신경질적으로 수염을 두세 가닥 뽑았다.

"보스, 섭섭하게 듣지 마시오. 당신은 아직 머리가 덜 여문 것 같소. 대체 올해 몇이오?"

"서른다섯입니다."

"그럼 앞으로도 여물긴 글렀군."

조르바는 웃음을 터뜨렸다. 나는 한 방 맞은 듯 얼떨떨했다.

"조르바, 당신은 사람을 너무 안 믿는 거 아닙니까?"

"보스, 화내지 마세요. 나는 아무것도 안 믿어요. 내가 사람을 믿으면 하느님도 믿고 악마도 믿을 거요. 그게 그거니까. 보스, 그리되면 모든 게 엉망진창이 되고 나는 혼란에 빠질 겁니다."

그는 말하다 말고 베레모를 벗어 머리를 긁적거리다 수염을 다 뽑을 듯 잡아당겼다. 뭔가 할 말이 있는데 참는 눈치였다. 그는 곁눈질로 나를 보았다. 한동안 그러고 있더니 말을 하기로 작정했는지 내뱉듯 말했다.

"보스, 인간이란 자고로 짐승입니다. 짐승도 아주 엄청난 짐승이지요. 그런데 보스는 그걸 몰라요. 당신에겐 이 인간이라는 것, 세상이라는 게 어려운 모양인데……. 내게 물어보시오. 짐승이라고 대답해 드리리다. 이 짐승에게 사납게 대하면 당신을 존경하고 두려워합니다. 친절하게 대하면? 눈깔이라도 뽑아 갈 거요. 보스, 거리를 좀 둬요! 놈들이 기어오르게 하지 마요. 우리는 평등해, 우리는 똑같은 권리가 있어. 이따위 소리는 하지 마요. 그러면 당신에게 달려들어 빵을 훔치고 당신 권리도 빼앗고 굶어 죽게 한다니까요. 보스, 좋은 걸 다 걸고 충고합니다. 제발 거리를 둬요!"

조르바는 지팡이로 자갈을 뒤적거리며 말을 이었다.

"하지만 조르바, 당신은 아무것도 안 믿는다면서요?"

"네, 안 믿어요. 몇 번이나 말해야 알아듣는 거요? 아무도 안 믿고 아무것도 안 믿어요. 오직 조르바만 믿지. 조르바가 딴것들보다 낫다고 하는 말은 아니오. 눈곱만큼도 나을 게 없지. 이놈 역시 짐승이거든. 그러나 내가 조르바를 믿는 건 내가 아는 것 중에 내 마음대로 할 수 있는 게 조르바뿐이라 그렇소. 나머지는 모두 허깨비들이지. 나는 이 눈으로 보고 이 귀로 듣고 이 내장으로 삭여 낸 것만 믿어요. 내가 죽으면 모든 게 죽는 거지. 조르바가 죽으면 세계 전부가 죽는 거요."

"저런! 이기주의자로군."

내가 빈정거리듯 말했다.

"어쩔 수 없답니다. 보스, 사실이 그렇거든요. 내가 콩을 먹으면 콩에 대해 얘기합니다. 내가 조르바니까 조르바같이 말하는 거래도요."

나는 입을 다물었다. 조르바가 한 말이 채찍이 되어 날아들었다. 강인하기 때문에 그토록 인간을 경멸하면서도 함께 살고 일하려는 그가 존경스러웠다. 나 같으면 그런 사람들하고 함께 살기 위해 금욕주의자가 되거나 그들을 가짜 깃털처럼 꾸며 놓으리라는 걸 알았다.

조르바가 나를 돌아보았는데 희미한 별빛으로도 그가 입이 찢어져라 웃고 있는 걸 알 수 있었다.

"내가 좀 심했나요?"

오두막에 도착했다. 조르바는 부드럽지만 거북한 눈길로 나를 바라보았다. 나는 대답하지 않았다. 마음으로는 조르바에게 동의했지만 내

가슴은 거부했다. 짐승 속에서 뛰쳐나와 제 갈 길로 가려 했다.

"오늘 밤은 별로 졸리지 않아요. 조르바, 혼자 주무세요."

별은 빛나고 바다는 한숨을 쉬며 조개를 핥고 반딧불은 아랫배에 꼬마 등불을 켜고 있었다. 이슬이 내려 축축했다. 나는 아무 생각 없이 얼굴을 묻고 조용히 있었다. 얼마 지나지 않아 나는 밤과 바다와 한 몸이 되었다. 내 마음은 꼬마 등불을 켠 채 축축하고 어두운 대지에 숨어 있는 반딧불 같았다.

별은 하늘 위를 가로지르고 시간은 흘렀다. 어찌 된 건지 모르겠지만 일어났을 때 내 마음속에는 이 바닷가에서 해내야 할 두 가지 일이 새겨졌다.

붓다에서 벗어나고 모든 형이상학적인 근심인 책에서 나 자신을 끌어내고 헛된 염려에서 내 마음을 벗어나도록 할 것. 지금 이 순간부터 인간과 직접 부딪히고 확실한 접촉을 가질 것.

"아직 많이 늦은 건 아닐 거야."

나는 스스로에게 다짐했다.

5

“저희 숙부님이신 아나그노스티 영감님께서 문안을 여쭈라고 하시면서 부디 댁에 들러 식사라도 함께하시면 어떻겠느냐고 하셨어요. 마침 돼지 불알을 까는 사람이 마을에 들어오거든요. 그 부분은 맛이 희한하답니다. 키리아 마룰리아 할머니께서 그 부분만 모아서 선생님을 위해 특별 요리를 만드신대요. 게다가 마침 오늘이 두 분의 손자인 미나 생일이니 이 애에게 덕담 한마디라도 들려주셨으면 하고요.”

크레타 농가에 가면 무척 즐겁다. 벽난로, 등잔, 벽에 걸린 오지항아리, 의자 몇 개, 식탁, 벽감에다 놓은 냉수 주전자 등 눈에 띄는 모든 게 신기하기 마련이다. 대들보에는 모과, 석류, 샐비어, 박하, 고추, 로즈마리, 세이버리 열매가 주렁주렁 걸려 있다.

방 한쪽 끝에는 사다리나 높은 나무 계단이 있고 그 위에는 선반 침대가 있다. 또 그 위로 등과 성상이 보인다. 집은 그냥 보면 텅 빈 것 같지만 사람이 사는 데 필요한 건 모두 다 갖추고 있으니, 정작 사람이 사는 데 필요한 건 별로 많지 않은 모양이다.

가을 해가 따사롭게 내리쬐는 아주 좋은 날씨였다. 우리는 집 앞 조그만 뜰에 열매가 잔뜩 달린 올리브 나무 아래 앉았다. 은빛 잎사귀 사이로 고요한 바다가 보였다. 흰 구름이 쉴 새 없이 태양을 지나치는데, 그럴 때면 대지는 숨 쉬는 듯 슬픈 얼굴이 되었다가 기쁜 얼굴이 되곤 했다.

좁은 뜰 구석에서 불알을 까인 돼지가 아프다고 내지르는 소리에 귀가 다 먹먹해질 지경이었다. 벽난로 불에다 키리아 마룰리아 할머니가 요리하는 음식 냄새가 구수하게 퍼졌다.

우리의 대화는 변함없이 옥수수 농사, 포도 농사와 비 이야기였다. 아나그노스티 영감은 귀가 살짝 멀어 얘기할 때는 소리를 질러야 했다. 그는 스스로를 '자존심이 강한 귀'를 가졌다고 말했다. 그 늙은 크레타인은 보호된 계곡에서 자란 나무처럼 평화로운 인생을 살았다. 그렇게 나고 자라서 결혼을 하고 아들도 있었다. 살 만큼 살아 손자도 보았는데 몇은 죽고 나머지는 살았다. 그러니 대가 끊어질 염려는 하지 않아도 된다.

크레타 노인은 터키가 지배하던 옛날 일을 생각하며 자기 아버지로부터 들은 이야기를 해 주었다. 여자가 하느님을 두려워하고 믿음이 두터웠기 때문에 일어날 수 있었던 기적 같은 이야기였다.

"여기들 봐요. 여러분에게 이야기하는 이 늙은 아나그노스티를 봐요. 내가 태어난 것은 기적이었소. 정말이지 내 영혼을 걸고 맹세하는데 기적이고말고……. 내 얘길 들으면 놀란 나머지 수도원에 달려가 성모님을 위해 초 한 자루를 켜게 될지도 몰라요."

그는 성호를 그은 뒤 부드럽고 잔잔한 목소리로 이야기를 시작했다.

"당시 우리 마을에는 돈 많은 터키 여자가 하나 살았답니다. 저주받을 여자 같으니! 이 요망한 것이 애를 뱄는데, 화창한 어느 날 낳을 때가 되었어요. 사람들은 여자를 선반 침대에 눕혔어요. 고것이 사흘 밤낮을 암소처럼 소리를 질렀다오. 하지만 그런다고 애가 나오나? 그래서 고것의 친구 하나가—그 여자에게도 저주를!—충고했다더군. '차퍼 하눔, 아무래도 어머니 마리아에게 도움을 청하자!' 터키 놈들은 성모님을 '어머니 마리아'라고 한답니다. 전능하신 마리아님께. 그랬더니 차퍼란 년이 소리를 질렀지요. '뭣하러? 그 여자를 왜 불러?' 진통은 점점 더해 가고……. 또 하루가 지나고 밤도 지났어요. 차퍼 하눔은 계속 소리를 질러 댔지만 애는 나오지 않아 어쩔 수 없이 기도를 했답니다. '어머니 마리아! 어머니 마리아!' 그래 봐야 소용도 없었지요. 친구가 또 말했대요. '그 여자는 터키 말을 모르는 모양이다.' 그래서 고것이 다시 '루미스*의 처녀여, 루미스의 처녀여' 했다네요. 망할 것! 루미스가 뭐냐고! 고통이 심해지니까 친구가 또 소리쳤답니다. '제대로 불러 봐. 제대로 안 하니까 안 오는 거라고.' 그래서 차퍼가 큰일 났다 싶어 냅다 소리를 질렀답니다. '성모님!' 그랬더니만 거짓말처럼 애가 쑥 빠져나오는데 뱀장어가 개펄 속을 나오는 것 같더랍니다.

이게 주일에 생긴 일인데 그다음 주일엔 우리 어머니가 진통을 시작하셨답니다. 우리 어머니도 힘드셨지요. 고통이 심해지니까 어머니도 소리를 지르셨다나 봐요. '성모님! 성모 마리아님!' 그래도 애가 안 나오니까 아버지는 마당 한가운데 앉아 먹지도 마시지도 못하셨답니다. 어머니가 고통스러워하니까 성모님이란 존재도 별로 마음에 들지 않았죠. 지난번 차퍼라는 잡것이 부를 때는 목이 부러져라 달려와 애를 뽑아 주더니, 이번에는 기독교인이 이렇게 고통을 당하고 있는데 와 주지도 않고……. 나흘째 되던 날 아버지는 도저히 못 참고 쇠스랑을 집어 들고는 '순교한 동정녀' 수도원으로 달려가셨어요. 몹시 화가 난 상태라 성호도 안 긋고 바로 성상 앞으로 달려가 냅다 소리를 질렀

* 로마어에서 차용한 이슬람교 용어로, 기독교인 혹은 이교도를 의미한다.

답니다. '이봐요. 성모님. 내 아내 크리니오 알죠? 모를 리가 없으실걸요? 주일마다 당신의 등잔에 불을 밝히니까. 내 아내가 사흘 밤낮을 당신을 불렀는데 들리지도 않소? 귀머거리신가? 내 아내가 터키 잡년 차퍼 같았으면 목이 부러져라 달려와 주었겠지? 내 아내 크리니오는 기독교인이에요. 당신이 귀머거리니까 못 듣는 거야! 당신이 성모님이 아니었다면 당장 이 쇠스랑으로 버릇을 고쳐 줬을 거요!'

그렇게 돌아서서 성상에 절도 안 하고 나오려는데 성상에서 부서지는 듯한 소리가 나더랍니다—오, 주여! 모르신다면 내 알려 드리리다. 성상은 기적을 일으킬 때마다 그런 소리를 낸다오—우리 아버지는 아차 싶어서 잽싸게 돌아서서 무릎을 꿇고 성호를 그었답니다. '아이고, 성모님! 죽을죄를 졌습니다. 해서는 안 될 말들을 너무 지껄였습니다. 못 들은 척해 주십시오.'

마을로 돌아오는 길에 우리 아버지는 좋은 소식을 들으셨지요. '콘스탄티, 자네 마누라가 아들을 낳았네. 아이가 건강하길 바라네.' 그렇게 태어난 아이가 바로 여기 있는 아나그노스티, 바로 납니다. 하지만 나는 태어날 때부터 귀가 안 좋았어요. 우리 아버지가 성모 마리아님께 귀머거리라고 욕을 했거든. 성모님은 아마 이러셨을 거요. '그래? 그럼 좋아. 자네 아들을 귀머거리로 만들어 신을 모독한 버릇을 고쳐 주지.'"

아나그노스티 영감은 또 한 번 성호를 그었다.

"하지만 뭐 별거 아냐. 하느님을 찬양합니다! 성모님은 날 바보나 장님, 꼽추, 아니면 아이고—전능하신 하느님 저희를 굽어살피소서!—여자로 만들어 버리셨을 수도 있었잖아. 그러니 이건 아무것도 아니고말고. 성모님, 우리 성모님. 오래오래 저희들을 도와주소서!"

그는 술을 가득 채우고 잔을 들었다.

"아나그노스티 영감님의 만수무강을 위하여! 백수하시고 손자의 손자까지 보시기를!"

영감은 포도주를 한 번에 비우고 턱수염을 닦았다.

"젊은이, 그건 욕심이 과하구먼. 난 이미 손자를 보았다네. 그걸로 만족이야. 욕심은 부리는 게 아니야. 갈 때가 됐지. 나는 늙고 허리도 비었으니……. 아무리 그러고 싶어도 말일세……. 씨앗을 뿌려 새끼를 낳을 수는 없잖은가. 이런 나이에 더 살아 뭐하노?"

그는 다시 잔을 채우고 허리춤에서 월계수 잎에 싼 호두와 말린 무화과를 꺼내 우리에게 주었다. 그러고는 혼잣말을 하듯 중얼거렸다.

"내가 가진 건 모두 애들에게 나누어 주었다오. 우리는 가난뱅이야. 그렇지만 불평은 안 하네. 필요한 건 하느님이 다 가지고 계시거든!"

"그럼요, 필요한 건 하느님이 다 가지고 계시겠죠. 우리에겐 아무것도 없지만 말이에요. 그 늙은 구두쇠가 우리에겐 아무것도 안 줬거든요."

조르바가 영감의 귀에다 소리를 질렀다.

"그런 소리 마! 하느님을 탓하면 안 되지! 그 불쌍한 늙은이가 우리만 믿고 있잖은가!"

촌 영감이 눈살을 찌푸리며 조르바를 꾸짖었다. 그때 아나그노스티 할머니가 소문난 진미 요리를 들고 조용히 들어왔다. 할머니는 포도주를 가득 채운 술병도 식탁 위에 올려놓고 손을 모은 채 눈을 내리깔았다.

나는 그런 오르되브르를 맛봐야 한다는 데 구역질을 느꼈지만 거절할 용기도 없었다. 조르바는 나를 흘깃 보며 내가 쩔쩔매는 꼴을 즐기다가 못이라도 박는 것처럼 단호하게 속삭였다.

"보스, 이건 쉽게 맛볼 수 없는 최상의 요리요. 그러니 메스껍다는 표정일랑은 집어치우시오."

그러자 늙은 아나그노스티 영감이 피식 웃으며 덧붙였다.

"맛있는 음식이고말고. 맛을 보면 아실 거요. 입안에서 살살 녹지. 게오르기오스 왕께서, 저 산 위의 수도원을 찾으셨을 때 수도사들이 수라상을 차렸지요. 그들은 다른 사람에겐 고기를 대접했는데 전하에게만은 수프 한 접시를 올렸대요. 왕자는 숟가락으로 휘휘 저으면서 묻더랍니다. '이게 뭔가요? 콩 수프입니까? 흰 강낭콩 수프?' 늙은 수도원장은 그저 '일단 드십시오. 전하, 다 드신 다음에 말씀드리겠습니다'라고 하더랍니다. 왕자는 한 술을 뜨고 두 번, 세 번, 네 번, 그렇게 다 비우고는 입술을 핥았답니다. 왕자가 '이 맛있는 요리는 무엇입니까? 기막힌 콩 수프군요. 마치 뇌 요리 같아요'라고 했답니다. 수도원장이 웃으면서 대답하기를 '콩죽이 아닙니다. 전하, 콩이 아니라 마을 수탉을 모조리 거세한 겁니다'라고 했다지요."

그는 한참을 웃고는 포크로 음식을 찍어 내게 명령했다.

"자, 입을 벌려요."

내가 입을 벌리자 그가 요리를 찔러 넣었다.

그는 다시 잔을 채우고 우리는 영감 손자의 건강을 빌며 마셨다. 아나그노스티 영감의 눈이 빛났다.

"아나그노스티 영감님, 손자가 나중에 뭐가 되기를 바라세요? 말씀을 해 주셔야 우리가 빌어 드리지요."

내가 물었다.

"글쎄, 뭐가 되면 좋을까요? 그렇지. 올바른 길을 가고 착한 사람이 되고, 훌륭하게 자라 가장이 되고, 또 결혼해서 아들과 손자를 보는 거지요. 그 애 아들 중 한 놈이 날 닮아서 마을 사람들이 그놈을 볼 때마다 '꼭 아나그노스티 영감을 닮았구먼. 하느님께서 영감의 영혼을 축복하시길! 좋은 영감이었어' 하면 좋겠네요. 그런데 마룰리아! 마룰리아, 포도주 더 가져와."

그는 아내 쪽을 보지도 않고 소리를 질렀다. 그때 돼지가 울타리에

난 작은 문을 들이받더니 꽥꽥거리며 뜰로 뛰어 들어왔다.

"얼마나 아플까, 불쌍한 것 같으니!"

조르바가 중얼거렸다.

"그럼 아프고말고. 당신 그걸 깠다고 생각해 보시오. 얼마나 아프겠소?"

영감이 알아듣고 조르바에게 말했다.

"빌어먹을 영감탱이, 당신 혀나 잘렸으면 좋겠구먼."

조르바가 질겁하며 소리쳤다. 돼지가 우리 앞에까지 뛰어 와 성난 얼굴로 우리를 노려보았다.

"우리가 그걸 먹은 걸 아는 모양이야."

아나그노스티 영감이 말했다. 그는 조금씩 마신 술에 취해 기분이 매우 좋아 보였다. 우리는 식인종처럼 조용히, 진미를 만족스레 맛보면서 붉은 포도주를 마셨다. 석양에 분홍빛이 된 바다를 은빛 올리브 가지 사이로 바라보면서.

땅거미가 질 무렵 우리는 노인의 집을 나섰다. 조르바도 술기운이 오르자 말이 하고 싶은 모양이었다.

"보스, 그저께 우리가 하던 얘기가 뭐였죠? 당신은 사람들 눈을 뜨게 해 주고 싶다 했나요? 맞아요, 그 얘기를 했어요. 그러니까 아나그노스티 영감을 위해, 그 영감 눈이나 뜨게 해 주면 어떨까요? 그 영감 마누라가 영감 앞에서 어찌하는지 봤지요? 먹을 걸 구하는 개처럼 얌전하게 명령을 기다리고 서 있는 꼴이라니. 가서 가르쳐 주지 그러시오. 여자도 남자와 같은 권리를 가졌다, 불알 까인 돼지가 소리 지르며 길길이 뛰는 앞에서 그걸 안주 삼아 먹는 건 잔인한 짓이다, 하느님은 모든 걸 다 가지고 있는데 굶어 죽으면서도 하느님께 감사하는 건 미친 짓이다, 이렇게 말해 봐요. 당신의 그 엉터리 설명을 듣고 나면 불쌍한 악마 아나그노스티 영감이 달라질까요? 귀찮기만 하죠. 아나그노스티 할멈은 또 어떻고요? 괜히 불에다 기름을 붓는 격이죠. 부부 싸움이 나고 암탉은 수탉 노릇을 하려 들 테고, 한바탕 털이 날리고 난리가 나겠죠. 보스, 사람들을 그냥 놔둬요. 그 사람들 눈 뜨게 해 주려 하지 말고요. 좋아요, 뜨게 했다 칩시다. 뭘 볼까요? 비참하지요. 보스, 눈 감은 놈은 눈 감은 대로 놔두는 게 좋답니다. 꿈꾸게 내버려 두란 말입니다."

생각이 잘 풀리지 않는지 그는 말하다 말고 머리를 긁적거렸다.

"만일에…… 만일에 말입니다."

"만일에 뭡니까? 어디 들어 봅시다."

"만일에 그들이 눈을 떴을 때 당신이 지금의 저 어두운 세상보다 더 나은 걸 보여 줄 수 있다면……. 보여 줄 수 있겠어요?"

나는 모르겠다. 무엇을 없애야 하는지는 잘 알고 있지만 그 위에 무엇을 세워야 하는지는 알지 못했다. 나는 그것을 확실히 알고 있는 사람은 없으리라 생각했다. 우리가 살고 있는 이 세상은 확실하고 구체적이다. 우리는 그 속에서 살면서 순간순간 그 세계와 싸워 나간다. 미래의 세계는 아직 오지 않았다. 언제든 변할 수 있으며 꿈속에 사는 것처럼 환상적이다. 사랑, 증오, 상상력, 행운, 하느님 같은 보랏빛 바람에 둘러싸인 구름이다. 이 땅 위 아무리 훌륭한 선지자라도 뚜렷한 예언은 들려줄 수 없다. 암시가 모호할수록 선지자는 위대하다고 여겨진다.

조르바가 비웃듯 바라보고 있어 나는 화가 났다.

"나는 그들에게 보다 나은 세계를 보여 줄 수 있어요!"

"있어요? 그럼 그 얘기나 들어 봅시다."

"설명할 수는 없어요. 당신이 이해하지 못할 겁니다."

"보여 주지 못하니까 그러는 거죠? 젊은 보스, 날 바보로 보지는 마시오. 누가 당신에게 내가 바보 멍청이라고 했다면 그건 나를 잘 모르고 지껄인 겁니다. 내가 아나그노스티 영감보다 더 배운 건 아니지만 그 영감처럼 멍청하진 않아요. 설령 그렇다 치고, 내가 이해하지 못하는 거라면 당신은 그 멍청이와 돌대가리 여편네에게 대체 뭘 기대하는 겁니까? 이 세상에 있는 수많은 아나그노스티는 또 어떻게 할 거요? 그들에게 보여 줄 것이 그것뿐이라는 겁니까? 그 사람들은 지금까지 잘들 살아왔어요. 아들 낳고 손자 낳고 살았지요. 하느님이 그들을 귀머거리나 장님으로 만들었어도 '하느님을 찬양합니다' 하면서 말이죠. 그자들은 그게 편한 거예요. 그대로 놔두고 아무 소리도 하지 말아요."

나는 입을 다물었다. 과부네 뜰을 지나고 있었는데 조르바는 걸음을 멈추고 한숨을 내쉴 뿐 말은 하지 않았다. 소나기가 한차례 내렸는지 공기에서 싱싱한 흙냄새가 풍겼다. 별이 뜨고 초승달이 빛났다. 달은 초록빛이 섞인 노란색의 부드러운 차양 같았다. 하늘엔 따사로움이 가득했다.

문득 이런 생각이 들었다. 조르바는 학교 문턱에도 못 가 봤으니 지식을 채워 넣을 시간도 없었을 것이다. 하지만 그는 세상만사 모든 일을 겪어서 마음이 확 트였고 두둑한 배짱도 있다. 우리가 복잡하고 어렵다고 생각하는 모든 문제를 조르바는 칼로 자르듯, 알렉산드로스 대왕이 고르디아스의 매듭을 자르는 것처럼 풀어낸다. 온 체중을 실어 두 발로 단단하게 서 있는 조르바의 겨냥은 절대로 빗나가지 않는다. 아프리카인들이 뱀을 섬기는 이유도 이와 같다. 온몸을 땅에 붙이고 사는 뱀들이 대지의 비밀을 더 잘 알 거라고 믿기 때문이다. 뱀은 늘 어머니 대지와 접촉하면서 배로, 꼬리로, 머리로 대지의 비밀을 알아낸다. 조르바도 이와 같다. 우리처럼 교육받은 사람들이 오히려 공중을 나는 새들처럼 골이 빈 것이다.

하늘의 별들이 점점 많아졌다. 별들은 사납고 잔혹하고 냉소적으로 빛났다. 우리는 서로 아무 말 하지 않고 겁에 질린 채 하늘만 올려다보았다. 시간이 지날수록 새 별이 동쪽에서 나타나면서 하늘 가득 불빛을 퍼뜨려 갔다.

이윽고 오두막에 도착했는데 더 이상 저녁 생각이 없었던 나는 그냥 바닷가 바위 위에 앉았다. 조르바는 오두막에 불을 켜고 혼자 저녁을 먹은 뒤 내 곁에 와 앉으려다 다시 들어가 곯아떨어졌다.

바다는 죽은 듯 조용했다. 별똥별이 떨어졌지만 대지는 미동도 없었다. 개도 짖지 않고 밤새도록 조용했다. 살며시 스며드는 위험하고도 완전한 침묵에는 우리 귀로는 들을 수 없는 수천 개의 목소리가 숨어 있었다. 나는 내 이마와 목에 피가 흐르는 소리만을 겨우 들을 수 있을 뿐이었다.

호랑이의 노래! 문득 생각이 나자 몸서리가 쳐졌다. 인도에서는 어둠이 깔리고 나면 먼 곳에서 육식동물이 하품하는 듯 느리고 야성적인 노래가 나지막하게 들리는데 이것을 호랑이의 노래라고 한다. 사람들은 뒤이어 일어날 일에 대한 공포로 잔뜩 긴장하게 된다.

그 무서운 노래를 생각하자 비어 있던 가슴이 꽉 차오르기 시작했다. 귀가 열리자 침묵은 고함 소리로 변했다. 마치 내 영혼이 그 노래가 만들어냈고 그 소리를 들으려고 몸에서 빠져나가는 것처럼 느껴졌다.

바닷물을 한 움큼 떠서 미간과 이마를 적시자 정신이 들었다. 내 깊숙한 곳에서 위험을 감지한 것처럼 무수한 고함 소리들이 들려왔다. 내 속에 호랑이 한 마리가 포효하고 있었던 것이다. 나는 그 순간 붓다의 목소리를 분명하게 들었다. 도망치듯 빠른 걸음으로 물가를 달리기 시작했다. 당시 나는 한밤중에 혼자 있거나 주위가 침묵에 빠져들면 그 소리가 들리곤 했다. 처음에는 장송곡처럼 우울하고 애처롭다가 점점 화내고 꾸짖는 듯한 소리, 견디기 어려운 소리로 변하곤 했다. 그 소리는 자궁을 떠날 때가 된 태아가 걷어차듯이 가슴을 발길질하곤 했다.

한밤중인 것 같았다. 하늘에 검은 구름이 모이더니 굵은 빗방울이 손 위로 떨어졌다. 나는 신경 쓰지 않았다. 나는 또 한 번 불붙은 것 같은 생각 속으로 뛰어들었다. 붓다의 윤회 바퀴가 나를 싣고 떠난다. 때가 왔다. 이제 짐에서 벗어나 나 자신을 해방시킬 때가 온 것이다. 나는 급하게 오두막으로 돌아가 등불을 켰다. 어른거리는 불빛에 조르바가 눈을 떴다. 종이 위에 몸을 굽힌 채 글을 쓰는 나를 보자 뭐라 몇 마디 지껄이고는 벽을 등진 채 다시 잠에 빠져들었다.

나는 허둥거리며 글을 썼다. 바빴다. 붓다는 나와 떠날 준비가 되어 있었고 나는 내 뇌에서 상징으로 가득 찬 푸른 리본이 풀려나오는 것을 느꼈다. 리본이 너무 빨리 풀려나와 나는 따라 잡으려고 무진 애를 썼다. 모든 것은 단순했다. 내가 쓰는 게 아니라 받아 적는 것이었다. 자비와 체념과 공(空)으로 이루어진 전 세계가 내 앞에 나타났다. 붓다의 궁전, 후궁의 여인들, 황금 마차, 늙은 자와 병든 자, 죽은 자와의 숙명적인 세 번의 만남, 출가, 금욕 생활, 포교, 해탈. 대지에는 노란 꽃이 뒤덮이고 거지와 왕자들은 예복을 입고, 나무와 육신은 가벼워졌다. 영혼은 바람이 되고 바람은 또 정신이 되고, 정신은 다시 무로 돌아간다……. 손가락이 아파 왔지만 나는 멈출 수도 없었고 멈추고 싶지도 않았다. 환상이 빠르게 지나갔고 나는 그 환상을 잡아야만 했다. 아침에 조르바는 원고에 머리를 박고 잠든 나를 발견했다.

6

일어났을 때는 이미 한낮이었다. 펜을 오래 잡고 있었기 때문에 오른손 마디가 뻣뻣했다. 손가락을 오므릴 수도 없었다. 붓다의 폭풍이 나를 덮쳐 내 몸을 지치게 하고 텅 비운 채 떠난 것이었다.

나는 허리를 굽혀 바닥에 떨어진 원고를 주웠지만 그 원고를 읽을 힘도, 읽고 싶은 마음도 없었다. 갑작스레 찾아온 생각들은 꿈이었을지도 모른다. 그런 것들이 언어에 붙잡혀 타락한 것을 다시 보고 싶지 않았다.

비가 조용하고 부드럽게 내리고 있었다. 조르바가 집을 나가기 전에 피워 놓은 불가에 앉아 오전 내내 손을 그 위에 올려놓고 부드럽게 내리는 빗소리를 들으며 아무것도 먹지 않은 채 꼼짝 않고 앉아만 있었다.

아무 생각도 하지 않았다. 축축한 흙 속 두더지처럼 동그란 머릿속에 갇힌 내 뇌는 쉬었다. 나는 대지의 속삭임과 미동까지 빼놓지 않고 들을 수 있었고, 비가 내리면서 씨앗이 부풀어 터지는 소리까지 들을 수 있었다. 남자와 여자처럼 맞붙어 아이를 낳던 시절의 하늘과 대지를 느낄 수 있었다. 야수처럼 으르렁대며 해안을 핥고 있는 바닷소리도 들을 수 있었다.

나는 행복했고 행복하다는 사실을 알고 있었다. 행복하다고 느끼면서 행복을 의식하기란 쉽지 않다. 행복한 순간이 흘러간 뒤에야 그것을 돌아보면서 그것이 얼마나 행복했던가를 깨닫는 것이다. 그러나 나는 크레타 해안에서 행복했고 행복하다는 것을 실감했다.

갈증을 풀려고 으르렁대는 검푸른 바다는 아프리카 해안까지 이어져 있었다. 이따금 불어오는 남풍 리바스가 사막을 뜨겁게 달궜다. 아침이면 바다에서는 수박 냄새가 났고 낮에는 안개에 덮여 조용해졌는데 잔잔하게 일렁이는 파도는 덜 익은 젖가슴을 보는 듯했다. 저녁이면 바다는 한숨을 쉬며 장미 빛깔이었다가 자주나 포도주 빛깔이나 짙은 푸른색으로 변하곤 했다.

오후가 되면 나는 알이 고운 모래를 한 움큼 집어 손가락 사이로 빠져나가는 따뜻하고 부드러운 감촉을 즐겼다. 손은 모래시계였다. 우리 인생이 새어 나가다가 결국에는 모두 사라지고 마는 모래시계. 그리고 그 손 자체도 사라졌다. 나는 바다를 바라보며 조르바 목소리를 들었는데 그럴 때면 이마가 뻐근하도록 행복했다.

네 살배기 조카 알카와 장난감 가게를 구경하던 순간이 떠올랐다. 섣달그믐날이었는데 조카는 나를 돌아보며 이런 말을 했다.

"오그레 삼촌, 나는 쑥쑥 자라는 뿔이에요. 그래서 참 기뻐요."

나는 놀랐다. 인생이란 얼마나 놀라운 기적인지! 뿌리 깊숙이 내려가면 모든 영혼은 서로 만나 하나가 되곤 하지 않는가! 순간 나는 먼 도시의 박물관에서 보았던 흑단으로 조각된 붓다를 생각했다. 7년의 고뇌 끝에 해탈한 붓다의 기쁨을 표현한 것이었다. 이마 양쪽은 핏줄이 부풀어 올라 피부를 뚫고 나와 강철 스프링처럼 말린 두 개의 뿔로 표현되어 있었다.

오후 늦게야 비가 그치고 하늘이 맑아졌다. 나는 배가 고팠는데 배가 고프다는 사실이 기뻤다. 곧 조르바가 돌아와 불을 피우고 일상의 의식인 요리를 할 시간이었다.

"죽을 때까지 해야 하는 한 가지 노릇이 바로 이겁니다. 끝없는 전쟁과도 같은 건 염병할 여자뿐만이 아니에요. 먹는 짓거리도 역시 끝없는 전쟁이랍니다."

조르바는 불 위에 냄비를 얹으며 이렇게 말하곤 했다.

그 해안에서 처음으로 나는 먹는다는 것의 즐거움을 알았다. 조르바는 두 개의 바위 사이에 불을 피우고 음식을 했다. 먹고 마시면서 대화는 활기차졌다. 마침내 나는 먹는다는 것은 숭고한 어떤 의식이며 고기, 빵, 포도주는 정신을 만들어 주는 원료라는 것을 깨달았다.

하루 일을 마치고 돌아온 조르바는 음식을 먹기 전에는 몸이 둔하고 말에도 힘이 없었다. 그럴 때는 그에게 말을 자꾸만 시켜야 했다. 동작은 느릿느릿하고 거북해 보였지만 막상 엔진에 연료를 채우고 나면 그의 몸이라는 기계는 생기를 되찾아 속력을 내어 다시 일을 했다. 눈에 불이 켜지고 그의 기억도 제대로 돌아왔으며 발에 날개가 달린 듯 춤을 추었다.

"먹은 음식으로 뭘 하는지 가르쳐 준다면 나는 당신이 어떤 사람인지 말해 줄 수 있어요. 누구는 먹은 음식으로 비계와 똥을 만들고, 누구는 일과 좋은 유머에 쓰기도 하고, 어떤 이는 하느님께 돌린다고도 합디다. 그러니 세 종류의 인간이 있는 셈이지요. 보스, 나는 최악도 최선도 아니고 중간쯤 될 겁니다. 나는 내가 먹은 걸 일과 좋은 유머에 쓰니까요. 그다지 나쁠 것도 없겠지요?"

그는 장난스러운 얼굴로 나를 보면서 웃음을 터뜨렸다.

"보스, 당신은 말예요……. 당신은 먹은 걸 하느님께 돌리려고 애쓰는 것 같소만 그게 맘대로 되질 않으니 괴로운 거요. 까마귀에게 일어났던 일이 당신에게도 일어나고 있는 거지요."

"까마귀에게 일어난 일이라니, 그게 뭔데요?"

"들어 봐요. 원래 까마귀는 까마귀답게 점잖고 당당하게 걸어 다녔어요. 그런데 어느 날 이 까마귀가 비둘기처럼 거들먹거려야겠다는 생각을 한 거예요. 그날로 이 가엾은 까마귀는 제 걸음걸이를 까먹어 버렸지 뭡니까. 뒤죽박죽이 되니까 그저 어기적거리며 걸을 수밖에요."

갱도를 걸어 올라오는 조르바의 발소리가 들려 고개를 들었다. 이윽고 그의 길쭉한 얼굴이 보였는데 두 팔은 옆구리에 그냥 매달린 듯 덜렁거리며 내게 다가왔다.

"별일 없었지요, 보스?"

그가 힘없이 말했다.

"고생했어요, 조르바. 오늘은 어땠어요?"

그는 대답하지 않았다.

"불을 피우고 저녁을 준비할게요."

그는 구석에서 땔나무를 한 아름 안고 나가 불을 붙였다. 그 위로 질그릇을 올려놓고 물을 부은 다음 양파, 토마토, 쌀을 넣어 끓였다. 그동안 나는 식탁에 식탁보를 깔고 보리빵을 두껍게 썰어 놓은 다음 우리가 도착하던 날 아나그노스티 영감이 보내 준 무늬 있는 잔에 포도주를 가득 따라 놓았다.

조르바는 냄비 앞에 말없이 쪼그리고 앉아 불길만 들여다보고 있었다.

"아이들 있어요?"

내가 별안간 이런 질문을 하자 조르바가 돌아보았다.

"그런 건 왜 묻습니까. 딸 하나가 있습죠."

"결혼했어요?"

조르바가 웃음을 터뜨렸다.

"왜 웃어요?"

"말 같지 않아서 그럽니다. 아, 물론 그 애도 결혼했어요. 멍청이가 아니거든. 칼키디체 지방 프라비슈타 근방의 동광에서 일하고 있을 때예요. 어느 날 아우 얀니에게서 편지 한 장이 도착했어요. 참, 내게 아우가 있답니다. 약아 빠진 토박이 고리 대금업자에다 위선적인 예수쟁이죠. 사회의 진짜 대들보 같은 사람이라고나 할까요? 지금은 살로니카에서 식품점을 하고 있습니다. 편지인즉슨 '알렉시스 형님, 형님 딸 프로소가 길을 잘못 들었어요. 애인이 있는데 그놈 아이까지 가졌답니다. 우리 가문의 명예가 더럽혀졌어요. 나는 마을로 쳐들어가 이 애 목을 자를 참이었습니다.'"

"그래서 어떻게 했어요?"

조르바는 어깨를 으쓱했다.

"계집들이란 별수 없다 생각하고 편지를 찢었지요."

그는 쌀을 한 차례 휘젓고 소금을 넣더니 빙긋 웃었다.

"하지만 재미있는 얘기가 하나 더 있어요. 2~3개월이 지났을 때 아우에게 편지 한 통이 더 왔어요. 이 멍청이가 뭐라고 했느냐면 '형님께 건강과 행복이 함께하시기를 바랍니다. 우리 가문의 명예는 안전하니 형님도 고개를 들고 다니셔도 됩니다. 그 녀석이 프로소와 결혼했습니다.'"

조르바는 담배를 문 채 나를 돌아보았는데 담배 불빛으로 반짝이는 두 눈이 보였다. 그는 다시 한번 어깨를 으쓱했다.

"하여튼 사내들이란!"

조르바는 경멸을 가득 담아 중얼거렸다.

“여자에게 뭘 기대한답니까? 한다는 게 고작 처음 만난 사내와 붙어 애를 낳는 거요. 사내에겐 또 뭘 기대합니까? 모두들 그 덫에 걸리는 거지요. 내 말 명심하는 게 좋을 거요, 보스!”

그가 불에 얹었던 냄비를 내렸고 우리는 저녁을 먹기 시작했다. 조르바는 다시 생각에 잠겼다. 무엇인가가 짓누르고 있는 것 같았다. 그는 나를 바라보며 입을 열었다가 다시 꾹 닫았다. 등잔 불빛으로 근심과 걱정이 담긴 눈이 보였다. 나는 그가 그러고 있으니 견딜 수가 없었다.

“조르바, 나한테 뭔가 할 말이 있는 거지요? 말해 보세요. 털어놓으면 후련해질 거예요.”

조르바는 그래도 말이 없었다. 그는 조약돌을 주워 있는 힘껏 창밖으로 던졌다.

“돌 갖고 그러지 말고 말을 해요.”

조르바가 주름이 가득한 목을 쑥 내밀었다.

“보스는 나를 믿어요?”

그가 진심 어린 눈으로 나를 바라보았다.

“물론이지요. 조르바, 당신이 무슨 짓을 해도 잘못될 리가 없어요. 당신은 사자나 늑대 같아요. 그런 짐승들은 양이나 나귀같이 행동할 수 없지요. 천성은 버리지 못하니까요. 당신도 그래요. 당신은 머리끝에서 발끝까지 조르바예요.”

조르바가 고개를 끄덕였다.

“그렇지만 우리가 대체 어디로 가는 건지 알 수가 없단 말입니다.”

“내가 알잖아요. 당신은 그런 걱정하지 않고 그저 해 나가기만 하면 돼요.”

“보스, 그 말 다시 한번만 해 줘요. 내게 용기를 좀 줘요.”

“그저 해 나가기만 하면 돼요.”

조르바의 눈이 빛나기 시작했다.

"이제 말씀드릴 수 있겠군요. 요 며칠 동안 큰 계획을 하나 짜고 있었는데 좀 미친놈 같은 생각이에요. 한번 해 볼까요?"

"그런 걸 물어볼 필요가 있나요? 우리가 여기 온 목적이 뭔데요. 생각을 실천하러 왔잖아요."

조르바는 황새처럼 목을 길게 빼면서 기쁨과 두려움이 섞인 눈으로 나를 보았다.

"조금 쉽게 말해 봐요, 보스. 우리는 여기 갈탄을 캐러 온 겁니까?"

"갈탄은 하나의 핑계예요. 남의 일을 꼬치꼬치 캐기 좋아하는 시골 촌놈들을 막으려는 핑계지요. 그런 거라도 있어야 우리를 근사한 청부업자로 보고 환영한답시고 토마토를 던지는 일 따위는 하지 않을 거 아닌가요? 무슨 말인지 이해하죠, 조르바?"

조르바는 넋이 나간 사람처럼 보였다. 그런 엄청난 행복을 믿을 수가 없다는 듯 이해하려고 애를 쓰더니 드디어 내 말뜻을 알아차렸다. 그가 내게로 달려와 내 어깨를 붙잡았다.

"춤추시겠소? 춤출래요?"

그가 졸랐다.

"싫어요."

"싫다고요?"

그는 어리둥절한 표정으로 두 팔을 양옆으로 툭 떨어뜨렸다.

"좋아요. 그럼 나 혼자 출 테니 보스는 멀찌감치 떨어져 앉아요. 내가 받아 버리지 않게 말입니다."

그는 펄쩍 뛰어 오두막을 뛰쳐나가더니 신발, 코트, 조끼를 차례로 벗고 바짓가랑이를 무릎까지 걷어 올리고 춤을 추기 시작했다. 얼굴에 갈탄이 묻어 시커멨지만 눈만은 번쩍거렸다.

잠시 후 춤에 완전히 빠진 그는 손뼉을 치는가 하면 공중으로 뛰어

오르고, 발끝으로 돌다가 무릎을 꿇었다 다리를 구부리고 다시 공중으로 뛰어올랐다. 마치 고무로 만든 사람처럼 공중으로 펄쩍 뛰어올랐다. 그를 보고 있으면 늙은 몸속에 그의 몸을 들어서 어둠 속에 유성처럼 날리고 싶어 안달하는 영혼이 하나 들어 있는 것 같았다. 공중에 오래 머물 수 없으니 땅에 떨어질 때마다 몸이 몹시 흔들리면서도 다시 더 높이 뛰어올랐다가 또 쉴 새 없이 떨어지곤 했다.

조르바는 얼굴을 찌푸렸다. 놀라울 만큼 비장한 얼굴로 소리도 지르지 않고 이를 악문 채 불가능을 이루려고 안간힘을 쓰고 있었다.

"조르바, 조르바! 그만해요. 그만하면 됐어요."

내가 소리를 질렀다. 나는 그의 늙은 몸이 그런 혹독함을 견디지 못하고 공중에서 수천 조각으로 찢겨 사방으로 날릴 것만 같아 두려웠다. 하지만 내 고함 소리가 무슨 소용이란 말인가! 어떻게 지상에서 내지르는 소리가 그에게 들릴 수 있을까! 그의 오장육부는 새가 되어 가는 중이었다.

나는 불안한 눈으로 거칠고 결사적인 그의 춤을 지켜보았다. 어렸을 때 나는 내 상상을 마음대로 비약하고 친구들에게 엉뚱한 거짓말을 하고 그것을 스스로 믿곤 했다.

"너희 할아버지는 어떻게 돌아가셨어?"

어느 날 학교에서 친구 하나가 이렇게 물었다. 나는 바로 신화를 만들어 냈는데 이렇게 만드는 족족 나조차도 그대로 믿어 버렸다.

"우리 할아버지는 흰 수염을 휘날리는 분이셨어. 고무신을 신고 다녔는데, 어느 날 우리 집 지붕으로 펄쩍 튀어 오르시다가 땅에 떨어지면 또 공처럼 튀어 오르셨어. 그렇게 더 높게 튀어 우리 집보다 높게 튀어 오르시더니 마침내 구름 속으로 사라지셨어. 우리 할아버지는 그렇게 돌아가신 거야."

이 신화를 만든 다음에는 조그만 성 메나스 교회를 갈 때마다 바닥에 그려 놓은 예수 승천상을 보면서 친구들에게 말했다.

"이것 봐. 저기 고무신을 신은 우리 할아버지가 있잖아!"

오랜 시간이 지난 지금, 공중으로 튀어 오르는 조르바를 보면서 나는 내가 만든 유치한 이야기인데도 조르바가 구름 속으로 사라져 버리지 않을까 마음을 졸였다.

"조르바, 조르바! 이제 정말 됐어요. 그만해요."

내가 다시 소리를 질렀다.

이윽고 조르바가 가쁜 숨을 몰아쉬며 주저앉았다. 그의 얼굴은 행복에 겨워 빛났다. 회색 머리카락은 이마에 들러붙고 갈탄 가루와 땀방울이 섞여 뺨과 턱으로 흘러내렸다. 나는 걱정스러운 눈으로 그를 바라보았다.

"이제 좀 살 것 같네요. 피를 쏟아 낸 것 같아요. 이젠 말할 수 있겠어요."

그는 오두막으로 돌아와 화덕 앞에 앉아 개운한 표정으로 나를 보았다.

"무슨 신명이 난다고 그렇게 춤을 춥니까?"

"보스, 어쩔 수 없잖아요. 너무 기뻐서 목이 졸리는 것 같은데. 숨을 쉬게 해 줘야지요. 말로 됩니까? 흥. 웃기죠."

"대체 뭐가 그리 즐거웠어요?"

"뭐가 즐거웠느냐고요? 보스, 좀 전에 말한 건…… 괜한 소립니까? 당신은 우리가 여기 온 게 갈탄을 캐기 위해서가 아니라고 했어요. 그랬지요? 우리는 틈을 내서 놀러 온 거고, 핑계를 만들어 마을 사람들이 돌아 버린 놈들이라고 토마토를 던지는 짓을 못하게 하자고 했잖아요? 우리 둘만 있을 때는 웃고 즐기자는 거 아닙니까? 내 말이 틀렸소? 맹세컨대, 내가 바라는 것도 그거요. 그런데 나는 보스의 마음을 눈치채지 못했던 거지요. 나도 이따금 갈탄 생각을 했습니다만, 늙은 부불리나에 당신 생각까지 하다 보니 정신이 없더이다. 갱도를 팔 때는 '내가 원하는 건 갈탄이다', 이렇게 다짐하다가도 일이 끝나고 저 늙은것과—늙은것에 행운이 있기를!—시시덕거릴 땐 '에라 모르겠다, 갈탄 자루나 보스 같은 건 부불리나가 맨 리본으로 묶어 버리고 조르바도 목이나 매라' 이러고 있답니다. 그러다가 또 혼자 있고 아무 할 일이 없을 때는 당신 생각에 가슴이 미어집니다. '조르바, 이 나쁜 놈아, 양심도 없느냐? 저렇게 착한 사람을 속이고 돈을 우려먹다니! 이 놈아, 그따위 건달 짓은 언제 걷어치울 테냐? 이제 너에게는 넌덜머리가 난다.'

보스, 이제야 말씀입니다만, 나는 원래 중심을 잘 못 잡아요. 악마가 이쪽에서 당기고 하느님이 저쪽에서 당기면 한중간에서 나는 두 토막으로 끊어지고 말죠. 고맙게도 보스가 위대한 말씀을 해 주었고 이제 나는 훤히 보입니다. 우리는 배가 맞았어요! 자, 건배해요. 돈이 얼마나 남았어요? 넘겨줘요. 먹어 치웁시다!"

조르바는 이마를 비비면서 주위를 둘러보았다. 우리가 먹다 남긴 저녁을 긴 팔로 그러잡았다.

"보스, 먹어도 되지요? 나는 다시 배가 고프거든요."

그는 빵 한 조각, 양파, 올리브 한 움큼을 쥐고 웃어 대면서 게걸스레 포도주를 마셨다. 한참을 먹어 대더니 배가 찼는지 입맛을 다셨다.

"이제 좀 낫군요."

그는 내게 윙크를 하고 물었다.

"왜 안 웃어요? 왜 그렇게 보시오? 나라는 인간이 원래 이래요. 내 속에는 소리 지르는 악마가 한 놈 있어서 나는 그놈이 시키는 대로 합니다. 감정이 목구멍까지 치받치면 이놈이 소리치죠. '춤춰!' 그러면 나는 춤을 추는 거예요. 그러고 나면 숨통이 뚫리지요. 칼키디체에서 우리 꼬마 디미트라키가 죽었을 때 조금 전처럼 춤을 추었어요. 친척과 친구들이 시체 앞에서 춤을 추는 나를 말렸어요. '조르바가 미쳤군, 돌아 버렸어.' 사람들이 웅성거렸어요. 하지만 춤을 안 췄더라면 난 미쳤을 거예요. 첫 아들인데 세 살에 죽었거든요. 너무 슬펐어요. 보스, 이제 내 말이 이해됩니까? 젠장, 혼잣말을 하나?"

"알아요. 조르바, 이해하고말고요. 당신은 혼잣말을 하는 게 아니에요."

"또 한 번은…… 러시아에 있을 땐데, 그래요 노보로시스크에서 동광 일을 하느라고 러시아에 있었어요. 러시아 말은 일하는 데 필요한 정도밖에 몰라요. 예, 아니오, 빵, 물, 사랑한다, 와라, 얼마냐? 하는 대여섯 마디가 전부였죠. 그래도 러시아 친구 하나를 사귀었어요. 철저한 볼셰비키였답니다. 우리는 매일 밤 항구의 술집으로 가서 세상이 돈짝만 해질 때까지 보드카 몇 병을 깠어요. 한번은 배가 맞아 서로의 이야기를 나누려 했죠. 그놈은 러시아 혁명 때 있었던 일을 얘기해 주고 싶어 했고, 나도 그때까지 내가 겪은 일을 그 친구에게 하려 했고요. 우리는 잔뜩 마시고 형제마냥 다정해졌지요.

우리는 손짓 발짓을 한 끝에 이 친구가 먼저 얘기하기로 결정했습니다. 그렇지만 도대체 알아들을 수가 있어야지요. 내가 못 알아들어서 그만두라고 소리를 지르면 그 친구가 벌떡 일어나서 춤을 추기로 약속했어요. 보스, 알아듣겠어요? 그 친구는 나한테 하고 싶은 말을 춤으로 표현하는 겁니다. 나도 똑같이 했지요. 입으로 할 수 없는 말을 발로 손으로 배로, 하이, 하이, 호플라, 호 하이 따위의 장단으로 표현한 거지요.

러시아 친구 차례가 됐어요. 어떻게 총을 들게 됐는지, 전쟁이 어떻게 터졌는지, 노보로시스크로 굴러들어 오게 된 이유는 뭔지 이야기하는 거예요. 알아들을 수가 없었죠. 내가 소리를 질렀어요. '그만둬!' 그랬더니 이 친구가 펄쩍 뛰어올라 춤을 춰요. 꼭 미친놈처럼 췄지요.

손, 발, 가슴, 눈을 보고 있으면 전부 이해가 되는 거예요. 노보로시스크로 굴러들어 온 일, 가게를 턴 일, 남의 집에 들어가 계집질을 한 것, 죄다 말입니다. 처음엔 계집이 악을 쓰면서 손톱으로 할퀴고 난리지만 분위기가 무르익으면 눈을 감고 콧노래를 부르더랍니다. 별 수 있나요.

러시아 친구가 끝나고 이번엔 내 차례가 되었어요. 나는 서너 마디밖에 할 수 없었고 그 친구가 그만두라고 소리 지르자 바로 춤을 추었어요. 오, 불쌍한 친구. 인간은 너무 타락했어요. 그러니 악마의 밥이 되고 말았던 거지요. 몸은 벙어리가 되고 입으로만 나불거리게 되었지만 주둥이가 무슨 말을 할 수 있겠습니까? 무슨 이야기를 전해 주겠느냐고요. 당신이 그 러시아 친구를 봤더라면 내 말을 얼마나 잘 알아들었는지 알 수 있었을 텐데! 나는 내 불행을 춤으로 얘기했어요. 몇 번 결혼을 했는지, 내가 한 모든 짓(돌장이, 광부, 행상, 옹기장이, 산투르 연주가, 비정규 부대원, 볶은 호박씨 장수, 대장장이, 밀수꾼)과 감옥에 들어간 이야기, 탈출 이야기, 러시아로 온 일 등…….

조금 맹한 구석이 있는 친구지만 내가 표현한 것들은 모두 이해했어요. 내 발, 내 손, 머리카락과 내 옷도 말을 했답니다. 심지어 허리에 찬 칼까지도 말을 했지요. 우리는 또 한 번 보드카를 넘치게 따랐고 서로 부둥켜안고 울었어요. 날이 샐 무렵에야 비틀거리며 잠자리에 들어갔답니다. 그러고는 밤에 또 만났어요.

웃는 건가요? 내 말이 안 믿기나요? 당신은 속으로 이럴지도 몰라요. '이 신드바드 같은 녀석이 무슨 잠꼬대를 하는 거야? 춤으로 이야기를 하다니 가당키나 해?' 하지만 틀림없이 신과 악마는 이런 식으로 얘기했을 거예요. 보스는 졸린 모양이구려. 너무 약해요. 왜 그리 힘이 없습니까. 내일 다시 얘기하기로 하고 가서 잡시다. 내게 계획이 하나 있어요. 놀라운 계획인데 내일 얘기해요. 나는 담배 한 대를 더 피워야겠어요. 바다에라도 뛰어들어야겠어요. 불이라도 붙은 듯 후끈후끈하니 식혀야지요. 안녕히 주무세요."

나는 오랫동안 잠들려고 애쓰면서 생각했다. 내 인생은 낭비로구나. 걸레를 찾아내서 내가 배운 것, 내가 보고 들은 모든 것을 지우고 조르바라는 학교에 들어가 저 위대한 진짜 공부를 배울 수 있다면 내 인생은 얼마나 달라질 것인지! 내 감각들과 몸을 제대로 훈련시켜 인생을 즐기고 이해하게 된다면 얼마나 좋을까! 뜀박질을 배우고 씨름을 배우고 수영을 배우고 승마와 노 젓기와 자동차 운전, 사격을 배워야 한다. 내 정신을 육체로 채우고, 내 육체를 정신으로 채워야 한다. 내 내부에 웅크린 두 개의 영원한 적을 화해시켜야 한다.

침대 위에 웅크리고 앉아 깡그리 낭비해 버린 내 인생을 생각했다. 열린 문으로 별빛에 드러난 조르바의 모습을 보았다. 그는 밤에 활동하는 한 마리 새처럼 바위 위에 쪼그리고 앉아 있었다. 그가 부러웠다. 진리를 발견한 사람이며 제대로 살아가고 있는 사람이라 여겨졌다.

요즘 세상이 아니라 좀 더 옛날, 좀 더 창조적인 시대였다면 조르바는 어떤 종족의 추장이 되고도 남았을 것이다. 그는 앞장서서 도끼로 새 길을 열거나, 유명한 성을 찾아다니는 음유시인이 되어 성주든 귀부인이든 하인이든 상관없이 자기 시를 들려주었을 것이다. 하지만 이 불행한 시대에 태어나 굶주린 늑대처럼 울타리 안을 방황하거나 글쟁이의 광대가 되어 버렸다.

조르바는 벌떡 일어나 옷을 벗어 자갈밭에 던지고는 바닷속으로 뛰어들었다. 한동안 희미한 달빛 아래 조르바의 커다란 머리가 나타났다 사라지곤 했다. 이따금씩 그는 소리를 지르다가 개처럼 짖다가 말처럼 히힝거리기도 했다. 그런가 하면 수탉처럼 꺼이꺼이 울기도 했다. 이 텅 빈 밤에 그의 영혼은 동물과 교류했던 것이다.

나도 모르는 새에 곯아떨어졌다. 다음 날 새벽 조르바가 한결 밝은 표정으로 웃으며 다가와 내 발을 잡아당겼다.

"보스, 일어나 봐요. 내 계획 좀 들어 보라고요. 듣고 있어요?"

"듣고 있어요."

그는 터키인처럼 바닥에 털썩 주저앉아 설명을 시작했다. 산꼭대기에서 해안까지 케이블을 설치하면 그것으로 갱도를 버틸 목재를 운반하고 나머지는 건축용 목재로 팔 수 있다는 계획을 늘어놓았다. 우리는 수도원에 딸린 소나무 숲을 빌리기로 작정해 둔 터였다. 운반하는데 돈도 많이 들고 노새도 여유 있게 빌리기 어려웠는데 조르바가 케이블, 탑, 도르래를 이용해 운반하는 구상을 한 것이었다.

"어때요? 좋아요? 찬성하시겠소?"

"네. 조르바, 좋아요."

그는 화덕에 불을 붙여 내 커피를 끓여 놓고 내가 혹시라도 감기에 걸릴까 봐 담요를 끌어다 발을 덮어 주고 만족스러운 표정으로 나갔다.

"오늘 새 갱도를 열 겁니다. 아주 근사한 광맥을 하나 잡았거든요. 진짜 검은 다이아몬드예요."

조르바가 나가면서 한마디 던졌다.

나도 붓다에 대한 원고를 펼치고 조르바가 갱도를 파 들어가듯 하루 종일 글을 썼다. 쓰면 쓸수록 마음이 차분해졌지만 안도감, 긍지, 혐오가 뒤섞였다. 하지만 원고를 끝내면 묶어 버리고 해방될 수 있다는 생각에 일에 다시 몰두했다.

배가 고파서 건포도와 아몬드, 빵 한 조각을 먹으면서 조르바가 오기를 기다렸다. 거침없는 웃음, 친절한 말, 맛있는 요리. 사람의 마음을 즐겁게 해 주는 이 모든 것을 기다렸다.

그는 저녁 무렵 돌아와 식사를 준비했다. 함께 먹는 동안 그의 마음은 딴 데 가 있었다. 그는 꿇어앉아 조그만 나무 몇 개를 바닥에 놓더니 그 위에 끈을 걸고 도르래 구실을 할 작은 성냥개비를 얹었다. 그러고는 이 장치가 망가지지 않을 적당한 경사를 찾았다.

"경사가 너무 급하면 말입니다. 우리는 끝장나는 거예요. 정확한 경사각을 구하는 게 중요해요. 보스, 그러자면 머리와 포도주가 필요한 법이죠."

"포도주야 많지만 글쎄 머리는……."

내가 웃으며 말을 받자 조르바도 웃음을 터뜨렸다.

"보스도 이젠 제법인데요?"

그는 다정하게 웃으며 담배에 불을 붙였다. 기분이 좋아지니 갑자기 말도 많아지는 모양이었다.

"이 고가 케이블이 잘만 되면 우리가 숲을 모조리 벨 수도 있어요. 목재소를 하나 차린 다음에 판자, 기둥, 비계 같은 걸 만들 수 있지요. 그렇게만 되면 돈방석에 앉는 거예요. 그러면 돛 세 개가 달린 배를 사들여서 뒤도 안 돌아보고 세계 일주를 떠납시다."

낯선 이국땅의 여자, 거리, 불빛, 거대한 빌딩, 공장, 배 들이 조르바의 눈앞을 지나는 듯했다.

"보스, 나는 벌써 머리꼭지도 하얗게 세고, 이빨도 흔들거려요. 당신은 젊으니 기다릴 수 있겠지만 난 미적거릴 틈이 없단 말입니다. 단언하건대, 나이 먹을수록 더 거칠어질 참입니다. '사람이란 나이 들면 침착해지는 법이야' 따위를 지껄이는 놈들의 코를 납작하게 만들 거란 말입니다. 죽음이 다가올 때 '천당에 갈 수 있도록 제발 데려가요'라고는 하지 않을 거란 말이오. 오래 살면 살수록 나는 더 독하게 반항할 거요. 절대로 포기하지 않을 겁니다. 세계를 정복해야 하거든요."

그는 일어서더니 산투르를 벗겨 들고 중얼거렸다.

"이리 좀 와 봐라. 이 도깨비 같은 놈아. 벽에 조용히 매달려서 뭘 하고 있느냐? 네 노래나 좀 듣자."

조르바가 산투르를 벗길 때면 어찌나 조심스러운지 마치 자줏빛 무화과 껍질이나 여자 옷을 벗기듯이 곰살맞아서 아무리 봐도 싫증나지 않았다.

그는 산투르를 무릎에 올려놓고 손을 가볍게 현 위에 올린 뒤 부를 노래를 의논이라도 하는 것처럼 어루만졌다. 눈을 뜨라고 애원하는 것도 같고 고독에 지쳐서 방황하는 영혼의 친구가 되어 달라고 부탁하는 듯도 했다. 노래를 한 곡조 불렀지만 어떻게 된 일인지 제대로 나오지가 않았다. 그는 부르는 것을 포기하고 새로운 곡을 골랐다. 산투르는 노래할 생각이 없는지, 아니면 고통스러웠는지 소리를 제대로 내지 못했다. 조르바는 벽에 기대고 앉아 어느새 이마에 흐르는 땀을 닦았다.

"하고 싶지 않은가 봐요. 하고 싶지가 않대요!"

조르바는 겁먹은 얼굴로 산투르를 내려다보며 중얼거리더니 산투르가 사나운 짐승이나 된 듯 물릴세라 조심스레 보자기로 다시 쌌다. 천천히 일어나 벽에 걸고 또 중얼거렸다.

"하고 싶지 않다네요. 그러니 억지로 시키지는 맙시다."

우리는 다시 바닥에 주저앉아 불 속을 뒤져 밤을 꺼내며 포도주를 마셨다. 그는 밤을 까서 내게 주며 끊임없이 마셔 댔다.

"보스, 이해가 갑니까? 나는 도무지 알 수가 없어요. 만물에 영혼이 있다는 게 말입니다. 나무, 돌, 우리가 마시는 술, 우리가 밟고 다니는 땅, 보스나 모든 것, 말 그대로 만물에 영혼이 있다는 게 말입니다."

그가 잔을 들었다.

"보스의 건강을 위해!"

잔을 비우고 또 채웠다.

"인생이란 정말 화냥년 같은 거지!"

그가 중얼거렸다.

"저 늙은 부불리나 같은 화냥년. 똑같다니까!"
나는 참다못해 웃음을 터뜨렸다.
"보스, 웃지 말아요. 웃을 일이 아니라니까요. 인생이란 게 늙은 부불리나와 아주 똑 닮았어요. 늙었죠? 맞아요. 하지만 양념 맛은 제대로거든요. 저 늙은것은 사람을 미치게 하는 요령을 알고 있다니까요. 눈을 감으면 스무 살짜리 계집을 안고 있는 듯한 착각이 들지요. 맹세컨대, 불을 끄고 그 짓을 할 땐 영락없는 스무 살짜리랍니다.
그녀가 너무 익었다고 해도 소용없어요. 좀 화려하게 살다 보니 그리된 거죠. 제독, 선원, 군인, 농부, 유랑 극단 단원, 목사, 신부, 경찰, 교장 선생, 치안판사 들과 놀아나다 보니 그리된 것뿐이에요. 그래서 뭐요? 뭐가 남았을 것 같아요? 저 늙은것은 참 잘도 잊어버립니다. 늙은 화냥년이 원래 그렇죠 뭐. 옛날 애인은 하나도 기억 못해요. 그 짓을 할 때마다—농담 아니에요—저것은 작고 앙증맞은 비둘기, 새하얀 백조, 새끼 비둘기가 돼서 얼굴을 붉히곤 해요. 마치 처음 그 짓을 하는 것처럼 얼굴을 붉히고 파르르 떨기까지 한다니까요! 보스, 여자란 정말 알 수 없는 동물이에요. 백번을 그 짓을 해도 다시 처녀가 된다니까요. 기억을 못하니 말입니다."
"하지만 앵무새는 기억을 하던데요? 조르바, 이놈은 당신 이름이 아니라 남의 이름을 재잘거리잖아요? 당신이 한참 하늘 위를 날 때도 이놈이 '카나바로! 카나바로! 하고 외치는데 화 안 나요? 목을 비틀어 버리고 싶은 생각이 없어요? 교육을 좀 시켜서 '조르바! 조르바!' 외치게 하면 더 좋잖아요?"
나는 그를 놀려 댔다.
"그런 엉터리 같은 소리를 하다니!"
조르바는 큰 손으로 자기 귀를 막으면서 소리쳤다.
"목을 비틀어 버리라고요? 나는 앵무새란 놈이 카나바로 이름을 부르는 게 좋아요. 밤이면 저 늙은 죄인이 새장을 침대맡에 걸어 두거든요. 그러면 이 작은 악마 같은 놈이 어둠을 뚫어 보는 눈이 있어서 둘이서 막 기분을 내자마자 소리를 지릅니다. '카나바로, 카나바로!' 내 맹세코 말하지만, 보스! 형편없는 책 속에 빠진 당신 머리로는 이해할 수 없겠지만 말입니다. 맹세컨대, 그 소리를 들으면 내가 검은 가죽 장화를 신고 깃털 모자를 쓴 데다 보드라운 수염에서는 파촐리 향내를 풍기는 것 같아요. '부온 조르노! 보나세라! 마카로니!(안녕하시오, 안녕하시오! 식사는 하셨소!)' 내가 진짜 카나바로가 되는 거죠. 나는 총알 수천 개를 맞은 기함에 올라 떠나가는 겁니다. 보일러에 불을 지펴! 포격 개시!"

조르바가 신나게 웃어 댔다. 그는 왼쪽 눈을 감고 오른쪽 눈으로 나를 보았다.

"보스, 나를 용서해야 합니다. 아무래도 나는 우리 알렉시스 할아버지를 닮은 모양이오. 하느님! 그를 굽어살피소서! 할아버지는 백 살이 되던 해에도 우물가에 물 길러 가는 처녀에게 추파를 던지곤 했거든요. 시력이 나빠서 똑똑히 볼 수 없으니 처녀들을 가까이 오라고 부르곤 했지요. '어디 보자, 네가 누구냐?' '마스트란도니네 딸 크제니오예요.' '가까이 와 보라. 어디 좀 만져 보게. 이리 온. 겁낼 것 없다.' 그러면 그 아이는 엄숙한 얼굴로 다가가요. 우리 할아버지는 손을 들어 천천히, 그러면서도 육감적으로 얼굴을 쓰다듬습니다. 할아버지는 눈물을 주르르 흘리곤 했어요. 언젠가 한 번은 내가 물어봤어요. '할아버지, 왜 우세요?' '저렇게 많은 계집아이들을 두고 죽어 가는데 안 울게 생겼느냐?'"

조르바는 한숨을 쉬었다.

"불쌍한 우리 할아버지! 나는 할아버지 말씀에 백번 공감합니다. 이따금 이렇게 혼잣말을 해요. '이런 제기랄, 참한 처녀들이 내가 죽을 때 따라 죽어 주면 얼마나 좋을꼬!' 나는 죽어 가는데도 화냥년들은 여전히 살아가는 겁니다. 화끈하게 재미나 보고, 사내들은 그것들을 끼고 주물럭거리는데 나는 고작 그것들이 밟고 다니는 흙이 되고 있으니 얼마나 통탄할 노릇이냔 말이오!"

그는 다시 불 속에서 밤을 꺼내 껍질을 까기 시작했고 우리는 건배를 했다. 꽤 오랫동안 먹고 마시며 바다가 포효하는 소리를 들었다.

7

우리는 밤늦게까지 불 옆에 앉아 있었다. 행복이라는 건 포도주 한 잔, 밤 한 톨, 허름한 화덕과 바닷소리처럼 단순하고 소박한 것이라는 생각을 했다. 다른 건 필요하지 않았다. 지금 이 순간이 행복하다고 느끼는 데 필요한 것은 단순하고 소박한 마음이 전부였다.

"조르바, 결혼은 몇 번이나 했어요?"

우리는 둘 다 기분이 좋은 상태였다. 믿기지 않는 행복이 단순히 술 때문만은 아니었다. 우리는 대나무와 판자, 드럼통 무더기 너머의 바닷가 오막살이 판자에 들러붙은 두 마리 하루살이에 지나지 않는다고 생각했다. 하지만 우리는 서로 의지하는 하루살이였다. 우리 앞에는 음식이 있었고 마음속에는 평온함과 애정, 평화가 깃들어 있었다.

조르바는 내 질문을 듣지 못한 모양이었다. 그의 마음이 내 목소리가 들리지 않는 바다를 헤매고 있는지도 모를 일이었다. 나는 손가락 끝으로 그를 톡톡 쳤다.

"조르바, 결혼은 몇 번이나 했어요?"

내 목소리를 들었는지 그가 돌아보았다.

"이번엔 또 뭘 캐고 싶은 거요? 나는 사람도 아닌 줄 아시오? 딴 사람들처럼 나도 엄청나게 어리석은 짓을 저질렀지요. 결혼이란 게 그런 거요. 결혼한 자들이여, 나를 용서하기를! 그래요, 나도 엄청나게 어리석은 짓을 저질렀소. 결혼을 했던 거지요."

조르바가 갈고리 같은 손을 내저으며 대답했다.

"그러니까 몇 번 했느냐는 말이오?"

"몇 번이나 했느냐고요? 솔직하게 말하면 한 번…… 한 번이면 되는 거 아니요? 반만 솔직하게 말한다면 두 번. 비양심적인 걸로 따지면 1000번, 2000번, 3000번쯤 될 겁니다. 몇 번 했는지 그걸 어떻게 셉니까?"

조르바가 미친 듯이 머리를 긁었다.

"조르바, 결혼했던 얘기 좀 들려주세요. 내일은 주일이잖아요. 면도하고 제일 좋은 옷으로 갈아입고 부불리나 집으로 달려가 재미도 좀 보고 나쁜 여자도 만나 보자고요. 자, 말해 보세요."

"무슨 말을 하라고요? 보스, 그런 얘기를 정말 듣고 싶어요? 정직한 결혼 얘기 같은 건 재미없어요. 후춧가루 안 친 음식 같다니까. 그럼 무슨 이야기를 할까요? 성상에서 성자가 당신을 보며 윙크를 던지고 축복을 보내는데 그걸 키스라고 부를 수 있습니까? 우리 동네에서는 '훔친 고기가 맛있다'는 속담이 있답니다. 마누라는 훔친 고기가 아니지요. 그러니 저 훔쳐 먹은 고기를 무슨 수로 다 기억해 낸단 말이오? 수탉이 공책에 기록하면서 다닌답니까? 내기합시다. 그럴 필요가 없지요? 한때는 나도 가위를 가지고 다녔지요. 교회 갈 때도 가위를 갖고 다녔어요. 우린 인간이잖아요. 언제 무슨 일이 닥칠지 모르는 거잖아요?

아무튼 그런 식으로 거기 털을 수집했어요. 검은색, 금색, 붉은색 털,

심지어는 흰색 털도 가끔 있었어요. 꽤 많이 모아 그걸로 베갯속을 채웠답니다. 그걸 베고 잤어요. 겨울에만요. 여름엔 너무 덥거든요. 그런데 좀 지나니 그 짓도 신물이 났는데……. 아시겠지만 냄새도 나기 시작해서 결국 태워 버렸어요."

조르바가 낄낄거렸다.

"그게 내 공책이었던 셈이죠. 그 짓이 신물 나더란 말입니다. 털이 그렇게 많을 줄 몰랐는데 아무리 모아도 끝이 없지 뭡니까. 그래서 가위도 버렸어요."

"반쯤 정직한 결혼 얘기도 해 줘요."

"그건 조금 매력 있지요. 휴, 기막힌 슬라브 여인들이여! 천수를 누리시길! 얼마나 자유로웠는지 몰라요. '어디 갔었어요?' '왜 이렇게 늦어요?' '어디서 잔 거예요?' 이런 걸 묻지 않았어요. 여자들은 아무것도 묻지 않고 나 또한 아무것도 묻지 않죠. 그거야말로 자유라는 겁니다."

그는 잔을 비우고 밤을 깠다. 그리고 말을 하면서도 오도독 깨물어 먹었다.

"하나는 소핑카, 또 하나는 누사였는데 소핑카는 노보로시스크 근처 작은 마을에서 만났어요. 겨울이라 눈이 내렸는데 마침 광산으로 일자리를 찾아가던 중에 그 마을을 지난 겁니다. 장날이었는지 근처 마을 사람들까지 다 몰려와서 사고팔고 난리를 칩디다. 그해따라 흉년이 든 데다 겨울 날씨가 엄청 추웠어요. 빵을 사려면 있는 것, 없는 것, 심지어는 성상까지 팔아 치울 지경이었지요.

그런데 시장을 돌아다니다가 나는 달구지에서 뛰어내리는 농사꾼 여자를 봤어요. 6척이나 되는 큰 키에 바다처럼 깊은 푸른 눈빛, 씨받이 암말 같은 허벅지와 엉덩이라니! 나는 그 자리에 우뚝 서서 한숨을 쉬었어요. '우리 불쌍한 조르바, 불쌍한 조르바!' 하고 중얼거렸지요.

눈을 뗄 수가 없어서 따라가 봤어요. 부활절에 댕댕거리는 교회 종처럼 흔들리는 그 엉덩이를 봤어야 하는데! '이 바보야, 광산에는 왜 가니? 뭐 하러 바람개비처럼 뱅뱅 돌면서 귀중한 시간을 허비하는 거냐? 광산이 여기 있는데. 뛰어들어서 갱도를 열어!' 이렇게 스스로를 꾸짖었어요. 여자는 흥정을 끝내고 땔나무 한 다발을 사서 번쩍 들어—오오, 그 튼실한 팔!—달구지에 실었어요. 그러고는 빵과 훈제 물고기도 대여섯 마리 집고 묻더군요. '얼마예요? 비싸네요.' 그러더니만 돈이 없었는지 금귀고리를 풀려고 합디다. 심장이 입 밖으로 튀어나오는 줄 알았어요. 여자에게 귀고리, 장신구, 향기 좋은 비누, 작은 라벤더 향수를 포기하게 하면 안 되죠. 여자가 그런 걸 포기하면 세상은 끝나는 거거든요. 그건 공작새 털을 홀라당 뽑는 거나 다름없어요. 안 됩니다. 절대로 안 돼요. '이 조르바가 살아 있는 한 그런 불행한 일은 생겨선 안 된다' 하고 생각했답니다. 나는 지갑을 꺼내 셈을 치렀어요. 루블화가 종이쪽 같던 시절이었어요. 드라크마라면 100드라크마면 나귀 한 마리를, 10드라크마면 계집 하나를 살 수 있었어요.

어쨌든 조르바가 값을 치렀습니다. 계집이 눈을 돌려 나를 보더니 내 손을 잡아 키스를 하려고 하더군요. 나는 뿌리쳤습니다. '스파시바, 스파시바!' 여자가 소리쳤는데 그건 '감사합니다'라는 뜻이에요. 그러더니 달구지로 훌쩍 뛰어올라 고삐를 잡고 엉덩이를 치켜들었지요.' 이봐, 조르바! 여자가 손가락 사이로 빠져나가려 하는군. 정신 차려!' 이런 생각이 들자 펄쩍 뛰어 여자 옆자리에 탔어요. 여자는 아무 말도 안 하고 돌아보지도 않았어요. 그렇게 거길 떠났지요.

가는 길에 여자는 내가 자기를 내 것으로 만들고 싶어 한다는 걸 깨달았어요. 러시아 말이라고는 세 마디밖에 몰랐지만 그거면 충분합니다. 우리는 눈과 손과 무릎으로 말했거든요. 덤불만 건드려서야 토끼가 잡히지 않죠. 우리는 마을에 도착해서 여자의 이즈바* 앞에 섰어요.

여자가 문을 열어 줘서 들어갔죠. 마당에다 땔감을 던져 놓고 물고기와 빵은 안으로 가져갔어요. 불 꺼진 벽난로 앞에 늙고 작은 여자가 하나 앉아 있었답니다. 누더기 위에 양가죽을 덮어쓰고도 덜덜 떨고 있었어요. 어지간히 춥더구먼요. 나는 나무를 한 아름 안아다 불을 피웠어요. 여자가 뭐라 했는지 늙은 여자가 나를 보며 웃었어요. 할머니는 불을 쬐더니 조금 생기가 돌더군요.

그동안 여자는 상을 보고 보드카를 내왔어요. 함께 마시고 차도 끓였어요. 할머니에게도 몫을 나누어 주었지요. 여자가 잠자리에 깨끗한 시트를 깔고 성모님 성상 앞에 불을 켜고 세 번이나 성호를 그었어요. 그러더니 내게 신호를 하더구먼요. 우리는 할머니 앞에 무릎을 꿇고 손에 키스했어요. 할머니는 뼈만 남은 손을 우리 머리 위에 올리더니 중얼거립디다. 우리를 축복하는구나 생각했지요. 나는 '스파시바! 스파시바!' 하고는 침대에 뛰어 올라서 여자와 잤어요."

조르바는 여기까지 얘기하고 고개를 들어 멀리 바다를 바라봤다.

"그 여자 이름이 소핑카였어요."

"그래서요?"

"그래서가 어디 있습니까? 보스도 어지간하시구려. 걸핏하면 '그래서' 아니면 '왜'입니까? 그런 말은 안 하는 겁니다. 여자는 맑은 샘물과 같아요. 당신이 거길 들여다보면 모습이 비치죠. 그걸 마시는 겁니다. 뼈마디가 노곤할 때까지 마시면 돼요. 그리고 목마른 다음 사람이 오면 자기 모습을 들여다보고 또 마십니다. 그다음 사람, 그다음 사람 이렇게 마시는 겁니다. 소핑카도 맑은 샘물이었어요. 소핑카도 여자거든요."

"그런 다음에 버렸겠군요?"

---

* 통나무집이다.

"뭘 바라는 겁니까? 말했잖아요. 여자는 샘물이고 나는 지나가는 나그네라니까요. 여자와 석 달을 살다가 나는 다시 나그네가 되었지요. 하느님이 그 여자를 보호하실 거요. 그 여자를 나쁘게 말할 건 없어요. 석 달이 지나서야 내가 광산을 찾아가고 있는 중이라는 걸 생각해 냈지요. 그래서 어느 날 아침에 대놓고 말했습니다. '이봐, 소핑카! 나는 할 일이 있어서 가 봐야겠어.' '좋아요. 그럼 가 보세요. 한 달은 기다릴게요. 한 달이 지나도 안 오면 나는 자유예요. 당신도 마찬가지고요. 하느님의 축복이 있기를!' 소핑카가 이렇게 말했고 나는 떠났어요."

"한 달 뒤에 다시 갔어요?"

"보스, 이렇게 말하면 안 되지만 당신도 어지간히 꽉 막혔구려. 돌아가요? 다른 화냥년들이 그냥 놔둡니까? 열흘 뒤 쿠반에서 누사를 만났는데 어딜 갑니까?"

"그 얘기도 해 줘요. 들려주세요."

"나중에 해요. 보스, 이 불쌍한 것들을 뒤죽박죽으로 만들면 안 돼요. 소핑카의 건강을 위하여!"

그는 포도주를 목에다 털어 넣고 벽에 기대면서 말했다.

"에라, 인심 썼다! 누사 얘기도 해 버리죠. 오늘 밤은 완전히 러시아판이로군요. 까짓, 기왕 푼 김에 다 풀어 봅시다."

그는 수염을 문질러 닦은 뒤 불씨를 뒤적거렸다.

"조금 전에 말한 대로 쿠반에서 만났어요. 여름이었죠. 산이 온통 참외하고 수박 천지였어요. 훔쳐 먹는다고 누가 뭐라 하지도 않았어요. 두 쪽으로 갈라 코를 박고 먹곤 했어요. 고기랑 버터, 여자도 흔했답니다. 지나가다 수박밭을 보면 하나 따 먹으면 돼요. 그리스하곤 차원이 달라요. 여기서야 수박 껍질도 핥기 전에 끌려가고 여자 몸에 손도 대기 전에 오빠라는 작자가 달려 나와 칼로 쑤석거리지 않으면 이상하죠. 이그 지겨워! 이 거지 같은 것들을 몽땅 지옥에 처박았으면 좋겠네. 귀족처럼 살고 싶거들랑 러시아에 가면 되는 겁니다.

어쨌든, 나는 쿠반을 지나다가 뜰 앞밭에서 일하는 여자를 보았습니다.

슬라브 여자는, 한 번에 한 방울씩 찔끔찔끔 사랑을 팔아먹고 값에도 못 미치는 걸 주면서 그나마 저울 눈금까지 속이려 드는 욕심쟁이에다 말라깽이인 그리스 여자들과는 달라도 한참 달라요. 보스, 슬라브 여자들은 뭐든 듬뿍 줍니다. 잠잘 때도, 사랑할 때도, 먹을 때도 그렇습죠. 짐승 같기도 하고 대지 그 자체 같기도 해요. 줄 때는 기분 좋게 줘요. 아무 때나 따지는 그리스인들처럼 깐죽거리는 법이 없습니다. 내가 물었지요. '이름이 뭐요?' 러시아 여자들한테 몇 마디 배웠거든요. '누사. 당신은?' '알렉시스라오. 누사, 당신이 마음에 드오.' 말을 사기 전에 찬찬히 뜯어보는 눈 알죠? 여자가 그런 눈으로 나를 찬찬히 뜯어보더군요. '갈비씨는 아니군요. 이도 튼튼하고 수염도 짙고, 등짝도 넓은 게 힘깨나 쓸 것 같네요. 나도 당신이 마음에 들어요.' 더 이상 무슨 말이 필요합니까? 둘 다 어떤 이해에 도달한 거죠. 그날 밤에 나는 즐겨 입는 옷으로 차려입고 그 집을 찾아가기로 했습니다. 누사가 물었어요. '털을 댄 외투 있어요?' '있소. 이 더위에 그걸?' '걱정 말고 그걸로 입어요. 멋져 보일 테니.'

그날 밤 나는 신랑처럼 꾸몄어요. 외투를 팔에 걸고 손잡이를 은으로 장식한 지팡이까지 턱 하니 쥐고 갔거든요. 바깥채가 딸려 있는 꽤 큰 시골집이었어요. 들어가며 보니 암소가 있고 압착기도 있고, 마당에는 불도 피웠는데 불 위에는 솥이 걸려 있었어요. '뭘 끓이고 있어?' 내가 물었더니 '수박일 거예요.' '그럼 여기는?' '거긴 참외겠죠.' 나는 속으로 생각했죠. '참 굉장한 나라로구나. 들었지? 수박이랑 참외가 끓는대. 여기야말로 약속의 땅이로군. 가난이여, 바이바이. 조르바, 네가 정착할 땅이로구나. 치즈 광에 들어간 생쥐처럼 말이야.'

나는 계단을 올라갔어요. 계단 수가 많았는데 삐걱거렸지요. 올라가니 누사의 부모가 초록색 바지에 술이 잔뜩 달린 빨간 벨트를 매고 있었어요. 사는 게 풍족해 보였지요. 원숭이 같은 러시아인들은 인사를 할 때 키스와 포옹을 한답니다. 순식간에 침으로 흠뻑 젖고 말았어요. 누사의 부모님이 무지하게 빠른 말로 지껄여서 뭐라는지 알 수는 없었지만 뭔 상관이래요? 보아하니 날 좋게 본 것 같았고 그거면 됐죠 뭐. 방으로 들어갔을 때 내가 뭘 본 줄 아세요? 술과 음식을 떡 벌어지게 차려 놓은 마치 범선처럼 보이는 식탁이었어요. 모두가 서 있더군요. 친척들, 여자들, 사내들, 그리고 오오, 야회복을 입은 누사가, 뱃머리에 붙여 두는 조각 같은 젖가슴을 한 누사가 있더군요. 젊고 아름다웠지요. 머리에는 빨간 머릿수건을 쓰고 망치와 낫이 수놓인 옷을 입었어요. 속으로 이런 말을 했습니다. '조르바, 두 번 죽어도 시원찮을 인간아! 저게 네가 받을 밥상이냐? 네가 오늘 밤 안을 고깃덩어리더냐! 하느님, 나를 낳은 부모님을 용서하십시오!'

우리는 누구 할 것 없이 달려들어 먹었어요. 돼지처럼 먹고 물고기처럼 꿀꺽거렸어요. '신부님은 어디 계시나요? 축복해 주셔야죠.' 옆에 앉은 누사 아버지께 물었어요. '신부는 없어. 종교는 대중의 아편이야.' 너무 먹어 몸에 김이 무럭무럭 나는 누사 아버지가 그럽디다.

말을 끝내자 그가 일어서서 가슴을 내밀고 허리띠를 좀 느슨하게 했어요. 그러더니 손을 들어 조용히 하란 신호를 보내고 가득 찬 술을 들고 나를 똑바로 바라봤지요. 뭐라 얘길 하는데, 나야 뭐 연설을 하는구나 하는 정도죠. 하느님만 아실 겁니다. 나는 서 있는 게 지겨웠고 슬슬 짜증도 났어요. 내 오른편에 앉은 누사의 무릎을 지그시 눌렀어요.

땀을 비오듯 흘리면서도 이 늙은이 연설이 끝도 없는 겁니다. 사람들이 몰려와 제발 그만 좀 하라고 해서 드디어 끝냈지요. 누사가 내게 신호를 보냈어요. '당신이 한마디 해야 해요.' 나는 일어서서 연설을 했습니다. 반은 러시아어로 반은 그리스어로 말이지요. 어떻게 했느냐고요? 알 게 뭐요. 기억나는 거라곤 마무리에 〈클레프트 산적의 노래〉*를 했다는 겁니다. 운율도 무시하고 그냥 소리를 지르기만 했어요.

산에서 클레프트가 내려왔다네
모두가 도둑이라네!
말은 못 찾았지만
누사는 찾았지!

보스, 알아채셨나요? 가사를 슬쩍 바꿨답니다.

달아난다, 달아난다
(엄마, 그들이 달아나요!)
오, 우리 누사!
오, 나의 누사!
안녕!

'안녕' 하고 소리치면서 나는 누사에게 키스했어요. 그들이 바라던 게 바로 이거였습니다. 그들이 기다리고 기다리던 신호라도 되는 것처럼—아니, 진짜로 신호를 기다렸던 거예요—덩치 큰 빨간 수염 몇이 다가와 불을 끄더군요. 숙녀건 아니건 계집들은 큰일이 난 것처럼 비명을 질러 댔어요. 그와 동시에 어둠 속에서 키득거리기도 했고요. 히히! 간지럼을 태우고 웃고 난리들이 났었죠.

어떻게 되었는지는 하느님만 아실 겁니다. 아니, 하느님도 몰랐을걸

* 클레프트는 그리스의 산적, 게릴라이다. 15세기 터키 점령기 이후 산으로 들어갔던 그리스인의 후예들이 19세기 들어와서 산적으로 변했다.

요? 알았다면 벼락을 내려 홀랑 태워 버렸을지도 몰라요. 남자 여자 할 것 없이 바닥을 뒹굴었답니다. 나는 누사를 찾아 나섰지만 어디서 찾겠어요. 급한 마음에 아무나 잡아 바쁜 일부터 치렀지요.

새벽녘에 일어나 그 여자를 버리고 다시 찾아 나섰지요. 어두워서 잘 안 보였어요. 발이 보여서 당기면 아니고, 또 당겨도 역시 아니고, 세 번째도 아니고 네 번째 다섯 번째도 아니더군요. 마침내 누사의 발을 찾아내고 그 위에 올라탄 악마 같은 놈들도 털어 버리고 가엾은 신부를 일으켜 세웠답니다. '이제 가자, 누사!' 내가 소리치자 '당신 털외투 잊지 말아요' 하더군요. 그래서 그 자리를 떠났지요."

"그래서요?"

"또 그래섭니까?"

조르바가 짜증을 내면서 투덜댔다.

"6개월을 함께 살았습니다. 하느님은 아시겠지만 나는 겁나는 게 없었어요. 없었지요. 딱 한 가지만 빼면요. 악마든 하느님이든 내 기억에서 그 여섯 달을 빼앗아 가지 않을까 하는 두려움이었지요. 무슨 말인지 아시겠어요? '알겠다'고 대답해야 합니다."

조르바는 감정이 격해진 모양인지 눈을 감았다. 옛 추억에 그렇게 격한 감정을 보인 건 처음이었다.

"누사를 많이 사랑했던 모양이군요, 그런데요?"

잠시 후에 내가 또 물었다.

"보스, 당신은 젊어요. 너무 젊어서 잘 몰라요. 나처럼 머리가 하얗게 세면 그때 다시 얘기합시다. 이 영원한 사업 문제를 말이오."

"뭐가 영원한 사업인데요?"

"그야 물론 여자! 여자가 영원한 사업이라는 얘길 몇 번이나 해야 합니까? 지금 보스는 양 꼬리가 두어 번 까닥거릴 시간에 암탉을 찍어 누른 뒤에 잘했다고 가슴을 턱 펴고 뻐기면서 한바탕 울어 대는 수탉과

다를 게 없어요. 암탉을 보지 않고 볏만 보는 거지요. 그러니 사랑이라는 걸 알 턱이 있나요. 악마나 물어 갈 일이에요!"

그는 상당히 기분이 상한 듯 바닥에 침을 뱉고 고개를 돌려 버렸다. 내가 보기 싫은 눈치였다.

"그래서요. 조르바, 누사는 어찌되었는데요?"

조르바가 먼바다를 보면서 대답했다.

"어느 날 저녁에 집에 와 보니 사라졌어요. 가 버린 거죠. 마을에 잘생긴 군인 놈이 하나 들어왔다가 데려간 겁니다. 끝난 거예요. 내 가슴은 찢어질 듯 아팠습니다. 근데 참 그놈의 상처가 잘도 아물어요. 빨강, 노랑, 검정 천 조각을 굵은 실로 이리 저리 꿰맨 돛을 보신 적이 있을 겁니다. 아무리 사나운 폭풍이 불어도 찢어지지 않지요. 내 가슴도 그래요. 구멍이 숭숭 뚫려 덕지덕지 기웠어요. 더 이상 두려워할 게 없어요."

"조르바! 그럼 누사에게 별다른 감정이 없다는 건가요?"

"당연하지요. 보스, 당신은 여자가 특별한 줄 아는데……. 하긴, 특별하긴 하지. 여자는 인간이 아니에요! 그런데 왜 감정을 갖습니까? 여자는 알 수가 없어요.

법률이나 종교를 들이대도 여자는 몰라요. 여자한테 그런 걸 쓰면 안 되죠. 보스, 그건 너무 가혹합니다. 공정하지 못한 짓이죠. 내가 법을 만든다면 남자와 여자에게 같은 법을 적용하진 않을 겁니다. 남자에겐 십계명이 아니라 백계명, 천계명이 필요해요. 사내는 사내니까 아무리 많아도 지킬 수 있는 힘이 있거든요. 하지만 여자에겐 이런 게 필요 없어요. 왜냐고요? 보스, 몇 번을 말해야 압니까. 여자는 힘이 없는 창조물이니까요. 보스, 누사를 위해 마십시다. 그리고 여자를 위해서도 한잔합시다! 또 하느님께서 우리 남자들에게 조금 더 분별력을 주시도록!"

그는 팔을 들어 술을 마시고 도끼로 내리찍듯 손을 내렸다.

“하느님이 우리 남자들에게 분별력을 더 주시든가 아니면 우리가 불알을 까 버리든가 해야 합니다. 안 그랬다간 우리 남자들은 끝장이 날 겁니다.”

8

다음 날 다시 비가 내렸다. 하늘과 땅이 서로 부드럽게 어우러졌다. 나는 진회색 돌에 새긴 힌두의 조각상이 생각났다. 여자를 감싼 남자가 더 이상 그럴 수 없이 부드럽게, 체념한 듯 포옹한 모습이 갑자기 내린 비에 날개가 젖은 채 교미하는 두 마리 곤충을 보는 듯한 인상의 조각이었다. 하늘과 땅이 그렇게 얽혀 탐욕스러운 대지 속으로 천천히 빨려 들어가고 있었다.

나는 오두막 앞에 앉아서 어두워진 대지와 초록색으로 빛나는 바다를 바라보았다. 해변에는 사람도, 배 한 척도, 새 한 마리도 없어 창을 넘어 들어오는 것은 오직 대지의 냄새뿐이었다.

나는 일어서서 구걸하듯 손을 내밀고 빗방울을 받았다. 갑자기 울고 싶어졌다. 어떤 슬픔이, 내 것이 아니라 보다 근원적이고 막연한 슬픔이 축축한 땅속에서 올라왔다. 한가하게 풀을 뜯던 동물들이 아무것도 보이지 않는데도 덫에 걸려 빠져나갈 수 없는 위험을 공기에서 감지하는 듯한 그런 느낌이었다. 소리를 지르면 속이 후련해질 것 같았지만 창피했다.

구름이 점점 낮게 깔리고 있었다. 나는 창으로 바깥 풍경을 내다보았다. 심장이 조용히 뛰었다. 부드럽게 비가 내릴 때 그 비가 내 안의 슬픔을 건드린다는 것은 얼마나 관능적이면서도 즐거운지! 그럴 때면 무의식 속에 있던 쓰라린 추억, 친구와의 이별, 사라진 여자의 미소, 날개를 잃고 다시 애벌레가 된 나비의 덧없는 희망 같은 추억이 떠오르는 법이다. 그 애벌레는 내 심장으로 기어오르며 심장을 갉아먹고 있었다.

카프카스로 떠난 친구 모습이 비와 젖은 흙속에서 나타났다. 나는 펜을 들고 종이 위에 엎드려 가느다란 빗줄기로 얽힌 그물을 찢고 숨을 쉬기 위해 그 친구에게 말을 걸었다.

사랑하는 친구에게

나는 지금 몇 달 동안 한 가지 노름을—자본가가 되어 보는 노름이라네—하기로 한 크레타의 외로운 해변에서 이 편지를 쓰고 있다네. 노름에서 이긴다면 노름이 아니었다고 할 생각이네. 나로서는 결단을 내린 셈이야. 나는 내 삶의 방식도 다 바꿨어.

자네가 떠나면서 나한테 책벌레라고 했던 말 기억하나? 그 말이 마음에 걸려서 나는 앞으로 한동안은—아니지, 영원이 될 수도—종이에 끼적이는 버릇을 버리고 행동하는 삶 속에 나를 던져 넣기로 했다네. 갈탄이 매장된 산 하나를 빌렸어. 여기에서 인부를 고용하고 직접 곡괭이랑 삽, 아세틸렌 램프, 소쿠리, 손수레를 사용하기도 한다네. 내 손으로 갱도를 열고 들어가기도 해. 자네를 약 올리려고 하는 얘길세. 갱도를 따라 땅속으로 파 들어가는 것으로 책벌레는 두더지가 된 셈이야. 자네가 이런 변신을 칭찬해 주었으면 좋겠네.

나는 이곳에서 많은 기쁨을 누리고 있다네. 맑은 공기, 태양, 바다, 밀로 만든 빵처럼 단순하면서도 영원한 것들이라네. 밤이면 기막히게 멋진 뱃사람 신드바드가 내 앞에 터키 사람처럼 퍼질러 앉아 근사한 이야기를 한다네. 그가 이야기를 시작하면 세계가 한없이 커지곤 하지. 그 사람은 놀라울 정도로 높이 뛰어올라 춤을 추곤 해. 춤이 안 되면 산투르를 무릎 위에 놓고 켜기도 하고 말일세.

가끔씩 야만스러운 노래도 부르는데 듣고 있으면 우리 삶이란 게 아무 색깔도 없고 무의미하고 비참하게 느껴져서 숨이 턱 막히는 것 같지. 그러다 그가 다시 감상적인 노래를 불러 젖히면 인생이란 게 손가락 사이로 빠져나가는 모래처럼 구원의 여지가 없을 것 같은 기분이 들기도 한다네.

내 심장은 베 짜는 사람이 쓰는 북처럼 가슴속에서 오르내리면서 천을 짜고 있다네. 크레타에서 보낸 몇 달간을 짜고 있는데 나는 행복하다네.

공자가 말하기를 '많은 사람이 자기보다 높은 곳에서, 혹은 낮은 곳에서 복을 구한다. 그러나 복은 사람과 같은 높이에 있다'고 했지. 맞는 말씀일세. 당연히 모든 사람에게는 각자의 키에 맞는 행복이 있다는 뜻이지. 내 사랑하는 제자, 나의 스승이여. 요즘 내 행복도 그렇다네. 나는 내 키 높이를 열심히 재고 있어. 자네도 아는 것처럼 사람의 키 높이란 게 늘 같지 않으니 말일세.

인간의 영혼은 날씨나 침묵, 고독, 누가 함께 있느냐에 따라 얼마나 달라질 수 있던가! 나처럼 고독한 입장에서 보면 사람이란 개미처럼 보인다기보다 반대로 엄청난 괴물로—생명을 탄생시키는 탄산가스와 썩어 가는 식물로 꽉 찬 대기를 호흡하던 공룡이나 익룡 같은—보이는 법일세. 아무리 해도 이해할 수 없는 부조리의 합숙소라네. 자네가 즐겨 말하던 '국가'나 '인간' 같은 말이나 나를 매혹시켰던 '초국가'나 '인간성' 같은 개념들이 이곳처럼 파괴적인 입김에서도 같은 가치를 갖는다네. 우리가 의식의 표면으로 떠오른 듯 느껴서 이따금 소리를 지르지만 때로는 한 음절도 되지 못하거나 '아!' 혹은 '그래!'라는 불확실한 소리로 끝나 버릴 때가 있지. 그렇게 그들의 입김에 부서져 버리는 걸세. 이렇게 돼 버리면 아무리 고귀한 개념들도 겨를 잔뜩 채운 꼭두각시 인형과 다를 게 없어서 그 안에 있던 강철 용수철이 튀어나오곤 한다네.

나를 잘 아는 자네는 이해할 거라고 믿지만 이런 잔인한 생각들이 나를 도망치게 하는 건 아닐세. 오히려 나를 끊임없이 타오르게 만드는 불쏘시개가 되어 주고 있지. 내 스승이신 붓다가 '나는 깨달았다'고 했기 때문인데 나도 깨달았다네. 눈 깜빡할 새에 없어지는 유쾌하고 변덕스러운 조물주와 이제 막 친구가 된 참이라 나는 내가 맡은 역을 이 세상이 끝나는 날까지 충실하게 해낼 수 있을 것 같아. 바꿔 말하면 내가 용기를 잃지 않고 분명히 해내겠다는 말일세. 그 깨달음으로 나는 무대에서 신을 연기하는 연기자가 된 거지.

우주라는 무대를 내려다보면 카프카스라는 요새에서 자네가 자네 배역을 연기하는 걸 볼 수 있다네. 위기에 처한 수천의 우리 민족을 구하려고 싸우는 자네가 보이는구먼. 배고픔과 추위, 질병과 죽음이라는 암흑과 싸우는 가짜 프로메테우스라면 고통은 피할 수가 없지. 하지만 자네는 자랑스럽게도, 파괴적이고 막강한 암흑의 세력이 눈에 보이지도 않는다는 사실을 때로는 기쁘게 생각하고 있을 걸세. 그래야 희망을 포기한 채 살겠다는 자네의 영혼이 더욱 비극적인 위대함을 얻을 테니 말일세.

자네는 자네가 추구하는 삶이 행복하다고 믿겠지. 그리고 그런 생각 때문에 자네는 행복할 테고. 자네 키에 맞는 행복을 선택했고 지금 자네 키는 내 키보다 훨씬 크지. 위대한 스승이라면 자신을 뛰어넘는 제자를 만드는 게 가장 큰 즐거움이라네.

나는 어떤가 하면, 가끔 내 길을 잃어버리고 잊어버렸다는 느낌이 든다네. 내 신념은 불신의 모자이크라고나 할까? 이따금 흥정이라도 할까 생각하는데 한순간을 사람답게 사는 대신 나머지 인생을 버리자는 것일세. 하지만 자네는 키를 단단히 잡고 있지. 아무리 황홀한 순간이 와도 정해 놓은 목표를 잊어버리는 법은 없을 거라고 믿네.

우리 둘이 그리스로 돌아오는 길에 이탈리아를 지나던 때가 생각나나? 당시에 꽤 위험했던 폰토스 지방을 지나기로 했잖은가. 기차를 타고 조그만 마을에서 내려 다시 갈아타기까지 한 시간쯤의 여유가 있었을 걸세. 우리 둘은 역 가까이에 있는 숲으로 갔지. 아마 활엽수와 바나나, 짙은 금속 빛깔을 한 대나무가 자라고 꽃이 활짝 피어 벌들이 날아다녔을 거야. 나뭇가지들은 벌들에게 몸을 내맡긴 채 오들오들 떨었던 것 같구먼.

우리는 꿈이라도 꾸듯 그 속을 걸어 다녔네. 그런데 꽃길 모퉁이에서 책을 읽고 있던 처녀 둘을 만났지. 예뻤는지 미웠는지는 생각나지 않네만 하나는 금발이고 다른 하나는 흑발…… 둘 다 봄 블라우스를 입었다는 것만 기억나네.

우리는 꿈을 꿀 때처럼 대담하게 처녀들에게 다가가 '무슨 책을 읽으시는지 모르겠지만 책이라면 함께 이야기를 나눌 수 있을 겁니다' 하고 말했어. 마침 고리키의 책이었는데 시간이 부족했던 우리는 인생과 가난, 정신의 혁명, 사랑에 관해 정신없이 이야기를 했지.

그때 내가 느꼈던 기쁨과 슬픔은 잊을 수 없을 거야. 우리는 그

짧은 시간 동안 다정한 친구이자 다정한 연인이 되었네. 그들의 영혼과 육체를 모두 책임져야 했지만 잠시 후면 영원한 이별을 해야 할 테니 서두르지 않을 수 없었지. 그러니 인생의 기쁨과 죽음의 냄새가 함께 풍길 수밖에.

기차가 도착해서 기적을 울리고 꿈에서 깨어나는 것처럼 우리는 떠났지. 손가락들이 절망적으로 얽혀서 헤어지고 싶지 않았네. 처녀 하나는 얼굴이 창백해지고 또 한 명은 웃으면서도 몸을 떨고 있었어.

그때 내가 자네에게 이렇게 말했을 걸세. '그리스, 우리 조국, 의무 같은 게 다 뭐란 말인가. 진실이 여기 있잖나!' 그랬더니 자네가 '그리스, 우리 조국, 의무는 아무것도 아닐세. 하지만 우리는 이 아무것도 아닌 걸 위해 기꺼이 파멸을 받아들여야 하네'라고 대답했지.

왜 이런 걸 쓰고 있는지 알겠나? 함께 지냈던 시절을 기억하고 있다는 걸 보여 주고 싶어서일세. 좋은 건지 나쁜 건지는 모르겠지만 우리는 감정을 숨기는 버릇이 있어서 그때 밝히지 못했던 생각을 지금 이렇게 밝혀 두려는 것일세.

이제 자네는 내 앞에 없으니 내 얼굴을 볼 수 없지. 이제 자네에게 어떤 소리를 해도 자네가 날 물렁하고 우스운 사람으로 보지 않을 테니 감히 이렇게 말하려 하네. 나는 자네를 아주 깊이 사랑하네.

나는 편지를 다 썼다. 이렇게라도 친구와 이야기를 나누니 가슴이 후련했다. 나는 조르바를 불렀다. 그는 비를 피해 바위 밑에 쭈그리고 앉아 모형 케이블 선을 시험하고 있었다.

"같이 가요, 조르바. 일어나서 마을로 산책이나 가요."

"기분이 좋으신 모양이네요, 보스. 비가 오잖아요. 혼자 좀 다녀오시면 안 되겠소?"

"이 좋은 기분을 망치려고요? 함께 가면 망칠 염려가 없어요. 자, 갑시다."

그가 웃었다.

"나 같은 게 필요할 때가 있다니 고맙네요. 그럼 갑시다."

그는 내가 준 뾰족 모자가 달린 크레타식 양털 코트를 입었다. 우리는 질퍽대는 길을 걸으며 마을로 갔다.

바람은 없었지만 비가 계속 내려 산봉우리가 보이지 않을 지경이었다. 자갈길이 반짝거렸다. 갈탄 광산은 안개에 싸여 슬픔으로 일그러진 여자의 얼굴처럼 보였다. 슬픔을 이기지 못해 기절한 채로 비를 맞는 여자.

조르바가 중얼댔다.

"보스, 비가 오면 마음이 안 좋아요. 하지만 비를 원망하면 안 됩니다. 이 불쌍한 녀석도 영혼이 있으니까요."

그는 산울타리 곁에 갓 핀 수선화 한 송이를 꺾어 한동안 들여다보았다. 봐도 봐도 부족하다는 듯이, 수선화를 생전 처음 보는 사람처럼 들여다보았다. 눈을 감고 냄새를 맡더니 한숨을 쉬고 꽃을 내게 건네주었다.

"보스, 돌이나 비, 꽃이 하는 말을 알아듣는다면 얼마나 좋을까요? 우릴 부르고 있는지도 모르는데 우리가 듣지 못하는 걸지도 몰라요. 보스, 언제쯤이면 우리 귀가 열릴까요? 언제쯤이면 우리가 두 팔을 벌려 돌이나 비, 꽃, 사람들 같은 모든 만물을 안을 수 있을까요? 보스, 어떻게 생각해요? 당신이 읽은 책에서는 뭐라고 그럽디까?"

"악마나 물어 가라고 하더군요. 네, 악마나 물어 가라고 했어요. 당신 말처럼 다른 건 없어요."

나는 조르바가 즐겨 쓰는 표현대로 들려주었다.

"보스, 부디 화내지 말고 들어요. 당신의 그 책들, 한 무더기 쌓아 놓고 불 태워 버려요. 그러고 나면 혹시 압니까? 당신이 바보에서 벗어날지. 당신은 썩 괜찮은 사람이니 말이오……. 우리가 당신을 제대로 된 사람으로 만들 수 있을지도 모르겠어요."

조르바는 내 팔을 잡았다.

나는 속으로 나에게 소리쳤다.

'조르바 말이 백번 옳아. 하지만 나는 그럴 수가 없는걸.'

"한 가지 내가 아는 것은……."

조르바가 잠시 망설이다 물었다.

"뭔데요? 말해 봐요."

"잘 모르지만, 이런 게 아닐까 생각이 드는 게 있기는 해요. 그런데 보스에게 말을 할라치면 그만 엉키고 말아요. 나중에 기분이 내키면 춤으로 보여 드리도록 하죠."

빗줄기가 더욱 거세졌다. 우리가 마을에 들어섰을 때 조그만 양치기 처녀들은 풀 뜯던 양을 몰아왔고, 밭 갈던 농사꾼들은 반쯤 남은 일을 포기하고 소의 멍에를 풀어 주었다. 아낙네들은 아이들을 찾아 좁은 길목을 뛰어다녔다. 소나기가 내려 마을에 유쾌한 소동이 벌어진 것이었다. 여자들은 소리를 질렀지만 눈은 웃고 있었다. 남자들의 뻣뻣한 콧수염과 곱슬곱슬한 턱수염에 빗방울이 맺혔다. 땅과 돌, 풀에서 알싸한 냄새가 풍겼다.

우리는 쫄딱 젖은 생쥐 꼴로 카페 겸 정육점 '모데스티'에 뛰어들었다. 카페 안은 카드로 블롯 놀이를 하는 사내들, 산 이쪽에서 저쪽을 향해 고함지르듯 입씨름을 하는 사내들로 붐볐다. 입구 쪽 원탁에는 마을 노인들이 둘러앉아 그들만의 흑백논리를 내세우고 있었다. 소매가 넓은 셔츠를 입은 아나그노스티 영감, 물담배를 피우면서 바닥에만 눈길을 주는 근엄한 마브란도니의 모습도 보였다. 키가 크고 몸매가 호리호리한 교장 선생은 굵은 지팡이에 기대선 채 칸디아에서 돌아온 건장한 털보 이야기를 대견하다는 듯 듣고 있었다. 건장한 털보는 대도시가 어떻다는 둥 열심히 떠들었다. 카운터 뒤에는 카페 주인이 난로 위의 커피포트를 힐끔거리며 이야기도 듣고 웃기도 했다.

우리를 보고 아나그노스티 영감이 일어서서 소리쳤다.

"들어와요, 친구들. 함께 어울립시다. 스파키아노니콜리가 칸디아에서 겪은 얘길 듣고 있는데 아주 재미있어요. 이리들 와요!"

그런 다음 카페 주인에게 소리쳤다.

"마놀라키! 여기 라키 술 두 잔 더!"

낯선 사람 둘이 앉자 신나게 떠들던 양치기가 조용해졌다.

"이봐, 니콜리 추장. 자네 극장 구경은 해 봤나?"

그에게 계속 말을 시키려고 교장 선생이 물었다.

"극장에 갔었느냐고요? 당연히 갔지요. 어디를 가나 코토풀리*가 그랬느니 저랬느니 말들이 많습디다. 그래서 어느 날 밤에 나는 성호를 긋고 생각했지요. '그래, 나라고 못 갈 게 뭐야. 어떻게 생긴 년이기에 이렇게 말들이 많은지 구경이나 한번 해 보자.'"

스파키아노니콜리가 그 큰 손으로 술잔을 잡아 한입에 털어 넣고 말을 이었다.

"젊은이, 구경해 본 소감이 어떻던가? 어때? 빨리 좀 말해 보게. 궁금해 죽겠고만."

아나그노스티 영감이 물었다.

"예, 합니다. 제 영혼을 걸고 맹세하지만 별거 아니더군요. 사람들이 하도 그러기에 '오늘 대단한 걸 보겠구나' 싶었는데 웬걸요. 돈만 버렸

---

* 유명한 그리스 여배우로 '폴리'는 병아리라는 의미이다.

습니다. 극장은 커다란 술집 같은 곳인데 타작마당처럼 바닥이 둥글어요. 의자가 잔뜩 있고 불빛은 번쩍번쩍한데 사람들은 복작거리고. 제가 어디 있는지도 모르겠더라니까요. 불빛 때문에 눈이 부셔서 앞을 볼 수가 있길 하나. 저는 속으로 이렇게 말했어요. '악마들이야. 조금 있으면 나한테 마법을 걸지도 몰라. 얼른 나가야지.' 근데 바로 그때 할미새처럼 까불까불한 계집애 하나가 제 손을 끌었어요. '이봐, 어디로 데려가는 거야?' 계집은 대답도 안 하고 끌고 가더니 저더러 앉으라는 거예요. 그래서 앉았어요. 생각해 보십시오. 앞이건 옆이건 온통 사람으로 꽉 차서 천장까지 메운 것 같은 그런 풍경을요. 속으로 이렇게 생각했어요. '숨이 막혀. 이러다 쓰러지겠군. 공기가 하나도 없어.' 저는 옆에 있는 사람에게 물었어요. '여보세요. 페르마돈나*는 어디서 나오나요?' 그랬더니 '저기서 나오지' 하면서 커튼을 가리키더군요. 그 사람 말이 맞았어요. 종이 울리고 커튼이 열리더니 코토풀리가 무대로 나왔어요. 사람들이 그녀를 왜 병아리라고 부르는지는 묻지 마세요. 있을 거 다 있고 생길 것도 다 생긴 여자였다오. 코토풀리는 한 바퀴 돌고 꽁지를 아래위로 흔들었어요. 그게 다예요. 근데도 사람들이 박수를 쳐 대고 여자는 쏙 들어가 버리지 뭡니까."

마을 사람들은 모두 웃음을 터뜨렸다. 스파키아노니콜리는 놀림을 당한 것 같아서 문 쪽으로 돌아앉았다.

"어, 저 빗줄기 좀 봐요!"

그가 화제를 바꾸려고 소리쳤다. 모든 사람이 밖을 내다보았다. 바로 그 순간 숱 많은 머리를 어깨까지 늘어뜨린 채 검은 치마를 무릎까지 올린 여자가 빗속을 달려가는 게 보였다. 비에 젖어 탄탄하고 동글동글한 몸매가 옷 위로 드러났다.

---

* 프리마돈나를 잘못 발음한 것이다.

나는 놀랐다. '저건 육식동물이야!' 내게는 여자가 남자를 잡아먹는 나긋나긋하고 위험한 동물로 보였다. 여자는 잠깐 고개를 돌려 놀란 듯한 눈으로 카페 안을 흘깃 보고 지나갔다.

"아이고 성모님……."

아직 솜털이 보송보송한 젊은이가 창문가에 앉았다가 중얼거렸다.

"저 요부 년에게 저주나 내려라!"

마을의 임시 순경인 마놀라카스가 냅다 소리를 질렀다.

"암, 저주가 내려야지. 그래야 하고말고! 사내 가슴에 불을 질러 불길에 타 죽게 하잖나."

창문가에 앉은 젊은이가 콧노래를 불렀다. 처음에는 머뭇거리듯 조용히 부르더니 점점 소리가 높아졌다.

…… 과부 베개에서는 모과 냄새가 나요!
그 냄새를 맡고부터는 나도 잠을 못 이뤄요!

"닥쳐!"

물 담뱃대를 휘두르며 마브란도니가 소리쳤다. 젊은이가 움찔해서 입을 다물었다. 노인 하나가 임시 순경 마놀라카스 쪽으로 허리를 구부려 속삭였다.

"자네 아저씨가 열받았구먼. 저 손에 걸리면 갈기갈기 찢기고 말지. 어이구, 불쌍한 것. 하느님, 저 불쌍한 년에게 자비를!"

"나 참, 안드룰리오. 당신도 저 과부 꽁무니를 졸졸 따라다닌다는 걸 아는데 왜 이래요. 창피하지 않소?"

마놀라카스가 대꾸했다.

"내 말 들어 보게. 오, 하느님! 그녀에게 자비를! 자넨 요새 마을에서 태어나는 아이들이 어떤 애들인지 아는가? 과부에게 복을! 저 여자는 마을 전체의 애인이라고 해도 될 걸세. 불을 끄고 마누라를 품고 있어도 자꾸만 저 여자 생각이 나는 걸 어쩌겠나. 잘 듣게나. 바로 저 여자 덕분에 요새 우리 마을에서 쓸 만한 애들이 태어나는 거라네."

한동안 입을 다물었던 안드룰리오 영감이 다시 중얼거렸다.

"저 계집을 감싸는 허벅지에 복이 있을지어다! 내가 마브란도니 영감의 아들 파블리처럼 스무 살밖에 안 됐다면 얼마나 좋을꼬!"

"저 여자 좀 보게. 도망치는 저 꼴 좀 보라지."

누군가가 이렇게 말하며 웃었다. 모두가 문 쪽을 향해 돌아앉았다. 비는 억수같이 쏟아지고 이따금 번개가 내리쳤다. 조르바는 과부를 본 다음부터 숨을 제대로 쉬지 못했다. 앉아 있기도 힘든 모양이었다.

"보스, 비가 그치고 있어요. 여기서 나갑시다."

조르바는 내게 눈짓을 하며 이렇게 말했다.

산발을 한 소년 하나가 커다란 눈을 뒤룩거리며 맨발로 문 앞에 나타났다. 단식과 기도로 눈만 도드라진 세례 요한의 모습을 성화가가 그린 듯한 모습이었다.

"어서 오렴, 미미코!"

몇몇 사람이 아는 체를 하며 웃었다. 어느 마을에나 바보가 하나씩은 있다. 없으면 심심풀이로 하나씩 만들어 놓기도 하는데, 미미코는 이 마을의 바보였다.

"여러분, 과부댁 소멜리나가 암양을 잃어버렸대요. 찾아주기만 하면 누구든 포도주 두 되를 상으로 주겠대요."

미미코가 계집애 같은 목소리로 더듬거렸다.

"나가! 꺼지란 말이야!"

마브란도니 영감이 소리를 지르자 미미코는 겁에 질려 문 옆에 웅크리고 앉았다.

"앉아라. 미미코! 여기 앉아서 라키 술이나 한잔하거라. 그래야 감기에 안 걸려."

미미코가 불쌍했던지 아나그노스티 영감이 이렇게 말했다.

"바보가 없다면 우리 마을이 재미없을 거야."

그때 물기 어린 푸른 눈을 한 건달 같은 젊은이가 문 앞에 나타났다. 이마에 찰싹 달라붙은 머리카락에서는 물방울이 뚝뚝 떨어지고 숨은 턱 끝까지 차 있었다.

"파블리? 이리 와서 앉아."

마놀라카스가 그를 불렀다.

마브란도니 영감은 아들을 보고 인상을 찌푸렸다. '아이고, 골치 아파. 저런 놈이 내 새끼라니! 지지리도 못난 놈 같으니라고. 누굴 닮은 거야? 목덜미를 잡아 낙지 새끼처럼 바닥에 패대기를 쳐도 시원찮겠구먼.' 그는 속으로 이렇게 생각했다.

조르바는 부뚜막에 올라앉은 고양이 같았다. 과부가 지펴 놓은 불로 감각들이 살아 숨 쉬니 더 이상 벽 안에 갇혀 있기 힘든 모양이었다.

"보스, 나갑시다. 나가자고요. 여기 더 있다가는 터져 버리겠어요."

조르바가 또 졸라 댔다.

그에게는 구름이 걷히고 해가 난 걸로 보이는 모양이었다.

"저 과부는 누구요?"

조르바가 카페 주인을 돌아보며 무심하게 물었다.

"씨받이 암말이라오."

콘도마놀리오가 대답했다. 그는 손가락을 입에 대고 조용히 하라는 신호를 보내면서 마브란도니 영감을 곁눈질했다. 마브란도니는 다시 바닥에 눈길을 주고 있었다.

"암, 씨암말이지. 하지만 죽고 싶지 않거들랑 저 여자 이야기는 그만합시다."

콘도마놀리오가 중얼거렸다.

"자, 이만 실례하지요. 집으로 가야겠소. 파블리, 따라와!"

마브란도니 영감이 일어서서 물담배 통을 잠그며 말했다.

그는 아들을 데리고 가 버렸다. 두 사람이 우리 앞을 지나 빗속으로 나가고 마놀라카스가 그 뒤를 따라갔다.

콘도마놀리오가 마브란도니가 앉았던 의자에 앉더니 속삭였다. 소리가 너무 작아 옆 사람에게는 들리지도 않을 정도였다.

"불쌍한 영감 같으니…… 저 영감은 화병으로 죽을지도 몰라요. 집안에 큰일이 닥쳤거든. 어젯밤에 내 귀로 똑똑히 들었어요. 파블리가 제 아비한테 '저 여자를 아내로 맞지 못하면 난 죽어 버릴래요!' 이랬거든. 그래도 저 화냥년은 파블리를 쳐다도 안 본대요. 집에 가서 코나 닦으라고 했다나 봐요."

"가요."

조르바가 또 보챘다. 과부에 대한 말이 나올 때마다 미칠 지경이 되는 모양이었다. 닭이 울기 시작하고 빗줄기는 조금 약해진 듯 보였다.

"그럼 갑시다."

내가 일어섰다. 미미코는 구석에 있다가 나와서 우리를 따라왔다. 자갈길이 빛나고 비에 젖은 문은 시커멨다. 조그맣고 나이든 노파들은 달팽이를 주우려고 바구니를 들고 나왔다.

미미코가 내게 다가와서 팔을 잡았다.

"담배 한 대만 줍쇼. 선생님께 행운이 찾아올 겁니다."

내가 담배를 주었더니 미미코는 햇볕에 그을리고 앙상한 손을 다시 내밀었다.

"불도 주셔야지요."

나는 불도 주었다. 미미코는 연기를 깊이 들이마셨다가 눈을 감은 채 콧구멍 가득 뿜어냈다.

"터키 임금이 부럽지 않구먼."

미미코가 중얼거렸다.

"어디로 가는 게냐?"

내가 물었다.

"과부댁 정원으로 갑니다. 암양 찾는 사람에게 포도주를 준다는 소문을 퍼뜨리면 나에게 음식을 준다고 약속했거든요."

우리는 걸음을 빨리 했다. 구름이 갈라졌다. 마을 전체가 말끔히 씻겨 산뜻하게 웃고 있는 듯 보였다.

"미미코, 너 그 과부댁 좋아하니?"

조르바가 한숨을 쉬며 물었다.

"이것 봐요. 내가 좋아하면 안 됩니까? 나도 딴 사람들처럼 시궁창에서 나왔잖아요?"

미미코가 키득거리며 말했다.

"뭐? 시궁창? 미미코, 무슨 뜻으로 한 말이야?"

내가 놀라서 물었다.

"그거야 어머니 배 속에서 나왔단 말이죠."

나는 놀랐다. 셰익스피어쯤 돼야 어둡고 역겨운 그 창조적인 순간의 신비를 그렇게 사실적으로 표현했을 거라 생각했기 때문이었다. 미미코는 큰 눈이 무아지경에 도취된 듯 보였는데 자세히 보니 살짝 사팔뜨기였다.

"미미코, 너는 어떻게 지내니?"

"어떨 것 같아요? 나는 귀족처럼 살지요. 아침에 일어나 빵 부스러기를 먹어요. 그리고 남의 일을 해 줘요. 어디서건 어떤 일이건 해요. 심부름도 하고, 거름도 져 나르고, 말똥도 줍고 하는 거예요. 그리고 나는 낚싯대도 있어요. 우리 숙모 레니오 할멈과 함께 사는데 곡하고 돈 받는 일을 해요. 선생님도 알게 될 거예요. 모르는 사람이 없거든요. 저는요? 사진 찍힌 적도 있어요. 저녁이면 집에 가서 수프 한 그릇 마시고 포도주가 있으면 그것도 한 방울 마셔요. 포도주가 없으면 배가 볼록하게 되도록 하느님의 물을 마시지요. 그리고 편안히 자는 겁니다."

"결혼은 안 할 거야?"

"결혼을 해요? 내가요? 미쳤어요? 안 해도 될 걸 사서 고생하란 겁니까? 여자는 신발이 있어야 하잖아요. 그걸 어디서 구한단 말이에요? 봐요, 나도 없잖아요."

"신발이 없어?"

"날 뭘로 보는 거예요? 신발 있어요. 작년에 어떤 남자가 죽었는데 우리 숙모가 곡하러 갔다가 신발을 벗겨 가지고 왔어요. 나는 이 신발을 부활절에만 신어요. 교회에 가서 신부님 뵐 때만요. 나와서는 목에다 걸고 집으로 온답니다."

"미미코, 제일 좋아하는 게 뭐야?"

"그거야 당연히 빵이죠. 내가 빵을 얼마나 좋아하는데요! 말랑하고 따끈따끈한 밀가루빵이 제일 좋아요. 그다음엔 포도주고, 그다음엔 잠이고."

"여자는?"

"흥! 먹고 자고 마시면 그만이지. 그 나머지는 골치 아파요."

"과부는?"

"무슨 얘길 듣고 싶은지는 몰라도, 과부는 악마나 물어 가라고 해요. 사탄아 물렀거라!"

미미코는 침을 세 번 뱉고 성호를 그었다.

"글은 읽을 줄 알아?"

"이봐요. 나는 그런 바보가 아니라고요! 어릴 때 학교에 끌려갔지만 운이 좋아서 티푸스에 걸려 바보가 됐거든요. 그래서 다행스럽게도 학교에 안 다닐 수 있었어요."

조르바는 내가 미미코에게 이것저것 묻고 있는 걸 더는 듣지 못했다. 과부 생각만 머리에 가득 찬 것 같았다.

"보스……."

그는 내 팔을 잡더니 미미코를 돌아보았다.

"먼저 가라. 우리 둘이 할 얘기가 있어."

미미코가 뒤로 처졌다.

"보스, 이쯤에서 얘기합시다. 수컷을 불명예스럽게 만들지 맙시다! 신과 악마가 이 기똥찬 음식을 당신한테 내린 거요. 당신한테는 이가 있지요? 그렇다면 이를 박아 넣어요. 손을 내밀어서 저 과일을 따라고요! 조물주가 손은 뭣 하러 달아 놓으셨겠소? 손을 내밀어 따라고 그런 거요. 그러니 잡아요! 살아오는 동안 별별 계집들을 다 봤지만 저 망할 과부 년은 교회 종탑도 흔들게 생겼어요!"

"말썽은 딱 질색이오."

내가 짜증을 내며 말했는데 사실은 나 역시 암내를 풍기며 지나간 그 탄탄한 몸을 갈망하고 있었기 때문이었다.

"말썽이 질색이라? 그럼 어디 말 좀 해 보시오. 보스가 원하는 건 대체 뭐요?"

조르바가 어이없다는 듯 소리쳤다.

나는 대답하지 않았다.

"산다는 게 다 말썽인 거요. 죽어야 말썽이 사라지지. 산다는 건 말이오. 보스, 당신은 산다는 게 뭘 뜻하는지 아시오? 허리띠를 풀고 말썽거리를 만드는 게 바로 산다는 거요!"

그래도 나는 대꾸를 하지 않았다. 조르바가 하는 말이 옳다는 것은 알고 있었지만 그럴 용기가 나에게는 없었다. 나는 인생을 잘못 살고 있는 것 같았다. 타인을 만나는 일은 나 혼자 독백을 하는 것처럼 되어 버렸다. 나는 타락했다. 여자와의 사랑이냐, 책에 대한 사랑이냐 하는 질문에 책을 선택할 정도로 타락했다.

조르바가 혼자 떠들어 댔다.

"보스, 계산하지 말아요. 숫자 놀이는 그만하고, 저울은 부숴 버리고, 푼돈 만지는 구멍가게는 문을 닫아 버리라고요. 당신 영혼은 구제냐 파멸이냐 하는 갈림길에 서 있다니까요. 보스, 내 말 좀 들어요. 손수건을 꺼내서 거기다 2~3파운드를 싸요. 되도록 금화로 해요. 폐는 반짝거리지 않거든요. 그걸 미미코 편에 과부한테 보내는 거예요. 과부에게 '선생님께서 안부를 물으시면서 이 손수건을 보내셨습니다. 비록 하찮은 거지만 사랑은 크다고 하셨습니다. 그리고 선생님께서 암양일랑 걱정하지 말라고 하셨어요. 잃어버리더라도 선생님이 계시니 겁낼 필요 없다고요. 부인이 카페 앞을 지나시는 걸 보고 상사병에 걸리셨는데 부인만이 치료해 줄 수 있다고 하셨습니다'라고 이렇게 전하게 하는 거죠.

이런 게 바로 기회라고요. 쇠뿔도 단김에 빼랬다고 같은 날 밤에 보스가 문을 두드리는 거예요. 가서 과부에게 길을 잃었다고 하는 겁니다. 어두워서 그러니 등불을 빌려 달라고 부탁하는 거지요. 아니면 갑자기 어지러워 그러니 물을 좀 달라고 해도 좋겠지요. 제일 좋은 방법은 암양 한 마리를 사서 끌어다 주는 거고요. 그리고 이렇게 말하는 겁니다. '부인, 여기 부인께서 잃어버린 암양이에요. 제가 암양을 찾았답니다.' 그러면 과부는, 잘 들어요. 보스. 과부는 상을 주려고 할 거예요. 들어가요. 보스, 내가 당신 뒤에 타고 있으면 말을 탄 채 천국으로 들어갈 수 있는데……. 보스는 다른 천국을 찾는 모양인데 말이오. 그런 건 없어요! 신부가 하는 말은 믿지 마시오. 미안하지만 그런 건 없소!"

과부 집 정원 가까이 온 모양이었다. 미미코가 한숨을 쉬며 더듬대는 목소리로 노래하는 소리가 구슬프게 들렸다.

술안주는 밤이 제격, 호두에는 꿀이 제격!

계집애는 사내놈에게, 사내놈은 계집애에게!

조르바가 앞으로 나서며 콧구멍을 벌름거렸다가 걸음을 멈추고 숨을 깊이 들이마셨다. 그는 내 눈을 빤히 들여다보며 "어때요?" 하고 물었다.

"그만해요."

조르바가 초조하게 기다렸지만 나는 차갑게 대답했다. 조르바는 고개를 저으며 내가 알아듣지 못할 말을 중얼거렸다.

오두막으로 돌아와 그는 다리를 꼬고 앉아 산투르를 무릎 위에 놓은 채 고개를 숙이고 깊은 생각에 잠겼다. 가슴에서 울려 나오는 수많은 노래를 듣고 그중에서 제일 아름답고 처절한 노래를 고르려는 것 같기도 했다. 그리고 마침내 골랐는지 가슴이 미어지는 곡을 연주하기 시작했다. 이따금씩 그는 나를 흘깃거리며 바라보았다. 차마 말은 못하고 말로 표현되지 않는 말들을 산투르에 실어 내게 보낸다는 생각이 들었다. 마치 과부와 내가 순간을 태양 아래 살다 영원히 사라져 버릴 벌레 같은 존재라고, 딱 그렇다고 노래하는 것처럼 느껴졌다.

조르바가 벌떡 일어났다. 자신이 헛수고를 하고 있다는 걸 깨달은 모양이었다. 벽에 기대고 앉아 담배를 붙여 물었다.

"보스, 보스에게 호자*가 살로니카에서 내게 일러 준 비밀 하나를 알려 드리지요. 소용없는 짓일지도 모르겠소만 그대로 들려줘야겠어요.

내가 마케도니아에서 행상을 하고 다닐 때 일이라오. 나는 실타래, 바늘, 성인전, 안식향, 고추 따위를 팔러 마을을 돌아다녔어요. 내 자랑 같지만 목소리가 끝내줬지요. 여자로 치면 꾀꼬리 같은 목소리? 여자라는 건 목소리에 사족을 못 써요. 하기야 여자가 사족을 못 쓰는 게 한

* 터키 성인을 부르는 말이다.

두 가진가. 순 화냥년들! 여자 속은 하느님 말고는 아무도 모를 거요. 아무리 못생기고 절름발이에다 곱사등이라도 목소리가 근사하면 노래로 여자를 뿅 가게 만들 수도 있지요.

살로니카에서 행상을 다니면서 터키인들이 사는 곳으로 들어갔을 때예요. 내 목소리가 돈 많고 매력적인 회교도 여자를 홀린 모양입디다. 파샤*의 딸인데 내 목소리 때문에 잠을 못 잔다나 어쩐다나. 이 여자가 늙은 호자를 하나 불러서 금을 넉넉히 쥐어 주고는 '에휴, 행상하는 저 이교도를 좀 데려다주세요. 그 사람을 좀 만나야 해요. 더 이상은 참을 수가 없어요'라고 했답니다.

호자가 나를 찾아와서 이렇게 말하더군요. '이보게, 이교도 젊은이. 나와 함께 가세.' '가다니, 어디로 말입니까?' 내가 물었어요. '파샤의 딸이 자네 샘물을 필요로 한다네. 자기 방에서 기다리고 있지. 얼른 가세, 이교도 젊은이!' 하지만 나는 그 당시에 밤이면 터키인 거주지에서 기독교인들이 가끔씩 살해된다는 얘길 들었거든요. '안 갈래요.' '하느님이 안 두려워? 이 이교도 풋내기 놈아.' '내가 왜 두려워해야 합니까?' '이봐. 여자가 자기를 원하는데 자 주지 않으면 큰 죄를 짓는 걸세. 여자가 잠자리를 하려고 부르는데 안 가면 자네 영혼은 파멸하는 거야. 여자가 하느님 앞에 가서 심판을 받을 때 한숨을 쉴 거고, 그러면 자네가 아무리 잘한 일이 많더라도 그 한숨 하나로 지옥행인 거지!'"

조르바는 한숨을 한 번 쉬고 다시 이야기를 계속했다.

"지옥이 있다면야, 나는 지옥에 가겠지요. 이유는 그거 하나예요. 도둑질을 했거나 사람을 죽였거나 간통 같은 걸 해서가 아니에요. 그런 건 아무것도 아니거든요. 어느 날 살로니카에서 여자가 같이 자겠다고 기다리고 있는데 안 갔다는 게 죄지요. 그래서 지옥에 떨어질 겁

* 터키의 고관이다.

니다."

조르바는 일어나서 화덕에 불을 피우고 음식을 만들었다. 이따금씩 나를 흘깃거리며 한심하다는 듯 웃으며 중얼거렸다.

"당신은 영원히 귀머거리 집 대문만 두드릴 거요."

그런 뒤 허리를 굽히고 화를 내면서 젖은 나무에 입김을 불어넣었다.

9

해가 점점 짧아지면서 햇살도 그만큼 빨리 사라졌다. 그래서 오후가 저물 때면 마음이 무거워지곤 했다. 원시적인 공포가 우리를 사로잡았는데 겨울이 되어 날마다 빨리 사라지는 해를 보면서 우리 조상들이 느꼈을 것 같은 그런 공포였다. '이렇게 빨리 사라지다간 내일은 아주 없어져 버릴지도 몰라.' 그들은 이렇게 절망하며 그날 하룻밤을 두려움에 떨면서 새웠을지도 모를 일이었다.

조르바는 이런 불안을 나보다 더 깊게, 원시적으로 느꼈다. 그것에서 헤어 나오려고 밤이 되어 별이 빛나기 전까지는 갱도에서 나오지도 않았다.

조르바가 좋은 탄층을 찾았는데 탄가루가 많지도 않고 아주 색깔도 짙은 데다 열량도 풍부했다. 그는 아주 기뻐했는데 우리가 돈을 벌어들인다는 사실이 마음속에서 어느새 여행이 되고 여자가 되고 새로운 모험으로 모습이 바뀌는 모양이었다. 그는 돈을 날개라고 불렀는데 한몫 단단히 잡고 날개가 넉넉하게 커져서 날아갈 날을 기다렸다.

그는 아무 짓도 하지 않고 매일 모형 고가 케이블 실험에 매달렸다. 매일 목재의 하강 속도를 완만하게 해 줄 경사면을 찾고 또 찾았는데 그럴 때 이따금 천사가 들어 내리듯 사뿐히 내리기를 기도하곤 했다.

어느 날 조르바는 넓은 종이에 색연필 몇 자루로 산과 숲, 고가 케이블과 케이블에 매달려 내려오는 통나무를 그렸다. 통나무마다 파란 날개 두 개씩을 그렸다. 작고 둥그스름한 항구에는 검은 배와 조그만 앵무새 같은 초록색 제복을 입은 선원들, 노란 통나무를 잔뜩 실은 마호네 선을 그렸다. 배 귀퉁이에는 수도승을 하나씩 그려 놓았는데 그들의 입에서는 '크고 놀라운 하느님의 기적!'이라는 문구가 대문자로 적힌 분홍 리본이 나왔다.

며칠 동안 조르바는 서둘러서 불을 지펴 저녁 식사를 준비하고, 식사를 끝내면 후다닥 마을로 갔다가 얼마 후에 별로 밝지 않은 얼굴로 돌아오곤 했다.

"또 어딜 다녀오시는 게요?"

내가 물었다.

"보스, 걱정 마세요."

그는 이렇게 말하고는 화제를 바꾸곤 했다.

"하느님은 있습니까? 있어요, 없어요? 보스는 어찌 생각하시오? 없는 걸 그리 떠들어 대진 않겠지만 있다면 도대체 어떻게 생겼을 것 같아요?"

어느 날 마을에서 돌아오더니 정색을 하고 내게 물었다. 나는 어깨를 으쓱하고 말았다.

"보스, 내가 지금 농담하는 게 아니에요. 내 생각엔 하느님이 나랑 비슷할 것 같단 말이오. 좀 더 크고, 힘이 세고, 나보다는 좀 더 돌았겠지만요. 덤 같은 건 받지 않겠죠. 부드러운 양가죽 더미 위에 올라 앉아 하늘을 집으로 삼고, 오른손에는 칼이나 저울 같은 거 대신에—칼이

나 저울 같은 건 백정이나 식료품 주인이 들고 다니는 거지요—꼭 구름 같은 스펀지 한 덩어리를 들고 있을 겁니다. 오른쪽에는 천당, 왼쪽에는 지옥이에요. 이때 혼령이 하나 들어오는데 가엾게도 이 친구는 옷을—그러니까 몸 말입니다—잃어버려 오들오들 떨고 있어요. 하느님은 그걸 보시면서 소매로 웃는 걸 가리고 마귀 역할을 하는 겁니다. '이리로 와 봐. 이 불쌍한 놈아'

하느님이 심문을 시작하십니다. 벌거벗은 혼령은 하느님 발밑에 꿇어앉아 빌어요. '자비를 베풀어 주십시오. 저는 죄를 지었습니다.' 혼령은 자기 죄를 줄줄 대기 시작해요. 하느님은 심해도 너무 심하구나 생각하고 하품을 합니다. '제발 그만해! 그런 소리라면 아주 신물이 나게 들었다고.' 그러면서 들고 있던 물 묻은 스펀지로 죄를 몽땅 지워 버리고 혼령에게 이렇게 말씀하시는 거죠. '가, 천당으로 썩 꺼져 버려. 이 봐, 베드로. 이놈도 넣어 줘라.'

아시다시피 하느님은 굉장한 왕입니다. 굉장한 왕이라는 게 뭐냐? 용서해 버리는 거지요!"

조르바가 터무니없는 말을 늘어놓던 그날 저녁 내가 웃었다는 게 기억난다. 그러나 하느님을 굉장한 왕이라고 한 그 말은 내 안에서 형상을 갖추면서 자비심이 많고 관대하고 전능한 분으로 거듭났다.

비가 내리던 어느 저녁에 우리는 화덕 옆에 쪼그리고 앉아 밤을 굽고 있었다. 조르바는 내게 고개를 돌리고 한동안 바라보았다. 아주 어려운 수수께끼라도 푸는 듯한 얼굴이었다. 자기 생각에 질식할 것 같았는지 그가 불쑥 물었다.

"보스, 당신은 나한테서 뭘 찾아볼 수 있을지 궁금합니다. 왜 나를 잡아끌어서 내쫓아 버리지 않는 거요? 사람들이 날 곰팡이라 부른다는 얘기는 했죠? 어디를 가도 매사를 망쳐 버리는 성격이라 그렇게 부르는 겁니다. 당신 사업도 엉망진창이 되고 말 거예요. 그러니 얼른 날 쫓아내 버려요!"

"조르바, 난 당신이 좋아요. 그거면 되잖아요?"

"하지만 보스, 당신은 내 머리 무게가 엉망이라는 걸 몰라요. 조금 더 많이 나갈 수도 있고, 덜 나갈 수도 있지만 어쨌든 정상이 아니란 건 틀림없어요. 당신도 알 만한 얘기를 들려 드릴까요? 나는 그 과부 때문에 며칠을 안절부절못했어요. 아니에요, 나 때문에 그런 게 아닙니다. 절대 그건 아니죠. 악마나 물어 가라고 했잖아요. 나는 절대로 그 과부에게 손가락 하나 까닥하지 않았어요. 그 여자는 내 몫이 아니거든요. 그렇지만 모든 사람이 그 여자를 모른 척하는 게 견딜 수가 없어요. 그 여자가 혼자 잔다는 게 너무 싫어요. 보스, 그래서는 안 됩니다. 그런 생각들 때문에 참을 수가 없었지요. 그래서 밤마다 그 집 뜰을 배회했어요. 내가 슬그머니 사라졌다가 다시 오곤 했지요? 보스는 어딜 갔다 왔느냐고 물었고요. 거길 다녀온 겁니다. 이유를 아시겠어요? 누가 그 여자와 자는지 알아보려고 가는 겁니다. 누구라도 그 여자와 자 주면 내 맘이 편할 텐데 말입니다."

나는 웃음을 터뜨렸다.

"웃지 마세요. 보스, 여자가 혼자 잔다는 건 우리 남정네들이 잘못하고 있다는 겁니다. 우리는 최후의 심판 날에 우리가 한 짓을 설명해야 해요. 얼마 전에 얘기한 것처럼 하느님은 모든 죄를 용서해 주신다니까요. 하느님에게는 이미 우리들 몫의 스펀지가 있어요. 그렇지만 그 죄는 절대 용서하지 않을 겁니다. 여자와 잘 수 있는데도 자지 않는 놈들에게는 벌을 내리시길! 남자와 잘 수 있는데도 안 자는 여자들에게도 벌을 내리시길! 호자가 뭐라 했는지 잘 생각해 봐요."

그는 잠시 조용해졌다.

"사람이 죽으면 다시 생명을 얻을까요?"

뜬금없는 질문이었다.

"글쎄요, 그럴 수는 없을 것 같은데요."

"나도 그래요. 그런데 그렇게 할 수 있다면 내가 말한 사람들, 다시 말해서 여자에게 봉사하기를 거절하고 도망간 놈은 이 땅에 뭘로 다시 태어날 것 같아요? 노샙니다. 노새가 되는 거예요."

그는 다시 말을 멈추고 생각에 잠겼다. 그러다 그의 눈이 반짝거렸다.

"혹시 압니까? 오늘날 우리가 보는 노새들이 모두 전생에 봉사의 의무를 저버리고 도망쳤던 남자와 여자들, 남자면서 남자 노릇을 못하고 여자면서 여자 노릇을 거절한 것들인지 말입니다. 이것들이 뒷발질하는 이유가 그 때문일지도 몰라요. 보스 생각은 어때요?"

"조르바, 그게 바로 당신 머리 무게가 모자란다는 증거네요. 산투르나 한 곡 켜세요."

내가 웃으며 말했다.

"엉뚱한 소리 마세요. 오늘 밤엔 산투르는 안 켜렵니다. 나는 말을 해야겠어요. 엉터리 같은 소리를 말입니다. 내 마음에 근심이 잔뜩 쌓였거든요. 새 갱도가—악마나 물어 가라지!—속을 썩여요. 그런데 산투르가 가당키나 합니까?"

조르바는 재를 뒤적여 밤을 꺼내서 내게 건넨 다음, 술잔에 라키를 한 잔 따랐다.

"하느님이 우리 오른쪽에 축복을 내리소서!"

술잔을 부딪치며 내가 말했다.

"왼쪽이오, 왼쪽이라야 해요. 오른쪽에서는 별로 쓸 만한 게 없었어요."

조르바가 고쳐 말하더니 단숨에 술을 마시고 침대에 벌렁 누웠다.

"내일은 젖 먹던 힘까지 몽땅 써야 해요. 1000마리 악마들과 싸워야 할 테니 말입니다. 안녕히 주무시오!"

다음 날 조르바는 새벽부터 탄광으로 가 버렸다. 인부들은 탄맥이 좋은 지층을 깎아 내는 데 작업 속도가 붙었지만 천장에서 새어 들어온 물 때문에 시커먼 진창을 철벅거려야 했다.

이틀 전에 조르바는 받침대 나무가 하중을 견디기 어렵다며 갱도를 보강할 통나무가 필요하다고 주장했다. 조르바는 지하 미로에서 일어나는 일을 모두 알아내는 독특한 직감이 있었고, 남의 귀에는 들리지 않는 삐걱거리는 소리들로 받침대가 안전하지 못한 것을 알아냈다.

그날 또 다른 사건이 조르바의 마음을 무겁게 했다. 새로 뚫은 갱도로 내려서려는데 마을 사제인 스테파토스 신부가 노새를 타고 죽어 가는 수녀의 병자성사를 드리러 이웃 수녀원으로 가는 중이었다. 다행하게도 조르바는 신부가 말을 걸기 전에 땅바닥에 침을 세 번 뱉고 자기를 꼬집을 시간이 있었다. 그리고 신부의 아침 인사를 무뚝뚝하게 받았다.

"당신의 저주가 내게 내리기를!"

낮은 목소리로 이렇게 덧붙였지만 그러고도 액땜이 부족했다고 생각하며 짜증스러운 마음으로 갱도를 따라 내려갔다. 안에서는 갈탄과 아세틸렌 냄새가 심하게 났다. 인부들이 천장을 떠받치는 받침대를 보강한 다음이었다. 조르바는 인부들에게 건성으로 인사를 건넨 뒤 소매를 걷어붙이고 일을 시작했다.

10명 정도의 인부들이 탄맥을 곡괭이로 찍어 갈탄을 떨어뜨리면 몇 명이 그걸 삽으로 퍼서 조그만 손수레로 실어 날랐다. 갑자기 조르바가 일손을 멈추고 인부들에게도 멈추라는 신호를 보낸 뒤 귀를 세웠다. 기수가 말과 한 몸이 되고 선장이 배와 마음을 맞추는 것처럼 조르바는 탄광과 한 몸이 된 것이었다. 조르바는 사방으로 뻗은 갱도를 자기 혈관처럼 느낄 수 있었고 감지하지 못한 검은 석탄 덩어리도 투명한 의식으로 잡아낼 수 있었다.

조르바는 그 큼직한 털투성이 귀를 세워 열심히 듣고 갱도를 노려보았다. 내가 탄광에 도착한 게 바로 그 순간이었다. 나는 보이지 않는 손이 깨운 것처럼 엉뚱한 시각에 눈이 떠졌다. 내가 왜 그렇게 허둥거리는지, 어디로 가야 하는지 전혀 생각해 보지도 않고 서둘러 옷을 입고 광산으로 왔다. 조르바가 귀를 세우고 눈에 불을 켠 채 갱도를 노려보는 바로 그 시각에 탄광에 온 것이었다.

"아무것도 아니야. 잠깐 이상하다 싶었지만 걱정 말고 일들 해. 괜찮아!"

인부들에게 이렇게 말하고 돌아서다 나를 보고 입술을 비쭉거렸다.

"보스는 이 시각에 여기 왜 왔어요?"

그가 내게 다가왔다.

"올라가서 신선한 공기나 쐬세요. 보스. 둘러보는 것은 다른 날 와서 하고요."

"왜 그래요?"

"아무것도 아니에요……. 괜한 상상이에요. 오늘 아침에 신부가 지나갔거든요……. 아무튼 올라가요."

"위험하다고 자리를 피하면 창피하잖아요?"

"그렇지요."

"조르바, 당신도 올라갈 겁니까?"

"아뇨."

"그럼, 나도 안 가겠소."

"조르바가 할 일은 조르바가 하고, 다른 사람이 할 일은 또 다른 사람이 하는 법입니다. 여기서 나가는 게 창피하거든 그대로 있으시오. 보스 제삿날이 될 테니……."

조르바가 짜증스럽게 말했다. 그는 무거운 망치를 들고 발꿈치를 들어 천장 버팀대에 못질을 했다. 나는 기둥에 매단 아세틸렌 등을 뽑아 들고 진창을 내려가면서 어둠 속에서 반짝이는 탄맥을 구경했다. 수백만 년 전에 어마어마한 숲을 삼키고 땅은 그 숲을 소화하고, 자식을 만들어 낸 것이다. 나무는 갈탄이 되고 갈탄은 석탄이 되고, 조르바가 오고…….

나는 다시 기둥의 못에 등을 걸고 조르바가 일하는 걸 지켜보았다. 그는 일에 몰두해 있었는데 그가 생각하는 건 오로지 일뿐이었다. 대지와 곡괭이와 갈탄과 하나가 되었다. 망치와 못은 단합해서 나무와 싸웠다. 벌어진 갱도의 천장이 그를 괴롭혔다. 조르바는 머리를 써서 산과 주먹다짐을 벌이듯 갈탄을 파고 있었다. 그는 본능적으로 물질을 파악하고 가장 약하고 치명적인 곳에 일격을 가했다. 갈탄 가루를 뒤집어쓰고 진흙탕에 빠져 나타난 그를 보고 있으면 적의 허점을 찾아 침투하려고 위장했다가 마침내 탄 그 자체가 된 사람 같았다.

"브라보, 조르바! 멋진데요!"

나는 감격해서 소리를 질렀다.

그러나 조르바는 돌아보지 않았다. 그런 순간에 곡괭이를 휘두르다 말고 곡괭이 대신 연필을 쥔 책벌레에게 말을 할 수는 없는 것이다. 바쁠 때 그는 말을 하는 걸 싫어했다. 어느 날 저녁에 이런 이야기를 나눈 적도 있었다.

"일할 때는 말 걸지 마요. 뚝 부러질 것 같으니 말이오."

"부러지다니요? 그게 무슨 말이에요?"

"또 그놈의 '무슨 말이냐, 왜 그러느냐' 타령이오? 꼭 애들 같구먼. 내가 무슨 수로 설명을 합니까? 나는 일에 정신을 빼앗기면 머리끝부터 발가락까지 잔뜩 긴장해서 이게 돌이 되고 석탄이 되고 산투르가 되어 버린단 말입니다. 보스가 갑자기 내 몸을 건드린다거나 말을 걸거나 하면 돌아봐야 하잖아요? 그럼 꼭 부러질 것 같단 말입니다. 이제 아시겠소?"

나는 시계를 보았다. 10시를 지나고 있었다.

"점심 먹을 시간입니다. 여러분! 점심시간이 지났어요."

내가 소리치자 말이 떨어지기가 무섭게 인부들이 구석에 연장을 내팽개치고 땀을 닦으면서 갱도를 나서려고 서둘렀다. 일에 집중한 조르바에겐 안 들렸던 모양이다. 설사 들렸다 하더라도 갱도를 떠나지 않았을 것이다. 그는 다시 한번 귀를 기울여 갱도의 소리를 들었다.

"기다리면서 담배나 한 대 태우죠."

내가 인부들에게 소리쳤다. 인부들이 나를 둘러쌌고 나는 주머니를 뒤졌다. 그때 조르바가 고개를 들고 갱도가 벌어진 곳에 귀를 갖다 댔다. 아세틸렌 불빛으로 그의 벌어진 입이 보였다.

"조르바, 왜요?"

내가 소리쳤다.

"나가요! 빨리 나가!"

조르바가 쉰 목소리로 외쳤다. 우리는 출구를 향해 달렸다. 첫 번째 버팀목을 지나기도 전에 두 번째 버팀목이 있는 천장이 순식간에 쏟아져 내리는 듯한 소리가 들렸다. 그동안 조르바는 갱도 사이에 큼지막한 통나무를 쐐기처럼 박아 무너져 내리는 받침대를 고정하려 애썼다. 잘되기만 한다면 우리가 탈출할 몇 초를 벌어 줄 수 있었다.

"나가!"

조르바가 다시 소리를 질렀지만 땅 깊숙한 곳에서 들려오는 것처럼 웅웅거렸다. 결정적인 위기가 닥쳤을 때 사람은 자기도 모르게 겁쟁이가 되는 법이다. 우리는 조르바를 생각하지도 않고 뛰어나왔다. 나는 몇 초 뒤에야 그 사실을 깨닫고 갱도로 되돌아갔다.

"조르바! 조르바!"

내가 소리를 질렀는데, 아니 소리를 질렀다고 생각했다. 뒤에 알았지만 목구멍으로 소리가 되어 나오지도 못했다. 공포가 내 목을 죄고 있었던 것이다. 부끄러웠다. 나는 조르바를 향해 팔을 벌리고 뛰어갔고 조르바도 받침대를 박아 놓고 진창 사이를 달려오고 있었다. 어두웠기 때문에 나를 보지 못하고 부딪쳐서 우리는 서로 품 안으로 뛰어든 것처럼 되었다.

"빨리 나가야 해요! 나가요!"

그가 외쳤고 우리는 달렸다. 인부들이 하얗게 질려서 갱도 입구를 서성이며 안을 들여다보고 있었다. 우리는 고막이 터질 듯한 세 번째 굉음을 들었다. 벼락 치는 듯한 소리가 한 번 더 나더니 산이 뒤흔들리고 갱도가 폭삭 무너져 내렸다.

"오, 하느님!"

인부들은 성호를 그으며 중얼댔다.

"자네들 곡괭이 두고 나왔지?"

조르바가 화를 내며 소리를 질렀다. 인부들은 아무도 대꾸하지 못했다.

"왜 안 가지고 나왔나? 엉? 팬티에 오줌이나 지렸을 테지! 연장이 불쌍하지도 않아?"

"조르바! 이 와중에 곡괭이 타령이에요?"

내가 조르바와 인부들 사이로 들어서서 말렸다.

"모두가 무사한 것만 해도 천만다행이에요. 조르바, 고마워요. 당신 덕에 우리 모두 살았어요."

"아, 배고파! 한바탕 난리를 쳤더니 속이 다 빈 것 같군."

조르바는 딴소리를 하더니 밖에 놔둔 도시락을 열어 빵, 올리브, 양파, 삶은 감자 그리고 포도주가 든 호리병을 꺼냈다.

"자, 다들 먹자고."

조르바는 순식간에 음식을 먹어 치웠다. 방금 일로 진이 다 빠져 얼른 기운을 차리고 싶은 것처럼 보였다.

그는 별다른 말없이 먹어 댔다. 호리병을 집어 포도주를 목구멍으로 쏟아부었다. 인부들도 조르바를 둘러싸고 앉아 도시락을 꺼내 먹기 시작했다. 마음 같아서는 조르바 앞에 무릎을 꿇고 손에다 입이라도 맞추고 싶었지만 조르바의 괴상한 성격을 알기 때문에 그럴 용기를 차마 내지 못한 것이었다. 마침내 덩치가 크고 가장 나이가 많은, 수염이 짙은 미헬리스 영감이 결심을 단단히 하고 입을 열었다.

"우리 알렉시스 나리가 거기 안 계셨더라면 우리 애들은 지금쯤 고아가 됐을 겝니다."

"그만하시오!"

조르바가 음식을 씹다 말고 소리를 질렀다. 그러는 바람에 다른 사람들은 입도 뻥긋하지 못했다.

10

'그러면 누가 이 망설임의 미로를, 이 뻔뻔한 사원을, 죄악의 주머니를, 천 가지 거짓을 뿌린 이 밭을, 지옥으로 가는 문을, 잔꾀로 넘치는 이 바구니를, 달콤한 독을, 영원한 생명을 묶는 이 사슬을 만들었나요, 여인입니까?'

나는 화덕 앞 바닥에 앉아 이 붓다의 노래를 천천히 베끼고 있었다. 나는 주문을 외워 마음속에 자리 잡은 비에 젖은 여인의 모습을 몰아내려고 했다. 여인은 밤이면 밤마다 엉덩이를 흔들면서 내 눈앞을 지나갔다. 내가 죽을 뻔했던 갱도 사건 이후로 과부는 내 속에 들어와 피처럼 흘러 다니는 것 같았다. 과부는 들짐승처럼 나를 부르며 책망하는 것 같았다.

"와요. 이리 와요. 어서 와요. 인생은 쏜살같이 흘러가요. 어서 와요. 이리로. 너무 늦기 전에요!"

이렇게 소리치고 있었다.

나는 과부가 탄탄한 허벅지와 엉덩이를 한 여자 형상의 악마라는 걸 잘 알고 있었다. 나는 악마와 싸웠다. 원시인들이 동굴에 뾰족한 돌과 붉은색, 흰색을 내는 재료들로 근처를 배회하는 맹수를 그리는 심정으로 불경을 베꼈다. 그들은 맹수를 새기는 것으로 바위에 묶어 버리는 효과가 있기를 바라지 않았던가. 그렇게 하지 않았다면 맹수가 그들에게 달려들었을 것이다.

겨우 죽음을 면한 그 순간부터 과부는 고독한 내 앞에 나타나 끈질기게 손짓하고 엉덩이를 흔들어 댔다. 낮에는 경계 상태를 유지해서 여자의 환상을 밖으로 몰아냈다. 나는 악마가 붓다 앞에 어떤 모습으로 나타났는지 그 상황을 베껴 썼다. 악마가 여자의 모습을 한 것, 통통한 젖가슴으로 이 금욕주의자의 무릎을 누른 일, 붓다가 위험을 감지하고 전력을 다해 악마를 물리친 일들을 베껴 썼다.

문장 하나하나가 나에게 힘을 주었다. 악령이 글이라는 강력한 주문 때문에 물러가는 것 같았다. 낮 동안은 이렇게 싸웠지만 밤이 되면 내 마음은 허물어졌다. 문이 열리고 과부가 들어왔다.

아침이면 나는 패배자가 되어 지쳐서 일어나고 싸움은 또다시 시작되었다. 종이에서 눈을 들었을 때는 이미 빛은 사라지고 어둠이 내 위로 툭 떨어지는 것 같았다. 해가 짧아지면서 크리스마스가 가까워졌다. '나는 외롭지 않아. 낮의 태양이 강한 힘으로 나와 함께 싸우고 있어. 때로는 햇빛이 이기기도 하고 때로는 지기도 하지. 햇빛은 절망하지 않아. 나는 싸우고 햇빛과 함께 헤쳐 나갈 거야.' 이렇게 생각하니 용기가 났다. 과부와 싸우면서도 나는 우주의 흐름을 따르고 있는 것처럼 느껴졌다. 사악한 물질이 내 몸을 선택하고 내 안에 있는 불길을 서서히 끄려는 것 같았다. 나는 물질을 정신으로 바꾸는 위대한 힘은 하늘에서 오는 거라고, 모든 인간의 내부에는 신성의 회오리바람이 있어서 빵과 물과 고기를 사상이나 행동으로 바꿔 놓는 거라고 스스로에게 말했다. '먹은 음식으로 뭘 하는지 가르쳐 준다면 당신이 어떤 사람인지 말해 줄 수 있어요.' 이렇게 말했던 조르바가 백번 옳다. 나는 육체를 붓다처럼 만들려고 피나는 노력을 하고 있었다.

"무슨 생각을 그리해요? 보스, 요새 얼굴이 까칠해졌어요."

크리스마스 전날 조르바가 내게 이렇게 말했다. 내가 어떤 악령과 싸우고 있는지 조르바가 모를 리 없었다. 나는 못 들은 척했지만 그대로 물러설 조르바가 아니었다.

"보스, 당신은 젊어요. 젊고 힘이 있는 데다 잘 먹고 잘 마시고 싱싱한 바닷바람을 마시면서 몸속에 정력을 모으고 있지요. 그래, 그 정력으로 뭐할 거요? 혼자 자죠? 그건 정력에도 나쁜 겁니다. 오늘 밤에 당장 그 집으로 가요. 시간 낭비하지 말고 ……. 보스, 세상일은 간단한 거라니까요. 몇 번이나 얘기합니까? 간단한 걸 자꾸 복잡하게 만들지 말라니까요!"

조르바의 말을 들으며 내 앞에 놓인 불경 원고를 넘기다가 불경 말씀이 내게 확실한 인간의 길을 보여 주고 있음을 깨달았다. 지금 내게 말을 거는 것은 교활한 뚜쟁이, 마라의 악령이었다. 나는 잠자코 듣기만 했다. 원고를 천천히 넘기면서 감정을 숨기려고 휘파람까지 불었다. 내가 대답이 없자 조르바가 버럭 소리를 질렀다.

"이것 봐요. 크리스마스이브예요. 그녀가 교회에 가기 전에 얼른 가서 만나요. 보스, 예수가 오늘 밤에 태어났잖아요. 당신도 가서 기적을 만들라고요!"

나는 짜증을 내며 일어섰다.

"그만 좀 해요, 조르바. 사람은 다 제멋에 사는 거예요. 사람은 나무와 같은 겁니다. 당신도, 무화과나무에 버찌가 안 열린다고 그 나무하고 싸우진 않잖아요? 자, 자정이 다 되었군요. 교회에 가서 예수 탄생이나 봅시다."

조르바가 잔뜩 골난 얼굴로 두꺼운 겨울 모자를 눌러 썼다.

"좋아요. 갑시다, 가요. 하지만 보스, 이건 알아 둬요. 하느님은 당신이 가브리엘 천사장처럼 과부 집에 가는 걸 더 좋아하실 게요. 잘 들어 봐요. 하느님이 당신 같았다면 마리아를 찾아가지도 않았을 거요. 그러면 예수도 태어나지 않았겠지. 그럼 하느님이 어떻게 한 거냐고 물으면 나는 이렇게 대답할 겁니다. 하느님은 마리아에게 가셨다, 마리아는 과부다. 이렇게 말이오."

그는 내 대답을 기다렸지만 나는 대답할 말이 없었다. 그는 문을 박차고 나가 지팡이 끝으로 짜증스럽게 자갈을 후려쳤다.

"암요, 마리아는 과부라니까요."

"자, 가요. 소리는 지르지 말고."

우리는 어두운 겨울밤인데도 꽤 빠르게 걸었다. 맑은 하늘에 큼직한 불덩어리처럼 별들이 걸려 있었다. 해변을 따라 가다 보니 밤은 물가에 누운 거대한 검은 짐승 같았다. 나는 속으로 말했다. '오늘부터 겨울에 패한 빛이 승리를 위한 반격을 시작한다. 이 빛도 오늘 밤에 태어난 아기 신인 것처럼.'

마을 사람들이 따뜻하고 향기로운 교회로 모두 몰려들었다. 남자들은 앞줄에, 여자들은 두 손을 모은 채 뒷줄에 섰다. 키가 큰 스테파노스 신부는 44일간이나 금식을 해서 많이 지쳐 보였다. 무거운 황금빛 미사복을 걸치고 향로를 든 신부가 이리저리 돌아다니면서 힘차게 노래를 부르고 있었는데 예수 탄생을 빨리 보고 집으로 돌아가 진한 수프와 소시지와 훈제 고기가 먹고 싶은 것처럼 몹시도 서둘렀다.

만약 성서에 '오늘 빛이 났다' 했다면 사람들의 가슴이 그렇게 뛰지는 않았을 것이다. 그랬다면 기독교 사상이 성스럽지도 않고 세계를 정복하는 일도 없었을 것이다. 그랬다면 기독교 사상은 단순히 물리적 현상이라고 적혔을 테고 우리 영혼에 불을 붙이는 일도 없었을 것이다. 그러나 겨울 한복판에서 태어난 이 빛이 아기가 되고 아기가 하느님이 되어 스무 세기가 흐르는 동안 우리 영혼은 그 젖줄을 빨고 있는 셈이었다.

신비스러운 의식은 자정이 지나서야 끝났다. 그리스도가 태어났다. 배는 고팠지만 기쁨에 충만한 사람들은 잔치를 벌이고 그 음식들이 가슴 깊은 곳에서 육신이 되어 가는 신비로움을 느끼려고 집으로 돌아갔다. 배는 튼튼한 그릇이요, 빵과 포도주와 고기는 그 재료가 된다. 빵과 포도주와 고기 없이는 하느님도 창조할 수 없을 터였다.

별은 하얀 교회 지붕에서 천사처럼 환하게 빛났다. 은하수는 천국 이쪽저쪽을 잇는 강물이 되어 흘렀다. 초록색 별 하나가 우리 머리 위에서 에메랄드처럼 빛났다. 나는 내 감정에 휘둘리고 있어 한숨이 나왔다. 조르바가 나를 돌아다보았다.

"보스, 당신은 믿어요? 하느님이 사람이 되어 마구간에서 태어났다는 그거 말입니다. 믿어서 믿는 거요, 아니면 괜히 믿는 척하는 거요?"

"조르바, 그건 어려운 문제예요. 믿는다고도, 안 믿는다고도 말할 수 없어요. 당신은 어때요?"

"나도 그래요. 아마 죽을 때까지 그럴 거요. 어릴 때 할머니가 별의별 이야기를 다 해 줬지만 나는 한마디도 안 믿었죠. 그런데도 나는 감동한 듯 몸을 떨거나 웃거나 해서 그 얘길 믿는 척하곤 했어요. 나이 들어 턱에 수염이 나고부터는 그런 이야기들은 무시하고 비웃기까지 했습니다. 그렇지만 지금은, 이렇게 나이 들고 보니……. 나이 먹으면 감상적이 되는 건지. 보스, 나는 다시 그런 얘기를 믿기 시작했단 말입니다. 사람이란 게 참 요상해요."

오르탕스 부인 집으로 들어서는 길에 다다르자 우리는 향긋한 풀 냄새를 맡은 굶주린 두 마리 말처럼 달리기 시작했다.

"그거 알아요? 신부들이란 꽤나 약은 치들이오. 먹는 것부터 금지하니 당해 낼 재간이 있나? 40일 동안 고기도 먹지 말고 포도주도 마시지 말고 금식을 하라니! 왜 그런 줄 아시오? 그래야 고기와 술이 먹고 싶어 미칠 지경이 되니까요. 돼지 새끼들 같으니라고……. 노름하면서 속임수란 속임수는 다 쓴단 말이오."

조르바의 걸음이 빨라졌다.

"보스, 빨리 좀 갑시다. 칠면조가 알맞게 익었을 거요."

유혹의 침대가 널찍하게 자리를 잡은 착한 부인의 방에 들어서자 하얀 테이블보를 깐 식탁과 그 위에 가랑이를 쩍 벌리고 누운 채 김을 피워 올리고 있는 칠면조가 보였다. 벽난로는 따뜻한 열기를 내뿜고 있었다.

오르탕스 부인은 머리를 말고 넓은 소매에 덧댄 레이스가 닳아 버린 분홍색 가운을 입고 있었다. 주름진 목에는 손가락 두 개 넓이의 노란 리본을 맸고 오렌지꽃 향수 냄새가 진동을 했다.

이 땅의 만물들은 어쩌면 이렇게 조화로울까, 대지는 인간의 심장과 이리도 잘 어울릴 수 있는 걸까, 인생을 몽땅 써 버리고 이 외로운 해안에 유배된 늙은 카바레 가수가 이제는 이 초라한 방을 신성한 욕망과 여인의 따뜻한 기운으로 채워 놓았구나. 정성을 다해 푸짐하게 차린 상과 따뜻한 벽난로, 화장을 하고 꾸미고 오렌지꽃 향수를 뿌리고……. 이런 사소한 육체의 즐거움이 어쩌면 이렇게도 간단히, 눈 깜짝할 사이에 정신의 즐거움으로 변하는 건지. 이런 생각들로 머리가 어지러웠다.

내 심장이 갑자기 두근거렸다. 그날 그 엄숙한 밤이 되어서야 나는 혼자 해변에 남겨진 게 아니라는 사실을 깨달았다. 여성적인 헌신과 정, 끈기를 가진 여자가 내게 온 것이었다. 오르탕스 부인은 내 어머니이자 누이요, 내 아내였다. 이 세상에 어느 것도 필요치 않다고 생각했는데 갑자기 모든 것이 필요하다는 느낌이 들었다. 조르바도 비슷한 기분이 들었는지 방에 들어서자마자 잔뜩 차려입은 늙은 카바레 가수를 덥석 끌어안고 축복의 말을 전했다.

"예수가 나셨다네! 여자들이여, 축복을 받으시오."

그는 나를 돌아보며 웃었다.

"보스, 이것 봐요. 여자라는 게 얼마나 대단한지! 손가락 하나로도 하느님을 좌지우지할 수 있을 겁니다."

우리는 식탁에 둘러앉아 먹고 마셨다. 몸이 만족스러운 상태가 되자 영혼도 기쁨으로 가득 차올랐다. 조르바는 다시 밝아졌다.

"먹고 마십시다. 보스, 힘을 내요. 노래를 불러 봐요. 노래 불러요. 젊은 친구! 신부처럼 노래를 불러 봐요. '하늘에 영광이, 땅에도 영광이…….' 예수가 나셨어요. 이게 얼마나 기막힌 일인지 아시오? 목청껏 노래를 부르라니까요. 불러요. 하느님이 듣고 기뻐하시도록!"

그가 하도 신이 난 상태라 아무도 말릴 수 없을 것 같았다.

"예수가 나셨다네! 우리 현명한 솔로몬! 죄 많은 샌님! 세상만사 따지려고 하지 맙시다. 예수님이 태어났어요, 안 났어요? 물론 그분이 태어나셨지요. 그런데 왜 멍청히 앉아 있는 겁니까? 언젠가 기술자 한 명이 가르쳐 줬는데 말입니다. 확대경으로 음료수를 들여다보면 눈으로 볼 수 없는 벌레가 우글거린다고 합디다. 보고는 못 마시지, 근데 또 안 마시면 목마르니. 보스, 확대경을 부숴 버려요. 그럼 벌레도 사라지고, 물도 마실 수 있다오. 정신도 번쩍 들 수 있고 말이오."

그는 술잔을 높이 들고 요란하게 차려입은 친구에게로 돌아앉았다.

"오, 사랑스러운 부불리나! 내 전우여! 그대의 건강을 위해 건배! 내 그동안 수많은 뱃머리 장식을 보았다오. 뺨이 빨갛고 입술도 빨갛고 두 손으로 젖가슴을 움켜쥔 뱃머리 장식도 보았지. 요것들은 오대양 육대주를 누비며 항구라는 항구는 죄다 들렀다가 배가 파괴되어 해안으로 표류하면 또 쪼개질 때까지 선장들 술 마시러 들어가는 어부들의 술집에 걸린다오. 나의 부불리나! 내 배가 부르고 내 눈이 이렇게 밝아져서 그런가, 오늘 밤 이 해변에서 그대를 보려니 꼭 큰 배의 뱃머리 장식같이 보이는구려. 나는 마지막 항구요. 나는 선장들이 술 마시러 들르는 해변 술집이오. 이리 와서 내 벽에 턱 하니 걸리시오. 돛을 내리란 말이오. 내 크레타 포도주 한 잔을 그대의 건강을 위해 마시겠소. 나의 세이렌!"

오르탕스 부인은 너무 감격한 나머지 울음을 터뜨리며 조르바 어깨에 기댔다.

"아셨소? 보스, 내 멋진 연설이 이제 슬슬 말썽을 일으킬 겁니다. 이 화냥년이 오늘 밤 날 그냥 보내지 않을 거요. 그런데 당신은 빈손이구먼. 불쌍도 해라. 정말 가엾어요. 자, 예수가 태어났다네. 우리 건강을 위해 건배!"

그가 다시 세이렌을 바라보며 오르탕스 부인의 겨드랑이에 손을 넣은 채 그녀와 술잔을 부딪쳤다. 두 사람은 술을 마시면서 완전히 하나가 되어 서로 그윽하게 쳐다보았다.

둘을 커다란 침대가 있는 방에 밀어 넣고 집으로 오니 날이 새려고 했다. 겨울 하늘 별 아래 마을 사람들은 실컷 먹고 마신 채 문을 잠그고 잠들어 있었다.

밖은 춥고 금성은 동쪽 하늘에서 깜박거렸다. 나는 물가를 걸으며 파도와 장난을 쳤다. 파도가 나를 적시려 할 때마다 달아났다. 문득 행복하다는 생각이 몰려왔다.

진정한 행복이란 게 이런 걸까. 별다른 야망 없이 세상의 야망을 다 품은 듯 뼈가 휘도록 일하는 것, 사람들에게서 멀리 떨어졌지만 사람을 사랑하며 사는 것, 성탄절 음식을 실컷 먹고 마신 다음에 잠든 사람들에게서 홀로 떨어져 별을 머리에 인 채 바다를 끼고 해변을 걷는 것, 그러다가 이 모든 것이 하나라는 것을 깨닫는 기적 같은 일이 진정 행복 아닐까.

나는 며칠을 바보처럼 흥청거리며 지냈다. 하지만 가슴 깊은 곳에서 밀려오는 슬픔은 어쩌지 못했다. 일주일의 축제 기간 동안 추억이 밀려와 잊었던 노래와 지난 사랑으로 가득 찼다. '인간의 가슴은 피로 가득 찬 도랑'이라는 옛말이 틀리지 않다는 생각이 들었다. 세상을 떠난, 내가 사랑했던 사람들이 그 도랑에서 피를 마시고 소생하지 않을까 생각했다. 깊이 사랑하던 사람일수록 더 많은 피를 마시는 걸까.

섣달그믐이라 마을 아이들이 커다란 종이배를 들고 오두막으로 와서 가늘게 떨리는 소리로 유쾌하게 칼란다*를 부르기 시작했다.

> 성 바실리우스 주교님이 고향 카에사리아에서 오셨네

바실리우스 주교는 그 남빛 바닷가, 크레타 해안에 우뚝 섰다. 그가 지팡이에 몸을 기대자 지팡이에서 잎이 나오고 꽃이 피었다. 새해의 노래가 계속 울려 퍼졌다.

> 새해 복 많이 받으세요, 기독교인들이여!
> 주인은 곡식, 올리브기름, 포도주로 집 안을 가득 채우시고
> 안주인은 지붕을 떠받치는 대리석 기둥이 되시고
> 따님은 시집가서 아들 아홉과 딸 하나를 두시어
> 아드님은 우리 왕들의 도시 콘스탄티노플을 해방시키시길!

노래에 빠져서 듣고 있던 조르바는 아이들의 탬버린을 빼앗아 미친 듯 두들겼다. 나는 잠자코 서서 듣기만 했는데 한 해가 지나니 내 심장에서 잎 하나가 떨어져 나가는 것처럼 느껴졌다. 마치 깜깜한 지옥에

---

* 새해의 노래이다.

한 발을 들여놓은 듯했다.

"보스, 왜 그러시오? 무슨 생각을 하시나요? 한꺼번에 몇 살이나 더 먹은 얼굴을 해 가지곤. 얼굴이 똥색이오. 오늘 같은 날은 나도 꼬마가 될 거요. 예수처럼 다시 태어나는 거지요. 예수님은 해마다 새로 태어나지 않소? 나도 그렇다오!"

탬버린을 두들기며 애들과 신나게 노래를 부르던 조르바가 말했다.

나는 침대에 엎드려 눈을 감았다. 마음이 심란해서 아무 말도 하고 싶지 않았다. 잠이 오지 않았다. 여태까지 내가 했던 행동들에 변명을 붙여야 할 것 같았다. 인생을 돌아보니 밋밋한 데다 모순이 가득하고 주저함이 진득하게 달라붙은 몽롱한 반생이었다. 바람을 만난 한 조각 구름처럼 끊임없이 모습을 바꾸어 흩어졌다 모이고, 모였다가 다시 모습을 바꾸어 백조가 되고, 개가 되고 악마가 되는가 하면, 전갈이 되고 원숭이가 되었다. 구름이란 영원히 날리면서 찢기는 존재, 영원히 바람과 무지개에 쫓겨 다니는 신세인 것이다.

날이 밝았지만 눈은 뜨지 않았다. 한 사람 한 사람이 한 방울 물로 떨어져 큰 바다와 만나고 위험한 해협을 뚫고 가는 한 가지 열망에 정신을 집중해 보았다. 나는 가려진 장막을 찢고 새해가 가져다줄 미래를 보고 싶었다.

"안녕하세요, 보스! 새해 복 많이 받으시오."

조르바의 목소리가 생각에 잠긴 나를 끌어냈다. 내가 눈을 떴을 때 조르바는 오두막 문으로 큼직한 석류 하나를 던지고 있었다. 루비 같은 석류 알갱이가 내 침대까지 날아와 몇 알 집어 먹었다. 상큼했다.

"새해에는 돈을 왕창 벌어서 계집애들하고 진탕 놀기나 했으면 좋겠소."

조르바는 기분이 좋은 모양이었다. 세수하고 면도한 다음 그가 가진 옷 중 제일 좋은 걸로 골라 입었다. 초록색 바지, 손으로 짠 웃옷, 그 위에 양가죽으로 댄 옷을 겹쳐 입었다. 그리고 러시아식 아스트라한 모자를 쓴 후 수염을 꼬았다.

"보스, 오늘은 회사 대표로 교회에 가 볼까 합니다. 놈들이 우리를 떠돌이 프리메이슨쯤으로 알면 탄광에 이로울 게 없거든요. 게다가 시간 때우기에도 좋고 돈도 안 드는 일이라서 말이지요."

조르바는 윙크를 한 뒤 허리를 굽혀 속삭였다.

"거기서 과부도 만나게 될지도 모르지요."

하느님과 회사 이익, 과부가 조르바 머릿속에서는 아주 자연스럽게 섞였다. 나는 오두막을 나서는 그의 가벼운 발소리를 듣고 일어났다. 나를 옥죄던 마법의 사슬은 끊어졌지만 새로운 사슬이 나를 가두었다.

옷을 입고 바닷가로 나갔다. 빨리 걸으니 위험이나 악에서 멀어진 것처럼 마음이 가벼워졌다. 아침에 오지도 않은 미래를 보려 했던 내 헛된 짓이 신에 대한 모독처럼 여겨졌다.

어느 날 아침에 나뭇가지에 붙어 있던 나비의 번데기를 본 기억이 났다. 나비는 번데기에 구멍을 뚫고 나올 준비를 하고 있었다. 잠시 기다리던 나는 너무 오래 걸릴 것 같아 입김으로 열심히 데워 주었다. 그 덕분에 아주 빠른 속도로 기적이 일어나기 시작했다. 집이 열리면서 나비가 천천히 기어 나왔다. 그러나 날개가 뒤로 젖혀지며 구겨진 나비를 본 순간의 공포는 영원히 잊히지 않을 것 같다. 가엾은 그 나비는 날개를 펴려고 안간힘을 썼고 나도 도우려고 입김을 불어 주었지만 소용없었다. 번데기에서 나비가 되면서 날개를 펴는 일은 태양 아래에서 천천히 진행돼야 했던 것이다. 때늦은 후회가 밀려왔다. 내 입김 때문에 때가 안 된 나비가 집을 나선 것이었다. 나비는 몸을 파르르 떨고 몇 초 뒤에 내 손바닥 위에서 죽었다.

가녀린 나비의 시체만큼 내 양심을 무겁게 짓누르는 것은 없었다. 오늘에서야 나는 자연의 법칙을 거스르는 일이 얼마나 큰 죄인지를 깨달았다. 서두르지 말고, 안달하지도 말고 자연의 리듬에 몸을 맡겨야 한다는 것을 깨달았다. 나는 바위 위에 앉아 새해 아침을 생각했다. 그 불쌍한 나비가 내 앞에 나타나 날개를 파닥이며 내가 갈 길을 알려 준다면 얼마나 좋을까.

11

새해 선물이라도 받은 것처럼 기쁜 마음으로 일어섰다. 하늘은 맑고 바람은 차고 바다는 빛났다.

미사가 끝났을 시각이었다. 마을 길로 접어들면서 나는 누구와 처음 만나게 될지, 그래서 재수가 있을지 없을지가 궁금했다. '새해 선물을 한 가득 쥔 아이일까? 소매에 수놓은 셔츠를 입고 할 일을 다 했다는 자부심에 만족하는 활달한 노인일까?' 점점 마을에 가까워질수록 궁금증도 커져 갔다.

가벼운 걸음으로 마을로 들어가고 있는데 갑자기 무릎에서 힘이 쭉 빠졌다. 올리브 나무 아래 검은 머릿수건을 쓰고 붉은 옷을 입은 날씬한 과부가 지나가고 있었기 때문이었다.

그녀는 흑표범처럼 가볍고 탄력 있게 걸었다. 사향 냄새가 공기 중에 가득 찼다. 도망가야 한다. 나는 그 짐승이 화를 내면서 나를 덮치면 도망치는 수밖에 없다는 걸 알았다. 하지만 어떻게 도망간다? 과부는 가만히 다가오고 있었다. 군대가 행군하는 것처럼 자갈이 달그락거렸다. 여자가 나를 보고 고개를 까닥했는데 머릿수건이 미끄러지며 까만 머리카락이 반짝거렸다. 나른하게 웃는 여자의 표정에 야성적인 감미로움이 깃들어 있었다. 과부는 서둘러 머릿수건을 고쳐 썼다. 가장 은밀한 부분을 보이게 된 걸 몹시 창피하게 여기는 것 같았다.

나는 여자에게 새해 인사를 건네고 싶었는데 갱도에서 목숨을 건졌던 그날처럼 목구멍에서 말이 막혀 나오지를 않았다. 그녀의 정원을 둘러선 갈대가 바람에 흔들렸다. 겨울 태양이 검은 잎사귀 사이로 황금빛 레몬과 오렌지를 비추니 뜰 전체가 낙원처럼 풍성해 보였다.

그녀는 걸음을 멈추고 팔을 뻗어 문을 밀었다. 그 순간에 내가 그녀 곁을 지나갔는데 그녀가 고개를 돌려 인상을 찌푸리며 나를 보았다. 그런 다음 들어갔는데 문을 닫지는 않았다. 나는 엉덩이를 살랑대면서 오렌지 나무 뒤로 사라지는 여자를 보았다. 따라 들어가서 문을 잠그고 그 여자 허리를 감아 안고 침대로 가야 한다. 남자라면 마땅히 그래야 했을 것이다. 우리 할아버지라도 그랬을 것이고 내게 손자가 생기면 손자가 그러기를 나도 바랄 것이다. 하지만 나는 거기 말뚝처럼 서서 앞뒤로 재고만 있었다.

"다음 생에는 이것보다는 낫게 행동할 수 있으려나."

나는 쓸쓸하게 웃으며 중얼거렸다. 나는 죽을죄라도 지은 것처럼 마음이 무거웠다. 길을 왔다 갔다 하면서 방황했다. 추워서 몸이 와들와들 떨렸다. 실룩거리는 그 엉덩이, 눈과 웃음, 가슴을 내 마음에서 밀어내려고 안간힘을 썼지만 소용없는 일이었다. 몰아낼수록 더욱 생생하게 떠올랐다. 숨이 막혔다.

나무에는 잎이 아직 돋아나지 않았는데 망울은 부풀어 터지려 하고 있었다. 망울마다 잎과 꽃, 열매가 되려는 의지가 느껴졌다. 한겨울 내내 밤이나 낮이나 마른 나무 안에서 조용히 봄의 기적을 일으키려는 노력을 했던 것이다.

문득 나는 기뻐서 소리를 질렀다. 움푹 파인 곳에 선 아몬드 나무가 한 겨울에 꽃을 피워 다른 나무들을 제치고 봄을 미리 알리고 있었다. 우울한 기분에서 벗어나서 후추 냄새가 나는 공기를 한껏 들이마셨다. 길에서 벗어나 꽃이 핀 가지 아래 주저앉았다. 오래도록 앉아서 해방된 기분을 즐겼다. 행복했다. 낙원의 나무 아래 앉아 있었던 것이다.

"거기 쭈그리고 앉아 뭘 하시오? 보스, 오르락내리락 얼마나 찾았는지 아시오? 12시가 다 되었소. 얼른 갑시다."

갑자기 들려온 투박한 목소리가 나를 낙원에서 쫓아냈다.

"어딜 가요?"

"어디긴 어디요. 할머니 집으로 어린 돼지 구이 먹으러 가자는 거지요. 배 안 고파요? 어린 돼지가 오븐에서 나왔어요. 냄새가 기가 막혀요. 입에 침이 잔뜩 고이는구먼. 어서 갑시다!"

나는 일어서서 봄의 신비를 간직한 채 꽃을 피워 기적을 알려 준 아몬드 나무껍질을 만져 보았다. 조르바는 어린 돼지 구이 생각에 발걸음도 가볍게 앞서 갔다. 인간의 기본 욕구인 음식과 술, 여자와 춤은 그의 건강하고 활기찬 몸에서 없어지거나 줄어드는 법이 없었다.

그는 분홍색 종이로 싸고 금빛 끈으로 묶은 꾸러미를 하나 들고 있었다.

"새해 선물인가요?"

내가 웃으며 물었다.

"그래야 그 불쌍한 여자가 투덜대지 않을 거 아닙니까!"

조르바는 자기 감정을 감추려고 웃으며 말했다.

"이걸 가져다주면 꿈같던 시절을 떠올릴 겁니다. 여자니까 말이오. 지겹도록 한 소리잖아요? 여자란 늘 자기 운명을 슬퍼하는 동물이거든요."

"사진입니까?"

"곧 알게 될 거요. 그러니 재촉하지 말아요. 내가 만든 거요. 아무래도 빨리 걸어야겠군."

한낮의 햇빛이 뼛속까지 스며들어 따뜻하게 만들어 주었다. 바다도 태양 아래서 느긋하게 몸을 덥혔다. 멀리 옅은 안개에 싸인 무인도가 바다 위로 튀어나와 물에 둥둥 떠다니는 듯 보였다.

"보스, 그 여자 교회에 왔었어요. 성가대 앞에 서 있었는데 갑자기 성상이 환해지는 것 같더만요. 그래서 성호를 긋고 '어찌 된 일이지? 햇빛인가?' 했는데 둘러보니까 그 여자 때문에 그렇더라고요."

마을 가까이에 이르러 조르바가 낮은 목소리로 말했다.

"알았어요. 조르바, 그만합시다."

내가 빨리 걸었지만 조르바가 금세 쫓아왔다.

"보스, 있잖아요. 여자를 가까이서 봤거든요. 그런데 글쎄 뺨에 점이 있지 뭡니까? 그것만 봐도 미칠걸요? 여자 뺨 위의 점이란 또 하나의 신비라니까요."

조르바는 놀라는 척 두 눈을 크게 떴다.

"봤어요? 부드럽고 말끔한 피부에 까만 점이라! 그거면 된 겁니다. 그것만 봐도 보스는 아마 오금이 저릴 거요. 무슨 말인지 알아들으시오? 보스가 읽는 책에는 뭐라고 쓰여 있던가요?"

"악마나 물어 가라고 쓰여 있더군요."

"바로 그겁니다! 그거예요! 보스도 이제 머리가 돌아가기 시작했군요."

조르바는 신이 나서 손뼉을 치며 웃었다.

우리는 카페도 들르지 않고 지나쳤다. 착한 오르탕스 부인은 어린 돼지를 구워 놓고 문 앞에서 우릴 기다리고 있었다.

여전히 노란 리본을 목에 두르고 분을 잔뜩 바른 얼굴에 진홍색 입술연지를 발랐는데 보는 사람을 놀라게 하기에 충분했다. 모르는 사람이 봤더라면 진짜 뱃머리 장식이라고 할 지경이었다. 우리를 보는 순간 너무 기쁜 나머지 부인의 몸 전체가 실룩거리는 것 같았다. 그 조그만 눈이 얼굴을 바라보는가 싶더니 조르바의 수염에 가서 떠날 줄을 몰랐다.

바깥문이 닫히자마자 조르바는 부인을 껴안았다.

"새해 복 많이 받아요, 우리 부불리나! 자 봐요, 선물이오!"

조르바는 늘어지고 주름이 잔뜩 잡힌 여자의 목에 키스를 퍼부었다. 늙은 세이렌은 허리를 틀면서 입은 웃어도 눈은 선물에 고정되어 있었다. 오르탕스 부인은 선물을 받아 황금빛 끈을 풀고 속을 들여다보더니 기쁨의 탄성을 질렀다.

나도 다가가 안을 들여다보았다. 망나니 조르바가 두꺼운 판지 위에 빨간색, 금색, 회색, 검정색으로 깃발을 올린 채 푸른 바다를 항해하는 전함 네 척을 그려 놓은 것이었다. 이들 앞에는 하얀 젖가슴과 치렁치렁한 머리카락, 나선형 꼬리를 드러낸 세이렌이 파도 위에 알몸을 드러내고 있었다. 목에 감은 노란 리본으로 봐선 틀림없는 오르탕스 부인이었다. 오르탕스 부인은 영국, 러시아, 프랑스, 이탈리아 국기를 단 배 네 척을 네 가닥 줄로 끌고 있었다. 그림의 귀퉁이마다 각각 빨간 수염, 금빛 수염, 회색 수염, 검은 수염이 그려져 있었다.

늙은 가수는 금세 알아차렸다.

"이건 나죠?"

오르탕스 부인은 손가락으로 그림 속 세이렌을 가리켰다.

"아아, 나도 한때는 굉장했는데!"

그녀는 침대 머리맡에 있던 둥근 거울을 떼어 내고 앵무새 새장 옆에 그림을 걸었다. 그 순간 짙은 화장으로 가려진 그녀의 얼굴이 창백해졌을 것이다.

조르바는 이미 부엌에 있었다. 몹시 배가 고팠던지 어린 돼지 구이 접시와 포도주 한 병을 식탁에 차리고는 세 잔 가득 따른 뒤 손뼉을 쳤다.

"어서 이리로 와요. 와서 먹읍시다! 우선 기초 공사로 배부터 채우자고요. 그런 다음에 우리 배꼽 밑에 뭐가 있는지 알아보기로 합시다."

하지만 늙은 세이렌의 한숨으로 분위기가 침울해졌다. 해마다 새해 첫날이 되면 부인 역시 자기 나름대로 심판을 하면서 과거를 돌아보고 허무함을 느끼는 모양이었다. 점점 숱이 없어지는 머리카락, 대도시, 남자들, 실크 드레스, 샴페인, 향기 나는 수염……. 그 모든 것이 초하루가 되면 다시 기억의 무덤에서 떠오르는 모양이었다.

"생각 없어요. 먹고 싶지 않아요. 정말이지……."

부인이 수줍은 듯 중얼거렸다. 부인은 벽난로 앞에 앉아 석탄을 쑤석거렸다. 불빛이 늘어진 그녀의 볼에 반사되었다. 이마로 흘러내린 머리카락이 불에 닿아 지글거리자 역한 냄새가 방 안을 떠돌았다.

"먹고 싶지 않아요……. 안 먹을래요."

늙은 세이렌은 우리가 별다른 반응을 보이지 않자 다시 한번 중얼거렸다. 조바심이 나는지 조르바가 주먹을 꽉 쥐었다. 어찌할 바를 몰라 한동안 생각에 잠겨 있었다. 혼자 중얼거리게 두고 돼지 구이를 뜯을까, 부인 앞에 무릎을 꿇고 팔짱을 낀 다음 달콤한 말로 달랠까. 두 가지 상반된 충동이 햇볕에 그을린 조르바 얼굴 위로 스쳐 지나가는 듯 보였다.

이윽고 결정을 내렸는지 표정이 변했다. 그는 세이렌 옆에 무릎을 꿇고 그녀의 무릎을 쓰다듬으며 다정하게 속삭였다.

"오, 우리 예쁜 마술사! 당신이 안 먹으면 큰일이에요. 이 꼬마 돼지를 불쌍하게 생각해서라도 이 작은 다리를 뜯어 줘요!"

그는 버터를 발라 구운 돼지 다리를 부인 입에 밀어 넣었다. 그리고 두 팔로 부인을 안아 일으켜 세운 다음 우리 둘 사이에 놓인 의자에 앉혔다.

"먹어요. 자, 먹어 봐요. 내 보물! 먹어야 성자 바실리우스가 우리 마을에 오시잖아요. 당신이 안 먹으면 안 오실 거야. 우리 마을은 안 들르고 곧장 고향 카에사리아로 가 버리실 테지. 그냥 가시는 것도 아니야. 뿔로 만든 잉크병이랑 종이, 12일절* 과자, 새해 선물, 애들 장난감, 게다가 이 돼지 구이도 가져가실걸? 그러니, 자, 입을 벌려요. 우리 부불리나! 어서 먹어요!"

그는 손가락을 부인 겨드랑이 사이에 넣고 간지럼을 태웠다. 늙은 세이렌은 까르르 웃다가 빨갛게 충혈된 눈을 비비더니 돼지 다리를 뜯기 시작했다.

바로 그때 발정 난 고양이 두 마리가 머리 위 지붕에서 울어 댔다. 말로 표현하기 어려운 증오에 가득 찬 소리였다. 높아졌다가 낮아지고 갑자기 위협하듯 으르렁대기도 했다. 서로를 찢어 놓을 듯 지붕을 요란하게 할퀴는 소리도 들렸다.

"야옹…… 야옹……."

조르바가 늙은 세이렌에게 은밀하게 윙크하며 고양이 우는 소리를 냈다.

부인은 웃으며 식탁 아래로 조르바 손을 잡았다. 그녀의 목구멍은 이제 긴장이 풀린 건지 본격적으로 입맛을 다셔 가며 먹기 시작했다.

태양이 지나가면서 조그만 채광창으로 빛을 보내어 이 착한 부인의 발을 비추었다. 술병이 비자 조르바는 들고양이처럼 수염을 비틀고 있다가 그가 '암컷'이라고 부르는 오르탕스 부인 옆으로 다가앉았다. 부인은 조르바 어깨 위에 머리를 기댔다. 조르바의 취기가 전해졌는지 부르르 떨기까지 했다.

---

* 크리스마스 이후 12일째인 1월 6일로 동방박사가 아기 예수를 만난 날이라고 한다.

"보스, 이건 또 어찌 된 일일까요? 나한테는 모든 일이 거꾸로 가고 있단 말입니다. 어릴 때 나는 애늙은이 같았대요. 머리는 아둔하고 말은 잘 안 했는데 목소리는 어른 목소리였다죠. 사람들이 우리 할아버지 같다고 그랬대요. 그러다가 나이를 먹고 몸집이 커진 다음에는 앞뒤 가릴 것 없이 들고 뛰었지요. 스무 살 때부터 짓궂은 짓을 했어요. 뭐, 별건 아니에요. 그 나이 때 애들이라면 할 만한 짓이지요. 마흔이 되니까 진짜 혈기 왕성해져서는 미친 짓도 많이 했어요. 나는 지금 예순입니다. 뭐, 올해로 예순다섯이 되었소만 그건 우리끼리만 압시다. 예, 예순을 넘겼지만, 이걸 뭐라고 해야 하나? 까놓고 말씀드리면 내겐 이놈의 세상이 너무 좁단 말입니다."

그는 우리끼리 얘기한 게 미안했는지 부인 쪽으로 돌아앉아 술잔을 들었다.

"당신 건강을 위해! 부불리나, 하느님이 돌보셔서 올해는 자네 이와 눈썹이 돋아나고 복숭아 향기가 나는 새 살결을 갖게 되기를. 그래서 이 요상한 리본으로 목을 조르지 않아도 되기를. 그리고 크레타에 또 한 번 혁명이 일어나 네 강대국의 함대가 다시 돌아오기를. 부불리나! 내 사랑, 함대가 돌아오면 제독들도 따라오겠지? 그 제독들의 수염도 예전처럼 곱슬곱슬하고 향기가 나기를. 그리고 나의 세이렌! 당신이 다시 한번 파도 속에서 떠올라 사랑의 노래를 불러야지. 함대는 사람 죽이는 그 둥근 바위에 부딪혀 산산조각이 나고 말이야."

조르바는 큼직한 손을 축 늘어진 부인의 가슴에 올려놓았다. 조르바는 다시 생기를 되찾았고 목소리는 욕망에 불타올랐다. 나는 터키의 파샤 생각이 나서 웃었다. 파리 카바레에서 터키의 고관이 희롱하는 장면이 영화에 나왔던 것이다. 파샤는 금발의 젊은 여점원을 무릎에 앉혀 놓고 노닥거렸는데 파샤가 흥분하자 모자에 달린 장식 술이 뻣뻣해지더니 수평이 되어 잠깐 그대로 있다가 갑자기 공중으로 치솟아 올랐다.

"뭐가 그리 우스워요?"

영화를 떠올리며 내가 웃자 조르바가 물었다. 그러나 착한 부인은 그때까지도 조르바가 한 말을 생각하고 있었다.

"오, 조르바! 정말 그리될 수 있을까요? 청춘은 한 번 가면 다시 오지 않잖아요."

조르바가 더 바싹 다가앉자 의자가 부딪쳤다. 조르바는 부인이 입은 보디스의 결정적인 마지막 세 번째 단추를 끄르려고 애썼다.

"내 말 좀 들어 봐요, 내 사랑. 잘 들어 봐요. 조만간 내가 당신한테 가져다줄 선물 이야기니까 말이야. 보노로프라는 러시아 의사가 있는데, 이 양반이 아주 용하다고 소문이 자자해. 이 의사가 회춘법의 도사라는군. 자네에게 물약이든 가루약이든 지어 줄 거야. 이걸 먹으면 순식간에 스무 살로 돌아간다는구먼. 재수가 없는 사람이라도 스물다섯은 보장한다니 울지 말아요. 여보, 내가 당신을 위해 어떻게든 유럽에서 부쳐 오도록 해 볼 테니 말이오."

늙은 세이렌은 깜짝 놀라 듬성듬성한 머리카락 사이로 머리까지 빨개졌다. 부인은 통통한 팔로 조르바의 목을 끌어안았다. 그러고는 고양이처럼 제 뺨으로 조르바의 뺨을 비비면서 중얼거렸다.

"여보, 그게 만약 물약이면…… 한 항아리 주문해 줘요. 만약 가루약이면……."

"한 자루 주문해 주지!"

조르바가 마침내 세 번째 단추를 풀면서 대답했다.

한동안 조용하던 고양이들이 다시 울어 댔다. 한 마리는 애원하고 매달리는 듯했고 한 마리는 화가 잔뜩 난 것처럼 위협하는 소리가 났다. 우리의 착한 부인은 하품을 한 뒤 감기려는 눈을 치켜떴다.

"저 소리 들려요? 저것들은 정말 창피한 줄도 모른다니까요!"

부인은 조르바의 무릎에 앉아 머리를 기댄 채 땅이 꺼지라고 하품을 했다. 술이 과했던지 눈이 풀리고 있었다.

"우리 부불리나, 무슨 생각을 하시나?"

조르바가 부인의 젖가슴을 움켜쥐며 물었다.

"알렉산드리아……."

세상 구석을 다 다녀 본 늙은 세이렌이 중얼거렸다.

"알렉산드리아…… 베이루트…… 콘스탄티노플…… 터키인, 아랍인…… 아이스크림, 황금빛 신발…… 빨간 페스 모……."

부인은 다시 한번 한숨을 내쉬었다.

"알리베이가 나랑 자던 날 밤에 말이에요. 아, 그 수염, 그 눈썹, 그 우람한 가슴! 이이는 탬버린과 플루트 연주자들을 불러다 놓고 창밖으로 돈을 던졌답니다. 우리 집 안마당에서 새벽까지 연주하라고 그런 거예요. 이웃 사람들이 샘을 냈어요. 샘이 나니까 화를 내면서 '알리베이가 또 저년과 어울리는구먼' 이러는 거예요.

또 콘스탄티노플에서는 이런 일이 있었어요. 금요일이면 술레이만 파샤가 날 밖으로 내보내지 않았는데 왜 그랬을까요? 술탄이 모스크 가는 길에 날 보고 홀딱 반해서 납치할까 봐 그랬지요. 매일 아침 집을 나설 때면 거인 같은 흑인 3명을 문 앞에 세워 남자들의 접근을 아예 막았어요. 오, 우리 술레이만!"

늙은 세이렌은 보디스에서 넓은 체크무늬 손수건을 꺼내 눈물을 찍어 내며 울었다. 조르바는 화가 났는지 부인을 의자에 내려놓고 일어서서 방 안을 왔다 갔다 하면서 늙은 세이렌처럼 식식거렸다. 방이 갑갑하게 느껴진 것이었다. 그러다 갑자기 지팡이를 집어 들고 밖으로 나가더니 사다리를 벽에다 걸치고 잔뜩 화가 나서 한 번에 두 칸씩 올라갔다.

"조르바, 누굴 잡아서 혼내려고 그러세요? 술레이만 파샤를 잡으시게요?"

내가 소리쳤다.

"저 망할 고양이들을 혼내려고 그럽니다. 잠시도 우릴 가만 놔두질 않잖소."

그가 소리치며 지붕으로 껑충 뛰어올랐다.

취한 오르탕스 부인은 머리는 흐트러지고 흐릿한 눈은 감은 채 이가 다 빠져 버린 입으로 가볍게 코 고는 소리를 냈다. 잠은 부인을 번쩍 들어 인적이 없는 정원과 사랑을 아는 파샤의 하렘이 있는 동방의 큰 도시로 데려다 놓았다. 부인은 낚싯줄 네 개로 네 척의 전함을 낚는 자신을 내려다보는 꿈이라도 꾸는 듯했다.

코를 골면서 숨을 몰아쉬긴 해도 늙은 세이렌은 행복한 모양인지 잠결에도 웃었다. 조르바가 지팡이를 휘두르며 방 안에 들어섰다.

"어라, 잠든 거요?"

조르바가 오르탕스 부인을 내려다보며 투덜댔다.

"요것이 잠들었군요. 그렇죠?"

"그래요. 조르바 파샤. 늙은이의 청춘을 되찾아 주는 보로노프 박사가 꿈나라로 데려갔어요. 지금쯤 아마도 스무 살이 되어 알렉산드리아와 베이루트를 돌아다닐 겁니다."

"악마가 물어가 버리라지. 늙은 암캐 같으니."

조르바가 투덜대며 바닥에 침을 뱉었다.

"저 꼬락서니 좀 봐요. 히죽거리는구먼. 누굴 보고 웃나? 보나마나 낯 두꺼운 수놈일 테지. 보스, 갑시다!"

그는 모자를 눌러쓰고 다시 오르탕스 부인을 돌아보았다.

"저게 제정신이 아니구먼. 지금 술레이만 파샤하고 같이 있는 거라고요. 보면 몰라요? 천국에 갔구먼, 갔어. 더러운 암캐 같으니……. 보스, 갑시다."

바깥은 추웠다. 조용한 하늘에는 달이 둥실 떠 있었다.

"하, 계집들이란! 하기야 계집들 잘못만은 아니지. 술레이만이나 조르바 같은 놈들 잘못이지."

조르바는 역겹기도 하고 화가 나기도 하는 모양이었다.

"아니지, 정확히 따지자면 우리 잘못만도 아니에요. 이걸 책임질 양반이 하나 있잖소. 골빈 건달들의 왕초, 술레이만 파샤의 할아버지쯤 되는 양반. 아시겠소?"

"그걸 내가 어찌 알겠습니까?"

"하늘에 계시는 전능하신 하느님! 당신이 책임 못 지면 술레이만이든 조르바든 모두 끝장나는 거요."

한동안 우리는 조용히 걷기만 했다. 가끔씩 지팡이로 자갈을 내리치거나 땅바닥에 침을 뱉는 걸로 봐선 혼자 엉뚱한 생각에 빠져 있는 것 같았다. 그러다가 갑자기 나를 돌아보았다.

"하느님! 우리 할아버지의 뼈를 용서하시길! 우리 할아버지는 여자에 대해 뭘 좀 아는 분이었소이다. 여자를 꽤나 밝혔지요. 그러니 불쌍하기도 해요. 여자들이 평생 괴롭혔거든요. 할아버지가 나한테 이런 말을 했어요. '알렉시스야, 내 너에게 해 줄 말이 많다만, 특히 여자를 조심해야 한다. 하느님이 아담의 갈비뼈를 뽑아 여자를 만드시려는 그 순간—오, 그 순간에 저주가 있기를!—악마가 뱀으로 둔갑해서 그만 갈비뼈를 훔쳐 달아나지 않았겠니? 하느님이 쫓아가 뱀을 붙잡았지만 악마인 이놈이 하느님 손가락 사이로 쏙 빠져나가고 남은 건 악마의 뿔뿐이었단다. 하느님이 말씀하시기를, 살림 잘하는 여자는 연장 탓을 하지 않는 법이니 내 악마의 뿔로 여자를 만들어 보리라 하시고는 만드셨단다. 얘, 알렉시스야. 그래서 여자들이 우리를 괴롭히는 거란다. 여자의 어딜 만져도 그건 악마의 뿔을 만지는 거야. 그러니 부디 여자를 조심해라. 여자는 에덴동산에서 사과를 훔쳐서 보디스에 넣고 다녔어. 여자 가슴이 불룩한 건 바로 그것 때문이란다. 근데 이 염병할 년들이 요샌 아예 흔들고 다니더구나. 누구든 사과를 먹으면 끝장이야. 그러니 먹지 마라. 그래야 올바르게 살 수 있는 거다. 이 말밖에 해 줄 수가 없구나. 나머지는 네가 알아서 해라.' 이게 우리 할아버지가 내게 준 교훈입니다. 그러니 내가 얌전하게 자랄 수가 없지요. 나는 할아버지가 하시던 그대로 했습니다. 악마한테 곧장 달려간 거지요."

우리는 서둘러 마을을 지나갔다. 달빛 때문에 마음이 싱숭생숭해졌다. 술을 마시고 밖에 나왔는데 갑자기 달라진 세상 속으로 들어갔다고 상상해 보라. 우유의 강으로 변한 길과 길에 파인 구멍이나 바큇자국마다 분필 가루가 그득하고, 눈에 뒤덮인 산, 손과 얼굴과 목은 개똥벌레처럼 하얗게 빛나고 달이 이국적인 훈장처럼 가슴에 매달린 듯한 광경. 달빛 덕분에 세상이 이렇게 보였다.

우리는 말없이 걸었다. 달빛과 마신 술 덕분에 땅 위를 나는 것 같았다. 우리가 지나온 잠든 마을에서는 개들이 지붕 위로 올라가 달을 향해 짖었다. 우리도 이유 없이 달을 보고 짖고 싶은 기분이 들었다. 과부의 뜰 앞까지 왔을 때 조르바가 걸음을 멈췄다. 술과 맛있는 음식, 달이 그를 돌게 만들었다. 그는 잔뜩 흥분해서 목을 뽑고 당나귀가 우는 것 같은 우렁우렁한 목소리로 즉흥적으로 지은 시를 읊어 댔다.

"저 계집도 역시 악마의 뿔이야! 보스, 갑시다!"

우리는 날이 샐 무렵 오두막에 도착했다. 나는 옷을 벗어 던지고 침대 위로 올라갔다. 조르바는 세수를 하고 화덕에 불을 지펴 커피를 끓였고 바닥에 쪼그리고 앉아 담배에 불을 붙이고는 차분하게 빨았다. 몸을 반듯하게 세우고 바다를 바라보는 그는 생각에 잠긴 듯 엄숙한 얼굴이 되었다. 그 얼굴을 보니 내가 좋아하던 일본 그림, 오렌지색 긴 법의를 입고 다리를 꼰 채 앉은 승려 그림이 떠올랐다. 그 승려는 비에 젖어 단단한 검은 나무로 깎은 듯 반짝거리는 얼굴로 어두운 밤을 두려움 없이 바라보며 목을 꼿꼿이 세운 채 웃고 있었다.

나는 달빛 속에 앉은 조르바를 보면서 주위 세계에 어우러진 그 소박함과 단순함에 놀랐다. 여자, 빵, 물, 고기, 잠 같은 모든 것이 유쾌하게 잦아들어 조르바가 된 것에 놀랐다. 나는 우주와 인간이 이렇게 다정히 서로 엮여 있는 것을 처음 보았다.

달은 금방 질 것 같았다. 둥근달은 희미한 초록색이었다. 말로 표현하기 힘든 고요가 바다 위를 넘실거렸다. 조르바는 담배꽁초를 집어던진 뒤 바구니를 끌어내려 끈과 도르래, 작은 나무토막을 꺼냈다. 등잔에 불을 켜고 다시 한번 실험을 시작했다. 조잡한 모형을 들여다보면서 복잡하고 까다로운 계산을 시작했는데 잘 안 되는지 가끔 고개를 저어 가며 욕을 해 댔다. 그러다가 그만 됐다는 생각이 들었는지 고가 케이블 모형을 발로 차서 부숴 버렸다.

12

까무룩 잠이 들었다가 깨 보니 조르바는 벌써 사라지고 없었다. 추워서 일어나기가 싫었다. 머리 위로 손을 뻗쳐 좋아하던 책 한 권을 뽑았다. 말라르메의 시집이었다. 천천히 마음 내키는 곳을 펴서 읽었다. 읽다가 덮었다가 다시 펼쳐 읽고 결국 그 책을 덮었다. 난생처음으로 그의 시가 메마르고 인간적인 내용이라곤 없다는 것을 느꼈다. 공허하게 지껄이는 것 같았다. 박테리아 한 마리도 없는 깨끗한 물이었지만 영양분 역시 하나 없는 물 같았다. 생명이 없는 시였다.

창조의 빛을 잃어버린 종교에서 모든 신은 결국 인간의 고독처럼 시의 모티브가 되거나 벽면을 장식하는 예배 용품이 되어 버린다. 그의 시 역시 그런 사태가 일어난 것이다. 가슴에서 타오르는 열망이 씨앗이 되어 대지와 완벽하게 만난 것 같지만 완벽하게 머리로만 씨앗을 키워 내는 지적 놀음, 교묘하게 만들었지만 속은 텅 빈 구조물이 되어 버린 것이다.

나는 다시 시집을 읽어 보았다. 그토록 긴 세월 나를 사로잡았던 시들이 왜 다르게 보일까. 순수한 시라고 생각했는데! 인생은 단 한 방울의 피도 섞일 수 없는 밝고 투명한 놀음이 되어 있었다. 인간 본질은 야만스럽고 거칠고 순수하지 못하다. 사랑과 육체와 불만의 호소로 이루어진 게 인간 본질이다. 이것을 추상으로 승화시키고 정신의 도가니 속에서 연금술의 힘을 빌어 순화시키고 증발시켜 보라.

전에는 그토록 빠져들었던 시들이 그날 아침에는 그저 지적이고 세련된 사기극처럼 보이다니! 문명은 그렇게 생겨나고 없어지는 것이다. 인간의 고뇌는 정교하게 짠 속임수—순수시, 순수음악, 순수 사고—속에서 그렇게 사라지는 법이다. 모든 믿음과 모든 환상에서 벗어나서 기대할 것도 두려워할 것도 없는 최후의 인간은 자신의 정신을 만들어 준 진흙도, 이 정신이 뿌리 내리고 수액을 빨아올릴 토양도 없다는 것을 깨달은 인간이다.

최후의 인간은 자신을 비울 줄 안다. 그 안에는 씨앗도 똥도 피도 없다. 모든 것이 언어가 되고 언어가 모여 음악이 되어도 최후의 인간은 절대 걸음을 멈추지 않는다. 그는 절대 고독에서 음악을 침묵으로, 방정식으로 환원하는 것이다.

나는 깜짝 놀랐다. "붓다가 그 최후의 인간이로구나!" 하고 소리를 지르고야 말았다. 이것이 그의 비밀이다. 엄청난 의미를 가진 비밀이다. 붓다에게는 스스로를 비운 '순수한' 영혼이 있다. 붓다의 내부는 비었으며 그 자신이 바로 비운 상태인 것이다.

"네 몸을 비워라. 네 정신을 비워라. 네 가슴을 비워라!"

그의 발길이 닿은 곳에서 물은 흐르지 않고 풀은 자라지 않으며 아기는 태어나지 않는다.

나는 언어를 빌리고 언어의 주술적인 힘을 이용하고 그 마술적인 리듬에 의지해 그를 포위하고 공격하여 내 오장육부에서 내쫓고야 말겠다고 생각했다.

불경을 베껴 쓰는 것이 더 이상 문학을 위한 공부가 될 수는 없었다. 그것은 내 안에 숨 쉬고 있는 무서운 파괴력과 생사를 건 싸움이고 내 가슴을 말리는 위대한 부정과의 싸움이었다. 이 싸움의 결과에 따라 내 영혼이 구원되는 것이다.

나는 단호하게 종이를 움켜쥐었다. 목표를 정했고 찔러야 할 장소도 알게 된 것이다. 붓다는 최후의 인간이었다. 우리는 시작하는 관문에 서 있을 뿐이었다. 충분히 먹지도, 마시지도, 사랑하지도, 충분히 살아 보지도 못한 상태였다. 이 숨 가쁜 노인은 너무 빨리 우리에게 찾아온 것이었다. 우리는 되도록 빨리 그를 내쫓아야 했다.

나는 스스로에게 말하면서 쓰기 시작했다. 아니, 쓴다기보다 전쟁에 가까웠다. 무자비한 추격, 포위하고 공격하고, 은신한 괴물을 불러내기 위한 주문을 걸었다. 예술이란 사실은 마법의 주문인 것. 예술은 우리 내부에 도사리고 있는 어둡고 살인적인 힘을 부추긴다. 죽이고 파괴하고 증오하고 타락하기를 충동질한다. 그런 뒤에는 달콤한 노래로 다시 나타나 예술의 이름으로 우리를 구원하는 것이다.

나는 하루 종일 쓰고 쫓고 싸웠다. 저녁때쯤에는 완전히 녹초가 되었지만 그래도 진전이 있었다. 적진으로 조금 다가선 기분이었다. 조르바가 기다려졌다. 다시 먹고 잠을 자고 새벽에 다시 싸울 힘을 얻기 위해서였다.

조르바는 어두워져서야 집에 돌아왔다. 얼굴이 밝은 것을 보니 조르바 역시 자기 문제의 답을 얻은 모양이었다. 그래서 나는 그가 말하기를 기다렸다.

며칠 전에 나는 안달 나서 듣기 싫은 소리를 몇 마디 했다.

"조르바, 우리 자금이 바닥이 보여요. 해야 할 일이 있으면 빨리 합시다. 이 고가 선부터 놓고 보는 게 어때요? 석탄으로 안 되면 나무를 베어 내자고요."

그때 조르바가 머리를 긁었다.

“자금이 떨어져 간다고요? 그것 참 안됐구먼요.”

“조르바, 떨어져 가는 게 아니라 떨어졌어요. 우리가 너무 먹기만 했나 봐요. 이제 뭔가 합시다. 실험은 어떻게 돼 가요? 아직 앞이 안 보입니까?”

조르바는 고개를 떨어뜨리고 대답을 하지 못했다. 그날 밤 꽤 자존심이 상한 모양이었다.

“망할 비탈 같으니라고! 적당한 곳이 왜 안 나타나는 거야!”

이렇게 말했었는데 마침내 답을 찾았는지 얼굴이 환해져서 들어왔던 것이다.

“보스, 찾았어요! 정확한 각도를 잡았다고요. 이게 손가락 사이로 빠져나가지 않게 꼭 붙잡아 못을 박아 놓았습니다.”

“그럼 서둘러야겠네요. 자, 빨리 시작해요. 조르바, 더 필요한 게 뭡니까?”

“내일 아침 일찍 시내에 가서 장비를 구해야 해요. 굵은 케이블도 있어야 하고, 베어링, 도르래, 못, 고리…… 걱정일랑 붙들어 매요. 나갔는지도 모르게 후다닥 다녀올 테니!”

그는 이렇게 말하곤 불을 피워 음식을 마련했다. 우리는 엄청나게 먹고 마셨다. 그날만은 둘 다 밥값을 제대로 했다.

다음 날 아침 나는 조르바를 마을까지 바래다줬다. 우리는 갈탄 광산에 대해 아주 진지한 대화를 나눴다. 경사면을 내려가면서 조르바가 돌멩이를 걷어찼다. 돌멩이는 아래로 굴렀는데 조르바는 그걸 처음 보는 사람처럼 놀라 그 자리에 멈췄다. 그러다 나를 돌아보았다.

“보스, 보셨소?”

“…….”

“경사에서 돌멩이가 다시 생명을 얻었어요.”

나는 말하지 않았다. 하지만 기쁘고 놀라웠다. 위대한 사상가와 위대한 시인은 사물을 이런 식으로 보는 법이다. 모든 일을 처음 대하는 것처럼 매일 아침 눈앞에 펼쳐지는 세계를 새로운 눈으로 보는 것이다. 아니, 보는 게 아니라 창조하는 것이다.

조르바에게 우주는 태초에 이 땅에 태어난 사람들처럼 경이롭고 강력한 환상이었다. 별은 그의 머리 위로 미끄러지고 바다는 그의 이마 위에서 부서졌다. 그는 이성의 방해 따위는 받지 않고 흙과 물과 동물과 하느님과 함께 살았다.

오르탕스 부인도 미리 소식을 듣고 문간에서 우리를 기다리고 있었다. 요란한 화장과 토요일 밤에 놀러 나온 여자 같은 차림새가 보기에 딱했다. 애인이 떠나가는 걸 붙잡듯 늙은 세이렌이 달려와 노새의 가슴을 조그만 손으로 만지작거렸다.

"조르바…… 조르바……."

여자는 발꿈치를 들고 코맹맹이 소리로 조르바를 불렀다. 조르바는 길가에서 애인이 이런 짓을 하는 게 못마땅한지 고개를 돌려 버렸다. 가엾은 세이렌은 그런 그를 보고 겁먹은 표정을 지었다. 그래도 애원하듯 부드러운 손길로 노새를 쓰다듬는 손을 멈추지 않았다.

"어쩌라는 거야?"

조르바가 화를 냈다.

"조르바, 몸조심해야 해요. 조르바, 날 잊으면 안 돼요……."

여자가 애원했지만 조르바는 대답도 없이 고삐를 흔들었다. 노새가 걸음을 떼었다.

"행운을 빌어요. 조르바, 사흘이에요. 내 말 들었죠? 더 늦으면 안 돼요."

난 고함을 지르다시피 했다. 조르바가 돌아서서 그 큰 손을 흔들었다. 늙은 세이렌의 눈물은 얼굴에 칠한 분 사이로 골을 만들었다.

"보스, 걱정 말아요. 잘 다녀오겠습니다."

그는 올리브 나무 사이로 사라졌다. 오르탕스 부인은 계속 울면서도 눈은 애인이 편하게 앉아 가도록 자신이 손수 만들어 준 빨간 안장에서 떠날 줄 몰랐다. 안장마저 은색으로 빛나는 나뭇잎 사이로 사라졌다. 그제야 오르탕스 부인은 주위를 둘러보았다. 아마도 세상이 텅 비어 보였으리.

나는 기분이 울적해서 해변으로 가지 않고 산 쪽으로 걸었다. 산기슭에 도착했을 때 마을 우체부의 도착을 알리는 나팔 소리가 들려왔다.

"선생님!"

우체부가 손을 흔들며 나를 불렀다. 달려 온 그는 신문 꾸러미와 문학잡지, 편지 두 통을 주었다. 한 장은 정신이 맑은 밤에 읽으려고 받자마자 뒷주머니에 넣었다. 보낸 사람이 누군지 알기 때문에 즐거움이 배가 되도록 일부러 늦춘 것이었다.

나머지 한 통은 날카롭고 힘 있는 글씨와 이국의 우표를 붙인 것으로 보아 누가 보낸 것인지 알기 쉬웠다. 아프리카 탕가니카 근처 산간벽지에 있는 다정한 옛 동창 카라얀니스가 보낸 것이었다.

카라얀니스는 기벽이 심하고 충동적인 친구로 이가 유난히 하얗고 피부는 가무잡잡했으며, 송곳니 하나가 멧돼지처럼 삐죽 튀어나와 있었다. 그는 그냥 말하는 법이 없었다. 늘 소리를 지르는 것으로 대신했다. 토론을 하는 게 아니라 싸움을 했다. 친구는 젊은 신학 교사 겸 신부로 있었는데 고향 크레타를 떠나야만 했다. 제자 하나와 연정을 나누었기 때문으로, 어느 날 운동장에서 제자와 키스를 나누는 바람에 사람들을 혼비백산하게 만들었다. 학생들은 야유를 보냈고 그날로 젊은 교사는 신부 옷을 벗어던지고 배를 탔다. 그는 아프리카에 있는 삼촌을 찾아가 독한 마음으로 일을 했다. 밧줄 공장을 차려서 돈도 많이 벌었는데 이따금 편지를 보내와 그곳에서 6개월만 함께 지내자고 했다. 그는 늘 편지지 몇 장을 실로 꿰매 보내곤 했는데, 그의 편지를 펼칠 때마다 머리끝이 설 정도의 강렬한 열기가 느껴지곤 했다. 나는 결심만 했지 한 번도 가 보지 못했다. 나는 바위 위에 앉아 편지를 뜯어 읽기 시작했다.

> 언제고 마음이 내키거든 날 한번 찾아오게. 그리스의 바위에 달라붙은 삿갓조개, 의자에 앉아 조직에서 내쫓길까 전전긍긍하는 관리 같은 자여. 자네 역시 술집이나 어슬렁거리고 카페 놀음을 하느라 밤을 지새우는 그리스 놈이 다 된 모양이군. 하기야 자네에겐 모든 게 카페겠지. 책도 그렇고 자네 습관도 그렇고 그 잘나빠진 사상이란 게 그렇고 말일세.
>
> 오늘은 일요일이라 나는 할 일이 없네. 이 땅에 앉아 자네를 생각하고 있는 게 다일세. 태양은 용광로 끓듯 하고 요사이 비도 한 방울 내리지 않았어. 여기는 4, 5, 6월에 비가 오는데 한 번 내리면 억수같이 내리곤 하지.
>
> 나는 쓸쓸하지만 이 외로움을 즐긴다네. 여기에도 짜증나는 그리스인이 있긴 하지만 어울리고 싶진 않아. 그놈들은 안 가는 곳 없이 쑤시고 다니지. 그들을 보면 구역질이 나. 여기에도 망할 놈의 술집 건달들이 있다네. 악마가 이놈들을 다 잡아가면 좋으련만! 그놈들이 퍼뜨린 중상모략과 고약한 험담들이 널렸어. 그리스를 망치는 건 바로 이 정치일세. 아, 물론 노름이나 무지, 육욕의 죄들도 그렇지만 말일세.
>
> 나는 유럽인이 싫다네. 내가 우숨바라 산맥에서 방황하는 것도 다 그 때문이라네. 유럽인이 싫은데 그중에서도 더러운 그리스인, 그리스가 가진 모든 것이 다 싫다네. 다시는 그리스에 발을 들여

놓지 않을 생각이야. 내가 죽을 곳은 이 땅 여기일세. 이미 여기 험한 산중 나의 오두막 앞에 무덤까지 만들어 놓았지. 비석을 세우고 비문도 크게 새겨 놓았어.

'그리스인을 증오하는 그리스인 여기 묻히다.'

그리스가 생각나면 나는 웃었다가 침을 뱉었다가 맹세하고는 운다네. 다시는 그리스인을 보기 싫어서 그리스 것은 뭐든 보지 않으려고 영원히 그곳을 떠나왔지. 이곳으로 올 때 나는 내 운명도 함께 데려왔네. 운명이 나를 데려온 게 아닐세. 인간은 자기가 선택한 대로 행동하지. 나는 이곳으로 내 운명을 데려와서 열심히 일해 왔고 앞으로도 그럴 걸세. 땀을 많이 흘렸는데 앞으로도 한 양동이씩 흘리겠지. 나는 땅과 바람과 비와 인부들, 붉고 검은 노예와 싸우고 있다네.

재미는 없어. 그렇지, 한 가지가 있군. 노동…… 정신적인 노동과 육체적인 노동 중에 나는 육체 쪽이지. 나는 나를 혹사시키고 땀을 쏟으며 내 뼈가 부스러지는 소리를 즐겨 듣는다네. 번 돈은 반쯤 떼서 아무렇게나 써 버리지. 내가 돈의 노예가 아니라 돈이 내 노예인 셈이야. 굳이 말하자면 나는 일의 노예이고, 내가 처한 이 노예 상태가 마음에 든다네.

나는 영국인과 계약을 맺고 벌목하기, 밧줄 만들기, 목화 재배까지 하고 있지. 어젯밤에는 이곳에 사는 두 흑인 부족(와기아오족과 왕고니족)이 한 갈보 여자 대문에 붙었다네. 자네도 알다시피 이런 일은 체면이 깎이는 법이지. 그리스 놈들이나 이놈들이나……. 욕지거리가 오가더니 주먹다짐을 하고 마침내는 몽둥이로 서로의 머리를 깼다네. 한밤중에 여자가 나를 부르러 왔더군. 가서 말려 달라는 거였지. 나는 화가 나서 악마가 물어 가든 영국인 경찰에 가든 마음대로 하라고 했네. 그래도 밤새도록 집 앞에서 소리를 지르기에 결국은 내가 새벽에 가서 싸움을 말렸지.

내일 아침 일찍 울창하고 맑은 물이 흐르는 우숨바라 숲으로 관측을 갈 걸세. 그래, 거지 같은 바빌로니아의 그리스인! 언제 유럽의 젖줄에서 떨어져 나올 텐가? '지상의 제왕에게 몸을 팔고 수많은 물줄기에 발을 담근 갈보' 그 그리스에서 언제 떨어져 나오려나? 언제 이리 와서 함께 이 순수한 원시림을 오를 건가?

흑인 여자와 아이를 하나 낳았네. 딸이지. 어미는 쫓아 버렸어. 그 계집은 마을의 상록수 그늘마다 찾아다니며 벌건 대낮에 서방질을 해 대서 내 체면을 엉망으로 구겼다네. 그래서 참다가 결국은 쫓아낸 걸세. 하지만 아이는 내가 기르고 있어. 두 살인데 이제 걷기도 하고 말도 시작했어. 이 아이에게 그리스 말을 가르친다네. 제일 먼저 가르친 말이 뭔지 아나? '더러운 그리스인들이여, 그 얼굴에 침을 뱉는다. 더러운 그리스인이여, 그 얼굴에 침을 뱉는다.'

날 닮아 개구쟁이일세. 어미에게서는 펑퍼짐한 코를 물려받았지. 그 아이를 예뻐하지만 개나 고양이를 예뻐하는 것과 별다르지 않다네. 자네도 이리 와서 우숨바라 여자에게서 아들 하나를 얻는 게 어떤가. 그리고 나중에 두 아이를 결혼시켜 사돈이 되자고. 우리도 즐기고 애들도 즐기면 좋지 않나.

잘 있게. 사랑하는 친구. 악마가 자네와 함께하기를 빈다네. 또한 나에게도.

_잔인한 신의 노예, 카라얀니스

나는 무릎에 편지를 올려놓고 한참을 그대로 앉아 있었다. 가고 싶다는 욕구가 치밀어 올랐다. 크레타를 떠나고 싶은 게 아니었다. 오히려 크레타 해변은 마음에 들었다. 행복하고 자유로웠으며 더 이상 바랄 게 없었다. 하지만 가고 싶었다. 죽기 전에 가능하면 많은 땅과 바다를 보고 느끼고 싶었다.

나는 산을 오르려던 마음을 접고 서둘러 바닷가로 내려갔다. 뒷주머니에 넣은 또 한 통의 편지 감촉이 더 이상 기다릴 수 없게 했다. 달콤한 뜸들이기는 그것으로 족했다. 이제는 견딜 수 없었다. 오두막에 도착해 불을 피우고 차를 끓여 꿀을 바른 빵과 오렌지와 함께 먹었다. 옷을 벗고 침대 위에 다리를 쭉 뻗은 뒤에야 편지를 뜯었다.

> 내 스승이며, 제자여! 잘 있었나? 나는 여기에서 '하느님'의 보살핌으로 어렵고도 무시무시한 일을 해내고 있다네. 내 편지를 보는 순간 자네가 흥분하는 일이 없도록 이 위험한 단어는 따옴표를 해 두겠네. 마치 맹수를 창살 안에 가둬 두듯 말일세. 어려운 일이지 암. '하느님' 덕분이네. 50만 그리스인들이 남부 러시아와 카프카스에서 위기를 맞고 있어. 대부분의 사람들이 터키어나 러시아어를 쓰고 있지만 가슴은 그리스어로 뛰고 있으니 우리 동포가 맞네. 앞에 앉혀 놓고 보면 눈 깜빡거리는 거나, 우적우적 먹어 대는 거나, 교활하게 행동하는 것, 웃을 때 입맛을 다시는 행동, 이 광대한 러시아 땅에서 감독이 되어 러시아인을 부리는 것만 보아도 딱 위대한 오디세우스의 후예임을 알 수 있지. 한 번 마음에 들면 그들이 안 되는 꼴은 보지 못한다네.
>
> 그런데 지금 이들이 파멸할 위기에 처해 있다네. 가지고 있던 모든 걸 다 잃고 굶주리고 헐벗게 되었지. 한쪽에서는 볼셰비키에 당하고 다른 한쪽에서는 쿠르드에 시달림을 받고 있어. 여기저기서 피난민들이 그루지야와 아르메니아 지방으로 몰려오고 있네. 먹을 것도 없고 입을 것이나 의약품마저도 없어. 이들은 항구에 몰려들어 자기네들을 고국 그리스로 데려가 줄 배를 애타게 기다

리며 수평선만 하염없이 바라본다네. 우리 민족의 일부가 고통을 당하고 있는 걸세. 그들은 곧 내 영혼의 일부기도 하지.

그들을 그대로 두면 다 멸망하고 말 걸세. 마케도니아 변두리나 멀리 떨어진 트라케 변두리처럼 이들이 원하는 땅에 데려다주려면 사랑과 이해심, 열의와 현실감이 필요하다네. 이 네 가지가 다 있어야만 수십만 그리스인을 구하고 우리 자신을 구하는 길이 열리는 거지. 여기 도착했을 때 나는 자네가 가르쳐 준 대로 원을 그리고 그 원을 내 '의무'라고 불렀네. 그리고 다짐했지. '만약 이 원 안에 있는 그리스인들을 구할 수 있다면 나는 구원을 받을 것이다. 그러지 못한다면 파멸할 것이다.' 그렇다네. 이 원 속에 50만 그리스인이 있는 걸세.

나는 이 마을 저 마을로 다니면서 그리스인들을 모으고, 보고서를 작성하고, 아테네에 있는 우리 관리들에게 전보를 쳐서 배와 식량, 옷과 의약품 그리고 이 불쌍한 그리스인들을 본국으로 수송할 수단을 제공해 달라고 청한다네. 열정과 광기로 싸우는 사람을 행복한 사람이라고 한다면 나는 행복한 사람일세. 자네 말대로 나는 행복을 내 키에 어떻게 맞춰야 할지 모르겠어. 그냥 내버려 두면 위대한 사람이 될 걸세. 내 행복에 맞춰 키를 늘릴 테니 말이네. 그리스에서 가장 먼 곳의 개척자가 되는 걸세. 말은 쉬운 법!

자네는 크레타 해안에 누워 파도 소리와 산투르 소리를 듣고 있겠지? 자네에게는 시간이 있고 나는 그게 없구먼. 움직여 일하는 것에 빠지고 말았지만 나는 이 상태가 나쁘지 않네. 친구, 행동하기 싫어하는 내 스승님! 행동, 행동하는 것이야말로 구원의 길이라네.

그러니 내 명상의 단골 주제도 아주 간단하고 단편적이지. 폰토스와 카프카스의 주민들, 카르스의 농부들, 트빌리시, 바툼 노보로시스크, 로스토프, 오데사, 크리미아 반도의 크고 작은 상인들은 모두 우리 동포라네. 그들도 우리도 그리스의 수도는 오직 콘스탄티노플일세. 우리는 모두 같은 보스를 모시고 있는 셈이지. 자네는 오디세우스라 부르고 다른 사람은 콘스탄티누스 팔라이올로구스*라고 부르지. 비잔티움 벽 밑에서 살해당한 게 아니라 대리석으로 변해서 자유의 천사를 기다리고 있는 전설적인 인물 말일세. 나는 우리 동포들의 우두머리를 아크리타스라 부르고 싶은데 자네 생각은 어떤가? 나는 이 이름이 마음에 들어. 위엄도 있을뿐더러 전투적이거든. 이 이름만 들어도 완전무장을 하고 국경과 요새에서 정열적으로 싸우는 헬레네가 떠오르지 않나? 국가적으로나, 정신적으로, 혹은 지적인 변방에서 말일세. 게다가 디게네스**까지 포함시키면 동양과 서양의 혼혈인 우리 민족을 완벽하게 설명할 수 있겠지?

나는 지금 카르스에 있다네. 인근 마을에 있는 그리스인들을 모으려고 온 걸세. 내가 도착하던 날 쿠르드가 마을에 있던 그리스인 신부와 선생을 잡아다가 발에 말편자를 박았다네. 마을 장로들이 겁에 질려 내가 묵고 있는 집으로 도망 왔지. 이 그리스인들은 내가 그들을 구원할 유일한 사람이라는 듯 내 눈치만 보고 있다네. 다가오는 쿠르드의 총소리가 들리는군.

내일 트빌리시로 떠나기로 했네만 이런 상황에서 떠난다는 건 부끄러운 일이지. 겁이 나지 않는다고 말하지는 않겠네. 나도 겁이 나. 하지만 동시에 부끄러움도 느낀다네. 렘브란트의 〈전사〉, 나의 〈전사〉도 같은 경험을 하지 않았을까? 만약 그라면 머물렀

* 동로마 제국 마지막 황제이다.

** 바실리우스 디게네스 아크리타스를 말한다. 10세기 비잔틴의 영웅으로 '디게네스'는 혼혈, '아크리타스'는 국경 경비자라는 의미다.

을 거야. 그래서 나도 머무르기로 한 걸세. 쿠르드가 이 마을에 들어오면 아마도 제일 먼저 내 발에 편자가 박히겠지. 스승이여, 제자가 이리 끝날 줄은 몰랐을 걸세.

그리스 사람들이 모이면 흔히 그러듯 우리는 회의를 계속한 끝에 오늘 밤 노새, 소, 말, 아녀자를 이끌고 아침이 밝아 올 무렵 북쪽으로 가기로 했네. 나는 앞장서서 무리를 이끄는 한 마리 양이 될 걸세.

이 숙연한 이동은 전설적인 이름이 붙은 산과 평원을 넘고 나는 모세가 되어—비록 가짜 모세지만—선택받은 사람이 되어 그들을 약속의 땅으로 데려갈 생각이네. 지금 이들은 순진하게도 그리스를 약속의 땅이라 부르거든. 모세와 같은 일을 해내려면 자네가 놀리곤 했던 각반을 풀어 버리고 다리에 양가죽을 묶어야겠지? 길고 때 낀 수염을 휘날리며 특히 뿔 한 쌍을 차야겠지? 하지만 미안하구먼. 자네에게 그런 기쁨을 줄 수가 없네. 옷을 바꾸느니 영혼을 바꾸겠네. 나는 여전히 각반을 차고, 결혼을 하지 않았으니 수염은 양배추 밑동처럼 바짝 자르겠네.

나의 스승이여, 이 편지를 자네가 꼭 받았으면 좋겠네. 이 편지가 마지막이 될 것 같아 그러네. 그래도 혹시 또 아나……. 목적도 없고 그럴 마음도 없으면서 앞에 걸리는 사람들을 마구 죽일 자신은 없네. 내가 이 땅을 떠나고—나는 '떠난다'고 말하고 싶네. 다른 말을 써서 자네나 나를 겁나게 만들기는 싫거든—자네만이 땅에 남더라도 스승이여, 부디 행복하게 살게. 말하려니까 어색하구먼. 그래도 말해야겠네. 이렇게 말하는 나를 용서해 주게. 나 역시 자네를 아주 많이 사랑한다네.

그리고 그 아래 연필로 덧붙여 놓은 추신은 아주 바쁘게 쓴 듯 휘갈

긴 글씨였다.

PS. 떠나던 날 배에서 했던 약속을 아직 기억하네. 미리 말해 두지만 내가 이 땅을 '떠나'더라도 자네는 어디에 있건 두려워 말기를.

13

사흘, 나흘, 닷새가 지나도 조르바는 돌아오지 않았다. 엿새가 되던 날 조르바는 주절주절 장광설이 여러 장에 걸쳐 늘어진 편지를 칸디아에서 보내왔다. 편지는 향수를 뿌린 분홍색 편지지에 썼는데 화살에 꿰뚫린 심장까지 그려져 있었다.

나는 그 편지를 아직 갖고 있는데 군데군데 보이는 어려운 표현까지 그대로 옮겨 보겠다. 하지만 조르바 특유의 애교만점 맞춤법은 조금 고쳤다. 조르바는 펜을 곡괭이 쥐듯 잡고 종이에 힘차게 돌진하는 버릇이 있었는데 종이에 구멍이 숭숭 뚫리고 잉크가 번진 자국이 난 것은 모두 그 때문이었다.

보스! 자본가 양반!

건강이 그만저만하신가 여쭈어 보려고 펜을 들었습니다. 우리도 잘 있습니다. 모두 하느님 덕분이지요.

나는 가끔 말이나 소가 되려고 태어난 건 아니라는 생각을 하곤 합니다. 짐승들만이 먹으려고 살아가지요. 나는 그런 비난을 안 받으려고 밤낮 일거리를 만들어 냅니다. 생각이 하나 떠오르면 그것 때문에 밥 먹는 걸 잊기도 하지요. 속담을 인용해서 이렇게 써 먹기도 해요. '연못가의 비쩍 마른 뇌조가 되기보다는 새장의 살진 참새가 낫다.'

많은 사람이 아무 짓도 않고 애국자 노릇을 하더군요. 나는 애국자가 아니에요. 어떤 게 애국자 노릇인지는 몰라도 앞으로도 애국자를 할 생각은 없어요. 많은 사람이 천당을 믿고 거기에 나귀 한 마리씩 붙잡아 매고 삽디다. 나는 나귀도 없으니 자유롭지요. 나귀가 거꾸러져 죽을 지옥도 두렵지 않고 천당도 안 바랍니다. 기껏해야 토끼풀이나 잔뜩 뜯어먹겠죠. 나는 무식한 돌대가리예요. 뭘 어찌해야 좋을지 잘 모르겠습니다. 그러나 보스는 이해하시겠죠?

많은 사람이 허무를 두려워합니다만 나는 허무를 극복했습니다. 다들 어렵게 생각했지만 나에게는 쉬운 일입니다. 나는 좋다고 기뻐하지도, 안됐다고 실망하지도 않아요. 그리스가 콘스탄티노플을 점령했다는 소리를 듣는 건 터키가 아테네를 점령했다는 소리와 다를 바 없어요.

이런 소리를 늘어놓으니 내가 미친 건가 생각되시거든 연락하세요. 나는 이곳 칸디아 상점을 돌아다니며 케이블을 사려다가 웃어 버렸습니다.

"이봐요, 대체 왜 웃는 거요?"

사람들이 이렇게 물어봅니다. 그걸 어떻게 설명하겠어요? 그 강철 케이블이 쓸 만한 건지 아닌지 보려고 손을 내밀면 인간이란 게 대체 뭐냐, 왜 이 세상에 태어났고, 인간이라 얼마나 좋은가 따위가 생각나니 웃을 수밖에요. 혹시 궁금하실까 봐 말씀드립니다만 인간이 좋긴 뭐가 좋습니까! 내가 여자가 있으나 없으나, 정직하거나 도둑놈이거나, 파샤거나 거리의 짐꾼이거나 나에게는 그게 그거예요. 중요한 건 내가 살아 있느냐 하는 겁니다. 만약 악마나 하느님이 부르면—나한테는 악마나 하느님이나 그게 그겁니다—죽어 구린내 나는 시체가 될 거고, 그래서 산 사람을 멀찌감치 쫓게 될 테고 사람들은 나를 또 넉 자 땅 밑에 처넣어야 코를 쥐지 않게 되겠지요.

그런데 아주 겁나는 문제가 하나 있어서 보스한테 물어봐야겠습니다. 뭔고 하니 마음에서 생긴 겁니다. 요놈 때문에 밤이나 낮이나 마음이 불편해요. 보스, 그게 뭔지 아십니까? 바로 나이를 먹는다는 겁니다. 하늘이여, 우릴 도와주소서. 죽는다는 건 아무것도 아니에요. 깩 하고 촛불도 꺼지고 뭐 그런 거 아닙니까? 하지만 늙는 건 창피한 일이란 겁니다.

나이 먹는 걸 인정하는 건 정말이지 창피한 노릇입니다. 그래서 사람들이 눈치 못 채게 별짓을 다 하는 거죠. 뛰고 춤출 때는 등이 아파도 멀쩡한 것처럼 뛰놀고, 술 먹고 취해서 세상이 빙그르르 돌아도 주저앉지 않아요. 더워서 바닷물에 뛰어들고는 감기가 걸려 콜록콜록 기침이 나와도 꾹 삼켜 버리고 말아요. 내가 기침하는 거 본 적 있나요? 없을걸요. 보스는 내가 다른 사람들 앞에서만 그러는 줄 아실 테지만 나 혼자 있을 때도 그럽니다. 나는 조르바 앞에서도 창피하거든요. 어찌 생각하시오? 나는 조르바 앞에서도 부끄럽다는 겁니다.

언젠가 아토스산에 가서—아토스산에 올라가느니 차라리 오른손을 자르는 편이 나아요—수도승 라브렌티오 신부를 만난 적이 있습니다. 이 한심한 친구가 자기 안에 악마 한 마리가 들어 있다면서 이름까지 붙여 놨어요. 이름이 터키의 호자랍니다. '호자는 성금요일에도 고기가 먹고 싶대!' 이렇게 외치며 교회 벽에 머리를 찧었어요. '호자가 여자랑 자고 싶대. 호자가 수도원장을 죽이고 싶대. 그래, 모두 호자가 하고 싶어 한다니까. 내가 하는 짓이 아니라니까!' 그러고는 또 머리를 찧어요.

보스, 내 안에도 악마가 들어 있어요. 나는 그 악마를 조르바라고 부릅니다. 이 안에 든 조르바는 나이 먹는 걸 엄청 싫어하죠. 나이를 먹지도 않고, 먹어 본 적도 없고, 앞으로도 나이 따위는 안 먹을 겁니다. 이 안에 있는 놈은 사람 잡아먹는 도깨비예요. 칠흑처럼 검은 머리에 이빨이 서른두 개, 귀 뒤에 빨간 카네이션을 꽂고 다닌답니다. 바깥에 있는 조르바는 배가 불뚝 튀어나온 데다 흰 머리카락도 좀 있어요. 가엾지요. 나이 먹어 주름살도 있고 이도 빠지고 커다란 귀에는 흰 터럭까지 있으니 영락없이 당나귀 꼴이에요.

보스, 내가 뭘 할 수 있을 것 같아요? 언제까지 이 두 조르바가 엉겨 싸워야 될까요? 어느 쪽이 이길까요? 바로 죽는다면—죽어도 상관은 없지만—더 좋은 거죠. 하지만 앞으로도 더 살아야 한다면 망하는 겁니다. 창피해서 죽고 싶을 날이 곧 올 거예요. 자유를 잃어버릴 테고 며느리나 딸아이는 자기 아이들을 보라고 할 겁니다. 그 꼬마 괴물들을 말이에요. 아이가 불에 데지 않는지, 떨어지지는 않는지, 흙을 묻히지는 않는지. 흙이라도 묻히면 날더러 씻으라고 명령하겠죠?

보스, 당신은 젊지만 역시 똑같은 일을 당할 겁니다. 조심하시오. 내 말 잘 들어 둬요. 이 길만이 구원으로 가는 길입니다. 산으로 기어들어 가 석탄이든 구리든, 철이나 아연, 뭐든 상관없어요. 이걸 캐서 돈을 좀 벌어서 친척들이 우리를 존경하게 하고, 친구들이 우리를 떠받들게 만드는 겁니다. 보스, 성공 못하면 짐 싸들고 산에 들어가 이리나 곰, 아무거나 만나서 잡아 먹히는 편이 나을 거예요. 그러면 짐승들에게는 좋은 일을 하는 거니까요. 하느님이 그런 짐승을 내려 보낸 것은 우리 같은 놈을 잡아먹어 더 이상 타락하는 일이 없게 하기 위해섭니다.

여기에 조르바는 색연필로 초록빛 나무 아래서 새빨간 이리 일곱 마리에 쫓겨 도망치는 깡마르고 키가 큰 사내를 그려 놓았다. 그림 위에는 '조르바와 지옥에 갈 만한 일곱 가지 큰 죄'라고 큼직한 글씨까지 적혀 있었다.

편지는 계속되었다.

이 편지를 읽으면 내가 얼마나 불행한지 아실 겁니다. 내가 머리 복잡한 중에도 그나마 위안이 되는 건 당신과 함께 이야기를 나눌 때뿐이에요. 당신도 나랑 비슷하거든요. 당신은 아직 모르지만 당신 안에도 악마가 한 마리 있어요. 이름은 아직 모르지만요. 당신이 그걸 잘 모르니까 숨을 쉬고 있지요. 보스, 그놈에게 세례식을 해 주세요. 이름을 지어 줘요. 그럼 아마 좀 나아질 겁니다.

내가 불행한 사람이라고 그랬죠. 내 머리에는 똥밖에 안 들었지만 아직 시간이 있으니 근사한 생각이 떠오르기도 할 겁니다. 내 안에 있는 조르바가 시키는 대로만 하면 세계가 깜짝 놀랄 만한 일을 할지도 모르죠.

나는 인생과 맺은 계약에 시간 조항이 없다는 걸 확인하려고 가장 위험한 경사 길에서 브레이크를 풀곤 합니다. 인생이란 가파른 경사도 있고 내리막길도 있잖아요. 대부분 사람들은 브레이크를 쓰지요. 내가 어떤 놈인가 알 만한 부분입니다만, 나는 브레이크를 진즉에 버렸어요. 나는 우당탕 부딪히는 게 겁나지 않거든요.

기계가 궤도를 이탈하는 걸 우리 같은 기술자들은 우당탕이라고 하죠. 내가 우당탕할까 무서워 살살 다닐까요? 나는 그저 언제나 전속력으로 달리면서 내키는 대로 삽니다. 부딪쳐서 박살이 나면 뭐 어때요. 그래 봐야 손해날 게 뭐 있다고요. 없어요. 천천히 가면 거기 안 가느냐고요? 물론 갑니다. 하지만 기왕 갈 거 신명 나게 가자는 거지요.

보스, 내가 지금 당신을 웃기고 있다는 걸 압니다. 지금 나오는 대로 지껄이고 있는 중이에요. 당신이 내 생각이나 내 약점이나 내 헛소리를 실컷 비웃어도 좋아요. 이 세 가지가 도대체 뭐가 다른 건지도 모르겠네요. 세상에는 웃음이 흔하기도 합니다. 웃는다고 생각하니 우스워지네요. 사람에게는 바보 같은 구석이 있기 마련인데 가장 큰 바보는 그런 바보짓을 할 줄 모르는 사람입니다.

이제 당신은 내가 칸디아에서 얼마나 바보짓을 하고 있는지 아셨을 겁니다. 보스, 그 얘기를 차근차근해 드릴게요. 조언이 필요하거든요. 당신은 아직 젊지만 책을 많이 읽어서, 이렇게 얘길 하면 실례겠지만, 약간 구식이에요. 그런 당신의 조언이 필요한 겁니다.

흠, 나는 사람에게는 다들 냄새가 있다고 생각해요. 이 냄새란 게 아주 복잡하게 섞여서 의식도 안 하고 살고 있어요. 이게 누구 냄새인지, 저게 누구 냄새인지 구별하기도 어렵지요. 우리가 알 수 있는 건 이른바 '인간성'이라는 고약한 냄새가 있다는 겁니다. 어떤 사람은 이걸 라벤더 향이라도 맡듯 킁킁대는 사람도 있어요. 생각만 해도 먹은 게 다 올라옵니다. 이야기가 또 샜군요. 다시 갑시다.

실은—나는 다시 브레이크를 풀 참입니다—암캐처럼 촉촉하게 젖은 코로 저희를 좋아하는 사람, 싫어하는 사람을 잘도 구분해 내는 계집들, 저 화냥년 얘기를 하려고 합니다. 이것들이 이렇게 냄새를 잘 맡으니 나처럼 변변히 걸칠 옷 하나 없는 늙은 원숭이에게도 계집 한둘이 붙는 겁니다. 이것들이 내 냄새를 맡은 거예요. 아무튼 화냥년들이란! 하느님이 축복하시길!

아무튼 칸디아에 도착한 첫날 바로 상점으로 달려갔는데 석양 무렵이라 그런지 문이 닫혔더군요. 그래서 여관을 잡고 노새에게 밥을 주고 나도 먹고 목욕을 했지요. 담배나 한 대 물고 산책을 할까 하고 나섰답니다. 날 아는 놈도 없고 나도 아는 놈 하나 없으니 그야말로 자유지요. 시내를 어슬렁거리며 혼자 웃고 중얼거리면서 가지고 나온 볶은 호박씨를 우물거리며 돌아다녔습니다. 가로등에 불이 켜지고 사내들은 아페리티프를 한 잔씩 걸치고 여자들은 집으로 돌아가는 중이었지요. 공기 속에 화장비누, 아니스술, 분, 수불라키* 냄새가 온통 뒤섞였어요. 그래서 속으로 말했답니다. '이봐, 조르바. 코를 벌름대며 살아 봐야 얼마나 살겠어? 이런 공기를 마시며 살날도 얼마 남지 않았으니 실컷 마셔 두자고!'

보스도 그 광장을 아실 겁니다. 거길 오르내리며 혼자 중얼거리고 있는데—하느님도 참 고마우셔라!—사람들이 왁자지껄하게 떠들고 춤추고, 탬버린 소리에 동양풍의 노래까지 들려오는 겁니다. 노랫소리가 들리는 곳으로 갔더니만 카바레가 붙은 카페였어요. 마침 출출했던 차라 들어가서 프런트 가까운 작은 탁자 앞에 앉았지요. 못 들어갈 건 없잖아요? 아까도 말했지만 아는 사람이 없어서 자유로웠으니 말입니다.

생기다 만 것 같은 여자가 하나 무대 위에서 치마를 들어 올리며 춤을 추는데 참 볼 것 없었어요. 맥주 한 병을 시켰더니 가무잡

---

* 꼬챙이에 꿰어 구운 고기이다.

잡하고 쪼끄마한 게 하나 와서는 내 테이블에 앉더군요. 화장을 덕지덕지 바른 게 말이에요.

"앉아도 되죠, 할아버지?"

요게 웃으면서 말하는데 피가 솟구치더군요. 모가지를 확 비틀어 버리고 싶은 걸 참고 그래도 여자라는 게 측은해서 급사를 불렀어요.

"샴페인 두 병!"

용서하세요, 보스. 당신 돈을 좀 썼어요. 그런 모욕을 당했으니 우리 명예—내 명예도 명예지만 보스의 명예도—를 지켜야 하는 거 아닙니까? 당신도 이럴 때 날 내버려 두지 않을 거잖아요. 그래서 샴페인을 시킨 겁니다. 샴페인이 오자 나는 과자도 시켰어요. 그러다 샴페인을 또 시켰고 재스민 장수가 왔기에 한 바구니 사서 날 모욕한 이 어린것에게 안겨 줬지요.

마시고 또 마셨지만 맹세코, 어린것 엉덩이 한 번 만져 보지 않았어요. 나에게 어떤 계집이 어울린다는 것쯤은 이미 알기 때문입니다. 옛날에야 일단 찔러 보고 그다음에 데리고 놀았습니다만 이젠 나이를 먹었으니 돈을 좀 쓰고 그걸로 기를 팍 죽여야 하는 거예요. 여자라는 족속들이 그런 대접을 좋아하거든요. 아주 환장을 하죠. 꼽추건 늙은이건, 어찌 생겼든지 간에 돈 꺼내는 손만 눈에 보여서 밑 빠진 독처럼 돈이 술술 새 나가는 걸 거들기까지 합니다. 그래서 돈을 좀 썼단 말씀입니다. 하늘이 당신을 도와서 천 곱절 만 곱절로 돌아오기를! 계집이 슬슬 다가와 무릎으로 찔러 보더군요. 나는 속에서 천불이 날 지경이었지만 빙산처럼 의연하게 있었어요. 이런 반응이 나오면 여자들은 아주 미칩니다. 혹시 당신에게 이런 일이 생길까 봐 미리 알려 드리지요. 이럴 땐 손끝 하나 까딱하면 안 되는 겁니다.

드디어 자정이 되니까 가 버리더군요. 불이 꺼지고 카페가 문을 닫았어요. 나는 1000드라크마짜리 지폐를 꺼내 계산을 하고 급사에게 팁도 후하게 줬지요. 계집이 매달리더군요.

"이름이 뭐예요?"

"할아버지."

골이 나서 대답했지요. 그랬더니 요것이 아주 아프게 꼬집더니 속삭이더구먼요.

"나랑 같이 가요……. 나랑 가요."

나는 조그만 손을 꽉 잡아 주고 알겠다는 듯 대답했어요.

"오냐, 가자. 이 꼬맹이."

내 목소리가 갈라져 나왔어요. 보스, 그다음은 말 안 해도 아시겠지요? 잠에서 깼을 땐 정오 가까이 되었던 것 같아요. 주위를 둘러봤는데 세상에나! 깔끔하게 꾸며진 조그만 방이었는데 안락의자와 세면대, 비누, 향수병, 거울, 산뜻한 옷이 주렁주렁 걸린 벽, 선원이랑 선장, 경찰관, 무희, 샌들만 신은 여자 사진들이 벽에 쫙 붙어 있더군요. 내 옆에는 따뜻하고 말랑말랑한 암컷이 머리카락을 흐트러뜨린 채 누워 있었어요.

"오, 조르바! 자네는 살아서 천당에 온 거야. 이 좋은 곳에서 도망가면 안 되지."

나는 눈을 감고 이렇게 중얼거렸답니다.

보스, 지난번에 내가 사람에게는 자기만의 천당이 있다고 한 적 있지요? 당신 천당은 잔뜩 쌓인 책, 큰 병에 가득 잉크가 있는 방일 수 있겠지만 포도주, 럼, 브랜디 병이 가득한 방이나 돈이 산처럼 쌓인 방을 천당으로 가진 놈 등 제각각입니다. 내 천당이오? 벽에는 예쁜 옷이 걸려 있고 비누 냄새가 향긋하고 부드러운 침대에 암컷이 하나 누워 있는 이런 곳입니다.

잘못이라는 게 고백하는 걸로 반쯤은 용서가 된다 하더군요. 나는 그날 밖에 안 나갔어요. 갈 데가 어디 있겠습니까? 할 일도 없고 두려울 것도 없고요. 나는 그곳이 마음에 쏙 들었답니다. 최고급 여관에서 식사를 주문해서 가져오게 했지요. 특별한 건 아니고 그저 영양 많고 기운 나게 하는 음식입니다. 철갑상어알젓, 고기, 생선, 레몬주스, 카다이프* 같은 겁니다. 우리는 잠깐 또 일을 치르고 낮잠을 잔 뒤 밤에 일어나서 손을 잡고 다시 그 카페로 갔습니다.

각설하고, 계획은 아주 잘 진행되고 있으니 걱정하지 마세요, 보스. 당신 일도 아주 잘 보고 있답니다. 이따금 상점에 나가 돌아다니고 있어요. 케이블과 필요한 물건들 모두 구입할 테니 걱정하지 마세요. 하루가 늦거나 일주일이 늦거나 한 달이 늦는다고 해서 무슨 큰일이 나겠습니까? 옛말에, 방정맞은 고양이는 요상한 새끼들을 낳는다고 했습니다. 당신 이익을 생각해서 나는 귀를 씻고 마음이 맑아질 때를 기다리는 거예요. 그래야 사기를 안 당할 테니까요. 케이블은 최고급품이어야 망하지 않아요. 그러니 보스가 나를 믿고 기다리셔야 합니다.

게다가 무엇보다, 내 건강은 조금도 염려하지 마십시오. 모험은 건강에 좋은 법이거든요. 며칠 새 도로 20대가 된 기분입니다. 기운이 마구 솟아요. 아마 이도 다시 날 겁니다. 도착할 때는 등이 조금 아프더니 지금은 팔팔합니다. 아침마다 거울을 보는데 머리카락이 까맣게 되지 않는 게 신기할 따름입니다.

당신은 내가 왜 이런 걸 쓰는지 궁금하시겠지요? 글쎄요. 아마도 당신이 고해신부 같아서 그럴 겁니다. 내 지은 죄를 털어놓아

---

* 호두를 넣은 달콤한 터키식 과자이다.

도 부끄럽지 않거든요. 왜 그런지 아세요? 내가 아는 당신은 내가 잘못을 저질러도 별로 신경 쓰지 않아요. 당신에게는 하느님처럼 물 묻은 스펀지가 있어요. 쓱싹쓱싹하고 다 닦아 버리면 내 죄도 끝입니다. 그래서 당신에게 이런 고백을 하는 거랍니다. 그러니 들어 줘요.

지금 엉망으로 취했어요. 핑핑 돌아갑니다. 보스, 제발 펜을 들어 이 편지를 받는 대로 답장을 주세요. 답장을 받기 전까지는 안절부절못할 거예요. 앞으로 몇 년간은 하느님이나 악마의 장부에서 내 이름을 찾긴 어려울 겁니다. 내가 들어 있는 장부는 오직 당신 것뿐이에요. 그래서 내가 의논할 상대도 당신밖에 없어요. 그러니 잘 들어 봐요.

어제 칸디아 이웃 마을에 영명축일*이 있었답니다. 롤라가 어떤 성자 이름과 닮았는지 알 바 없지만, 아이고, 그 계집 이름도 얘기 안 했군요. 롤라랍니다. 그 계집이 이럽디다.

"할아버지!"

여전히 날 이렇게 부른답니다.

"나, 영명축일에 가고 싶어요."

"그럼 가 봐, 할머니!"

"할아버지랑 같이!"

"난 성자 안 좋아해. 너 혼자 가!"

"그래요? 그럼 나도 안 갈래요."

내가 노려봤습니다.

"왜 안 가? 가고 싶지 않다는 게냐?"

"함께 가면 가고, 아니면 말고."

---

* 자신과 이름이 같은 성자의 축제일이다.

"왜 안 가? 넌 자유인인데. 아니야?"

"아니야."

"너는 자유가 싫어?"

"싫어요."

나는 믿을 수 없었지만 그게 사실이었어요.

"아니, 너는 자유를 바라지 않는다고?"

"네. 싫어요. 싫어. 자유가 싫다고요."

보스, 나는 롤라 방에서 그 애 편지지에다 이 편지를 쓰는 겁니다. 제발 내 말을 잘 들어줘요. 나는 자유를 원하는 자만이 인간이라고 생각하거든요. 여자는 자유를 원하지 않아요. 그런데도 인간일까요?

제발 빨리 대답해 주세요. 보스에게 행운이 함께하기를!

_나, 알렉시스 조르바

조르바의 편지를 다 읽고 나는 한동안 두 가지 이유로, 아니 세 가지 이유로 망설였다. 화를 낼까, 웃을까, 아니면 논리와 도덕과 정직으로 무장된 껍질을 부수고 나오려는 이 원시인에게 감탄만 하고 있을까, 고르기가 쉽지 않았다. 우리에게는 자연스럽고 편리한 도덕이라는 게 그에게는 없었다. 그에게는 불편하고 위험한 가치만 갖고 있기 때문에 그것이 그를 끊임없이 지옥으로 떨어뜨리려 하는 것이었다.

이 무식한 일꾼은 글을 쓸 때마다 펜을 계속 부러뜨린다. 원숭이 껍질을 처음 벗은 인간처럼, 혹은 위대한 철학자처럼 그는 인간의 근원적인 질문에 빠지고 만다. 조르바는 이런 문제들이 가장 급하고 필요하다고 느낀다. 어린아이처럼 그는 모든 사물과 새롭게 만난다. 끊임없이 놀라고 '왜, 어째서'라는 질문을 달고 다닌다. 모든 일이 그에게는 기적이며 아침마다 눈을 뜨면서 나무와 바다와 새와 돌을 보고도 새삼스레 놀란다.

'이 기적은 대체 뭔가요? 이 신비는 뭐란 말입니까? 나무, 바다, 돌, 새의 신비가 뭘까요?'

둘이서 마을로 들어갈 때 노새를 끄는 조그만 노인을 만난 적이 있었다. 노새를 바라보는 조르바의 두 눈이 커졌다. 눈빛이 오죽 강렬했으면 그 노인이 성호를 그으며 말을 했을까.

"이보시오. 형씨! 제발 악마 같은 눈길을 집어치워요."

"어째서 저 노인이 저러는 겁니까?"

"내가요? 뭘 어쨌다고 그럽니까? 그저 노새를 봤을 뿐이에요. 그런데 놀랍지 않습니까?"

"뭐가요?"

"음……. 이 세상에 노새 같은 게 산다는 게 말이에요."

또 하루는 바닷가에서 다리를 뻗고 책을 읽는데 조르바가 내 맞은편에 앉아 산투르를 켜기 시작했다. 그를 봤더니 차츰 표정이 변하는 게 야성적인 환희에 휩싸인 듯했다. 긴 목을 뽑고 노래를 불렀다. 마케도니아의 노래, 산적 클레프트의 노래, 그러더니 악을 쓰기 시작했다. 원시시대의 야성을 불러왔는지 시, 음악, 사상이라고 이름 붙인 것들이 '아크! 아크!' 같은 소리로 터져 나왔다. 그 소리는 조르바의 깊숙한 곳에서부터 나오는 것이었다. 우리가 문명이라고 부르는 별것 아닌 껍질이 깨지면서 영원불멸의 야수, 털북숭이 신, 무서운 고릴라 따위가 되어 터져 나오는 것이었다.

갈탄, 이익과 손해, 오르탕스 부인, 미래에 대한 구상 따위는 순식간에 사라졌다. 그 절규가 모두 거두어 갔다. 우리에게 필요한 건 하나도 없었다. 그 쓸쓸한 크레타 해안에 갇힌 우리는 인생의 괴로움과 행복을 고스란히 맛보았고 더 이상은 존재하지 않게 되었다. 해가 지고 밤이 되면서 큰곰자리는 움직이지 않는 하늘을 축으로 빙글빙글 돌며 춤을 추었고, 서서히 뜬 달은 모래밭에서 맨발로 노래를 불러 대는 두 마리 야수를 가엾다는 듯 내려다보았다.

"인간이란 짐승이야! 이봐요, 보스. 책은 그냥 놔둬요. 창피하지 않습니까? 인간은 짐승이라니까요. 짐승이 책을 읽소?"

조르바가 흥분해서 소리쳤다. 그러고는 또 한동안 조용하더니 웃음을 터뜨렸다.

"하느님이 남자를 어찌 만들었는지 아시오? 이 짐승, 남자를 말이오. 이 짐승이 하느님께 맨 처음 한 말이 뭔 줄 아시오?"

"모르죠. 거기 있지도 않았는데 내가 어찌 안단 말입니까?"

"나는 거기에 있었다오."

조르바가 소리쳤다. 눈이 번쩍거렸다.

"그럼 어디 한번 얘기해 보세요."

조르바는 절반은 취한 듯, 절반은 장난기 섞인 말투로 인간의 창조에 대한 이야기를 엮어 나갔다.

"자, 잘 들어 보세요, 보스. 어느 날 아침 기분이 울적해진 채 하느님이 일어났어요. '나도 참 한심한 신이로구나. 향불을 피워 줄 놈도, 심심풀이로 내 이름을 불러 줄 놈도 없으니! 이젠 늙은 부엉이처럼 혼자 사는 것도 지긋지긋하구먼. 퉤!' 이 양반은 손바닥에 침을 탁 뱉고 소매를 걷어붙였어요. 안경까지 찾아 쓴 다음 흙 한 덩이를 집어 침을 섞어 이기고는 사내 하나를 만들고 이걸 벽에 걸어 말렸지요. 이레가 지나서 보니 잘 말랐어요. 이걸 보다가 하느님이 그만 배를 쥐고 웃었어요. '이런 빌어먹을 솜씨를 봤나. 이거야 원 뒷다리로 선 돼지 꼴이로군. 내가 만들려던 건 이런 게 아니야. 다른 걸 만들 땐 실수하지 않았는데!' 하느님은 이 물건의 목덜미를 잡아 들어 올리곤 엉덩이를 걷어찼어요. '꺼져라. 썩 꺼져! 지금부터 네 할 일은 그저 조그만 돼지 새끼를 잔뜩 낳는 거다. 이 땅은 네 것이야. 뛰어가라! 왼발 오른발 왼발 오

른발…… 발맞추란 말이다.'

그렇지만 그건 절대 돼지가 아니었어요. 펠트 모자에 윗옷은 대충 걸쳤지만 줄을 빳빳하게 세운 바지를 입고 빨간 술이 달린 터키 슬리퍼를 신었지요. 게다가 허리띠에는 '내 너를 잡겠다'라고 새겨진 뾰족한 단검까지 차고 있었지요. 이걸 준 놈은 틀림없이 악마일 겁니다. 그게 바로 사내였답니다. 하느님이 사내에게 키스하라고 손을 내밀자 사내는 수염을 배배 꼬며 이렇게 말했답니다. '이봐, 영감탱이. 비켜 줘야 가든가 말든가 할 거 아니오!'"

내가 웃음을 터뜨리자 조르바는 인상을 찡그렸다.

"웃지 마요. 딱 이대로였다니까요!"

"당신이 어떻게 압니까?"

"그랬을 것 같다는 거지요. 내가 아담이었다고 해도 그랬을 거요. 아담이 다르게 행동했다면 내 손에 장을 지지겠소. 당신도 책에 쓰인 것만 믿지 말고 나를 믿으시오!"

그는 내 대답을 들어 볼 생각도 않고 다시 산투르를 켜기 시작했다.

나는 한동안 화살이 뚫은 심장이 그려진 향기 나는 편지지를 손에 들고 조르바로 가득 찼던, 그와 함께한 날들을 떠올렸다. 조르바와의 만남은 시간이 흐를수록 더 맛깔스러워졌다. 그와 만난 것은 단순히 사건들이 줄줄이 엮인 것도 아니었고, 해결할 수 없는 철학적인 문제도 아니었다. 따뜻하고 입자가 고운 모래 같은 것이었다. 나는 그 모래들이 손가락 사이로 부드럽게 빠져나가는 걸 느낄 수 있었다.

나는 중얼거렸다.

"조르바에게 복이 있기를! 조르바는 내 안에 움츠린 추상적인 관념들에 따뜻하고 사랑스러운, 살아 숨 쉬는 육체를 선물했어. 조르바가 없으면 나는 다시 떨게 되겠지."

종이 한 장을 꺼냈다. 그리고 일꾼을 불러 조르바에게 지급전보를 치게 했다.

'즉시 돌아오시오.'

14

3월의 첫날, 토요일 오후. 나는 바닷가 바위에 기댄 채 글을 쓰고 있었다. 그날 처음으로 제비를 보았기 때문에 아주 기분이 좋았다. 붓다의 주문을 술술 써 내려가고 있었다. 그때는 붓다와의 싸움이 조금 느슨해진 상태였다. 더 이상 전처럼 서두르지 않았다. 길이 열리리라는 희망이 보였기 때문이었다.

그때 자갈을 밟는 소리가 들렸다. 나는 해변을 구르듯 달려와 기함처럼 닻을 내리는 늙은 세이렌을 쳐다보았다. 얼굴은 발갛게 달아올랐고 숨은 턱까지 찼다. 뭔가 걱정스러운 얼굴이었다.

"편지가 왔다고요?"

오르탕스 부인이 걱정스레 물어보았다.

"네! 부인에게 안부를 전하라고 하더군요. 밤이나 낮이나 생각한다고, 먹지도 마시지도 못한답니다. 떨어져서는 견딜 수 없다고도 했어요."

나는 이렇게 맞장구쳐 주었다.

"그게 다예요?"

불쌍한 여인이 숨을 고르며 물었다. 나는 이 여자가 너무 불쌍했다. 주머니에서 편지를 꺼내 읽는 척을 했다. 늙은 세이렌은 이 빠진 입을 벌리고 숨도 안 쉬고 눈을 커다랗게 뜬 채 귀를 기울였다. 읽는 척은 했지만 둘러 대는 게 쉬운 일이 아니라서 글씨를 알아보기 어려운 듯 연기했다.

"보스, 어젠 뭘 먹어 보려고 싸구려 식당에 갔어요. 배가 고팠거든요. 그런데 굉장한 미인이 들어오더군요. 여신은 감히 비교할 수도 없게 아름다웠어요. 이걸 어째! 여자가 꼭 우리 부불리나 같았어요. 순간 내 눈에서 눈물이 분수처럼 흘러내렸답니다. 목이 콱 막혀서 삼킬 수가 없었어요. 일어서서 돈을 내고 그냥 나왔답니다. 오랫동안 성자라곤 찾은 일이 없는데 가슴이 너무 아파서 성 메나스 성당으로 달려가 초 하나를 켜고 기도했지요. '성 메나스시여! 바라건대 내 사랑하는 천사의 좋은 소식을 듣게 하소서. 우리 날개가 곧 다시 결합되기를 바라나이다.' 이렇게 말입니다……."

오르탕스 부인의 얼굴이 기쁨으로 반짝였다. 그녀는 웃었다.

"뭐가 그리 우스우십니까, 부인?"

나는 숨도 돌리고 거짓말을 지어낼 시간을 버느라고 질문을 했다.

"뭘 가지고 그리 웃으세요? 울어야 할 것 같은데요."

"모르시니까, 알기만 하면……."

부인은 키득거리다가 결국 크게 웃었다.

"뭘 모른단 말씀이세요?"

"날개요. 그 엉큼한 양반은 다리를 날개라고 부르거든요. 우리 둘만 있을 때 말이지요. 우리 날개가 다시 결합되기를 바란다니……. 호호호!"

"그다음 말을 들으시면 진짜 놀라실 겁니다."

나는 편지를 넘겨 다시 읽는 척을 했다.

"오늘 이발소 앞을 지나는데 이발사란 녀석이 비눗물이 가득한 양동이를 거리에 쏟았어요. 거리가 온통 비눗물 냄새였지요. 나는 또 부불리나 생각이 나서 울기 시작했어요. 보스, 나는 더 이상은 부불리나와 떨어져서는 못 살겠어요. 이러다 미칠 것 같아요. 보실래요? 시까지 썼답니다. 이틀 전에 도저히 잠이 안 와서 시를 썼어요. 이 시를 부디 우리 부불리나에게 읽어 주세요. 내 괴로움을 나누어 주세요."

오! 어느 오솔길이라도 그대와 만날 수만 있다면
아무리 좁은 길이라도 우리 사랑을 감싸 안으리
내가 빵 부스러기가 되거나 고깃점이 되더라도
내 부서진 뼈는 힘이 남아 그대에게 달려갈 수 있으리

오르탕스 부인은 눈을 게슴츠레하게 뜨고 온통 집중해서 행복한 표정으로 듣고 있었다. 목을 조르듯 감고 있던 리본도 그날은 보이지 않았고 그 순간은 주름살도 보이지 않았다. 미소를 짓고 있는 부인은 행복과 만족으로 멀리 떠나 있는 것처럼 느껴졌다.

3월, 푸른 풀과 붉고 노랗고 자주색의 예쁜 꽃들, 흰 고니와 검은 고니 떼가 노래 부르며 사랑을 나누는 투명한 수면……. 암컷은 흰색, 수컷은 검은색, 반쯤 벌린 부리는 둘 다 짙은 분홍색. 커다랗고 푸른 곰치가 물 위로 솟구쳐 몸을 비비 틀며 노란 뱀을 칭칭 감았다. 오르탕스 부인은 다시 열네 살 어린 소녀가 되어 알렉산드리아, 베이루트, 스미르나, 콘스탄티노플의 동양풍 양탄자에서 춤을 추다가 반짝이는 갑판이 있는 배를 타고 크레타로 왔다. 이제 부인은 옛일을 그대로 기억할 수 없었다. 추억들이 한데 어울려 어지럽게 돌아가고 부인의 가슴은 부풀어 오르고 해안은 부서졌다. 부인이 춤을 추는데 갑자기 바다는 황금으로 뱃머리를 장식한 배들로 가득 찼다. 갑판은 휘황한 색깔의 천막과 비단 깃발로 뒤덮였는데 그 천막 안에서 황금빛 술을 빳빳이 세운 페즈*를 쓴 파샤의 행렬이 나왔다. 돈 많고 늙은 지방 유지들이 수염도 안 나고 기가 죽은 아들들을 앞세우고 값비싼 제물을 들고 순례길을 호위했다. 반짝이는 삼각모를 쓴 제독들도 나왔다. 하얀 칼라와 펄럭이는 통바지를 입는 수병들, 푸른 바지와 노란 장화, 검은 머릿수건을 쓴 크레타인들도 뒤따랐다. 마지막으로 사랑에 지쳐 말라빠진 큰 몸으로 손가락에 큼직한 약혼반지를 끼고 반백 머리에 오렌지 화관까지 쓴 조르바가 나왔다.

배에서는 잘나가던 시절 부인이 만난 사람은 하나도 빼놓지 않고, 심지어 콘스탄티노플에서 물에 빠진 부인을 건져 준 빼드렁니 곱사등 사공까지 나왔다. 밤이 깊은 탓에 아무도 그들을 볼 수 없는데 그들이 빠짐없이 배에서 내리고 보니 뒤에서 곰치, 뱀, 고니가 교미를 하고 있었다.

사내들이 몰려와 부인과 어울렸다. 그들은 한꺼번에 고개를 들고 쉭쉭거리는 호수 속 색정적인 뱀들처럼 한 덩어리가 되어 어우러졌다. 한가운데에는 온몸이 땀으로 번들거리고 입술을 벌려 뾰족한 이를 드러낸, 열네 살, 스무 살, 서른 살, 마흔 살, 예순 살의 오르탕스 부인이 벌거벗은 채 만족할 줄 모르는 가슴을 내밀며 식식거렸다.

사라진 것도 없고 죽어 버린 애인도 없었다. 부인의 늘어진 가슴에서 그들은 다시 부활했다. 오르탕스 부인은 쌍돛대를 단 고고한 쾌속 전함이요, 부인의 애인들은 그 위에 탄 승무원들 같았다. 그녀가 자그마치 45년을 현역 생활을 했으니 얼마나 많으랴. 그녀가 그토록 바라던 결혼이라는 마지막 항구로 쾌속 전함이 들어오는 동안 그들은 끊

---

* 터키 사람들이 애용하는 모자로 마치 양동이를 엎어 놓은 듯한 모양이 특징이다.

임없이 배로 기어오르는 듯했다. 조르바는 터키인이고 유럽인이었으며 아르메니아인이고 아랍인, 그리스인이었다. 그야말로 천의 얼굴인 조르바를 안는 것으로 오르탕스 부인은 수많은 애인들을 안는 것과 다름없었다.

늙은 세이렌은 내가 편지 읽기를 멈추었다는 사실을 깨달은 모양이었다. 그 순간 환상이 사라졌다. 부인은 나른한 눈꺼풀을 들어 올렸다.

"그것밖에 없어요?"

여자는 탐욕스레 입술을 핥으며 다그치듯 물었다.

"오르탕스 부인, 뭘 더 바라십니까? 모르시겠어요? 편지엔 온통 부인 이야기뿐이잖아요. 봐요, 4장이나 되잖아요. 여기엔 심장도 있어요. 조르바가 자기 손으로 직접 그렸대요. 사랑이 심장을 뚫어 버렸잖아요. 그리고 요 아래에는 비둘기 두 마리가 끌어안았어요. 날개에는 빨간 잉크로 오르탕스와 조르바라고 쓰여 있잖아요."

비둘기도 이름도 없었지만 눈물이 고인 늙은 세이렌의 눈에는 뭐든 보이는 법이다.

"또 없어요?"

아직도 만족하지 못했는지 오르탕스 부인이 다시 다그쳤다. 날개, 이발사의 비눗물, 비둘기……. 이것만으로도 충분히 달콤하겠지만 부인은 손에 잡히는 구체적인 걸 원했다. 평생 이런 헛소리는 지겹게 들어왔을 터였다. 이런 말들은 별 소용이 없었던 것이다. 어려운 한평생을 다 지나고 보니 그녀에게는 오직 고독과 늙은 몸만 남았다.

"더는 없나요? 네?"

부인은 다시 중얼거렸다. 불쌍한 사슴처럼 나를 보았다. 부인이 측은했다.

"있어요. 왜 없겠어요. 부인, 조르바는 맨 마지막에 아주 중요한 얘기를 했답니다. 너무 중요하니까 마지막으로 미뤄 둔 거지요."

"뭔데요?"

그녀가 한숨을 쉬며 말했다.

"뭐라고 했느냐면요. 돌아오는 대로 부인 앞에 무릎을 꿇고 눈물을 흘리며 청혼을 하겠답니다. 더 이상은 못 기다린다고요. 조르바는 부인을 자기 부인, 즉 오르탕스 조르바 부인으로 만들고 다시는 헤어지지 않을 거랍니다."

이번에는 진짜 눈물이 주르르 흘러내렸다. 여태까지 기다리던 최상의 기쁨이요, 평생을 갖지 못해 애태우던 것이었다. 평화로운 생활과 안정된 침대에 눕는 것, 제일 원하던 바로 그것이었다. 여자는 두 손으로 눈을 가렸다.

"좋아요!"

부인은 선심이라도 쓰듯 말했다.

"받아 주기로 하죠. 그렇지만 이렇게 전해 줘요. 여기 이 마을에는 오렌지 화환이 없으니까 칸디아에서 가져와야 해요. 하얀 초 두 가닥이랑 분홍색 리본, 달콤한 아몬드도 사 오라고 하세요. 웨딩드레스도 하얀 걸로 사 와야 하고요……. 비단 양말과 공단으로 만든 실내화도 한 켤레 있어야 하고……. 시트는 있으니까 됐고. 침대도 있고……."

부인은 이미 남편을 심부름하는 아이처럼 부리는 아내가 되어 이것저것 주문을 해 댔다. 벌떡 일어서더니 당당하게 결혼한 유부녀처럼 굴었다.

"한 가지 부탁할 게 있어요. 아주 중요한 거랍니다."

오르탕스 부인은 옷을 매만지고 내 대답을 기다렸다.

"네, 말씀하세요. 오르탕스 부인, 대령하고 있습니다."

"조르바와 난 사장님을 좋아하거든요. 아주 친절한 분이시니 우릴 슬프게 하진 않겠죠? 우리 결혼의 증인이 되어 주세요."

순간 나는 오싹한 기분이 들었다. 옛날 우리 집에 디아만둘라라는 늙은 하녀가 있었다. 예순이 넘어 코밑에 수염까지 나고 시집을 못 갈까 봐 초조해서 반쯤 미쳐 버린, 가슴이 말라 쪼그라진 노파였다. 그녀는 마을 식료품 가게 배달꾼인 미트소를 사랑했다. 미트소는 지저분하고 뒤룩뒤룩 살이 쪘는데 수염은 하나도 안 난 젊은 농사꾼 청년이었다.

"언제 나와 결혼해 줄 거야? 지금 해 줘. 언제까지 기다리라는 거야? 못 참겠다니까."

일요일만 되면 노파는 이렇게 그를 다그쳤다.

"나도 참기 어려워요. 더 이상 기다릴 수 없다고요, 디아만둘라. 하지만 봐요, 늘 하는 말이지만 나도 할머니처럼 수염이 좀 돋아야 결혼을 할 것 아니에요?"

옷을 입으면 드럼통이 되곤 하던 교활한 배달꾼은 이렇게 대꾸했다.

시간이 흘러 몇 년이 지나도록 디아만둘라는 기다렸다. 짜증이 줄어들었고 두통도 잦아들었다. 키스 한 번 해 보지 못한 비틀린 입술에는 미소도 어렸다. 옷도 전보다 훨씬 더 깨끗이 빨아 입고 접시도 덜 깨고, 음식을 태우지도 않았다.

"도련님, 우리 결혼에 증인이 되어 주시겠어요?"

어느 날 밤, 디아만둘라가 내게 다가와 수줍게 물었다.

"물론이죠. 해 줄게요, 디아만둘라."

나는 그녀가 하도 가엾어서 대답은 했지만 숨이 막히는 기분이었다.

그때 그 말을 들을 때도 가슴이 미어지는 듯했는데 지금 오르탕스 부인에게 같은 제안을 들으니 오싹한 기분이 되었던 것이다.

"그럼요. 증인이 되고말고요. 오히려 영광입니다. 오르탕스 부인."

오르탕스 부인은 만족한 듯 입맛을 다시며 일어섰다.

"안녕히 주무세요, 안녕! 그이가 얼른 돌아오면 좋겠어요."

소녀라도 된 듯 노구를 흔들며 사라지는 부인을 보았다. 기쁨이 부인에게 날개가 되고 낡은 슬리퍼는 모래 위에 깊은 자국을 남겼다.

부인이 막 굽은 길을 돌아섰을 때 날카로운 비명과 울음소리가 들려왔다. 나는 벌떡 일어나 소리가 들리는 쪽으로 달려갔다. 맞은편에서 여자들이 곡하는 소리가 들렸다. 바위 위에 올라가 내려다보니 마을 쪽에서 사람들이 달려오고 있었고 개들이 뒤따르며 짖어 댔다. 말을 타고 달려오는 이도 2~3명은 되었다. 자욱한 먼지가 피어올랐다.

'사고가 났구나.' 나는 이렇게 생각하며 달려갔다. 시끌시끌한 소리가 점점 커졌다. 노을 사이로 두세 덩어리의 구름이 머물러 있었다. '우리 젊은 아가씨의 무화과나무'에는 새로 잎이 돋아나 푸르렀다.

갑자기 오르탕스 부인이 내게 달려들었다. 머리를 풀어 헤치고 숨이 턱 끝까지 차서 가던 길을 되돌아온 모양이었다. 슬리퍼 한 짝이 벗겨졌는데 그 신발을 들고 울면서 달려왔다.

"하느님 맙소사…… 아이고, 맙소사."

나를 보자 그녀가 흐느꼈다. 비틀거리는 게 금방이라도 쓰러질 것 같아서 부인을 붙잡았다.

"왜요? 무슨 일입니까?"

나는 부인이 신발 신는 것을 도왔다.

"무섭군요. 나는 무서워요……."

"뭐가 무섭습니까?"

"시체가……."

부인은 공기 중에 떠도는 죽음의 냄새를 맡고 덜덜 떨었던 것이다. 나는 부인을 떼어 내 어디에 좀 앉히려 했지만 그녀는 늙은 몸을 부들부들 떨기만 했다.

"싫어요. 나는 가기 싫어."

부인은 죽음이 나타난 곳에 가기를 꺼렸다. 저승 강을 지나는 뱃사공 카론의 눈에 띄는 건 좋은 일이 아니었다. 늙은 사람들이 흔히 그러듯 가엾은 세이렌도 카론이 흙이나 풀 속에서 자신을 찾아내지 못하게 풀빛이나 흙빛이 되어 자신을 숨기고 싶어 했다. 부인은 살진 어깨에 머리를 파묻고 몸을 떨었다. 그러다가 올리브 나무 가지에 웃옷을 벗어 걸고는 무너져 내리듯 땅바닥에 주저앉았다.

"이걸 내 몸에 좀 덮어 줘요. 덮어 주고 한번 가 보세요."

"추우세요?"

"네. 추워요. 덮어 줘요."

나는 카론이 찾아내지 못하도록 부인을 덮어 주고 가 보았다. 곡소리가 분명하게 들려왔다. 미미코가 내 앞을 지나 달려갔다.

"미미코, 무슨 일이야?"

"물에 빠져 죽었어요. 스스로 목숨을 끊은 거라고요."

미미코는 달리면서 대답했다.

"누가?"

"파블리요. 마브란도니 영감 아들!"

"왜?"

"그 과부……."

그 한마디가 공기 중에 퍼지면서 위험하고 풍만한 여자의 몸이 눈앞에 나타났다.

나는 바위 뒤로 돌아갔다. 마을 사람들 대부분이 나와 있었다. 남자들은 모자를 벗고 묵묵히 서 있었고 여자들은 머릿수건을 풀어 헤친 채 머리카락을 쥐어뜯으며 울부짖고 있었다. 자갈밭에 부풀어 오른 시체가 있었다. 마브란도니 영감은 꼿꼿하게 서서 그 시체를 내려다보았다. 오른손에 쥔 지팡이에 기대어 왼손으로 곱슬곱슬한 반백의 수염을 만지작거렸다.

"과부 년아, 저주나 받아라!"

사람들 사이에서 찢어지는 듯한 소리가 튀어나왔다.

"하느님이 네년에게 죗값을 받을 거다!"

여자 하나가 일어서서 남자들을 향해 삿대질을 해 댔다.

"아니, 이 마을에는 그년을 이 사람 무릎에 엎어 놓고 양처럼 목을 그어 버릴 사내 하나가 없단 말이오? 흥, 순 겁쟁이들 같으니라고."

그런 뒤에 말없이 서 있기만 하는 남자들을 향해 길게 침을 뱉었다.

카페 주인 콘도마놀리오가 대꾸했다.

"카테리나, 돌았어? 왜 우리를 모욕하는 거야? 우릴 모욕하면 안 되지. 우리 마을에도 아직은 팔리카레* 같은 사람이 있다고. 곧 알게 될 거야."

나는 더 이상 참을 수가 없어서 소리를 질렀다.

"모두들 부끄럽지 않습니까? 이게 왜 그 여자 잘못입니까? 다 자기 운명이지요. 하느님이 두렵지도 않습니까?"

아무도 대답하는 사람이 없었다. 물에 빠져 죽은 파블리 사촌 마놀라카스가 시체를 안고 제일 먼저 마을 쪽으로 걸었다.

여자들은 소리를 지르고 자기 얼굴을 할퀴고, 머리카락을 쥐어뜯었다. 시체가 안겨 가는 걸 보더니 시체를 만지려고 그쪽으로 달려갔다. 그러나 마브란도니 영감이 지팡이를 휘둘러 그들을 쫓아내고 앞장서서 걸었다. 여자들이 곡을 하며 그의 뒤를 따랐다. 이어 남자들이 조용히 뒤를 따라갔다.

모두 노을 속으로 사라졌다. 바다의 숨결이 평화롭게 들려왔다. 주위를 둘러보니 나 혼자였다. '나도 집으로 갈 겁니다. 오, 하느님! 오늘도 지나갑니다. 슬픔으로 가득한 하루가!'

생각에 잠긴 채 길을 따라 걸었다. 나는 인간의 고통을 제 것처럼 느끼는 이곳 사람들을 좋아했다. 오르탕스 부인, 조르바, 과부, 그리고 제

---

* 독립군이다.

슬픔을 잊기 위해 바다에 뛰어든 창백한 파블리도, 양의 목을 따듯 목을 그어 버리라고 소리 지르던 카테리나도, 남들 앞에서는 울지도 않고 말도 안 하던 마브란도니도 모두 존경했다. 나 혼자만 이성을 따지는 인간이었다. 내 피는 끓어오르지도 못했고 정열적인 사랑도, 제대로 된 미움도 없었다. 나는 모든 것을 운명 탓이라고 주장하면서 비겁한 방법으로 바로잡겠다고 나선 셈이었다.

어둑어둑한 가운데 바위 위에 서 있는 아나그노스티 영감을 발견했다. 그는 긴 지팡이로 턱을 괸 채 바다를 내려다보고 있었다. 나는 그를 불렀지만 그는 못 들었다. 그에게 다가가서야 나를 본 그가 고개를 내저으며 중얼거렸다.

"인생이 불쌍하구먼. 그렇게 청춘을 낭비해서야 쓰나. 가엾은 녀석이야. 슬픔을 감당하지 못하고 스스로 빠져 죽다니. 이제는 구원을 받았겠군."

"구원을 받았다고요?"

"그럼 받았고말고. 젊은이, 살아 봐야 뭘 하겠소? 과부와 결혼한대도 좀 살다 보면 싸움질이나 하다가 얼굴에 먹칠이나 하지. 그 여자는 암말과 같아요. 부끄러운 줄 모르지. 사내만 보면 발정을 내지. 그렇다고 과부하고 결혼을 하지 않아도 평생 불행했을 거요. 결혼하겠단 생각이 머리에 꽉 찼으니 제 팔자 스스로 구긴 거지. 죽자니 아깝고, 살자니 고생인 게야!"

"그리 말씀하시면 안 됩니다. 아나그노스티 영감님, 그런 말을 들으면 누구나 죽고 싶겠어요."

"이봐요. 그렇게 질색할 일도 아니오. 당신 빼고는 나한테 신경 쓰는 사람도 없으니까. 들어 봐야 내 말 같은 걸 믿을 것 같소? 날 봐요. 나보다 복 많은 사람이 또 있을까? 밭도 있고 포도밭에 올리브 과수원에 이층집도 있고, 돈도 있고, 마을 장로지. 게다가 착하고 정숙한 여자와 결혼해서 자식들도 낳았고 말이오. 나는 이 여편네가 나한테 눈 똑바로 뜨고 대드는 꼴을 본 적이 없소이다. 내 아들들도 모두 아비가 되었으니 나는 불만이 없다오. 뿌리가 깊이 내린 셈이지. 하지만 이런 인생을 다시 한번 살아야 한다면 파블리처럼 목에 돌을 매달고 물에 빠져 죽고 말지. 인생은 힘든 거요. 암, 힘들지……. 암만 좋은 팔자도 별수 없어요. 인생이란 게 저주받은 거란 말이오."

"하지만 아나그노스티 영감님, 부족한 게 없잖아요. 뭘 갖고 그리 불평하시는 겁니까?"

"부족한 게 없다니까 그러네! 가서 마을 사람들한테 물어보든가!"

그는 말을 마치고 다시 어두운 바다를 바라보더니 갑자기 지팡이를 휘둘러 댔다.

"그래, 파블리. 잘한 거다. 계집들이야 울든 말든 내버려 둬. 워낙 골빈 것들이니까. 파블리, 너는 이제 구원을 받은 게야. 네 아버지도 그걸 아니까 아무 말 안 한 거다."

그는 이미 하늘인지 산인지 구별하기 어려운 풍경을 둘러보다가 중얼거렸다.

"밤이구먼. 이제 돌아가야지."

그러더니 자기가 내뱉은 말들이 후회스러웠는지 갑자기 걸음을 멈췄다. 마치 비밀을 폭로한 뒤에 수습하려는 듯 내 어깨에 손을 얹고 말했다.

"당신은 젊어요. 그러니 늙은이가 하는 말 따위는 귓등으로 흘려버리게. 세상에 노인의 말을 다 믿으면 무덤으로 달려갈 일밖에 없지. 과부댁이 자네 앞을 지나거든 냉큼 붙드시게. 결혼하고 애 낳고 그러는 거지. 망설이지 말아요. 젊은이들이야 그깟 말썽 따위는 겁낼 필요 없다네."

나는 해변 오두막으로 가서 불을 지피고 차를 끓였다. 지치고 배도 고팠다. 동물처럼 게걸스레 먹고 있는데 미미코가 창문으로 납작한 머리를 디밀고 들여다봤다. 그는 아주 교활하게 웃었다.

"미미코, 무슨 일이야?"

"사장님, 뭘 좀 가져왔어요……. 과부댁이…… 오렌지 한 바구니를……. 과부댁이 그러는데 뜰에서 첫 수확한 거래요."

"과부댁이? 왜 나한테 그런 걸 보낼까?"

"오늘 오후에요. 편들어 줘서 고맙다고 그러던걸요."

"편을 들어?"

"나는 몰라요. 시키는 대로 전하는 것뿐이거든요."

미미코는 오렌지 바구니를 침대 위에 쏟았다. 오렌지 냄새로 오두막이 꽉 찼다.

"가거들랑, 내가 아주 고맙게 받더라고 전해라. 그리고 조심하시란다고 하고. 한동안은 마을에 나타나지 말라고 해라. 알겠니? 잠잠해질 때까지는 나오지 말라고 말이다. 미미코, 알아들었어?"

"그게 끝이에요?"

"그래. 그게 다야. 이제 가 봐."

미미코가 내게 윙크를 했다.

"그게 다지요?"

"가라니까!"

나는 오렌지 하나를 까서 먹었다. 꿀처럼 달았다. 쓰러져 잠이 들었는데 밤새 오렌지 과수원을 헤매는 꿈을 꿨다. 따뜻한 바람이 불어 나는 향긋한 바질 가지를 꽂고 시원한 바람으로 가슴을 씻어 냈다. 20대 젊은 농부가 되어 오렌지 숲을 거닐며 휘파람을 불었다. 누구를 기다린 거지? 모르겠다. 하지만 나는 기쁨으로 꽉 차 있었다. 수염을 쓰다듬으며 오렌지 나무 뒤 여자처럼 한숨 쉬는 바닷소리에 귀를 기울였다.

15

그날은 남풍이 심하게 불었다. 불타는 아프리카 사막에서 지중해로 불어오는 바람이었다. 고운 모래 먼지가 뱅글뱅글 돌며 하늘로 올라갔다가 다시 목구멍으로 들어와 숨 막히게 했다. 이 사이에도 모래가 서걱거리고 눈도 아팠다. 모래가 듬뿍 들어간 빵을 먹지 않으려면 문이나 창문을 모두 걸어 잠가야 했다.

그런 계절이 다가오고 있었다. 나무에 물이 오를 무렵 숨 막히고 답답한 나날이 계속되면 나는 봄의 불안에 갇혀 지내야 했다. 나른하고 긴장감이 스멀거리고, 내 몸 구석구석이 근질대는 듯한 기분, 크고도 단순한 행복을 바라는 욕망이 나를 붙잡았다.

나는 산으로 오르는 자갈길을 택했다. 3000~4000년이 지난 뒤 땅으로 솟아 사랑스런 크레타의 태양 아래 다시 몸을 데우고 있는 조그만 미노아 문명의 옛 도시를 돌아보고 싶은 욕망을 느낀 것이다. 서너 시간을 걷다 보면 봄이 불러온 불안을 진정시킬 수 있을 것 같았다.

내가 사랑하는 잿빛 바위, 무방비 상태의 아름다움, 험하고 황량한 산. 밝은 빛에 멀어 버린 둥글고 노란 눈을 가진 부엉이. 모두가 엄숙하고 아름답고 신비스러웠다. 나는 조용히 걸었지만 부엉이의 청각은 예리했다. 부엉이가 날아올라 바위 사이를 날더니 시야에서 사라졌다. 공기 중에는 백리향 냄새가 났고 노랗게 핀 가시금작화가 가시 사이로 보였다.

폐허가 된 작은 도시를 발견했을 때 나는 주문에라도 걸린 듯 그 자리에 서 버렸다. 정오가 가까워진 모양이었다. 햇빛이 폭포처럼 쏟아져 그 빛으로 바위를 씻어 내고 있었다. 폐허가 된 도시에서 정오는 아주 위험한 시각이다. 정오의 공기는 망자들의 함성과 소란으로 가득했다. 나뭇가지가 부러지고 도마뱀이 달리고, 지나는 길 위에 구름이 그림자를 만들어도 깜짝 놀라기 일쑤였다. 밟는 땅이 모두 무덤이고 듣는 소리는 모두 죽은 자의 비명 소리였다.

내 눈은 조금씩 밝은 빛에 길들여졌다. 나는 폐허 속에서 인간의 손길을 찾아냈다. 넓은 두 줄기 길 사이에 빛나는 돌이 깔려 있었다. 좁은 오솔길 가운데 광장이나 집회소로 쓰인 듯한 터가 있고, 그 옆은 신하들과 격 없이 지내겠다는 의미로 지은 것 같은 왕궁이 두 줄의 원형 기둥들 사이로 거대한 돌계단과 수많은 부속 건물들과 더불어 서 있었다.

거기 한복판에 있는 돌은 사람들이 무수히 밟았는지 심하게 닳았는데 아마도 내부 신전 터인 모양이었다. 젖가슴이 어마어마하게 큰 여신상이 두 팔에 뱀을 감은 채 다리를 올리고 서 있었다. 군데군데 조그만 가게들과 기름틀, 대장간, 목공소, 도자기 만드는 곳 등이 보였다. 교묘하게 만든 개미탑 안에 개미들은 이미 수천 년 전에 사라지고 없었다. 한쪽에는 장인이 돌로 항아리를 쪼았으나 완성할 시간이 없었던지 미완성이었고 그 옆에는 장인이 쓰던 정이 떨어져 있었다.

왜, 무엇 때문일까? 하는 덧없는 질문이 가슴에 피어났다. 완성하지 못한 항아리, 예술가의 영감이 사라지고 없다고 생각하니 슬픔이 밀려왔다. 바로 그때, 햇볕에 까맣게 탄 양치기가 닳아 떨어진 머릿수건을 곱슬머리에 뒤집어쓰고 폐허가 된 왕궁 옆 바위에서 일어났다.

"안녕하시오, 형씨?"

양치기가 까만 무릎을 드러내며 소리쳤다.

나는 혼자 있고 싶은 마음에 못 들은 척했다. 그랬더니 작은 양치기가 웃으며 나를 놀려 댔다.

"이런, 귀머거리 흉내시오? 담배 있으면 하나 줘요. 이런 텅 빈 구덩이 속에 처박혀 있자니 인생이 지긋지긋하구먼요."

그는 마지막 말을 억지로 끌어내듯 했는데 그 말투가 비참하게 들려서 갑자기 양치기가 불쌍해 보였다. 나는 담배가 없었다. 그래서 돈을 준다고 했더니 양치기가 화를 냈다.

"돈 같은 건 악마나 물어가라 그래요! 그걸 갖고 뭘 한답니까? 내 인생살이가 지긋지긋하다니까요! 나는 담배가 필요하다고요."

"담배가 없어. 한 개비도 없다고."

내가 변명하듯 말했다.

"없어요? 담배가 없어요? 그럼 주머니엔 뭐가 있습니까? 뭔가 잔뜩 넣어 불룩하구먼."

"책, 수건, 종이, 연필, 주머니칼…… 이 주머니칼을 줄까?"

나는 주머니에 든 걸 하나씩 꺼내며 물었다.

"그딴 건 나도 있어요. 필요한 건 다 있다니까요. 빵, 치즈, 올리브, 칼, 장화 만들 가죽과 송곳 그리고 물이 든 병도 있고. 다 있어요. 담배만 빼고……. 담배가 없으면 아무것도 없는 거나 마찬가지예요. 뭣하러 이런 폐허를 뒤지고 있어요?"

"골동품 연구."

"그걸 해서 뭐하게요?"

"아무것도."

"아무것도? 나도 그래요. 이건 모두 죽은 거잖아요. 우리는 살아 있고요. 얼른 가시는 게 좋겠네요. 조심하세요."

"그렇지 않아도 가는 길이네."

나는 고분고분 대답했다. 계획했던 대로 마음속 불안을 다 떨쳐 버리지 못하고 오던 길을 따라 걸었다. 한동안 뒤를 돌아보았는데 고독한 양치기는 여전히 바위 위에 앉아 있었다. 검은 곱슬머리가 수건에서 빠져나와 바람에 휘날렸다. 빛이 머리끝에서 발끝까지 비춰 마치 청동상을 보는 기분이 들었다. 그는 지팡이를 비스듬히 메고 휘파람을 불었다.

나는 다른 길을 택해 해안으로 내려갔다. 이따금 가까운 들에서 향기를 머금은 바람이 불어왔다. 냄새로 가득한 땅, 낄낄대는 바다, 푸른빛을 띠고 쇠붙이처럼 반짝이는 하늘!

겨울은 몸과 마음을 움츠리게 만들지만 가끔 불어오는 따뜻한 겨울 바람은 가슴을 부풀게 만든다. 걸으면서 나는 문득 공기 속에서 우렁찬 피리 소리를 들었다. 고개를 들었다가 어린 시절부터 나를 매혹시킨 광경과 만났다. 따뜻한 곳에서 겨울을 나고 돌아온 해오라기 떼들이 대형을 지어 날고 있었다. 해오라기들은 앙상한 가슴과 날개에 제비를 감춰 온다고 했다.

어김없이 반복되는 계절의 리듬, 무상한 생명의 윤회, 태양 아래 차례를 지켜 나타나는 지구의 네 가지 얼굴, 살아 있는 것은 반드시 소멸한다는 진리가 다시 한번 가슴을 치고 지나갔다. 해오라기 울음소리를 배경으로 내 안에서, 생명이란 모든 사람에게 오직 한 번뿐이라는 것, 그러니 이 세상에 있을 때 즐기라는 경고가 들려왔다.

이렇게 끔찍하면서도 동시에 동정이 느껴지는 경고를 들으면 사람들은 약점이나 천박함, 나태, 헛된 희망 등을 극복하고 사력을 다해 시간에 매달리게 된다. 이어서 먼저 스쳐 간 사람들이 살았던 시간들을 떠올리면서 자신은 길 잃은 영혼이며, 삶이 별 볼 일 없는 쾌락과 헛소리, 고통으로 낭비되고 있다는 깨달음이 찾아오고 수치심이 지배하게 된다. 해오라기 떼는 북쪽으로 사라졌지만 내 머릿속에서는 여전히 소리를 내며 이쪽에서 저쪽으로 끊임없이 날아다녔다.

바다에 다다라 빠른 걸음으로 물가를 걸어 다녔다. 이렇게 걸을 때는 마음이 어지러운 법이다. 파도가 한 번 치고 새가 울 때마다 우리에게 해야 할 의무가 있음을 일깨워 주는 것 같았다. 둘이 함께 갈 때는 이런 소리는 들리지 않는다. 아니, 새와 파도가 아예 말을 걸지 않는 건지도 모른다.

자갈밭에 드러누워 눈을 감았다. '영혼이란 게 무엇일까? 영혼과 바다와 구름, 향기 사이에는 무슨 관계가 있는 거지? 영혼이 바다고 구름이고 향기 같긴 한데…….' 알 수가 없었다.

나는 다시 일어나 결심이라도 한 것처럼 걸었다. 무슨 결심인지는 나도 모르겠다. 그때 등 뒤에서 누군가 말을 걸었다.

"선생님, 어디로 가시나요? 수녀원으로 가시는 길입니까?"

뒤를 돌아보니 작고 혈색이 좋은 노인이 백발에 머릿수건을 두른 채 손을 흔들며 나를 보고 웃고 있었다. 늙은 여자가 뒤를 따르고 또 그 뒤에는 가무잡잡한 피부에 눈빛이 빛나는 처녀가 하얀 스카프를 두른 채 따라오고 있었다.

"수녀원 가십니까?"

노인이 다시 물었다. 나는 그제야 내가 수녀원으로 가기로 했다는 것을 깨달았다. 몇 달 동안이나 바다 가까이에 지은 수녀원에 가고 싶었지만 마음을 정하지 못하고 미루다가 그날 오후에 작정하고 나선 것이었다.

"네. 성모님께 바치는 찬송을 들으러 가는 길입니다."

"당신에게 성모님 축복이 내리시기를."

그는 재빨리 걸어 내 옆에 섰다.

"석탄 회사 하시는 분이시죠?"

"그렇습니다."

"네, 성모님이 선생님께 큰 수익을 보내 주시길 기원합니다. 마을을 위해 아주 좋은 일을 하고 계세요. 가난한 가장들에게 생활비를 대 주시는 셈이거든요. 축복받으세요."

우리 탄광이 그다지 수익을 못 낸다는 걸 알고 있던 이 교활한 늙은이는 나를 위로한답시고 덧붙였다.

"돈을 많이 벌지 못한다고 해도 너무 상심하지는 마십시오. 선생님은 패배자가 아니에요. 영혼은 천당으로 곧바로 갈 수 있을 겁니다."

"저도 그러길 바랍니다, 영감님."

"나는 배운 게 짧은 사람이라오. 하지만 어느 날 교회에서 예수님이 하신 말씀을 들었지. 이 말씀이 얼마나 충격적인지 아직도 잊히질 않소. 뭐라 하셨는고 하니, '값진 보배를 얻으려면 가진 걸 모두 팔라'고 하셨다오. 그럼 값진 보배가 뭘까요? 영혼을 구하는 겁니다. 선생, 당신은 지금 그 보배를 얻는 중이오."

값진 보배라! 내 마음속에 얼마나 큰 보배가 반짝이고 있는 걸까? 우리는 걷기 시작했다. 남자들이 앞서 걷고 여자들이 뒤에서 손을 잡고 따라왔다. 이따금씩 대화를 했다. 올리브꽃이 벌써 피는군요? 비가 와서 보리 싹이 틀 수 있을까요? 몹시 배가 고팠던 탓에 먹는 이야기를 자꾸만 했다.

"무슨 음식을 좋아하시나요, 영감님?"

"뭐든 다 잘 먹습니다. 이건 좋고 저건 싫다고 하는 건 죄를 짓는 거지요."

"왜 그렇습니까? 골라서 먹는 게 나쁘다는 건가요?"

"안 됩니다. 그러면 안 됩니다."

"왜 안 되는데요?"

"굶주리는 사람이 있잖습니까?"

나는 부끄러워서 아무 말도 할 수 없었다. 내 마음은 그런 품위와 연민을 가진 적이 없었기 때문이었다. 수녀원 종소리가 여자 웃음소리처럼 맑고 장난스럽게 들렸다. 노인이 성호를 그었다.

"순교하신 성처녀여, 우리를 도와주소서. 그분은 칼을 맞은 목에서 피를 흘리십니다. 해적이 습격해 올 때……."

노인은 눈물까지 흘려 가며 먼 동방에서 박해를 피해 온 젊은 순교자가 이교도의 칼에 찔려 죽은 이야기를 했다. 여태 살아 있는 여자 이야기를 하듯 살을 붙여 갔다.

"일 년에 한 번씩 이 상처에서 진짜 뜨끈한 피가 흐른답니다. 옛날이야기이오만, 아마 성처녀의 제삿날이었을 거요. 내 코 밑에 수염이 나기도 전의 일이라오. 시골 마을 사람들도 모두 내려와 성처녀에게 예배를 드렸어요. 8월 15일이었소. 남자들은 마당에서 잠이 들고 여자들은 안에서 잤는데 꿈결에 나는 성처녀의 비명 소리를 들었어요. 벌떡 일어나 성처녀의 목을 만져 보았는데 글쎄, 피가 묻어 있질 않겠소?"

노인은 성호를 긋고 아내와 딸을 돌아보았다.

"어서 와! 거의 다 왔어."

노인은 그들에게 소리를 지른 후 목소리를 낮췄다.

"결혼하기 전에 나는 거룩한 성처녀 앞에서 이 거짓말투성이 세상을 떠나 수도승이 되기로 맹세했다오."

이렇게 말하고 그는 웃었다.

"왜 웃으시는 겁니까?"

"우스워서 그러오. 그해 축제 기간 그것도 바로 그날에 악마가 변장해서 내게 왔단 말이오. 그게 바로 저 여자라오."

그는 돌아보지도 않고 손가락만으로 뒤에 쫓아오는 여자를 가리켰다.

"지금은 건드린다는 생각만 해도 진저리가 쳐지지만 그땐 보통내기가 아니었다오. 물고기처럼 포동포동했지. '속눈썹이 긴 미인'이라고 불렸다오. 그런 소릴 들을 정도로 멋졌어요. 하지만 지금은, 하느님 맙소사! 그 좋던 눈썹이 다 어디 갔는지 원! 불에 타 버린 건지 한 올도 없다오."

순간 바로 우리 뒤에 쫓아오던 여자가 사나운 사냥개처럼 으르렁거렸다. 그래도 말은 한마디도 하지 않았다.

"다 왔소. 저게 바로 수녀원이라오."

노인이 말했다.

바닷가, 두 개의 바위 사이에 하얗게 반짝이는 건물이 바로 수녀원이었다. 예배당 한가운데에 둥그런 돔이 있었는데 하얗게 회칠을 해 놓은 게 여인의 젖무덤처럼 앙증맞았다. 예배당 둘레에는 수도원 독방이 5~6채 있었는데 모두 파란 창을 해 넣었다. 마당의 커다란 삼나무 세 그루가 눈에 띄었고 벽을 따라서 빙 둘러선 가시배나무에는 꽃이 피어 있었다.

우리는 빨리 걸었다. 열린 지성소 창으로 찬송가가 은은하게 울려 퍼졌고 짭짤한 공기 속에 안식향 냄새가 흘러넘쳤다. 아치 한가운데를 통과하는 대문은 활짝 열려 검은 자갈과 흰 자갈을 깐 깨끗한 마당을 보이고 있었다. 벽면을 따라 오른쪽에서 왼쪽으로 로즈메리, 꽃박하, 바질 화분이 나란히 놓여 있었다. 그 단아함과 그 신선한 풍경 앞에 절로 감탄이 나왔다. 해가 떨어지고 있어서 회칠한 벽은 분홍빛으로 물들었다.

약간 어두워 보이는 예배당은 훈훈했다. 초 냄새가 나는 예배당에서는 남자와 여자들이 초 향기 나는 연기 속을 서성거리고 검은색 긴 수녀복을 딱 맞게 입은 수녀들은 맑은 고음으로 '오, 전능하신 하느님'을 노래했다. 그들은 노래하면서도 끊임없이 꿇어앉았다가 일어섰다 했다. 옷이 구겨지면서 새의 날갯짓 소리를 냈다.

성모 마리아에게 바치는 성모송을 꽤 오랜만에 들어 봤다. 반항하던 어린 시절에는 교회를 지날 때면 분노와 경멸이 일었는데 나이가 들면서 반항도 죽었다. 나는 이따금 성탄절이나 축일 전야 예배, 부활절 같은 종교적인 모임에 나가 보기도 했다. 내 안에 있던 동심이 되살아나는 것 같아 즐거운 마음이 들었다. 어린 시절의 신비스러운 정열이 아름다운 것을 즐기는 마음으로 바뀐 것이다. 야만인들은 종교적인 행사에 악기를 사용하지 않으면서 악기가 신성한 힘을 잃어 화음이 만들어졌다고 믿는다. 그런 것처럼 종교는 내 안에서 예술로 변한 것이다.

나는 신자들의 손길에 반질반질하게 닦여 상아처럼 빛나는 성가대 의자에 기대 먼 과거로부터 들려오는 것 같은 비잔티움 찬송가에 빠져들었다. '찬송하세, 인간의 마음이 닿지 못하는 저 높은 곳에. 찬송하세, 천사의 눈도 꿰뚫지 못하는 아득히 높은 곳에. 찬송하세, 순결한 신부, 오, 시들지 않는 장미여!' 수녀들이 다시 한번 고개를 숙이며 무릎을 꿇자 수녀복에서 날갯짓하는 소리가 났다.

안식향 향기를 뿜어내며 날개 달린 천사들이 이제 막 피어나는 백합을 들고 마리아의 아름다움을 찬양했다. 해가 떨어지면서 우리는 푸르스름한 석양 속에 잠겼다. 언제 마당으로 나왔는지 모르겠지만 나는 수녀원장과 두 수습 수녀와 함께 키 큰 삼나무 아래 서 있었다. 젊은 수습 수녀가 내게 잼과 물, 커피를 권했고 평온한 대화가 시작되었다. 우리는 성모 마리아가 이룬 기적, 갈탄, 암탉이 알을 품었으니 봄이 온 증거라는 등의 이야기를 나눴다. 간질병 때문에 걸핏하면 예배당 바닥에 쓰러져 물고기처럼 파닥거리며 입에 거품을 문 채 옷을 찢는 에우독시아 수녀 이야기도 했다. 수녀원장은 한숨을 쉬었다.

"서른다섯이에요. 불행한 나이죠. 힘들어요……. 순교한 성처녀께서 강림하시어 에우독시아의 병을 고쳐 주시기를. 10년이나 15년쯤 있으면 낫겠지요."

"10년에서 15년이나요?" 나는 놀라서 중얼거렸다.

"영원을 생각해 보십시오. 10년, 15년은 긴 세월도 아니지요."

수녀원장이 엄숙한 목소리로 말했다.

나는 대답하지 않았다. 매 순간이 영원이라는 걸 알고 있었다. 향긋한 냄새가 나고 희고 통통한 수녀원장 손에 입맞춤을 하고 나는 수녀원을 나왔다.

그사이 밤이 되었다. 두세 마리 까마귀가 서둘러 둥지로 돌아가고 올빼미는 숲속에서 나와 달팽이, 애벌레, 들쥐 등 땅속에서 기어 나온 먹잇감을 사냥했다. 제 꼬리를 잘라 먹는 신비한 뱀이 똬리를 튼 채 나를 그 속에 가둬 버렸다. 대지는 새끼를 낳고 잡아먹고 또 더 많이 낳아 차례차례 잡아먹었다.

주위가 캄캄했다. 마을 사람들도 떠나 버려 나를 볼 수 있는 사람은 없었다. 나는 말 그대로 혼자였다. 구두를 벗고 발을 바닷물에 담갔다. 모래 위에 드러누워 돌과 물, 대지를 느껴 보고 싶은 충동이 일었다. 수녀원장이 '영원'이라는 말을 던졌는데 그 말이 야생마를 잡는 올가미처럼 내 목으로 파고드는 것 같았다. 나는 맨몸으로 땅과 바다와 만나 이 사랑스럽고 덧없는 것들의 존재를 느껴 보고 싶었다.

내 안 깊은 곳에서 나는 소리쳤다. '유아독존! 오, 대지여! 나는 그대의 막내, 그대 젖을 빠는 나는 그대를 놓치지 않으리. 그대는 다만 한 순간의 삶을 내게 주겠지만 그 한순간이 젖이 되고 나는 그 젖을 빨리라.'

나는 몸을 떨었다. 신과 인간이 함께 느끼는 이 '영원'이라는 말이 나를 잡아먹을 것 같았다. 언제였던가! 겨우 일 년 전에 눈을 감고 팔을 벌려 '영원' 속으로 나를 던지고 싶던 때가 있었다.

초등학교 1학년 때, 알파벳 책에서 아이 하나가 우물에 빠졌다가 우물 속에서 화려한 도시, 화단, 꿀로 된 호수, 떡과 갖가지 장난감으로 된 산을 보았다는 이야기를 읽은 적이 있다. 그 글을 읽었을 때 단어 하나하나가 나를 그 신비한 곳으로 데려가는 것 같았다. 어느 날 정오 무렵, 학교에서 돌아와 포도 넝쿨 아래 있는 우물가로 달려가서 넋을 잃고 검고 부드러운 우물의 수면을 내려다보았다. 그러고 있으려니 내 눈에도 환상의 그 도시, 집들, 거리, 아이들, 포도가 열린 포도 넝쿨들이 보여 더 이상 참을 수가 없었다. 나는 우물 속으로 들어가기 위해 땅을 박차고 우물가를 넘으려 했다. 그때 어머니가 나를 보시고 소리 지르며 달려와 나를 붙잡지 않으셨다면……. 어린 날의 나는 우물 속으로 뛰어들었을 것이다.

커 가면서 나는 '영원'이나 '사랑' '희망' '국가' '하느님' 같은 말들에 관심을 가졌다. 단어 하나하나를 제대로 알아 가면서 마치 위험에서 벗어나 쑥쑥 성장하고 있다고 믿었다. 그러나 그게 아니었다. 나는 겨우 말 바꾸기를 통해 구원받았다고 생각한 것이었다. 그런 내가 2년 전부터 관심을 가진 단어는 '붓다'였다.

하지만 확신한다. 붓다는 최후의 우물, 마지막 심연의 단어, 영원한 구원이 되어 줄 것이다. 조르바에게 영광이 있기를! 영원이라, 확신이 생길 때마다 내가 썼던 말이 아니었던가!

나는 벌떡 일어났다. 머리카락에서 발끝까지 행복이 흘러넘쳤다. 나는 옷을 벗고 바닷속에 뛰어들었다. 파도도 신이 난 모양인지 저희들끼리 놀고 있었다. 나도 한데 어울려 놀았다. 지친 후에야 물에서 나와 바람에 몸을 말리고 큰 위험에서 탈출한 듯, 아직 어머니인 대지의 품에 안겨 있는 것처럼 기분이 좋아져서 성큼성큼 그곳을 떠났다.

16

갈탄 광산이 보이는 해변에 도착해서 나는 걸음을 멈추었다. 오두막에서 불빛이 새어 나오고 있었다. '조르바가 돌아왔구나!'라고 생각하니 가슴이 펄떡펄떡 뛰었다.

달려가고 싶은 것을 참았다. 반가워하지 말아야지. 화를 내며 단단히 따져야지. 급한 볼일로 보냈더니 돈만 몽땅 쓰고 계집이랑 어울리다가 12일이나 늦게 돌아와? 화가 잔뜩 난 척할까? 그래, 그래야 해!

나는 화를 내려고 일부러 천천히 걸었다. 화를 내 보려고 얼굴을 잔뜩 찌푸리고 주먹도 쥐어 보고 화난 사람들이 하는 행동을 모두 해 봤지만 잘되지 않았다. 화가 나기는커녕 오두막이 가까워질수록 가슴이 벌렁거렸다.

오두막 쪽으로 올라가 불빛이 새어 나오는 창을 들여다보았다. 조르바는 무릎을 꿇고 화덕 앞에 앉아 커피를 끓이고 있었다. 가슴이 뭉클해져서 나는 일부러 소리를 질렀다.

"조르바!"

그 순간 문이 벌컥 열리며 조르바가 맨발로 뛰어나왔다. 목을 쑥 빼고 어둠 속을 휘젓다가 나를 발견하곤 안으려 했는데 멋쩍었는지 도로 팔을 떨어뜨렸다.

"보스, 다시 뵙게 되니 반갑습니다."

미안한 표정으로 내 앞에 꼼짝도 않고 서서 머뭇거리듯 그가 말했다.

"돌아오려고 애써 주니 정말 고맙군요……. 화장비누 냄새가 나니까 가까이 오지 말아요."

나는 화난 사람처럼 목청을 돋우려 했지만 마음대로 되지 않았다.

"에이, 보스도 참……. 내가 얼마나 박박 문질러 씻었는데 그래요? 보스 만나기 전에 1시간이나 벅벅 닦았다니까요. 거의 1시간이나 돌덩이로 문질렀어요. 근데도 이놈의 냄새가……. 하지만 별 수 있습니까? 차츰 없어질 겁니다. 나도 이 짓이 처음이 아니니까 말입니다. 없어질 거예요."

"들어갑시다."

나는 웃음이 터지려는 것을 간신히 참았다.

오두막 안에서도 향수, 분, 비누와 여자 냄새가 났다.

"도대체 이게 어떻게 된 일이에요?"

나는 핸드백, 두루마리 화장지, 스타킹, 빨간 양산, 향수 두 병이 든 상자를 가리켰다.

"선물입니다……."

조르바가 목을 쑥 빼곤 웅얼거렸다.

"선물이오? 나 참…… 선물이라!"

나는 여전히 화난 척했다.

"네, 선물이에요. 보스, 우리 부불리나를 위한 거예요……. 화내지 마세요. 내일 모레가 부활절이잖아요. 아시겠지만 고것도 인간이란 말이지요."

나는 또 웃음이 터지려는 것을 간신히 참았다.

"그 여자한테 제일 필요한 건 안 갖고 오셨구먼."

내가 빈정거렸다.

"그게 뭡니까?"

"그야 물론 결혼 화환이지!"

"뭐요? 그게 무슨 말입니까? 도통 모르는 소리구만요."

나는 그제야 상사병 걸린 세이렌을 어떻게 놀렸는지 이야기해 주었다. 조르바는 한참 동안 머리를 벅벅 긁었다.

"이렇게 말하기 뭣합니다만, 보스, 괜한 짓을 하셨어요. 무슨 뜻이냐면 말입니다, 농담이 지나치면 안 된다는 겁니다. 여자는 아주 약한 동물이에요. 도대체 이 얘기를 몇 번이나 해야 알아들으시려는지 원. 여자는 꽃병 같은 거예요. 아주 조심조심 만져야 깨지지 않죠."

나는 창피했다. 조르바가 오기 전에도 후회했지만 이미 엎어진 물이었다. 나는 화제를 바꿨다.

"케이블이랑 연장은 어떻게 되었소?"

"흥분하지 마세요. 보스, 모두 다 사 왔답니다. 꿩 먹고 알 먹고죠. 케이블, 선로, 롤라, 부불리나……. 몽땅 다 손에 넣는다 이겁니다."

그는 화덕 위에서 브리키*를 내려 내 컵에 커피를 따르고 칸디아에서 사온 줌발스**와 내가 제일 좋아하는 꿀 바른 할바***를 내밀었다.

"보스 선물로 할바를 한 상자나 사 왔어요. 내 말 맞죠? 안 잊었다니까요."

"여기 앵무새 몫으로 땅콩도 한 주머니 샀어요. 하나도 안 빠뜨렸

---

* 피라미드형의 커피 주전자이다.

** 과일을 갈아 만든 과자이다.

*** 참기름과 설탕으로 속을 채운 과자이다.

죠? 내 머리 무게도 이젠 정상이라니까요."

조르바는 커피를 마시고 담배를 피우며 나를 바라보았다. 그 눈이 뱀눈처럼 나를 붙잡아 꼼짝 못하게 했다.

"그래, 궁금해 죽겠다던 문제는 풀었어요? 이 주책바가지 양반아."

"뭘 말하는 겁니까, 보스?"

"여자가 사람인지 아닌지 궁금하다면서요?"

"아, 그거요! 풀었습지요."

조르바는 손을 내저으며 대답했다.

"여자도 우리 같은 사람이에요. 품질은 좀 떨어지지요. 여자란 건 지갑을 보면 머리가 홱 돌아 버립니다. 착 달라붙어서는 자유도 싫고 뭣도 싫으니 남자한테 다 주는 척합니다. 왜냐? 마음 한구석에 반짝이는 지갑 생각이 떠나질 않거든요. 그러다 정신이 돌아오면…… 에이, 이런 얘기는 집어치웁시다."

그는 일어서서 담배를 창밖으로 던지고 말을 이었다.

"남자들 이야기를 합시다. 곧 성주간*이에요. 이제 케이블도 구했으니 서둘러 수도원에 가서 돼지 새끼들에게 땅문서에 서명을 하게 해야지요. 우리 계획을 알고 딴마음이라도 먹기 전에 말이오. 무슨 말인지 아시죠? 보스, 시간이 없어요. 잘했느냐, 못했느냐를 따지고 있다간 되는 게 없어요. 얼른 착수해서 돈을 긁어모아야지요. 써 버린 만큼 배에다 잔뜩 실어야 한다는 거예요. 칸디아 여행을 다녀오느라고 돈이 왕창 나갔어요. 그 썩을 년이……."

그는 말을 끊었다. 나쁜 짓을 하고 수습할 방법을 몰라 떨고 있는 어린아이 같았다. 나는 조금 미안해졌다. 나 스스로를 꾸짖었다. '부끄러운 줄 알아라. 이 순진한 사람을 두려움에 떨게 하다니! 조르바 같은

---

* 부활제 전 일주일간을 말한다.

사람을 어디서 구한다고. 자, 스펀지로 쓱쓱 문질러서 죄를 지워 버리라고!'

"조르바, 빌어먹을 일 같은 건 내버려 둬요. 우리하고는 상관없다니까요. 기왕에 엎어진 물인걸요. 잊어버리고 산투르나 내리세요!"

조르바는 나를 안을 듯이 또 팔을 벌렸다가 염치를 아는지라 다시 천천히 내렸다. 그러고는 한달음에 벽으로 뛰어 뒤꿈치를 들고 산투르를 내렸다. 등잔 아래로 가는 그를 보고 나서야 그의 머리가 새카매진 걸 알았다.

"저런 주책바가지! 도대체 머리는 왜 그 모양을 만들었어요? 어디서 한 거예요?"

조르바가 웃음을 터뜨렸다.

"염색했어요. 화내지 말아요……. 성질이 나서 염색해 버렸어요."

"왜요?"

"이게 다 허영 때문이에요. 젠장, 어느 날 롤라와 팔짱을 끼고 산책을 나갔지 뭡니까? 말이 팔짱이고 실은 손깍지를 꼈어요. 그런데 쪼그마한 것들이 우리 뒤에서 소리를 지르더라고요. '어이, 할배. 거기 가는 할배 말이오. 여자를 데리고 어딜 가시나? 저 할배 유괴범 아냐?' 롤라가 얼마나 창피했을지 짐작이 가시죠? 나도 창피했습니다. 그날 밤 당장 이발소로 달려가 털을 까맣게 물들인 겁니다."

내가 웃자 조르바가 정색한 얼굴로 나를 보았다.

"이게 우스워요? 좋아요. 사내라는 게 얼마나 웃기는 동물이냐면 말입니다. 물들인 날부터 나는 완전히 다른 사람이 되어 버렸어요. 당신도 내 머리가 완전히 검어졌다고 믿죠? 나도 그렇게 믿어 버렸던 거예요. 아시겠어요? 사내란 자기에게 잘 안 맞는 건 잘 잊어버려요. 아무튼 그렇게 생각했더니 힘이 솟더란 말입니다. 롤라도 그걸 눈치채더군요. 가끔 내가 여기 등이 쑤신다고 했던 거 기억나요? 이젠 말끔히 나왔어요. 그날부터 전혀 안 아프더라니까요. 물론 보스는 못 믿으시죠? 당신 책에는 그런 건 안 쓰여 있으니 말입니다."

한참을 비웃더니 조금 미안했던 모양이었다.

"보스, 실은 내 평생 책을 딱 한 권 읽었는데 말이오. 그게《뱃사람 신드바드》라오. 그걸 읽고 뭘 얻었느냐면……."

그는 다정하게 천천히 산투르를 싼 보자기를 끌렀다.

"밖에 나갑시다. 산투르는 벽으로 갇힌 방을 싫어한다오. 이놈은 거칠어요. 그러니 넓은 데로 갑시다."

우리는 밖으로 나갔다. 별이 반짝이고 은하수는 하늘 위로 흘렀다. 자갈밭 위에 앉자 파도가 밀려와 발을 간지럽혔다.

"땡전 한 푼 없을수록 신나게 놀기라도 해야지요. 산투르, 엥? 놀고 싶지 않아? 그러지 말고 이리 오렴, 우리 산투르!"

"조르바, 당신 고향 마케도니아 노래를 불러 줘요."

"그럽시다. 보스는 보스의 고향 크레타 노래를 부르시든가. 나는 칸디아에서 깨달은 걸 노래로 불러 보지요. 그놈의 칸디아가 내 팔자를 바꿔 놓았으니."

그는 한동안 생각에 잠겨 있었다.

"아니지, 몽땅 바뀌진 않았어요. 지금에야 잘한 짓이었다는 걸 알겠어요."

그는 굵은 손가락으로 산투르를 켜면서 거칠고 쉰 목소리로 노래를 불렀다.

> 한번 마음 먹은 일은 밀고 나가라. 후회나 주저는 금물!
> 고삐는 젊음에게 쥐어 주자. 다시 오지 않을 젊음을 위해
> 내가 너를 잃지 않는 순간은 네가 이기는 순간이라네

우리는 근심 따위를 날려 버렸다. 롤라, 갈탄, 선로, 영원, 그 밖의 크고 작은 근심들이 모두 푸른 연기가 되어 하늘로 사라졌다. 남은 건 강철로 만든 새, 노래하는 영혼뿐이었다. 기분이 최고조에 달했다. 노래가 끝나자 나는 소리를 질렀다.

"조르바! 내 몽땅 용서해 드리지요. 당신이 한 짓……. 여자를 달고 다닌 것, 머리 물들인 것, 돈 쓴 거 몽땅 당신 다 가져요. 노래나 부릅시다."

그는 다시 한번 목에 힘줄이 서도록 노래를 불렀다.

용기! 빌어먹을! 모험! 까짓것 와 봐!
죽기 아니면 까무러치기다!

광산 근처에서 자던 일꾼들이 노래를 듣고 내려와 함께 어울렸다. 자기네가 즐겨 부르던 노래를 들으니 가만있기가 어려웠던 모양이었다. 그들은 거의 벌거벗다시피 하고 머리는 풀어 헤친 채 어둠 속에서 나타났다. 흥에 겨워 조르바와 산투르를 둘러싸고 자갈밭에서 춤을 추었다. 나는 조용히 그들을 바라보다가 깨달았다. 내가 찾던 광맥이 바로 이것인데 더 이상 뭐가 필요할까!

다음 날 새벽, 광산 갱도에서 조르바가 고함치는 소리와 곡괭이를 휘두르는 소리가 들려왔다. 조르바 같은 사람만이 인부들을 지휘하고 일에 몰두하게 만들 수 있다. 그와 함께 있으면 일이란 게 포도주도 되고 여자도 되고 노래도 되어 인부들을 흠뻑 빠지게 만들었다.

그의 손에서 대지는 힘을 받았고 돌, 석탄, 나무, 인부들은 그의 리듬대로 움직였다. 아세틸렌의 하얀 등불을 받으며 갱도에서는 선전 포고를 받은 군대 같은 움직임이 일었다. 조르바는 선두에서 맨손으로 싸우는 중이었다. 그는 갱도와 광맥에 각각 이름을 붙여 주고 이 보이지 않는 것들에게 표정까지 선사했다. 그에게 걸리면 갱도나 광맥도 꼼짝없이 잡혀 있어야 했다.

그는 처음으로 이름을 붙여 준 갱도에 대해 이렇게 말하곤 했다.

"저 녀석이 '카나바로 갱도'인 줄 내가 알고 있으니 어디로 내뺄 도리가 없잖아요? 기껏 한다는 게 제 더러운 빰이나 내게 비빌 뿐이죠. '수녀원장 갱도'나 '안짱다리 갱도', '오줌싸개 갱도'도 다 똑같아요. 나는 이것들의 이름을 줄줄이 꿰고 있다니까요."

어느 날 나는 조르바 몰래 갱도에 들어갔다. 그가 기분 좋을 때 늘 하듯이 인부들에게 소리를 지르고 있었다.

"이봐들! 힘 좀 써! 자, 어서 하자고! 이놈의 산 몽땅 파먹어야지. 안 그래? 그래도 사내 꼭지잖은가! 사내를 얕보면 못 쓰지. 하느님도 우릴 보시면 아마 덜덜 떠실걸? 크레타 사람인 자네들과 마케도니아 사람인 내가 이 산을 꿀꺽 잡숴 보자고. 산 하나쯤으로는 성에 차지도 않으니 아예 터키도 먹어 버리자고? 그러면 이까짓 쪼그마한 산에 붙잡혀 있지 말아야지. 자, 다들 이리로 와!"

그때 누군가 조르바 곁으로 다가섰다. 아세틸렌 불빛으로 미미코의 얼굴이 드러났다.

"저, 조르바 씨…… 조르바 씨……."

쭈뼛거리며 미미코가 그를 불렀다. 조르바가 고개를 돌리더니 용건이 뭔 줄 알겠다는 듯 큰 손을 들었다.

"얼른 가! 썩 꺼져 버려!"

그가 소리를 버럭 질렀다.

"저기 아주머니 심부름이에요……."

미미코는 더듬어 가며 말을 했다.

"꺼지래도! 우린 바빠!"

미미코는 엉덩이에 불이 붙은 듯 달아났다. 조르바는 화가 나서 침을 뱉었다.

"낮에는 일을 해야 하는 법이야. 낮은 사내들 시간이라고. 밤에는 즐기는 거고. 그러니 계집들은 밤에나 차지해야지. 이걸 혼동하면 안 되는 거라고!"

바로 그때 내가 조르바에게 다가갔다.

"벌써 12시예요. 점심 안 먹어요?"

내가 소리쳤더니 조르바가 한심한 눈초리로 나를 봤다.

"보스, 우리 기다리지 말고 먼저 드시지 그래요? 가서 점심 잡숴요. 생각해 보쇼. 우린 12일이나 놀았으니 빨리 메꿔야 하지 않겠어요? 혼자 맛있게 드세요."

나는 갱도에서 나와 바다 쪽으로 갔다. 배가 고팠지만 잊어버리고 책을 펼쳤다. '명상도 일종의 광산이잖아. 그럼 나도 그걸 파면 되지.' 이런 생각이 들었다. 그래서 나도 거대한 정신의 갱도 속으로 들어갔다.

머리를 한 대 때리는 것 같은 책이었다. 티베트의 눈 덮인 산, 신비스러운 수도원에서 황갈색 가사를 입은 묵상하는 수도사들 이야기였다. 그들은 정신을 집중해 하늘의 충만한 정기를 가져다 자기 마음대로 어떤 형상으로든 바꿔 버렸다.

여기는 높은 산꼭대기. 공기는 정기로 가득 차 있다. 세속의 부질없는 소음이 여기까지 닿을 리 없다. 위대한 금욕주의자는 열다섯에서 열여덟 살까지의 제자들을 이끌고 한밤중에 산속의 얼어붙은 호수로 간다. 그들은 옷을 벗고 얼음을 깬 후 옷을 그 안에 넣어 얼리고 그걸 다시 입고 체온으로 녹인다. 또다시 적시고 체온으로 말리고 그렇게 일곱 번을 한 다음 아침 예불을 하러 수도원으로 돌아오는 것이다. 그들은 4500~5400미터에 달하는 산꼭대기를 오른다. 거기에 앉아서 깊고 규칙적인 호흡을 하는 것이다. 윗옷은 벗어 던졌지만 추위를 느끼진 않는다. 찬물을 담은 바리때를 들고 그 안을 바라보며 정신을 집중시키면 물이 끓는데 이 물로 차를 준비하는 것이다.

위대한 금욕주의자들은 제자들에게 이렇게 가르친다.

"자기 자신 안에서 행복을 못 찾는 자에게 화가 미치리라."

"남을 즐겁게 하려는 자에게 화가 미치리라."

"이번 생과 다음 생이 하나임을 깨닫지 못하는 자에게 화가 미치리라."

어두워지니 책을 읽을 수가 없었다. 나는 붓다, 하느님, 조국, 이상, 이 모든 허깨비들에게서 벗어나야겠다는 생각이 들었다. 붓다, 하느님, 조국, 이상으로부터 벗어나지 못하는 자에게 화가 미치리라.

어느새 바다도 검게 변하고 어린 달은 빠르게 떨어지고 있었다. 멀리 개들이 짖는 소리가 들려와 계곡 전체가 메아리로 화답했다. 조르바가 진흙을 잔뜩 뒤집어쓴 채 갈가리 찢긴 셔츠를 어깨에 걸고 나타났다. 그는 내 옆에 쭈그리고 앉았다.

"오늘은 일을 꽤 많이 했어요. 일사천리로 쭉."

기분이 좋은 듯했다. 내 마음은 아직도 먼 곳을 헤매고 있어 그의 말을 건성으로 들었다.

"무슨 생각에 빠져 계시오? 보스, 마음이 바다에 가 있소?"

나는 정신을 차리고 고개를 가로저었다.

"조르바, 당신은 자신이 아주 근사한 뱃사람 신드바드라고, 세상 좀 살아 봤다고 젠체하지만 말입니다. 당신이 본 건 별 볼 일 없는 것들이에요. 아무것도 아니죠. 아주 불쌍해요. 세상은 우리가 생각하는 것보다 훨씬 넓어요. 다른 나라를 가 보고 바다를 건넜다고 해도 우리 집 문턱에서 코도 아직 안 나간 셈이란 말입니다."

조르바는 입술을 비죽거렸지만 말은 하지 않고 그저 얻어맞은 개처럼 끙끙거리기만 했다.

"이 세상엔 산이 있어요. 크고 높아서 굽이마다 수도원이 들어 앉아 있죠. 이 수도원에는 황갈색 가사를 입은 수도승들이 살고 있고요. 이 사람들은 한 번 앉으면 한 달이든, 두 달이든, 여섯 달이든 다리를 꼬고 앉은 채 오직 한 가지 생각만 한대요. 아시겠어요? 오직 한 가지 생각만요. 그 사람들은 우리가 하는 것처럼 갈탄과 여자라든가 책과 갈탄이라든가 이렇게 생각하지 않아요. 정신을 한 가지에 모아서 기적을 일으키는 거예요. 조르바, 돋보기로 태양 광선을 한곳에 모으면 무슨 일이 일어나는지 아시죠? 그곳에 불이 붙어 버리잖아요. 왜 그럴까요? 태양열이 다른 곳으로 흩어지지 않고 그곳으로만 모이거든요. 우리 정신력도 마찬가지예요. 정신을 한곳, 오직 한곳으로만 모을 수 있다면 당신도 그런 기적을 일으킬 수 있는 거지요. 알아듣겠죠, 조르바?"

조르바는 숨결이 거칠어졌다. 한동안 도망치고 싶은 망아지처럼 고개를 젓고 있더니 꾹 참고 갈라진 음성을 뱉어 냈다.

"계속해 봐요."

그러더니 갑자기 펄쩍 뛰어 일어나서 소리를 질렀다.

"닥쳐요, 보스! 닥쳐요. 이런 얘길 왜 내게 하는 겁니까? 왜 내 마음에 독을 풀어 넣느냐고요. 왜 사람 기를 죽입니까? 나는 이대로가 좋습니다. 배고픈 나에게 하느님과 악마가—이 둘이 다르다면 내가 벼락을 맞겠소—뼈다귀를 던져 주니 '고맙습니다, 감사합니다' 하면서 그걸 핥고 있었어요. 그런데 이제……."

그는 발을 쾅 구르고 오두막으로 돌아갈 것처럼 휙 돌아섰지만 부글부글 끓는 속을 달래기라도 하듯 꼼짝도 하지 않았다.

"퉤! 어느 놈이 던졌는지 뼈다귀 참 맛있습디다. 더러운 카바레 화냥년! 바다에도 못 타고 나갈 요강 단지 같은 년!"

그는 자갈을 손아귀 가득 쥐고 바다로 던졌다.

"그래, 도대체 그게 누굽니까? 나한테 그런 뼈다귀를 던진 게 누구냐고요?"

그가 기다렸다. 대답이 없자 버럭 화를 냈다.

"보스, 무슨 말이든 해 보시오. 알면 좀 가르쳐 달란 말이오. 이름이나 압시다. 그렇게 되면 당신은 걱정할 게 없어요. 내가 그 친구 좀 손봐 줄 테니 말입니다. 하지만 알 길이 없다면 어떻게 해야 하나요? 이거 죽겠고만."

"배고프군요. 가서 저녁이나 합시다. 우선 먹고 봐야지요."

"나 원. 보스는 한 끼 정도 안 먹으면 죽어요? 우리 아저씨 한 분은 수도승이었는데 일주일 내내 물하고 소금만 먹었어요. 주일이나 축일 때만 밀기울을 조금 넣어서 먹고. 그 양반은 그렇게 했는데도 백 살을 넘기고도 스무 살을 더 살았답니다."

"조르바, 그분은 신념이 있으니 백스무 살까지 사신 거죠. 하느님을 찾았으니 걱정할 게 없었단 말입니다. 하지만 우리에게는 우리 배를 채워 줄 하느님이 없잖아요? 그러니 불을 피워서…… 불 피우기 싫어요? 도미를 요리합시다. 양파랑 고추를 듬뿍 넣고 우리가 좋아하는 걸쭉한 수프를 끓이는 거예요. 그러고 나서 봅시다."

"보긴 또 뭘 봅니까? 배 차고 나면 잊어버리는 거지."

"그거예요. 조르바! 그러니까 음식이란 게 필요한 겁니다. 자, 얼른 가서 맛있는 수프를 끓이자니까요? 우리 머리가 깨지지 않도록, 어서요!"

그렇지만 조르바는 꿈쩍도 하지 않고 앉아 나를 바라보았다.

"무슨 꿍꿍이십니까? 다 압니다. 당신이 얘기할 때마다 내 머리통에서 반짝하고 빛이 나요. 그 빛이 뭔고 하니 당신 꿍꿍이를 읽은 빛이라는 겁니다."

"내가 무슨 꿍꿍이가 있다고 그러십니까?"

"보스, 당신은 수도원이 세우고 싶은 거예요. 그걸 세우고 나면 거기다 수도승 대신 당신하고 비슷하게 펜이나 끼적이는 것들을 몇 명 데려다 앉혀 두고 밤이나 낮이나 끼적대면서 세월을 보내고 싶은 거죠. 그러면 옛날 그림처럼 입에서 글씨가 잔뜩 쓰인 리본이 술술 풀리는 성자 모습이 되는 거고요. 어때요? 내 말이 맞죠?"

나는 울적한 기분이 되어 무릎 사이에 머리를 파묻었다. 내 젊은 날의 꿈은 커다란 날개까지 달려 있었건만 이제는 깃털이 다 뽑히고, 순진하고 고상했던 충동은 사라져 버렸다. 지적 공동사회를 만들어 음악가와 시인, 화가 같은 친구들 몇몇을 모아 그 사회 안에서 함께하려던 계획, 낮에는 일하고 밤에 모여 먹고 마시며 책을 읽고 인간사를 토론하고 새로운 해답을 얻으려던 계획이었다. 공동사회의 규칙까지 정하고 사냥꾼 성 요한이 은거하던 이메토스 산길 옆에 마땅한 건물까지 물색해 두었는데…….

"내 말이 맞은 거죠?"

조르바는 신이 나서 떠들어 댔다.

"거룩하신 원장님, 저도 청을 한 가지 할까요? 날 수도원 문지기로 일하게 해 줘요. 밀수도 좀 하고 이따금 그 성스러운 수도원에다 괴상한 물건도 좀 들여 놓게 말이오. 여자랑 만돌린, 새끼 돼지 구이, 라키 술 같은 거 말이오. 그래야 당신들이 허튼수작으로 인생을 우습게 보내 버리는 걸 막을 거 아닙니까?"

그는 웃으며 오두막으로 걸어갔다. 나도 그를 따라갔다. 그는 입을 꾹 다문 채 생선을 씻었고 나는 땔감을 날라다가 불을 피웠다. 수프가 끓자 우리는 냄비째 놓고 숟가락으로 퍼먹었다.

종일 굶은 터라 우리 둘 다 아무 말 없이 먹어 대기만 했다. 포도주까지 마시고 나니 살 것 같았다. 조르바가 다시 입을 열었다.

"보스, 부불리나가 지금쯤 나타나면 재미있을 거예요. 우리에겐 별로지만 그 여자는 좋겠지요. 하느님, 저희를 굽어살피소서! 이 여자는 마지막 지푸라기 같은 거예요. 보스도 아시겠지만, 실은 이 여자가 조금은 보고 싶었어요. 망할 것!"

"그 뼈다귀를 던져 준 게 누군지 안 묻는 거예요?"

"그게 무슨 상관이랍니까? 지푸라기에서 벼룩 찾는 거지 ……. 뼈다귀를 구우면 됩니다. 누가 던져 줬건 뭔 상관입니까? 맛이 있는지, 살점은 두둑하게 붙었는지. 이게 중요한 거죠. 나머지는……."

나는 그의 등을 퍽 소리가 나게 쳤다.

"드디어 음식이 기적을 일으켰군요! 굶주린 육체도 조용해지고, 질문을 퍼붓던 영혼도 잠잠해졌으니! 자, 산투르나 내립시다."

조르바가 막 일어서는데 밖에서 자갈 밟는 소리가 들렸다. 조르바는 코털이 무성한 코를 벌름거렸다.

"흠, 호랑이도 제 말 하면 온다더니. 저년이 바람결에 조르바 냄새를 맡은 모양입니다."

조르바는 제 허벅지를 갈기며 목소리를 낮췄다.

"나는 이쯤에서 퇴장하죠. 이 일에는 끼어들고 싶지 않아요. 좀 나갔다가 올 게요."

"보스, 부디 즐거운 산책이 되길 빌겠소!"

"조르바, 이건 잊으면 안 돼요. 당신은 오르탕스 부인과 결혼하기로 약속한 겁니다. 그러니까 날 거짓말쟁이로 만들지 마세요."

조르바는 한숨을 쉬었다.

"보스, 날더러 또 결혼하라는 거요? 너무 먹어서 배부르다니까요!"

화장비누 냄새가 진하게 풍겨 왔다.

"잘해 봐요. 조르바!"

나는 재빨리 도망쳤다. 밖에서도 늙은 세이렌이 턱 끝까지 숨이 차서 헐떡거리는 소리를 들을 수 있었다.

17

이튿날 아침부터 조르바가 나를 깨웠다.

"무슨 일 났어요? 이건 또 무슨 소리예요?"

"보스, 정신 차리세요. 얼른 일을 처리해야 해요. 벌써 노새도 몰아다 놨다고요. 빨리 일어나세요. 수도원에 가서 케이블 고가 선로 계약서에 서명을 받아야지요. 사자도 겁내는 게 하나 있는데 바로 '이'라는 놈이에요. 보스, '이'란 놈이 우리도 몽땅 빨아먹고 말겠어요."

그는 배낭에 이것저것 음식을 꾸리면서 말했다.

"왜 불쌍한 부불리나를 '이'라고 부르는 거예요?"

그러나 조르바는 못 들은 척 딴소리를 했다.

"빨리 갑시다. 해가 중천에 떠오르기 전에."

산에 들어가 소나무 향을 맡는 생각만으로도 나는 즐거웠다. 노새를 타고 오르다 광산에서 잠깐 쉬는 동안 조르바는 인부들에게 할 일을 지시했다. 그는 인부들에게 '수녀원장 갱도'에서 일하면서 '오줌싸개 갱도'에 배수로를 파고, '카나바로 갱도'는 깨끗이 치우라고 했다.

물속에 잠긴 다이아몬드처럼 투명한 날씨였다. 산에 오를수록 정신이 맑아지고 고상해지는 기분이었다. 나는 다시 한 번 맑은 공기와 부드러운 호흡, 광활한 지평선이 영혼에 미치는 영향을 생각해 보았다. 살아 있는 동물과 마찬가지로 영혼도 허파와 콧구멍이 있어서 산소가 필요하니 먼지와 안개 속에서는 호흡이 불편해지겠구나 생각했다.

소나무 숲으로 들어갔을 때 해는 이미 중천에 떠 있었다. 공기 속에 꿀 냄새가 섞였고 머리 위를 지나는 바람은 바다처럼 한숨을 쉬었다.

길을 가면서도 조르바는 경사면을 조사했다. 상상 속에서 그는 이미 몇 미터마다 기둥을 세웠고, 햇빛을 반사하며 해변까지 이어지는 케이블도 보았다. 심지어 시위를 떠난 화살처럼 쉭쉭거리며 케이블에 매달려 가는 나무들도 보았다.

"이거 끝내주는구먼! 이거야말로 노다지라니까요! 머지않아 돈방석 위를 구르고 있을 겁니다. 하려던 짓도 몽땅 다 해 볼 수 있을 거고요."

조르바가 손을 비비면서 소리쳤다. 나는 놀라서 그를 바라보았다.

"벌써 잊어버렸어요? 수도원을 지으려면 큰 산에 올라가야 한다면서요? 그게 어디였지?"

"티베트요, 티베트. 조르바, 하지만 우리 둘만 가야 해요. 여자는 안 된다고요."

"누가 여자를 데려간답니까? 하지만 이 가엾은 건 요모조모 쓸모가 많으니 헐뜯지는 마세요. 암요, 쓸모가 있고말고요. 남자가 탄을 캐고 도시를 공격하고 하느님과 이야기를 하는 따위의 남자 일을 하지 않을 때는 아주 쓸모가 있고말고요. 일이 끝나면 뭘 할 게 있나요? 그저 술 마시고, 노름하고, 계집이나 껴안는 거지. 그러면서 기다리는 거예요. 때가 되는 걸……. 그럼요, 때가 와야지요."

그는 한동안 말이 없었다.

"오면 좋을 텐데 말이에요. 오면 좋은데……. 그게 영영 안 올 수도 있다는 게 문제지요."

그는 짜증스럽게 되풀이했다.

"보스, 이래선 안 되겠습니다. 이놈의 세상이 작아지든가, 내가 커지든가 둘 중 하나가 돼야 살지요. 둘 다 안 되면 낭패라니까요."

소나무 사이로 수도승 하나가 나타났다. 붉은 머리카락, 노란 살결에 소매를 둥둥 걷어붙이고 머리에는 둥근 홈스펀 모자를 썼다. 걸을 때마다 쇠지팡이로 땅바닥을 똑똑 두드렸는데 우리를 보자 걸음을 멈추고 쇠지팡이를 번쩍 쳐들었다.

"어디로 가시오?"

그가 물었다.

"수도원으로 기도 드리러 가는 길입니다."

조르바가 대답했다.

"돌아가, 예수쟁이들아! 내 말을 들어! 수도원에 있는 건 성모의 과수원이 아니고 마귀의 정원이야. 가난, 겸손, 정절. 이것들을 수도사의 관이라고 하는데 글쎄…… 돈, 자존심, 젊은 사내아이! 이게 바로 수도승들의 삼위일체야!"

"이 친구 웃기는데요."

조르바는 수도승이 마음에 든 듯 속삭였다.

"형제, 이름이 뭐요? 어디서 오시는 길이오?"

조르바가 수도승에게 물었다.

"내 이름은 자하리아라고 하오. 짐을 챙겨 나오는 길이오. 아주 꺼지는 게요. 더 이상은 참을 수가 없거든. 이름을 가르쳐 주시려오, 형제?"

"카나바로."

"카나바로 형제. 나는 더 이상 참을 수가 없었어. 밤새 그리스도가 끙끙 앓는데 잠을 잘 수가 있나! 나도 같이 끙끙거렸지. 그랬더니 수도원장이―지옥 불에나 떨어져라!―꼭두새벽에 사람을 보내서 부르더군.

불러서 뭐라 하느냐면 '자하리아, 그대가 동료 수도승들 잠을 못 자게 한다니 내 너를 쫓아 버려야겠다'고 그러더라니까! '제가 잠을 못 자게 한다고요? 제가 그런 게 아니라 그리스도가 끙끙거린 거라고요.' 그랬더니 이 미친놈이 십자가를 번쩍 들어 가지고는……. 여길 봐!"

수도승은 모자를 벗고 피가 엉긴 머리를 보여 주었다.

"그래서 신발 속 먼지까지 깨끗하게 털고 떠나는 길이야."

"우리랑 함께 돌아가십시다. 내 가서 수도원장 손을 좀 봐 줄 테니 말이오. 갑시다, 우리랑 가면서 길이나 안내해 줘요. 당신은 아무래도 하늘이 보낸 사람 같으니 말이오."

조르바가 살살 꾀었다. 수도승은 한참을 망설이더니 눈을 번쩍거렸다.

"뭘 줄 건데?"

"뭘 원하시오?"

"절인 대구 1킬로그램하고 브랜디 한 병!"

"당신 안에 악마가 있구먼, 자하리아?"

조르바가 허리를 구부리고 그의 얼굴을 들여다보았다.

"어찌 알았지?"

"나도 아토스산에서 왔다오. 그곳 물정은 좀 아는 편이오."

"그래. 내 안엔 악마가 한 마리 살아."

수도승은 고개를 떨어뜨렸다.

"그래서 그 악마가 절인 대구랑 브랜디를 먹고 싶답니까?"

"그래. 맞아, 이 못된 놈이 그러는 거야."

"알겠어요. 그놈은 담배도 피우고 싶어 할걸요?"

조르바가 담배를 던져 주자 수도승은 땅에 떨어질까 봐 얼른 받았다.

"후, 이놈은 담배도 피우지. 이 염병할 놈!"

수도승은 주머니에서 부싯돌을 꺼내 불을 붙이고 연기를 깊이 빨아들였다.

"맛 좋구먼!"

수도승이 중얼거리더니 쇠지팡이를 들고 천천히 걸음을 옮기기 시작했다.

"그 악마는 이름이 뭡니까?"

조르바가 내게 한쪽 눈을 깜박거려 보이고는 수도승에게 물었다.

"요셉!"

자하리아는 고개도 돌리지 않고 대답했다. 나는 살짝 맛이 간 수도승과 동행하는 게 마음에 들지 않았다. 병든 몸과 마음에 동정이 가면서도 역겨웠다. 그러나 아무 말도 하지 않았다. 나는 조르바가 마음대로 하게 내버려 두기로 했다.

맑은 공기 속이라 그런지 배가 금방 고파졌다. 우리는 거대한 소나무 아래 앉아 배낭을 열었다. 수도승은 배낭 안을 들여다보면서 입맛을 다셨다.

"서두를 거 없잖아요? 자하리아! 너무 빨리 먹으면 체하는 법이라오. 오늘은 성월요일이지만 하느님도 용서해 주실 거요. 우리는 떠돌이 일꾼들이라 고기와 닭을 먹을 작정이오. 하지만 당신에겐 할바와 올리브를 드리지."

수도승은 양심에 찔리는 척하더니 수염을 쓰다듬었다.

"나는 올리브와 빵, 물만 먹을 거야. 하지만 요셉은 악마니까 너희들처럼 고기를 먹지. 닭고기도 좋아하고—오, 이놈의 악마!—요셉은 너희들 술통에 있는 술도 좀 마실 거야."

그는 성호를 긋더니 빵과 올리브, 할바를 단숨에 꿀꺽 삼키고 손등으로 입을 닦았다. 그러고는 식사가 끝났다는 의미로 성호를 다시 한 번 그었다.

"자, 이제 요셉 차례야!"

그러더니 닭고기를 집어 들었다.

"처먹어, 이 망령아!"

수도승은 닭고기를 큼직하게 물어뜯었다.

"근사해, 아주 멋진 수도승이시구려."

수도승이 아주 마음에 든 조르바가 신이 나서 외쳤다.

"당신 활에는 줄이 두 개나 달렸군요."

조르바는 나를 돌아보았다.

"보스, 이 친구 어떻게 생각해요?"

"당신하고 비슷한데요?"

내가 웃으며 대답했다. 조르바는 술통을 수도승에게 넘겨주었다.

"요셉, 한 모금 마실 텐가?"

"마셔, 이 망령아!"

수도승은 술병을 받아 꿀꺽꿀꺽 마셔 댔다.

햇볕을 피해 그늘진 곳으로 자리를 옮겼다. 수도승한테서 땀과 향내가 함께 맡아졌다. 그가 햇볕 아래서 냄새를 풍기는 게 싫었던 조르바가 수도승을 그늘로 끌어들인 것이었다.

"어쩌다가 수도승이 되었습니까?"

실컷 먹고 이젠 좀 놀려 먹고 싶어진 조르바가 물었다.

"내 마음에 원래 거룩한 구석이 있어서 그리된 거냐고 묻는 거지? 무리도 아냐. 헌데 아니야. 형제, 나는 가난, 지긋지긋한 가난 때문에 수도승이 된 거야. 먹을 게 하도 없어서 수도원에 가면 굶지는 않을 거라고 생각한 거지."

수도승은 빙그레 웃었다.

"그래 이제 배는 좀 차셨소?"

"하느님을 찬양하자! 나는 이따금 한숨을 쉰다네. 그건 별것 아니니 못 본 척하게. 속세의 일로 한숨을 쉬는 게 아니거든. 그런 것 따위는 개나 물어 가라지. 있으나 없으나 매한가지야. 하지만 나는 천국에 가고 싶어. 그래서 도반들에게 농지거리나 미친 짓을 해서 웃기는 거지. 이것들이 뭘 알아야 말이지. 나한테 악마가 들렸다고 욕이나 해 대고. 나는 속으로 이렇게 말해. '하느님도 장난을 치거나 웃거나 하는 걸 좋아하신다고. 언젠가는 날 보고 이리 들어와라. 이 광대야, 와서 날 좀 웃게 해 다오. 이러실 거라고.' 그러니까 나는 광대가 되어 천국에 가려는 거야."

"어이구, 생각 한번 근사하게 하셨구려. 자, 갑시다. 어두워지기 전에 도착해야 하니까."

조르바가 일어서며 말했다.

수도승이 앞장을 섰다. 산을 오르다 보니 자질구레한 세상사 따위를 벗고 더욱 고상한 곳으로, 일상의 쾌락에서 관념의 험한 지대로 들어가는 기분이 들었다. 갑자기 수도승이 걸음을 멈추었다.

"우리 복수의 여신이다!"

돔이 아름다운 작은 예배당이었다. 자하리아는 무릎을 꿇고 성호를 그었다. 나는 노새에서 내려 기도실 안으로 들어갔다. 건물 안은 시원했다. 구석에는 연기에 그을린 새까만 성상이 예물에 파묻혀 놓여 있었다. 성상이라곤 하지만 다리, 손, 눈, 가슴 할 것 없이 은판 위에 엉성하게 새긴 것이었다. 성상 앞에는 은으로 만든 촛대가 영원히 타오를 촛불을 밝히고 있었다.

나는 사납고 호전적인 성상 앞으로 조용히 다가갔다. 성모상은 목이 굵고 뻣뻣해서 처녀라고 하기에는 멋쩍었고, 아기 예수를 안고 있는 게 아니라 긴 창을 들고 있었다.

"수도원을 공격하는 놈들에게 화가 있으라! 성모께서 침략자에게 달려들어 창으로 찔렀지. 옛날 알제리 사람들이 여기에 와서 수도원을 불태운 적이 있었어. 하지만 그 이교도들이 어떤 죗값을 치렀는지 아냐? 이 예배당을 지날 때 성모님이 성상에서 뛰어내려 창으로 찌르기 시작했네. 마구잡이로 하나도 남김없이 찔러 죽였어. 우리 할아버지가 숲속을 뒹구는 그 이교도들의 뼈를 봤다더군. 그때부터 우리는 이 성상을 '복수의 여신'이라 부르는 게야. 그전에는 '자비의 여신'이었고."

"자하리아 신부님, 성모께서는 기적을 보이시려거든 놈들이 수도원을 불태우기 전에 하실 일이지 왜 안 그러셨을까요?"

조르바가 물었다.

"다 전능하신 하느님 뜻이야."

수도승이 성호를 세 번 그으면서 대답했다.

"전능하신 하느님 좋아하시네. 가기나 합시다!"

조르바가 다시 노새 등에 뛰어오르며 중얼거렸다.

금세 고원이 나타났다. 바위와 소나무에 둘러싸인 성모의 수도원이 보였다. 바깥세상하고는 담을 쌓고, 울창한 숲속에서 정상의 품위와 평야의 부드러움을 함께 간직한 채 미소 짓고 있는 수도원이 내게는 인간의 명상을 위한 훌륭한 장소로 보였다.

나는 생각했다. '여기라면 맑은 정신은 인간에게 어울리는 종교적 기쁨으로 바꿔 갈 수 있겠다. 너무 험해서 초인간적인 정상도 아니고 게으르고 풍성한 평야도 아니다. 인간다운 맛을 간직한 채 영혼을 갈고 닦는 데는 더없이 훌륭한 곳이다. 이런 곳은 영웅이나 돼지에게는 어울리지 않아. 오직 인간에게 어울릴 뿐이다.'

이런 곳이니까 고대 그리스 신전이나 회고의 사원이 생긴 것이다. 하느님은 인간의 모습을 하고 이곳에 와서 맨발로 봄풀 위를 걸으며 사람들과 조용히 이야기를 나누었을 것 같았다.

"아, 이 얼마나 멋진 곳이냐! 이 고독과 이 행복!"

나는 조용히 중얼거렸다.

우리는 말에서 내려 면회실로 올라갔다. 거기에서 라키, 잼, 커피 같은 전통적인 음식을 대접받았다. 안내인인지 접대인인지 모를 수도승이 우리를 맞으러 나왔다. 그런데 우리는 순식간에 뭐라고 지껄여 대는 수도승들에게 둘러싸이고 말았다. 교활한 눈, 탐욕스러운 입술, 콧수염, 턱수염, 숫염소 냄새 따위에 둘러싸였다.

"신문은 안 갖고 왔소?"

수도승 하나가 짜증스럽게 물었다.

"신문이오? 여기서 신문을 어디 쓰시게요?"

내가 놀라서 물었다.

"답답한 양반이군. 신문이 있어야 저 아래 세상에서 일어나는 일을 알 게 아니오?"

수도승 2~3명이 화난 듯 동시에 이야기했다. 수도승들은 발코니 난간에 기대선 채 영국 이야기, 러시아, 베니젤로스 수상 이야기, 왕 이야기로 시끌벅적하게 떠들어 댔다. 세상이 그들을 버렸어도 그들은 세상을 버리지 않았다. 그들의 눈에서 대도시와 상점, 여자들과 신문이 어른댔다.

"보여 드릴 게 있어요. 내가 가져올 테니 느낌을 좀 말해 주시오."

키가 크고 뚱뚱한 털투성이 수도승이 벌떡 일어났다. 그는 털이 북슬북슬한 짧은 팔을 배 위에 포개고 걸었다. 베로 만든 슬리퍼가 소리도 없이 바닥을 스쳤고 그는 곧 문 밖으로 사라졌다. 수도승들은 모두 음흉한 웃음을 흘렸다.

"데메트리오스 신부가 또 점토로 만든 수녀를 가져올 모양이군."

안내하는 수도승이 말했다.

"악마가 특별히 데메트리오스를 위해 그 수녀상을 땅에 묻었는데 어느 날 그가 캐낸 거예요. 데메트리오스는 그걸 자기 방으로 가져간 다음부터 잠을 못 잔대요. 정신도 반쯤은 나가 버렸어요."

조르바가 숨이 막혔던지 일어섰다.

"우리는 서명받을 서류 때문에 수도원장을 뵈러 온 거요."

그가 말했다.

"원장님은 여기 안 계십니다. 오늘 아침 마을로 가셨으니 좀 기다리시지요."

안내하는 수도승이 대답했다. 데메트리오스 신부가 다시 나타났다. 그는 성배라도 든 것처럼 두 손을 모으고 조심스레 다가왔다.

"보십시오!"

그가 천천히 손을 벌리며 말했다. 나는 신부 가까이로 다가갔다. 조그맣고 적갈색을 띤 타나그라 점토 인형이었다. 반라의 인형은 하나 남은 손을 제 머리에 대고 수도승의 손안에서 나를 보고 웃었다.

"왜 머리를 손에 대고 있는지 아십니까? 이 머릿속에 귀한 보석이 들어 있다는 뜻이지요. 이를테면 다이아몬드나 진주? 어떻게 생각하십니까?"

"골치가 아픈 게 아닐까?"

수도승 하나가 내뱉듯 말했다. 염소처럼 입술이 축 처진 뚱뚱한 데메트리오스는 나를 보며 대답을 기다렸다. 그러다가 안타까운 듯 말했다.

"깨서 속을 좀 봐야 할 것 같아요. 이것 때문에 잠을 잘 수가 없어요. 속에 다이아몬드라도 있다면……."

나는 우아한 얼굴, 작고 탄력적인 가슴을 가진 그 젊은 여인을 내려다보았다. 육체와 웃음, 키스에 저주를 내린 십자가에 못 박힌 여러 신의 이웃으로 향내가 가득한 이곳에 유배되어 온 여인이었다.

"내가 이 여인을 해방시킬 수 있다면!"

조르바는 떨리는 손으로 점토 인형을 받아 손과 뾰족하고 단단하게 솟은 젖가슴을 만졌다.

"이봐요, 신부님. 이게 악마라는 걸 모르시겠소? 틀림없는 악마예요. 내가 저주받은 악마를 잘 안다오. 데메트리오스 신부, 여길 좀 봐요. 이 탱글탱글하고 단단한 젖가슴을 좀 보란 말이오. 악마의 젖가슴이 딱 이렇게 생겼다오. 나야 숱하게 겪었으니 아주 잘 알지요."

그때 젊은 수도승이 문 앞에 나타났다. 금발과 솜털이 보송보송한 얼굴이 햇빛에 드러나자 조금 전에 험한 말을 해 대던 수도승이 안내하는 수도승에게 한쪽 눈을 찡긋해 보이고 둘은 마주 보고 웃었다.

"데메트리오스 신부, 여기 당신 수련 수사 가브릴리가 왔군."

두 신부가 입을 맞춘 듯 말했다. 데메트리오스 신부는 그 작은 인형을 손에 꼭 쥐고 굴러가듯 걸어갔다. 잘생긴 수련 수사가 앞장서고 두 사람은 복도 저편으로 사라졌다.

나는 조르바에게 신호를 보내 함께 마당으로 나왔다. 안에 있는 것보다 더웠지만 견딜 만했다. 마당 한복판에서 오렌지꽃이 향긋한 냄새를 피웠다. 그 옆에는 대리석으로 만든 양머리 분수에서 물이 졸졸 흘러나왔다. 나는 그 아래에 머리를 집어넣었다. 정신이 번쩍 나게 시원했다.

"도대체 저것들은 뭐요?"

조르바가 역겹다는 표정으로 물었다.

"사내도, 계집도 아니니 숫제 노새라고 불러야 하겠소. 퉤퉤! 목이나 매고 뒈져 버려라!"

조르바도 나처럼 분수 아래 머리를 넣었다.

"젠장, 목이나 매라지. 마귀 한 마리씩 들어앉아 있으니 멀쩡한 놈이 없구먼. 여자에게 침을 질질 흘리는 놈에, 절인 대구에 미친 놈, 돈에 미친 놈, 신문을 보고 싶어 하는 놈까지. 불어 터진 국숫발 같은 놈들! 뭐가 무서워서 속세로 기어 내려가 원하는 거 실컷 먹고, 보고, 안고 하지 못하는 거야?"

그는 담배를 붙여 물고 꽃이 활짝 핀 오렌지 나무 아래 의자에 앉았다.

"내가 뭘 먹고 싶거나 갖고 싶으면 어찌하는 줄 아시오? 목구멍이 터지도록 처넣는 겁니다. 그래야 다시는 그놈의 생각이 안 나거든요. 말만 들어도 구역질이 나는 거지요. 이 이야기를 들으면 아실 거요. 어렸을 때 나는 버찌에 미쳐 있었어요. 먹고 싶어도 돈이 있어야지요. 돈이 없으니 한 번에 많이 살 수도 없고 조금 사 먹을라치면 아쉬워서 더 먹고 싶어지고. 밤이나 낮이나 그놈의 버찌 생각에 환장을 하겠더라고요. 어느 날 화가 납디다. 창피해서 그랬을지도 몰라요. 어쨌든 버찌가 날 데리고 논다는 생각이 드니까 속이 상했어요. 그래서 어찌했는지 아시오? 밤중에 일어나 아버지 주머니에서 은화 한 닢을 훔쳤어요. 다음 날 아침 일찍 시장으로 달려가 버찌 한 소쿠리를 사서는 도랑에 숨어서 먹었어요. 넘어올 때까지 처먹으니까 배가 아프고 구역질이 나더군요. 네, 보스. 몽땅 다 토했다오. 그날부터 나는 버찌를 먹고 싶다는 생각 따위는 한 적이 없습니다. 보기만 해도 싫어요. 나는 구원을 받은 거지요. 언제 어디서 버찌를 봐도 이제 너하고는 볼일 없다 이렇게 말합니다. 나중에는 담배랑 술하고도 똑같은 짓을 했습니다. 나는 지금도 피우고 마시기는 하지만 끊고 싶으면 언제든 끊을 수 있어요. 정열의 지배 같은 건 받지 않아요. 고향도 똑같아요. 한때는 너무 그리워서 죽을 것 같았지만 그것도 역시 목구멍에 처넣고 토해 버렸어요. 그때부터는 날 괴롭히지 않더군요."

"여자는 어때요?"

"여자도 차례가 올 겁니다. 에이, 젠장맞을 년들! 올 겁니다. 내 나이 일흔이 되면 올 겁니다!"

조르바는 일흔이 너무 빠르다고 생각했는지 다시 급하게 말을 바꾸었다.

"아니, 여든으로 합시다. 보스, 우스워도 웃지 마시오. 이게 사람이 자유를 얻는 도리라는 겁니다. 내 말 잘 들어 둬요. 토할 만큼 처넣는 게 제일 좋은 방법이에요. 금욕주의 같은 걸로는 어림 반 푼어치도 없어요. 보스, 생각해 봐요. 반쯤 악마가 되지 않고서야 어떻게 악마를 다룰 수 있겠습니까?"

데메트리오스가 헐떡이며 마당으로 나왔다. 뒤에는 수련 수사가 조용히 따라왔다.

"누가 봐도 천사로 보겠구먼."

조르바는 수련 수사의 수줍어하는 태도와 우아한 모습을 보고 중얼거렸다. 두 사람은 위층 방으로 통하는 계단을 오르다가 데메트리오스가 뭐라 하자 수련 수사가 싫다는 듯 고개를 저었다. 그러다가 다시 고개를 끄덕이고 데메트리오스와 팔짱을 끼고 함께 계단을 올라갔다.

"보스, 보셨소? 무슨 뜻인지 아시겠어요? 소돔과 고모라가 따로 없구먼!"

두 수도승이 밖을 내다보고 있다가 서로 윙크를 하고 웃어 댔다.

"한심한 것들 좀 봐요. 늑대도 저희들끼리는 찢어발기는 짓을 안 하는데 이놈들 하는 꼴이라니! 보스, 계집들이 저희끼리 물어뜯고 싸우고 할퀴는 걸 본 적 있어요?"

"저 사람들은 모두 남자잖아요."

"마찬가지예요. 좀 배워요! 저것들은 모두 노새 새끼들이에요. '가브릴리'나 '가브릴라'나, '데메트리오스'나 '데메트리아'나 기분 내키는 대로 불러요. 똑같다니까요. 보스, 갑시다, 가요. 서류에 서명을 얼른 받아 내고 꺼집시다. 여기 있다가는 사내고 계집이고 정이 뚝 떨어질 지경입니다."

그는 여기까지 말하고는 목소리를 낮추었다.

"나한테 계획이 하나 있어요."

"보나마나 미친 생각일걸요? 이런 주책바가지. 한평생 어리석은 일을 해 놓고도 모자라요? 좋아요. 들어 보기나 합시다. 그 계획이라는 게 뭡니까?"

조르바가 어깨를 으쓱했다.

"보스, 솔직히 그런 얘기를 당신에게 어떻게 하겠어요? 이렇게 말하면 뭣하지만, 당신은 착한 사람이에요. 아무한테나 다정하게 대해 주잖아요. 겨울에 이불 위에서 벼룩을 봐도 감기에 걸릴까 봐 이불 속에 넣어 줄 거요. 그런 당신이 어떻게 나 같은 늙은 놈팡이를 이해한단 말이오. 나 같으면, 벼룩을 보자마자 탁 터뜨려 죽이지요. 양이 내 눈에 띄면 칼로 목을 푹 찔러 숯불에다 굽고 친구들을 불러서 한바탕 잔치를 할 거요. 당신은 아마 이럴 겁니다. 양이 내 것도 아닌데 어쩌고저쩌고. 내 건 물론 아니지요. 그건 인정합니다. 하지만 우선 먹고 봐야지요. 먹고 나서 네 것이든 내 것이든 따지면 될 거 아니오. 당신이 망설이는 동안 나는 성냥개비를 분질러서 이까지 쑤시고 있을 거란 말입니다."

조르바의 웃음소리로 마당이 들썩거렸다. 자하리아가 겁에 질려서 나타났다. 그는 손가락을 입술에 대고 뒤꿈치를 들면서 걸어왔다.

"쉿, 조용히 해. 웃으면 안 된다고. 저길 봐. 조그만 창……. 거긴 주교가 공부하는 도서관이야. 우리 거룩한 주교님이 뭘 쓰고 계시니 조용히 해."

"아하, 마침 잘됐구려. 요셉 신부."

조르바는 자하리아의 팔을 잡으며 말했다.

"갑시다. 당신 독방에 가서 얘기 좀 하자고요."

그러고는 나를 돌아보았다.

"우리가 얘기할 동안 보스는 성상 구경이나 하시오. 나는 수도원장을 기다릴 겁니다. 조금 있으면 오시겠죠 뭐. 하지만 혼자서는 아무것도 하지 말아요. 해 봐야 엉망진창이 될 게 뻔하니 말입니다. 일은 부디 내게 맡겨요. 다 계획이 있다니까요."

그는 허리를 굽혀 내 귀에 대고 속삭였다.

"반값이면 이 숲을 가질 수 있을 겁니다. 보스가 뭘 생각하는지는 아니까 아무 말도 하지 마세요."

조르바는 말을 마치자 반미치광이 수도승 팔을 잡고 빠른 걸음으로 사라졌다.

18

예배당 문턱을 넘어 그늘진 안으로 들어가니 시원하고 향기로웠다. 건물 안에 사람은 없었다. 청동 샹들리에가 희미하게 비추고, 포도가 주렁주렁 매달린 포도 넝쿨이 정교하게 그려진 성상 병풍이 예배당 한쪽을 가리고 있었다. 벽에는 천장에서 바닥까지 벽화로 장식되었는데 반쯤 칠이 벗겨져 있었다. 해골처럼 비쩍 마른 금욕주의자, 초기 교회 교부들, 그리스도의 긴 수난, 파랑과 분홍색의 넓은 리본으로 머리를 싸맨 험상궂은 천사들도 습기로 얼룩진 벽화에서 찾아볼 수 있었다. 그림들은 대체로 무시무시했다.

둥근 천장 위에 호소하듯 팔을 뻗은 성모 그림이 있고 그 앞에 육중한 은제 램프가 부드러운 빛으로 비탄에 잠긴 성모 얼굴을 어루만졌다. 비탄에 잠긴 성모의 눈과 동그랗게 오므린 입술, 강인한 턱은 오래도록 기억에 남을 것 같았다. '죽어 없어질 인간의 몸으로 불사의 아들을 낳은, 그 어떤 고통에도 영원한 행복과 만족을 누릴 성모가 여기 있구나.'

예배당을 나왔을 때는 해가 지고 있었다. 나는 오렌지 나무 아래 앉아 행복을 음미했다. 예배당의 둥근 지붕은 석양에 분홍빛으로 물들었다. 수도승들은 독방으로 들어가 쉴 시간이었다. 수도승들은 잠을 자지 않고 힘을 비축하고 있을 터였다. 그날 밤 그리스도가 골고다 언덕에 오르기 시작하면 수도승들도 함께 가야 했다. 분홍색 젖꼭지를 드러낸 검은 암퇘지 두 마리가 누워 깊은 잠에 빠졌고 비둘기 떼는 지붕 위에서 푸드득거리며 구구구 울어 댔다.

'언제까지 나는 이 대지와 공기, 고요한 오렌지꽃의 아름다움을 즐길 수 있을까.' 예배당 안에서 보았던 바쿠스 조각상이 나를 행복하게 했다. 내 가슴 깊은 곳을 흔들어 놓는 통일, 목적의 확고함, 욕망의 일관성이 다시 떠올랐다. 포도송이 같은 곱슬머리를 이마에 드리운 저 아름다운 성상에 축복이 있기를! 술과 황홀한 기쁨의 신인 아름다운 디오니소스와 추한 바쿠스가 내 마음에 혼동을 일으켜 같은 모습으로 변했다. 포도나무 이파리와 수도승들의 법의 아래서는 태양에 그을린 그리스와 생명이 함께 뛰었다.

조르바가 돌아와 소식을 전했다.

"수도원장이 왔어요. 이야기를 조금 나눠 봤는데 이 친구는 좀 더 구슬려야 됩니다. 이 친구가 숲은 헐값으로 넘길 수 없대요. 이 늙은것이 우리가 제시한 가격보다 더 내라고 하더군요. 하지만 아직 끝난 얘기는 아니에요."

"왜 그를 구슬려야 하는데요? 얘기는 끝난 거잖아요."

"보스, 제발 부탁인데 나서지 좀 마시오. 다 된 밥에 재 뿌리게 생겼어요. 보스는 여기 앉아서 옛날에 끝난 얘기나 하고 있어요. 그건 사라진 옛날이에요. 아이구, 인상 쓰지 마요. 사라진 건 사라진 거니까. 우리는 반값에 저 숲을 먹을 거란 말입니다."

"조르바, 또 무슨 장난을 치려는 겁니까?"

"걱정하지 마세요. 내 전문 아닙니까. 기름을 좀 쳐서 부드럽게 돌아가게 만든다니까요. 무슨 말인지 아시겠소?"

"알긴 아는데, 왜 그래야만 하는 건지 모르겠어요."

"칸디아에서 꼭 써야 하는 돈 이상을 날렸잖아요. 이유는 단지 그겁니다. 롤라가 내 돈, 정확하게 말하면 당신 돈이지만, 너무 꿀꺽했거든요. 당신은 내가 잊었다고 생각하겠지만 천만에요. 나도 자존심이라는 게 있단 말입니다. 내 기록에 오점을 남길 수야 없지요. 많이 쓴 만큼 많이 갚겠다는 말이에요. 계산을 해 봤더니 롤라 년에게 7000드라크마가 들어갔어요. 나는 산을 사는 값에서 그만큼 깎아 낼 겁니다. 롤라와 기분 낸 돈을 수도원장하고 수도승하고 성모 마리아가 내는 셈이지요. 바로 이게 내 계획인데 어떻게 생각해요?"

"조르바, 그럼 곤란해요. 어째서 성모님이 당신이 쓴 돈을 갚아야 하나요?"

"당연히 갚아야지요. 들어 봐요. 성모님한테 아들이 있었잖아요. 하느님. 하느님이 나 조르바를 만들면서 연장 몇 개를 줬잖아요? 뭔지는 당신도 알 겁니다. 그런데 이 연장이 언제 어디서나 암컷만 만나면 대가리를 돌게 만들고 지갑을 열게 만든단 말이지요. 아시겠어요? 그러니 거룩한 성모님에게도 책임 이상의 의무가 있는 거예요. 그래서 돈을 물어야 한단 말입니다."

"나는 그게 싫어요."

"그건 다른 문제라니까요. 우선 7000드라크마를 벌어 놓고 봅시다. 이 문제는 나중에 의논해요. '사랑을 먼저 해 주오. 아주머니 노릇은 나중에 하고.' 뭐, 이런 노래도 있잖소? 이다음 가사가 뭐지?"

그때 뚱뚱한 안내 수도승이 나타났다.

"안으로 들어가시지요. 저녁 준비가 다 되었습니다."

그가 성직자다운 부드러운 목소리로 말했다. 우리는 식당으로 내려갔다. 꽤 넓은 공간에는 의자와 좁고 긴 식탁이 놓여 있고 시큼한 냄새와 썩은 듯한 기름 냄새가 공기 중에 떠돌았다. 식당 한쪽 끝에는 낡은 '최후의 만찬' 벽화가 보였는데, 제자 11명이 양 떼처럼 그리스도를 둘러쌌고 구석에는 붉은 머리카락의 유다가 혼자 서 있었다. 유다는 앞짱구인 데다 매부리코였는데 그리스도의 눈길은 유다에게 머물러 있었다.

안내하던 수도승은 나와 조르바를 사이에 두고 앉았다.

"저희들이 금식 중이라 기름과 포도주를 대접해 드리지 못하는 것을 용서해 주시기 바랍니다. 하지만 많이 드십시오."

우리는 성호를 긋고 올리브와 봄 양파, 콩, 할바를 토끼처럼 천천히 먹었다.

"이승의 삶이란 다 비슷한 겁니다. 십자가와 금식의 인생이지요. 그렇지만 참아야지요. 참으면 부활과 속죄양이신 예수님이 오시고 천국도 올 테니까요."

내가 기침을 하자, 조르바가 닥치고 있으라는 듯 발을 밟았다.

"오다가 자하리아 신부를 만났어요."

조르바가 화제를 바꾸려고 말을 꺼냈다.

"그 미친 자가 뭐라 합디까? 자기 안에는 자기 말을 안 듣는 악마가 일곱이나 있다고 하는 사람이에요. 자기 영혼도 부정하고 온통 부정한 영혼뿐이라고 떠들곤 했지요."

쓸쓸한 종소리가 울려 퍼졌다. 안내 수도승이 성호를 긋고 일어섰다.

"가 봐야겠습니다. 그리스도의 수난이 시작되거든요. 우리는 그분과 함께 십자가를 지고 갈 겁니다. 먼 길에 피곤하셨을 테니 오늘 밤은 편히 쉬세요. 하지만 내일 아침 예배는……."

수도승이 나가자 조르바는 욕설을 내뱉었다.

"돼지 새끼들! 거짓말쟁이에다 노새 새끼들 같으니라고!"

"왜요, 조르바? 자하리아가 당신한테 무슨 얘길 했는데요?"

"보스는 걱정하지 말아요. 그런 건 신경 안 써도 돼요. 서류에 서명을 안 한다면 내가 어떤 놈인지 본때를 보여 줄 작정이오."

우리는 숙소로 배정된 방으로 들어갔다. 방 한구석에는 아기 예수의 뺨에 자기 뺨을 댄 채 눈물이 그렁그렁한 성모의 성상이 있었다.

"보스, 성모님이 왜 울고 있는지 아시오?"

조르바가 그 큰 머리를 흔들었다.

"모르지요."

"세상이 어찌 돌아가는지 다 보이니까 그러는 겁니다. 내가 성상 만드는 사람이라면 눈도, 귀도, 코도 없는 성모를 그릴 거요. 너무 불쌍해서 말입니다."

우리는 딱딱한 침대에 누워 잠을 청했다. 들보에서 삼나무 냄새가 나고 열린 창으로 향기로운 봄바람이 불어왔다. 이따금 회오리바람 소리를 닮은 비통한 가락이 뜰에서 들려왔다. 꾀꼬리가 창가에서 노래를 시작하니 조금 더 떨어진 곳에서 다른 꾀꼬리가 화답했다. 사랑이 충만한 밤이었다.

나는 잠을 잘 수가 없었다. 꾀꼬리 울음소리가 그리스도의 비탄과 섞였다. 나는 오렌지 숲 사이로 핏자국을 따라 골고다로 오르려 했다. 푸르스름한 그 봄밤에 나는 창백하고 쓰러질 듯 휘청이는 그리스도의 몸에서 반짝이는 식은땀을 볼 수 있었다. 지나가는 사람을 붙들고 애원하는 그리스도와 거지처럼 팔을 벌린 채 떠는 그리스도도 볼 수 있었다. 가난한 갈릴리 사람들이 그를 따르며 '호산나'를 외쳤다. 그들은 종려나무 가지를 손에 든 채 옷자락을 펄럭였다. 그리스도는 사랑하는 백성인 그들을 보았지만 그들은 그리스도의 비탄을 헤아릴 수 없었다. 그리스도 혼자 자신의 죽음을 알았다. 빛나는 별 아래 그는 눈물을 흘리며 공포로 가득한 인간의 심장을 달랬다.

'한 알의 밀알처럼 사람도 땅에 떨어져 죽어야 한다. 두려워하지 마라. 죽지 않으면 열매를 어떻게 맺겠는가. 어떻게 굶어 죽은 자를 먹을 수 있겠는가?'

그러나 그의 마음속에서는 인간의 심장이 미친 듯이 떨고 있었다. 인간으로서 그는 죽고 싶지 않았던 것이다.

수도원 주위 숲은 온통 꾀꼬리 소리가 가득했다. 새들은 축축한 나무 잎에 앉아 사랑과 정열을 노래했다. 그 노래와 함께 인간의 심장을 가진 그리스도가 떨며 울었다.

그리스도의 수난과 꾀꼬리 노래를 들으며 나는 영혼이 천국에 들어가는 것처럼 천천히 꿈나라로 들어갔다.

1시간이나 잤을까? 나는 놀라서 깼다.

"총소리! 조르바, 총소리 들었어요?"

조르바는 이미 침대에 앉아 담배를 피우고 있었다.

"보스, 놀라지 마세요. 돼지 새끼들! 지들끼리 알아서 해결하라고 그래요."

조르바는 분노를 삭이려고 애쓰는 것처럼 보였다. 복도에서는 비명 소리가 들렸다. 슬리퍼를 끄는 소리, 문을 여닫는 소리, 다친 것 같은 신음 소리들이 함께 들려왔다. 나는 침대에서 내려와 문을 열었다. 앙상하게 마른 노인이 나타나 팔을 벌리며 앞을 막았다. 끝이 뾰족한 침실용 모자를 쓰고 무릎까지 내려오는 하얀 잠옷을 입은 노인이었다.

"누구십니까?"

내가 물었다.

"주교입니다."

그가 떨리는 목소리로 대답했다. 나는 웃음이 터질 뻔했다. 주교? 황금빛 상제복이랑 주교관 십자가, 찬란한 보석 장신구는 어디로 간 거지? 잠옷 차림을 한 주교는 그때 처음 본 것이었다.

"총소리가 난 것 같은데요, 주교님?"

"나는 몰라요…… 모릅니다."

그는 말까지 더듬으며 나를 방 안으로 살며시 떠밀었다. 조르바는 침대 위에 앉은 채 웃음을 터뜨렸다.

"겁 먹었구려? 꼬마 신부님, 어서 들어오시오. 형씨, 어서 들어와요. 우리랑 함께 있읍시다. 우리는 수도승도 아니니까 걱정하지 마시고."

"조르바, 예의를 좀 갖춰요. 주교님이란 말이오."

"홍, 얼어 죽을……. 속옷 바람인데 주교가 어디 있단 말이오? 들어오시오, 형씨!"

그는 주교의 팔을 잡아 방 안으로 끌어들이고 문을 닫았다. 그러고는 배낭에서 럼주 병을 꺼내 한 잔 따라 주었다.

"드시오, 형씨! 마시면 힘이 날 게요."

노인은 잔을 비우더니 진짜로 생기를 되찾았다. 그는 내 침대에 앉아 벽에 기댔다.

"주교님, 총소리는 뭡니까?"

내가 물었다.

"모르겠어요. 나는 자정까지 일하다 잤는데. 내 옆방 데메트리오스 신부 방에서 그 소리가 나더이다."

"옳거니! 그럼 자하리아 말이 맞다는구먼! 저 돼지 같은 놈들이!"

조르바가 웃음을 터뜨렸다. 주교는 고개를 숙였다.

"도둑이겠지요."

그가 중얼거렸다. 복도가 잠잠해지면서 수도원도 조용해졌다. 주교는 구원을 바라는 듯 다정하고 겁먹은 눈으로 나를 보았다.

"졸리시오?"

그가 물었다. 혼자 자기 방으로 가고 싶지 않은 게 분명했다. 겁이 난 모양이었다.

"아닙니다. 전혀 안 졸려요. 한동안 여기 계시지요."

우리는 이야기를 시작했고 조르바는 베개에 기대어 담배를 말았다.

"당신은 배운 사람 같구려. 여기에서는 말 상대를 할 사람이 없다오. 내게는 내 인생에 활기를 주는 세 가지 이론이 있는데 당신한테 그 이야기를 들려주고 싶구려."

그는 내 대답도 듣지 않고 다시 말을 이었다.

"첫 번째 이론은 이렇소. 꽃 모양은 색깔에 영향을 미쳐요. 색깔은 성분에 영향을 주고 말이오. 그러니까 꽃들은 인간의 몸과 영혼에 각각 다른 영향을 미치는 거라오. 우리가 꽃이 만발한 들판을 지날 때는 특별히 신경을 써야 한다는 말이지요."

그는 내 의견을 기다리는 것처럼 잠깐 말을 끊었다. 나는 이 작은 노인이 들판을 지나는 동안 혼자만 아는 흥분 속에서 꽃 모양과 색깔을 연구하는 모습을 바로 떠올렸다. 노인은 신비스러운 경외감을 느끼며 부들부들 떨었을 것이다. 봄꽃 만발한 그 들판이 노인에게는 마귀와 천사들이 북적이는 것처럼 보였을 것이었다.

"두 번째 이론은 이거요. 진정한 영향력을 가진 모든 사상은 실제로 존재한다는 것이오. 이것은 눈에 안 보이는 존재가 아니라 눈과 입과 다리, 위장이 있는 실체란 말입니다. 이 실체가 바로 암컷 아니면 수컷이오. 그래서 서로 따라다니는 겁니다. 복음서에서도 '말씀은 육신이 되었나니!' 하는 말이 그 뜻이라오."

그는 다시 나를 뚫어지게 바라보았다.

"내 세 번째 이론은……."

그는 침묵이 거북했던지 서둘러 말을 이었다.

"이런 겁니다. 덧없는 우리 삶 속에도 영원이 있다는 겁니다. 우리는 혼자 그걸 발견할 수는 없어요. 우리는 그날그날 생기는 걱정으로 길을 잃기도 해요. 몇몇 사람, 인간성의 꽃 같은 사람들만이 이 덧없는 삶을 살면서도 영원을 사는 겁니다. 나머지는 길을 잃고 헤매고 있으니 하느님이 자비를 베푸시어 종교를 주신 거예요. 이렇게 해서 나머지 인생들도 영원을 살 수 있게 되었다 이 말이오."

그는 말을 끝내고 나니 속이 후련한 모양이었다. 눈썹 한 올 남지 않는 눈으로 나를 보며 웃었다. 마치 자기가 가진 모든 것을 줄 테니 받아 가라고 말하는 듯했다. 서로 잘 알지도 못하는데 평생 연구한 것을 내게 전해 준 그 노인에게 감동을 받았다. 그의 눈에도 눈물이 흘렀다.

"내 이론을 어찌 생각하시오?"

그가 내 손을 잡고 내 눈을 들여다보며 물었다. 어쩐지 내 대답으로 그가 인생을 보람되게 살았는지, 헛살았는지 판가름이 날 것 같은 기분이 들었다. 나는 진리 너머에 진리보다 훨씬 인간에게 소중한 인간적인 의무가 존재한다는 것을 알고 있었다.

"이 이론이 많은 사람의 영혼을 구제할 것 같습니다."

내가 대답하자 주교의 표정이 밝아졌다. 나는 그의 전 생애를 보람있는 삶으로 만들어 주었다.

"고맙소, 젊은이."

그는 내 손을 다정하게 쥐며 속삭였다. 조르바가 구석에서 일어났다.

"내게 네 번째 이론이 있소이다."

나는 안절부절못하고 조르바를 바라보았다. 주교도 고개를 돌렸다.

"말씀해 보시오. 당신의 이론도 축복을 받으시길! 그래, 그게 뭡니까?"

"둘 더하기 둘은 넷입니다."

엄숙한 목소리로 조르바가 대답했다. 주교는 멍한 표정을 지었다.

"그리고 다섯 번째 이론도 있습니다, 영감님. 뭐냐 하면, 둘 더하기 둘은 넷이 아니라는 겁니다. 어때요, 기회는 지금뿐이니 하나 고르시겠소?"

"나는 무슨 뜻인지 알아듣지 못하겠소."

주교는 더듬거리며 당황한 듯한 시선으로 나를 보았다.

"나도 모르겠소!"

조르바가 웃음을 터뜨렸다. 풀이 잔뜩 죽은 주교를 보니 화제를 바꿔야 할 것 같았다.

"주교님, 주교님께서 이 수도원에서 하시는 특별한 연구는 무엇인가요?"

"젊은이, 나는 수도원의 옛날 원고들을 필사하고 있다오. 요즘에는 교회에서 쓰던, 성모님에 관한 신성한 낱말들을 수집하고 있답니다."

그는 한숨을 쉬었다.

"이젠 늙어서 그것밖에는 할 게 없어요. 성모님에 대한 온갖 수식어를 듣고 있으면 마음이 편해지고 비참한 마음 같은 것도 잊게 되지요."

그는 베개에 기댄 채 눈을 감고 정신이 오락가락하는 사람처럼 흥얼거리기 시작했다.

"불멸의 장미, 풍요의 땅, 포도 넝쿨, 샘, 기적의 샘, 천국으로 오르는 사다리, 난파선을 구하는 프리깃함, 휴식의 항구, 천국으로 들어가는 열쇠, 새벽, 영원한 빛, 번개, 불기둥, 무적의 장군, 부동의 탑, 난공불락의 요새, 위안, 환희, 장님의 지팡이, 고아의 어머니, 식탁, 음식, 평화, 평온, 향기, 화환, 우유와 꿀……."

"영감이 헛소리를 하는구먼. 감기 들지 않게 덮어 줘야지."

조르바가 일어나 주교에게 담요를 덮어 주고 베개를 바로잡아 주었다.

"세상엔 미치는 방법이 일흔일곱 가지랍니다. 그렇게 들었는데 이제 보니 일흔여덟 번째 방법이 있었군요."

새벽이 밝아 왔다. 아침을 알리는 세만트론* 소리가 들렸다. 나는 창문 밖으로 머리를 내밀었다. 길고 검은 두건을 쓰고 이제 막 내리쬐는 햇살을 받으며, 조그만 망치로 희한한 소리를 내면서 마당을 천천히 돌고 있는 깡마른 수도승이 보였다. 세만트론 소리는 아침 공기 속에서 감미롭게 호소하듯 들려왔다. 꾀꼬리는 조용해진 대신 다른 새들이 숲에서 노래 부르기 시작했다.

나는 감정을 불러일으키는 달콤한 세만트론 음률에 반했다. 타락했으면서도 형식을 갖춘, 생명이 충만한 리듬이 감동적이면서도 고상한 멋을 풍기는 데 감탄했다. 정신이 빠져나갔어도 천천히 진화해 온 조개껍데기처럼 정신의 거처는 거기에 그대로 남아 있는 것처럼 느껴졌다. 나는 신들이 떠나 버린 시끄러운 시장 안에 있는 성당도 그렇게 빈 조개껍데기 같다는 생각을 했다. 비와 바람에 닳고 닳아 해골만 남은 선사시대의 괴물 같은 것.

누군가가 방문을 두드리는 소리에 이어 안내 수도승의 목소리가 들려왔다.

"형제들! 일어나십시오. 아침 예배를 드릴 시간입니다."

조르바가 벌떡 일어났다.

"어젯밤 총소리는 대체 뭐요?"

조르바가 불쑥 물었다. 한동안 기다렸지만 대답이 없었다. 우리에게 가쁘게 몰아쉬는 수도승의 숨소리까지 들렸기 때문에 수도승이 우리 질문을 못 들었을 리는 없었다.

"총소리가 어떻게 된 거냐고 묻지 않소?"

조르바가 화를 버럭 냈다. 바삐 걸어가는 발소리가 들렸다. 조르바가 달려가 문을 열었다.

"이 더러운 놈들 같으니라고! 이 악당들아!"

---

* 나무 판이나 철봉으로 된 신호 기구다.

조르바는 도망가는 수도승 뒤에 대고 침을 뱉었다.

"성직자, 수녀, 수도승, 교회지기, 심부름꾼 모두 똑같구나. 너희는 그 꼴이 어울리지!"

그는 또 침을 뱉었다.

"갑시다! 공기 속에 피 냄새가 나는 것 같아요."

내가 말했다.

"피 냄새뿐이면 좋게요? 보스, 아침 예배에 가려거든 혼자 가시오. 나는 좀 둘러보고 조사를 해야겠소이다."

조르바가 투덜댔다.

"그냥 가요! 상관도 없는 일이잖아요. 왜 나서려고 그래요?"

내가 화를 내며 말했다.

"원래 이런 사람이잖소. 나서고 싶어 죽을 지경이라오."

그는 잠깐 생각하더니 교활하게 웃었다.

"악마가 우리를 돕는 걸지도 몰라요. 마귀가 대가리를 집어넣었어요. 보스, 총소리가 얼마나 나갈 것 같습니까? 못해도 7000드라크마는 될 거요."

마당으로 내려갔다. 꽃향기가 폴폴 날리는 것이 천국이 이럴까 싶었다. 자하리아가 우리를 기다리고 있다가 쪼르르 달려와 조르바의 손목을 붙잡았다.

"카나바로 형제! 가, 가자고."

그가 떨리는 목소리로 말했다.

"그 총소리는 뭐요? 누가 죽었죠? 말해요. 말하지 않으면 모가지를 비틀어 놓을 테니!"

수도승이 덜덜 떨면서 주위를 돌아보았다. 마당에는 사람 그림자도 보이지 않았고 독방들은 모두 닫혀 있었다. 열린 예배당 문에서 음악이 흘러나왔다.

"둘 다 따라 오슈. 소돔과 고모라가 따로 없어."

우리는 벽을 따라 걸었다. 뜰을 벗어나니 수도원에서 100여 미터 떨어진 곳에 교회 묘지가 있었다. 묘지를 지나 예배당의 조그만 문을 자하리아가 열고 들어갔다. 뒤따라가니 한가운데 깔린 멍석 위에 수도승복에 싸인 시체가 있었다. 시체 머리맡과 발치에는 초를 한 자루씩 켜 놓았다. 나는 허리를 굽혀 얼굴을 보았다.

"젊은 수도승이로군. 금발의 수련 수사예요. 데메트리오스 신부의……."

내 몸에 소름이 돋았다. 예배당 문 위에는 날개를 편 채 빨간 가죽신에 칼을 빼 들고 선 미카엘 대천사 조각상이 번쩍거렸다.

"미카엘 대천사시여! 불과 유황을 보내 모두 불사르소서! 미카엘 대천사시여! 성상에서 나와서 손을 써 주십시오! 칼을 들어 치소서, 총소리를 못 들으셨나이까?"

수도승이 부르짖었다.

"누가 죽인 겁니까? 누구요? 데메트리오스? 말해 봐요. 이 늙은 염소야, 얘길 하라니까!"

수도승은 조르바의 손아귀에서 벗어나 대천사 앞에 무릎을 꿇고 엎드렸다. 그렇게 꼼짝 않고 성상을 노려보고 있더니만 갑자기 소리를 지르며 일어났다.

"그래, 내가 태우겠소! 봤소? 대천사가 움직였어. 대천사가 내게 명령하신 거야."

그는 성상 가까이 가더니 두터운 입술을 대천사 칼에 댔다.

"하느님을 찬양할지어다! 나는 구원을 받았노라."

조르바가 수도승의 팔목을 다시 잡았다.

"이봐. 자하리라! 내 시키는 대로 하시오."

조르바가 명령했다. 그러고 나서 나를 돌아보았다.

"돈을 줘요. 보스, 서명은 내가 할게요. 놈들은 모조리 늑대인데 당신은 양이니 틀림없이 잡아먹힐 겁니다. 그러니 내게 맡겨요. 걱정하지 말아요. 돼지 새끼들은 이제 한곳으로 몰아넣었으니 정오에는 문서를 손에 쥘 수 있을 겁니다. 그때 떠나지요. 이리 와요, 자하리아!"

두 사람은 아무도 모르게 수도원으로 들어가고 나는 산책을 할 생각으로 소나무 숲으로 들어갔다. 해가 높이 떠서 이슬방울이 잎사귀 위에서 마르느라 반짝거렸다. 바로 앞 돌배나무 가지 위에는 검은 새가 꽁지를 까닥거리며 나를 보고 조롱하듯 휘파람 소리를 냈다.

소나무 사이로 수도원 마당으로 열을 지어 나오는 수도승들이 보였다. 모두 고개를 숙이고 있어 늘어진 검은 승모가 어깨에 닿았다. 예배가 끝나고 식사를 하러 가는 길이었다.

'저 엄숙하고 고상한 육체 안에 영혼이 없다는 것은 얼마나 끔찍한 일인가.'

잠을 제대로 못 자 피곤한 김에 풀밭 위에 누웠다. 야생 바이올렛, 금작화, 로즈마리, 샐비어 향기가 진동했다. 굶주린 벌들이 끊임없이 붕붕대며 해적처럼 꽃 속을 들락거려 꿀을 찾아냈다. 강렬한 햇빛 속에 살랑대는 아지랑이처럼 먼 산이 투명하고 조용하게 빛났다.

눈을 감았다. 조용하고 표현하기 어려운 환희가 온몸을 감쌌다. 내 주위에서 초록으로 빛나는 것들이 모두 천국의 것 같은 기분이 들었다. 이 신선하고 상큼하고 작은 즐거움들이 하느님 그 자체인 듯했다. 하느님은 시시각각으로 모습을 바꾼다. 어떤 모습으로 변장하든 그것을 알아보는 자에게는 축복이! 신선한 한 잔의 물이 되기도 하고, 무릎 위에서 노는 어린아이가 되기도 하며 아름다운 여자가 되는가 하면 아침 산책이 되기도 하는 것이다.

아주 조금씩 내 주위에 있는 모든 것이 변화를 멈추고 꿈이 되었다. 나는 행복했다. 이승과 저승은 하나, 생명은 한 덩어리 꿀을 안은 들판의 꽃이었다. 내 영혼은 그 꿀을 탐하는 벌이었다.

행복한 꿈에 빠져 있는데 누군가가 나를 깨웠다. 내 뒤로 다가서는 발소리와 속삭이는 소리가 들렸다.

"보스! 말끔하게 끝냈습니다."

조르바가 내 앞에 서 있었다. 그의 작은 눈이 반짝반짝 빛났다.

"끝나요? 계약이 끝났단 말입니까?"

"모두 끝났습지요."

조르바가 저고리 윗주머니를 탁탁 쳤다.

"모두 여기 있습니다. 숲이 여기 있어요. 이게 우리에게 행운을 가져다줄 겁니다. 롤라가 쓴 7000드라크마도 여기 있어요."

그는 안주머니에서 지폐 다발을 꺼냈다.

"받으세요. 이제 빚을 갚았습니다. 이제는 보스 얼굴을 봐도 더 이상 부끄럽지 않을 거요. 스타킹이랑 핸드백, 향수, 부불리나 여사의 파라솔값도 모두 다 들었어요. 앵무새 땅콩값이랑 당신에게 사다 준 할바값도 모두 포함되어 있어요."

"조르바, 당신이 가져요. 그건 내가 당신한테 주는 선물이에요. 가서 성모 앞에 초나 한 자루 켜고 지은 죄나 빌어요."

자하리아 신부가 지저분하게 바랜 승복 차림으로 우리에게 다가왔다. 다 닳아 버린 신발을 신고 노새 두 마리의 고삐를 쥐고 있었다. 조르바가 지폐 다발을 그에게 보여 주었다.

"어이, 요셉 신부님! 우리 나눠 먹을까요? 이 돈이면 소금에 절인 대구 100킬로그램쯤 사서 배 터지게 먹을 수 있어요. 토할 만큼 먹으면 대구 생각 같은 건 안 하게 될 거요. 자, 손 이리 내 봐요."

수도승은 재빨리 돈을 받아 숨겼다.

"파라핀이나 좀 사야지!"

그가 중얼거렸다.

"이 염소들이 몽땅 잠든 깜깜한 밤이 되거들랑 말이오. 바람이 적당히 불어 주면 더 좋겠군. 벽에다 몽땅 끼얹으란 말이오. 걸레나 누더기에 파라핀을 듬뿍 적셔서 불을 붙이면 되는 거요. 내 생각이 어떻소?"

수도승이 덜덜 떨었다.

"떨 거 없소이다! 대천사님이 시키신 일이잖소? 파라핀과 하느님의 영광을 믿으시지요. 행운을 빕니다."

우리는 노새를 탔다. 나는 마지막으로 수도원을 한 번 더 돌아보았다.

"조르바, 뭘 좀 알아냈나요?"

내가 물었다.

"총소리 말이지요? 보스, 그건 걱정 말아요. 자하리아 말이 맞았어요. 완전히 소돔과 고모라예요. 데메트리오스가 저 미남 수련 수사를 죽였더군요. 총소리는 바로 그거였어요."

"데메트리오스가 왜요?"

"더 알려고 하지 마세요. 생각만 해도 더러워서 구역질이 나올 지경이라오."

그가 수도원을 돌아다보았다. 수도승들이 고개를 숙이고 두 손을 얌전히 모은 채 식당에서 나와 독방을 향해 걷고 있었다.

"거룩한 수사님들아, 나를 저주하시오!"

조르바가 소리쳤다.

19

그날 밤, 집으로 돌아온 우리가 제일 처음 만난 사람은 부불리나였다. 그녀는 오두막 앞에 쭈그리고 앉아 있었다. 나는 등불을 켜고 그녀의 얼굴을 봤다가 깜짝 놀랐다.

"오르탕스 부인, 어디 아프신 거예요?"

결혼이라는 원대한 꿈이 마음속에서 꿈틀대며 커 가는 동안 우리의 늙은 세이렌은 매력을 몽땅 잃어버린 것이었다. 과거를 말끔히 지우고 파샤와 터키 상인들과 제독들에게서 받은 깃털 장식을 모조리 떼어 냈다. 부인이 바라는 꿈은 진지하고 존경받는 평범한 아낙네, 착하고 현명한 아내가 되는 것 이외에는 없었다. 더 이상 화장도 안 하고 맵시 있게 꾸미려고도 하지 않았다. 있는 그대로 보여 주고 결혼하고 싶은 가련한 여인이라는 걸 알려 주고 싶었던 것이었다.

조르바는 한마디도 하지 않았다. 그는 염색한 수염만 계속 잡아당기면서 불을 피우고 커피를 끓였다.

"당신은 참 잔인하군요."

오르탕스 부인이 쉰 목소리로 불쑥 말했다. 조르바가 고개를 들고 부인을 바라보았는데 이미 눈빛이 부드러워져 있었다. 그는 여자가 가슴 미어지게 말하면 꼼짝 못하는 약점이 있었다. 여자가 눈물 한 방울만 흘려도 그는 항복했다. 조르바는 여전히 아무 말도 하지 않은 채 커피와 설탕을 넣고 저었다.

"결혼하기 전에 왜 이렇게 사람 애간장을 태우는 거예요? 이젠 마을에도 못 내려가요. 부끄러워서 살 수가 있어야지요. 이러다 나는 죽고 말 거예요."

늙은 세이렌이 울먹이며 말했다.

나는 침대에 누워 쉬고 있었는데 베개에 팔을 괴고 다시 못 볼 구경거리를 즐겼다.

"왜 결혼 화환은 안 사 온 건데요?"

조르바는 자기 무릎 위에서 달달 떠는 통통한 부불리나의 손을 느꼈다. 조르바의 무릎은 천 번하고도 한 번 더 난파당한 그녀가 기댈 수 있는 유일한 땅이었다. 조르바도 그걸 알기 때문에 진심으로 뉘우치는 것 같았다. 그러나 여전히 말없이 커피를 세 잔에 나누어 따랐다.

"여보, 결혼 화환은요?"

부불리나가 같은 질문을 되풀이했다.

"칸디아에는 쓸 만한 게 없었어."

조르바가 무뚝뚝하게 대답했다. 그는 잔을 다 돌리고 나서 자기 커피를 들고 구석에 쭈그리고 앉았다.

"좋은 걸로 보내라고 아테네에 편지를 보냈어. 흰 초도 좀 주문하고…… 초콜릿을 넣어 설탕에 절인 아몬드랑……."

일단 말을 꺼내자 조르바의 상상력이 날개를 달았다. 그는 창조의 영감에 번뜩이는 시인의 눈처럼 빛났다. 조르바는 허구와 진실이 뒤섞여 어떤 게 어떤 건지 분간하기 어려운 경지에 이르러 있었다. 그는 커피를 후루룩거리며 들이켠 다음 두 번째 담배에 불을 붙였다. 재수가 옴팡지게 좋은 하루였다. 주머니에는 계약이 끝난 임대 서류도 들어 있고, 빚도 갚았으니 아주 느긋했다. 그는 자신을 놓아 버리기로 작정했다.

"이것 봐, 부불리나. 우리 기왕 할 바에 아예 떡 벌어지게 하세. 웨딩드레스는 내가 주문한 놈이 올 때까지 기다리게. 놀라 자빠지지만 말아. 아테네에서 이름난 디자이너 둘을 불러 이렇게 일렀거든. '내 결혼 상대는 동서고금 어디에도 찾아볼 수 없는 거물일세. 4대 열강이 알아서 모시던 여왕이란 말이야. 열강들이 죽었으니 과부가 되었다네. 그 여왕님이 날 서방으로 찍었단 말이지. 그러니 결혼 예복은 아주 근사해야 하네. 몽땅 비단으로 하되 진주와 황금 별을 붙이게.' 그랬더니 두 디자이너가 그러더군. '어머, 그럼 너무너무 아름답잖아요. 그런 옷을 입었다가 하객이 눈이라도 멀면 어쩌려고요?' 그래서 내가 이렇게 말했어. '그런 걱정은 말게. 눈이 머는 게 대순가? 내 사랑이 만족하면 됐지!'"

벽에 등을 기대고 그의 말을 듣고 있던 오르탕스 부인은 축 늘어진 주름투성이 얼굴에 미소를 피어 냈다. 목에 두른 빨간 리본은 금방이라도 터질 것만 같았다.

"당신에게 해 줄 말이 있어요."

부인은 커다란 암양처럼 실눈을 뜨고 속삭였다. 조르바는 내게 윙크를 보내고 부인 쪽으로 몸을 기울였다.

"오늘 밤 당신에게 드릴 게 있답니다."

여자는 조르바의 털북숭이 귀에 혀를 박을 것처럼 가까이 대고 속삭였다. 그런 다음 보디스에서 손수건에 싼 물건 하나를 건네주었다. 조르바는 집게손가락으로 그것을 집어 오른쪽 무릎 위에 올리고는 문쪽으로 얼굴을 돌려 바다만 물끄러미 바라보았다.

"그거 안 풀어 볼 거예요? 조르바, 궁금하지 않아요?"

오르탕스 부인이 소리쳤다.

"우선 커피를 마시고 담배도 피우고 볼 거야. 풀어 보고 말고 할 것도 없지 뭐. 속에 뭐가 들었는지 다 알고 있으니."

"풀어 봐요. 제발 풀어 봐요."

늙은 세이렌이 애원했다.

"담배 먼저 피운다니까 그래?"

그는 원망스럽다는 듯 나를 보았는데 마치 '이게 다 당신 때문이오!' 하고 말하는 듯했다. 그는 담배를 천천히 피우면서 바다에 시선을 주었다.

"내일은 시로코 바람이 불겠어. 날씨가 바뀌고 나무가 부풀고 젊은 것들 젖가슴도 부풀겠지. 그러다 보디스를 터뜨리고 말걸? 오, 봄은 장난꾸러기라니까! 악마의 발명품이야!"

그는 말을 끊었다가 다시 덧붙였다.

"보스, 이 세상에 있는 악마의 발명품들이 얼마나 근사한지 생각해 봤어요? 예쁜 여자, 봄, 새끼 돼지 구이, 술……. 이런 게 모두 악마의 발명품이랍니다. 하느님은 수도승, 금식, 카밀레 차, 못생긴 여자 같은 걸 만들었지요. 젠장!"

그는 이렇게 말하면서 오르탕스 부인 쪽을 흘깃 보았다. 그녀는 구석 자리에 쪼그리고 앉은 채 조르바가 하는 말에 귀를 기울이고 있었다.

"조르바! 조르바!"

오르탕스 부인이 애타는 목소리로 그를 불러 댔다. 그러나 조르바는 또 담배를 붙여 물고 다시 생각에 잠긴 채 바다를 바라보았다.

"봄이면 말이오. 악마가 기선을 잡는 법이라오. 허리띠를 풀고, 블라우스 단추를 끄르고…… 늙은 계집이 한숨을 쉬지. 손 치워, 부불리나!"

"조르바, 조르바! 제발!"

불쌍한 여자는 아예 애원했다. 그녀는 떨어진 손수건을 집어 조르바 손안에 쥐여 주었다. 그는 담배꽁초를 집어 던지고 손안을 들여다보았다.

"아니, 이게 대체 뭐요? 부불리나."

그는 기가 막힌 표정으로 물건을 내려다보았다.

"반지예요. 조그만 반지, 우리 보배. 결혼반지죠."

늙은 세이렌이 떨면서 말했다.

"여기 증인도 있어요. 하느님, 우리 증인을 축복하소서! 밤이 아름답잖아요. 시로코 바람도 불고 하느님은 우릴 내려다보시고요. 우리 약혼해요, 조르바!"

조르바는 나를 보고 오르탕스 부인을 보고 반지를 내려다보았다. 악마가 떼거지로 내부에서 싸움을 벌이고 있는 듯했다. 승부가 좀처럼 나지 않을 것 같았다. 가련한 여자는 두려움에 바들바들 떨었다.

"조르바, 조르바……."

부인이 코맹맹이 소리를 냈다. 나는 침대에서 일어나 앉아 구경하고 있었다. 조르바는 선택을 해야 했다. 어느 길을 선택할지 굉장히 궁금했다. 갑자기 그가 고개를 가로저었다. 결정을 내린 모양이었다. 표정이 한껏 밝아진 그가 손뼉을 치며 공중으로 뛰어올랐다.

"우리 나갑시다! 별 아래로 갑시다. 그래야 하느님이 우릴 내려다볼 거 아니오? 보스, 반지를 갖고 나오세요. 노래 부를 수 있어요?"

"아니오. 그게 뭐 대숩니까?"

나는 그를 놀리려고 이렇게 대답했다. 나는 우리 착한 오르탕스 부인을 부축해 일으켰다.

"생각해 보니 노래할 수 있어요. 깜박했는데 어릴 때 성가대였거든요. 신부를 따라 결혼식에도 가고, 세례식에도 가고, 장례식에도 갔었지요. 나는 교회 의식 찬송도 몽땅 외울 수 있어요. 우리 부불리나, 이리로 오세요. 나와서 돛을 올리세요. 우리 귀여운 프랑스 프리깃함은 내 오른편에 서세요."

조르바 안에 있는 악마들 중에 이번에는 착한 광대가 승리를 했다. 조르바는 늙은 세이렌이 불쌍했다. 자신에게 못 박힌 듯 바라보는 흐릿한 눈동자를 바라보며 가슴이 찢어질 듯해서 승낙한 것이었다.

"이 몸은 악마나 물어 가라 해! 나는 아직도 암컷들을 기쁘게 해 줄 수 있다 이겁니다. 자, 나오시오."

그는 오르탕스 부인의 팔을 잡고 해변으로 달려 나갔다. 그는 반지를 내게 맡겨 놓고 바다를 향해 노래를 부르기 시작했다.

"이 세상의 주님께 끝없는 영광이 있으라, 아멘!"

그가 나를 돌아보며 소리쳤다.

"이제 당신 차례예요, 보스!"

"오늘 저녁에는 '보스'는 없어요. 나는 당신들 약혼식 들러리니까 말이에요."

"좋아요, 그럼 알아서 하시오. 내가 '브라보!' 하거들랑 반지를 끼워요!"

그는 당나귀가 우는 것처럼 아주 굵직한 목소리로 찬송가를 불러 댔다.

"하느님의 종 알렉시스와 하느님의 종 오르탕스가 약혼했습니다. 주님, 굽어살펴 주소서."

"주여, 불쌍히 여기소서. 주여, 불쌍히 여기소서."

나는 터지려는 웃음을 가까스로 참고 떨리는 목소리로 기도문을 외웠다.

"아직 더 남았는데. 이놈의 걸 다 욀 수가 있나! 좋아, 대충 넘어가지 뭐!"

그가 물고기처럼 펄쩍 뛰어오르며 소리쳤다.

"브라보! 브라보!"

그러고는 큰 손을 내게 내밀었다.

"자, 그 앙증맞은 손 내 봐!"

그가 약혼녀에게 말했다. 부인은 집안일을 하느라 불어 터졌지만 그래도 통통한 손을 내밀었다. 나는 두 사람 손에 반지를 끼워 주었다. 조르바는 완전히 흥분해서 탁발승처럼 고래고래 소리를 질렀다.

"하느님의 종 알렉시스는 하느님의 종 오르탕스와 성부와 성자와 성신의 이름으로 약혼했나이다, 아멘! 하느님의 종 오르탕스는 하느님의 종 알렉시스와 약혼했나이다, 아멘! 좋아! 이걸로 이쪽 일은 끝이야. 이리 와 봐. 사랑스러운 애인에게 처음으로 합법적인 키스를 해 봅시다. 키스다운 키스를 해 주지!"

그러나 오르탕스 부인은 이미 땅바닥에 주저앉은 상태였다. 여자는 조르바의 다리를 붙들고 울었다. 조르바가 가엾다는 듯 고개를 흔들었다.

"불쌍한 건 여자라니까! 왜 그리도 바보 같은지."

그가 중얼거렸다. 오르탕스 부인이 일어나 치마를 털고 두 팔을 벌렸다.

"이봐! 오늘은 참회 화요일이잖아. 팔 내려, 사순절이라니까!"

"내 서방님, 조르바……."

오르탕스 부인은 금방이라도 기절할 듯 보였다.

"참아, 마누라! 부활절까지 기다리세. 고기도 먹고 빨간 달걀도 함께 깨고 그러자고. 이제 당신은 집으로 돌아갈 시각이야. 이 밤에 여기 있다는 걸 마을 사람들이 알면 뭐라고 하겠나? 안 그래?"

부불리나는 애원하는 표정으로 바라보았다.

"안 돼, 사순절이잖아. 안 된다니까. 부활절까지는 참아! 우리가 배

웅할 테니 함께 나가자고."

그는 내 귀에다 속삭였다.

"제발 우리 둘이 있게 하지 마시오. 지금은 그럴 기분이 아니니까!"

마을로 내려가는 길목에 섰다. 하늘은 맑고 바다 냄새가 진동했다. 밤새는 머리 위에서 울었다. 조르바 팔에 매달린 우리의 늙은 세이렌은 행복과 실망에 휩싸여 끌려가듯 걸었다.

그녀는 오랫동안 그토록 가고 싶었던 항구에 들어선 것이었다. 노래하고 춤추며 여염집 아낙을 우습게 보던 그 전성 시절. 진한 화장을 하고 향수까지 잔뜩 뿌리고 요란한 옷을 펄럭이며 알렉산드리아, 베이루트, 콘스탄티노플 거리를 지나다가도, 젖꼭지를 아이에게 물린 여자를 보면 자기 젖가슴이 팽팽하게 부풀고 젖꼭지가 빳빳해지면서 아이의 입술을 느끼고 싶어 했다. '서방도 얻고 아이도 가졌으면.' 부인은 오랫동안 이것을 꿈꿔 왔다. 그 가슴 아픈 소망을 아무에게도 말한 적은 없었다. 조금 늦었지만 이제 하느님이 보우하사 꿈을 이루어 그리운 항구로 들어선 것이었다.

이따금 그녀는 옆에서 걷고 있는 남자를 얼빠진 듯 훔쳐보았다. '금술이 주렁주렁 달린 페즈 모자를 쓴 돈 많은 파샤가 아니면 어때? 지방 유지의 잘생긴 아들이 아니면 어때? 하느님이 보우하사, 없는 것보다야 백번 낫고말고. 이 양반이 내 서방이 되는 거야. 영원한 내 서방님. 하느님을 찬양할지어다!'

조르바는 부인이 매달리며 걷자 얼른 마을에 떼어 놓을 생각으로 걸음을 재촉했다. 부인이 자갈길에서 휘청거렸다. 발톱이 빠질 지경이고 티눈이 아파도 불평 한마디 하지 않았다. 불평을 왜 해? 하느님 은혜로 모든 게 잘되고 있는데!

우리는 '우리 젊은 아가씨의 무화과나무'와 과부의 정원을 지나 마을 어귀에서 걸음을 멈추었다.

"잘 자요, 나의 보물."

늙은 세이렌이 다정하게 속삭이며 키스를 하려고 발돋움을 했다. 그러나 조르바는 빳빳하게 서서 굽혀 주지 않았다.

"여보, 당신 발에라도 키스하게 해 주세요."

부불리나가 땅에 엎드리려고 했다.

"아니지, 안 돼. 내가 당신 발에 키스를 해야지. 그럼, 내가 해야지. 하지만 지금은 그럴 기분이 아니라네. 잘 들어가요!"

조르바는 여자를 안아 일으켰다.

우리는 시원한 공기 속을 묵묵히 걸었다. 조르바가 갑자기 나를 돌아보았다.

"보스, 어떻게 할까요? 웃을까요, 울까요? 어디 말 좀 해 보시오."

나는 대답하지 못했다. 갑자기 목이 턱 막혔는데 우스운 건지 슬픈 건지 분간할 수 없었다.

"보스! 혼자 사는 여자에게 불평할 시간을 안 줬다는 그 깡패 같은 신 이름이 뭡니까? 그 양반 얘기를 좀 들어서 압니다. 수염을 염색하고 심장에 문신을 했다면서요? 팔뚝에 세이렌이랑 화살을 그려 가지고 다녔답니다. 변장도 곧잘 했는데 황소도 되고 백조도 되고 양도 되고 당나귀도 됐다고 그럽디다. 화냥년들이 원하는 대로 해 줬다고 하던데, 그 신 이름이 뭐요?"

"제우스인 것 같은데요. 어떻게 제우스 생각을 했어요?"

"하느님, 제우스의 영혼을 불쌍히 여기소서! 얼마나 고생이 심했을까요? 아주 애먹었을 겁니다. 그 양반, 순교자였다니까요. 당신은 책에서 본 거라면 뭐든 다 믿는 구석이 있지만, 한번 생각해 본 적 있어요? 책 쓰는 사람들이 어떤 것들입니까? 기껏해야 학교 선생들이지. 퉤퉤. 그런 것들이 여자나 여자 꽁무니를 쫓는 사내에 대해 뭘 알겠어요? 아무것도 모르지."

“그럼 조르바, 당신이 책을 쓰지 그래요? 세상의 신비를 우리에게 설명해 주면 좋은 일이잖아요?”

내가 비꼬아서 말했다.

“하라면 못할까 봐요? 하지만 할 시간이 없었어요. 나는 당신이 말하는 그 ‘신비’를 살아 내느라고 쓸 시간이 없었거든요. 어떤 때는 전쟁, 어떤 때는 계집, 어떤 때는 산투르를 살아낸 거죠. 그러니 그런 걸 쓸 시간이 어디 있겠소? 책 쓰는 일들이야 그쪽에서 할 일이고. 인생의 신비를 제대로 사는 사람들은 시간이 없고 시간이 있는 사람들은 또 제대로 살 줄 모르는 법이오. 아시겠어요?”

“처음 얘기를 다시 해 봐요. 제우스 얘기는 왜 한 겁니까?”

“아, 그 불쌍한 친구. 그 양반 고민을 알아주는 건 아마 나밖에 없을 겁니다. 그치는 여자를 엄청 좋아했지요. 그러나 당신네 글쟁이들이 생각하는 거하곤 많이 다릅니다. 그 양반은 여자들의 고통을 이해하고 그들을 위해 자기를 희생한 거예요. 이 양반이 시골구석을 다니다가 욕망과 후회로 인생을 낭비하는 노처녀나 아리따운 유부녀를 봅니다. 뭐, 꼭 예쁠 필요는 없고 괴물이라도 상관은 없어요. 남편은 멀리 떠나고 잠을 못 이루죠. 이 양반이 성호를 척 긋고 여자가 좋아할 만한 모습으로 변장해서 들어가는 겁니다. 그저 적당하게 애무하기만 바라는 여자는 쳐다도 안 봅니다. 어림도 없어요. 녹초가 된다고 해도 최선을 다하자는 게 그 양반 좌우명이거든요. 당신도 무슨 말인지 아실 거요. 이 암양들을 어떻게 다 만족을 시킨단 말이오. 가엾은 제우스. 그래도 귀찮은 표정, 싫은 내색 한 번을 안 해요. 좋아서 그 짓을 하는 것도 아니었을 겁니다. 암양을 네댓 마리 상대한 숫양을 본 적 있어요? 침을 질질 흘리고 눈깔은 눈곱이 잔뜩 끼지요. 기침까지 콜록콜록 가관입니다. 그래요, 저 불쌍한 제우스도 그런 고역을 치렀을 거란 말입니다.

일을 치르고 나면 새벽에 이렇게 중얼거리면서 집으로 돌아왔을 거예요. '오, 하느님, 저는 언제쯤이면 편하게 쉴 수 있단 말입니까? 피곤해서 죽을 지경입니다.' 그때 또 한숨 소리가 들립니다. 저 아래 지구 위에서 어떤 여자가 벌거벗다시피 하고 발코니에 나와서는 한숨으로 풍차라도 돌릴 듯하고 있는 거지요. 우리 가엾은 제우스는 또 불쌍한 생각이 들어서 죽을 맛입니다. '이런 젠장, 또 가야 하는 거야? 운명을 한탄하는 여인이 있으니 내달려 갈 수밖에!'

이런 짓을 계속하다 보니 여자들이 제우스를 몽땅 빨아 버려서 한 방울도 안 남긴 거예요. 그는 먹은 것을 토하고 온몸이 마비가 돼 죽어 버렸어요. 그 뒤를 이어 이 땅에 내려온 게 그리스도예요. 그는 제우스가 그 꼴이 된 걸 봤잖아요. 그래서 이렇게 말합니다. '여자를 조심하라.'"

나는 조르바의 신선한 상상력에 감탄하며 웃음을 터뜨렸다.

"보스, 당신은 웃을 수 있어서 좋겠습니다. 우리가 지금 벌인 일을 신이든 악마든 잘 매듭짓는다면—뭐, 내 생각에는 그게 잘될 것 같지 않거든요—나는 가게를 하나 열 거예요. 무슨 가게냐고요? 그야 중매소지요. 제우스 결혼 중매소. 남편이 없는 불쌍한 여자들에게 또 한 번 기회를 주는 거예요. 노처녀, 촌 여자, 안짱다리, 사팔뜨기, 곱사등이, 절름발이 몽땅 데려다 젊은이들 사진이 가득 걸린 접대실로 가게 하는 겁니다. '자, 골라 봐요. 원하는 대로 고르면 내가 그를 남편으로 만들어 드리지요.' 이렇게 말하고는 사진과 비슷한 녀석을 찾아 똑같은 옷을 입히고 돈을 쥐여 주며 '아무 거리의 아무 번지에 가면 모모 양이 있을 거다. 사랑 한번 제대로 해 줘라. 싫은 내색을 하면 절대로 안 되느니라. 값은 내가 줄 테니 얼른 다녀와라. 남자가 여자에게 해 줄 수 있는 건 몽땅 다 해 줘라. 이 불쌍한 것은 그런 걸 여태 맛보지 못했다. 결혼도 하겠다고 해라. 가엾은 인생에게 재미를 맛보게 해 줘야지. 암산양도 보고 자라도 보고 자네도 보는 재미 말이야.'

우리 부불리나 나이 또래 늙은 암컷에게 아무리 돈을 많이 줘도 지원자가 없으면 그땐 결혼 중매소 소장인 내가 몸소 성호를 긋고 나설 거요. 이웃의 멍청한 것들이 그럴 테지. '저 꼴 좀 봐. 저 늙은것은 보는 눈도 없고 코는 냄새 맡을 줄도 몰라?' '오냐, 이 당나귀 새끼들아, 나도 눈깔 있다. 남의 말이나 하는 이 허깨비들아, 코도 있다. 그뿐이야? 나는 너희들이 없는 인정이라는 것도 있다. 그런 계집이 불쌍해서 못 견디는 것뿐이다. 네놈들도 심장이 있다면 눈이나 코는 별거 아니라는 걸 알게 될 거다. 그런 건 다 썩어 없어질 것들이니까!'

그러다 보면 나도 갈 데 없는 헛 껍데기가 되어 숨이 넘어가겠지요. 천당 문지기 성 베드로 님이 친히 천당 문을 열어 주면서 이럴 겁니다. '조르바, 어서 와라. 이 불쌍한 것. 어서 와, 위대한 순교자야. 가서 네 선배인 제우스 옆에 누워 쉬려무나. 네가 땅에서 네 몫을 훌륭히 해냈으니 내 너를 축복해 주마.'"

조르바는 계속 떠들었다. 상상력에도 함정이 있는 법이라 조르바는 이따금 거기에 빠지기도 했다. 그는 자기가 신바람 나게 만들어 놓은 이야기를 실제로 믿기 시작했다. 우리가 '우리 젊은 아가씨의 무화과나무'를 지날 때 조르바가 한숨을 쉬었다. 그는 맹세하는 것처럼 한 팔을 들었다.

"부불리나, 걱정 마시오. 짓밟히고 학대받아 썩어가는 낡은 배여! 걱정할 것 없소. 내가 당신을 위로하지 않고 어떻게 떠나겠소! 4대 열강도 젊음도 하느님도 당신을 버렸지만 나, 조르바는 영원히 당신을 버리지 않으리다."

해변에 돌아왔을 때는 이미 자정이 넘어 있었다. 바람이 불어왔다. 저 멀리 아프리카에서 나무를 부풀리고 포도 넝쿨을 부풀리고 크레타 여인의 가슴을 부풀리는 따뜻한 남풍 노토스가 불어왔다. 물가에 드러누운 이 섬은 나무에 수액을 솟게 하는 그 바람 아래 다시 기운을 얻어 싱싱해지는 것 같았다. 제우스, 조르바, 남풍이 한데 어우러졌다. 어둠 속에서 나는 거대한 사내, 긴 수염에 윤기 나는 검은 머리카락을 한 이 사내가 허리를 구부리고 대지인 오르탕스 부인에게 뜨거운 입맞춤을 하는 것을 지켜보았다.

20

오두막에 도착한 뒤 바로 잠자리에 들었다. 조르바는 만족스러운 듯 두 손을 비볐다.

"보스, 오늘 참 재수 좋았지요? 뭐 그리 좋은 일이 있었느냐고 하고 싶겠지요? 뿌듯한 하루 아닙니까? 생각해 봐요. 오늘 아침 몇 킬로미터나 떨어진 수도원에서 수도원장을 곯려 줬잖아요. 아마 우릴 저주하고 있을 겁니다. 그리고 우리 오두막에 돌아와서는 부불리나를 만나서 약혼까지 하고 말입니다. 그런데 이 반지 좀 보시려오? 순금이랍니다. 부불리나 말로는 전에 영국 제독이 준 파운드 금화 두 개가 남아 있었대요. 장례식에 대비한 거라나요. 그런데 갑자기 마음이 변해서 그걸 세공업자에게 반지로 만들어 달라고 했답니다. 사람이란 알다가도 모를 존재라니까요."

"그만 주무세요, 조르바. 하루에 일어난 일치고는 너무 과했어요. 내일 또 치러야 할 의식이 남았잖아요. 고가 케이블을 맬 첫 철탑을 세워야 하니 스테파노스 신부님께 오시라고 했어요."

"잘하셨어요, 보스. 그 늙은 염소수염도 부르고 마을 유지도 몽땅 불러야 해요. 초를 한 자루씩 나누어 주고 불을 붙이게 합시다. 그래야 오래 인상에 남지요. 우리 사업을 위해서 그게 좋아요. 내가 무슨 짓을 하든 상관하지 마세요. 나만의 하느님과 악마가 있으니 말입니다. 하지만 다른 사람들은……."

그는 말하다 말고 낄낄거렸다. 머릿속에서 한바탕 난리가 났는지 잠을 이루지도 못했다.

"오, 우리 할아버지! 우리 할아버지 유해를 하느님이 축복해 주시기를!"

조금 있다가 그가 다시 말을 이었다.

"할아버지는 나 같은 난봉꾼이었어요. 하지만 이 난봉꾼이 성지를 순례하고 하지*가 되었답니다. 이유야 낸들 아나요? 할아버지가 돌아오시자 평생 좋은 일이라곤 못해 본 염소 도둑인 옛 친구가 그랬답니다. '그래, 이놈아. 성지를 다녀왔으니 내 선물로 성스러운 십자가 한 귀퉁이쯤은 뜯어 왔겠지?' 그래서 우리 할아버지가 이렇게 대꾸했대요. '당연하지. 우리가 어떤 사이인가? 오늘 밤 우리 집으로 오게나. 올 때 신부님도 좀 모셔 오고 말일세. 그 성스러운 물건을 건네려면 축복을 받아야 하지 않겠나? 그리고 새끼 돼지 구이도 좀 가져오고 포도주도 한 통 가져 와. 그래야 재수가 있지.'

그날 밤 할아버지는 벌레 먹은 문설주에서 쌀알 정도 될까 말까 한 나무를 떼어 냈어요. 할아버지는 이걸 보드라운 천 조각에 싸고 기름을 떨어뜨린 다음 기다렸지요. 얼마 후 친구가 돼지 구이와 포도주를 들고 신부님과 함께 나타났어요. 신부님은 축복을 해 주고 할아버지는 이 귀한 나뭇조각을 친구에게 전해 주는 의식까지 치르고 돼지를

* 메카나 예루살렘을 순례한 사람이다.

뜨기 시작했다죠. 거짓말이 아니에요. 보스, 문제의 사나이가 이 귀한 나뭇조각 앞에 절을 하더니 끈으로 꿰어 목에 걸었어요. 그다음부터 완전 딴사람이 되었답니다. 그는 산으로 들어가 아르마톨과 클레프트 산적 떼에 가담해서 터키 마을을 불태우는 일에 앞장섰어요. 총탄이 날아오는 데도 겁 없이 돌아다녔답니다. 성지에서 가져온 거룩한 십자가 조각이 있는데 무서울 게 있겠습니까?"

조르바가 호탕하게 웃었다.

"만사가 다 그런 겁니다……. 믿음이 있나요? 그렇다면 문설주에서 떼어 낸 나뭇조각도 거룩한 물건이 되는 겁니다. 믿음이 없다면? 그야 거룩한 십자가도 그런 사람에겐 나뭇조각이 되고 마는 거죠."

나는 진정으로 이 사나이에게 탄복했다. 어떻게 이리도 거침없고 대담할까. 누군가가 건드릴 때마다 정신은 점점 불타오르는 모양이었다.

"조르바, 전쟁해 봤어요?"

"그걸 내가 어떻게 압니까? 기억이 안 나는데, 무슨 전쟁을 말하는 거요?"

조르바가 인상을 찡그리며 물었다.

"내 말은, 나라를 위해 싸워 본 적이 있느냐고요."

"다른 얘기 하면 안 됩니까? 그런 터무니없는 짓들은 몽땅 끝장내고 깨끗하게 잊은 지 오래 됐소이다."

"조르바, 터무니없는 짓이라고요? 조국을 그런 식으로 이야기하다니 부끄럽지도 않아요?"

조르바가 고개를 들어 나를 바라보았다. 나 역시 침대에서 고개를 들고 그를 보았다. 그는 한동안 나를 보다가 수염을 쥐어뜯었다.

"그건 도대체 뭘 하자는 수작입니까? 교장 선생이나 할 법한 소리구먼요. 이렇게 말하면 뭣하지만, 당신한테는 아무리 얘기해도 소 귀에 경 읽기가 될 거예요."

"무슨 소립니까? 나도 말 귀는 알아들어요. 그건 좀 잊지 않았으면 좋겠네요."

"네, 당신은 그 잘난 머리로 다 알아듣죠. 아마도 이럴 겁니다. '이건 옳고 저건 틀렸어. 이건 진실이고 저건 아니지. 그 사람은 잘하는 짓이야, 저놈은 저러면 안 되지…….' 그래서요? 당신이 그런 소리를 할 때마다 내가 보는 건 당신 팔과 가슴이에요. 팔과 가슴이 뭘 하느냐고요? 그저 침묵하죠. 일절 말을 안 합니다. 마치 피 한 방울 통하지 않는 것 같다 그 말입니다. 그래, 도대체 뭘로 이해한다는 거요? 머리? 이거 왜 이래요!"

"조르바, 하던 말이나 해 봅시다. 그렇게 구렁이 담 넘듯 내 질문을 피하려고 하지 마시고! 내가 볼 때 당신은 조국 같은 건 별로 신경 쓰지 않는 거 같은데. 맞죠?"

나는 조르바의 화를 돋우고 있었다. 그는 화를 버럭 내면서 석유 드럼통으로 만든 벽을 주먹으로 쳤다.

"보스, 당신 앞에 있는 사람이 말이오……. 한때는 제 머리털을 뽑아서 터키 놈들이 이슬람 사원으로 쓰던 성 소피아 성당 장식을 만들어서 부적같이 갖고 다니던 놈입니다. 당시만 해도 칠흑같이 검은 내 머리카락을 뽑아서 부적을 엮었단 말이오. 파블로스 멜라스*와 함께 마케도니아 산맥을 떠돌기도 했단 말이오. 그 당시에는 오두막보다 키도 크고 체격도 건장해서 빨간 페즈, 은빛 부적, 액막이, 이슬람교도들이 쓰는 칼과 탄대, 권총까지 차고 다녔지. 내가 걸어갈 때면 마치 연대라도 지나가는 것처럼 철커덕 소리가 요란했단 말이외다. 여길 좀 봐요, 여기. 그리고 여기도!"

그는 셔츠를 풀어 헤치고 바지도 내렸다.

---

* 불가리아 비정규군과 벌인 전쟁에서 공을 세운 그리스 장교이다.

"불을 이리로 갖고 와요!"

그가 명령했다. 나는 등잔을 그의 몸 가까이 댔다. 흉터와 총알이 지나간 자국, 칼자국이 온통 몸을 뒤덮고 있어 구멍이 숭숭 뚫어진 여과기처럼 보였다.

"자, 이쪽도 보시오!"

그가 돌아서서 등을 보였다.

"등에 긁힌 자국 있습니까? 그게 무슨 뜻인지 아시오? 그럼 불을 도로 갖다 놔요!"

그가 화를 냈다.

"터무니없는 수작이지! 구역질이 난다니까. 언제쯤이면 사람이 사람답게 산답니까? 우리가 바지를 입고 모자를 쓰고 칼라를 세운다지만 그래 봐야 노새 새끼, 여우 새끼, 이리 새끼, 돼지 새끼요. 하느님 모습을 본떠서 만들었다고요? 우리가요? 흥, 나 같으면 그 낯짝에 침을 뱉고 말겠소!"

가슴 아픈 추억들이 밀려오는 모양이었다. 그는 갈수록 기분이 나빠지더니 몸을 떨어 댔다. 알아들을 수 없는 말들이 잇새로 새어 나왔다. 일어나서 물통에 있는 물을 벌컥벌컥 마신 다음에야 마음이 좀 가라앉는지 한동안 조용해졌다.

"당신이 어디를 건드려도 나는 소리를 지를 겁니다. 내 몸에는 상처, 흉터, 옹이들이 가득해요. 계집한테 수작 거는 게 무슨 의미가 있습니까? 내가 진짜 사내라고 생각할 때는 계집들을 쳐다보지도 않았어요. 수탉처럼 오다가다 잠깐 만져 본 게 다예요. 그리고 갈 길을 가는 겁니다. 나를 타이르면서 말입니다. '더러운 족제비들 같으니라고. 저것들은 내 힘을 다 빨아먹고 말 거야. 퉤! 지옥에나 가라.'

그런 다음에 다시 총을 들고 길을 가는 겁니다. 비정규 전투원이 되어 산에 들어갔어요. 어느 날 석양이 질 무렵인데 나는 불가리아 마을로 내려와 마구간에 숨었지요. 그게 하필 신부의 집이었단 말입니다. 신부도 신부 나름인데, 이자는 아주 잔인하고 무자비한 불가리아 비정규군 신부였어요. 밤이 되니까 이자가 승복을 벗고 양치기 복장으로 갈아입더군요. 총을 들고 이웃 그리스인 마을로 갔다가 새벽이면 진흙을 묻히고 피투성이가 돼서 다시 신도들을 위해 미사를 드린답시고 교회로 가는 거예요. 내가 도착하기 며칠 전에는 잠자는 그리스인 교장 선생을 살해하기도 했어요. 그래서 나는 신부네 집 마구간에서 기다렸던 겁니다. 저녁때 신부가 양에게 풀을 먹이려고 왔을 때 양 목을 따듯 목을 그었어요. 귀도 잘라 내 주머니에 넣었고요. 아시겠지만 그때 나는 불가리아 놈들 귀를 수집하고 있었거든요. 그래서 신부 놈 귀를 잘라서 도망갔지요.

며칠 뒤 다시 그 마을로 들어갔어요. 이번에는 행상으로 꾸몄어요. 그때가 정오쯤이었을 겁니다. 총은 산에 숨겨 둔 채 동료들을 위해 빵과 소금, 장화를 사러 갔던 거예요. 거기서 나는 집 앞에서 놀던 애들 다섯을 만났어요. 모두 맨발이었는데 검은 옷을 입고 구걸을 하더라고요. 계집아이가 셋, 사내놈이 둘이었어요. 제일 큰 놈은 열 살이나 됐을까? 어린 건 갓난쟁이였지요. 제일 큰 계집아이가 갓난아이를 안고 어르고 있었어요. 왜 그랬는지는 나도 모르겠소만, 아마 신의 뜻이겠지요. 애들한테 다가가서 불가리아 말로 물었어요.

'뉘 집에 사는 애들이니?'

가장 큰 사내애가 고개를 들었어요.

'신부 댁 아이들입니다. 아버지는 며칠 전에 마구간에서 목이 잘렸어요.'

이러는 겁니다. 눈물이 핑 돌고 지구가 뱅글뱅글 도는 것 같았어요. 내가 벽을 등지고 앉으니까 그때서야 서더군요.

'애들아, 이리로 와. 가까이 오려무나.'

나는 이렇게 말하면서 지갑을 꺼냈어요. 터키 파운드랑 그리스 돈이 가득했지요. 무릎을 꿇고 앉아서 그 돈을 몽땅 바닥에 쏟았어요.

'자, 마음껏 가져가.'

애들이 우르르 몰려 와서 허겁지겁 돈을 집었어요.

'너희 거야. 다 너희 거란다. 그러니 맘대로 가져가거라.'

그러고는 물건을 사 담은 바구니도 애들에게 줬어요.

'이것도 가져가라. 다 가져가.'

모두 다 줬습니다. 마을을 빠져나오고 난 뒤 나는 셔츠를 풀고 내가 엮어 놓은 소피아 장식을 떼어 내서 갈기갈기 찢어 버리고는 도망쳤어요. 지금도 도망치고 있는 중이지요."

조르바는 벽에 등을 기대고 내 쪽으로 돌아앉았다.

"그렇게 해서 나는 구원을 받은 겁니다."

"조국으로부터 구원받았다는 겁니까?"

"그래요. 내 조국이지요."

그는 아주 조용하고 단호하게 대답했다.

"내 조국으로부터 구원받고, 신부들로부터 구원받고, 돈으로부터 구원받은 겁니다. 나는 짐을 덜어 내기 시작했어요. 가지는 대로 덜어 버리는 거죠. 그런 식으로 내 짐을 덜어 낸 겁니다. 이런 걸 뭐라고 하던가요? 나는 해탈하는 방법을 찾은 셈입니다. 나는 인간이 되는 겁니다."

조르바의 눈이 빛났다. 큰 입은 호탕하게 웃었다. 그는 한동안 그대로 앉아 있기만 하더니 가슴에 넘치는 감정을 주체할 수 없던 듯 다시 이야기를 시작했다.

"나는 말이에요, 저건 터키 놈이구나, 요건 불가리아 놈, 저건 그리스 놈이야. 이렇게 구분하던 시절이 있었어요. 보스, 당신이 들으면 머리카락이 바짝 서 버릴 짓도 조국을 위한답시고 아주 태연하게 해치우곤 했어요. 나는 사람 목도 긋고 마을에 불도 지르고 강도짓에 강간에, 일가족을 몰살시키는 짓도 했습니다. 왜냐? 불가리아 놈이거나 터키 놈들이기 때문이지요. 가끔씩은 이런 생각을 하긴 했죠. '염병할 놈, 뒈져 버려라. 이 돼지 같은 놈아! 썩 꺼져 버리란 말이야.'

요새는 '이 사람은 좋은 사람이구나', '저 사람은 나쁜 놈이구나' 이렇게 구분합니다. 그리스인이든 불가리아인이든, 터키인이든 별 상관 안 해요. 좋은 사람이냐, 나쁜 놈이냐. 이게 더 문제거든요. 마지막으로 내 입에 쑤셔 넣을 빵에다 두고 맹세합니다만, 나이를 더 먹으면 이것도 그다지 상관하지 않을 거예요. 좋은 사람이든 나쁜 놈이든 나는 그것들이 모두 불쌍하거든요. 사람만 보면 가슴이 뭉클해요. 이 불쌍한 것! 이런 생각이 들어요. 누군지는 몰라도 이자 역시 먹고 마시고 사랑하고 두려워하겠지. 이 사람 안에도 하느님과 악마가 있고, 때가 되면 죽어서 땅 밑에 누울 테고, 구더기 밥이 될 테지. 불쌍한 것! 우리는 모두 한 형제나 다름없습니다. 모두가 구더기 밥이 되거든요.

그런데, 만약 그이가 여자라면. 젠장, 나는 눈이 아프도록 울고 싶어진다니까요. 보스, 당신은 내가 여자를 너무 좋아한다고 놀려 대죠? 젖통만 쥐면 무슨 짓을 하는지 생각도 안 해 보고 그저 좋다고 다 내줘 버리는 가엾은 이것들을 어떻게 안 좋아한단 말입니까!

어느 해 또 다른 불가리아인 마을로 간 적이 있어요. 그런데 마을 장로였던 늙은이 하나가 나를 알아봤어요. 다른 놈들을 불러 내가 묵고 있는 집을 포위했어요. 나는 발코니를 통과해 지붕에서 지붕으로 뛰었어요. 마침 달이 떠 있어서 나는 고양이처럼 뛰어다닐 수 있었는데 놈들은 내 그림자를 보고 총질을 해 대더군요. 어쩔 수 없이 마당으로 뛰어 내렸는데 불가리아 여자 하나가 침대에서 자다가 나를 발견하고 소리를 지르려고 했어요. 나는 손을 내밀면서 속삭였어요. '제발 자비를 베푸시오, 소리 지르지 마세요.' 그리고 젖통을 움켜쥐었더니 여자가 창백해지면서 반쯤 넋이 나가 버리는 겁니다. '안으로 들어오세요. 그래야 눈에 안 띄지요.' 나는 안으로 들어갔어요. 여자가 손을 잡고 그리스인이냐고 묻더군요. '그래요. 그리스인이오. 나를 배신하지 마시오.' 나는 여자의 허리를 안았어요. 침대로 끌고 가면서 내 가슴은 즐거움으로 쿵쿵 뛰었답니다. '조르바, 이 개새끼야! 여자가 생겼구나. 인간이라는 게 뭐냐? 여자가 뭐냐? 불가리아인, 그리스인, 파푸아인. 뭘 그리 구분하는 거냐? 중요한 건 오직 하나, 여자도 인간이란 것이다. 입이 있고 젖가슴이 있고 사랑을 할 줄 아는 인간이라는 것! 죽이는 게 지겹지도 않니? 이 돼지 새끼야!'

여자와 사랑을 나누면서 떠오른 생각은 뭐 그런 거였어요. 하지만 미쳐도 단단히 미친 조국이라는 게 나를 그냥 놔뒀을까요? 나는 이튿날 아침 그 여자가 주는 옷으로 갈아입고 떠났어요. 그녀는 과부였거든요. 죽은 남편의 옷을 주면서 무릎을 붙잡고 다시 돌아오라고 사정을 하더군요. 물론 그다음 날 밤에 돌아갔어요. 그 시절에 나는 물불 안 가리는 애국자였답니다. 나는 파라핀 한 통을 마을에 붓고 불을 질렀지요. 이 불쌍한 계집도 같이 타 죽었을 겁니다. 이름이 루드밀라라고 했는데."

조르바는 한숨을 쉬고 담배를 피워 물었다가 두어 모금 빨고는 던져 버렸다.

"내 조국이라고 했습니까? 보스는 책에 쓰여 있는 그 엉터리 같은 것들을 다 믿습니까? 당신이 믿어야 할 게 있다면 나 같은 놈이에요. 조국 같은 게 있는 한 인간은 짐승입니다. 그것도 앞뒤 분간도 못하는 짐승 신세를 못 벗어나는 거예요. 하느님이 보우하사, 나는 그걸 끝냈어요. 당신은 어떤가요?"

나는 대답을 하지 못했다. 조르바가 너무 부러웠다. 내가 펜과 잉크로 배우려던 것을 그는 싸우고 죽이고 입 맞추면서 살과 피로 고스란히 살아 낸 것이었다. 내가 의자에 앉아 고독하게 풀어 보려던 문제를 이 사내는 칼 한 자루를 가지고 산속 맑은 공기를 마시며 풀어 낸 것이다. 나는 비참해져서 눈을 감았다.

"보스, 주무시는 거요?"

조르바가 잔뜩 불어 터진 목소리로 물었다.

"당신 붙들고 얘기하는 내가 병신이지."

그는 툴툴대며 자리에 눕더니 이내 코까지 골며 잠에 빠졌다. 나는 밤새 잠을 잘 수가 없었다. 그날 밤 꾀꼬리 우는 소리가 쓸쓸한 내 맘을 더욱 슬프게 했다. 나도 모르는 새에 눈물이 흘러 흠칫 놀랐다.

목이 메는 기분에 새벽에 일어나 오두막 문 앞에서 대지와 바다를 바라보았다. 그새 세상이 달라진 것 같았다. 맞은편 모래사장에는 어제만 해도 우중충하던 가시덤불이 하얀 꽃으로 뒤덮여 있었고 공기 속에서도 레몬과 오렌지 향기가 그윽하게 풍겼다. 몇 걸음 걸어 보았다. 쉬지 않고 일어나는 이런 기적들은 아무리 봐도 싫증을 느낄 수 없었다.

그때 내 뒤에서 행복한 목소리가 들려왔다. 어느새 조르바가 일어나 바지만 입고 나온 것이었다. 그 역시 봄이 주는 경이로움에 젖어 있었다.

"저게 뭔가요?"

조르바는 그 큰 눈을 더욱 크게 떴다.

"보스, 저 건너 가슴을 뭉클하게 만드는 저 파란색, 저 기적이 뭔가요? 당신은 저 기적을 뭐라고 부릅니까? 바다? 바다입니까? 꽃으로 된 초록색 앞치마를 입은 저건요? 땅이라고 그럽니까? 이런 걸 만든 예술가는 누구인가요? 보스, 내 맹세하지만 이런 걸 보는 게 처음이라오."

그의 눈에서 눈물이 흘렀다.

"조르바, 혹시 머리가 돈 거 아닙니까?"

"뭘 비웃는 거요? 당신 눈에는 정말 안 보인단 말이오? 보스, 봐 봐요. 저 모든 기적 뒤에 웅크리고 있는 마술이 안 보입니까?"

그가 달려 나와 망아지처럼 풀밭을 구르고 춤을 추었다. 해가 떠오르고 있었다. 나는 온기를 받으려고 손바닥을 폈다. 나무로 오르는 수액, 부풀어 오르는 젖가슴, 나무처럼 단단해지는 영혼. 영혼도 육체와 같은 물질로 만들어졌다는 게 실감이 났다.

조르바가 두 발을 버티고 섰다. 머리카락에 이슬과 흙이 묻어 있었다.

"보스, 서둘러요. 옷 입고 멋 좀 부리자고요. 오늘 축복을 안 받으면 언제 또 받겠습니까? 신부님하고 마을 유지들이 얼마 안 있으면 이리로 몰려올 거요. 우리가 이렇게 뒹굴고 있어서야 회사에 득 될 게 없지요. 어서 칼라를 세우고 넥타이를 매세요. 표정도 좀 엄하게 짓고 말입니다. 머리가 있으니 모자도 제대로 된 걸 좀 쓰고요. 세상이 이런 세상이니 말이오."

우리는 옷을 입었다. 인부들, 마을 유지들이 들이닥쳤다.

"보스, 마음 단단히 먹어요. 오늘은 바보짓 같은 것 좀 하지 마시고. 우습게 보이면 안 돼요."

스테파노스 신부는 큰 주머니가 달린 법의를 입고 앞장서서 걸었다. 헌당식, 장례식, 결혼식, 세례식, 어느 의식이건 간에 신부는 주는 건 무엇이든 지옥처럼 깊은 주머니에 넣었다. 건포도, 롤 케이크, 치즈파이, 오이, 고깃덩이, 과자 같은 것들을 잔뜩 담아 밤에 집으로 가면 아내 파파디아가 주머니를 홀라당 뒤집어 쏟고는 안경을 쓴 채 이것저것 씹어 가며 종류별로 나누는 것이다.

스테파노스 신부 뒤에는 마을 장로들이, 그 뒤로는 카페 주인 콘도마놀리오가 따랐다. 그는 카네아까지 가서 게오르기오스 왕자를 직접 본 게 큰 자랑이었기 때문에 세상 구경이라면 어느 정도 했노라고 자부심이 가득했다. 이어 소매가 넓고 눈부신 하얀 셔츠 차림에 미소를 머금은 아나그노스티 영감, 지팡이를 짚은 채 근엄한 표정을 짓고 있는 교장 선생, 맨 뒤에는 마브란도니가 무거운 발걸음으로 느릿느릿 걸었다. 검은 머릿수건을 쓰고 검은 셔츠에 검은 구두 차림이었다. 그는 마지못해 우리를 인정하는 사람이었다. 애써 초연한 척하면서 일행에서 조금 떨어져 걸었다.

"우리 주 예수 그리스도의 이름으로!"

조르바가 엄숙하게 말했다. 그가 행렬 앞에 서서 기도를 외자 나머지 사람들도 경건한 기분이 되어 그 뒤를 따랐다.

수세기 동안 행해졌던 마술적인 의식에 대한 기억들이 농부들 마음에 되살아났다. 신부가 그들 앞에서 보이지 않는 적과 싸워 크게 승리하는 모습을 보고 싶은 눈치였다. 수천 년 전 마법사가 성수를 뿌리며 신비스럽고 위대한 주문을 외면 악마는 물러가고 대지와 하늘, 성수에서 신령이 인간을 돕기 위해 나왔다.

우리는 고가 케이블의 첫 번째 기둥을 세우려고 파 놓은 구덩이에 도착했다. 인부들이 큰 소나무 기둥을 가져와 구덩이에 세웠다. 스테파노스 신부가 법의를 입고 향로를 잡은 채 소나무 기둥을 향해 주문을 외웠다.

"기둥이 바위에 단단히 서 있게 하소서, 아멘."

"아멘!"

조르바가 성호를 그으며 우렁차게 외쳤다.

"아멘."

장로들은 우물거렸다.

"아멘!"

마지막으로 인부들이 합창했다.

"하느님께서 그대의 일을 축복하시고 아브라함과 이삭에게 내린 제

물을 그대들에게 내리시기를 비옵나이다."

신부가 축원을 계속했고 조르바는 1000드라크마짜리 지폐 한 장을 신부 손에 쥐여 주었다.

"그대에게도 내 축복이 있기를!"

신부는 아주 만족스런 얼굴이 되었다. 우리는 모두 오두막으로 돌아왔다. 조르바는 모두에게 포도주와 사순절이라 고기를 넣지 않은 오르되브르, 낙지 볶음, 오징어 튀김, 절인 콩, 올리브 등을 대접했다. 음식을 먹고 손님들은 돌아갔다. 마법의 의식은 끝이 난 것이다.

"다 끝났군요."

조르바가 두 손을 비비며 말했다. 그는 작업복으로 갈아입고 곡괭이를 들었다.

"이봐! 성호 한 번씩 긋고 시작하지!"

그가 인부들에게 소리를 질렀다. 조르바는 그날 하루 종일 쉬지도 않고 일했다. 인부들은 15미터마다 구덩이를 파고 기둥을 세웠다. 이런 식으로 산꼭대기까지 일직선으로 기둥이 세워졌다. 조르바는 측량하고 계산하고 명령을 내렸다. 그는 먹지도 않고 담배도 안 피웠다. 일에 푹 빠진 것이었다.

그는 내게 자주 이런 말을 했다. '일을 어정쩡하게 하면 끝이에요. 말도 대충하고 착한 일도 대충 하는 척만 하고 그러니 세상이 이 모양 이 꼴이 되는 겁니다. 할 때는 화끈하게 해야지요. 못 하나 박는 것도 성실하게 해야 임무가 완수되는 거예요. 하느님은 대장 악마보다 어정쩡하게 반만 악마인 것들을 더 미워하시는 거요.'

그날 밤 일터에서 돌아온 조르바는 지쳤는지 모래 바닥에 드러누웠다.

"난 여기에서 잘 거예요. 여기서 새벽까지 자다가 다시 일을 시작할 겁니다. 밤일 교대도 시켜야 하구요."

"왜 그렇게 서두르는 거예요, 조르바?"

그는 잠깐 망설였다.

"왜냐고요? 내가 경사면을 옳게 골랐는지 궁금해서 그래요. 계산이 정확하지 않으면 큰일 나는 거거든요. 보스는 몰라요? 우리가 망했다는 걸 빨리 아는 편이 좋다는 겁니다."

그는 저녁을 재빨리, 게걸스레 먹어 치웠다. 잠시 뒤에 해변에서 코 고는 소리가 들려왔다. 나는 오래도록 잠을 이루지 못하고 별들을 구경했다. 하늘의 별들이 위치를 바꾸는 것을 보았다. '그대도 별의 움직임을 지켜보아라. 별들과 함께 도는 것처럼.' 마르쿠스 아우렐리우스가 했던 이 말이 가슴속에서 노래처럼 울려 퍼졌다.

21

부활절이었다. 조르바는 이미 옷을 입고 있었는데 발에는 마케도니아에 있는 여자 친구가 짜 주었다는 두꺼운 보라색 양말을 신었다. 그는 초조한 듯 해변에서 가까운 언덕을 올라갔다 내려갔다 하면서 이따금 한 손을 눈썹 위에 올려 차양을 만들고 시골길을 바라보았다.

"늑장을 부려, 이 늙은 물개가. 게으름을 피워, 이 논다니 같으니라고. 넝마쪽이 다 된 깃발 주제에!"

번데기에서 막 나온 나비 한 마리가 조르바 콧수염 위에 앉으려고 하다가 그를 간질였다. 조르바가 콧바람을 훅 불자 나비는 조용히 햇살 속으로 날아갔다.

그날 우리는 부활절을 함께 축복하려고 오르탕스 부인을 기다리고 있었다. 석쇠에 양고기를 굽고 모래 위에 흰 천을 깔고 계란도 몇 개 색칠해 둔 터였다. 반은 재미 삼아, 반은 진짜 열심히 준비해서 부인을 거창하게 환영해 주고 싶었다. 이 황량한 해변에서는 조금 멍청하고 향수 냄새를 풍기는 한물간 세이렌이 희한하게도 우리를 매혹시켰다. 가끔씩은 부인이 보고 싶기도 했다. 오드콜로뉴 비슷한 향기, 뒤뚱거리는 걸음걸이, 쉰 듯한 목소리, 희멀겋고 새초롬한 눈동자가 그리워지는 것이다.

우리는 도금양과 월계수 가지를 꺾어 오르탕스 부인이 지나갈 길에 아치까지 만들어 두었다. 아치 위에는 영국, 프랑스, 이탈리아, 러시아를 상징하는 깃발 네 개를 꽂고 가장 높은 곳에는 푸른 선을 그은 종이 한 장을 달았다. 우리는 제독이 아니기 때문에 대포는 없었지만 장총 두 정을 빌렸다. 오르탕스 부인이 등장하기만 하면 예포를 쏘기로 마음먹고 있었다. 우리는 그 황량한 해변에서 부인의 유쾌한 전성시대를 재생해 주려는 것이었다. 가엾은 세이렌이 환상 속으로 들어가 다시 한번 탄탄한 유방을 출렁이고 에나멜가죽 신발과 실크 스타킹을 신은 젊은 여자가 될 수 있도록 해 주고 싶었다. 그런 일들이 우리의 젊음과 기쁨을 되돌려 놓는 기적이 되지 못한다면 그리스도의 부활이 무슨 소용이 있을까? 늙은 코코트*의 기분을 다시 스물한 살로 되돌려 주지 못한다면!

"늦어, 늦는군. 이 늙은 물개가. 늦어, 이 여편네! 도대체 왜 늦는 거야, 다 찢어진 깃발 주제에!"

조르바는 자꾸 흘러내리는 보라색 양말을 추어올리며 일 분에 한 번씩 투덜댔다.

"이리로 와서 앉으세요. 시원한 데서 담배나 피우고 있으면 곧 올 겁니다."

우리는 마지막으로 길을 한 번 더 쳐다보고 캐럽 나무 그늘에 앉았다. 한낮이 가까워 몹시 더웠다. 멀리서 부활절 종소리가 들렸다. 바람을 따라 크레타 리라** 소리도 들려왔다. 마을 전체가 봄날의 벌집처

---

* 매춘부를 가리킨다.

럼 생기 있게 붕붕거렸다. 조르바가 고개를 저으며 투덜댔다.

"끝장이에요. 나는 부활절이 되면 그리스도처럼 내 영혼도 하늘을 오르는 것 같았는데 올해는 다 틀렸어요. 이제는 겨우 몸만 다시 태어나요. 사람들이 밥상머리에 앉아 이것저것 먹어 보라고 권합니다. 그러다 보면 맛있는 걸 잔뜩 집어넣은 배가 다 소화를 시키지 못해요. 남는 게 기분이 되고, 춤도 되고 노래도 되고 싸움질도 되는 겁니다. 그게 바로 부활이에요."

그는 다시 일어나서 길을 내다보고는 이마를 찌푸렸다.

"꼬마 한 놈이 이리로 달려오는군요."

그가 뛰어 내려갔다. 꼬마는 조르바에게 뭔가를 속삭였다.

"아파? 거짓말이라면 가만 안 둘 테다!"

그는 내게 돌아섰다.

"보스, 내 마을로 가서 늙은 물개한테 뭔 일이 생겼는지 보고 올 게요. 잠깐이면 돼요. 색칠한 계란 두 개만 줘 봐요. 가서 함께 깨뜨리고 와야겠어요. 곧 올 게요."

그는 계란을 집어넣고 보라색 양말을 당겨 신고 언덕을 내려갔다. 나도 언덕에서 내려와 시원한 자갈 위에 누웠다. 바람이 바다에 잔잔한 주름을 만들었다. 갈매기 두 마리가 그 파도에 떠서 함께 리듬을 즐겼다. 나는 물에 배를 대고 앉은 갈매기의 상쾌함을 알 수 있었다. '맞았어, 바로 저거야. 절대의 리듬을 찾으려면 절대의 신뢰를 가져야 하는 법이지.'

한 시간 뒤에 조르바가 수염을 쓰다듬으며 만족스런 표정으로 나타났다.

** 비올라 다 브라키오의 한 종류이다. 세 개의 현, 세 개의 방울이 활 모양의 테에 달려 있다.

"고것이 감기에 걸렸어요. 심하진 않아요. 지가 무슨 프랑코*라고 지난 며칠간—성주간 내내—자정미사에 참석했답니다. 나 때문에 그랬다네요. 그러다 감기에 걸린 거예요. 내가 부항으로 피도 좀 빼고 등잔 기름을 따라서 몸도 문질러 줬어요. 럼주도 한 잔 먹였지요. 내일이면 나을 겁니다. 허참! 고것이 어지간히 좋았던 모양이에요. 내가 몸을 문질러 주니까 고양이처럼 끙끙댔다니까요. 간지럽다나?"

우리끼리 앉아 음식을 먹기로 했다. 조르바가 술을 따랐다.

"그녀의 건강을 위해 마십시다. 당분간 악마가 그녀 곁에 얼씬도 못하기를!"

우리는 묵묵히 먹고 마셨다. 멀리서 벌 떼처럼 잉잉대는 리라 소리를 바람이 실어 왔다. 그리스도는 마을 테라스에서 다시 태어나고 부활절에 희생된 양과 과자는 사랑의 노래가 되었다. 배불리 먹은 조르바가 털이 북슬북슬한 귀를 만졌다.

"리라 소리가 들리네요. 마을에서 춤판이 벌어졌나 봐요."

포도주가 그의 마음을 들썩이게 한 모양인지 그가 벌떡 일어섰다.

"우리가 여기서 비둘기 한 쌍처럼 죽치고 있으면 뭐합니까? 먹어 치운 양에게 미안하지 않아요? 가서 춤이나 춥시다. 앉아서 방귀로 빠지게 하지 맙시다. 가요, 가서 방귀가 아닌 노래나 춤이 되게 하는 거요. 조르바는 다시 태어났다!"

"조르바, 잠깐 기다려요. 바보같이 굴지 말고요. 어떻게 된 겁니까?"

"보스, 아무래도 상관없습니다. 하지만 나는 양에게 미안해서 그래요. 빨간 계란에도 미안하고 부활절 과자에도, 크림치즈에도 미안해서 그래요. 그냥 빵 몇 조각하고 올리브 몇 개만 집어 먹었다면 이럴 수도 있죠. '잠이나 잡시다. 축하할 일도 없잖아요?' 올리브랑 빵은 특별한

---

* 지중해 연안 사람들이 유럽인을 지칭하는 말이다.

건 아니니까요. 하지만 이건 중요해요. 음식을 낭비하는 건 큰 죄를 짓는 겁니다. 보스, 갑시다. 가서 부활을 축하해야지요."

"오늘은 그러고 싶지 않아요. 혼자 가서 내 몫까지 실컷 추고 오면 되잖아요."

"예수가 다시 태어났잖아요. 오, 내가 당신만큼만 젊으면 얼마나 좋을까! 나는 물불 안 가리고 막 뛰어들 거요. 일이든 포도주든 사랑이든 모든 것에 말입니다. 나 같으면 하느님이건 악마건 두려워하지 않겠소. 젊음이란 게 그런 거니까."

조르바가 내 팔을 잡아 일으켰다.

"조르바, 이런 말을 하는 게 당신은 아닌 것 같은데요? 양고기가 당신 배 속에 들어가더니 이리가 되어 소리를 지르나 봅니다."

"흐흐, 양고기가 조르바가 된 거죠. 지금 조르바가 얘기하잖아요. 내 말을 들어 봐요. 욕을 하고 싶거든 다 듣고 하시든가. 세상을 다 돌아봤다는 얘기는 아니지만 나는 뱃사람 신드바드요. 나는 도둑질도 해 봤고 사람도 죽여 봤고 거짓말도 수두룩하게 했고, 계집들도 잔뜩 안아 봤고 계명은 모조리 어긴 그런 인간이지요. 계명이 몇 개더라? 10개? 왜 20개나 100개는 안 만든 겁니까? 100개가 된대도 다 깨뜨렸을 테지만. 하느님이 있어서, 내가 그 앞에 서야 한 대도 겁 안 납니다. 당신에게 어떻게 말을 해야 알아들을지 모르겠구먼요. 어쨌든 내가 보기에 어느 것도 크게 중요하지 않다 이겁니다. 하느님이 미쳤다고 지렁이를 앞에 두고 앉아서 지렁이가 한 짓을 일일이 따지겠습니까? 지렁이가 이웃에 있는 지렁이를 꾀어 외도를 하고, 성금요일에 고기를 한 입 먹었대서 화를 낼 것 같소? 제기랄! 당신 마음대로 하시오. 게걸스레 수프나 처먹는 신부 같으니라고. 가기 싫으면 관둬요!"

"조르바, 하느님은 당신이 뭘 먹었는지는 안 물어봐도 무슨 짓을 했는지는 물어보실걸요?"

나는 조르바의 화를 돋우기로 작정했다.

"그것도 안 물어보실 게요. '그걸 당신이 어떻게 알아요? 이 멍청한 조르바!' 이렇게 말하고 싶죠? 나는 다 압니다. 알고말고요. 나한테는 아들놈이 둘 있어요. 한 놈은 조용하고 행동도 예의 바르고 경건하죠. 또 한 놈은 욕심도 많고 천둥벌거숭이에 계집 꽁무니만 따라다니죠. 이 두 놈 중에 내 마음은 둘째 녀석에게 기울 겁니다. 왜냐고요? 그야 날 닮았으니 그렇죠. 하지만 밤이나 낮이나 돈을 긁어모을 줄이나 아는 스테파노스 신부보다는 내가 하느님을 덜 닮았다고 할 수 있겠지요.

하느님도 재미 보는 걸 좋아해요. 나처럼 사람도 죽이고 부정한 짓도 하고 사랑도 하고 일도 하고, 불가능한 일에 도전하는 것도 좋아하죠. 하느님도 먹고 싶으면 여자를 고른다니까요. 물 찬 제비처럼 날씬한 여자가 지나가는 걸 보면 당신 가슴도 뛰겠죠? 그런데 갑자기 땅이 갈라지면서 이 여자가 사라졌어요. 어디로 갔을까요? 여자가 참하다면 마을 사람들은 악마가 데려갔다 하겠지요. 보스, 몇 번 말했잖아요. 다시 한번만 더 말하죠. 하느님이나 악마나 똑같은 겁니다."

조르바는 지팡이를 들고 모자를 삐뚜름하게 쓰고 할 말이 남은 것처럼 입술을 삐쭉거렸다. 그렇지만 그는 돌아서서 마을 쪽으로 가 버렸다. 저녁 햇살이 그의 그림자를 길게 늘였다. 조르바가 지나가니 해변이 생기를 되찾은 듯 보였다. 나는 한동안 그의 발소리에 귀를 기울였다. 고독하다고 생각한 순간 나는 일어났다. 어디로 갈지 결정하지 못했다. 이윽고 '가는 거야! 앞으로 걸어!' 마음이 명령을 내렸다.

나는 큰맘 먹고 마을 쪽으로 걸어갔다. 중간중간 걸음을 멈추고 봄 내음을 맡았다. 흙에서 올라오는 노란 카밀레 냄새와 오렌지, 레몬, 월계수 꽃향기가 마을에 가까워질수록 진해져 파도가 밀려오는 것 같았다. 저녁 하늘에는 별이 깜박깜박 춤을 추었다.

"바다, 여자, 술 그리고 일!"

나는 나도 모르게 조르바가 했던 말을 중얼거렸다.

"그래, 바다, 여자, 술 그리고 힘든 일이야! 이 세 가지에 자신을 던져 넣은 다음 하느님과 악마는 두려워하지 말자. 그게 젊음이지."

나는 조르바가 했던 말을 반복하면서 스스로를 격려했다. 그러나 다음 순간 목적지에 닿은 것처럼 걸음을 멈추었다. 어디지? 주위를 둘러보니 과부의 정원 앞이었다. 갈대와 가시배나무 뒤에서 부드러운 콧노래가 들려왔다. 가까이 다가가 갈대를 헤치니 오렌지 나무 밑에 검은 옷을 입은 여자가 크게 부풀어 오른 젖가슴을 흔들고 있었다. 꽃가지를 꺾으며 노래하는 여자의 흰 젖가슴이 어둠 속에서도 잘 보였다.

숨이 막혔다. 이 여자는 짐승과도 같다. 여자도 그걸 알고 있다. 여자에게 사내란 얼마나 가련하고 무방비 상태의 동물과도 같은 것인지! 여자는 사마귀나 방아깨비, 거미 암컷처럼 크고 탐욕스러워 보였다. 새벽이 되면 그것들처럼 수컷을 잡아먹을지도 모른다.

여자가 내 시선을 느꼈는지 갑자기 노래를 멈추고 주위를 둘러보았다. 우리 눈이 마주쳤다. 나는 무릎이 후들후들 떨렸다. 갈대숲에서 호랑이라도 만난 기분이 들었다.

"누구세요?"

여자가 나직한 소리로 물었다. 안색이 어두워지고 숄로 가슴을 가렸다. 나는 돌아서고 싶었지만 조르바의 말이 내 머릿속을 떠돌고 있어 용기를 냈다.

"저예요. 들어가게 해 주십시오."

나는 덜덜 떨면서 이 한마디를 겨우 했다. 그렇지만 몹시 창피해서 돌아서고 싶었다.

"저라니요? 누구신데요?"

부인이 천천히, 하지만 조심스레 내가 있는 쪽으로 다가왔다. 반쯤 감긴 듯한 눈이 내 얼굴을 훑더니 갑자기 얼굴이 밝아졌다. 여자는 혀끝으로 입술을 빨았다.

"사장님이시군요!"

여자가 부드럽게 말했다. 금방이라도 달려들 듯한 기세로 다가왔다.

"사장님이시죠?"

"그렇소!"

"들어오세요!"

새벽이 밝아 올 무렵이었다. 조르바는 오두막 앞 해변에서 바다를 내려다보며 담배를 피우고 있었다. 나를 기다린 눈치였다. 내가 나타나자 나를 한참 관찰하더니 목을 쑥 빼고 킁킁거리며 냄새를 맡았다. 그의 얼굴이 기쁨으로 밝아졌다. 내게서 과부의 냄새를 맡은 것이었다. 그는 천천히 일어나 나를 껴안았다.

"축복받으시오!"

나는 침대에 누워 눈을 감았다. 규칙적으로 조용히 숨 쉬는 바다가 느껴졌다. 나도 갈매기처럼 파도 위에 떠서 그 리듬을 따라 오르락내리락하는 기분이 들었다. 그러다가 잠이 들었다. 꿈속에서 나는 땅바닥에 누운 거대한 흑인 여자를 보았다. 그녀는 거대한 화강석으로 만든 사원의 모습이었다. 나는 입구를 찾으려고 뱅글뱅글 돌았는데 내 몸은 그녀의 발가락보다도 작았다. 그때 발꿈치 뒤에서 동굴처럼 컴컴한 입구를 발견했다. 우렁찬 목소리가 명령했다.

"들어와!"

나는 그곳으로 들어갔다.

정오 무렵 잠에서 깼다. 창으로 빛이 들어와 잠옷까지 닿았다. 벽에 걸린 거울에 쏟아지는 빛은 금방이라도 거울을 몇 천 조각의 파편으로 만들 것처럼 강렬했다.

거대한 흑인 여자의 꿈이 다시 떠올랐다. 웅얼거리는 듯한 파도 소리도 들려왔다. 다시 눈을 감자 행복이 찾아와 몸은 가벼워지고 마음은 햇살 아래서 사냥한 먹이를 먹고 난 후 입술을 핥는 짐승의 그것처럼 느긋해졌다. 내 마음과 몸이 모두 느긋한 상태였다. 오래 고민하던 복잡한 문제의 답을 아주 간단히 발견한 것 같은 기분과 비슷했다.

내 마음 깊은 곳에서 전날 밤의 즐거움이 솟아올라 흙으로 빚어진 내 육체라는 땅에 물을 주는 것만 같았다. 눈을 감고 있으면 내 몸 세포 하나하나가 눈을 뜨는 소리가 들리는 것 같았다. 그날 밤 나는 생전 처음으로 영혼이 곧 육체라는 사실, 더 자유롭고 투명하고 다양하게 변하긴 하지만 역시 육체와 같다는 사실을 깨달았다. 또한 조금 부어오르고 긴 여행에 지치고 물려받은 짐에 눌려 있지만, 육체도 영혼이라는 사실도 깨달았다.

그림자가 내 눈앞을 스치는 기분에 눈을 떴다. 조르바가 느긋한 표정으로 나를 내려다보고 있었다.

"일어나지 마세요. 일어나지 말아요, 이 엉큼한 양반! 오늘은 휴일이니까 더 자도록 해요."

그는 마치 어린아이를 달래는 엄마처럼 다정하게 나를 달래주었다.

"벌써 푹 잤어요."

나는 일어나며 대답했다.

"계란 하나 줄게요. 먹으면 힘이 날 겁니다."

조르바가 웃으며 속삭였다. 나는 대꾸하지 않고 바다로 달려가 물속에 뛰어들었다. 햇볕에 몸을 말리며 아무리 씻어도 사라지지 않는 달콤한 냄새를 맡았다. 크레타 여자들이 머리에 바르는 오렌지 꽃물과 월계수 기름 냄새가 내 코와 손가락, 입술에서 가시지 않았다.

전날 밤 오렌지꽃을 한 아름 꺾어 둔 여자가 마을 사람들이 광장 미루나무 아래서 춤추느라고 교회를 비운 사이 그리스도에게 바치려 했던 모양인지 침대 위 성상단에 꽃이 가득 꽂혀 있었다. 꽃잎 사이로 아몬드 같은 눈을 한 성모가 비탄에 잠긴 모습이 보였다.

조르바가 컵과 오렌지 두 개와 작은 부활절 빵을 해변까지 들고 왔다. 그는 전쟁에서 돌아온 병사의 어머니처럼 자상하고 조용히 나를 돌봐 주었다.

"기둥은 한 개만 박아서는 안 되는 겁니다."

조르바가 한동안 다정스런 눈길로 바라보다 조용히 한마디 했다. 나는 햇빛 속에서 음식을 먹었다. 녹색 바닷물 위에 둥둥 뜬 것처럼 시원하고 행복했다. 나는 이 육체의 기쁨을 마음이 독점하여 멋대로 생각하게 내버려 두지 않았다. 머리 끝부터 발끝까지 짐승같이 온몸으로 기쁨을 느끼도록 놔두었다. 그러면서 이 행복한 와중에 주위를 둘러보고 내 안을 살펴보면서 이 생명의 기적에 감탄했다. '지금 무슨 일이 일어나는 거지? 어떻게 우리의 손, 발, 배, 손은 이렇게 완벽하게 세계와 조화를 이룰 수 있는 걸까?' 나는 다시 눈을 감았다.

갑자기 나는 오두막을 향해 달렸다. 붓다의 원고를 펼쳤다. 완성된 원고에서 최후의 붓다는 꽃피는 나무 아래 누워 있었다. 그는 자신을 이루고 있던 다섯 가지 원소인 흙, 물, 불, 공기와 영혼에게 흩어지기를 명했다. 더 이상 나를 괴롭히던 이런 이미지들에 시달릴 필요가 없었다. 나는 그것을 뛰어넘었다. 붓다에 대한 내 봉사는 모두 끝이 났다. 나 역시 손을 들어 붓다에게 사라질 것을 명한 것이다.

나는 급하게 언어와 액을 막아 주는 언어의 능력을 빌어 붓다의 몸과 마음과 정신을 파괴했다. 마지막 구절을 쓴 다음에 붉은 연필로 내 이름을 썼다. 그게 끝이었다. 굵은 끈으로 원고를 묶었는데 마치 힘센 적을 꽁꽁 묶어 버린 듯한 쾌감, 세상을 떠난 사랑하는 이의 시신을 귀신이 되어 올라오지 못하도록 꽁꽁 묶어 버린 야만인 같은 쾌감이 나를 감쌌다.

조그만 계집아이가 맨발로 내게 달려왔다. 노란 옷을 입은 그 아이는 빨간 계란 한 알을 꼭 쥐고 있었는데 겁먹은 얼굴로 나를 바라보았다.

"왜 그러는 거니?"

내가 물었다. 꼬마아이는 킁킁거리며 냄새를 맡더니 작은 목소리로 대답했다.

"부인이 오라고 했어요. 지금 누워 있거든요. 아저씨가 조르바라는 분인가요?"

"알았다. 곧 갈게."

내가 빈손에 빨간 계란을 마저 쥐여 주자 꼬마는 마을 쪽으로 달려갔다. 나는 길을 따라 걸었다. 마을에서 달콤한 리라 소리와 총소리, 고함 소리, 노랫소리가 점점 더 크게 들려왔다. 광장에 도착해 보니 젊은이들과 처녀들이 미루나무 아래서 춤을 추고 있었다. 노인들은 나무 옆 의자에 앉아 턱을 괴고 구경을 하고 노파들은 뒤에 우두커니 서 있었다. 리라 연주자 피누리오는 장미 한 송이를 귀 뒤에 꽂고 한가운데서 빙빙 돌며 연주를 했다. 왼손으로 무릎 위에 놓인 리라를 잡고 오른손으로 활을 켜자 리라에서 방울 소리가 났다.

"그리스도가 부활하셨소!"

내가 지나다가 소리를 쳤다.

"그렇고말고요!"

모두가 기쁜 듯이 합창했다. 나는 재빨리 주위를 둘러보았다. 머릿수건을 쓰고 통 넓은 바지를 입은 날씬한 청년이 눈에 띄었다. 장식 술이 곱슬머리처럼 흘러내려 이마 위에서 춤을 추었다. 수놓은 숄에 금속 장식을 단 처녀들은 기대에 부푼 모습이었다.

"우리와 함께 여기서 즐기시지요, 선생님!"

마을 사람들 몇이 나를 불렀지만 나는 이미 마당을 빠져나온 뒤였다.

오르탕스 부인은 어딜 가나 늘 정성스레 끌고 다녔을 커다란 침대 위에 누워 있었다. 열이 올라 뺨은 붉어졌고 기침까지 해 댔다. 나를 보자 그녀는 한숨을 쉬었다.

"우리 조르바는요? 어디 있어요?"

"조르바도 아프답니다. 부인이 병들었다는 소식을 듣는 날 조르바도 병이 났거든요. 부인 사진을 들고 한숨만 쉰답니다."

"그래서요, 더 얘기해 주세요."

늙은 세이렌은 행복에 겨운 눈치였다.

"날 보내서 혹시 필요한 건 없는지 알아보고 오라 했지요. 오늘 저녁에는 직접 오겠다고도 했고요. 조르바 역시 아프면서도 꼭 와야겠다는 거예요. 더 이상은 떨어져 있는 게 힘들대요."

"계속하세요. 그다음은요?"

"조르바는 아테네에서 전보를 받았답니다. 웨딩드레스도 화환도 모두 준비가 되었다는군요. 배에 실었다니까 곧 올 겁니다. 하얀 초와 거기 곁들일 분홍 리본도 함께 보냈대요."

"그리고요?"

잠이 이겼다. 부인의 숨소리가 달라지고 헛소리를 시작했다. 방 안에는 오드콜로뉴와 암모니아 그리고 땀 냄새가 범벅이었다. 마당의 닭과 토끼 똥 냄새가 열린 창을 통해 들어왔다.

나는 살며시 방에서 나왔다. 문 앞에서 미미코를 만났는데 새 바지와 새 구두, 귀 뒤에 바질을 꽂은 모습이었다.

"미미코, 칼로 마을에 다녀오지 않겠어? 의사 선생님을 모셔 와야 하는데."

미미코는 내 말이 끝나기도 전에 구두를 벗어서 겨드랑이에 꼈다. 가면서 신을 더럽히기 싫었던 것이다.

"의사 선생님을 만나면 내 안부를 전해 드리고 빨리 말을 타고 오시라고 전하렴. 부인이 편찮으시다고 말씀드리고. 가엾은 부인이 감기 때문에 열이 높아서 돌아가실 것 같다고 해. 잊어버리면 안 된다. 어서 가!"

"알았어요."

그러면서도 꼼짝할 생각을 안 하고 나를 보면서 실실 웃어 대기만 했다.

"어서 가라니까?"

그는 여전히 그 자리에 서서 징그럽게 미소를 지었다.

"선생님! 선생님께 오렌지 꽃물을 한 병 드리라고 해서 받아 놨는데요."

누가 주더냐고 묻는 걸 기다리는 눈치였다. 그러나 나는 물어보지 않았다.

"누가 줬는지 안 궁금해요?"

미미코가 키득거렸다.

"머리에다 바르시래요. 냄새 좋게 말이죠."

"가 봐, 빨리! 입 다물고!"

그는 웃으면서 손바닥에 침을 뱉었다.

"갑니다. 그리스도가 부활하셨도다."

미미코는 이렇게 소리치고 사라졌다.

22

미루나무 아래서는 부활절 축제가 한창이었다. 춤을 주도하는 사람은 키가 크고 가무잡잡한 피부의 스무 살가량 되는 청년으로 솜털로 덮인 뺨, 열린 셔츠 사이로 보이는 곱슬곱슬한 털로 덮인 까만 가슴, 검게 그을린 얼굴에서 하얗게 빛나는 두 눈이 인상적이었다. 그는 고개를 뒤로 젖히고 두 다리로 땅을 차면서 여자아이들을 힐끔거렸다.

나는 그 청년이 아주 마음에 들었다. 여자 하나를 불러서 오르탕스 부인의 시중을 들게 하고 나오는 길이었다. 마음이 놓여서 느긋한 기분으로 춤을 구경하던 참이었다. 나는 아나그노스티 영감에게 다가가 벤치에 앉았다.

"춤을 이끄는 저 젊은이는 누군가요?"

내가 물었다.

"저놈이 대천사처럼 당신 마음을 사로잡은 모양입니다. 양치기 시파카스라오. 일 년 내내 산속에서 양 떼를 몰고 다니다가 부활절만 되면 사람도 만나고 춤도 추러 마을로 내려온다오. 나도 저만큼 젊다면,

내게도 저런 젊음이 있기만 하다면. 휴, 콘스탄티노플도 단숨에 쓸어 버릴 수 있으련만!"

그는 한숨을 푹 쉬었다.

"켜라, 켜! 피누리오! 카론이 죽을 때까지 한번 놀아 보자!"

양치기가 고개를 흔들더니 발정 난 숫양 같은 소리를 질러 댔다. 매 순간 죽음은 사람처럼 죽고 다시 태어났다. 봄이면 푸르른 나무 아래 처녀 총각이 모여 춤을 추었다. 수천 년을 또 미루나무 아래에서, 떡갈 나무 아래서, 참나무나 플라타너스, 키다리 종려나무 아래서 춤을 출 것이었다. 그들의 얼굴이 욕망으로 잔뜩 일그러져 있지만 그 얼굴이 흙으로 돌아가 다른 얼굴이 또 나타난대도 똑같은 일은 되풀이될 것이다. 춤추는 사람은 하나지만 얼굴은 수천. 나이가 늘 스무 살에 머문 불멸의 젊음인 것이다.

"켜, 리라를 켜라니까! 피누리오, 안 켜면 내가 터질 걸세."

젊은이가 있지도 않은 턱수염을 쓰다듬으며 소리를 질렀다. 리라 연주자가 방울을 땡그랑거리기 시작했고 젊은이가 공중으로 뛰어올라 사람의 키 높이에서 발을 세 번이나 부딪쳤다. 그의 장화가 마을 경관 마놀라카스의 하얀 머릿수건을 벗겨 버렸다.

"브라보, 시파카스!"

사람들이 소리를 지르고 처녀들은 벌벌 떨며 눈을 내리깔았다. 그러나 젊은이는 아무도 보고 있지 않았다. 자제력이 강한 듯 보이는 그의 눈에는 야생의 빛이 스쳤다. 그는 날씬하면서도 튼튼한 허벅지를 짚으며 춤에만 열중했다. 그러다가 늙은 성당지기 안드룰리오가 광장에 뛰어들어 손을 쳐들고 소리를 지르는 바람에 멈췄다.

"과부야, 과부!"

안드룰리오가 숨을 헐떡이며 소리쳤다. 마을 경관 마놀라카스가 제일 먼저 일어나 사람들을 헤치고 그에게 다가갔다. 광장에서도 교회가 보였는데 바질과 월계수 가지로 치장이 되어 있었다. 춤추던 사람들은 피가 거꾸로 솟은 듯 얼굴이 시뻘개져서 멈추어 섰다. 노인들도 자리에서 일어나고 파누리오는 리라를 무릎에 내려놓고 귀에 꽂았던 장미 냄새를 맡았다.

"어디야? 안드룰리오, 그 과부 년 어디 있어?"

누군가 이를 악문 듯한 소리로 물었다.

"교회 안에 있어요. 조금 전에 교회로 들어갔거든요. 레몬꽃을 한 아름 안았던데요."

"가자!"

마을 경관이 앞장서서 달렸다. 그때 검은 머릿수건을 쓴 과부가 교회 문 앞에 모습을 보였다. 그녀는 성호를 그었다.

"이 나쁜 년, 화냥년! 더러운 살인자!"

"더러운 살인자가 어딜 뻔뻔스럽게 드나들어? 우리 마을을 더럽힌 그 년을 잡아!"

마을 사람들이 하나둘 떠들어 댔다. 몇 명은 마을 경관을 따라 가고 몇 명은 여자에게 돌을 던졌다. 돌 하나가 여자 어깨에 명중했다. 그녀는 비명을 지르며 두 손으로 얼굴을 가린 채 뛰었다. 그러나 젊은이들이 먼저 교회에 도착했다. 마놀라카스는 칼까지 빼 들었다.

과부는 비명을 지르며 뒤로 물러섰다가 다시 교회 안으로 들어가려 했다. 문턱에 있던 마브란도니가 팔을 벌려 문을 막아 버렸다. 그녀는 마당의 커다란 삼나무 밑으로 다가갔다. 돌멩이가 과부의 머리에 맞으면서 머릿수건이 찢어져 머리카락이 어깨 위로 흘러내렸다.

"그리스도의 이름으로! 그리스도의 이름으로!"

과부는 나무에 붙어 서서 소리를 질렀다.

이 광경에 잔뜩 흥분한 마을 처녀들은 광장 한쪽에서 머릿수건만 잘근잘근 씹었고, 늙은 여자들은 벽에 기대서서 "죽여, 그년을 죽여!"

하고 소리를 질러 댔다. 두 젊은이가 달려가 여자를 잡았다. 검은 블라우스가 찢겨지면서 대리석처럼 흰 젖가슴이 드러났다. 머리에서 흐르기 시작한 피는 목으로 흘러내렸다.

"그리스도의 이름으로, 그리스도의 이름으로!"

여자는 계속 같은 말을 되풀이했다. 흐르는 피와 하얀 젖가슴의 묘한 대비가 젊은이들을 미치게 만들었다. 그들의 허리띠에서 번쩍이는 단도들이 나왔다.

"잠깐! 그 여자는 내가 맡지."

그때까지도 두 팔을 벌린 채 문턱에 서 있던 마브란도니가 소리쳤다. 모두들 멈춰 섰다.

"마놀라카스, 네 사촌의 피가 너에게도 흐르고 있어. 그놈 영혼에 안식을 줘야지."

마브란도니가 은근히 협박하듯 말했다. 나는 올라갔던 담벼락에서 내려와 교회 쪽으로 달렸지만 금세 돌부리에 채여 나동그라졌다. 바로 그때 시파카스가 내 앞을 지나가 고양이를 다루듯 내 목덜미를 잡아 일으켜 세워 주었다.

"당신 같은 사람은 여기 낄 자격이 없어. 썩 꺼져!"

시파카스가 소리쳤다.

"이보게, 자네는 저 여자가 불쌍하지 않나? 자비를 베풀어 주게."

"흥, 내가 여자인 줄 아시오? 불쌍히 여기라고? 나는 이래 봬도 남자요!"

그는 교회 앞마당으로 뛰어갔다. 나는 그를 따라 뛰었지만 숨이 찼다. 모두가 과부를 둘러싼 채 무거운 침묵이 흘렀다. 희생자의 거친 숨소리만 들려왔다.

마놀라카스가 앞으로 나서더니 성호를 긋고 단도를 쳐들었다. 늙은 여자들은 비명을 지르고 젊은 처녀들은 머릿수건으로 얼굴을 가렸다. 과부가 눈을 들어 머리 위에서 번쩍이는 단도를 보고 암소처럼 부르짖었다. 그녀는 나무 아래로 털썩 주저앉으면서 고개를 숙였다. 머리카락이 땅을 덮었다. 목덜미가 터져 나오는 신음 소리를 삼키며 하얗게 빛났다.

"하느님의 정의로 심판하노라!"

마브란도니가 이렇게 외치며 성호를 그었다. 그 순간 우렁찬 목소리가 뒤쪽에서 들려왔다.

"칼을 내려놔, 이 사람 백정 놈아!"

모두가 깜짝 놀라서 뒤를 돌아보았다. 마놀라카스도 고개를 돌렸다. 조르바가 화를 내며 주먹을 휘두르고 있었다.

"창피하지도 않나? 참 훌륭한 사내들이로군. 아니 온 마을 녀석들이 모두 여자 하나를 죽이려고 달려들어? 조심하지 않으면 크레타섬 전체에 똥칠을 하겠구먼."

"자네 일이나 걱정하지그래? 조르바, 우리 일에 참견하지 말란 말일세."

마브란도니가 대꾸했다. 그러고는 다시 조카를 채근했다.

"어서! 마놀라카스, 그리스도와 동정녀의 이름으로 찔러!"

마놀라카스가 펄쩍 뛰어 과부를 땅바닥에 패대기치고 단도를 쳐들었다. 그 순간 조르바가 뛰어들어 그의 팔을 붙잡고 머릿수건을 감아쥔 손으로 단도를 빼앗으려 했다. 그동안 과부는 일어나 빠져나갈 틈을 찾았다. 하지만 마을 사람들이 몰려다니며 그녀의 앞을 막아섰다.

조르바는 침착하고 민첩하게 싸웠다. 교회 문 가까이에 선 나는 안달하며 그 싸움을 바라보았다. 마놀라카스 얼굴은 화가 나서 벌게졌다. 시파카스와 젊은이 몇 명이 도우려고 다가섰다.

"저리 비켜! 비키란 말이야! 한 놈도 오지 마라!"

마놀라카스는 눈알을 부라리며 화를 냈다. 그는 다시 조르바를 공격했다. 황소처럼 머리로 들이받았다. 조르바는 입술을 깨물었다. 마놀라카스의 오른팔을 틀어쥐듯 잡고 치받는 머리를 요리조리 피했다. 화가 나서 미친 듯 날뛰던 마놀라카스가 온몸으로 밀고 나와 조르바의 귀를 물고 늘어졌다. 피가 치솟았다.

"조르바!"

나는 놀라서 소리치며 그를 구하려고 뛰어들었다.

"비켜요! 보스는 나서면 안 됩니다."

그는 주먹을 쥐고 마놀라카스의 아랫배에 엄청난 일격을 날렸다. 그 바람에 마놀라카스가 벌렁 나자빠졌다. 벌겋던 얼굴이 창백해지고 그때서야 반쯤 찢어진 조르바의 귀 조각을 뱉었다. 조르바는 그를 땅바닥에 던져 버리고 단도를 빼앗아 교회 담벼락 안으로 던져 넣었다.

조르바는 피가 흐르는 귀에 손수건을 대고 피와 땀으로 얼룩진 얼굴을 닦아 냈다. 눈은 부은 데다 빨갛게 충혈되어 있었다.

"일어나요. 나랑 갑시다."

그가 먼저 교회 문 쪽으로 걸음을 옮기고 과부가 일어났다. 하지만 달려 나갈 새도 없이 늙은 마브란도니 영감이 매처럼 그녀를 덮쳤다. 그는 검은 머리카락이 치렁대는 과부의 목을 끌어안고 단숨에 칼로 목을 그었다.

"이 죄에 대한 책임은 내가 진다!"

마브란도니는 잘라 낸 과부의 목을 교회 문턱에 내던졌다. 그리고 성호를 그었다. 조르바는 그제야 그 처참한 광경을 발견했다. 그는 자기 수염을 잡아채서 한 줌도 넘게 뽑아 버렸다. 나는 다가가 그의 팔을 잡았다. 나를 보는 그의 눈에서 눈물이 흘러내렸다.

"보스, 갑시다."

목소리가 갈라져 나왔다.

그날 밤 조르바는 먹지도 않고 마시지도 않았다.

"목이 꽉 막혀서 아무것도 넘어가지 않아요."

그는 찬물로 귀를 씻고 라키 술에 적신 솜을 댄 후 붕대를 감았다. 그리고 두 손으로 머리를 괴고 침대 위에 앉아서 생각에 잠겼다. 나도 벽 쪽으로 팔을 괴고 바닥에 엎드려 있었는데 뜨거운 눈물이 흘렀다. 아무 생각도 할 수가 없고 그저 슬픔에 복받쳐 어린애처럼 훌쩍훌쩍 울었다.

그때 조르바가 고개를 들고 걷잡을 수 없는 감정을 말로 쏟아 냈다.

"보스! 이놈의 세상에서는 모든 게 다 부정, 부정, 부정입니다. 나는 이런 세상에 안 낄 겁니다. 암, 이 조르바가 아무리 벌레 같은 놈, 굼벵이 같은 놈이지만 그런 일은 없을 거요. 왜 젊은것이 죽고 늙은 주책들은 살아야 합니까? 왜 어린것들이 죽어야 하느냔 말입니다. 내겐 디미트리라는 아들 녀석이 있었어요. 세 살 때 그놈을 잃었어요. 후…… 그 생각만 하면 결코! 절대로 하느님을 용서 못합니다. 아시겠습니까? 내가 죽어서 하느님이 내 앞에 그 얼굴을 들이밀면, 그 작자가 정말 하느님이라면 못 볼 꼴을 좀 볼 겁니다. 그렇지, 그렇고말고! 그는 이 굼벵이 같은 조르바 앞에 나타난 게 부끄러울 거요!"

그는 상처가 쑤시는 듯 인상을 찡그렸다. 상처에서 다시 피가 흐르자 비명을 지르지 않으려고 입술을 깨물었다.

"조르바, 잠깐만요. 내가 붕대를 갈아 줄게요."

나는 라키 술로 귀를 다시 씻고 마침 내 침대 위에 있던, 과부가 보내 준 오렌지 꽃물을 부은 다음 상처를 솜으로 닦아 냈다. 조르바가 냄새를 맡았다.

"오렌지 꽃물이구먼요. 내 머리에도 좀 뿌려 줘요. 그리고 내 손에도 부어 줘요. 몽땅 부어 주시구려. 그렇지, 그렇지!"

그는 다시 생기를 찾았다. 나는 놀란 얼굴로 그를 보았다.

"꼭 그 여자네 정원으로 들어간 기분이네요."

그가 키득거리더니 또다시 밀려드는 슬픔에 탄식했다.

"이 땅이 그런 아름다운 여자를 만들어 내는 데 얼마나 걸렸을까요? 그 여자를 보면서 이렇게 말했을 겁니다. '오, 내 나이가 이제 갓 스물이라면, 이 땅의 인류가 깡그리 사라지고 저 여자와 나만 남는다면 나는 여자에게 아이를 낳게 해야지. 아니야, 애들을 낳는 게 아니라 그들은 진짜 신이 되는 거야.' 그런데 지금은……."

눈물이 가득 고인 눈으로 그가 벌떡 일어섰다.

"보스, 참을 수가 없네요. 산책 좀 하렵니다. 산을 두어 번 올라갔다 내려와야 마음이 진정될 것 같아요. 정말이지 그런 과부를! 미롤로그* 라도 불러야 할 것 같군요."

그는 밖으로 뛰쳐나가 산 쪽을 향해 어둠 속으로 사라졌다.

나는 불을 끄고 누워 유치하고 비인간적인 내 방식대로 현실을 재구성해 보았다. 이를테면 현실에서 뼈대만 남기고 그것을 추상화시켜 우주를 다스리는 방법으로 연결해 보았더니 그날 일어난 일이 필연적인 사건이라는 끔찍한 결론이 나왔다. 여기에서 그치는 게 아니라 우주를 조화롭게 만드는 데 기여하기까지 했다. 그날 나는 일어날 일은 반드시 일어나야 한다는 결론을 내렸던 것이다.

과부 피살 사건이 서서히 독에서 꿀로 바뀌어 가던 내 머릿속을 온통 헤집어 놓았다. 그러나 내 철학은 금세 논리의 경고를 받아들여 그 사건과 관련된 모든 이미지를 형상화하고 찢어발겨 그 죽음을 당연한 것으로 받아들이게 한 것이다. 마치 굶주린 수벌이 꿀을 훔치러 방에 들어오면 꿀벌들이 밀랍 속에 가두는 것과 비슷한 방식이었다.

몇 시간 뒤에 과부는 아예 내 추억 속에 조용하고 맑은 형상으로 자리 잡았다. 내 가슴 한복판에 밀랍에 싸인 상징이 되어 버린 것이다.

---

* 그리스인들이 부르는 장송곡이나 만가이다.

이제는 더 이상 나를 고통에 몸부림치게 하거나 마비시킬 수 없었다. 그날 일어난 그 끔찍한 사건은 시간과 공간 속에 넓게 퍼지면서 마침내 하나의 거대한 문화가 되어 과거 속에 안장된 것이다. 문화는 대지의 운명이자 과부 그 자체였다. 위대한 자연의 법칙에 따라 과부가 살해범들과 화해하여 영원한 평화를 누리는 것처럼 보이기까지 했다.

나는 마침내 시간의 진정한 의미를 찾았다. 과부는 수천 년 전 죽었다. 에게 문명 시대에 일어난 일과 다를 바 없었다. 그 유쾌한 해변에서 치렁치렁한 머리카락을 늘어뜨린 채 죽어 간 크노소스의 젊은 처녀들인 것이다.

항상 그런 것처럼 나는 잠에게 항복했다. 죽음 역시 이기지 못하리라 생각하며 잠에 빨려 들어갔다. 조르바가 돌아오는 소리도 못 들었는데 돌아왔는지, 돌아오지 않았는지도 몰랐다. 이튿날 아침에 봤을 때 조르바는 산에서 인부들에게 소리소리 지르며 욕을 해 대고 있었다.

그에게는 인부들이 하는 짓이 성에 안 차는 모양이었다. 그는 말을 안 듣는 인부 셋을 해고하고 직접 곡괭이를 들고 바위 사이를 파고 관목을 잘라 냈다. 산으로 올라가서 소나무를 잘라서 운반하던 인부들에게도 소리를 질렀다. 그중 하나가 웃으며 투덜대자 조르바가 싸우자고 덤벼들었다.

그날 밤 조르바는 옷이 넝마가 된 채 지쳐 들어왔다. 해변으로 내려와 내 옆에 앉더니 목재, 케이블, 갈탄 이야기를 늘어놓았다. 마치 그곳을 깡그리 엎어서 수지를 맞추고 그다음에는 미련 없이 떠나려는 청부업자처럼 보였다.

자기 위안의 경지에 도달했다고 믿은 내가 과부 이야기를 꺼냈다. 조르바는 그 긴 팔을 쑥 뻗쳐서 내 입을 막았다.

"닥쳐요!"

그는 목이 메어 소리가 잘 나오지 않았다. 나는 부끄러워 입을 다물었다. '진짜 사내란 바로 이런 거로구나!' 조르바의 슬픔이 부러웠다. 뜨거운 피, 단단한 뼈를 가진 사나이는 슬플 때는 진짜 눈물이 뺨을 흐르고, 기쁠 때는 머릿속으로 재는 법 없이 순수하게 기뻐하는 법이다.

이렇게 사나흘이 지나갔다. 조르바는 먹지도 않고 마시지도 않으며 오직 일만 했다. 그는 기초를 다지고 있었다. 어느 날 밤 나는 부불리나가 아직도 누워 있으며 의사도 안 오고 꿈에서도 조르바를 부르고 있다는 얘기를 해 주었다.

"알았어요."

그는 주먹을 불끈 쥐었다.

다음 날 그는 아침 일찍 마을에 다녀왔다.

"만났어요? 어때요?"

"잘되었지요. 죽어 가고 있으니 말이오."

그러고는 다시 일하러 갔다.

그날 밤에도 그는 저녁도 굶고 지팡이를 들고 길을 나섰다.

"어딜 가시는 거예요? 마을에요?"

"산책할 거예요. 금방 돌아올 겁니다."

그는 큰 결심이나 한 듯 나갔고 나는 지쳐 자리에 누웠다. 내 마음속에 온갖 세상사가 다시 떠올랐다. 추억과 슬픔이 지나가고 머나먼 꿈을 찾아 헤매다가 다시 조르바에 생각이 미쳤다. 문득 마놀라카스가 조르바를 만나면 해칠 거라는 생각이 들었다. 마놀라카스가 며칠 동안 집 안에만 틀어박혀 있다는 소문이 돌았는데, 창피해서 바깥에는 안 나오면서도 조르바를 만나면 이로 자근자근 씹어 놓겠다고 벼른다는 이야기였다. 어떤 인부는 그가 무기를 들고 오두막 주위를 한밤중에 배회하더라는 얘기도 해 주었다. 밤중에 맞닥뜨리면 살인이 날 거라는 얘기도 했었다.

나는 서둘러 옷을 입고 마을로 향했다. 바람 속에 야생 오랑캐꽃 향기가 났다. 얼마 후 지친 몸을 이끌고 마을 쪽으로 천천히 걸어가는 조르바를 발견했다. 그는 걸음을 멈추고 별을 바라보며 귀를 기울이다가 다시 잰걸음으로 걷곤 했다. 돌멩이를 딱딱 때리는 지팡이 소리가 들렸다.

조르바는 과부의 정원으로 들어섰다. 레몬꽃과 인동덩굴 냄새가 공기 속을 날았고 오렌지 나무 밑에는 꾀꼬리가 시냇물 흐르는 것 같은 맑은 소리로 노래를 불렀다. 아름다운 목소리에 숨이 막힐 것 같았다. 조르바는 걸음을 멈추고 그 노래에 취했다.

그때 갈대 울타리가 부스럭대는 소리, 잎사귀에 칼날이 닿는 소리가 들렸다.

"거기 서! 망령 난 늙은 멍청이! 드디어 찾았군!"

화가 잔뜩 난 그 목소리, 나는 그 목소리의 주인공을 알고 있었다. 피가 얼어붙는 것만 같았다. 조르바는 지팡이를 든 채 걸음을 멈추었다. 쏟아지는 별빛에 모든 게 훤히 보였다. 거대한 체구의 사내가 갈대 울타리에서 뛰어나왔다.

"누구시오?"

조르바가 목을 길게 빼며 물었다.

"나다, 마놀라카스!"

"자네 갈 길이나 가지. 괜히 시비 걸지 말고."

"날 망신시켜 놓고 괜찮을 줄 알았나?"

"나는 자네에게 망신을 준 적 없네. 마놀라카스, 시비 걸지 말라니까. 자네는 덩치도 좋고 힘도 장사지. 그냥 운이 없었던 것뿐일세. 운이 눈 멀어서 그런 거라니까. 알아듣겠지?"

"운? 그런 건 모르겠소이다. 나는 오늘 내 치욕을 씻을 테니까. 칼 가지고 있소?"

마놀라카스가 이를 바득바득 갈며 부르짖었다.

"칼은 없어. 이 지팡이뿐일세."

"그럼 가서 단도나 갖고 오시든가. 여기서 기다리지!"

조르바는 그대로 서 있었다.

"흥, 겁먹었나? 빨리 다녀오라니까!"

마놀라카스가 비웃었다.

"단도로 뭘 하려고? 그걸로 뭘 할 수 있는데? 교회에서 우리가 했던 건 기억 안 나나? 자네는 단도를 가졌고 나는 맨손이었잖나? 그래도 내가 자네를 이겼던 것 같은데 말일세."

조르바도 조금씩 흥분하고 있었다.

"이것 봐라! 약까지 올리시는구먼. 하지만 때를 잘못 골랐어. 난 무기가 있고 당신은 빈손이란 걸 잊으면 안 되지. 가서 단도나 갖고 와. 이 거지 같은 마케도니아 영감! 칼을 갖고 와야 싸울 거 아냐!"

마놀라카스가 불같이 화를 냈다. 조르바가 지팡이를 던져 버렸다. 나는 지팡이가 갈대 위로 떨어지는 소리를 들었다.

"자네 칼도 버리지!"

그가 소리쳤다. 나는 발꿈치를 들고 살그머니 다가갔다. 별빛에 칼이 갈대 위로 떨어지는 게 보였다.

"덤벼!"

조르바는 손바닥에 침을 뱉고 예비 동작으로 한 번 껑충 뛰어올랐다.

"그만들 둬요! 자, 마놀라카스, 조르바! 이리로 와요. 부끄러운 줄 아세요."

두 사람이 엉겨 붙기 전에 내가 가운데로 뛰어들었다. 두 사람은 천천히 내게 다가왔다.

"자, 악수하세요. 둘 다 용감하고 좋은 분들이잖아요. 이렇게 싸우면 안 되죠."

나는 두 사람의 오른손을 붙잡았다.

"이자가 나를 망신시켰소!"

마놀라카스가 손을 빼며 말했다.

"당신이 용감한 사람이라는 건 마을 사람들이 다 알아요. 당신을 그리 쉽게 망신 줄 사람은 아무도 없어요. 전에 있었던 일은 잊어버리세요. 서로 운 나쁜 일이었어요. 이미 다 끝난 일이잖아요. 조르바가 마케도니아에서 온 타향 사람인 걸 잊지 말아요. 타향 사람을 건드리는 게 우리 크레타 사람들의 진짜 불명예잖아요. 자, 이리 오세요. 손 좀 줘 봐요. 그게 진짜 용기예요. 마놀라카스, 우리 오두막으로 갑시다. 가서 소시지도 일 미터쯤 잘라 먹고 마시고 합시다. 우리 우정을 쌓아 보자고요."

마놀라카스의 허리를 껴안고 그를 옆으로 살짝 떼어 놓으며 말을 이었다.

"그리고, 저 양반은 좀 늙었잖아요. 당신처럼 힘세고 건장한 사람이 늙은이를 때린다는 게 말이 됩니까?"

마놀라카스가 조금 누그러졌다.

"그렇게까지 말한다면 어쩔 수 없지요. 선생을 봐서 그리합시다."

마놀라카스가 다가가 조르바의 큰 손을 잡았다.

"악수합시다. 조르바, 이미 지난 일이니 잊어버리자고요. 손을 주시오."

"자네가 내 귀를 씹은 걸로 이미 분은 풀리지 않았나? 자, 악수하지."

두 사람은 서로의 눈을 바라보며 오래도록 손을 흔들었다. 어찌나 세게 흔드는지 또 싸울까 봐 겁이 날 지경이었다.

"손아귀 힘이 장사구먼, 마놀라카스. 힘도 좋고 건장하고!"

"당신 힘도 괜찮네요. 더 꽉 쥘 수도 있을 것 같은데."

"그만하면 됐어요. 자, 갑시다. 가서 술로 우정을 쌓자고요."

내가 중간에 끼어들었다. 해변으로 돌아갈 때도 나는 두 사람 사이에서 걸었다.

“올 가을에는 풍년이 들 것 같아요. 비가 많이 왔잖아요.”

내가 화제를 바꾸었지만 아무도 대꾸하지 않았다. 두 사람은 여전히 부글부글 끓는 모양이었다. 술이 달래 주기를 바라는 수밖에 없었다.

“초라한 우리 집에 오신 걸 환영합니다. 조르바, 소시지 좀 굽고 마실 것 좀 찾아와요!”

내가 부산을 떨었다. 마놀라카스는 오두막 앞 바위에 앉았다. 조르바는 불을 피우고 소시지를 굽고 잔 3개에 술을 가득 따랐다.

“건강을 위해! 건강을 빌어요. 마놀라카스, 건강을 빕니다! 조르바, 건강을 빕니다! 자, 건배!”

내가 잔을 들며 외쳤다. 우리가 잔을 부딪칠 때 마놀라카스가 술을 조금 흘렸다.

“조르바, 내가 당신에게 다시 손을 대면 이 술처럼 내 피도 흐를 것이오!”

마놀라카스가 엄숙하게 말했다.

“자네가 내 귀 씹은 걸 잊어버리지 않으면 내 피도 이렇게 흐를 것이오!”

조르바도 땅에다 술을 몇 방울 쏟았다.

23

새벽에 조르바가 침대에 걸터앉아 나를 깨웠다.

"보스, 주무시오?"

"왜 그래요?"

"꿈을 꿨어요. 보스, 아주 괴상한 꿈이에요. 머지않아 그 꿈처럼 여행을 할 것 같아요. 들어 봐요. 이 마을에 배가 한 척 들어왔어요. 고동을 울리면서 출항을 준비하고 있었죠. 그때 내가 이 배를 잡아타려고 달려가는 겁니다. 손에 앵무새 한 마리를 들었어요. 배에 올라갔는데 선장이 달려왔어요. '표는?' 그 친구가 소리치더군요. '얼마요?' 내가 주머니에서 지폐를 꺼내며 물었지요. '1000드라크마!' '이보시오. 좀 싸게 합시다. 800!' '안 돼요. 1000드라크마요.' '나한테 800밖에 없어서 그러오.' '1000! 그 이하로는 절대로 안 되오. 없으면 빨리 내리시오.' 나는 화가 났어요. 그래서 선장한테 이렇게 쏘아붙였어요. '이것 봐요, 선장. 800이라도 줄 때 받아요. 안 그러면 꿈에서 깰 테니까. 그럼 당신만 손해 보는 거요.'"

조르바가 껄껄대며 웃었다.

"인간이란 얼마나 이상한 기계입니까? 그 속에 빵, 물고기, 포도주, 당근 같은 걸 채워 주면 이게 한숨이나 웃음, 꿈이 되어서 나오잖아요. 무슨 공장처럼 말이지요. 우리 머릿속에 발성영화기가 돌아가는 모양입니다."

그는 갑자기 침대에서 뛰어내렸다.

"아니, 근데 어쩌자고 앵무새가 꿈에 나타나는 걸까요? 앵무새를 데리고 간다는 게 아무래도…… 생각만 해도 끔찍……."

그가 말을 끝맺기 전에 빨강 머리가 불쑥 뛰어들었다. 사람의 탈을 쓴 악마처럼 보이는 작달막한 심부름꾼은 숨을 헐떡였다.

"사람 좀 살려요. 가엾은 여자가 죽을 것 같다고 애타게 의사를 찾아요. 자기 말로는 진짜로 죽을 것 같답니다. 두 분은 양심의 가책을 받을 거라고도 했어요."

나는 부끄러웠다. 과부의 죽음 때문에 착한 부불리나를 까맣게 잊고 있었던 것이다.

"그 불쌍한 여자가 기침을 어찌나 하는지 여관이 들썩거릴 지경이에요. 그래요, 그런 걸 당나귀 기침이라고 하면 좋겠네요. 쿨룩쿨룩 마을이 흔들린다니까요!"

빨강 머리 사내가 수다스럽게 떠들었다.

"조용히 해! 그걸 농담이라고!"

나는 그를 나무란 뒤 종이를 꺼내 편지를 썼다.

"이걸 갖고 의사에게 달려 가. 의사가 말을 타고 나서는 걸 보기 전엔 돌아오지 말게. 알았나? 자, 가 보게."

그는 편지를 받아 허리춤에 넣고 달려 나갔다. 조르바는 벌써 일어나 한마디 말도 없이 서둘러 옷을 입었다.

"조금만 기다려요. 나도 같이 가요."

"바빠요!"

그는 퉁명스럽게 대답하고 나가 버렸다.

잠시 후 나도 마을에 들어섰다. 발길이 닿지 않은 과부네 집 뜰에서 향긋한 바람이 불어왔다. 미미코는 집 앞에 쭈그리고 앉아 뭐라고 중얼대고 있었다. 붉게 충혈된 눈은 퀭하니 들어가고 몹시 수척해진 모습이었다. 고개를 돌려 나를 발견한 그가 돌멩이를 하나 집어 들었다.

"여기서 뭐 해, 미미코?"

정원을 바라보고 있자니 여러 가지 감정이 뒤섞여 밀려왔다. 내 목을 끌어안던 힘 있고 따뜻한 팔, 레몬꽃과 월계수 기름의 향기가 되살아났다. 석양이 질 무렵의 어둠 속에서 불타는 듯한 검은 눈과 호두나무 잎으로 문질러 윤을 낸 것 같은 하얀 이를 볼 수 있었는데…….

"그건 왜 물어요? 가요. 가서 당신 일이나 봐요."

미미코가 퉁명스레 대답했다.

"담배 줄까?"

"이제 담배는 안 피워요. 모두가 돼지 새끼들이야. 그래요, 당신네들 모두! 돼지…… 건달…… 사기꾼…… 살인자……."

그는 적당한 표현을 찾는 것처럼 말을 끊었다.

"그렇지, 살인자야. 살인자, 살인자들!"

그가 찾던 말이 살인자였던 것 같았다. 떨리는 목소리로 그렇게 외쳐 대던 미미코가 낄낄거리면서 웃었다. 나는 가슴이 아팠다.

"네 말이 맞구나. 미미코, 다들 살인자야."

나는 서둘러 그곳을 떠났다.

마을로 들어서면서 나는 아나그노스티 영감을 발견했다. 지팡이에 몸을 기대고 서서 풀밭에서 쫓고 쫓기는 두 마리 노랑나비를 보며 웃고 서 있었다. 나이를 먹고 이제는 아무 걱정도 없게 되니까 주변을 관찰할 여유가 생긴 것이었다. 땅에 드리워진 내 그림자를 보았는지 고개를 들었다.

"꼭두새벽부터 행차하셨구먼. 무슨 바람이라도 불었나?"

"빨리 서둘러야 할 거요. 젊은이, 지금 가면 살아 있을지도 모르지. 불쌍한 여자 같으니."

그가 대답을 기다리지도 않은 걸 보니 내 표정이 불안했던 모양이었다.

아주 오래 써 온 듯한, 그동안 충실하게 곁을 지켜왔을 대형 침대가 조그만 방 한가운데에 방을 가득 채우다시피 놓여 있었다. 머리맡에는 그녀가 평소에 애지중지하는 앵무새가 초록색 모자에 노란 보닛을 쓰고 악마처럼 사악한 눈을 굴리며 앉아 있었다. 사람 머리 비슷한 대가리를 외로 꼬고 귀를 기울였다.

앵무새의 눈에는 지금 보이는 모든 것이 낯설었다. 목으로 떨어지는 식은 땀방울, 감지도 않고 빗지도 않아 이마에 달라붙은 삼 부스러기 같은 머리카락, 발작적으로 떨어 대는 몸. 앵무새는 몹시 거북했다. 여주인은 남자와 사랑을 벌이면서 교성을 터뜨리고, 행복한 한숨을 쉬고, 자지러지는 웃음을 웃어야 했다. 앵무새는 '카나바로! 카나바로!' 외치고 싶었지만 목소리가 목구멍에 걸려 나오지 않았다.

여주인은 애처롭게 끙끙거렸다. 부인은 숨이 막히는지 쪼그라들고 시든 팔로 자꾸만 시트를 들썩거렸다. 화장기도 없고 뺨은 부풀어 오르고, 이미 썩기 시작한 시체처럼 고약한 땀 냄새와 살 냄새를 풍겼다. 침대 아래에는 일그러진 뾰족한 여자 정장용 구두가 아무렇게나 놓여 볼수록 가슴이 아팠다. 신발은 주인보다 더 애처롭게 보였다.

조르바는 침대 옆에 앉아 신발에 시선을 고정시킨 채 입술을 깨물어 눈물을 삼키고 있었다. 내가 들어가 조르바 뒤에 섰는데도 알아채지 못했다.

불쌍한 여자는 자꾸 숨이 막혀서 숨 쉬는 게 힘든 모양이었다. 조르바가 인조 장미가 붙은 모자를 벗겨 부채질을 해 주었다. 큰 손으로 빠르고 어색하게 부채질하는 게 마치 석탄에 불을 붙이는 사람처럼 보였다.

여자가 눈을 뜨고 주위를 둘러보았지만 어두워 아무도 안 보이는 모양이었다. 조르바도 보지 못한 것 같았다. 그녀 주위가 모두 어둡고 너저분해 보였다. 바닥에서 푸른 안개가 솟아 나와 모든 물건의 모습을 바꿔 놓고 있었다. 안개는 심술 맞은 입술이 되고 손톱 달린 발이 되었다가 다시 검은 날개로 변했다.

부인은 물과 침, 땀으로 범벅이 된 베개를 손톱으로 쥐어뜯었다.

"죽기 싫어! 정말 죽기 싫어!"

마을에서 부인의 소식을 듣고 이미 2명이 와 있었다. 그들은 방에 들어와 벽을 등지고 앉았다.

앵무새가 둥그런 눈으로 그들을 보고 화를 냈다. 새는 고개를 쳐들고 소리쳤다.

"카나……."

조르바가 새장을 쳐서 잠잠하게 만들었다.

"죽고 싶지 않아, 죽기 싫어!"

또 한 번 절규가 들렸다.

수염도 안 난 젊은 녀석 둘이 햇볕에 그을린 머리를 집어넣고 두리번대다가 침대 위 여자를 발견하고는 만족스러운 얼굴로 윙크를 주고받은 뒤 사라졌다. 누군가 닭을 쫓는지 마당에서 놀란 닭이 꼬꼬댁거리는 소리와 함께 홰치는 소리가 들렸다.

만가를 부르러 맨 먼저 온 말라마테니아 노파가 동료에게 고개를 돌렸다.

"봤어? 레오니, 똑똑히 봤어? 벌써부터 서두르는군. 배를 곯았나, 닭 목을 비틀어 삶으려는 모양이야. 마을 떨거지들이 몽땅 모여들었어.

이 집은 순식간에 다 털리고 말걸?"

그러면서 죽어 가는 여자의 침대를 보았다.

"서둘러 주면 좋겠는데. 어서 죽어 줘야 우리도 뭐 하나 건져 갈 텐데 말이야. 얼른 손을 들라고, 이 여편네야."

말라마테니아가 참기 힘들다는 듯 중얼거렸다.

"말이야 바른 말이지만, 우리나 저 애들이나 못할 짓을 하는 건 아니지. '먹고 싶은 게 있거들랑 훔쳐서라도 먹어라. 갖고 싶은 게 있거들랑 훔쳐서라도 가져라.' 우리 친정어머니가 이렇게 말했다오. 우리도 빨리 만가를 해 주고 쌀이나 설탕, 냄비…… 뭐든 들고 나가서 저 여편네를 추억해야 할 텐데 말이야. 부모도 자식도 없는데 누가 저 닭이랑 토끼를 잡아먹겠소? 포도주는 또 누가 마시고? 말라마테니아, 어떻게 생각해? 하느님도 우릴 용서하시겠지? 세상사가 다 그렇지 뭐. 나도 뭔가 좀 가져가야지."

레오니가 이가 다 빠진 입을 오물거리며 말했다.

"조금만 참아, 너무 서두르면 안 좋은 법이야. 내 생각도 자네와 같다네. 우리가 뭐 나쁜 짓을 하는 건 아니니까. 하지만 이 여편네가 숨을 거둘 때까지는 기다리자고."

말라마테니아가 레오니의 팔을 붙잡으며 달랬다.

그동안 죽어 가는 여자는 베개 밑을 미친 듯 뒤지며 무언가를 찾고 있었다. 죽을 때가 가까워진 걸 알았는지 트렁크에서 흰 뼈로 만든 십자가를 꺼내 베개 밑에 넣어 둔 모양이었다.

그 십자가는 다 떨어진 슈미즈, 벨벳, 누더기가 가득한 트렁크 밑에 몇 년 동안이나 처박아 둔 것이었다. 치료할 수 없는 병에 걸렸을 때만 특효약이 필요한 것처럼, 먹고 마시고 사랑할 동안에는 별 쓸모가 없는 게 그리스도인 것처럼, 여자는 그리스도를 잊고 있었던 것이었다.

마침내 부인의 손이 십자가를 찾아냈다. 여자는 식은땀으로 축축해진 가슴에 십자가를 꼭 눌렀다.

"오, 예수님, 사랑하는 예수님!"

부인은 마지막 애인을 가슴에 부비며 열정적으로 부르짖었다. 옆에 있는 사람은 알아들을 수 없었다. 반은 프랑스어, 반은 그리스어였지만 부드럽고 열정적으로 울렸다. 앵무새는 부인의 목소리가 바뀐 걸 알아챘다. 여주인이 잠들 수 없었던 수많은 날들이 떠올랐다.

"카나바로! 카나바로!"

앵무새는 수탉처럼 쉰 목소리로 울었다. 이번에는 조르바도 앵무새를 그냥 놔두었다. 그는 십자가에 입을 맞춘 부인 얼굴에 발그스름한 기운이 퍼지는 것을 내려다보고 있었다.

문이 열리며 아나그노스티 영감이 모자를 벗어 들고 들어왔다. 그는 병든 여자 앞에 무릎을 꿇었다.

"부인, 날 용서해 주시오. 하느님도 당신을 용서하시기를! 내 비록 부인한테 험한 말을 가끔 했지만 우리는 한갓 인간에 지나지 않습니다. 용서하시오."

그렇지만 여자는 아나그노스티 영감의 말을 못 들었다. 평화로운 기운에 싸여 조용히 누워 있었는데 온갖 고통이 사라져 가는 걸 느꼈다. 불행했던 말년, 참아야 했던 그 많은 조롱과 험한 말들, 두꺼운 털양말을 짜면서 홀로 지새워야 했던 슬픈 밤들이 모두 사라지고 있었다. 이 우아한 파리 여인은 4대 열강을 무릎 위에 올려놓고 가지고 놀며 해군 의장대의 경례를 받던 여인이었다.

바다는 짙은 푸른색으로 출렁거렸고 파도는 포말을 싣고 달려왔다. 바다의 요새는 항구에서 흔들리며 마스트마다 만국기를 펄럭이게 놔두었다. 메추리 굽는 냄새가 진동했고, 석쇠에 구운 붉은 숭어며 설탕에 절인 과일이 수정 그릇에 담겨 식탁에 올라왔고 샴페인 마개가 천장으로 날아다녔다.

검은 수염, 금빛 수염, 붉은 수염, 잿빛 수염 그리고 바이올렛, 오드콜로뉴, 사향, 파출리. 선실 철문이 잠기고 두꺼운 커튼이 내려가고 불이 켜졌다. 오르탕스 부인은 눈을 감았다. 사랑, 고통…… 이 모든 것은 그저 순간의 일이거늘. 오, 하느님!

부인은 무릎에서 무릎으로 건너며 두 팔로 제독을 껴안고 향수를 듬뿍 뿌린 수염 속에 손가락을 넣지만 이젠 이름을 기억할 수 없다. 앵무새도 기억 못하지만 단 하나, 카나바로는 기억할 수 있다. 젊은 제독이었고 앵무새도 발음할 수 있는 그 이름. 오르탕스 부인은 한숨을 쉬면서 열정적으로 십자가를 끌어안았다.

"우리 카나바로, 사랑스러운 나의 카나바로."

"헛소리를 하는구먼. 무슨 소리를 하는지 모르는 게요. 저승사자를 만나 보고 겁을 먹은 모양이에요. 가까이 가 봅시다."

레니오 할멈이 중얼거렸다.

"레니오, 하느님이 무섭지도 않아 어떻게 살아 있는 여자를 두고 곡을 하자는 게야?"

말라마테니아가 나무랐다.

"흥! 말라마테니아. 아니 그럼, 이 여편네의 트렁크, 옷가지, 밖에 있는 물건들, 마당에 있는 닭이랑 토끼는 생각하지도 말고 여기 쭈그리고 앉아서 이 여자가 꼴까닥할 때까지 기다리기만 하잔 말이에요? 그건 안 되지. 먼저 차지하는 게 임자란 말이에요."

레니오 할멈이 투덜대면서 일어서자 말라마테니아도 화를 벌컥 내며 따라 일어섰다. 두 여자는 머릿수건을 벗어 백발을 풀어 헤치고 침대 가장자리를 잡았다.

"에에에에에!"

레니오 할멈이 먼저 시작을 했다. 가슴을 찌르는 것 같은 소리에 등골이 오싹했다. 조르바가 벌떡 일어나 두 노파의 머리채를 거머쥐고 끌어냈다.

"입 닥쳐! 늙은 떠버리들 같으니! 아직 살아 있는 게 안 보여! 어디서 곡을 해? 나가! 썩 꺼져!"

"이건 또 뭐야? 늙은 게 왜 나서누? 어디서 솟아났어?"

말라마테니아가 머릿수건을 고쳐 매며 말했다.

지친 퇴물 세이렌, 오르탕스 부인은 침대맡에서 옥신각신 싸우는 소리를 들었다. 달콤한 환상이 깨졌다. 배는 침몰하고 구운 닭, 샴페인, 향수를 뿌린 수염도 사라졌다. 부인은 다시 냄새나는 고약한 죽음의 침대, 세상이 끝난 곳에 떨어졌다. 오르탕스 부인은 이곳에서 도망가려는 듯 일어나려 애를 썼지만 뒤로 벌렁 넘어졌다.

"죽고 싶지 않아. 죽기 싫어!"

부인이 애처롭게 울부짖자 조르바가 앙상한 손으로 여자의 이마를 만져 주고 머리카락을 정리해 주었다. 그의 눈에 눈물이 고였다.

"진정해. 여보, 진정해. 나 여기 있어. 조르바일세. 무서워하지 말게."

갑자기 파란 나비 떼가 침대 위를 뒤덮는 환상이 돌아왔다. 죽어 가는 여자는 조르바의 손을 붙들어 그의 목을 끌어안았다.

"나의 카나바로. 내 사랑 카나바로!"

십자가가 베개에서 미끄러지며 바닥에 떨어져 산산이 부서졌다.

"빨리 닭을 집어넣으란 말야! 물 끓잖아!"

밖에서 사내 목소리가 들려왔다.

나는 방구석에 앉아 있었다. 이따금 눈물이 흘러내렸다. 이게 인생이구나. 변화무쌍하고 마음대로 안 되고, 이래도 좋고 저래도 좋은 것, 무자비한 게 인생이구나. 아무것도 모르는 이 무식한 크레타 농사꾼들은 지구 저쪽에서 온 늙은 카바레 가수를 둘러싸고 자기네들은 죽지 않을 것처럼 낄낄대며 그녀의 죽음을 지켜보고 있었다. 마치 마을 사람들이 모두 해변으로 몰려와 하늘에서 떨어진 낯선 새를 구경하는 것 같았다. 부인이 늙은 공작새나 늙은 고양이 혹은 병든 물개라도 되는 양.

조르바는 자기 목을 감은 오르탕스 부인의 팔을 부드럽게 풀고 창백한 얼굴로 일어섰다. 손등으로 눈을 문질러 닦고 죽어 가는 여자를 바라보았다. 눈물이 자꾸만 흘러 그녀를 볼 수 없었다. 또다시 눈을 닦았다. 침대 위에서 부어오른 발을 휘저으며 공포에 질린 입술을 달싹이는 부인이 보였다. 몸을 뒤척이자 잠옷이 흘러내려 식은땀으로 젖은 몸을 드러냈다. 이미 담황색으로 변한 목은 부어 있었다. 여자는 목이 잘릴 때의 암탉처럼 날카로운 소리를 지르고는 공포에 질린 눈을 감지 못하고 뻣뻣하게 굳었다.

앵무새는 새장 바닥으로 뛰어내려 조르바가 아주 다정하게 여주인의 눈꺼풀을 감겨 주는 모습을 바라보았다.

"빨리 와! 모두 오라니까! 여자가 갔어!"

만가를 부르러 온 여자들이 침대 주변에 모여들었다. 여자들은 주먹을 쥐고 가슴을 치며 몸을 앞뒤로 흔들면서 만가를 불렀다. 단조로운 노래는 슬픔으로 물들어 노래 부르는 이들을 최면 상태까지 몰고 갔다. 그들이 갖고 있던 해묵은 슬픔이 독처럼 파고들었다.

땅 밑에 누워야 하다니
이건 그대에게 어울리지 않는다네

조르바는 마당으로 나갔다. 울고 싶지만 여자들 앞에서 우는 게 부끄러웠던 모양이었다. 그는 언젠가 내게 말했다.

"우는 건 부끄러운 게 아니에요. 남자 앞에서 운다면 말입니다. 남자들끼리는 통하는 게 있잖아요? 부끄러운 일이 아닙니다. 그렇지만 여자 앞에서 남자는 늘 자기가 용맹하다는 걸 증명해야 해요. 우리 남자가 여자 앞에서 눈물을 흘리면 이 가엾은 것들은 누굴 믿습니까? 끝장 나는 거예요."

그들은 시신을 포도주로 씻겼다. 늙은 여자가 트렁크를 열어 옷을 꺼내 낡은 옷을 벗기고 새 옷을 입혔다. 그리고 오드콜로뉴 한 병을 쏟아부었다. 가까운 뜰에 있던 파리 떼들이 날아 와 부인의 코, 눈, 입 가장자리에 알을 슬었다.

밤이 오고 있었다. 서쪽 하늘에서는 노란 깃털 구름이 보라색 저녁 하늘을 배경으로 천천히 지나갔다. 구름은 배가 되었다가 백조가 되고, 솜으로 만든 괴물이 되곤 했다. 마당의 갈대 사이로 파도가 일렁이는 대로 번쩍거리는 바다도 보였다.

가까운 무화과나무에서 살진 까마귀 두 마리가 마당을 종종걸음으로 돌아다니자 조르바가 화를 내며 자갈로 쫓아버렸다. 마당 한쪽에서는 마을 건달들이 엄청난 잔칫상을 차리고 있었다. 넓은 부엌 식탁을 내다가 빵, 접시, 나이프와 포크도 차려놓고 창고에 있던 포도주병도 찾아냈다. 냄비에 삶은 닭이 알맞게 익었다. 사람들은 포도주를 마시고 고기를 뜯었다.

"하느님, 저 여자의 영혼을 구원하소서! 지은 죄가 많아도 벌하지 마소서!"

"저 여자 애인들은 모두 천사가 되어 저 여자 영혼을 천국으로 인도하소서!"

"저기 조르바 영감 좀 보게."

마놀라카스가 소리쳤다.

"홀아비가 됐구먼. 까마귀에게 돌을 던지고 있어. 애인을 추억하며 한잔하자고 해 봐야겠군. 이봐요, 와서 함께 먹읍시다. 조르바!"

조르바가 돌아보았다. 그는 무럭무럭 김이 피어나는 통닭과 잔에 넘치는 포도주, 머릿수건을 쓰고 식탁에 둘러앉아 웃고 떠들어 대는 시커먼 사내들을 차례로 보았다.

조르바가 자신을 타일렀다. '조르바, 조르바! 슬퍼하는 걸 보이지 마! 네가 어떤 인간인지 보여 줘! 견뎌!'

조르바는 식탁 앞으로 성큼성큼 다가가 술 한 잔을 마시고 두 잔, 세 잔 연거푸 받아 마셨다. 닭다리를 씹었다. 마을 사람들이 말을 걸어도 대꾸도 않고 묵묵히 먹고 마셨다. 우적우적 먹으면서도 그는 부불리나가 누운 방을 쳐다보았고 귀는 만가가 들리는 창문에 머물렀다. 이따금 만가가 끊어지고 서로 싸우는 소리가 들리는가 하면 곧이어 찬장이 덜컹이고 트렁크를 여닫는 소리에, 서로 잡아당기면서 드잡이하는 소리까지 들려왔다. 그러다 다시 만가가 이어졌다.

두 여자는 만가를 부르면서 시신이 누운 방을 여기저기 뒤적이고 다녔다. 찬장을 열어 조그만 숟가락 몇 개, 설탕, 커피 한 통, 루쿰* 한 상자를 찾았다. 레니오 할멈이 커피와 루쿰을 갖고 말라마테니아 할멈은 설탕과 숟가락을 차지했다. 그러고도 모자랐는지 말라마테니아는 루쿰 두 개를 빼앗아 입에 처넣었다. 루쿰이 가득한 입 사이로 새어 나오는 만가는 괴상하게 들렸다.

> 5월 꽃이 비가 되어 떨어지고
> 사과들은 네 무릎 위로 떨어지니……

다른 노파 둘이 방으로 숨어 들어와 트렁크를 열었다. 거기서 손수건 몇 장, 타월 2~3장, 실크 스타킹 3켤레, 가터를 집어 입고 있던 보디스 속에 쑤셔 넣고 죽은 여자를 향해 성호를 그었다. 말라마테니아 할멈은 이 여자들이 트렁크를 터는 꼴을 보고 화를 벌컥 냈다.

---

* 터키 과자이다.

"자네는 혼자 계속하고 있어. 이러다 다 뺏기고 말겠구먼."

레니오 할멈에게 소리치고는 다이빙이라도 하듯 트렁크로 달려들었다.

닳아 떨어진 새틴 천 조각, 촌스러운 연자줏빛 드레스, 망가진 빨간 샌들, 부서진 부채, 멀쩡한 주홍색 해가리개, 가방 오른쪽에는 제독이 쓰는 삼각모가 있었다. 누군가가 오래전에 부불리나에게 선물한 모양이었다. 부불리나는 혼자 있을 때 그걸 쓰고 거울 앞에 서서 서글프고도 엄숙하게 보이는 자신의 모습을 감상하곤 했던 것이다.

누군가 문 앞에 나타나자 노파 둘은 밖으로 나가 버리고 레니오 할멈은 다시 침대를 부여잡고 가슴을 치며 만가를 불렀다.

진홍빛 카네이션을 당신 목에 두르고……

조르바가 들어와 죽은 여자를 내려다보았다. 벨벳 리본을 목에 매고 팔을 포갠 채 얼굴이 누렇게 뜨고 파리 떼에 덮여 있었지만 조용하고 평화로웠다. '한 줌 흙이야. 배가 고픈 것도 알고, 웃기도 하고, 키스도 하던 한 줌의 흙. 흙 한 덩이면서도 사람을 울리던 것. 지금은 어떻게 됐나……. 우리를 이 땅에 데려온 악마는 누구고, 이 땅에서 데려갈 악마는 또 누군가!'

조르바는 여기까지 생각하고 침을 뱉었다.

밖에서는 젊은이들이 춤출 공간을 만들었다. 리라 연주자 파누리오도 오고 식탁, 파라핀 통, 물통, 옷 상자 등을 한쪽으로 치워 공간을 마련했다.

마을 유지들도 나타났다. 끝이 구부러진 길쭉한 지팡이에 흰 셔츠를 입은 아나그노스티 영감, 뿔 모양 놋쇠 잉크병을 허리에 차고 펜을 귀 뒤에 꽂은 교장 선생도 왔다. 과부 살해 사건으로 산으로 피신한 마브란도니는 보이지 않았다.

"반갑구먼 자네들!"

아나그노스티 영감이 인사치레로 손을 흔들었다.

"즐겁게 노는 걸 보니 기분이 좋구먼. 하느님이 자네들에게 축복을 내리시길! 하지만 소리는 지르지 말게. 소리를 질러서는 안 되지. 죽은 사람은 고함 소리를 듣고 그 목소리를 기억해 두지. 죽은 사람도 소리를 듣는다네."

콘도마놀리오 영감이 말했다.

"우리는 죽은 부인의 재산 목록을 쓰러 온 걸세. 마을의 가난한 사람들에게 나누어 줘야 하니 말이야. 자네들은 배불리 먹고 마시게. 하지만 집은 털지 말게나. 알겠나?"

아나그노스티는 위협하는듯이 지팡이를 공중에서 휘둘렀다.

마을 유지들 뒤에서 덥수룩한 머리에 누더기를 걸친 5~6명의 여자들이 맨발에 빈 자루를 하나씩 끼고 나타났다. 그들은 말도 없이 조용히 다가왔다.

"뭐야? 이것들은! 돌아가, 이 집시들아! 뭐? 소식을 듣고 왔다고? 우리가 재산을 하나하나 남김없이 기록해 뒀다가 가난한 사람들에게 공평하게 나눠 줄 거야. 썩 꺼지지 못해?"

아나그노스티 영감이 그들을 보고 버럭 소리를 질렀다. 교장 선생은 잉크병을 꺼내고 큼지막한 백지를 펴서 재산 목록을 만들기 위해 가게 안으로 들어섰다. 그 순간, 요란한 소리가 났다. 누가 깡통을 들이받았는지, 솜 상자가 굴러떨어진 건지 컵이 우르르 쏟아져 내려 박살이 났다. 부엌에서는 냄비며 접시, 부엌칼들이 서로 부딪치는 소리가 들렸다.

콘도마놀리오 영감이 지팡이를 휘두르며 달려갔지만 소용이 없었다. 늙은 여자, 남자, 애들 구분할 것도 없이 모두 문을 밀고 들어오거나 창문을 넘고 울타리를 넘고, 발코니를 타 넘어서 들어와 손에 잡히는 대로 들고 나갔다. 냄비, 프라이팬, 매트리스, 뭐든 상관없었다. 어떤 사람은 문짝을 떼어 짊어지고 가기도 했다. 미미코는 뾰족구두 두 켤레를 차지하고 끈으로 묶어 목에 걸고 있었다. 오르탕스 부인이 미미코 어깨에 타고 앉아 있는데, 오르탕스 부인은 보이지 않고 구두만 보이는 꼴이었다.

교장 선생이 인상을 구기더니 잉크병과 종이를 다시 집어넣고 자존심이 상했다는 얼굴로 말 한마디 없이 나가 버렸다.

"이 무슨 짓인가? 창피하지도 않아? 이러면 안 된다네. 죽은 사람이 자네들 목소리를 듣고 기억할 걸세!"

아나그노스티 영감이 사람들에게 지팡이를 휘두르며 위협도 하고 애원도 했다.

"가서 신부님 모셔 올까요?"

미미코가 물었다.

"이런 바보! 이 여자는 프랑코잖아. 유럽인이란 말이야. 성호 긋는 거 안 봤어? 이렇게 손가락 4개로 긋잖아. 그건 이교도나 마찬가지지. 어서 구덩이나 파고 묻자. 온 마을에 냄새가 풍기겠다."

"벌써 몸속에 벌레가 그득해요."

미미코가 성호를 그으며 중얼댔다.

"이상할 거 없다. 이 천치 같으니. 사람이란 날 때부터 배 속에 벌레가 득실득실하는 거다. 눈에 보이지 않을 뿐이지. 벌레는 사람에게 냄새가 나는 걸 알아채면 숨어 있던 구멍에서 나오는 거야. 치즈 구더기처럼 하얀 벌레들 말이다. 모두 하얘!"

아나그노스티 영감이 곱게 백발이 된 머리를 저으며 말했다.

첫 별이 조그만 은종처럼 하늘에 걸린 채 파르르 떨었다. 어둠이 종소리로 가득 찼다.

조르바는 시신의 머리맡에서 새장을 벗겨 들었다. 고아가 된 새는 공포에 질려 새장 한구석에 쪼그리고 있었다. 눈을 크게 뜨고 방 안을 둘러봐도 어떻게 된 영문인지 알 수가 없었다. 앵무새는 머리를 날갯죽지에 묻고 두려워서 움직이지 않았다.

조르바가 새장을 벗겨 내자 앵무새가 고개를 들었다. 뭐라고 소리를 내려는 것을 조르바가 손을 들어 막았다.

"조용히 해. 그냥 나랑 같이 가자."

그가 부드럽게 속삭였다. 조르바는 허리를 굽히고 죽은 여자를 바라보았다. 한동안 그렇게 보고 있자니 목이 멨다. 키스라도 하려는 듯 얼굴을 가까이 댔다가 그만두었다.

"관두자. 어서 가자!"

그가 새장을 들고 마당으로 나왔다.

"갑시다."

내게 다가온 그가 팔을 잡으며 조용히 말했다. 침착해 보였는데 그의 입술이 떨렸다.

"우리도 저렇게 가게 되겠지요?"

내가 그에게 말했다.

"그래서 좋으시겠소. 그만 갑시다."

그가 빈정댔다.

"조금만 더 있다가 가요. 시신을 메고 나올 거예요. 기다렸다가 그거까지는 봐야죠. 못 볼 것 같아요?"

"좋아요."

그가 침울하게 대답했다. 그러고는 새장을 내려놓고 팔짱을 끼었다.

아나그노스티 영감과 콘도마놀리오가 모자를 벗은 채 시신이 있던 방에서 나오면서 성호를 그었다. 그들 뒤를 따라 춤추던 사내 4명이 얼큰하게 취한 채 장미를 귀 뒤에 꽂고 나왔다. 그들은 문짝 위에 시신을 눕히고 한쪽 귀퉁이씩 잡고 나왔다. 그 뒤로 리라장이가 악기를 들고 나오고, 여남은 명의 사내가 술에 취해 비틀대며 따라 나왔다. 의자나 냄비 같은 걸 든 여자들도 5~6명이 따라나섰다. 맨 뒤에는 뾰족구두를 목에 건 미미코가 나왔다.

"살인자, 살인자, 살인자들이야!"

신나는 일이라도 되는 것처럼 미미코가 외쳤다.

따뜻하고 습한 바람이 불어와 바다가 일렁였다. 리라장이가 따뜻한 밤하늘을 배경으로 리라 소리를 퍼뜨렸다. 상쾌하고 때로는 빈정대는 듯한 소리였다.

태양아! 뭐가 그리 급하다고 서산으로 가는가……

"자, 이젠 갑시다. 모두 끝났잖아요."

조르바가 말했다.

24

우리는 말없이 비좁은 마을 길을 걸었다. 집집마다 불이 꺼져 어두운 밤 그림자가 더욱 짙어졌다. 어디선가 개가 짖고 황소가 울었다. 바람결에 리라의 방울 소리가 멀리서 들려왔다. 방울은 분수의 물줄기처럼 장난스럽게 춤추는 소리를 냈다.

"조르바! 이건 무슨 바람인가요? 노토스던가요?"

내가 무거운 침묵을 깨고 말을 걸었지만 조르바는 새장을 등불처럼 들고 앞장서서 걸어가기만 했다. 해변에 도착하자 그가 돌아보았다.

"보스, 배고프시오?"

"아니에요. 전혀요."

"잠이 옵니까?"

"아니요."

"저도 그래요. 우리 자갈 위에 좀 앉았다 갈까요? 보스한테 물어보고 싶은 게 있어요."

우리는 둘 다 지쳤지만 누구도 자려고 하지 않았다. 몇 시간 동안 일어난 그 일들을 그렇게 보내버리고 싶지 않았다. 잠을 자는 건 위험한 순간에 등을 돌려 도망치는 것만큼 창피한 일이었다. 우리는 잔다는 것이 부끄러웠다.

조르바는 새장을 무릎 사이에 놓고 아무 말이 없었다. 산 뒤 하늘에서 수많은 눈과 나선형의 꼬리를 단 괴물이 나타났다. 그 별자리에서 별들은 자리를 벗어나 떨어져 내리기도 했다. 조르바는 하늘을 처음 보는 사람처럼 그 광경에 취해 입을 벌리고 바라보았다.

"저 위에서는 무슨 일이 일어나고 있을까요?"

조르바는 이 한마디를 하고는 또 조용해졌다.

"보스, 만물은 무슨 의미를 지닌 겁니까? 누가 이들을 창조한 거지요? 무엇보다도……."

조르바의 목소리가 분노와 공포로 떨렸다.

"무엇보다도 사람들은 왜 죽는 걸까요?"

"모르겠어요."

나는 대답하면서 부끄러웠다. 가장 단순하고 본질적인 질문을 받았는데 그에게 설명할 수가 없었다.

"모른다고요?"

조르바의 둥근 눈이 놀라움으로 더 커졌다. 내가 춤출 줄 모른다고 했을 때와 같은 표정이었다. 그는 한동안 입을 다물었다.

"보스, 당신은 그 많은 책을 읽었잖아요. 그게 무슨 소용이라고 읽는 거요? 왜 읽습니까? 그런 질문에 대한 대답도 없는데 도대체 뭐가 있다는 겁니까?"

"책에는 인간의 혼란이 있어요. 조르바, 인간의 혼란으로 당신의 질문에 대답할 수 있어요."

"혼란이오? 흥!"

조르바가 발을 구르며 내뱉듯 말했다. 그 소리에 앵무새가 놀랐다.

"카나바로, 카나바로!"

"닥쳐, 너도!"

조르바는 주먹으로 새장을 치고 나를 돌아보았다.

"우리가 어디에서 왔으며 어디로 가는 건지, 어디 그 얘기 좀 해 보세요. 요 몇 년 동안 당신이 청춘을 불사르며 읽어 온 책에 마법의 주문이 잔뜩 쓰여 있었겠죠? 모르긴 해도 종이 50톤은 씹어 먹었을 텐데. 그래서 뭘 얻으셨나이까?"

인간이 성취할 수 있는 최상의 것은 지식도, 미덕도, 선도, 승리도 아니다. 보다 위대하고 좀 더 영웅적이며 더 절망적인 그것은 신성한 경외감이라는 것을 뼈저리게 깨달았다.

"대답하기 어렵습니까?"

조르바가 다그쳤다. 나는 그에게 신성한 경외감이라는 것을 설명하려 했다.

"조르바, 우리는 벌레예요. 엄청나게 큰 나무에 붙은 아주 작은 잎사귀, 또 거기에 붙은 작은 벌레 말입니다. 이 조그만 잎이 지구예요. 다른 잎들은 우리가 밤이 되면 보게 되는 별이지요. 우리는 이 조그만 잎 위에서 불안하게 꿈틀대며 조심스럽게 살피는 거예요. 우리는 잎의 냄새를 맡아요. 좋은 건지 나쁜 건지 알아보려는 거지요. 맛을 보고 먹을 만하다는 것을 깨달아요. 우리는 잎을 두드려 보고 잎은 살아 있는 생물처럼 소리를 냅니다. 겁이 없는 어떤 이들은 잎 가장자리까지 가 보기도 해요. 거기서 혼란을 내다보는 거죠. 바닥으로 떨어지는 게 얼마나 무서운 건지를 알게 되는 거예요. 멀리서 우리는 거대한 나무의 다른 잎들이 사각사각 소리를 내는 걸 들어요. 뿌리에서 우리 잎으로 전달되는 수액을 감지하면 우리 가슴이 부풀어요. 끔찍한 나락을 볼 때는 공포로 떨게 되는 거고요. 그 순간에 시작되는 게 바로……."

나는 말을 끊었다. 그 순간에 시작되는 게 바로 시라고 말하고 싶은

데 조르바가 알아듣지 못할 것 같았다.

"뭐가 시작되는 겁니까? 왜 말을 하다 말아요?"

조르바가 채근했다.

"조르바, 그 순간에 위험이 시작되는 거예요. 정신이 아득해지고 정신을 잃거나 겁을 먹기도 하죠. 이들은 용기를 찾기 위해 '하느님!'을 외치기도 합니다. 또 어떤 사람들은 가장자리에 서서 심연을 내려다보고는 '나는 저게 좋더라!' 하고 용감하게 말하기도 합니다."

조르바는 이해하려고 애쓰는 것 같았다.

"보스, 잘 아시겠지만 나는 매일 죽음을 생각합니다. 죽음을 뚫어지게 쳐다보고는 있지만 무섭지는 않아요. 그렇다고 좋아할 생각도 없어요. 좋아한다는 건 어림도 없지요. 나는 좋다고 말했다는 데 동의할 수 없어요."

조르바는 한동안 조용히 생각에 잠겼다.

"그렇다고 카론에게 제 목을 쑥 내밀면서 '이보시오, 카론! 내 목을 제발 자르시오'라고 할 생각도 없어요. 그 정도로 얼빠진 놈은 아니라 이겁니다. 나는 천국으로 직행하고 싶어요."

나는 당황했다. 법이 명령하는 대로 자진해서 행동하라고 제자들에게 가르친 현자가 누구던가? 필연에 순응하고 그 필연을 자유의지의 행위로 바꾸라고 한 이는 누구던가? 그것이 해탈이나 구원에 이르는 유일한 길인지도 모른다. 비참하지만 다른 길이 없는 것이다.

그렇다면 저항한다는 것은 무엇일까? 필연을 거부하고 외부적인 법칙들을 내부의 것으로 바꾸고, 존재하는 것을 모두 부정하고 자기 정신 법칙에 따라 새 세계를 만들려는 돈키호테 같은 인간의 긍지를 말하는 건 아닐까? 결국 자연의 비인간적인 법칙을 반대하고 지금 있는 것보다 훨씬 더 순수하고 도덕적인 새 세계를 만들기 위한 것은 아닐까?

조르바는 내가 더 할 말이 없다는 것을 알아챈 모양이었다. 앵무새가 깨지 않도록 조심스럽게 새장을 머리맡에 놓고 자갈밭 위에 누웠다.

"안녕히 주무시오. 보스, 그만하면 됐어요."

강한 남풍이 아프리카로부터 불어왔다. 채소와 과일, 크레타인의 마음을 자라게 하고 부풀게 하는 바람이었다. 나는 이마에도 입술에도 목에도 마음껏 바람을 받았다. 내 머리도 과일처럼 껍질이 갈라지면서 익어 터지는 것 같았다.

나는 잠을 잘 수도 없었다. 생각도 할 수 없었다. 내 안에서 무언가가 성숙하고 있다는 것을 어렴풋이 느낄 뿐이었다. 나는 그런 것들을 항상 생각하면서 살아왔다. 변화하는 나 자신을 스스로 지켜보는 일, 오장육부 깊은 곳에서 일어나는 일들을 눈앞에서 보는 것처럼 겪은 셈이었다. 바닷가에 쪼그리고 앉은 그 따뜻한 밤에 나는 이 기적이 일어나는 걸 보았다.

별빛이 희미해지고 가는 붓으로 그린 듯한 나무와 산과 갈매기 뒤로 하늘이 밝아 왔다.

며칠이 흘렀다. 옥수수가 익자 그 무게로 옥수숫대가 고개를 숙였다. 올리브 나무 위에 앉은 매미가 공기를 잘라 내고 타는 듯한 햇볕 아래 벌레들이 아우성이었다. 바다에서는 수증기가 피어올랐다.

조르바는 매일 새벽에 소리 없이 산으로 올라갔다. 고가 케이블 공사는 끝나 가고 있었다. 철탑은 모두 세웠고 케이블이 걸린 다음 도르래도 달았다. 조르바는 매일 후줄근해져서 돌아왔다. 그는 불을 지피고 저녁을 지었고 함께 먹었다. 우리는 우리 내부에 잠든 죽음과 공포라는 망령을 깨우지 않으려고 최대한 조심했다. 과부 이야기나 오르탕스 부인, 하느님 이야기도 하지 않고 조용히 바다만 바라보았다.

조르바가 침묵했기 때문에 내 안에서는 영원하지만 부질없는 질문이 다시 고개를 들었다. 내 가슴은 고뇌로 가득 찼다. 세계라는 게 무엇일까? 세상의 목적은 무엇이고 한순간을 사는 우리가 어떻게 해서 그 목적을 이룰 수 있을까? 조르바에 의하면, 인간이나 사물의 목적은 쾌락을 찾는 일이었다. 어떤 이는 영혼을 창조하는 일이라고 말하겠지만 따지고 보면 그 말도 똑같은 말이 되고 만다.

하지만 왜, 무슨 목적 때문에 그래야 하지? 육체가 사라진 다음에도 우리가 영혼이라고 부르는 것은 남는 걸까? 아무것도 남지 않는다면 우리가 영원불멸을 원하는 것은 우리가 영원불멸하다는 사실에서 시작된 게 아니라 짧은 우리 인생에서 뭔가 영원불멸한 것을 섬기고 싶어 하는 데서 시작된 건 아닐까?

어느 날 자리에서 일어나 세수를 끝마쳤는데 지구도 막 일어나 세수를 한 것 같은 느낌이 들었다. 지구가 새로 창조된 것처럼 빛났다. 나는 계곡으로 내려갔다. 왼쪽에는 조용히 누워 있는 암청색의 바다, 오른쪽에는 황금 창을 들고 열병식을 하는 군대처럼 빛나는 밀밭이었다. 나는 온통 푸른 잎과 열매로 뒤덮인 '우리 젊은 아가씨의 무화과나무'를 지나 과부의 정원은 보지 않으려 애쓰면서 마을로 들어갔다. 오르탕스 부인의 여인숙은 황량했다. 문과 창문은 모두 뜯겼고 개들은 마음대로 집 안을 들락거렸다. 방에는 아무것도 없었다. 오르탕스 부인이 숨을 거둔 방에는 뒤축이 닳고 빨간 방울이 달린 슬리퍼 한 짝만이 남았을 뿐이다. 슬리퍼는 여전히 주인의 발 모양을 기억하고 있었다. 인간의 마음보다 더 충성스런 슬리퍼는 푸대접을 받았지만 그 발을 못 잊고 있었던 것이다.

나는 늦게 돌아왔다. 조르바는 저녁을 준비하고 있었는데 나를 보는 순간 내가 어딜 다녀왔는지 알아챈 것 같았다. 그는 눈살을 찌푸렸다. 침묵의 날들을 보내던 그가 처음으로 말문을 열었다.

"보스, 나는 말입니다. 고통스러울 때마다 고통이 심장을 찢는 것 같아요."

조르바가 변명하는 말투로 시작했다.

"하지만 그건 이미 구멍이 숭숭 뚫리고 다 찢어졌어요. 이번에도 상처를 입었다가 아물었으니 상처 자국이 새삼스러울 것도 없구먼요. 내 몸은 상처가 아문 자리가 많아요. 그래서 내가 그렇게 많은 고통을 견딜 수 있는 겁니다."

"조르바, 가엾은 부불리나를 잘도 잊어버리시네요."

나는 내가 생각해도 쌀쌀맞은 음성으로 쏘아붙였다.

"새 길을 닦으려면 새 계획이 필요한 법입니다. 나는 어제 일어났던 일 따위는 다시 생각 안 합니다. 내일 일어날 일도 미리 생각하지 않지요. 내게 중요한 건 바로 오늘, 이 순간에 일어나는 일입니다. 나는 자신에게 물어봅니다. '조르바, 지금 이 순간 자네는 뭘 하나?' '잠자고 있어.' '그래, 그럼 잘 자게.' '조르바, 자네 지금 뭐 하나?' '여자한테 키스하고 있지.' '그래, 그럼 실컷 해 보게. 이 세상에는 아무것도 없네. 자네와 그 여자밖에 없으니 실컷 키스나 하게.'"

조르바는 골이 났는지 목청이 커졌다.

"부불리나가 살아 있는 동안에 어느 카나바로도 뼈다귀에 가죽을 입힌 이 조르바처럼 그 여자를 기쁘게 해 준 사람은 없어요. 왜냐고요? 이 세상 모든 카나바로는 그 여자에게 키스하면서 자기 함대나 왕, 크레타 혹은 마누라, 훈장 같은 걸 생각했어요. 하지만 나는 그런 걸 다 잊어버립니다. 그 늙은 년도 그걸 알고 있었어요. 자, 유식한 도련님, 이 이야기는 짚고 넘어갑시다. 여자에게는 그 이상 기쁨은 없는 법이에요. 진짜 여자에게는 말입니다. 잘 들어 둬요. 당신에게 도움이 될 거요. 진짜 여자는 남자에게 얻어 내는 것보다 자기가 주는 것에 훨씬 더 큰 기쁨을 누리는 법입니다."

그는 화덕에 나무를 더 집어넣고는 입을 다물었다.

그를 바라보니 더 없이 마음이 푸근해졌다. 나는 그 황량한 해변에서의 그런 순간이야말로 단순하면서도 인간의 깊은 가치를 알게 해 준 풍요로운 시간이라고 느꼈다. 매일 저녁 우리가 먹는 음식은 황량한 해변에 상륙한 뱃사람들이나 먹는 스튜였다. 하지만 이 스튜는 어떤 산해진미보다 맛있고 인간의 정신을 살찌우는 훌륭한 음식이었다. 세상의 끝인 그 해변에서 우리는 난파한 2명의 뱃사람이었던 것이다.

"내일 모레엔 케이블을 시운전할 겁니다."

자기 생각을 좇던 조르바가 말했다.

"이제는 더 이상 땅을 딛지 않을 겁니다. 나도 날아다니는 거지요. 내 어깨에 날개가 하나 돋아난 것 같아요."

"피레에프스 레스토랑에서 날 낚으려고 당신이 던진 미끼 기억나세요? 그때 기막힌 수프를 만들 수 있다고 했잖아요. 그런데 그거 아세요? 내가 제일 좋아하는 게 수프예요. 그걸 어떻게 알았어요?"

조르바는 웃긴다는 표정을 하고 고개를 저었다.

"보스, 그건 설명하기 어려워요. 그저 내 머리에 턱 하니 떠오르는 거거든요. 당신이 카페 구석에 조용히 앉아서 금테 두른 책을 읽는 걸 보니까 그냥 당신이 수프를 좋아하겠구나 하는 생각이 떠오른 거예요. 그뿐이에요. 그런 걸 어떻게 설명할 수가 있습니까?"

그러다 조르바는 갑자기 말을 끊었다.

"조용히 해 봐요. 누가 오는데요."

다급하게 뛰는 발소리, 거친 숨소리가 들려오더니 갈가리 찢긴 승복을 입고 모자도 안 쓴 수도승이 뛰어들었다. 붉은 콧수염은 풍성한데 턱수염은 염소 같았다. 파라핀 냄새가 풍겨왔다.

"이게 누구십니까? 자하리아 신부! 어서 오시오. 어쩌다 이 지경이 되셨나요?"

조르바가 외쳤다. 자하리아는 바닥에 주저앉았다. 그는 턱을 덜덜 떨었다. 조르바가 그에게 윙크를 했는데 뭘 물어보는 것 같았다.

"했어."

수도승이 대답했다.

"브라보, 신부님!"

조르바가 함성을 질렀다.

"이제 신부님은 천당 갈 거요. 걱정할 필요 없어요. 천당에 갈 때 당신 손에 파라핀 깡통 하나가 들려 있을 거요."

"아멘!"

수도승이 성호를 그었다.

"그래 어떻게 된 건가? 자세히 얘기 좀 해 보시오."

"카나바로 형제, 나는 대천사 미카엘을 봤어. 그분이 명령했지. 잘 들어봐. 내가 부엌에서 콩을 까고 있었어. 혼자였지. 문은 닫혀 있었고 수도승들은 저녁기도 중이었어. 쥐 죽은 듯 조용하더라고. 밖에서 새들이 노래하는데 천사가 노래하는 것 같았어. 나는 준비를 끝내 놓았지. 파라핀 한 깡통을 사다가 무덤가에 있는 성상 밑에 감춰 뒀지. 그래야 대천사 미카엘이 축복해 줄 테니까.

어제 오후 콩을 까고 있는데 천당 생각이 나는 거야. '오, 우리 주 예수님, 저는 하늘나라에 갈 자격이 있어요. 천당 부엌에서 영원히 콩 껍질을 깔 준비도 되어 있답니다.' 그런 생각을 하니까 눈물이 흘러내리더라. 그때 내 머리 위에서 퍼덕이는 소리가 나는 거야. 엎드려 벌벌 떠는데 '자하리아, 얼굴을 들어라. 겁내지 마라' 하는 거야. 근데 나는 너무 떨려서 바닥에 쓰러졌어. '나를 봐라, 자하리아!' 목소리가 또 들려서 고개를 들었지. 문이 열려 있고 대천사 미카엘이 서 있는 거야. 수도원 성소 문에 새겨진 거랑 똑같았어. 그대로야. 검은 날개, 붉은 샌들, 황금빛 후광……. 그런데 손에는 칼 대신 횃불을 들고 있었지. '자하리아, 나는 하느님의 종이다.' 그러기에 내가 여쭈었어. '시키실 일이라도 있나이까?' '이 횃불을 가져가라. 주님이 너와 함께하실 것이다.' 나는 손을 내밀었어. 손바닥이 타는 것처럼 뜨거웠지. 그때 이미 대천사는 사라지고 내 눈에는 하늘의 빛만 보였어."

수도승은 얼굴이 창백했다. 열병에라도 걸린 듯 이를 덜그럭거렸다. 그는 이마에 흐르는 땀을 씻었다.

"그래서? 계속해 봐요. 자하리아, 그다음엔 어떻게 됐어요?"

조르바가 다그쳤다.

"수도승들이 저녁기도를 마치고 식당으로 가고 있었어. 수도원장은 지나가면서 나를 개처럼 걷어차더군. 수도승들이 웃음을 터뜨렸고. 나는 아무 말도 안 했어. 대천사가 다녀갔기 때문에 유황 냄새가 나는데 아무도 몰랐지. 수도원장이 '자네는 저녁도 안 먹나?' 이렇게 물어봤지만 대답하지 않았어.

'천사의 식사면 그 친구에게 충분하지!' 데메트리오스가 그러더군. 소돔 주제에. 수도승들이 다시 웃음을 터뜨렸어. 나는 일어서서 묘지로 갔어. 거기 대천사 앞에 엎드려 있는데 그분 발이 내 목을 누르는 것 같았지. 시간이 번개같이 지나가더군. 천당에서는 시간이랑 세월이 그렇게 지나가나 봐. 자정이 되자 쥐 죽은 듯 조용해. 모두 잠자리에 들었거든. 나는 일어서서 성호를 긋고 대천사님 발에 입을 맞췄어. '그 뜻이 이루어질 것입니다.' 나는 이렇게 말하고 파라핀 깡통을 따서 들고 나왔지. 옷 속에는 넝마를 잔뜩 숨기고 말이야.

밤은 잉크라도 푼 것처럼 깜깜했어. 달도 없고 수도원은 지옥처럼 어두웠어. 나는 마당으로 나가 계단을 올라갔지. 거기가 수도원장 침소거든. 파라핀을 문이랑 창문, 벽에 끼얹었어. 데메트리오스의 방에도 들이붓고. 당신이 시킨 대로 한 셈이야. 그다음엔 예배당으로 가서 예수님 상에 놓인 초를 집어 불을 켜서는 확 불을 지른 거지."

수도승은 숨이 가쁜 듯 여기서 말을 멈췄다. 가슴속의 불에 눈마저 타는 것 같았다.

"하느님을 찬양하세! 하느님을 찬양하세!"

그가 성호를 그으며 고함을 질렀다.

"순간 수도원 전체가 불꽃에 휩싸인 거야. '지옥의 불길이다!' 나는 크게 소리 지르고 있는 힘을 다해 도망쳤어. 뛰고 또 뛰고 또 뛰었지. 종소리랑 수도승들이 소리 지르는 게 들렸어. 그래도 있는 힘을 다해서 뛴 거야.

날이 밝아서 나는 숲속에 숨었어. 떨렸지. 해가 뜨자 수도승들이 숲을 뒤지더라고. 하지만 하느님이 안개를 보내서 나를 숨겨 주셨어. 석양 무렵에 나는 이상한 목소리를 들었어. '바닷가로 내려가라. 어서 가!' '저를 인도해 주십시오. 대천사님, 저를 인도해 주십시오.' 나는 이렇게 소리치며 달린 거야. 어디로 가는지 몰랐지만 대천사가 나를 인도해 준 거야. 빛줄기일 때도 있었고, 나무 위에 앉은 새를 시킬 때도 있었고 산을 내려오는 길이 되어 주기도 하셨지. 나는 대천사를 믿고 힘을 다해 내려왔어. 그래서 당신을 만난 거야. 나는 이제 구원받을 거야."

조르바는 아무 말도 하지 않았다. 그 큰 입이 귀까지 찢어지면서 웃음이 번졌다. 저녁이 준비되자 화덕에서 주전자를 내렸다.

"자하리아, 천사의 음식이 뭔가요?"

조르바가 물었다.

"정신이지요."

수도승이 성호를 그었다.

"정신? 바람이라고 해도 되려나? 사람은 그걸로는 안 됩니다. 이리 와서 빵이랑 수프, 고기도 두어 조각 드세요. 기분이 좋아질 테니 말입니다. 아주 큰일을 해냈어요. 자, 어서 먹어요."

"먹고 싶지 않아."

"자하리아는 먹고 싶지 않을 겁니다. 하지만 요셉은? 요셉도 먹고 싶지 않을까요?"

"요셉은 불타 죽었어. 요셉 영혼에 벼락이 떨어지길! 타 죽었어. 하느님을 찬양하세!"

자하리아는 큰 비밀을 털어놓는 것처럼 목소리를 낮추었다.

"타 죽다니요? 어떻게요? 언제? 타 죽는 걸 봤어요?"

"카나바로 형제, 내가 예수님 앞에 불을 켜는 순간, 바로 타 죽었어. 나는 그가 불의 글자가 잔뜩 쓰여 있는 검은 리본처럼 내 입에서 줄줄 나오는 걸 봤다니까. 불길이 요셉을 덮치니까 뱀처럼 꿈틀대다가 재가 된 거야. 오, 그 후련함이란! 나는 천당에 들어간 기분이었어."

그는 몸을 일으켜 세웠다.

"해변에 가서 좀 자야겠어. 그러라는 명령도 받았거든."

그가 곧 어둠 속으로 사라졌다.

"조르바, 당신이 저 친구를 책임져야 해요. 수도승들이 저 사람을 붙잡으면 큰일 날 거요."

내가 으름장을 놓았다.

"붙잡지 못할 겁니다. 보스, 걱정 마세요. 나는 이런 일을 어떻게 해야 되는지 아주 잘 압니다. 내일 아침 일찍 저 친구 면도를 말끔하게 해주고 인간의 옷으로 갈아입힌 다음 배에 태울 예정이에요. 보스는 신경 쓰지 말아요. 그럴 가치도 없어요. 이 스튜 맛 어때요? 인간의 빵이나 드세요. 다른 걸로 골치 썩지 말고요."

조르바는 왕성하게 먹고 마신 다음 손등으로 수염을 닦았다. 이야기가 하고 싶은 눈치였다.

"보스도 눈치채셨지요? 저 친구의 악마는 죽었어요. 이젠 텅 비어 버렸군요. 가엾게도 빈껍데기만 남았네요. 이제는 다른 사람들과 똑

같아졌어요."

그는 또 한참 동안 생각에 빠졌다.

"보스, 저 친구의 악마가 진짜……."

"네, 물론 진짜 악마예요. 저 친구는 수도원을 불사른다는 생각에 완전히 미쳐 있던 겁니다. 불을 지르고 나니 그 악마가 조용해진 거죠. 고기를 먹고 싶고 술을 먹고 싶던 생각이 성숙해져서 구체적인 행동으로 나타난 겁니다. 그는 금식을 하면서 그 생각을 성숙시켰을 거예요."

조르바는 이 말을 곱씹고 있는 눈치였다.

"그래요! 보스 생각이 맞는 것 같아요. 내 속에도 대여섯 놈의 악마가 있을걸요, 아마도!"

"조르바, 사람이라면 누구나 악마 몇 마리쯤은 배 속에 넣어 두고 있어요. 그건 걱정하지 말아요. 많으면 많을수록 좋지요. 중요한 건 그것들이 하는 짓이 다 제각각이라도 목표만 같으면 된다는 겁니다."

이 말이 조르바를 감동시킨 것 같았다. 그는 골똘히 생각에 잠겼다.

"무슨 목표를 말하는 겁니까?"

"조르바, 그건 나도 몰라요. 딴걸 물어봐요. 이건 대답할 자신이 없어요."

"간단하게 말해 줘요. 그래야 내가 알아듣죠. 지금까지 나는 내 속에 있는 악마가 하는 대로 그냥 내버려 뒀어요. 무슨 짓을 하건 그냥 놔뒀죠. 어떤 사람은 나를 보고 엉큼하다고 하고 어떤 사람은 정직하다, 또 어떤 이는 날 보고 게으르다, 또 어떤 놈은 나더러 솔로몬처럼 지혜롭다고 말하는데 이게 다 그 때문이라오. 나는 그들이 말한 그대로, 아니지요. 그 이상일 거요. 나라는 인간은 뭐랄까, 모든 야채를 완전히 익혀서 만든 러시아 샐러드 같은 겁니다. 자, 그러니 보스가 날 좀 도와줘요. 이 문제 좀 풀어 봅시다. 도대체 무슨 목표요?"

"조르바, 내 대답이 틀릴지도 몰라요. 나는 세 종류의 인간이 있다고 생각해요. 첫 번째는 주어진 인생을 먹고 마시고 연애하고 돈 벌고 명성을 쌓는 걸 삶의 목표로 여기는 사람이죠. 또 한 부류는 자기 삶보다는 인류의 삶에 더 관심이 있는 사람들이에요. 인간은 결국 하나라는 생각으로 인간을 가르치려 하고 사랑과 선행을 권합니다. 마지막은 전 우주의 삶을 목표로 하는 사람이에요. 사람, 짐승, 나무, 별이 모두 한목숨인데 아주 지독한 싸움에 말려들었다고 생각하는 사람들이죠. 무슨 싸움이냐고요? 물질을 정신으로 바꾸는 싸움이에요."

조르바는 머리를 벅벅 긁었다.

"보스, 내 머리 가죽이 너무 두꺼워서 그런 얘기를 들어서는 도대체 알 수가 없어요. 아, 당신이 춤으로 이걸 표현해 준다면 나도 알아들을 텐데 말입니다."

나는 입술을 깨물었다. 그런 생각들을 춤으로 표현할 수 있다면 얼마나 좋을까! 그러나 나는 그럴 재주가 없었다. 내 인생을 다른 일에 낭비했던 것이다.

"보스, 춤이 아니라면 이야기로 들려줘요. 후세인 아가가 했던 것처럼 나도 알아들을 수 있을 거예요. 그는 터키 사람인데 오랜 이웃이었어요. 나이도 많고 몹시 가난했는데 자식도 없고 마누라도 없었어요. 옷은 누더기처럼 낡았어도 늘 깨끗했답니다. 옷도 손수 빨아 입고 음식도 만들고 마루를 쓸고 닦고 밤이면 우리 집에 놀러 오곤 했어요. 우리 할아버지랑 마을 할머니들과 함께 앉아 양말을 뜨기도 했지요.

이 후세인 아가는 성인이에요. 어느 날 밤 이 양반이 나를 자기 무릎 위에 앉히고 축복을 내리는 것처럼 이런 말을 하더군요. '알렉시스야, 내 너에게 비밀을 알려 주련? 지금은 너무 어려서 모를 테지만 자라면 알게 될 게다. 잘 들어 두렴. 얘야, 천당의 일곱 품계도 이 땅의 일곱 품계도 하느님을 품기엔 넉넉하지 않아. 그러나 사람의 가슴은 하느님을 품기에 넉넉하단다. 그러니 알렉시스, 조심해라. 내 너를 축복해서 말하는 거란다. 사람의 가슴에 상처를 내면 안 된단다.'"

나는 조르바의 이야기를 묵묵히 들었다. 내가 말하는 대로 추상적인 생각들이 최고의 경지에 다다라 마침내 이야기가 될 수 있다면 얼마나 좋을까! 하지만 위대한 시인쯤 돼야 오랜 세월 노력한 끝에 그런 경지에 이를 수 있는 것이다.

조르바가 일어섰다.

"가서 우리 방화범이 어쩌고 있는지 보고 올게요. 감기 걸리지 않게 담요도 좀 덮어 주고, 가위도 하나 가져가야지요. 일류 이발사는 못 되지만 말입니다."

그는 껄껄 웃으며 담요와 가위를 가지고 바닷가로 나갔다. 달이 떠서 대지를 비추고 있었다.

나는 꺼져 가는 불가에 앉아 조르바가 한 말을 생각해 보았다. 많은 뜻을 담고 있는 데다 포근한 흙냄새가 나는 말들이었다. 깊은 곳에서부터 흘러나오는 그런 말들은 따뜻한 인간미가 있다는 생각이 들었다. 내 말은 모두 종이로 만든 것이었다. 내 말들은 머리에서 나오는 것이어서 피 한 방울 묻지 않았는데 말에 어떤 가치를 따질 때는 그 말이 핏방울을 품고 있느냐 아니냐 하는 것으로 가늠할 수 있을 것 같았다.

배를 깔고 엎드려 불을 뒤적이고 있을 때 조르바가 돌아왔다. 그는 놀란 듯한 얼굴로 팔을 힘없이 늘어뜨리고 있었다.

"보스, 너무 놀라지 마세요."

나는 벌떡 일어났다.

"수도승 녀석이 죽었어요."

그가 퉁명스레 말했다.

"죽어요?"

"바위에 누워 있는 걸 발견했어요. 달빛이 비추고 있었어요. 나는 그 옆에 무릎을 꿇고 앉아서 콧수염이랑 염소수염을 모두 잘라 냈어요.

재미가 들려서 털이란 털은 모조리 깎았지요. 얼굴에서만 500그램은 깎아 냈을 거예요. 꼴을 보니 딱 양 같더라고요. 나는 배를 잡고 웃으면서 그 녀석을 잡아 흔들었어요. '자하리아! 일어나 성모님이 일으킨 기적을 보아라!' 이렇게 호령도 했지요. 그런데 꼼짝도 안 하는 겁니다. 나는 다시 흔들어 깨웠어요. 역시 안 일어났지요. '이 친구 죽었을 리도 없는데 웃기는군.' 이렇게 중얼거렸어요. 옷을 젖혀 심장에 손을 얹어 보았지요. 벌떡벌떡 뛰었느냐고요? 아무 소리도 안 났어요. 엔진이 멈췄던 겁니다."

조르바는 말을 하는 동안 다시 기운을 차렸다. 죽음은 잠시 그를 침묵하게 만들었지만 다시 원상태로 돌아왔다.

"보스, 어떻게 할까요? 화장을 해 버리는 게 낫겠지요? 파라핀으로 남의 신세를 엉망으로 만든 자니까 파라핀에 구워 주는 게 좋지 않겠어요? 이런 말이 성서에 없던가요? 옷이 때와 파라핀에 찌들어서 성목요일의 유다처럼 활활 탈 겁니다."

"마음대로 하세요."

나는 말은 이렇게 했지만 불안했다.

"귀찮은 일이 될 거예요. 보통 귀찮은 게 아니죠. 불을 붙이면 옷이야 횃불처럼 잘 타겠지만 가죽과 뼈밖에 안 남아서 재를 만들려면 오래 걸리겠어요. 불길을 도와줄 비계가 없는 친구라서 말입니다."

고개를 저으며 그가 말했다.

"하느님이 있다면 이런 걸 미리 알고 불길도 돕고 우리도 도울 비계를 어느 정도 붙여 놓으셔야 되는 거 아닙니까? 보스 생각은 어때요?"

"난 끌어들이지 마세요. 조르바, 당신이 원하는 대로 해요. 그것도 빨리 해치우는 게 낫겠어요."

"제일 좋은 건 기적이 일어나는 거예요. 수도승들은 이 친구가 수도원에 저지른 죄를 하느님이 벌해서 스스로 머리와 수염을 깎게 했다고 생각할 겁니다.”

그는 또 머리를 긁어 댔다.

“하지만 무슨 기적이오? 어떤 기적을 말하는 건데요? 조르바, 자칫 잘못했다가는 우리가 낭패를 보게 된단 말이오.”

초승달은 광을 낸 개구리 같은 색깔을 하고서 지평선 아래로 떨어질 준비를 하고 있었다.

나는 피곤해서 잠자리에 들었다. 새벽에 일어났는데 조르바가 커피를 끓이고 있었다. 얼굴은 창백하고 눈은 잠을 설쳤는지 붓고 빨갛게 충혈까지 되어 있었다. 하지만 염소 입술 같은 뭉툭한 입가에는 장난스러운 미소가 피어올랐다.

“보스, 할 일이 좀 있어서 잠을 설쳤어요.”

“무슨 일을 했다는 거예요, 깡패 같은 늙은이!”

“기적을 일으켰습죠.”

그는 웃으며 손가락을 입술에 댔다.

“이 이야기는 보스한테 안 할 겁니다. 오늘은 우리 고가 케이블 개통식이에요. 수도원의 멧돼지 새끼들도 축복을 해 주러 오겠지요. 그러면 ‘복수의 처녀’가 일으킨 기적을 볼 수 있을 겁니다. 하느님의 크신 권능이여!”

그가 커피를 주었다.

“당신도 이미 알고 있겠지만 나는 시켜만 준다면 수도원장 한자리쯤은 기똥차게 해치울 거예요. 내가 수도원을 하나 차리면 다른 수도원 신자들도 몽땅 빼앗을 겁니다. 눈물을 보는 게 소원이라고요? 성상과 성자 뒤에 젖은 스펀지 하나 숨겨 두고 마음대로 울리면 되지요. 천둥을 원해요? 성상 밑에 기계를 숨겨 두고 귀가 먹먹하도록 실컷 울려 주지요. 악마가 필요해요? 믿을 만한 수도승을 골라 침대 시트를 덮어씌운 다음 한밤중에 지붕으로 올려 보내는 거예요. 매년 축제마다 절름발이, 장님, 중풍환자들을 잔뜩 모아 놓고 기적을 행하는 거지요. 눈을 뜨고 다시 벌떡 일어나서 성모의 영광을 노래하게 만드는 거예요,

우스운가요? 보스, 내게 아저씨 한 분이 있었는데 어느 날 길을 가다가 비실비실하는 노새를 주웠어요. 산에 버려져 곧 죽을 것 같더래요. 우리 아저씨는 그놈을 집에 데려왔어요. 아침마다 이 노새를 끌고 나가서 풀을 뜯기고는 다시 밤이 되면 집으로 돌아오곤 했죠. 어느 날, 마을 사람이 아저씨와 노새가 지나가는 걸 봤대요. '이봐, 하랄람보스! 다 늙어 빠진 걸 어디에 쓰려고 그러는 게야?' '이건 똥 만드는 공장이야. 거름을 만들지.' 그래요. 보스, 내 손에만 들어오면 수도원은 기적의 공장이 될 수 있어요."

25

내가 죽을 때까지 4월 말일은 잊어버릴 수 없을 것이다.

케이블 고가선 준비가 다 끝났다. 철탑과 케이블, 도르래가 아침 햇살에 번쩍거리고, 거대한 소나무 목재는 산꼭대기에 쌓여 있고, 인부들은 신호를 받으면 케이블에 매달아 내려 보낼 준비를 하고 있었다.

산 위 출발 지점인 철탑 꼭대기에는 커다란 그리스 국기가 펄럭이고, 바닷가에도 똑같은 것을 걸어 두었다. 오두막 앞에는 조르바가 포도주 통까지 마련해 두었다. 인부들은 그 옆에서 양 꼬치를 굽고 있었는데, 축하를 겸한 개통식이 끝나면 손님들과 함께 술을 마시며 성공을 축하하기 위해 준비하는 거였다.

조르바는 앵무새 새장을 들고 나와서 첫 번째 철탑 옆 바위에 올려 두었다.

"저놈을 보면 그 주인을 보는 것 같아서요."

조르바가 앵무새를 사랑스럽게 바라보면서 땅콩을 꺼내 먹였다. 조르바는 한껏 멋을 낸 차림이었는데 단추가 없는 흰 셔츠, 녹색 재킷, 회색 바지, 고무를 댄 구두까지 신었다. 게다가 염색이 빠지기 시작한 수염에 왁스칠까지 했다.

그는 초대한 귀족들을 맞는 점잖은 집주인처럼 우아한 태도로 마을 유지들을 맞아서, 케이블 고가선이 무엇인지, 이 고가선은 이 마을에 어떤 도움이 될지, 성모님께서 도와주시어 계획이 제대로 실행되었다는 이야기까지 열심히 들려주었다.

"이 일에는 아주 까다롭고 복잡한 토목 기술이 필요합니다. 정확한 경사면을 찾아야 제대로 작동이 되거든요. 나는 몇 달 동안이나 머리를 짜냈지만 이런 엄청난 일에 인간의 두뇌가 실력을 발휘해 봐야 얼마나 하겠습니까? 우리는 하느님의 도움이 절실했어요. 그런데 성모님께서 내가 전전긍긍하는 걸 보시더니 자비를 베풀어 주셨지 뭡니까! 틀림없이 이렇게 말씀하셨을 겁니다. '불쌍한 조르바, 나쁜 사람이 아닌데. 마을이 잘되라고 저리도 애쓰는데 내가 가서 좀 도와줘야겠다.' 그러고 나서, 오오, 하느님의 기적이 시작된 겁니다."

조르바는 말을 멈추고 세 번이나 성호를 그었다.

"네, 기적이죠. 어느 날 밤 내 꿈에 검은 옷을 입은 어떤 여자가 나타났습니다. 바로 성모님이셨어요. 손에는 조그만 모형 케이블 고가선을 들고 오셨더군요. 그리고 이렇게 말씀하셨답니다. '조르바야, 여기 네가 계획하고 있는 걸 가져왔단다. 하늘에서 내리신 것이다. 이것은 네가 고심하던 경사면이니라. 그리고 축복도 함께 내려 주마!' 그러더니 사라지셨어요. 나는 당장 일어나서 실험하던 곳으로 달려갔지요. 어떻게 했을 것 같습니까? 케이블을 정확한 각도에 달았어요. 성모님이 알려 주신 대로 한 거지요. 거기에서 안식향 냄새가 나더군요. 성모님이 직접 만지셨다는 증거입니다."

콘도마놀리오가 질문을 하려고 입을 여는 순간 노새를 탄 수도승 5명이 산길을 따라 달려왔다. 수도승 한 명이 어깨에 커다란 나무 십자가를 짊어진 채 앞서 오면서 뭐라고 소리를 질러 댔다. 모두들 궁금해 했지만 알아들을 수가 없었다. 하지만 노랫소리는 들렸다. 수도승들은 공중에 팔을 휘저으면서 성호를 그었다. 노새가 간혹 돌부리를 걷어 찰 때마다 번쩍번쩍 불똥이 튀었다.

나무 십자가를 메고 앞서 오던 수도승이 우리 앞으로 다가왔다. 땀이 번들번들한 얼굴로 십자가를 번쩍 쳐들고 외쳤다.

"기독교인들이여! 기적이 일어났어요. 기독교인들이여, 기적이 일어났습니다. 신부들이 성모 마리아의 기적을 친히 모시고 오는 길입니다. 얼른 나와 무릎을 꿇고 참배하십시오!"

마을 사람들, 유지들, 인부들 모두 그쪽으로 달려가 수도승을 둘러싸고 성호를 그었다. 나는 조금 멀리 떨어진 곳에 서 있었는데 조르바가 유난히 번쩍이는 눈으로 나를 보았다.

"보스, 가까이 가서 한번 보세요. 가서 성모님의 기적이 뭔지 알아보셔야지요."

수도승은 숨이 턱까지 차서 헐떡이면서도 서둘러 이야기를 시작했다.

"기독교인들이여, 무릎을 꿇으시오. 그리고 하늘의 기적을 들으시오. 기독교인 여러분! 이틀 전 악마가 저주받은 자하리아의 몸속에 들어가 파라핀으로 우리 수도원에 불을 지르게 했답니다. 우리는 한밤중에 그 불길을 발견하고 모두 일어났습니다. 복도와 계단, 독방이 모두 불길에 휩싸였고 우리는 종을 치면서 외쳤어요. '도와주십시오, 도와주세요. 복수의 성처녀!' 우리는 주전자, 양동이 같은 걸로 물을 퍼 날랐고 아침에야 겨우 불길이 잡혔습니다. 성은에 감사드립니다! 우리는 다 같이 예배당 성상 앞에 달려가 무릎 꿇고 기도했습니다. '복수의 성처녀시여! 당신의 창을 들어 범인을 찔러 주십시오.' 우리는 모두 마당에 모여 있었는데 유다 자하리아가 거기에 없다는 걸 깨달았어요. '자하리아가 불을 지른 거야. 틀림없이 그가 한 짓이야!' 우리는 소리를 지르며 그를 잡으러 다녔지만 하루 종일 찾아도 못 찾았어요. 밤새 찾았지만 빈손으로 돌아왔어요. 그런데 오늘 새벽 우리가 예배당에 갔을 때였어요. 오, 형제들! 우리가 본 게 무엇이었을까요? 바로 자하리아가 성상의 발밑에서 죽은 겁니다. 기적이 일어난 거지요! 복수의 성처녀가 든 창끝에 피가 묻어 있었거든요."

"주여, 긍휼히 여기소서. 주여, 우리를 불쌍히 여기소서."

마을 사람들이 여기저기서 웅성거리며 기도문을 외웠다.

"그게 끝이 아니에요."

수도승은 침을 꿀꺽 삼켰다.

"우리가 저주받은 자하리아를 일으키려고 할 때 정말 깜짝 놀라서 입을 다물 수가 없었답니다. 성처녀가 그자의 머리털과 수염을 몽땅 깎아서 꼭 가톨릭 신부처럼 만들어 놓으신 겁니다!"

나는 터져 나오려는 웃음을 참느라 갖은 고생을 하다가 조르바를 돌아보았다.

"이런 악당 같으니라고……."

내가 속삭였다. 하지만 조르바는 시종일관 감동받았다는 표정으로 큰 눈을 더 크게 뜨고 수도승만 바라보고 있었다.

"오, 주여. 오, 전능하신 하느님! 오, 주여! 주님의 크신 은혜는 헤아릴 길이 없습니다."

조르바가 중얼거렸다.

이때 노새를 타고 오던 수도승들이 도착했다. 수도원 안내를 해 주던 수도승이 성상을 들고 있었다. 그가 바위 위로 올라가자 모두들 달려가 이 기적의 성처녀 앞에 무릎을 꿇었다. 맨 뒤에는 뚱뚱한 데메트리오스가 헌금 쟁반을 들고 나와 헌금을 걷으면서 농부들 머리 위에 성수를 뿌리고 다녔다. 나머지 수도승 셋은 그를 둘러싸고 서서 배 위에 손을 얌전히 포갠 채 소리 높여 찬송가를 불렀다. 얼굴은 땀범벅이 되었다.

"우리는 신도들이 거룩한 성처녀 앞에 무릎을 꿇고 헌금을 할 수 있도록 성처녀를 모시고 크레타 마을들을 돌 것입니다. 이 성스러운 수도원을 복원해야 하지 않겠습니까? 그러려면 엄청난 돈이 필요합니다."

뚱보 데메트리오스가 소리쳤다.

"에이, 순 날도둑 같은 놈. 개새끼들아, 이런 걸로 또 재미를 볼 셈이군!"

조르바가 툴툴거리면서 수도원장에게 다가갔다.

"신부님, 개통식을 올릴 준비를 모두 마쳤습니다. 성처녀께서 우리 사업을 축복해 주시길 바랍니다."

해가 이미 산꼭대기에 올라 꽤 더웠는데 바람 한 점 불지 않았다. 수도승들은 국기가 게양된 철탑을 둘러싸고 넓은 소매로 땀을 한 번 닦은 다음 '정초식'에 올리는 기도문을 읊기 시작했다.

"주여! 오, 하느님, 이 건물을 든든한 반석 위에 세우시어 물에도 바람에도 흔들리지 않게 하시고……."

그들은 성수채를 놋그릇 속에 담갔다가 철탑, 케이블, 도르래, 조르바와 나 그리고 농부들, 일꾼들, 바다, 산 할 것 없이 아무 데나 뿌려 댔다. 그런 뒤에 아픈 여자를 들어 올리는 것처럼 아주 조심스럽게 성상을 들어서 앵무새 새장 옆에 세운 뒤 그것을 중심으로 빙 둘러섰다. 조르바는 한가운데 서고 마을 장로들은 그 반대편에 자리를 잡았다. 나는 바다 쪽으로 조금 물러났다.

고가선은 삼위일체의 숫자에 맞춰 통나무 세 개로 시운전하게 되어 있었다. 그러나 조르바는 복수의 성처녀에 대한 감사의 표시로 모두 네 번 시운전하기로 했다.

수도승, 마을 사람들, 일꾼들이 저마다 성호를 그었다.

"성부, 성자, 성신과 성처녀의 이름으로!"

그들이 웅얼거렸다. 조르바는 한달음에 첫 번째 철탑 아래로 달려가 줄을 당겼다. 산 위의 인부들이 기다리고 있던 신호인 깃발이 내려갔다. 구경꾼들은 뒤로 물러서서 산 위를 바라보았다.

"성부의 이름으로!"

수도원장이 외쳤다. 그때 일어난 일은 말로 표현할 수가 없다. 끔찍한 결말은 벼락처럼 순식간에 우리를 덮쳤다. 우리에게는 도망칠 시간조차 없었다. 구조물 전체가 흔들렸다. 인부들이 케이블에다 매단 통나무에는 흡사 악마라도 붙은 듯 엄청난 속도가 가해졌다. 불꽃과 나뭇조각이 공중으로 날렸다. 몇 초 후 그 나무가 바닥에 이르렀을 때는 이미 나무가 아니라 아예 숯 덩어리가 된 다음이었다.

조르바는 목매달려 죽은 개 같은 얼굴이 되어 나를 바라보았다. 수도승들과 마을 사람들은 가능하면 멀리 떨어져 서려 했고 놀란 노새들은 발을 쳐들며 난리를 쳤다. 데메트리오스는 놀라서 뒤로 나자빠졌다.

"주여, 자비를 내리소서!"

얼이 빠진 그가 중얼거렸다.

"아무것도 아닙니다. 첫 번째는 원래 그런 법입니다. 이제 기계가 길이 들었어요. 자, 보세요!"

조르바가 손을 들고 외치더니 깃발을 올려 두 번째 신호를 보내고는 도망쳤다.

"성자의 이름으로!"

수도원장이 떨리는 목소리로 외쳤다. 두 번째 통나무가 내려오기 시작했다. 철탑이 흔들리며 통나무에는 속도가 붙어 마치 돌고래가 뛰는 것처럼 우리 앞으로 돌진해 왔다. 그러나 중간에 산산조각이 나서 계속 내려오진 못했다.

"이런 빌어먹을! 경사면이 아직 정확하지 않은 건가?"

조르바가 수염을 물어뜯으며 중얼거렸다. 그는 철탑 아래로 달려가 거칠게 다시 한번 깃발을 내렸다. 이번이 세 번째였다. 수도승들은 노새 뒤에 숨은 채 성호를 그었다. 마을 사람들은 언제라도 도망칠 수 있게 준비를 단단히 하고 기다렸다.

"성신의 이름으로!"

수도원장이 도망칠 요량으로 옷자락을 단단히 거머쥐고 떠듬거렸다. 세 번째 통나무는 굉장히 컸는데 산꼭대기에서 풀어 놓자마자 천둥이 치는 듯한 소리를 냈다.

"모두 엎드려요! 이런 젠장!"

조르바가 도망치며 소리쳤다. 수도승들은 땅바닥에 넙죽 엎드렸고 마을 사람들은 부리나케 도망쳤다. 통나무는 한차례 펄쩍 뛰어올라 케이블에 걸린 채 뒤집어지며 불꽃을 마구 뿜어냈다. 그러고는 눈 깜빡할 사이에 무시무시한 속도로 굴러 내려와 해변의 모래사장을 넘어 바다에 처박히며 엄청난 포말을 만들어 냈다. 철탑 몇 개는 이미 기울어져 있었고 전체가 무섭게 흔들리고 있었다. 노새들은 고삐를 끊고 도망쳤다.

"아무것도 아닙니다. 걱정할 건 하나도 없어요."

조르바가 주위 사람들에게 악을 썼다.

"이젠 정말로 기계가 길이 들었어요. 제대로 될 거요!"

그가 다시 한번 기를 올렸다. 우리는 그가 필사적으로 덤벼드는 걸 보면서 빨리 결과가 나와서 끝나 버리기를 애타게 기다렸다.

"복수의 성처녀 이름으로!"

수도원장이 바위 뒤로 도망치며 소리쳤다. 드디어 네 번째 통나무가 풀려났다. 다시 천둥 치는 것 같은 소리가 들려오면서 철탑은 카드처럼 차례차례 쓰러졌다.

"주여 긍휼히 여기소서. 주여 긍휼히 여기소서!"

마을 사람들, 인부들, 수도승들이 도망가면서 외쳤다. 통나무 파편이 날아와 데메트리오스는 허벅지에 상처를 입었고 또 하나는 수도원장의 눈을 스치고 지나갔다. 마을 사람들은 이미 사라지고 없었다. 복수의 성처녀만 바위 위에 서서 창을 손에 든 채 매서운 눈으로 사내들을 내려다보았다. 그 옆에는 죽다 살아난 앵무새가 초록색 깃을 세운 채 떨고 있었다.

수도승들은 성처녀의 성상을 챙기고 비명을 지르는 데메트리오스를 부축하더니 노새를 모아 올라타고 돌아갔다. 꼬챙이를 돌리며 양을 굽고 있던 인부들도 꽁지 빠지게 달아나 버린 터라 고기가 타기 시작했다.

"양고기가 숯이 되겠구먼!"

조르바가 소리치며 꼬챙이 쪽으로 달려갔다. 나도 그의 옆에 앉았다. 모두 가 버리고 해변에는 우리 둘밖에 없었다. 그는 내 쪽으로 고개를 돌리고도 주저했다. 그는 내가 이 파국을 어떻게 받아들일지도 걱정인 듯했고, 도대체 이 파국을 어떻게 수습해야 할지 몰라 망설이는 것처럼 보였다. 그는 칼로 양고기를 베어 맛을 보고는 재빨리 고기를 불에서 꺼내 꼬챙이째 나무에 기대어 놓았다.

"잘 구워졌어요. 잘 익었는데요, 보스. 한 점 드시겠어요?"

"배가 고프니 빵과 술도 가져와요."

조르바는 술통 쪽으로 달려가 술통을 굴려 양고기 옆에 갖다 놓고 흰 빵과 술잔 두 개도 가져왔다. 우리는 제각기 칼을 잡고 고기를 한 점 베어 내고는 빵을 잘라 먹기 시작했다.

"보스, 정말 맛있잖아요? 입안에서 살살 녹는군요. 이 근처에는 초원이 없어서 양은 내내 마른풀만 먹거든요. 이러니 고기가 맛있을 수밖에 없죠. 이렇게 맛있는 고기를 먹어 본 게 딱 한 번이 더 있어요. 머리카락으로 성 소피아 상을 땋아 목에 걸고 다니던 시절 이야기니 꽤 나 오래된……."

"얘기해 봐요!"

"보스, 아주 옛날 얘깁니다. 미친 그리스인들이나 할 짓이었지요!"

"계속해요, 조르바! 얘기를 듣고 싶어요."

"하지요. 대충 이런 이야기랍니다. 불가리아군에 포위되었을 때예요. 밤이었는데 놈들이 산의 사면에 불을 놓고 우릴 빙 둘러싸고 있는 게 보이더군요. 고것들이 우리를 겁준답시고 심벌즈를 두드리며 늑대 떼처럼 소리를 질러 댔죠. 한 300명은 됐을 겁니다. 우리는 겨우 26명이었는데 루바스란 사람이 대장이었어요—죽었다면 하느님이 그 영혼을 구원하기를!—좋은 친구였죠. 날더러 이럽디다. '이리 와, 조르바. 양을 꼬챙이에 꿰어!' '대장, 그러는 것보다 구덩이를 파고 구우면 더 맛있답니다!' 내가 그랬지요. '자네 맘대로 하게. 배가 고파 죽을 지경이니까.' 그래서 우리는 구덩이를 파고 양을 넣은 다음 그 위에다 숯을 쌓아 놓고 불을 붙였어요. 그리고 보따리에서 빵을 꺼내 불 앞에 둘러앉았어요. 우리 대장이 이런 말을 합디다. '이게 마지막 식사일지도 모른다! 겁나는 사람 있나?' 우리는 모두 웃었어요. 아무도 대답은 안 했습니다. 우리는 꾸역꾸역 먹으면서 이렇게 말했지요. '건강하시오. 대장! 저 자식들 저 사격 솜씨로는 우릴 맞힐 생각도 말아야겠네요.' 우리는 구덩이의 양을 꺼내어 먹고 마셨지요. 아, 그 양고기 맛이란! 생각하면 지금도 입에 침이 다 고입니다. 루쿰처럼 살살 녹았지요. 우리는 고기에다 이를 박고 정신없이 먹었습니다. 대장이 또 이럽디다. '내 평생 이렇게 맛있는 양고기는 처음 먹어 보는구먼. 다 하느님 덕일세!' 그전에는 술도 안 마시던 사람이 한 잔 따라 주니까 단숨에 마셔 버리고는 명령을 내렸습니다. '야! 클레프트 산적 주제가나 불러! 저 자식들 늑대 떼처럼 소리만 지르는구먼! 우리는 사람답게 노래를 부르자. 디모스부터 하는 게 어때?' 이 양반은 한 잔을 마시고 또 따라 비우는 거예요. 이윽고 노래를 시작했습니다. 소리가 점점 커져 계곡 전체에 울려 퍼졌어요. '얘들아, 나는 이래봬도 클레프트 산적 떼로 40년을 이름을 날렸지…….' 우리는 목청을 돋우어 목이 터지라고 있는 힘을 다해 노래를 불렀습니다. 대장이 이러더군요. '하느님이 우리를 도와주실 거야. 알렉시스, 자네 양을 뒤집어서 등을 좀 보게. 뭐라고 쓰여 있나?' 나는 불 위로 허리를 구부리고 칼끝으로 양의 등을 뒤적거려 보고는 대답했지요. '대장! 무덤도 없고 시체도 없어요. 한 번 더 빠져나갈 수 있을 겁니다.' 그랬더니 오랫동안 총각이었던 대장이 소리를 지르더군요. '하느님도 자네 말을 들으셨을 거야. 아들 하나만 낳으면 소원이 없겠는데!'"

조르바가 콩팥 근처 살을 큼지막하게 잘라 내었다.

"그때 그 양 참 훌륭했습니다. 하지만 이것도 못지않은데요. 정말 근사해요!"

"조르바! 술 좀 따르세요! 찰랑찰랑 부어 깡그리 마셔 버립시다!"

내가 소리쳤다. 우리는 술잔을 부딪치고 토끼 피처럼 붉은 크레타 포도주를 마셨다. 그 포도주를 마시면 대지의 핏줄과 이어져 도깨비가 되는 기분이었다. 혈관에는 힘이 솟고 가슴은 선한 생각으로 가득 차는 기분이었다. 양처럼 순한 삶은 호탕한 사자의 삶이 되었다. 인생의 슬픔은 잊히고 목을 죄는 고삐 따위는 사라졌다. 짐승이고 하느님이고 모두 인간과 화합하여 우주의 일부분이 되는 기분이었다.

"조르바! 양의 등짝을 좀 봐요. 뭐라고 쓰여 있는지 어서 보세요!"

내가 소리쳤다. 그는 조심스럽게 양의 등에 붙은 살점을 잘라 내고 불빛을 비추어 신중하게 들여다보았다.

"좋은데요. 보스, 우리는 천수를 누릴 겁니다. 심장이 강철이에요!"

그는 다시 고개를 숙이고 자세히 바라보면서 말을 이었다.

"여행을 하겠어요. 아주 긴 여행이군요. 여행 끝에 도착한 곳에 문이 많은 저택이 있습니다. 보스, 이건 왕국의 수도나 내가 수문장이 될 수도원 같군요. 전에 말한 것처럼 내가 밀수라도 좀 해 먹을 수도원 말입니다!"

"조르바, 술이나 따르세요. 예언은 그만 됐어요. 그 저택이 무언지 가르쳐 드릴까요? 그건 대지고 대지의 무덤이랍니다. 조르바, 그게 긴 여행의 끝이지요. 당신의 건강을 위하여! 깡패 조르바 나리!"

"건강하시오, 보스! 행운의 신은 눈이 멀었다고들 하죠. 가는 곳이 어딘지도 모르고 무작정 사람들에게 달려간대요. 그리고 눈먼 그와 부딪힌 사람을 우리는 재수 좋은 사람이라고 부릅니다. 에라, 행운이란 게 무슨 빌어먹을 거냐! 우리는 행운 같은 거 별로 바라지 않죠, 보스! 어떻게 생각해요?"

"그런 건 바라지 않지요. 조르바, 건강한 게 최고예요."

우리는 술을 마시고 양고기도 깨끗이 먹어 치웠다. 그러고 나니 세상이 좀 더 환해진 것 같았다. 바다는 따뜻해 보였고 대지는 배의 갑판처럼 출렁거렸다. 갈매기 두 마리가 사람들처럼 뭐라고 서로 이야기를 주고받으며 자갈밭을 걸어오고 있었다. 나는 일어섰다.

"조르바! 이리 와 보세요! 나한테 춤 좀 가르쳐 주세요!"

조르바가 펄쩍 뛰어오르듯 일어났다. 그의 얼굴이 황홀하게 빛나고 있었다.

"춤이오, 보스! 정말 춤이라고 했소? 좋아요! 이리 오시오!"

"조르바, 갑시다. 내 인생은 변했어요. 자, 해 봅시다!"

"맨 먼저 제임베키코를 가르쳐 드리지. 이건 아주 거친 군대식 춤이에요. 게릴라 노릇 할 때, 전투에 나가기 전에 늘 이 춤을 추곤 했지요."

그는 구두와 자주색 양말을 벗고 셔츠 바람이 되었다. 그러나 조금 후에는 그것마저 벗어 버리고 나를 끌어당겼다.

"보스, 내 발을 잘 봐요. 잘 봐요!"

그는 발을 뻗으며 발가락만으로 땅을 살짝 치고 그다음 발을 세웠다. 두 발이 맹렬하게 엉키자 땅바닥에서는 북소리가 났다. 그가 내 어깨를 흔들었다.

"해 봅시다! 자, 같이!"

우리는 함께 춤을 추었다. 조르바는 엄숙하고 끈기 있게 춤을 가르쳐 주었다. 그리고 부드럽게 틀린 부분을 고쳐 주기도 했다. 나는 차츰 대담해졌다. 나는 새처럼 날아오르는 기분이 들었다.

"브라보! 아주 잘하시는군요.!"

조르바는 박자를 맞추느라고 손뼉을 치며 외쳤다.

"브라보, 젊은 친구! 종이와 잉크는 지옥에 보내 버려! 재산이나 이익 따위도 던져 버리고요! 광산, 인부, 수도원 이런 건 쓸데없어요. 이것 봐요, 당신이 춤을 배우고 내 말을 배우면 우리가 서로 나누지 못할 이야기가 어디 있겠소!"

그는 맨발로 자갈밭을 짓이기며 손뼉을 쳤다.

"보스! 당신에게 할 말이 아주 많아요. 당신만큼 사랑해 본 사람이 없었다오. 하고 싶은 말이 쌓이고 쌓였는데 내 혀로는 부족해요. 춤으로 보여 드리지. 자, 갑시다!"

그가 공중으로 뛰어올랐다. 팔다리에 날개가 달린 것처럼 바다와 하늘을 등지고 날아오르자 그는 마치 반란을 일으킨 대천사 같았다. 하늘에다 대고 이렇게 외치는 것 같았다. '전능하신 하느님, 당신이 날 어쩌시려오? 죽이기밖에 더 하겠소? 그래요, 죽여요. 상관 않을 테니까. 나는 분풀이도 실컷 했고 하고 싶은 말도 실컷 했고 춤출 시간도 있었으니…… 더 이상 당신은 필요 없어요!'

조르바의 춤을 바라보며 나는 처음으로 자기 무게를 극복하고 날고 싶은 인간의 처절한 노력을 이해했다. 나는 조르바의 인내와 그 민첩함, 긍지에 찬 모습에 감탄했다. 빠르고 맹렬한 스텝이 남긴 발자국은 모래 위에다 인간의 신들린 역사를 기록한 것이었다.

그가 춤을 멈추고 흩어진 케이블 선과 무너진 철탑 더미를 바라보았다. 해가 저물면서 그림자가 길어졌다. 조르바는 나를 돌아보고 특유의 몸짓을 해 보이며 손바닥으로 입을 가렸다.

"보스, 아까 그 물건이 불꽃을 소나기처럼 쏟아 내던 것 봤습니까?"

우리는 웃음을 터뜨렸다. 조르바가 나를 끌어안고 키스했다.

"보스, 그게 정말 우스워요? 정말 우스워요? 이거 좋구먼!"

우리는 웃으면서 한동안 장난삼아 씨름을 했다. 결국 둘 다 쓰러져 자갈밭 위에 뻗었고 이윽고 서로의 팔을 베고 곯아떨어졌다.

나는 새벽에 일어나 해변을 따라 빠른 걸음으로 마을로 들어갔다. 심장이 가슴속에서 정신없이 뛰고 있었다. 그런 기쁨은 누려 본 적이 없었다. 흔한 기쁨이 아니라 숭고하면서도 이상야릇한, 설명할 수 없는 즐거움 같은 것이었다. 설명할 수 없는 정도가 아니라 이치에 닿지 않아 말도 안 되는 일이었다. 나는 돈, 일꾼들, 고가 케이블 등 모두를 잃었다. 우리는 조그만 항구를 만들었지만 수출할 물건이 없었다. 모조리 날아가 버린 것이었다.

바로 그때였다. 정확하게 모든 것이 끝난 그 순간에 뜻밖의 해방감이 밀려왔다. 복잡하게 얽힌 필연의 미궁에 들어갔다가 구석에서 놀고 있는 자유를 발견한 기분이었다. 나는 자유의 여신과 함께 놀았다.

모든 것이 빗나갔을 때, 자신의 영혼을 시험대 위에 올려놓고 그 인내와 용기를 시험해 보는 것은 얼마나 즐거운 일인가! 어떤 이는 하느님이라고 부르고 어떤 이는 악마라고 부르는 보이지 않는 이 강력한 적이 우리를 산산조각 내려고 달려오는 것 같았지만 우리는 부서지지 않았다.

겉으로는 완전한 패배인데도 속으로는 정복자가 되었다고 생각하는 순간 우리 인간은 더할 나위 없는 긍지와 환희를 느끼는 법이다. 외부의 파멸이 비할 데 없는 행복으로 바뀌는 것이다. 언젠가 조르바가 했던 말이 떠올랐다.

"어느 날 밤, 눈으로 덮인 마케도니아 산에 굉장한 강풍이 불었어요. 그놈은 내가 자고 있는 오두막을 뒤흔들며 뒤집어엎으려고 합디다. 그러나 나는 오래전에 이걸 꽁꽁 묶어 두고 필요한 곳을 보강해 둔 참이거든요. 나는 불 옆에 앉아 웃으면서 바람의 약을 올렸지요. '이봐. 아무리 그래 봐야 소용없어. 내가 문을 열어 주지 않을 거니까 우리 오두막에는 못 들어 와. 내 불을 끌 수도 없고. 내 오두막을 엎어? 그렇게는 안 되지.'"

조르바가 했던 이 짧은 말 속에서 나는 인간이 취해야 할 도리와 강력하면서도 맹목적인 필연에 부딪혔을 때 우리가 어떻게 적과 맞서서 이야기해야 하는지를 터득했다.

나는 해변을 따라 바삐 걸으면서 내 적과 이야기를 나누었다. 나는 호령했다.

"내 영혼에는 못 들어와. 문을 안 열어 줄 테다. 내 불을 끌 수도 없지. 나를 뒤엎어? 어림없는 수작!"

해가 아직 산 위로 모습을 나타내기 전이었다. 물에 비친 하늘에서 갖가지 색깔이 서로를 희롱했다. 푸른색, 파란색, 핑크, 진줏빛이 어우러졌다. 올리브 나무 속에서는 작은 새들이 아침 햇살에 취한 채 재잘대고 있었다.

나는 그 황량한 해변에 작별도 전하고 가슴에 새겨 함께 떠나려고 물가를 걸었다. 나는 그 해변에서 수많은 기쁨과 즐거움을 체험했다. 조르바와 함께한 생활은 내 가슴을 넓혀 주었다. 그의 말 몇 마디는 내 영혼을 쉴 수 있게 만들었다. 정확한 직감과 독수리 같은 원시의 모습을 함께 지닌 그는 지름길을 찾아 숨 한 번 헐떡이지 않고 다른 사람들이 정상에 이르는 동안 한 발 앞서 가기도 했다.

음식과 포도주병을 넣은 바구니를 지고 남자들과 여자들이 우르르 지나갔다. 5월 1일을 축하하러 밭으로 가는 것이었다. 처녀 하나가 봄 시냇물처럼 카랑카랑한 목소리로 노래를 불렀다. 이미 젖가슴이 부풀기 시작하는 계집아이 하나는 가쁜 숨을 몰아쉬며 내 옆을 지나 꽤 높은 바위 위로 기어 올라갔다. 수염이 검고 얼굴이 창백한 사나이가 화를 내며 따라갔다.

"내려와! 내려오라니까……."

그가 쉰 목소리로 불렀다. 그러나 두 뺨이 빨갛게 달아오른 계집아이는 머리 뒤로 깍지를 끼고는 땀이 난 몸을 부드럽게 흔들며 노래를 불렀다.

> 웃으면서 말해요, 울면서 말해요
> 사랑하지 않는다고 말해 봐요
> 눈 하나 깜빡하나?

"내려와, 내려오라니까!"

수염 난 사내가 소리쳤다. 그의 쉰 목소리는 애원했다가 위협하기를 되풀이했다. 그러더니 이윽고 바위 위로 뛰어올라 그녀의 발을 잡고 거칠게 잡아당겼다. 계집아이는 울음을 터뜨렸는데 마치 이런 난폭한 행위를 기다리고 있었다는 듯한 몸짓이었다.

나는 다시 걸음을 재촉했다. 예상치 못한 기쁨의 순간이 내 가슴을 휘저어 놓았다. 문득 늙은 세이렌이 생각났다. 뚱뚱하고 향수 냄새가 진동하고, 키스를 원 없이 해 보았을 오르탕스 부인의 모습이 떠올랐다. 그러나 이제 부인은 땅 밑에 누워 있다. 잔뜩 부풀어 올라 초록빛으로 변했을 것이다. 피부는 터지고 체액이 새어 나오고 구더기가 파먹고 있을 것이다.

나는 생각을 지우려고 고개를 흔들었다. 이따금 대지가 투명해질 때 우리는 밤이고 낮이고 지하 공장에서 일하는 막강한 통치자인 구더기의 존재를 깨닫는다. 그러나 우리는 황급히 시선을 돌릴 수밖에 없다. 인간이란 어떤 것이든 참을 수 있는데 이 하얀 구더기가 기어 다니며 살을 파먹는 것만은 보고 있을 수가 없는 까닭이다.

나는 마을 입구에서 막 트럼펫을 불려던 우체부를 만났다.

"선생님 편지입니다."

그가 파란 봉투를 건네주었다. 반가운 글씨를 보니 뛸 듯이 기뻤다. 나는 급히 가지를 헤치고 올리브 숲으로 들어가 편지를 뜯었다. 짧은 편지인데 다급히 쓴 듯했다. 나는 단숨에 읽었다.

> 우리는 그루지야 국경에 이르렀네. 용케 쿠르드에서 탈출한 거지. 나는 마침내 행복이 무엇인지 알아냈다네. 내가 '행복이란 의무를 행하는 것이며 의무가 무거우면 무거울수록 행복은 그만큼 더 큰 것'이라는 옛말을 지금에야 실감하고 있다네.
>
> 쫓기면서 죽어 가는 이 무리가 며칠 후면 바툼에 닿을 걸세. 조금 전에 이런 전보가 도착했네. '첫 배가 시야에 들어왔음!'
>
> 엉덩이 푸짐한 아내와 눈매 날카로운 새끼를 거느린 이 수천 명의 부지런한 그리스 지성인들이 마케도니아와 트라케로 돌아간다네. 우리는 늙은 그리스의 핏줄에 새롭고 활기찬 피를 섞으려는 것일세.
>
> 내가 지친 건 인정하지. 그러나 그게 무슨 문제겠는가? 친구여! 우리는 싸워 이겼네. 나는 행복하다네.

나는 편지를 주머니에 넣고 다시 걸었다. 나 역시 행복했다. 산을 향해 가파른 길을 골라 걸으면서 손가락 사이로 향긋한 백리향 가지를 문질렀다. 한낮이 가까워 내 검은 그림자는 짧아졌다. 황조롱이가 머리 위에서 돌았다. 날개를 어찌나 빨리 움직이는지 공중에 정지해 있는 것 같았다. 자고는 내 발소리를 듣고 풀숲을 스치다가 본능적으로 푸르르 날아올랐다.

나는 행복했다. 노래라도 시원하게 불러 내 감정을 토해 낼 수 있으면 얼마나 좋을까! 그러나 겨우 외마디 소리에 그칠 뿐이었다. 너, 어떻게 된 것 아니야? 나는 나 자신을 놀렸다. 너는 옛날처럼 아직도 나라를 사랑한다는 거야? 그걸 몰랐단 말이야? 아니면 친구를 그렇게 사랑한다는 건가? 부끄러운 줄을 알아! 대강 좀 해 두라고!

그러나 나는 기쁨에서 헤어 나오지 못하고 걸으면서도 혼자 소리를 질렀다. 염소 목에 달린 방울 소리가 들렸다. 검은색, 고동색, 회색 염소들이 바위 사이에서 햇살을 듬뿍 받으며 나타났다. 숫염소가 맨 앞에 서서 목을 빳빳하게 세웠다. 냄새가 진동했다.

"이보시오, 형씨! 어딜 그렇게 바삐 가는 게요? 뭘 쫓아가고 있소?"

양치기가 바위 위로 뛰어올라 손가락을 입에 넣고 휘파람을 불었다.

"급한 일이 있어 그렇소."

나는 이렇게 대꾸하고 계속 올라갔다.

"잠깐 기다려요. 이리 와서 양젖 한 모금 마시고 기운 좀 차려요!"

양치기가 바위에서 바위로 건너뛰며 소리쳤다.

"급히 할 일이 있다니까요?"

나도 소리를 질렀다. 걸음을 멈추고 이야기를 나누면서 내 기쁨을 빼앗기고 싶지 않았다.

"내 양젖을 우습게 여기는 거요?"

양치기의 목소리가 거칠어졌다.

"그럼 가시구려. 행운을 비오!"

그가 다시 휘파람을 불자 염소 떼와 개들이 바위 뒤로 사라졌다. 드디어 나는 산꼭대기에 도착했다. 정상에 오르는 게 내 목적이었던 것처럼 나는 평화로워졌다. 바위 그늘에 누워 멀리 평야와 바다를 바라보면서 숨을 깊이 들이마셨다. 샐비어와 백리향 냄새가 향긋했다.

일어서서 샐비어를 모아 베개를 만들어 베고 다시 누웠다. 피곤했다. 나는 눈을 감았다. 내 마음은 멀리 꼭대기가 눈으로 덮인 머나먼 산으로 날아갔다. 북쪽으로 가는 남자, 여자들과 가축 떼, 양 떼를 이끄는 숫양처럼 앞서 걷는 내 친구의 모습도 그려 보았다. 하지만 집중이 흐려지면서 마음속에서 혼란이 일어나고 잠들고 싶은 욕망이 커졌다.

나는 잠에 저항하려고 했다. 나는 항복하고 싶지 않았다. 눈을 떴다. 까마귀의 일종인 알프스 까마귀가 바로 내 앞 바위 위에 앉아 있었다. 푸르스름한 깃털이 햇빛에 반짝거리고 아래로 굽은 노란 부리가 똑똑하게 보였다. 이 새가 불길한 소식을 전해 줄 것 같아 기분이 좋지 않았다. 나는 돌멩이 하나를 집어 던졌다. 알프스 까마귀는 조용히 그리고 천천히 날개를 폈다.

나는 다시 눈을 감았고 이번에는 더 이상 저항할 수 없었다. 금세 잠속으로 빠져들었다. 잠든 지 겨우 몇 초나 지났을까. 나는 소리를 지르며 벌떡 일어나 앉았다. 바로 그때 알프스 까마귀가 내 머리 바로 위를 지나갔다. 나는 바위에 기대어 몸을 떨었다. 불길한 꿈이 칼처럼 내 가슴을 베고 지나갔다.

꿈에서 나는 혼자 아테네에서 헤르메스 거리를 걷고 있었다. 태양은 타는 듯이 뜨거웠고 거리에는 지나는 사람도 없었다. 상점들도 모두 문을 닫아 거리는 쥐 죽은 듯 고요했다. 카프니카레아 교회 앞을 지나다 창백한 얼굴로 숨이 턱까지 차서 '입헌 광장' 쪽에서 뛰어오는 친구를 보았다. 그 뒤로 키가 크고 몸이 날씬한 사람이 따라오고 있었는데,

그는 거인처럼 걸었다. 내 친구는 외교관 복장이었다. 친구가 나를 알아보고 멀리서 헐떡거리며 불렀다.

"이봐! 자네 요즘 뭐 하나? 몇 년간 못 보았군. 오늘 밤에 만나서 이야기나 좀 하세."

"어디서 말인가?"

나는 친구가 너무 멀리 떨어져 있어서 잘 안 들릴까 봐 있는 힘을 다해 소리를 질렀다.

"오모니아 광장에서 저녁 6시에 보세. 파라다이스 카페 분수 말이야!"

"알았어. 그리로 가지."

내가 대답했다.

"오겠다고 말만 하고는 안 올 거지?"

친구가 책망하듯 말했다.

"꼭 갈게. 내 맹세하네."

내가 소리쳤다.

"그럼 바빠서 이만."

멀어지는 그에게 나는 손을 내밀었다.

"왜 그리 서둘러? 악수나 한번 하세."

그가 손을 내밀었는데 갑자기 그의 손이 어깨에서 빠져나와 내 손을 잡으려고 공중을 날아왔다. 나는 그 차가운 촉감에 놀라 소리를 지르며 잠을 깼다.

내 머리 바로 위를 나는 알프스 까마귀를 발견한 게 바로 그때였다. 내 입술은 독이라도 흘러나온 듯 쓰디썼다.

나는 동쪽을 바라보고 먼 곳까지 꿰뚫어 보려는 듯이 눈을 부릅떴다. 내 친구에게 위험이 닥친 게 분명했다. 나는 그의 이름을 세 번 불렀다.

"스타브리다키! 스타브리다키! 스타브리다키!"

이렇게 하면 그에게 용기를 줄 수 있을 것 같았다. 그렇지만 내 목소리는 내 앞으로 몇 미터도 못 가서 공기 중에 흩어지고 말았다.

나는 몸이 지치면 슬픔도 잊힐까 하여 있는 힘을 다해 산길을 달려 내려왔다. 내 머리는 이따금 몸을 꿰뚫고 영혼에 이르는 신비스러운 메시지의 의미를 풀어 보려 했지만 부질없는 일이었다. 내 존재의 심연에서 이성보다 더 구체적이고 순전히 동물적인 이상한 확신이 솟아나 나를 공포 속에 빠지게 만들었다. 양이나 쥐 같은 동물이 지진을 예감하는 것 같은 확신이었다. 내 내부에서 눈을 뜨는 것은 이 땅에 처음 나타난 인간의 영혼, 우주에 밀착하여 이성의 도움을 받지 않고 우주의 진리를 직접 흡수하는 그런 영혼이었다.

"그가 위험해. 위험에 빠진 거야."

나는 중얼거렸다.

"죽어 가는 모양인데……. 아직은 위험하다는 것을 모르고 있을 거야. 하지만 나는 알아. 틀림없어……."

산길을 달려 내려오다 돌부리에 걸려 넘어졌다. 돌이 사방으로 흩어졌다. 찢기고 피가 나는 손과 발을 털고 나는 다시 일어났다.

"죽어 가고 있는 모양인데. 그가 죽을 모양이야."

말하다 보니 목에 어떤 덩어리가 치밀어 오르는 것 같았다.

운 없는 사람은 자기의 초라한 존재 둘레에 스스로 자만의 벽을 쌓는 법이다. 이런 사람은 그 안에서 행복을 찾으며 자기 삶의 하찮은 질서와 안녕을 그 속에서 만들려고 하는 게 보통이다. 하찮은 행복이다. 모든 일은 정해진 순서를 따라 진행된다. 험한 길, 신성한 길을 따르다가 안정되면 좀 더 단순한 법칙에 따르기도 한다. 하지만 이 하찮은 확신의 울타리 안에서 지네처럼 꼼지락거리다 보면 아무런 도전도 받을 수 없다. 미지의 세계에서 오는 도전 대신 숙명적인 공포와 증오의 대상이 되는 강력한 적은 오직 터무니없는 확신뿐이다. 이제 이 확신은 내 존재의 벽을 뚫고 침범했고 곧 나의 영혼을 덮치려 하고 있었다.

해변에 닿은 나는 걸음을 멈추고 잠시 숨을 골랐다. 제2방어선에 도달한 것 같은 기분이 들어 나 자신을 가다듬었다. 이 모든 신호와 메시지는 우리 내부에서 만들어 낸 불안에서 나오는 거라고 생각했다. 그것들은 우리의 꿈속에서 화려한 상징의 옷을 입지만 그 옷을 만드는 것 역시 우리들 자신인 것이다. 나는 조금씩 마음이 평화로워졌다. 이성은 내 심장에게 침착할 것을 명하면서 파닥거리는 박쥐의 날개를 자르고 잘라 더 이상은 날 수 없게 했다.

오두막에 도착했을 때 내가 했던 단순한 생각이 우스웠다. 나는 내 마음이 그처럼 쉽게 공포에 사로잡혔다는 사실이 부끄러웠다. 현실로 되돌아오니 배가 고프고 목이 말랐다. 피곤했다. 돌에 찢긴 상처가 쓰라렸다. 그러나 내 가슴은 자신감을 되찾았다. 적은 비록 나의 외벽은 허물었지만 나의 영혼을 둘러싼 제2방어선에서 저지당한 것이었다.

26

모든 게 끝났다. 조르바는 케이블, 연장, 운반용 수레, 쇳조각들과 목재를 모두 해변에 쌓아 놓아 카이크 범선이 실어 갈 수 있도록 했다.

"조르바, 저건 모두 당신에게 줄게요. 선물입니다. 행운을 빌어요."

조르바는 울음을 참으려는 듯 침을 삼켰다.

"우리는 헤어지는 겁니까? 보스는 어디로 가시려고요?"

"조르바, 나는 외국으로 갈 생각이에요. 내 배 속에 들어앉은 염소라는 놈이 아직도 종이를 더 씹어 먹어야 배가 부르겠다네요."

"보스, 내가 그렇게 얘기했는데도 아직도 못 알아들으셨소?"

"조르바, 당신 덕택에 많이 배웠어요. 당신 방법을 써 먹을까 생각 중이에요. 당신이 버찌를 잔뜩 먹고 그걸 정복한 것처럼 나도 책을 책으로 정복해 볼까 합니다. 종이를 잔뜩 먹으면 언젠가는 구역질이 날 거 아닙니까? 구역질이 날 때 확 토해 버리고 속 시원히 이별하는 거지요."

"보스, 당신이 없으면 나는 어떻게 되나요?"

"조르바, 걱정하지 마세요. 우린 또 만나게 될 거예요. 혹시 또 압니까? 사람의 능력이란 엄청난 거잖아요. 나중에 우리가 세웠던 원대한 계획을 실천에 옮기는 거예요. 우리만의 수도원을 짓는 거예요. 신도 없고 악마도 없고 오직 자유로운 인간만이 들어가는 수도원. 조르바, 당신은 성 베드로처럼 큼지막한 열쇠를 차고 문지기를 하는 겁니다."

조르바는 오두막 한구석에 주저앉아 아무 말도 없이 연거푸 술잔을 비워 냈다.

밤이 깊어졌다. 우리는 식사를 끝내고 포도주를 마시면서 마지막 대화를 나누었다. 아침이 되면 우리는 헤어져야 했다.

"그렇지요. 그럼요. 알고말고요. 알았다고요."

조르바는 수염을 잡아 뜯으며 연거푸 술을 마셨다.

밤이 별에 불을 켜 놓아 반짝였다. 우리는 자유롭고 편해지고 싶어하면서도 심장이 거세게 뛰는 걸 막지 못했다.

나는 '이 사람에게 영원한 작별 인사를 해야지. 잘 봐 두자. 절대로, 절대로 다시는 그에게 시선을 돌리지 말아야지.' 이렇게 생각했다. 그의 품에서 울고 싶다는 생각을 부끄럽다는 감정이 억지로 몰아냈다. 내 감정을 숨기려고 웃어 보이고 싶었지만 목구멍에 뭔가 걸린 것처럼 그것마저 어려웠다.

나는 조르바가 먹이를 낚아채는 새처럼 목을 빼고 술을 마시는 것을 바라보았다. 그를 보고 있자니 우리 인생이 신비롭다는 생각이 새삼스레 떠올랐다. 바람에 날리는 나뭇잎처럼 만났다가도 헤어질 때는 사랑하던 사람의 얼굴, 몸매와 그가 하던 몸짓들을 모두 기억하고 싶어 한다. 하지만 다 소용없는 짓이다. 몇 년만 지나도 그 눈이 검은지 푸른지조차 잊어버리니.

인간의 영혼을 놋쇠로 만들었어야 했다. 아니면 강철로 만들든지. 나는 나에게 외쳤다.

조르바는 그 큰 머리를 똑바로 세운 채 꼼짝도 하지 않고 술만 마셨다. 그는 다가오는 발소리를 들어 보려는 것 같기도 했고 존재의 맨 밑바닥으로 사라지는 발소리를 들으려는 것 같기도 했다.

"조르바, 무슨 생각을 하세요?"

"보스, 뭘 생각하느냐고요? 아무것도 안 합니다. 아무 생각도 안 나요."

"보스, 건강하시길!"

또 잔을 채운 그가 소리쳤다.

우리는 잔을 부딪쳤다. 우리는 둘 다 이 슬픈 감정들이 그리 오래 가지 않는다는 사실을 알고 있었다. 울음을 터뜨리거나, 술에 취하거나 미친놈처럼 춤이라도 춰야 했다.

"조르바, 산투르를 켭시다!"

내가 제안했다.

"보스, 내가 전에도 얘기했잖소. 산투르를 켜려면 행복한 마음이 필요하다니까요. 한 달, 아니면 두 달? 그 정도는 지나야 겨우 칠 수 있을 겁니다. 그때 가서 우리 둘이 영원히 이별한 이야기를 노래할 수 있을 겁니다."

"영원히요?"

나는 이 엄청난 말을 혼자 생각해 본 적은 있지만 이렇게 말이 되어 나올 것은 짐작도 못했었다. 겁이 났고 몹시 놀랐다.

"영원히! 그래요. 영원한 작별이지요. 다시 만나자는 둥 수도원을 짓자는 둥 하는 얘기는 병들어 누운 사람을 일으킬 때 하는 거짓말이잖아요. 나는 그런 말은 안 믿어요. 그런 건 바라지 않소. 우리가 그런 위로를 주고받을 만큼 나약한 계집애들이오? 아니잖아요. 우리는 그러니 영원히 헤어지는 겁니다."

조르바는 힘겹게 침을 삼키고 나서 말했다.

"나는 당신과 함께 있어도 좋아요. 당신과 함께 어디든 갈 수 있어요. 나는 자유롭잖아요."

나는 조르바의 처절한 애정에 당황해서 말했다.

조르바가 고개를 가로저었다.

"아니에요. 보스는 자유롭지 않아요. 그저 당신이 묶인 줄이 다른 사람들보다 길뿐이에요. 그 긴 줄 끝에 앉아 오가니까 그걸 자유롭다고 생각하는 거지요. 하지만 당신은 그걸 잘라 버리지는 못합니다. 그런 줄을 자르지 못하는 한은……."

"언젠가는 자를 겁니다."

나는 오기를 부렸다. 조르바의 말이 정곡을 찔렀기 때문이었다.

"보스, 그건 아주 어려운 일이라오. 그러려면 바보가 되어야 하거든요. 아시겠어요? 모든 걸 도박에 걸어야 해요. 하지만 당신은 좋은 머리가 있으니 잘해 나갈 수는 있겠네요. 인간의 머리란 게 가게 주인 같은 거예요. 계속 계산을 해 대죠. 얼마를 벌었고 얼마를 내주었으니 이익이 얼마고 손해가 얼마구나! 머리라는 게 이렇게 좀스러운 가게 주인인 거예요. 가진 걸 다 걸어 보려고는 않고 꼭 예비금이라는 걸 남겨 둡니다. 그러니 줄을 자를 수 있겠어요? 아니지요. 더 꼭 붙들어 맵니다. 만약 줄을 놓쳐 버리면 머리라는 이 바보는 어쩔 줄을 모르고 허둥댑니다. 그러면 끝장이지요. 하지만 인간이 이 줄을 안 자르면 살맛이 나겠어요? 그거야말로 멀건 카밀레 차를 마시는 기분일 거요. 럼주 같은 맛이 아니라. 자르지 않고 인생의 맛을 보려는건 말도 안 되는 일이지요."

그는 묵묵히 술을 더 마셨다.

"보스, 날 용서해 주시오. 나는 시커먼 촌놈이라오. 말이란 게 내 구두에 묻은 진흙처럼 자꾸만 이 사이에 끼어서 아름다운 표현이나 인사치레 같은 걸 못해요. 할 수가 없어요. 하지만 나는 당신이 이해하리란 걸 압니다."

조르바는 또 잔을 비우고 나를 바라보았다.

"당신이라면 이해할 겁니다."

그는 갑자기 화난 것처럼 소리를 질렀다.

"이해하고말고요. 그래서 당신한테 편안한 날이 찾아오지 않는 겁니다. 이해하지 못하면 훨씬 행복할 텐데 말이오. 당신이 뭐가 부족하오? 돈도 있고 젊은 데다 건강하지. 사람도 좋고 당신한테는 부족한 게 없어요. 딱 한 가지만 빼고 말입니다. 바보짓 말입니다. 그게 없다면……."

그는 다시 큰 머리를 흔들고는 입을 다물었다.

조르바가 한 말이 구구절절 다 옳은 말뿐이라서 나는 울고 싶었다. 어릴 때부터 초인에 관심을 갖고 광기와 야망에 사로잡혀 있었기 때문에 이 세상일에 만족할 수 없었다. 하지만 나이를 먹어 가면서 나는 침착해졌고 선을 그었다. 가능한 것과 불가능한 것, 인간적인 것과 신적인 것을 구분하면서 내 연이 달아나지 못하도록 꽉 붙들었다. 큼지막한 유성 하나가 하늘을 가로질렀다. 유성을 처음 보는 사람처럼 조르바의 눈이 휘둥그레졌다.

"저 별 봤어요?"

그가 물었다.

"봤어요."

우리는 또 조용해졌다.

조르바가 갑자기 비쩍 마른 목을 쑥 빼고 가슴을 쑥 내밀며 절망한 짐승처럼 부르짖었다. 그 절규는 금세 인간의 말이 되고 조르바의 깊숙한 내면에서 슬픔과 외로움이 가득한 단조로운 멜로디로 바뀌었다. 대지의 심장이 둘로 갈라지면서 동양의 감미로운 독이 뿜어져 나오는 듯한 느낌이었다. 나를 용기와 희망으로 이끌었던 힘줄이 내 안에서 천천히 녹아내리는 것 같았다.

이키 키클릭 비르 테펜데 오티요르
오트메 데, 키클릭 베민 데르팀 예티요르
아만! 아만!

모래알 고운 사막은 끝없이 펼쳐지고 끓어오르는 대기는 분홍, 파랑, 노랑으로 일렁이고 관자놀이가 터지는구나. 영혼은 답을 찾지 못하여 괴성을 지르며 날뛰는구나. 나는 눈물이 고인다.

작은 언덕에서 한 쌍의 붉은 자고새가 울고 있네
자고새야 노래를 거두어라. 내 아픔만으로도 충분하구나
아만! 아만!

조르바는 아무 말 없이 손가락으로 눈썹 위의 땀을 민첩하게 닦아냈다. 그러고는 고개를 숙이고 바닥만 쳐다보았다.

"조르바, 그 터키 노래는 뭐예요?"

"낙타몰이꾼이 사막을 지날 때 부르는 노래지요. 몇 년 동안 부를 일도 없고 기억도 희미했는데 지금 갑자기……."

뭔가 목이 걸린 듯 목소리가 갈라져서 나왔다.

"보스, 잘 시간이에요. 내일 칸디아행 배를 잡으려면 일찍 일어나야 됩니다. 안녕히 주무시오!"

"안 졸려요. 당신과 함께 있을래요. 우리가 함께 지내는 마지막 밤이잖아요."

"그러니까 빨리 끝장을 봐야 한다는 겁니다."

그는 술을 더 이상 안 마시겠다는 표시로 술잔을 뒤집으며 소리쳤다.

"여기서 끝장을 봐야 합니다. 남자가 담배를 끊고 술을 끊고 노름을 끊을 때처럼 말입니다. 그리스 영웅 팔리카리처럼 말이지요.

우리 아버지는 진짜 팔리카리였어요. 나 같은 건 옆에도 못 가요. 발뒤꿈치에도 못 미친단 말입니다. 우리 아버지는 사람들이 늘 얘기하는 고대 그리스 사람과 비슷했어요. 악수를 하려고 손을 잡으면 으스러뜨릴 것처럼 잡아요. 나는 이렇게 조곤조곤 얘기라도 하지만 우리 아버지는 울부짖거나 노래를 부르는 게 말이었어요. 그 양반이 사람처럼 말을 하는 경우는 드물었답니다.

나쁜 짓이라면 몽땅 골라서 하는 이 양반도 자를 때는 칼로 베듯 잘라내 버렸어요. 예를 들면 말입니다. 우리 아버지는 담배를 굴뚝처럼 피워 댔어요. 어느 날 아침 자리에서 일어나 밭을 갈러 나갔지요. 밭둑에 기대고 일을 시작하기 전에 한 대 피우려고 담배를 찾는데 쌈지를 꺼내고 보니 비어 있는 거예요. 집에서 나올 때 담배를 채워 넣은 걸 잊은 거지요.

불같이 화를 내면서 고래고래 소리를 지르고 마을로 달려갔어요. 담배를 피우고 싶다는 생각에 이성이 사라져 버린 셈입니다. 그런데 갑자기—그래서 사람이란 늘 묘하다고 생각합니다만—이 양반이 걸음을 멈추었대요. 부끄러워진 겁니다. 쌈지를 꺼내 이로 박박 물어뜯고 땅바닥에 팽개치고 나서 침을 뱉었답니다. '더럽다, 더러운 것! 이 더러운 화냥년 같으니!' 이랬대요. 바로 그때부터 돌아가실 때까지 담배는 입에도 안 대셨어요. 보스, 진짜 사나이란 이런 거 아니겠습니까? 안녕히 주무시오."

그는 일어서서 바닷가로 나갔다. 다시 돌아보지도 않고 바닷물이 철렁대는 자갈밭에 누워 버렸다.

나는 그를 다시 보지 못했다. 닭이 울기도 전에 노새꾼이 와서 나는 그걸 타고 떠났다. 내 착각일지도 모르지만 나는 조르바가 어디엔가 숨어서 내가 떠나는 모습을 지켜봤을 거라고 생각한다. 달려와 이별 인사를 하고 악수를 하고 손수건을 흔드는 이별을 하지는 않았지만 나를 지켜봤을 것만 같다.

우리의 이별은 그렇게 칼로 벤 듯 깨끗했다.

칸디아에서 나는 전보 한 통을 받았다. 나는 그 내용을 알 것 같았다. 떨리는 손으로 펴 보기 전에 한참을 들여다봤다. 몇 마디 말, 몇 마디 글자가 품은 뜻을 꿰뚫어 볼 수 있었다.

펴지도 않고 찢어 버리고 싶었다. 내용을 아는데 굳이 봐야 할까? 하지만 우리는 우리의 영혼을 그렇게 깊이 신뢰하지는 못하는 법이다. 영원한 가게 주인인 이성이, 우리가 미신을 믿는 무당이나 늙은 여자, 혹은 비정상적인 여자를 비웃듯 우리 영혼을 비웃었다. 그래서 나는 전보를 뜯어보았다. 트빌리시에서 온 것이었다. 순간 글자들이 춤을 추어 나는 알아볼 수가 없었다. 겨우 천천히 제자리를 잡은 글자들을 읽어 냈다.

어제 오후 스타브리다키 폐렴으로 사망

5년이라는 세월이 흘렀다. 그야말로 공포의 시간이었다. 시간이 쏜살같이 흘렀다. 지리적 국경이 춤을 추듯 자주 바뀌었고 국가 간의 국경선들은 아코디언 주름처럼 늘어났다가 줄어들곤 했다. 조르바와 나도 폭풍에 휘말렸지만 처음 3년간은 이따금씩 엽서를 주고받기도 했다.

한 장은 아토스산에서 보낸 천국의 문을 지키는 성처녀가 그려진 엽서였다. 슬픈 눈과 힘과 결의에 찬 턱이 인상적이었다. 성처녀 아래에 조르바는 늘 그렇듯 종이를 다 갉아먹는 필체로 이렇게 썼다.

보스, 여기에서는 사업할 기회가 없구려. 이곳 수도승들은 아마 할 수만 있다면 벼룩의 간도 빼먹을 놈들이오. 나는 떠나렵니다.

며칠 뒤에 또 한 장이 왔다.

앵무새를 들고는 순회 광대들처럼 수도원을 돌아다닐 수가 없어요. 까마귀에게 '주여, 긍련히 여기소서'라는 노래를 멋지게 가르친 수도사가 있기에 앵무새를 줘 버렸어요. 이 까마귀가 노래를 어찌나 잘하는지 당신도 들으면 깜짝 놀랄 겁니다. 우리 앵무새한테도 노래를 가르치겠지요. 이제 이놈은 평생 듣고 본 걸 노래로 부를 테니 어엿한 신부가 될 겁니다. 행운을 빌어요. 알렉시오스 신부.

6~7개월이 지났을 때 루마니아에서 목이 파인 드레스를 입은 풍만한 여인을 그린 엽서가 날아왔다.

저는 아직 살아 있답니다. 마말리가*를 먹고 보드카를 마시지요. 유전에서 일하는 중인데 시궁창에 사는 생쥐보다 더 더럽고 냄새도 나고 꼴이 말이 아닙니다. 그래도 뭐 어떻습니까! 이곳은 등 따뜻하고 배부르니 나 같은 늙은 건달에게는 낙원이나 다름없어요. 보스, 무슨 말인지 아시지요? 기막히게 좋다 이겁니다. 고기도 넉넉하고 애인도 많으니 하느님을 찬양하세! 행운을 빕니다. 시궁창 생쥐, 알렉시스 조르베스쿠.

---

* 루마니아의 옥수수죽이다.

2년이 또 흘렀다. 이번에는 시베리아에서 보낸 편지가 도착했다.

난 아직 살아 있소이다. 너무 추워서 결혼을 했다오. 뒤집어 보면 사진이 있으니 보스도 얼굴을 볼 수 있을 게요. 착하고 여자다운 물건이지요. 허리가 조금 둥실둥실한 건 나를 위해 꼬마 조르바를 하나 만들고 있는 중이라서 그래요. 내가 그녀 곁에서 당신이 준 양복을 입고 서 있는 거 보이죠? 내가 낀 결혼반지는 불쌍한 부불리나가 준 겁니다—하느님, 부불리나의 영혼에 자비를!—세상에 안 되는 일이란 없는 법입니다. 이 여자 이름은 류바예요. 내가 입은 여우 털 달린 외투는 아내가 결혼 선물로 준 거예요. 이 여자는 결혼할 때 암말 한 마리, 돼지 일곱 마리를 지참금으로 갖고 왔어요. 재미있는 풍속이죠? 전남편과 낳은 애들 둘도 데려왔답니다. 내가 과부란 말을 했나요? 가까운 산에서 동광을 발견했습니다. 또 다른 자본가를 하나 우려먹은 셈입니다. 나는 자본가를 후리는 일에는 도가 텄거든요. 건투를 빌어요. 전홀아비 알렉시스 조르비치.

엽서를 뒤집어 보니 새 양복에 털모자, 긴 외투에 멋스런 지팡이를 쥐고 스물다섯이 넘어 보이지 않는 예쁜 슬라브 여인을 품에 안은 조르바가 보였다. 굽 높은 장화에 가슴이 풍만하고 엉덩이가 큼지막한 데다 인상도 좋았다. 사진 아래에 조르바가 꼬부랑글씨를 적어 놓았다.

나 조르바와 일생일대의 사업 중인 여자. 이번엔 이름이 류바

이때 나는 해외여행 중이었는데 내게도 일생일대의 사업이 있었지만 새 외투나 풍만한 가슴, 돼지 같은 선물은 들어오지 않았다.

어느 날 베를린으로 전보 한 통이 도착했다.

멋진 녹옥 찾음. 즉시 오길 바람. 조르바

독일은 대공황 중이었다. 마르크화 가치가 폭락해 우표 같은 것을 사려고 해도 수백만 마르크를 가방에 담아 가야 했던 시절이었다. 굶주림과 추위, 낡은 옷과 낡은 구두는 흔한 일이었다. 혈색 좋기로 유명한 독일인들도 창백할 수밖에 없던 그 시절에는 바람만 불어도 사람들이 낙엽처럼 길가에 쓰러지곤 했다. 어머니는 배고프다고 우는 아이들에게 고무를 씹게 했다. 밤이면 애들을 안고 고달픈 세상을 떠나려는 어머니들을 막기 위해 경찰들이 다리를 지켜야만 했다.

겨울이라 눈이 내렸다. 내 옆방에는 동양의 말을 가르치는 독일인 교수가 있었는데 이 사람은 추위를 잊기 위해 긴 붓으로 동쪽 나라의 풍속을 흉내 내어 한시나 공자의 말씀 따위를 베껴 쓰곤 했다. 붓과 치켜 든 팔꿈치, 가슴으로 삼각형이 되었는데 '곧 땀이 솟아오른다오. 이게 바로 내가 몸을 데우는 방법이지'라고 말하곤 했다.

내가 조르바의 전보를 받은 건 이렇게 추웠던 겨울이었다. 처음에는 은근히 화가 치밀었다. 육체와 정신을 모두 온전하게 해 줄 빵 한 덩어리가 없어서 사람들이 죽어 가고 있는데 고작 녹옥 한 덩이를 보러 수천 킬로미터를 달려오라는 전보를 보내다니! 흥, 아름다움이라고? 그런 건 지옥에나 가라지. 아름다움이란 건 인간의 고통을 모른 척한다니까.

그러다가 나는 깜짝 놀랐다. 노여웠던 생각은 어느 샌가 사라져 버리고, 비현실적인 일인 데다 인간의 고통을 나 몰라라 한다고 생각했던 조르바의 초대에 마음이 움직이고 있다는 것을 깨달았기 때문이었다. 내 안에 숨어 있던 새들이 날개를 퍼덕이며 나더러 가자고 졸라 댔다.

하지만 나는 가지 않았다. 한 번 더 비겁함에 자리를 내준 것이다. 내 안에 있는 신성한 원시의 목소리에 대답하지 않았다. 나는 이리저리 계산하지 않는 고상한 행동을 포기한 것이었다. 오히려 정중하고 조리에 맞는 논리에 기울었다. 나는 조르바에게 가지 못하는 이유를 설명하는 편지를 썼다.

그랬더니 답장이 날아왔다.

보스, 이런 말을 해도 되는지 모르겠소만, 당신은 영 틀려먹은 펜대 운전사구려. 평생에 한 번이라도 그 아름다운 녹옥을 봐야 하는 건데 그 기회를 놓친 겁니다. 빌어먹을, 일이 없을 때면 나는 지옥이 없을까, 지옥이란 있는 걸까 스스로 물어봅니다. 어제 당신 편지를 받고 이런 확신이 들었소이다. 우리 보스처럼 펜대만 놀리는 사람에게는 지옥이 있다!

그 뒤로 조르바의 편지는 오지 않았다. 우리는 엄청난 사건 때문에 떨어져 있어야만 했다. 세계가 술 취한 사람들처럼 휘청거리고 흔들렸다. 지진이라도 난 듯 갈라진 땅속으로 우정이나 애정 따위가 처박혔다.

나는 가끔 친구들에게 이 위대한 사람의 이야기를 들려주었다. 우리는 자존심이 강하고 교육받은 이들보다 훨씬 이성적이며 더 깊은 사상을 가진 그를 존경했다. 우리들이라면 몇 년을 고통스럽게 공부하여 얻어야 했을 것들도 그는 단숨에 가닿았다. 우리는 그를 일컬어 '조르바는 위대한 인간'이라고 했다. 그리고 그가 더 멀리 더 높은 곳으로 나가버릴 때는 '그는 미쳤다'고 말했다.

시간이 흐르면서 추억에 달콤한 독물이 스며들었다. 내 친구의 그림자가 내 영혼에 그늘을 만들었다. 그 그림자는 나를 떠나지 않고 머물렀는데 나 또한 그림자가 떠나는 것을 원하지 않았다. 그림자에 대한 이야기는 아무에게도 하지 않았다. 나는 혼자서만 대화를 나누었고 덕분에 죽음과도 화해를 한 상태였다. 다른 편에 비밀의 다리를 놓아 친구의 영혼과 만나곤 했다. 친구의 영혼이 그 다리를 건너올 때면 창백하고 피곤해 보여서 내 손을 잡지도 못할 것 같았다.

나는 가끔 두려운 생각이 들었다. 혹시 내 친구는 이 땅에서 육체의 노예 상태를 해방시킬 시간이, 그 죽음의 순간에 영혼이 잠식당하는 것을 거부할 수 있는 시간이 없었던 것은 아닐까. 영혼을 단련시켜 그의 내부에서 영원불멸의 것으로 만들 시간이 없었던 건 아닐까.

그러나 그는 이따금씩 강한 모습을 보였다. 강했던가? 아니면 그를 그렇게 기억하고 싶은 것이기에 강한 것으로 기억되는 건지도 모르겠다. 당시 내 머릿속에 떠오르는 그는 언제나 젊고 엄격했다.

어느 해 겨울 나는 엔가디네산으로 혼자 순례를 떠난 적이 있었다. 그 몇 해 전에 나와 친구, 그가 사랑하는 여자까지 함께 황홀한 시간을 보냈던 산이었다. 나는 그때 묵었던 호텔에 짐을 풀었다. 열린 창으로 달빛은 쏟아져 들어오고 산의 정기가 느껴졌다. 눈을 이고 있는 소나무와 정갈한 밤의 산 풍경이 마음속으로 들어왔다.

잠이 깊이 들어서도 뭐라 말할 수 없이 행복한 기분이 들었다. 조용하고 투명한 바다 깊은 곳에서 흔들리지 않는 요람을 타고 있는 것처럼 마음이 느긋했다. 그렇지만 몸의 모든 감각은 예민하게 깨어 있어 수천 길 위 바다에 배가 지나가며 물결을 일으키기만 해도 내 몸에 상처가 날 것 같았다.

문득 내 앞에 그림자가 스쳐갔다. 나는 그가 누구인지 알았다. 나를 나무라는 목소리가 들려왔다.

"자는가?"

"자네를 기다렸다네. 몇 달 동안 소식을 못 들었네. 어디를 그렇게 헤매고 다녔나?"

나는 비슷한 어조로 대답했다.

"자네와 늘 함께 있었다네. 자네가 나를 잊은 게지. 나는 자네를 부를 힘이 없다네. 자네는 나를 떨쳐 버리고 싶어 했지. 달빛이 너무 아름답군. 눈을 이고 선 소나무도, 이 땅 위의 삶도 어쩌면 이리도 아름다울까! 제발 날 잊지 말게!"

"내가 자네를 어찌 잊겠는가. 알면서도 그러는군. 자네가 나를 떠난 그날, 나는 온몸이 지치도록 산속을 헤맸다네. 그리고 자네 생각에 숱한 밤들을 뜬눈으로 지새웠지. 내 감정을 다스려 보겠다고 시를 쓰기도 했지만 그것들로는 어림도 없었지. 그중에 이런 게 있어."

그대가 카론과 험한 산길을 달릴 때
나는 그대의 유연한 몸과 날씬한 몸매에 반했다네
새벽 어스름에 깨어 떠나는 두 마리 물오리 같은……

"또 하나, 이것 역시 완성하지 못한 시지만 나는 이렇게 절규했네."

이를 악물어라, 사랑하는 이여
그대 영혼이 날아가지 않도록

그는 아주 쓰게 웃으며 얼굴을 내게 가까이 댔다. 얼굴이 너무 창백해서 나는 흠칫 떨었다. 눈이 있던 자리에 빈 구멍만 남아 흙덩이로 메워져 있었다. 그런 눈으로 그는 한참이나 나를 바라보았다.

"무슨 생각을 하는 건가? 왜 말이 없는 건가?"

나는 당황한 걸 들키지 않으려고 말을 꺼냈다.

"아, 세계가 너무 좁구나. 다른 사람의 시 몇 줄, 흩어지고 조각난 사행시도 못 되는 걸 어쩌겠나. 나는 지구를 오가면서 사랑하는 사람을 찾아다니고 있지만 모두 마음의 문을 닫아 버렸네. 나는 어디로 들어가야만 할까? 어떻게 내 생명을 다시 찾을 수 있단 말인가? 대문이 잠긴 집 앞에서 강아지처럼 뱅글뱅글 맴만 돈다네. 아, 나도 자유롭게 살았으면! 물에 빠진 놈처럼 그대들의 따뜻하고 살아 숨 쉬는 몸에 달라붙지 않아도 된다면 얼마나 좋을까!"

그의 목소리가 멀리서 신음하듯 들려왔다.

"자네가 취리히의 축제에서 나를 한없이 기쁘게 만들었지. 기억하는가? 자네는 술잔을 들고 내 건강을 빌며 마셨잖은가. 기억이 나는가? 누군가 다른 사람도 있었는데."

그의 눈이 있던 자리에서 눈물이 흘러 진흙이 되었다. 하지만 목소리는 훨씬 힘이 생겼다.

"기억하지. 우리는 그 여자를 귀부인이라고 불렀지."

우리는 말이 없었다. 취리히! 그 뒤로 몇 세기나 흐른 것처럼 느껴졌다. 밖에는 비가 내리고 우리 셋이 앉은 식탁에는 꽃이 있었다.

"무슨 생각을 골똘히 하는 건가, 선생?"

그림자가 비꼬듯 말을 걸었다.

"이것저것 다 생각이 나는군."

"자네가 마지막으로 했던 말을 기억하네. 자네가 술잔을 들고 떨리는 목소리로 이렇게 말했지. '사랑하는 친구여! 어렸을 때, 자네 할아버지는 자네를 한쪽 무릎 위에 앉히고, 또 한쪽에는 크레타 리라를 얹은 채 〈팔리카리아의 노래〉를 연주하셨다지. 오늘 밤 나는 자네의 건강을 빌며 마시겠네. 운명이 그대를 보살펴 하느님의 무릎 위에도 앉게 되기를!' 아, 하느님이 자네 기도를 들어 주신 거로군."

"그래서 어떻다는 건가? 사랑은 죽음보다 강한 거라네!"

내가 소리쳤다. 그는 다시 한번 씁쓸하게 웃었지만 말은 하지 않았다. 나는 그의 몸이 어둠 속으로 빨려 들어가 흐느낌이 되고, 한숨으로 변하고, 마침내 웃음소리로 변해 가고 있다는 것을 알았다.

그 뒤 며칠 동안 죽음의 맛이 내 입술 언저리를 맴돌았다. 하지만 마음은 후련해졌다. 죽음은 마치 내 일이 끝나기를 기다리는 친구처럼 구석에서 진득하게 앉아 있는 것 같았다. 그렇게 친절하고도 다정한 모습으로 내 삶 속으로 들어왔다.

하지만 조르바의 그림자는 언제나 질투를 하면서 내 주위를 맴돌았다.

어느 날 밤, 아이기나섬 바닷가에 있는 내 집에서 홀로 앉아 있을 때였다. 나는 행복했다. 바다 쪽을 바라보는 창문에서는 달빛이 흘러 들어왔고 바다는 편안한 듯 철썩거렸다. 나는 수영을 마음껏 한 뒤라 깊이 잠이 들었다.

새벽이 되기 직전이었다. 행복한 그 안개 속에서 조르바가 꿈에 나타났다. 그가 무슨 말을 했는지 무엇 때문에 왔는지는 기억하지 못한다. 그러나 잠에서 깨었을 때 너무나 가슴이 아파 심장이 터질 것 같았다. 까닭 없이 눈물이 고이고 조르바와 함께 생활한 크레타 해안이 떠올랐다. 그와 어떤 생활을 했었는지 재현해 보고 기억을 더듬어서 조르바가 내 마음에 뿌려 준 말, 절규, 몸짓, 눈물, 춤들을 모두 모아서 간직하고 싶다는 욕망이 솟아올랐다.

이 욕망이 너무나 강렬해서 나 스스로도 주체할 수가 없었다. 겁이 났다. 나는 조르바가 지구 어느 한 곳에서 죽어 가고 있기에 이런 욕망이 생기는 거라고 생각했다. 나는 내 영혼이 그와 연결되어 있으니 어느 한쪽이 몸을 떨거나 고통을 받아 울부짖지 않고는 혼자 죽을 수도 없다고 생각했다.

한동안 나는 조르바의 추억을 모아서 글로 표현하기를 주저했다.

어린아이처럼 유치한 공포가 밀려왔다. 나는 혼자 다짐했다. 내가 만약 이 일을 한다면 정말로 조르바가 죽음의 위기에 처하는 건 아닐까. 나에게 이 글을 써서 그를 궁지에 몰아넣는 일을 하려는 그 손과 싸워야 한다.

이렇게 이틀, 사흘, 일주일을 버텨 냈다. 나는 다른 글을 쓰는데 정신을 쏟거나 하루 종일 밖으로 나다니거나 책을 읽었다. 눈에는 보이지 않는 악마를 따돌릴 때마다 내가 쓰곤 하는 방법이었다. 그러나 내 마음은 조르바에 대한 걱정이 떠나지 않았다.

어느 날 정오 무렵, 바닷가 우리 집 테라스에 앉아 있을 때였다. 햇볕은 뜨거웠고 나는 나무가 없는 살라미스섬의 맹숭맹숭한 옆구리를 바라보고 있었다. 그러다 갑자기 누가 손을 이끌기라도 한 것처럼 테라스의 뜨거운 돌 위에 엎드린 채 종이를 펼치고 조르바가 했던 말과 행동들을 글로 써 내려가기 시작했다.

나는 과거를 현재로 바꾸고 조르바를 기억에서 되살려 내어 실체로 소생시키면서 홀린 듯 써 내려갔다. 만약 그가 사라진다면 그건 전적으로 내 책임이라고 생각하면서 가능하면 이 옛 친구를 그 모습 그대로 그리려고 애를 썼다.

아프리카 야만족 마술사들은 꿈에 본 조상의 모습을 동굴에 그려 놓는데 조상들의 혼이 그 그림이 자기 몸인 줄 알고 들어갈 수 있도록 최대한 생생하게 그린다고 했다. 나도 그런 마음으로 글을 썼다.

조르바에 대한 전기는 몇 주일 만에 완성되었다. 마지막 날에 나는 처음 글을 쓰던 그날처럼 테라스에 앉아 바다를 바라보고 있었다. 내 무릎에는 탈고한 원고가 있었는데 마치 큰 짐을 내려놓은 듯 홀가분한 기분이 들었다. 마치 갓 낳은 아기를 안은 엄마처럼 행복했다.

펠레폰네소스의 산 뒤로 해가 넘어갈 때쯤, 시내에서 내 우편물을 가져다주는 농가의 소녀 술라가 편지를 들고 테라스로 올라왔다. 술라는 편지를 내밀고 곧 달아났다……. 나는 알고 있었다. 적어도 내가 알고 있다는 걸 알았다. 편지를 뜯어보고 뛰거나 소리를 지르지도 않았다. 크게 놀란 것도 아니었다. 내 생각이 틀림없었다. 나는 원고를 무릎 위에 올려놓고 지는 해를 바라볼 때 그 편지를 받을 거라는 것을 정확하게 알고 있었다.

나는 침착하게 편지를 읽었다. 세르비아의 스코플리예 인근 마을에서 온 것으로 엉망진창인 독일어로 쓰여 있었다. 나는 그걸 번역했다.

저는 이 마을 교장입니다. 이곳 동광 주인인 알렉시스 조르바가 지난 일요일 오후 6시에 세상을 떠났다는 슬픈 소식을 전하려고 이 편지를 씁니다. 그가 남긴 말은 이렇습니다.

"교장 선생, 이리 좀 와 주시오. 내겐 그리스에 친구가 하나 있다오. 내가 죽으면 편지를 좀 써 줘요. 죽을 때까지 정신이 말짱했고 최후의 순간까지 그 사람을 생각했다고 전해 주시오. 그리고 나는 내가 무슨 짓을 했건 이제는 후회 않더라는 말도 해 주시구려. 그 사람의 행운을 빌고 이제 좀 철이 들 때도 되지 않았느냐고 하더라는 얘기도 전해 주시오.

조금만 더 들어요. 신부 같은 게 와서 내 참회를 듣고 병자성사를 한다고 하거든 얼른 꺼지라고 이르고, 온 김에 저주나 잔뜩 내려 주고 가라 하시오. 내 평생 별짓 다 해 봤어도 아직 해야 할 걸 못했다오. 나 같은 사람은 천 년은 살아야 하는 건데……."

이게 그분 유언입니다. 유언이 끝나고 그 사람이 침대에서 몸을 일으켜 이불을 걷어 올리며 일어서려고 했어요. 부인인 류바와 저와 이웃 사람 몇이 뛰어가서 말렸습니다. 그런데 그는 우리 모두를 거칠게 밀어붙이고는 침대에서 뛰어내려 창문가로 갔습니다. 거기서 창틀을 부여잡고는 먼 산을 바라봅디다. 눈을 크게 뜨고 웃다가 말처럼 울기도 했어요. 그렇게 창살에 손톱을 박고 서서 죽음을 맞았어요.

그의 아내인 류바가 나더러 당신에게 대신 편지를 써 달라고 했습니다. 존경의 뜻을 전해 달라고 하더군요. 고인이 평소에 당신 얘기를 자주 했고 자기가 죽은 뒤에 그의 산투르를 당신한테 주라고 했답니다. 당신이 그를 기억하는 데 도움이 되었으면 한다고요.

그래서 미망인께서 만약 선생님께서 이 마을을 지날 기회가 있다면 부디 그녀의 손님으로 하룻밤을 묵으시고 떠나는 아침에 산투르를 가져가라고 하십니다.

조르바와 니코스 카잔차키스

니코스 카잔차키스는 1883년 크레타 섬에서 태어났다. 당시 그리스 본토와 달리 터키의 지배 아래 있던 크레타 섬에서 자라는 동안 터키로부터 독립하려는 전쟁에 휘말려 힘든 피난 생활을 하면서 자유와 자기 해방에 대한 강렬한 욕망을 갖게 되었다.

여섯 살 때 터키의 압제를 피해 그리스의 피레에프스로 이사했다가 다시 낙소스 섬으로 가서 가톨릭계 프랑스 중학교에 다니며 프랑스어와 이탈리아어를 배웠다. 그 뒤 고향인 이라클리온으로 돌아가 고등학교를 우수한 성적으로 졸업하고 아테네 대학 법학부에 들어가 스물셋이 되던 해에는 박사과정을 밟았다. 이때부터 아테네에서 발행되는 여러 신문과 잡지에 글을 발표하고 영어, 프랑스어, 독일어를 번역하는 일을 하게 되었다.

1907년 파리에 유학하면서 앙겔로스 시겔리아노스와 만나 종교적으로 큰 영향을 받았으며 그때 십오 년간 결혼 생활을 함께한 첫 번째 아내 갈라테아를 만나게 된다. 1926년 갈라테아와 이혼한 뒤 1945년에 두 번째 아내 엘레니 사미우와 재혼했다.

1912년에는 발칸전쟁이 일어나 북부 그리스군에 자원했다. 1919년

제1차 세계대전이 끝나고 오스만 투르크 제국이 해체되면서 세계 각지에 피신해 있던 그리스 난민들을 본국으로 귀환시키는 국가사업에 참여하기도 했다.

니코스 카잔차키스가《영혼의 자서전》에서 고백하듯 그의 삶을 풍부하게 만들어 준 것은 여행과 꿈이었다. 카잔차키스는 일흔넷의 나이를 일기로 세상을 떠나게 되는 그날까지 그리스를 시작으로 해서 프랑스, 영국, 독일, 이탈리아, 러시아, 중국, 일본, 팔레스타인, 이집트를 돌아다니며 육체와 영혼의 대립이라든가 정신과 물질의 대립 속에서 조화로움을 찾으려고 애썼다.

젊은 시절 성모 마리아에게 봉헌된 아토스 산에 올라 고행을 통해 천국에 이르려는 무수한 수도승들을 만나고 환멸을 느끼기도 했다. 1919년 러시아 내전 중에 카프카스 지역에 거주하는 그리스인들의 본국 송환을 돕는 그리스 정부 특사 자격으로 러시아를 방문했는데, 이 여행에서 파산한 서구 문명의 사상과 체계를 대신할 비옥한 토양이 러시아라는 생각에 한동안 공산당원으로 활발한 활동을 펼치기도 했다. 1920년대에 독일에 머무는 동안 그는 자신이 글을 쓰는 이유가 생각을 행동으로 옮기지 못하는 무능력 때문임을 처음으로 인식 했다.

카잔차키스는 그의 생애를 통틀어 가장 많은 영향을 준 이로 호메로스와 베르그송, 니체와 조르바를 꼽았다. 그리스 민족 시인인 호메로스는 그가 사랑해 마지않았던 크레타와 그리스 자체이기도 하다. 1907년 파리에 유학하여 철학을 공부하는 이 년 동안 베르그송을 만나고 니체의 철학에 심취하여 크레타로 돌아온 후 두 철학자에 대한 논문과 번역문을 발표하는가 하면 다윈, 니체, 베르그송, 플라톤의 작품을 그리스어로 번역하여 출판하기도 했다.

하지만 니체를 새롭게 해석하는 도중에 불교에서 자신이 바라던 이

상향을 발견하고 니체가 최후의 인간이라고 부른 부처에게서 인간을 속박하지 않는 지상의 신을 찾은 그는 일기에 '나는 완고함, 비인간적인 사랑, 인간에 대한 경멸, 신앙과 침묵에 대한 승리의 표지를 어렵게 세웠다.'라고 토로할 만큼 행복해했다.

1943년에 출간된 《그리스인 조르바(원제: 알렉시스 조르바의 삶과 시간)》는 이러한 그의 삶과 생각이 고스란히 담긴 책으로 행동과 명상, 정신과 물질의 대립을 분명하게 드러내고 있다. 조르바는 니코스 카잔차키스의 책 《그리스인 조르바》의 주인공인 동시에 실존 인물이기도 하다. 카잔차키스는 1917년 펠로폰네소스에서 실존 인물인 기오르고스 조르바와 함께 탄광 사업을 했고 그와 어울렸던 그 경험을 책으로 엮었던 것이다. 카잔차키스는 그의 자서전에서 "힌두교도들은 '구루(사부)'라 부르고 수도승들은 '아버지'라고 부르는 삶의 길잡이를 한 명 선택해야 했다면 나는 틀림없이 조르바를 택했을 것이다."라고 밝힐 만큼 그에 대한 애정이 각별했다. 생에 대한 뜨거운 열정을 가지고 있고 일견 방탕해 보이면서 또 한편으로는 순수함이 남아 있는 조르바는 니체가 말했던 '초인'의 이미지와 카잔차키스가 평생을 찾아 헤맸던 '인간을 속박하지 않는 지상의 신'에 가깝다. '오늘을 즐겨라(카르페 디엠 carpe diem).'를 충실하게 보여 주는 인물인 조르바는 삶에서 얻은 철학으로 책상물림인 주인공을 깨우치는 스승이자 벗이자 아버지이다.

카잔차키스는 1951년과 1956년에 노벨상 후보에 두 차례 올랐지만 1951년에는 스웨덴 작가 라게르크비스트가, 1956년에는 스페인 시인 히메네스가 노벨 문학상을 받았다. 영국의 문예 비평가 콜린 윌슨은 그가 그리스인이라는 것이 비극이라고 안타까워했다. 러시아인이고 러시아어로 글을 썼다면 톨스토이나 도스토예프스키와 대등한 대우를 받았을 거라는 이야기이다.

1953년 그리스정교회는 신성모독을 이유로 그의 작품《그리스인 조르바》《미할리스 대장》《최후의 유혹》을 금서로 지정했다. 1955년 카잔차키스는 중국 정부의 초청으로 중국에 다녀온 후 얼마 지나지 않아 백혈병으로 사망했다. 1957년 그가 세상을 떠나 조국으로 돌아왔을 때 아테네 매장을 허락하지 않아 결국 크레타의 이라클리온에 묻혔다.

그가 생전에 남긴 묘비명은 다음과 같다.

나는 아무것도 바라지 않는다.
나는 아무것도 두려워하지 않는다.
나는 자유다.

1883년 2월 18일 터키 지배 아래 있던 크레타 섬 이라클리온에서 곡물과 포도주 중개인인 아버지 미할리스와 농부의 딸 마리아의 장남으로 태어남.

1889년(6세) 크레타에서 터키에 대한 반란이 일어났으나 실패하여 카잔차키스와 가족들은 그리스 낙소스 섬으로 피신하여 6개월간 머묾.

1897~1898년(14~15세) 크레타에서 두 번째 반란이 일어나 다시 낙소스 섬으로 가게 됨. 프랑스 수도사들이 운영하는 학교에서 프랑스어와 이탈리어를 배움.

1902년(19세) 이라클리온에서 중등교육을 마치고 아테네 대학에 진학하여 법학 공부를 하게 됨.

1906년(23세) 소설《뱀과 백합》발표.

1907년(24세) 희곡 〈먼동이 틀 때〉로 수상. 10월에 파리에 유학하여 베르그송의 철학을 공부함.

1908년(25세) 소설 《부서진 영혼》 완성.

1909년(26세) 〈법철학과 국가철학으로 본 니체〉라는 논문 발표. 단막극 〈코메디〉 발표.

1911년(28세) 첫 번째 아내인 갈라테아 알렉시우와 결혼.

1912년(29세) 베르그송에 대한 논문 발표. 발칸전쟁에 자원입대.

1915년(32세) 《오디세우스》 《그리스도》 《니키포로스 포카스》 초고를 씀.

1917년(34세) 《그리스인 조르바》의 실존 인물인 조르바와 갈탄 채굴 사업.

1919년(36세) 그리스 공공복지부 국장에 임명, 러시아 내전으로 처형 위기에 처한 그리스인 십오만 명의 구출 작전에 참여.

1923년(40세) 《신의 구세주들》 출간.

1925년(42세) 《오디세이아》 1~6편 씀.

1926년(43세) 첫 번째 부인 갈라테아와 이혼.

1928년(45세) 아테네에서 《러시아 여행기》 2권이 출간됨.

1929년(46세) 러시아를 여행하며 《토다 라바》 집필.

1931년(48세) 그리스로 돌아와 아이기나에 머물며 순수어와 민중어를 포괄한 프랑스-그리스어 사전 편찬 작업에 착수.

1935년(52세) 《오디세이아》 5권을 완성함. 중국과 일본을 방문.

1937년(54세) 《오디세이아》 6권을 완성함. 《스페인 기행》 출간.

1938년(55세) 《오디세이아》 7권과 최종 원고를 완성 출간.

1940년(57세) 《영국기행》을 쓰고 〈아크리타스〉의 구상과 〈나의 아버지〉 수정 작업, 청소년을 위한 《알렉산드로스 대왕》 《크노소스 궁전》을 씀.

1943년(60세) 《그리스인 조르바(원제: 알렉시스 조르바의 삶과 시간)》 발표. 《붓다》와 《일리아스》의 번역 완성.

1944년(61세) 희곡 〈카로디스트리아스〉와 〈콘스탄티누스 팔라이올로구스〉 집필.

1945년(62세) 제2차 세계대전이 끝나고 그리스 정무 장관에 취임. 오랜 동반자였던 엘레니 사미우와 결혼.

1946년(63세) 장관직에서 사임. 그리스 작가 협회가 노벨 문학상 후보로 추천함.

1947년(64세) 《그리스인 조르바》가 파리에서 출간됨. 유네스코에서 고전문학 고문을 맡음.

1948년(65세) 자신의 희곡들을 계속 번역함. 희곡 〈소돔과 고모라〉 씀. 영국, 미국, 스웨덴, 체코슬로바키아의 출판사에서 《그리스인 조르바》 출간 결정.

1949년(66세) 그리스 내전을 소재로 《전쟁과 신부》 집필 착수. 희곡 〈쿠로스〉와 〈크리스토퍼 콜럼버스〉를 씀.

1950년(67세) 《미할리스 대장》 집필.

1951년(68세) 《그리스도 최후의 유혹》 초고 완성.

1953년(70세) 세균 감염으로 오른쪽 시력을 잃고 앙티브로 돌아가 《성자 프란체스코》를 씀. 《미할리스 대장》 출간. 그리스정교회에서 《미할리스 대장》 일부와 《그리스도 최후의 유혹》이 신성을 모독했다는 이유로 카잔차키스를 맹렬하게 비난함.

1954년(71세) 교황이 《그리스도 최후의 유혹》을 금서 목록에 올림.

1955년(72세) 엘레니와 함께 스위스 루가노의 별장에서 지내는 동안 《영혼의 자서전》을 쓰기 시작함. 군수바흐의 알베르트 슈바이처 박사

방문함.

1956년(73세) 빈에서 평화상을 받음. 《수난》을 바탕으로 줄스 다신이 영화 제작. 슈바이처 박사에게 헌정된 《성 프란체스코》 출간.

1957년(74세) 10월 26일 중국을 방문한 후 아시아 독감으로 독일 프라이부르크 대학병원에서 사망. 그리스정교회가 아테네에 안치하는 것을 반대하여 크레타로 운구되어 11월 5일 고향인 이라클리온에 안치됨.

1961년 자전적 소설 《영혼의 자서전》 출간.

1968년 두 번째 아내인 엘레니 사미우가 쓴 전기 《니코스 카잔차키스》 출간.

옮긴이 **베스트트랜스**
세계 여러 곳에 숨겨진 작품을 발굴·기획하고 번역하는 사람들의 모임이다. 베스트트랜스는 기존의 번역가가 번역한 작품을 편집자가 편집하는 방식에서 탈피하여 번역가와 편집자가 한 팀을 이뤄 양질의 책을 만드는 데 온 힘을 쏟고 있다. 번역한 책으로는 더클래식 세계문학컬렉션 《노인과 바다》《동물 농장》《어린 왕자》《사람은 무엇으로 사는가》《이방인》《도리언 그레이의 초상》《벨 아미》《안나 카레니나》《레 미제라블》 등이 있다.

그리스인 조르바

개정 1쇄 펴낸 날 2020년 12월 1일
개정 2쇄 펴낸 날 2021년 1월 30일

지은이 니코스 카잔차키스
옮긴이 베스트트랜스
펴낸이 장영재
펴낸곳 (주)미르북컴퍼니
자회사 더클래식
전 화 02)3141-4421
팩 스 02)3141-4428
등 록 2012년 3월 16일(제313-2012-81호)
주 소 서울시 마포구 성미산로32길 12, 2층 (우 03983)
E-mail sanhonjinju@naver.com
카 페 cafe.naver.com/mirbookcompany

* (주)미르북컴퍼니는 독자 여러분의 의견에 항상 귀 기울이고 있습니다.
* 파본은 책을 구입하신 서점에서 교환해 드립니다.
* 책값은 뒤표지에 있습니다.

1 | 노인과 바다 | 어니스트 헤밍웨이
1953년 퓰리처상 수상작 / 1954년 노벨문학상 수상작 / 미국대학위원회 선정 SAT 추천도서

2 | 동물 농장 | 조지 오웰
미국대학위원회 선정 SAT 추천도서 / 〈타임〉지 선정 현대 100대 영문소설
한국 문인이 선호하는 세계명작소설 100선 / 서울시 교육청 추천도서
논술 및 수능에 출제된 책(1998~2005)

3 | 어린 왕자 | 앙투안 드 생텍쥐페리
전 세계 1억 부 이상 판매 기록 / 16개국 언어로 번역

4 | 사람은 무엇으로 사는가(톨스토이 단편선 1) | 레프 니콜라예비치 톨스토이
영어권 문학가들이 가장 좋아하는 작가 / 전 세계 거의 모든 언어로 번역된 필독서

5 | 검은 고양이(포 단편선) | 에드거 앨런 포
포 최고의 미스터리 세계를 보여 준 호러 문학의 걸작

6 | 예언자 | 칼릴 지브란
'현대의 성서'로 불리는 책

7 | 젊은 베르테르의 슬픔 | 요한 볼프강 폰 괴테
세기의 철학가와 문인들의 찬사를 받은 대표작

8 | 독일인의 사랑 | 프리드리히 막스 뮐러
잊히지 않는 낭만적 사랑의 향기 / 독일 낭만주의 시인 막스 뮐러의 유일 순수문학 작품

9 | 이방인 | 알베르 카뮈
노벨 연구소 선정 최고의 세계문학 100선 / 1957년 노벨문학상 수상작
대한민국 명사 101인의 대표 추천작 / 연세대학교 필독도서 / 미국대학위원회 선정 SAT 추천도서
〈타임〉지 선정 세상을 움직인 책 100권

10 | 데미안 | 헤르만 헤세
노벨문학상 수상 작가 / 20세기 일대 센세이션을 일으킨 성장 소설의 고전
서울시 교육청 추천도서

11 | 그리스인 조르바 | 니코스 카잔차키스
미국대학위원회 선정 SAT 추천도서 / 한국간행물윤리위원회 선정추천도서
한국출판인회의 출판인이 선정한 100권의 도서

12 | 위대한 개츠비 | 프랜시스 스콧 피츠제럴드
〈타임〉지 선정 현대 100대 영문소설 / 어니스트 헤밍웨이가 인정한 완벽한 일급 작품
20세기 100대 영문소설 1위 / 미국대학위원회 선정 SAT 추천도서 / 뉴욕 공립도서관 추천도서
대한민국 명사 101인의 대표 추천작 / WTO 북클럽 추천도서

13 | 도리언 그레이의 초상 | 오스카 와일드
미국대학위원회 고교 추천도서 101 / 대한민국 명사 101의 대표 추천작

14 | 벨 아미 | 기 드 모파상
모파상의 가장 매력적이고 파격적인 작품 / 19세기 파리를 뒤흔든 파격 스캔들
2012년 개봉한 영화 〈벨 아미〉 원작

15 | 이상한 나라의 앨리스 | 루이스 캐럴
난센스와 판타지의 대표작 / 아카데미 '미술상' 수상한 영화의 원작
19세기 가장 유명한 영국 아동문학 작가

16 | 두 도시 이야기 | 찰스 디킨스
영국이 낳은 가장 위대한 소설가 / 영화 〈다크나이트〉의 모티프
미국대학위원회 선정 SAT 추천도서 / 서울시 교육청 선정 청소년 필독도서

17 | 햄릿 | 윌리엄 셰익스피어
대한민국 명사 101인의 대표 추천작 / 서울대학교 권장도서 100선 / 서울대학교 동서고전 200선
연세대학교 필독도서 / 미국대학위원회 선정 SAT 추천도서 / 국립중앙도서관 선정 청소년 권장도서

18 | 오페라의 유령 | 가스통 르루
4대 뮤지컬 〈오페라의 유령〉 원작 소설 / 프랑스 최고 추리소설 작가

19 | 1984 | 조지 오웰
〈타임〉지 선정 세상을 움직인 책 100권 / 〈텔레그라프〉지 완벽한 도서관을 위한 권장도서 100
세계 3대 디스토피아 미래 소설 / 〈가디언〉지 권장도서 / 뉴욕 공립도서관 추천도서
하버드 대학생이 가장 많이 산 책 1위

20 | 수레바퀴 아래서 | 헤르만 헤세
대한민국 명사 101인의 대표 추천작 / 헤르만 헤세의 사춘기 시절 경험을 바탕으로 한 자전적 소설
노벨문학상 수상 작가/ 국립중앙도서관 선정 청소년 권장도서

21 22 23 | 안나 카레니나 1~3 | 레프 니콜라예비치 톨스토이
톨스토이 생애 최고의 리얼리즘 소설 / 서울대학교 권장도서 100선 / 서울대학교 동서고전 200선
연세대학교 필독도서 / 미국대학위원회 선정 SAT 추천도서 / 오프라 윈프리 북클럽 권장도서
논술 및 수능에 출제된 책(1998~2005)

24 | 오즈의 마법사 1 – 오즈의 위대한 마법사 | 라이먼 프랭크 바움
미국대학위원회 선정 SAT 추천도서 / 연세대학교 필독도서 / 국립중앙도서관 선정 우수 번역서

25 | 리어 왕 | 윌리엄 셰익스피어

대한민국 명사 101인의 대표 추천작 / 서울대학교 권장도서 100선 / 연세대학교 필독도서
미국대학위원회 선정 SAT 추천도서 / 〈가디언〉지 권장도서 / 세인트존스 대학교 권장도서
논술 및 수능에 출제된 책(1998~2005)

26 27 28 29 30 | 레 미제라블 1~5 | 빅토르 위고

저명한 문학비평가들이 극찬한 세기의 걸작 / WTO 북클럽 추천도서
2013년 개봉한 영화 〈레 미제라블〉의 원작 / 전자책 베스트셀러 1위(2013)

31 | 월든 | 헨리 데이비드 소로

미국대학위원회 고교추천도서 101 / 미국대학위원회 선정 SAT 추천도서

32 | 겨울 왕국(안데르센 단편선 1) | 한스 크리스티안 안데르센

어린이문학에 꽃을 피운 불멸의 작가 / 세계를 움직인 100권의 책 선정
노벨 연구소 선정 세계 100대 문학 작품

33 | 오만과 편견 | 제인 오스틴

서울대학교 동서고전 200선 / 연세대학교 필독도서 / 세인트존스 대학교 권장도서
〈텔레그라프〉지 완벽한 도서관을 위한 권장도서 100 / 〈가디언〉지 권장도서
미국대학위원회 선정 SAT 추천도서 / 국립중앙도서관 선정 청소년 권장도서

34 | 로미오와 줄리엣 | 윌리엄 셰익스피어

서울대학교 동서고전 200선 / 미국대학위원회 선정 SAT 추천도서
칼리지보드 선정 고교생 필독서 101권

35 | 바람이 분다 | 호리 다쓰오

미야자키 하야오의 애니메이션 영화 〈바람이 분다〉 원작

36 | 맥베스 | 윌리엄 셰익스피어

서울대학교 권장도서 100선 / 연세대학교 필독도서 / 미국대학위원회 선정 SAT 추천도서
국립중앙도서관 선정 청소년 권장도서

37 | 신곡 – 인페르노(지옥) | 단테 알리기에리

서울대학교 권장도서 100선 / 국립중앙도서관 선정 청소년 권장도서
미국대학위원회 선정 SAT 추천도서 / 〈뉴스위크〉지 선정 100대 명저

38 | 외투 · 코(고골 단편선) | 니콜라이 바실리예비치 고골

러시아 사실주의 문학의 지평을 연 작품

39 | 인간 실격 | 다자이 오사무

교육과학기술부 산하 사단법인 한국교육지원회 선정 아침독서 10분 운동 필독서
영화 평론가 이동진 추천도서

40 | 마지막 잎새(오 헨리 단편선) | 오 헨리

서울대학교 · 연세대학교 추천도서 / 서울시 교육청 추천도서
EBS 주최 북퀴즈 왕 선발 추천도서

41 | 오즈의 마법사 2 – 환상의 나라 오즈 | 라이먼 프랭크 바움
미국대학위원회 선정 SAT 추천도서

42 | 좁은 문 | 앙드레 지드
교육과학기술부 산하 사단법인 한국교육지원회 선정 아침독서 10분 운동 필독서

43 | 킬리만자로의 눈(헤밍웨이 단편선) | 어니스트 헤밍웨이
국립중앙도서관 선정도서 / 남산도서관 선정도서

44 | 벤자민 버튼의 시간은 거꾸로 간다(피츠제럴드 단편선 1) | 프랜시스 스콧 피츠제럴드
전미비평가협회 선정 '톱 10 작품', 영화 〈벤자민 버튼의 시간은 거꾸로 간다〉의 원작
2013 화제의 영화 〈위대한 개츠비〉 작가, 피츠제럴드 단편선

45 | 광란의 일요일(피츠제럴드 단편선 2) | 프랜시스 스콧 피츠제럴드
2013 화제의 영화 〈위대한 개츠비〉 작가, 피츠제럴드 단편선

46 | 천로역정 | 존 버니언
성경 다음으로 많이 읽힌 기독교 3대 고전 중 하나 / 2003년 국립중앙도서관 선정 고전 100선

47 | 세 가지 질문(톨스토이 단편선 2) | 레프 니콜라예비치 톨스토이
영어권 문학가들이 가장 좋아하는 작가 / 전 세계 거의 모든 언어로 번역된 필독서

48 | 갈매기(체호프 희곡선 1) | 안톤 체호프
미국대학위원회 선정 SAT 추천도서 / 서울대학교 권장도서 100선

49 | 개를 데리고 다니는 여인(체호프 단편선 1) | 안톤 체호프
서울대학교 동서고전 200선 / 노벨 연구소 선정 세계문학 100선

50 | 귀여운 여인(체호프 단편선 2) | 안톤 체호프
노벨 연구소 선정 세계문학 100선

51 | 폭풍의 언덕 | 에밀리 브론테
서울대학교 · 연세대학교 · 고려대학교 권장도서
1940 아카데미 상 최우수작 지명 〈폭풍의 언덕〉 원작

52 | 지킬 박사와 하이드 | 로버트 루이스 스티븐슨
2004 한국 문인이 선호하는 세계 명작 소설 100선 / 브로드웨이 뮤지컬 역사상 가장 아름다운 스릴러 / 〈지킬 앤 하이드〉 원작

53 | 바냐 아저씨(체호프 희곡선 2) | 안톤 체호프
서울대학교 권장도서 100선 / 노벨문학상 수상자 네이딘 고디머, 앨리스 먼로의 표본

54 55 | 이솝 이야기 1~2 | 이솝
어린이독서위원회, 서울 독서교육연구회 권장도서

56 | 오즈의 마법사 3 – 오즈의 오즈마 공주 | 라이먼 프랭크 바움
미국대학위원회 선정 SAT 추천도서

57 | 주홍색 연구(셜록 홈스 시리즈 1) | 아서 코난 도일
영국 BBC 제작, KBS 방영 〈셜록〉의 원작 / 대한민국 대표 추리 소설가 백휴의 작품해설 수록

58 | 네 개의 서명(셜록 홈스 시리즈 2) | 아서 코난 도일
영국 BBC 제작, KBS 방영 〈셜록〉의 원작 / 대한민국 대표 추리 소설가 백휴의 작품해설 수록

59 | 배스커빌 가의 개(셜록 홈스 시리즈 3) | 아서 코난 도일
영국 BBC 제작, KBS 방영 〈셜록〉의 원작 / 대한민국 대표 추리 소설가 백휴의 작품해설 수록

60 | 공포의 계곡(셜록 홈스 시리즈 4) | 아서 코난 도일
영국 BBC 제작, KBS 방영 〈셜록〉의 원작 / 대한민국 대표 추리 소설가 백휴의 작품해설 수록

61 | 페스트 | 알베르 카뮈
노벨문학상 수상 작가 / 1947년 프랑스 비평가상 수상 / 서울대학교 권장도서 100선

62 | 무기여 잘 있거라 | 어니스트 헤밍웨이
노벨문학상 수상 작가 / 〈타임〉지가 뽑은 20세기 최고의 문학 100선
미국 대학 위원회 선정 SAT 추천 도서 / 서울대학교 권장도서 200선

63 | 야간 비행 | 앙투안 드 생텍쥐페리
1931년 페미나 문학상 수상 / 작가의 경험이 들어간 직업 소설

64 | 톰 소여의 모험 | 마크 트웨인
미국 현대문학의 효시 마크 트웨인의 대표작 / 일본 후지TV 애니메이션 〈톰 소여의 모험〉 원작

65 | 프랑켄슈타인 | 메리 셸리
오늘날 SF소설의 선구 / 과학기술이 야기하는 사회적, 윤리적 문제를 다룬 최초의 소설

66 | 마음 | 나쓰메 소세키
서울대 권장도서 100선 / 일본의 셰익스피어 나쓰메 소세키의 대표작

67 | 노예 12년 | 솔로몬 노섭
2014 아카데미 시상식 3관왕 〈노예 12년〉 원작 / 노예 해방의 도화선이 된 작품

68 | 성냥팔이 소녀(안데르센 단편선 2) | 한스 크리스티안 안데르센
SBS 드라마 〈신의 선물–14일〉 메인 테마 도서 / 어린이문학에 꽃을 피운 불멸의 작가

69 70 | 제인 에어 1~2 | 샬럿 브론테
150년간 사랑받은 로맨스 소설의 고전 / 미국 대학위원회 선정 SAT 추천도서
영국 〈가디언〉이 선정한 세계 100대 최고의 소설 / 연세대학교 권장도서
영국 BBC 조사 영국인들이 가장 사랑하는 소설 100선 / 현대 여성들이 가장 사랑하는 필독서

71 | 예수의 생애 | 찰스 디킨스
2014년 개봉 〈선 오브 갓〉 원작 / 종교철학자 헤겔의 사상을 만든 고전
대문호 찰스 디킨스의 숨은 명작

72 | 싯다르타 | 헤르만 헤세
대한민국 명사 시인 장석남이 강력 추천한 작품 / 출간과 동시에 10만 부가 넘게 팔린 역작
진정한 자아를 깨닫기 위해 늘 고민하던 헤르만 헤세의 자전적 소설

73 | 신곡-연옥 | 단테 알리기에리
서울대 권장도서 100선 / 미국대학위원회 선정 SAT 추천도서
국립중앙박물관 선정 청소년 권장도서 / 〈뉴스위크〉 선정 100대 명저

74 75 | 테스 1~2 | 토머스 하디
미국 영국 BBC 선정 영국인이 사랑한 책 100선 / 서울대 추천 고등학생 권장도서 100선

76 | 신데렐라(샤를 페로 단편선) | 샤를 페로
프랑스 아동 문학의 아버지 / 영화 〈말레피센트〉원작

77 | 미녀와 야수(보몽 단편선) | 잔 마리 르 프랭스 드 보몽
변신 모티프의 전형을 완성 / 미야자키 하야오와 디즈니 애니메이션 원작

78 79 80 | 웃는 남자 1~3 | 빅토르 위고
빅토르 위고가 최고로 자부한 걸작 / 출간 당시 전 유럽을 충격에 빠트린 문제작
뮤지컬, 영화 등 여러 매체로 알려진 〈웃는 남자〉의 원작
한국간행물윤리위원회 선정 청소년 권장도서(2007)

81 | 마담 보바리 | 귀스타브 플로베르
사실주의 문학의 거장 귀스타브 플로베르의 대표작 / 서울대학교 추천 도서 100선
외설적이라는 이유로 19세기 교황청 금서목록에 선정된 작품 / 〈뉴스위크〉지 선정 100대 명저

82 | 별(도데 단편선 1) | 알퐁스 도데
자연주의와 인상주의의 절묘한 조화 / 서정적인 감수성과 아름다운 문체
부산시 교육청 선정 중학생 권장도서 / 포스코 교육재단 선정 중학생 필독도서

83 | 보이첵(뷔히너 단편선) | 게오르그 뷔히너
세계 최초로 한국에서 뮤지컬화 된 〈보이첵〉의 원작
시대를 폭로하는 천재 작가의 현실감 넘치는 작품

84 | 오셀로 | 윌리엄 셰익스피어
셰익스피어 4대 비극 중 하나 / 〈뉴스위크〉 선정 100대 명저 / 서울대학교 권장도서 100선

85 | 변신(카프카 단편선) | 프란츠 카프카
소외된 인간이었던 작가의 갈등과 고독을 반영 / 서울대 추천도서 100선 / 명사 101명이 추천한 파워클래식

86 | 피노키오 | 카를로 콜로디
월트 디즈니 인생 최고의 애니메이션으로 재탄생
스티븐 스필버그 감독의 2001년작 〈A.I.〉의 모티브 / 260개 언어로 번역된 교훈적 내용

87 | 세상을 보는 지혜 | 발타자르 그라시안 · 쇼펜하우어
세기를 아우르는 저명한 철학자가 쓰고 철학자가 옮긴 대표적인 작품
세상을 살아가는 데 꼭 필요한 빛나는 지혜를 전수해 주는 인생 처세서

88 | **마지막 수업(도데 단편선 2) | 알퐁스 도데**
중 • 고등학교 국어 교과서 수록 작품 / 교육청 선정 청소년 권장도서 100선

89 | **키다리 아저씨 | 진 웹스터**
출간 이래 100년 동안 사랑받아 온 스테디셀러 / 세상의 편견을 뛰어넘은, 편지 형식 소설의 대명사

90 | **키다리 아저씨 2 —그 후 이야기 | 진 웹스터**
미국 • 일본 • 한국에서 2차 창작된 작품의 속편 / 여성의 대외 활동을 고양시킨 사회적 걸작

91 92 93 | **피터 래빗 이야기 1~3 | 베아트릭스 포터**
세상에서 가장 사랑받는 토끼 이야기 / 자연 보호와 동물 존중 사상이 담긴 작품

94 95 | **드라큘라 1~2 | 브램 스토커**
지금까지 가장 많은 동명의 영화로 제작된 고딕 소설의 대명사
2004년 뮤지컬로 만들어져 브로드웨이 초연 이후 세계 각국에서 사랑 받아온 작품

96 97 98 99 | **카라마조프가의 형제들 1~4 | 표도르 도스토옙스키**
신 • 종교, 삶 • 죽음, 사랑 • 욕망 등 인간 내면의 본성의 문제를 다룬 작품
정신분석학자 프로이트가 꼽은 세계문학사 3대 걸작 중 하나

100 | **하늘과 바람과 별과 시 | 윤동주 (양승갑 영작)**
요절한 천재 민족 시인의 유고시집 / 대중성과 문학성을 겸비한 시인 김경주 추천작

101 | **정글북 | 러디어드 키플링**
영미권 작품 최초, 최연소 노벨문학상 수상작 / 정글의 생명력을 담은 자연친화적 작품
가의 아버지 존 록우드 키플링이 직접 그린 삽화 및 기타 삽화가들 그림 삽입

102 | **거울나라의 앨리스 | 루이스 캐럴**
난센스와 판타지의 대표작 《이상한 나라의 앨리스》 속편
거울 속으로 떠난 앨리스의 두 번째 모험 이야기

103 | **마테오 팔코네(메리메 단편선) | 프로스페르 메리메**
프랑스 단편소설의 거장 메리메의 대표 단편선 / 비제의 오페라 〈카르멘〉의 원작자

104 | **빨강머리 앤 | 루시 모드 몽고메리**
캐나다의 대표적인 소설가 몽고메리의 데뷔작 / 서울시 교육청 선정 청소년 권장도서
KBS TV '책을 말하다' 추천도서 / 일본 후지 TV 애니메이션 〈빨강머리 앤〉 원작

105 | **삶이 그대를 속일지라도(푸시킨 시선집) | 알렉산드르 푸시킨**
러시아 리얼리즘 문학의 선구자이자 러시아 국민시인 푸시킨의 대표 시선집

106 | **도련님 | 나쓰메 소세키**
일본의 셰익스피어 나쓰메 소세키를 인기 작가 반열에 올린 작품
'책으로 따뜻한 세상 만드는 교사들(책따세)' 권장도서
서울시 교육청 '청소년을 위한 고전 콘서트' 도서 / 서울대학교 지정 수능필독도서

107 | 은하철도의 밤(겐지 단편선) | 미야자와 겐지

일본이 가장 사랑하는 동화작가 미야자와 겐지의 대표 단편선
일본 후지 TV 애니메이션 〈은하철도 999〉의 모티브

108 | 자기만의 방 | 버지니아 울프

20세기 페미니즘 비평의 선구자 버지니아 울프의 수필집
국립중앙도서관 선정 권장도서 / 서강대학교 권장도서 100선

109 | 플랜더스의 개(위다 단편선) | 위다(매리 루이스 드 라 라메)

멜로 드라마풍의 작품으로 유명한 영국의 아동문학가
서울시 교육청 선정 청소년 권장도서 / 일본 후지 TV 애니메이션 〈플랜더스의 개〉 원작

110 | 크리스마스 캐럴 | 찰스 디킨스

셰익스피어와 함께 영국을 대표하는 작가 찰스 디킨스의 중편소설
'책으로 따뜻한 세상 만드는 교사들(책따세)' 권장도서

111 | 탈무드

5000년에 걸친 유대인의 지혜가 담긴 책 / 서울대학교 지정 수능필독도서
포스코 교육재단 선정 초등학교 필독도서 / 경북교육청 선정 청소년 권장도서
백인제기념도서관 교양도서

112 | 호두까기 인형 | 에른스트 호프만

1892년 차이코프스키 발레 호두까기인형의 원작소설
2018 디즈니 애니메이션 호두까기 인형과 4개의 왕국의 원작소설

113 114 | 곰돌이 푸 1~2 | 앨런 알렉산더 밀른

2018 영화 '곰돌이 푸 다시만나 행복해' 원작 동화 / 곰돌이 푸가 건네는 따뜻한 감성 메시지

115 | 인형의 집 | 헨릭 입센

여성 평등을 그린 선구자적인 작품 / 페미니즘 희곡의 대명사 / 노벨연구소 선정 세계 100대 문학

* 더클래식 세계문학 컬렉션은 계속 출간될 예정입니다.